FICTION CONNECTION

COLECȚIE COORDONATĂ DE
Magdalena Mărculescu

J.K. Rowling

Moarte subită

Traducere din limba engleză de
Constantin Dumitru-Palcus

Editori:
Silviu Dragomir
Vasile Dem. Zamfirescu

Director editorial:
Magdalena Mărculescu

Redactare: Virginia Lupulescu

Design și ilustrație copertă:
Andrei Gamarț

Director producție:
Cristian Claudiu Coban

Dtp:
Gabriela Anghel

Corectură:
Sabina Lungu
Irina Mușătoiu

Descrierea CIP a Bibliotecii Naționale a României
ROWLING, JOANNE KATHLEEN
Moarte subită / J. K. Rowling ; trad. din lb. engleză de Constantin Dumitru-Palcus. - Ed. a 2-a. - Bucureşti : Editura Trei, 2023
ISBN 978-606-40-1964-6

I. Dumitru-Palcus, Constantin (trad.)

821.111

Titlul original: The Casual Vacancy
Autor: J.K. Rowling

First published in Great Britain in 2012 by Little Brown.

O.P. 16, Ghișeul 1, C.P. 0490, București
Tel.: +4 021 300 60 90; Fax: +4 0372 25 20 20
e-mail: comenzi@edituratrei.ro
www.edituratrei.ro

ISBN 978-606-40-1964-6

Pentru Neil

Partea întâi

6.11 Un post vacant ocazional poate apărea:

(a) când un consilier local nu îşi depune la timp declaraţia de acceptare a funcţiei; sau

(b) când este primită înştiinţarea sa de demisie; sau

(c) în ziua morţii acestuia...

Charles Arnold-Baker

Administraţia consiliilor locale

Ediţia a şaptea

Duminică

Barry Fairbrother n-ar fi vrut să ia cina în oraş. În cea mai mare parte a weekendului îl chinuise o cumplită durere de cap şi se străduia să termine articolul ce urma să apară în ziarul local.

Totuşi, soţia lui fusese puţin cam rigidă şi necomunicativă în timpul prânzului, iar Barry dedusese că felicitarea de aniversare pe care i-o dăduse nu compensase crima lui de a se închide în birou toată dimineaţa. Nu fusese de folos nici faptul că scrisese despre Krystal, pe care Mary o detesta, deşi pretindea cu totul altceva.

— Mary, aş vrea să luăm masa în oraş, minţise el, ca să spargă gheaţa. Nouăsprezece ani, copii! Nouăsprezece ani, iar mama voastră n-a arătat niciodată mai frumoasă.

Mary se înmuiase şi zâmbise, aşa că Barry a dat telefon la clubul de golf, pentru că era aproape de ei şi cu siguranţă aveau să găsească o masă. Încerca să îndeplinească măruntele plăceri ale soţiei sale, pentru că ajunsese să-şi dea seama, după aproape două decenii de convieţuire, cât de mult o dezamăgise în privinţa lucrurilor mari.

Niciodată n-o făcuse intenționat. Pur şi simplu, aveau noțiuni foarte diferite despre ceea ce ar trebui să fie mai important în viață.

Cei patru copii ai lui Barry şi Mary trecuseră de vârsta la care aveau nevoie de o dădacă. Se uitau la televizor când le-a zis la revedere pentru ultima oară şi doar Declan, mezinul, s-a întors către el şi a ridicat mâna în chip de rămas-bun.

Durerea de cap continua să-i zvâcnească în spatele urechii în timp ce scotea maşina de pe alee şi pornea prin cochetul orăşel Pagford, unde locuiau de când se căsătoriseră. Au luat-o pe Church Row, strada în pantă abruptă pe care se înălțau cele mai scumpe case cu întreaga lor extravaganță şi soliditate victoriană, au ocolit biserica fals-gotică unde le urmărise odată pe gemenele lui interpretând *Joseph and the Amazing Technicolor Dreamcoat,* apoi au traversat piața, de unde se vedea cu claritate scheletul întunecat al mănăstirii ruinate care domina oraşul aşezată pe deal, contopindu-se cu cerul violet.

În timp ce rotea volanul, luând virajele familiare, Barry nu se putea gândi decât la greşelile pe care cu siguranță le făcuse în graba de a termina articolul pe care tocmai îl trimisese prin e-mail la *Yarvil and District Gazette.* Vorbăreț şi cu o prezență agreabilă, îi venea greu să-şi transpună personalitatea pe hârtie.

Clubul de golf se afla la doar patru minute de piață, ceva mai încolo de punctul în care oraşul se pierdea treptat într-o ultimă suflare de case vechi. Barry parcă minivanul în fața restaurantului clubului, Birdie, şi zăbovi un moment lângă maşină, ca să-i dea răgaz lui Mary să-şi rujeze din nou buzele. Aerul răcoros al serii îi mângâia fața într-un mod plăcut. În timp ce se uita cum contururile terenului de golf se dezintegrau în amurg, Barry se întreba de ce mai rămăsese membru al clubului. La golf nu prea se pricepea: balansul lui era dezordonat şi avea un punctaj ridicat. Ar fi putut face atâtea cu timpul său. Capul îi zvâcnea mai rău ca oricând.

Mary stinse lumina de la oglindă şi închise portiera. Barry apăsă butonul de închidere automată a mașinii. Tocurile înalte ale pantofilor lui Mary țăcăneau pe asfalt, sistemul de închidere automată scoase un bip, iar Barry se întrebă dacă, după ce-o să mănânce, o să-i mai treacă greața.

O durere cum nu-i mai fusese dat să trăiască îi străpunse creierul ca o bilă pentru demolări. Abia dacă sesiză durerea ascuțită din genunchi când aceştia se loviră de asfaltul rece; craniul îi fu inundat de foc şi sânge. Suferința cumplită era insuportabilă, dar se văzu nevoit să o suporte, căci avea să mai treacă un minut până la starea de inconştiență.

Mary țipă... şi continuă să țipe. Mai mulți bărbați ieşiră în fugă din bar. Unul dintre ei se întoarse rapid în clădire ca să vadă dacă era pe-acolo vreunul dintre medicii pensionari ai clubului. Prietenii lui Barry şi Mary auziră agitația din restaurant, îşi lăsară aperitivele pe masă şi se grăbiră să iasă ca să vadă dacă pot fi de folos. Soțul sună la 999 de pe mobil.

Ambulanța a trebuit să vină din oraşul învecinat Yarvil; a durat 25 de minute până să ajungă. În timp ce lumina albastră pâlpâitoare aluneca încet peste locul faptei, Barry zăcea fără viață pe asfalt, în băltoaca propriei vome. Mary stătea ghemuită lângă el, cu ciorapii sfâşiați la genunchi, ținându-l de mână, suspinând şi rostindu-i numele în şoaptă.

Luni

I

— Ține-te tare, zise Miles Mollison în bucătăria uneia dintre casele mari de pe Church Row.

Așteptase până la 6:30 dimineața ca să telefoneze. Fusese o noapte urâtă, plină de lungi perioade de veghe întrerupte de reprize furate de somn agitat. La 4 dimineața își dăduse seama că și soția lui era trează, așa că o vreme au stat de vorbă cu glas scăzut, pe întuneric. Chiar în timp ce discutau despre ceea ce văzuseră fără voia lor, fiecare încercând să scape de sentimentele vagi de teamă și șoc, vălurele diafane de exaltare îi gâdilau lui Miles măruntaiele la gândul că îi va da vestea tatălui său. Avusese de gând să aștepte până la 7, dar teama că altcineva ar putea să i-o ia înainte îl făcuse să pună mâna pe telefon mai devreme.

— Ce s-a întâmplat? se auzi vocea bubuitoare a lui Howard, cu o ușoară nuanță metalică.

Miles îl pusese pe difuzor ca să audă și Samantha. Ciocolatie în capotul roz-pal, aceasta profitase de trezirea lor matinală ca să-și aplice încă un strat de cremă autobronzantă pe tenul de pe care bronzul natural începea să dispară. În bucătărie domnea un amestec de arome de cafea şi nucă de cocos sintetică.

— Fairbrother a murit. S-a prăbuşit la clubul de golf aseară. Sam şi cu mine luam masa la Birdie.

— Fairbrother *a murit?* urlă Howard.

Inflexiunea vocii sugera că se aşteptase la o schimbare dramatică în soarta lui Barry Fairbrother, dar în niciun caz nu-i anticipase moartea.

— S-a prăbuşit în parcare, repetă Miles.

— Dumnezeule mare! spuse Howard. Abia împlinise 40 de ani, nu? Dumnezeule mare!

Miles şi Samantha îl ascultau pe Howard cum respiră ca un cal obosit. Dimineața avea întotdeauna respirația întretăiată.

— Ce-a fost? Inima?

— Ceva la creier, se pare. Ne-am dus cu Mary la spital şi...

Dar Howard nu mai era atent. Miles şi Samantha l-au auzit dându-le celorlalți vestea.

— Barry Fairbrother! Mort! E Miles!

Miles şi Samantha îşi beau cafeaua, aşteptând ca Howard să revină la telefon. Capotul Samanthei se desfăcu în clipa când femeia se aşeză la masa din bucătărie, lăsând să se vadă contururile sânilor ei mari sprijiniți de antebrațe. Presiunea ascendentă îi făcea să pară mai dolofani şi mai netezi decât atunci când atârnau fără susținere. Pielea aspră a părții superioare a decolteului radia mici crăpături care nu mai dispăreau când se decomprimau. În tinerețe, fusese o clientă asiduă a saloanelor de bronzat.

— Ce? Ce ziceai de spital? zise Howard, revenind la telefon.

— Am fost cu ambulanța, eu şi Sam. Cu Mary şi cadavrul, rosti clar Miles.

Samantha băgă de seamă că a doua versiune a lui Miles accentua ceea ce se putea numi aspectul comercial al istorisirii. Dar nu-l condamna. Răsplata lor pentru că înduraseră acea oribilă experiență era tocmai dreptul de a le povesti altora despre ea. Nu credea că are să uite uşor: Mary văicărindu-se; ochii lui Barry pe jumătate deschişi deasupra măştii lipite de gură şi nas; ea şi Miles încercând să descifreze expresia paramedicului; hurducăiala maşinii înghesuite; geamurile întunecate; teroarea.

— Dumnezeule mare! spuse Howard pentru a treia oară, ignorând întrebările timide din fundal ale lui Shirley, atenția fiindu-i îndreptată asupra lui Miles. Şi cum, a căzut, pur şi simplu, mort în parcare?

— Da, răspunse scurt Miles. În clipa în care l-am văzut, era evident că nu se mai putea face nimic.

A fost prima lui minciună şi-şi întoarse ochii de la nevastă-sa în timp ce-o rostea. Aceasta îşi amintea cum Miles îşi petrecuse protector brațul mare pe după umerii zguduiți de plâns ai lui Mary: *O să fie bine... o să fie bine...*

Dar, în definitiv, îşi zise Samantha, încercând să-i găsească scuze lui Miles, *de unde era să ştii cum stau lucrurile, când tocmai îi puseseră masca de oxigen şi-i înfigeau ace în brațe?* Crezuseră că încercau să-l salveze pe Barry şi niciunul nu ştiuse sigur că nu avea niciun rost până când tânăra doctoriță de la spital se apropiase de Mary. Samantha încă vedea cu teribilă claritate fața goală, împietrită a lui Mary şi expresia tinerei femei în halat alb, cu ochelari şi părul drept: reținută şi totuşi puțin grijulie... scene pe care le puteai vedea mereu în dramele de la televizor, dar când le întâlneai în realitate...

— Câtuşi de puţin. Păi, nu mai devreme de marţi Gavin a jucat squash cu el, spunea Miles.

— Şi părea în regulă atunci?

— Da, da. L-a făcut zob pe Gavin.

— Dumnezeule mare! Uite-aşa se-ntâmplă lucrurile, nu? Uite-aşa se-ntâmplă. Rămâi un pic, mama vrea să-ţi zică ceva.

Se auzi un clămpănit şi un păcănit, apoi vocea plăcută a lui Shirley.

— Ce şoc teribil, Miles! Tu eşti bine?

Samantha sorbi cu stângăcie din cafea; lichidul i se prelinse din colţurile gurii pe bărbie şi-şi şterse faţa şi pieptul cu mâneca. Miles adoptase vocea pe care o folosea întotdeauna când vorbea cu maică-sa: mai profundă decât de obicei, o voce care parcă spunea „sunt stăpân pe situaţie, nimic nu mă poate tulbura", viguroasă şi plină de seriozitate. Uneori, mai ales când se îmbăta, Samantha imita conversaţiile dintre Shirley şi Miles. „Nu-ţi face griji, mămico. Miles e aici. Soldăţelul tău." „Dragule, eşti minunat: aşa de mare, de viteaz şi de deştept." O dată sau de două ori, Samantha făcuse asta în faţa altor oameni, lăsându-l pe Miles frustrat şi în defensivă, chiar dacă se prefăcea că râde. Ultima oară se certaseră, în maşină, la întoarcerea acasă.

— V-aţi dus cu ea până la spital? se auzea Shirley în receptorul telefonului.

Nu, îi dădu Samantha replica în gând. *Pe la jumătatea drumului ne-am plictisit şi i-am rugat să ne lase să coborâm.*

— Măcar atâta lucru am putut să facem şi noi. Aş fi vrut să putem face mai mult.

Samantha se ridică şi se duse la aparatul de prăjit pâine.

— Sunt sigură că Mary a fost foarte recunoscătoare, spuse Shirley.

Samantha lăsă să cadă cu zgomot capacul cutiei de pâine şi înfipse patru felii în fantele aparatului. Vocea lui Miles deveni mai firească.

— Păi, da, după ce doctorii ne-au spus... confirmat că e mort, Mary a vrut să-i cheme pe Colin şi pe Tessa Wall. Sam i-a sunat, am aşteptat până au venit şi pe urmă am plecat.

— Ei, Mary a avut noroc că ați fost acolo. Tata mai vrea să-ți zică ceva, Miles. Ți-l dau imediat. Vorbim mai târziu, spuse Shirley.

— „Vorbim mai târziu", o maimuțări Samantha cu fața la ceainic, clătinând din cap.

Reflexia ei deformată arăta un chip umflat după o noapte fără somn, iar ochii săi căprui erau injectați. În graba de a fi martoră la transmiterea veştii către Howard, Samantha îşi dăduse din greşeală cu loțiune de bronzat foarte aproape de pleoape.

— Ce-ar fi să veniți tu şi Sam pe la noi diseară? se auzi vocea tunătoare a lui Howard. Nu, stai puțin — mama mi-a amintit că azi jucăm bridge cu soții Bulgen. Veniți mâine. La cină. Pe la 19.

— Poate venim, spuse Miles, aruncând o privire spre Samantha. Va trebui să văd ce program are Sam.

Ea nu-i dădu de înțeles dacă vrea sau nu să meargă. O ciudată senzație de dezamăgire se instală în bucătărie după ce Miles încheie convorbirea.

— Nu le vine să creadă, spuse el, de parcă ea n-ar fi auzit totul.

Își mâncară în tăcere pâinea prăjită, sorbind din cănile cu cafea proaspăt preparată. O parte din iritabilitatea Samanthei se domoli în timp ce mesteca. Își aminti cum se trezise mai devreme cu o tresărire în dormitorul lor întunecat și se simțise absurd de ușurată și de recunoscătoare să-l simtă pe Miles alături, masiv și burtos, mirosind a vetiver și transpirație stătută. Apoi se imagină povestindu-le clienților de la magazin despre cum un bărbat căzuse mort în fața ei și despre alergătura lor milostivă până la spital. Se gândi la modalități de a descrie diferitele aspecte ale călătoriei, precum și la scena culminantă cu doctorița. Tinerețea acelei femei stăpâne pe sine nu făcuse decât să înrăutățească lucrurile. Misiunea de transmitere a unor vești de acest gen ar trebui încredințată unor persoane mai vârstnice. Apoi, întărindu-și și mai mult moralul, își aminti că a doua zi avea întâlnire cu reprezentantul de vânzări de la Champêtre, care flirtase într-un mod plăcut cu ea la telefon.

— Cred c-am s-o iau din loc, spuse Miles golindu-și cana de cafea, cu ochii la zorii care se iveau dincolo de fereastră.

Scoase un oftat adânc și-și bătu soția pe umăr în timp ce-și ducea farfuria și cana la mașina de spălat vase.

— Doamne, chestia asta dă totul peste cap, nu-i așa?

Clătinând din capul cu părul grizonant tuns scurt, ieși din bucătărie.

Uneori, Samantha îl găsea pe Miles absurd și, din ce în ce mai mult, plicticos. Din când în când, totuși, îi făcea plăcere gravitatea lui în exact aceeași manieră în care îi plăcea să poarte pălărie la ocazii formale. La urma urmelor, în dimineața asta era cât se poate de adecvat să fii solemn și prezentabil. Își termină de mâncat pâinea prăjită și strânse masa, prelucrând mental povestea pe care plănuia să i-o relateze asistentei.

II

— Barry Fairbrother a murit, zise printre gâfâieli Ruth Price.

Alergase prin frig pe aleea din grădină ca să mai prindă câteva minute cu soțul ei înainte să plece la muncă. Nu se opri pe verandă ca să-şi dea jos pardesiul, dădu buzna în bucătărie unde Simon şi băieții lor adolescenți luau micul-dejun.

Soțul ei împietri, cu o bucățică de pâine prăjită la jumătatea drumului spre gură, după care o lăsă pe masă cu o lentoare teatrală. Cei doi băieți, amândoi în uniforme de şcoală, se uitau de la un părinte la altul cu un interes moderat.

— Un anevrism, se pare, spuse Ruth, care încă-şi mai trăgea sufletul în timp ce-şi scotea mănuşile deget după deget, desfăcându-şi fularul şi descheindu-şi nasturii pardesiului.

O femeie slabă şi oacheşă, cu ochi grei şi trişti, uniforma de infirmieră de un albastru-aprins potrivindu-i-se de minune.

— S-a prăbuşit la clubul de golf — Sam şi Miles Mollison l-au adus la spital — apoi au venit Colin şi Tessa Wall...

Ieşi grăbită pe verandă ca să-şi agațe lucrurile în cuier şi se întoarse la timp ca să răspundă la întrebarea strigată de Simon.

— Ce-i aia unanevrism?

— *Un anevrism.* I-a plesnit o arteră la creier.

Ruth se duse repede la ceainic, îl porni, apoi începu să strângă firimiturile din jurul aparatului de prăjit pâine, vorbind neîncetat.

— A avut o hemoragie cerebrală masivă. Biata lui soție... e absolut devastată...

Vocea i se frânse şi Ruth privi pe fereastra bucătăriei, peste albeaţa fărâmicioasă a gazonului acoperit de brumă, spre mănăstirea din cealaltă parte a văii, dezolantă şi scheletică pe fondul roz-pal şi cenuşiu al cerului, şi imaginea panoramică cu care se mândrea reşedinţa Hilltop House. Pagford, care noaptea nu era decât o îngrămădire de luminiţe pâlpâitoare undeva departe, într-o vale, se ivea limpede în lumina rece a soarelui. Dar Ruth nu vedea nimic din toate astea. Gândul îi rămăsese la spital, unde-o vedea pe Mary ieşind din salonul unde zăcea Barry, cu toate aparatele de resuscitare deconectate. Mila lui Ruth Price se revărsa în voie şi cu sinceritate asupra celor pe care îi considera aidoma ei. „Nu, nu, nu, nu", gemea Mary şi acea negare instinctivă avusese ecou în sufletul lui Ruth, pentru că îi oferea prilejul de a se vedea, pentru scurt timp, pe ea însăşi într-o situaţie identică...

Abia capabilă să suporte gândul, se întoarse cu privirea la Simon. Părul lui castaniu-deschis era încă des, trupul îi era aproape la fel de vânos ca în tinereţe, iar ridurile de la colţul ochilor erau atrăgătoare; dar întoarcerea lui Ruth în slujba de infirmieră după o lungă pauză o făcuse să se confrunte din nou cu cele un milion de moduri în care corpul uman se poate defecta. Dovedise mai multă detaşare în tinereţe; acum îşi dădea seama cât de norocoşi erau toţi cei care trăiau.

— N-au putut să facă nimic pentru el? N-au putut să i-o astupe? întrebă Simon.

Părea frustrat, de parcă medicina dăduse iar greş, refuzând să facă un lucru simplu şi evident.

Andrew fu străbătut de o plăcere sălbatică. Observase în ultima vreme că tatăl lui căpătase obiceiul de a riposta cu sugestii necioplite şi ignorante când maică-sa folosea termeni medicali. *Hemoragie cerebrală. Să i-o astupe.* Maică-sa nu se prindea. Niciodată nu se prindea. Andrew își mânca mai departe cerealele Weetabix, arzând de ură.

— Când l-au adus la noi era prea târziu ca să-i mai poată face ceva, răspunse Ruth, lăsând pliculețele de ceai în ibric. A murit în ambulanță, cu puțin înainte să ajungă.

— Fir-ar să fie. Câți ani avea, 40?

Dar Ruth nu mai era atentă.

— Paul, ai părul tare încâlcit la ceafă. L-ai periat vreun pic?

Scoase o perie de păr din geantă și i-o dădu băiatului lor mai mic.

— Niciun semn de avertizare sau ceva asemănător? întrebă Simon, în timp ce Paul dădea cu peria prin coama deasă de păr.

— Se pare că avusese o durere de cap cruntă de vreo două zile.

— Aha, zise Simon mestecând pâine prăjită. Și a ignorat-o?

— Păi, da, a zis că nu e cine știe ce.

Simon înghiți.

— Ei, păi vezi, așa se-ntâmplă, nu-i așa? spuse el cu glas amenințător. Trebuie să ai grijă de tine.

Câtă înțelepciune, își zise Andrew, cu un dispreț încărcat de furie; *câtă profunzime.* Vasăzică, era numai vina lui Barry Fairbrother că îi plesnise creierul. *Nemernic îngâmfat ce ești,* îi zise Andrew tatălui său, țipând în sinea sa.

Simon își îndreptă cuțitul spre fiul cel mare și spuse:

— Ah, și apropo. *Dumnealui* o să-și ia o slujbă. La Pizza Face, din apropiere.

Surprinsă, Ruth se întoarse de la soțul ei la băiat. Acneea lui Andrew ieșea în evidență, lividă și lucioasă, pe obrazul său îmbujorat, în timp ce stătea cu privirea țintuită în castronul cu terci maroniu.

— Mda, zise Simon. Căcăciosul ăsta leneş o să-nceapă să câştige ceva bănuţi. Dacă i s-a făcut de fumat, atunci să-şi plătească viciul cu banii lui. Nu mai primeşte bani de buzunar.

— *Andrew!* interveni Ruth pe un ton plângăcios. Nu cumva ai...?

— Oh, ba da. L-am prins în şopron, spuse Simon, cu o expresie de venin pur pe chip.

— *Andrew!*

— Nu mai primeşte bani de la noi. Vrei otrava aia, îţi cumperi singur, băiete, spuse Simon.

— Dar am spus, se smiorcăi Ruth, am spus, cu examenele care se apropie...

— Judecând după cum a dat-o în bară la simulări, să ne considerăm norocoşi dacă primeşte vreun calificativ. Ar putea să se ducă mai devreme la McDonald's, să câştige ceva experienţă. Pentru că noi n-o să te mai susţinem la nicio reexaminare, amice. E acum ori niciodată, spuse Simon ridicându-se şi împingându-şi scaunul, savurând imaginea lui Andrew cu capul lăsat în jos şi cu faţa întunecată, plină de coşuri.

— Oh, Simon, spuse cu reproş Ruth.

— *Ce e?*

Simon făcu doi paşi apăsaţi spre soţia lui. Ruth se dădu înapoi, lipindu-se de chiuvetă. Peria roz din plastic îi căzu din mână lui Paul.

— N-am niciun chef să finanţez viciul murdar al căcăciosului ăstuia! Fir-ar să fie, cât tupeu pe el, să fumeze în şopronul *meu*!

Simon se lovi cu pumnul în piept când rosti „meu“; bufnetul surd o făcu pe Ruth să tresară.

— Când eram de vârsta căcăciosului ăstuia cu coşuri aduceam un salariu acasă. Dacă vrea pipe, n-are decât să şi le plătească singur, s-a înţeles? *S-a înţeles?*

Îşi apropiase faţa la 15 centimetri de faţa lui Ruth.

— Da, Simon, spuse ea încet.

Măruntaiele lui Andrew parcă deveniseră lichide. Cu nici zece zile în urmă, făcuse un jurământ faţă de el însuşi: sosise oare momentul atât de repede? Dar tatăl său se îndepărtă de maică-sa şi ieşi din bucătărie, îndreptându-se spre verandă. Ruth, Andrew şi Paul rămaseră nemişcaţi, de parcă-i promiseseră să nu se mişte în absenţa lui.

— Ai umplut rezervorul? strigă Simon, cum făcea de fiecare dată când ea venea din schimbul de noapte.

— Da, răspunse ea, străduindu-se să adopte un ton relaxat şi normal.

Uşa de la intrare se trânti cu un zăngănit.

Ruth îşi făcu de lucru cu ceainicul, aşteptând ca atmosfera învolburată să se liniştească. Abia când Andrew se pregăti să iasă din cameră ca să se spele pe dinţi, îndrăzni să vorbească.

— Îşi face griji pentru tine, Andrew. Pentru sănătatea ta.

Îşi face pe dracu', labagiul.

În mintea sa, Andrew era egalul lui Simon în obscenităţi. În mintea sa, putea să se lupte de la egal la egal cu Simon.

Îi spuse tare mamei sale:

— Mda, aşa e.

III

Evertree Crescent era un grup de case cu verandă din anii 1930 aranjate în semilună, aflate la două minute de piaţa principală din Pagford. La numărul 36, o casă închiriată, mai lungă decât oricare de pe stradă, Shirley Mollison stătea sprijinită de perne, sorbind din ceaiul pe care i-l adusese soțul ei. Imaginea care o privea de pe ușile cu oglinzi ale șifonierului încorporat era cam încețoșată, în parte din cauză că nu avea ochelarii, în parte din pricina luminii slabe care pătrundea prin perdelele cu trandafiri. În această lumină cețoasă măgulitoare, fața roz-albicioasă, plină de încrețituri, de sub părul scurt, argintiu părea angelică.

Dormitorul era îndeajuns de spațios ca să încapă în el patul de o persoană al lui Shirley și cele două paturi înghesuite unul în altul ale lui Howard. Salteaua lui Howard, care încă purta urma uriașă a trupului său, era goală. Torsul molcom al dușului se putea auzi din locul unde Shirley și răsfrângerea ei rozalie stăteau față în față, savurând vestea care încă bolborosea în atmosferă, efervescentă ca șampania.

Barry Fairbrother era mort. Lichidat. Terminat. Niciun eveniment de importanță națională, niciun război, nicio prăbușire a bursei, niciun atac terorist n-ar fi declanșat în Shirley înfiorarea, interesul avid și speculațiile febrile care o mistuiau în prezent.

Îl urâse pe Barry Fairbrother. Shirley și soțul ei, de obicei având aceleași simpatii și antipatii, fuseseră cam defazați în acest caz. Howard mărturisise uneori că se simțea amuzat de omulețul bărbos care se luase la harță cu el cu atâta încrâncenare peste mesele lungi și zgâriate din casa parohială. Dar Shirley nu făcea nicio distincție între politic și personal. Barry îi fusese oponent lui Howard în principala misiune a vieții sale, iar asta făcea din el inamicul crâncen al lui Shirley.

Loialitatea față de soțul ei era principalul, dar nu și singurul motiv pentru această antipatie pătimașă. Instinctele ei în privința oamenilor erau reglate fin într-o singură direcție, ca ale unui câine antrenat să adulmece droguri. Dintotdeauna avusese un simț special pentru detectarea condescendenței și de multă vreme îi detectase duhoarea în atitudinea lui Barry Fairbrother și a acoliților săi din Consiliul Parohial. Cei de teapa lui Fairbrother presupuneau că educația lor universitară îi făcea mai buni decât oamenii ca ea și Howard, că părerile lor contau mai mult. Ei bine, aroganța lor primise astăzi o lovitură urâtă. Moartea neașteptată a lui Fairbrother îi întărea lui Shirley convingerea pe care o nutrea de multă vreme cum că, orice ar fi crezut el și susținătorii săi, cel mort fusese de o speță mai joasă și mai slabă decât soțul ei care, pe lângă celelalte virtuți ale sale, supraviețuise unui atac de cord cu șapte ani în urmă.

(Shirley nu crezuse nicio clipă că Howard al ei avea să moară, nici măcar când se afla în blocul operator. Prezența lui Howard pe pământ era pentru Shirley un dat, ca lumina soarelui și oxigenul. Spusese lucrurile astea după aceea, când prietenii și vecinii vorbeau de salvări miraculoase, de cât de norocoși erau că unitatea de cardiologie era atât de aproape în Yarvil și de cât de groaznic de îngrijorată trebuie să fi fost ea.

— Am știut mereu c-o să se descurce. Nu m-am îndoit nicio clipă, spusese Shirley, imperturbabilă și senină.

Și uite-l acum, la fel de în formă ca întotdeauna; iar Fairbrother ajunsese la morgă. Așa stăteau lucrurile.)

În exaltarea acestui început de dimineață, Shirley își aminti de ziua de după nașterea fiului ei, Miles. Stătuse în pat pe jumătate ridicată și atunci, cu mulți ani în urmă, exact ca acum, cu razele de soare pătrunzând prin fereastra salonului, ținând în palme o ceașcă de ceai pe care altcineva i-o pregătise, așteptând să i se aducă la alăptat frumosul ei băiețel. Naşterea şi moartea: reprezentau aceeaşi înțelegere a unei existențe elevate şi a importanței ridicate. Vestea dispariției subite a lui Barry Fairbrother era ca un bebeluş nou-născut şi gras, care le va desfăta pe toate cunoştințele lor. Şi ea va fi fântâna, izvorul, căci fusese prima, sau aproape prima, care aflase vestea.

Nimic din încântarea care clocotea şi bolborosea în Shirley nu fusese vizibil cât timp Howard se aflase în încăpere. Nu schimbaseră decât comentariile adecvate la moartea bruscă a cuiva înainte ca el să se ducă la duş. Fireşte că Shirley ştiuse, în timp ce făceau schimb de cuvinte şi fraze, ca bilele pe un abac, că Howard era, cu siguranță, la fel de extaziat. Dar să-şi exprime asemenea sentimente cu glas tare, când vestea morții era încă proaspătă, ar fi fost ca şi cum ar fi dansat în pielea goală şi ar fi urlat obscenități, iar Howard şi Shirley erau îmbrăcați întotdeauna într-un strat invizibil de decență, de care nu se despărțeau niciodată.

Lui Shirley îi veni în minte un alt gând fericit. Lăsă ceaşca şi farfuria pe noptieră, se dădu jos din pat, îşi puse capotul şi ochelarii şi străbătu holul ca să bată la uşa băii.

— Howard?

Un zgomot interogativ îi răspunse peste răpăitul constant al duşului.

— Crezi că ar trebui să postez ceva pe website? Despre Fairbrother?

— O idee bună, strigă el prin uşă, după o clipă de reflecție. O idee excelentă.

Shirley se grăbi în birou. Înainte, fusese dormitorul cel mai mic al casei părăsite de multă vreme de fiica lor, Patricia, care plecase la Londra şi rareori se vorbea despre ea.

Shirley era teribil de mândră de priceperea ei în materie de internet. Urmase nişte cursuri serale în Yarvil cu zece ani în urmă, iar acolo fusese una dintre cele mai vârstnice şi mai lente cursante. Cu toate acestea, perseverase, hotărâtă să ajungă administrator al noului şi interesantului site al Consiliului Parohial din Pagford. Se logă şi deschise pagina de vizitare a consiliului parohial.

Anunțul scurt se ivi cu atâta uşurință, încât ai fi zis că fusese compus chiar de degetele ei.

Consilierul Barry Fairbrother
Cu mare regret vă anunțăm moartea consilierului
Barry Fairbrother. În aceste momente grele, gândurile
noastre sunt alături de familie.

Citi cu atenție conținutul anunțului, apăsă tasta Enter şi văzu cum mesajul apare pe forum.

La moartea prințesei Diana, regina coborâse drapelul în bernă la Palatul Buckingham. Maiestatea Sa ocupa un loc special în sufletul lui Shirley. Contemplând mesajul de pe website, se simțea mulțumită şi fericită că făcuse ceea ce se cuvenea. Învățase de la cei mai buni...

Părăsi forumul consiliului parohial şi trecu pe site-ul ei medical favorit, unde tastă cu grijă în caseta de căutare cuvintele „creier" şi „moarte".

Sugestiile erau nenumărate. Shirley trecu în revistă posibilitățile, ochii ei blânzi mişcându-se în sus şi în jos, în timp ce se întreba căreia dintre aceste boli mortale, unele dintre ele cu denumiri de nepronunțat, îi datora fericirea actuală. Shirley era voluntară la spital; dezvoltase un oarecare interes pentru chestiunile medicale de când începuse să lucreze la Spitalul General South West şi, uneori, se oferea să evalueze starea de sănătate a prietenilor ei.

Dar în dimineața asta îi era imposibil să se concentreze asupra cuvintelor lungi și a simptomelor. Gândurile îi zburdau spre răspândirea veștii; deja alcătuia și recombina în minte lista numerelor de telefon. Se întrebă dacă Aubrey și Julia știau și ce ar avea de comentat. Și dacă Howard are s-o lase să-i spună ea lui Maureen sau își va rezerva pentru sine această plăcere.

Totul era *extraordinar* de palpitant.

IV

Andrew Price închise ușa căsuței albe și îl urmă pe fratele său mai mic în josul cărării abrupte din grădină, care scârțâia din pricina brumei, ducând la poarta metalică înghețată din gardul viu și la drumul de țară ce se întindea dincolo de ea. Niciunul dintre băieți nu dădu atenție panoramei familiare care se întindea în fața lor: orășelul Pagford, așezat ca într-un căuș între trei dealuri, pe coama unuia dintre acestea aflându-se ruinele unei mănăstiri din secolul al XII-lea. Un râu firav șerpuia pe după marginea dealului și prin oraș, cu malurile unite într-un punct de un pod de piatră ca de jucărie. Pentru cei doi frați, imaginea era anostă, ca un decor pictat pe panouri. Andrew disprețuia felul în care, în rarele ocazii când familia avea musafiri, tatăl său părea să-și asume meritele pentru asta, ca și cum el proiectase și construise întreaga poveste. În ultima vreme, Andrew decisese că ar prefera o priveliște din asfalt, geamuri sparte și graffiti. Visa la Londra și la o viață care să conteze.

Frații se îndreptară spre capătul aleii, oprindu-se la colțul unde se intersecta cu drumul mai larg. Andrew vârî mâna în gardul viu, bâjbâi câteva momente, apoi scoase un pachet pe jumătate gol de Benson & Hedges şi o cutie de chibrituri uşor umezită. După câteva rateuri, în care capetele chibriturilor se sfărâmau la scăpărare, reuşi să aprindă. Apucă să tragă adânc de două–trei ori când huruitul motorului autobuzului şcolar rupse tăcerea. Andrew îndepărtă cu băgare de seamă jarul aprins din vârful ţigării şi puse restul la loc, în pachet.

Autobuzul era întotdeauna pe două treimi plin când ajungea la cotitura spre Hilltop House, pentru că deja trecuse pe la fermele şi locuinţele de la marginea localităţii. Fraţii se aşezară separat, ca de obicei, fiecare ocupând câte două locuri şi întorcându-se cu faţa la geam, în timp ce autobuzul hurducăia la coborârea în oraş.

La poalele dealului lor se afla o casă care se înălţa într-o grădină în formă de pană. De obicei, cei patru copii ai familiei Fairbrother aşteptau la poarta de la intrare, dar astăzi nu era nimeni acolo. Perdelele erau toate trase. Andrew se întrebă dacă de regulă se stătea pe întuneric atunci când murea cineva din casă.

În urmă cu câteva săptămâni, Andrew o pipăise pe Niamh Fairbrother, una dintre fiicele gemene ale lui Barry, la o discotecă ţinută în sala de festivităţi a şcolii. O vreme după aceea, fata manifestase o dezgustătoare tendinţă de a-i urmări mişcările. Părinţii lui Andrew abia dacă se cunoşteau cu familia Fairbrother. Simon şi Ruth n-aveau prieteni mai deloc, dar păreau să manifeste o simpatie moderată pentru Barry, managerul minusculei filiale a singurei bănci care mai era prezentă în Pagford. Numele lui Fairbrother apărea des în legătură cu chestii precum consiliul parohial, spectacolele de teatru de la primărie şi Cursa Distractivă a Bisericii. Pentru astfel de lucruri Andrew nu arăta niciun fel de interes, iar părinții lui se țineau la distanță de ele, exceptând ocazionalele formulare de sponsorizare sau biletele de loterie filantropică.

În timp ce autobuzul cotea la stânga şi o lua agale pe Church Row, trecând pe lângă spațioasele case victoriene aranjate în ordinea descrescătoare a numărului de etaje, Andrew se lăsă în voia unei mici fantezii în care tatăl lui cădea mort, secerat de un lunetist invizibil. Andrew se vedea bătând-o uşurel pe spate pe mama lui zguduită de suspine, în timp ce el telefona la pompe funebre cu o țigară în gură, comandând cel mai ieftin coşciug.

Cei trei copii ai familiei Jawanda — Jaswant, Sukhvinder şi Rajpal — se urcară în autobuz la capătul Church Row. Andrew alesese cu atenție un scaun cu un loc gol în față şi îi porunci în gând lui Sukhvinder să se aşeze în fața lui, nu de dragul ei (cel mai bun prieten al lui Andrew, Fats, o poreclise TNT, prescurtare de la „Tits 'N' Tash"), ci pentru că Ea alesese de-atâtea ori să stea lângă Sukhvinder. Şi, fie pentru că îndemnurile lui telepatice fuseseră deosebit de puternice în dimineața asta, fie că nu, Sukhvinder alese într-adevăr locul din față. Triumfător, Andrew se zgâia, fără să vadă nimic, la geamul murdar şi-şi strânse mai aproape de el geanta de şcoală, ca să-şi ascundă erecția provocată de vibrațiile puternice ale autobuzului.

Anticiparea îi creştea cu fiecare hurducăială şi cotitură în timp ce vehiculul greoi îşi croia drum pe străzile înguste, pe după colțul strâns de la intrarea în piața satului şi spre intersecția cu drumul Ei.

Andrew nu mai fusese niciodată atât de interesat de vreo fată. Era nou-sosită; o perioadă cam neobişnuită pentru schimbarea şcolii, semestrul de primăvară al anului GCSE. O chema Gaia şi era un nume adecvat pe care nu-l mai auzise vreodată, iar ea era ceva cu totul nou. Se urcase în autobuz într-o dimineaţă, ca o simplă exprimare a înălţimilor sublime la care poate ajunge natura, şi se aşezase cu două scaune mai în faţă, în vreme ce el rămăsese uluit de perfecţiunea umerilor şi a cefei ei.

Avea părul arămiu şi-i cădea în valuri unduitoare până mai jos de omoplaţi; nasul era perfect drept, îngust, de dimensiuni reduse, scoţând în evidenţă plinătatea senzuală a gurii ei palide. Avea ochii depărtaţi, cu gene dese, căprui, cu numeroase irizaţii verzui, ca un măr roşcat. Andrew nu o văzuse niciodată machiată şi nicio imperfecţiune sau cusur nu-i strica tenul. Chipul ei era o sinteză de simetrie perfectă şi proporţii neobişnuite. Ar fi putut să-l privească ore-n şir, încercând să localizeze care era sursa fascinaţiei sale. Cu o săptămână în urmă, se întorsese acasă după o lecţie dublă de biologie la care, graţie unui aranjament aleatoriu divin de mese şi capete, fusese în măsură să o privească aproape neîntrerupt. După aceea, singur în siguranţa dormitorului, scrisese (după ce se holbase o jumătate de oră la perete, ca urmare a unei reprize de masturbare) „frumuseţea înseamnă geometrie". Rupsese foaia aproape imediat şi se simţea caraghios ori de câte ori îşi amintea episodul; şi totuşi, era ceva în el. Înfăţişarea ei splendidă era o chestiune de ajustări minore aduse unui model, astfel încât rezultatul era o armonie ameţitoare.

Avea să fie aici din clipă în clipă, iar dacă se aşeza lângă Sukhvinder cea pătrăţoasă şi posacă, aşa cum făcea adesea, avea să fie îndeajuns de aproape ca să simtă mirosul de nicotină de pe hainele lui. Îi plăcea să vadă cum reacţionau la trupul ei obiectele neînsufleţite. De exemplu, îi plăcea să vadă cum scaunul de autobuz ceda uşor în timp ce ea îşi lăsa greutatea pe el şi felul cum coama de păr arămiu se curba pe după bara de oţel din partea de sus a scaunului.

Autobuzul încetini, iar Andrew îşi întoarse faţa de la uşă, prefăcându-se pierdut în contemplaţie. Avea să se uite într-acolo când se urca ea, de parcă tocmai îşi dăduse seama că se opriseră. Urma să o privească în ochi, poate chiar să o salute cu o uşoară mişcare a capului. Aşteptă să audă uşile deschizându-se, dar vibraţia molcomă a motorului nu fu întreruptă de familiarul scârţâit.

Andrew privi în jur şi nu văzu decât cele două şiruri scurte de case mici, terasate de pe dărăpănata Hope Street. Şoferul stătea aplecat într-o parte, ca să se asigure că fata nu venea. Andrew ar fi vrut să-i spună să aştepte, pentru că mai întârziase şi săptămâna trecută, ieşind brusc dintr-una dintre căsuţele alea şi venind în fugă pe trotuar (fusese acceptabil să se uite, pentru că toată lumea se uita), iar imaginea ei în alergare fusese suficientă ca să-i ocupe gândurile ore-n şir, însă şoferul trase de volanul mare şi autobuzul se puse iar în mişcare. Andrew se întoarse la contemplarea geamului murdar cu o durere în inimă şi în testicule.

V

Cândva, micile terase de pe Hope Street fuseseră locuinţe muncitoreşti. Gavin Hughes se bărbierea încet şi cu o grijă exagerată în baia casei de la numărul 10. Era atât de blond, iar barba lui era atât de rară, încât, de fapt, nu trebuia să se radă decât de două ori pe săptămână. Dar baia friguroasă, uşor soioasă, era singurul refugiu. Dacă ardea gazul aici până la 8, era plauzibil pe urmă să spună că trebuie să plece imediat la muncă. Îi era groază să fie nevoit să vorbească cu Kay.

Aseară abia reuşise să preîntâmpine discuţia, iniţiind cea mai prelungită şi inventivă partidă de sex de care avuseseră parte încă din primele zile ale relaţiei lor. Kay îi răspunsese imediat şi cu un entuziasm neliniştitor: trecând rapid de la o poziţie la alta, ridicându-şi pentru el picioarele puternice şi dolofane; contorsionându-se ca acrobata slavă cu care semăna atât de mult, cu pielea ei măslinie şi părul negru tuns foarte scurt. Prea târziu, Gavin şi-a dat seama că ea interpretase acest act necaracteristic de impunere ca o mărturisire tacită a acelor lucruri pe care era hotărât să evite să le spună. Îl sărutase cu lăcomie; când relaţia lor era la început, lui i se păruseră erotice aceste săruturi intruzive şi umede, dar acum le găsea vag repulsive. Avu nevoie de mult timp ca să ajungă la orgasm, groaza provocată de ceea ce tocmai declanşase ameninţând să-i omoare erecţia. Până şi asta se întoarse împotriva lui: ea părea să interpreteze această vigoare neobişnuită ca o manifestare de virtuozitate.

Când în sfârşit se termină, Kay se cuibări lângă el în întuneric şi-i mângâie părul o vreme. Nefericit, el privea ţintă în gol, conştient că după toate planurile lui vagi de slăbire a legăturilor, fără voia lui, le întărise. După ce Kay adormise, Gavin rămaseăsese cu braţul prins sub ea, cearşaful umed lipindu-i-se într-un mod neplăcut de coapsă, pe o saltea cu cocoloaşe şi arcuri vechi, şi îşi dorise să aibă curajul de a se comporta ca un nemernic, să plece pe furiş şi să nu se mai întoarcă niciodată.

Baia lui Kay mirosea a mucegai şi a bureţi umezi. Mai multe fire de păr erau lipite de pereţii căzii mici. Vopseaua se cojea pe pereţi.

— Are nevoie de o recondiționare, spusese Kay.

Gavin avusese grijă să nu se ofere să ajute. Lucrurile pe care nu i le spusese erau talismanul şi protecția sa. Le legase laolaltă în mintea lui şi le verifica din când în când, ca pe mărgelele de pe un rozariu. Nu spusese niciodată „dragoste". Niciodată nu vorbise despre căsătorie. Nu-i ceruse niciodată să se mute în Pagford. Şi totuşi, uite-o aici şi nu se ştie cum îl făcea să se simtă responsabil.

Propriul său chip îl privea fix din oglinda care-şi pierduse luciul. Avea umbre vineții sub ochi, iar părul blond rărit era uscat şi adunat în şuvițe. Becul fără abajur din tavan îi lumina fața bolnăvicioasă, alungită, cu o cruzime clinică.

Am 34 de ani, îşi zise, *şi arăt de cel puțin 40.*

Ridică aparatul de ras şi reteză cu delicatețe cele două fire groase de păr blond care creşteau de fiecare parte a proeminentului său măr al lui Adam.

Cineva începu să bată cu pumnii în uşa băii. Lui Gavin îi alunecă mâna şi sângele i se prelinse pe gâtul subțire, pătându-i cămaşa albă, curată.

— Iubitul tău, se auzi un țipăt furios de femeie, e şi-acum în baie şi uite-aşa am să întârzii!

— Am terminat! strigă el.

Tăietura îl ustura, dar ce mai conta? Avea la îndemână pretextul, gata făcut: *Uite ce-am făcut din cauza fie-tii. Acum trebuie să mă duc acasă să-mi schimb cămaşa înainte să plec la muncă.* Cu inima aproape uşoară, îşi luă cravata şi sacoul pe care le atârnase în cuierul de pe uşă şi descuie.

Gaia intră grăbită pe lângă el, trânti uşa în spatele lui şi trase zăvorul. Ieşind pe palierul îngust, unde te îneca un miros neplăcut de cauciuc ars, Gavin îşi aminti de bufniturile ritmice ale tăbliei de perete din noaptea trecută, de scârțâitul patului ieftin de pin, de gemetele și scâncetele lui Kay. Uneori, îi era ușor să uite că fiica ei se afla în casă.

Coborî în grabă treptele neacoperite de covor. Kay îi spusese de planurile ei de a le poliza și lustrui, dar el se îndoia că o va face vreodată. Apartamentul ei din Londra era părăginit și într-o stare jalnică. În orice caz, era convins că ea se aștepta să se mute împreună curând, dar își zise că nu va permite așa ceva. Ăsta era ultimul lui bastion și acolo, dacă va fi nevoie, își va stabili fortificațiile.

— Ce ți-ai făcut la gât? scânci Kay când îi văzu sângele de pe cămașă.

Era îmbrăcată cu chimonoul stacojiu ieftin care lui nu-i plăcea, dar care îi venea atât de bine.

— Gaia a bătut ca apucata la ușă și m-am tăiat. Acum trebuie să mă duc acasă să mă schimb.

— Păi, stai că ți-am pregătit micul-dejun! se grăbi ea să spună.

Gavin își dădu seama că mirosul de cauciuc ars venea de fapt de la ouăle jumări. Păreau anemice și prăjite excesiv.

— N-am cum, Kay. Trebuie să-mi iau altă cămașă. Am o ședință...

Dar ea se apucase deja să pună ouăle reci în farfurii.

— Cinci minute, sigur poți să rămâi cinci...

Telefonul din buzunarul sacoului bâzâi zgomotos, iar el îl scoase, întrebându-se dacă va avea curaj să o mintă că fusese convocat de urgență.

— Iisuse Cristoase, spuse el cu o groază nemimată.

— Ce s-a întâmplat?

— Barry. Barry Fairbrother! E... fir-ar să fie, e... e mort! Mi-a trimis mesaj Miles. Iisuse Cristoase! Fir-ar al dracului să fie!

Ea lăsă jos lingura de lemn.

— Cine e Barry Fairbrother?

— Joc squash cu el. Avea doar 44 de ani! Iisuse Cristoase!

Citi din nou mesajul. Kay îl urmărea confuză. Ştia că Miles era partenerul lui Gavin la cabinetul de avocatură, dar nu-i fusese niciodată prezentată acestuia. Barry Fairbrother nu era pentru ea mai mult decât un nume.

Dinspre scări se auzi un bubuit tunător: Gaia cobora în goană treptele.

— Ouă, constată ea în uşa bucătăriei. Aşa cum îmi faci mie în fiecare dimineață. *Nu.* Şi, mulțumită *lui*, zise aruncând o uitătură plină de venin spre ceafa lui Gavin, cred c-am şi pierdut nenorocitul ăla de autobuz.

— Ei, dacă n-ai sta atâta să-ți aranjezi părul, strigă Kay spre fata care nu-i mai răspunse, ci se trase înapoi şi o luă la goană pe hol, cu rucsacul bălăbănindu-se de pereți şi trânti uşa de la intrare în urma sa.

— Kay, trebuie s-o şterg, spuse Gavin.

— Dar uite, am pus deja în farfurie, poți să le mănânci înainte...

— Trebuie să-mi schimb cămaşa. Şi, fir-ar să fie, i-am întocmit testamentul lui Barry, trebuie să mă duc să-l caut. Nu, îmi pare rău, trebuie să plec. Nu-mi vine să cred, adăugă, recitind mesajul de la Miles. Nu-mi vine să cred. Doar joi am jucat squash. Nu pot... Iisuse!

Un om murise; ea nu putea să spună nimic, fără să rişte să calce pe bec. Gavin o sărută scurt pe gura lipsită de reacție şi apoi plecă pe holul îngust şi întunecos.

— Ne vedem...?

— Te sun eu mai târziu, strigă către ea, prefăcându-se că n-o auzise.

Gavin se grăbi să ajungă la maşina parcată peste drum, trăgând cu lăcomie aerul rece şi curat, păstrând în minte vestea morţii lui Barry ca pe o fiolă cu lichid volatil pe care nu îndrăznea s-o agite. În timp ce întorcea cheia în contact şi le imagină pe gemenele lui Barry plângând cu feţele îngropate în saltelele paturilor. Le văzuse întinse aşa, una lângă cealaltă, fiecare jucându-se la câte un dispozitiv Nintendo DS, când trecuse pe lângă uşa dormitorului lor chiar ultima oară când fusese acolo invitat la cină.

Soţii Fairbrother fuseseră cel mai devotat cuplu pe care-l ştia. N-avea să mai ia masa niciodată la ei acasă. Îi spunea mereu lui Barry ce norocos era. Nu fusese aşa de norocos, până la urmă.

Cineva se apropia de el pe trotuar. Cuprins de panică să nu fie Gaia, care venea să urle la el sau să-i ceară s-o ducă cu maşina, dădu înapoi prea mult şi lovi maşina din spate: vechiul Vauxhall Corsa al lui Kay. Trecătoarea ajunse în dreptul geamului său de la maşină şi văzu că era o bătrână costelivă, şchiopătând în nişte papuci de casă. Asudat, Gavin trase de volan şi ieşi din spaţiul strâmt. În timp ce accelera, aruncă o privire în retrovizoare şi o văzu pe Gaia întorcându-se în casă.

Nu reuşea să tragă suficient aer în plămâni. Simţea un nod în piept. Abia acum îşi dădea seama că Barry Fairbrother fusese prietenul lui cel mai bun.

VI

Autobuzul şcolar ajunsese la Fields, proprietatea întinsă aflată la periferia oraşului Yarvil. Case de un cenuşiu murdar, pe unele dintre ele putându-se citi fel şi fel de inițiale şi obscenități pictate cu sprayul. Ici-colo, câte-o fereastră bătută în scânduri. Antene de satelit şi iarbă crescută în neorânduială — nimic din toate astea nu era mai demn de atenția susținută a lui Andrew ca ruinele mănăstirii din Pagford scânteind acoperite de chiciură. Cândva, Andrew se simțise intrigat şi intimidat de Fields, dar trecuse ceva vreme de când familiaritatea îl transformase într-un loc banal.

Trotuarele colcăiau de copii şi adolescenți care se grăbeau să ajungă la şcoală, mulți dintre ei îmbrăcați în tricouri, în ciuda frigului. Andrew o zări pe Krystal Weedon, obiect de batjocură şi de glume obscene. Mergea cu pas vioi, râzând în hohote, în mijlocul unui grup pestriț de adolescenți. O grămadă de cercei îi atârnau de fiecare ureche, iar şnurul chiloțeilor tanga era clar vizibil deasupra pantalonilor de trening cu talie joasă. Andrew o cunoştea din şcoala primară şi apărea în multe dintre cele mai colorate amintiri ale copilăriei sale îndepărtate. Copiii făceau mişto de numele ei, dar în loc să plângă, aşa cum ar fi făcut majoritatea fetițelor de cinci ani, Krystal se prinsese în joc, râzând şi țipând cu ei: „Krystal pişăcioasa! Krystal pişăcioasa!“ În plus, îşi dăduse jos pantalonii în mijlocul clasei şi se prefăcuse că face pipi. Lui Andrew îi rămăsese în memorie imaginea vulvei ei rozalii; era ca şi cum Moş Crăciun apăruse brusc în mijlocul lor. Şi şi-o mai amintea pe domnişoara Oates, roşie la față, care o expedia pe Krystal din sala de clasă.

Pe la 12 ani, transferată la şcoala secundară, Krystal devenise cea mai bine dezvoltată fată din anul lor şi zăbovea în spatele clasei, unde trebuiau să-şi ducă toți fişele la matematică atunci când le terminau şi să le ia pe următoarele.

Cum începuse povestea asta, Andrew (printre ultimii care-şi terminaseră exercițiile la matematică, la fel ca întotdeauna) habar n-avea, dar ajunsese la cutiile din plastic în care se aflau fişele, frumos aliniate pe dulapurile din spate, ca să-i găsească pe Rob Calder şi Mark Richards pipăindu-i, pe rând, sânii lui Krystal. Majoritatea celorlalți băieți se uitau electrizați, ținând manualele în chip de paravan ca să nu-i vadă profesoara, în vreme ce fetele, multe dintre ele stacojii la față, se prefăceau că nu văzuseră nimic. Andrew îşi dădu seama că jumătate dintre băieți îşi luaseră porția şi că toți aşteptau să şi-o ia şi el. Ar fi vrut s-o facă şi, totodată, n-ar fi vrut. Nu de sânii ei îi era frică, ci de expresia îndrăzneață şi provocatoare de pe chipul fetei. Îi era teamă să nu greşească. Iar când aeriana şi anosta domnişoară Simmonds ridicase privirea în sfârşit şi spusese: „Krystal, stai acolo de-o veşnicie, ia-ți lucrarea şi treci la locul tău", Andrew se simțise de-a dreptul uşurat.

Deşi trecuse destul de când fuseseră despărțiți în grupe diferite, erau tot în aceeaşi clasă, aşa că Andrew ştia că fata era uneori prezentă, adesea nu, şi că intra mai mereu în buclucuri. Ea nu ştia ce e frica, la fel ca băieții care veneau la şcoală cu tatuaje pe care şi le desenaseră singuri, cu buzele despicate şi poveşti despre ciocniri cu poliția, consum de droguri şi sex liber.

Şcoala Secundară Winterdown se afla imediat ce intrai în Yarvil, o clădire mare şi urâtă cu trei etaje, al cărei înveliş extern consta în ferestre între care se aflau panouri vopsite în turcoaz. Când uşile autobuzului se deschiseră, Andrew se alătură maselor tot mai numeroase purtând pulovere şi sacouri negre, care traversau parcarea către cele două intrări principale ale şcolii. Tocmai când se pregătea să intre în ambuteiaj şi să se înghesuie la intrarea prin uşa dublă, observă un Nissan Micra care parca, aşa că se desprinse ca să-şi aştepte prietenul cel mai bun.

Tubby, Tubs, Tubster, Flubber, Wally, Wallah, Fatboy, Fats: Stuart Wall era elevul cu cele mai multe porecle din şcoală. Mersul lui relaxat, silueta lui costelivă, chipul slab, cu o paloare bolnăvicioasă, urechile excesiv de mari şi expresia permanent îndurerată erau şi-aşa destul de distinctive, dar ceea ce-l scotea în evidenţă erau umorul lui muşcător, detaşarea şi stăpânirea de sine. Cumva reuşea să se distanţeze de tot ceea ce ar fi putut să definească un personaj mai puţin rezistent, înlăturând stânjeneala de a fi băiatul unui director adjunct ridiculizat şi nepopular şi de a avea drept mamă o profesoară-consilier demodată şi supraponderală. Era el însuşi, cu desăvârşire unic: Fats, o personalitate notabilă a şcolii. Chiar şi cei din Fields râdeau la glumele lui şi rareori se sinchiseau — atât de calm şi de nemilos le întorcea înţepăturile — să râdă de legăturile lui de rudenie nefericite.

Stăpânirea de sine îi rămase neştirbită şi în dimineaţa asta când, sub ochii hoardelor de copii neînsoţiţi de părinţi care treceau pe lângă el, se văzuse nevoit să se dea jos din Nissan alături nu doar de maică-sa, ci şi de taică-su, care de obicei venea la şcoală separat. Andrew se gândi din nou la Krystal Weedon şi la şnurul expus al chiloţeilor ei, în timp ce Fats venea agale spre el.

— Totul în regulă, Arf? spuse Fats.

— Da, Fats.

Se alăturară mulţimii, cu rucsacurile de şcoală atârnate pe umăr, lovindu-i pe copiii mai scunzi din faţă şi creând astfel un mic spaţiu în siajul lor.

— Cubby a plâns, spuse Fats, în timp ce urcau scările aglomerate.

— Ce zici?

— Barry Fairbrother a murit aseară.

— Ah, da, am auzit, spuse Andrew.

Fats îi aruncă lui Andrew acea uitătură glumeaţă şi ironică pe care o folosea când alţii aveau reacţii exagerate, pretinzând că ştiu mai multe decât ştiau de fapt, pretinzând că sunt mai grozavi decât erau.

— Maică-mea era de serviciu la spital când l-au dus, explică Andrew iritat. Doar lucrează acolo, ai uitat?

— Ah, da, spuse Fats şi ironia îi dispăru. Păi, ştii că el şi Cubby erau prieteni buni. Iar Cubby o să facă anunţul. Nu-i bine, Arf.

Se despărţiră în capul scării şi fiecare se duse în sala lui de clasă. Cei mai mulţi dintre colegii lui Andrew erau deja, aşezaţi în bănci, legănându-şi picioarele, rezemaţi de dulăpioarele laterale. Rucsacurile erau lăsate sub scaune. Discuţiile erau întotdeauna mai zgomotoase şi mai libere în dimineţile de luni, pentru că adunarea însemna o plimbare în aer liber până la sala de sport. Diriginta lor stătea la catedră, bifându-i pe cei care intrau în clasă. Niciodată nu se deranja să strige catalogul oficial. Era una dintre numeroasele modalităţi mărunte prin care încerca să le intre pe sub piele copiilor, care o dispreţuiau pentru asta.

Krystal sosi tocmai când se auzi soneria pentru adunare. Strigă „Sunt aici, domnişoară!" din uşă şi o luă imediat înapoi. Toţi ceilalţi o urmară, continuându-şi conversaţiile. Andrew şi Fats se regăsiră în capul scării şi se lăsară purtaţi afară de şuvoiul de copii pe uşile din spate, până în cealaltă parte a curţii asfaltate cenuşii.

Sala de sport mirosea a transpiraţie şi tenişi. Rumoarea a 1 200 de adolescenţi care trăncăneau cu voracitate se reverbera de zidurile ei sumbre, văruite în alb. Un covor greu, de un gri industrial, cu multe pete, acoperea podeaua, brăzdat de liniile diferit colorate care delimitau terenurile de badminton şi de tenis, careurile de hochei şi fotbal; drăcovenia provoca julituri serioase dacă se-ntâmpla să cazi pe ea cu picioarele goale, dar era mai blândă pentru funduri decât lemnul brut pentru cei care urmau să şadă acolo în timpul adunării generale a şcolii. Andrew şi Fats dobândiseră dreptul de a ocupa scaunele din plastic, cu picioare metalice, înşirate în spatele sălii pentru cei din anul al cincilea şi al şaselea.

Un pupitru vechi din lemn stătea cu fața la elevi, iar lângă el se afla directoarea, doamna Shawcross. Tatăl lui Fats, Colin Cubby Wall, se apropie şi-şi ocupă locul lângă ea. Era foarte înalt, avea o frunte lată, început de chelie şi un mers pe care toată lumea îl imita, cu brațele întinse rigid pe lângă corp, țopăind mai mult decât era necesar pentru a înainta. Toată lumea îi zicea Cubby, din cauza detestabilei lui obsesii pentru păstrarea în bună rânduială a cubiculelor pentru dosare de pe peretele din afara cabinetului său. După ce se făcea prezența, unele dintre cataloage erau păstrate acolo, în vreme ce alte cubicule erau repartizate anumitor departamente. „Ai grijă să-l pui în boxa potrivită, Ailsa!" „Nu-l lăsa să atârne aşa, o să cadă, Kevin!" „Nu trece peste el, fato! Ridică-l şi dă-l încoace, trebuie să stea într-un anumit loc!"

Toți ceilalți profesori le numeau „cutii pentru porumbei". În general, se presupunea că procedau astfel ca să se distanțeze de Cubby.

— Hai, băieți, mutați-vă mai încolo, le spuse domnul Meacher, profesorul de tâmplărie, lui Andrew şi Fats, care lăsaseră un loc liber între ei şi Kevin Cooper.

Cubby se postă în spatele pupitrului. Elevii nu se liniştiră la fel de rapid cum ar fi făcut-o pentru directoare. Exact în clipa în care ultimul glas se potoli, una dintre uşile duble de la mijlocul peretelui din dreapta se deschise şi Gaia îşi făcu apariţia.

Se uită de jur împrejur prin sală (Andrew îşi îngădui să se uite întrucât jumătate din sală era cu ochii la ea; întârziase şi era stranie şi frumoasă şi se auzea doar vocea lui Cubby) şi se îndreptă iute, dar nu exagerat de repede (deoarece avea aceeaşi stăpânire de sine ca Fats) în spatele ultimului rând de elevi. Andrew nu-şi putea roti capul ca să rămână cu ochii pe ea, dar îl lovi, cu o forţă care-i făcu să-i ţiuie urechile, gândul că, mişcându-se în lateral împreună cu Fats, lăsase un loc liber lângă el.

Auzi paşii uşori şi grăbiţi apropiindu-se şi pe urmă fata veni şi se aşeză chiar lângă el. Îi atinse scaunul, trupul ei împingându-l pe al lui. Nările lui prinseră din aer o nuanţă de parfum. Conştientizarea apropierii fetei îi făcea parcă să ardă toată partea stângă a corpului, şi se simţi recunoscător că obrazul dinspre ea era mai puţin atacat de acnee decât cel drept. Niciodată nu fusese atât de aproape şi se întrebă dacă ar îndrăzni să se uite la ea şi să-i dea un semn cât de mic de recunoaştere; dar imediat decise că stătuse prea mult timp paralizat şi că era prea târziu să mai facă asta în mod firesc.

Scărpinându-şi tâmpla stângă ca să-şi acopere faţa, îşi roti ochii ca să se uite în jos la mâinile ei împreunate în poală. Unghiile scurte şi curate nu-i erau date cu lac. Pe degetul mic avea un inel simplu din argint.

Fats îşi mişcă discret cotul ca să-l împungă pe Andrew în coaste.

— În sfârşit, spuse Cubby, şi Andrew îşi dădu seama că îl auzise deja pe Cubby rostind de două ori cuvântul şi că tăcerea din sală se solidificase, transformându-se în linişte, căci toţi încetaseră să se agite, şi un amestec de curiozitate, încântare şi nelinişte făcuse aerul să încremenească.

— În sfârşit, zise Cubby din nou, iar vocea lui şovăi, scăpată de sub control. Am de făcut un anunţ foarte... foarte trist. Domnul Barry Fairbrother, care a antrenat cu extrem de mult soc... succes echipa de canotaj a fetelor în ultimii doi ani, a...

Se înecă şi-şi acoperi ochii cu palma.

— ... murit...

Cubby Wall plângea în faţa tuturor; capul cu chelie şi plin de umflături îi căzuse în piept. Simultan, un suspin şi un chicotit se auziră dinspre mulţimea care asista şi multe feţe se întoarseră spre Fats, care stătea şi se uita cu o impasibilitate totală. Un pic ironic, dar altfel neafectat.

— ... murit..., suspină Cubby şi directoarea se ridică, uitându-se în jur.

— ... a murit... aseară.

Un chicotit zgomotos se ridică de undeva din mijlocul şirului de scaune din fundul sălii.

— Cine a râs? urlă Cubby, iar aerul deveni apăsător. CUM ÎNDRĂZNIŢI? Care dintre fete a râs, cine a fost?

Domnul Meacher era deja în picioare, gesticulând furios la cineva de la mijlocul rândului, chiar în spatele lui Andrew şi Fats. Scaunul lui Andrew fu împins din nou, pentru că Gaia şi-l răsucise pe-al ei ca să se uite în spate, ca toţi ceilalţi. Tot corpul lui Andrew părea să fi devenit supersensibil. Simţea felul în care corpul fetei era arcuit către al lui. Dacă s-ar fi întors în direcţia opusă, şi-ar fi lipit pieptul de sânul ei.

— *Cine a râs?* repeta Cubby întrebarea, ridicându-se absurd pe vârfuri, de parcă ar fi fost în stare să depisteze vinovatul de pe locul în care se afla.

Meacher dădea din gură şi făcea semne febrile cu mâna spre persoana pe care o identificase ca fiind de vină.

— Cine e, domnule Meacher? strigă Cubby.

Meacher nu părea dispus să răspundă; încă nu reuşise să-l convingă pe vinovat să-şi părăsească locul, dar când Cubby începu să dea semne alarmante că va părăsi pupitrul ca să investigheze personal, Krystal Weedon se ridică brusc în picioare, roşie la faţă, şi încercă să-şi facă drum de-a lungul şirului de scaune.

— Ai să vii la mine în cabinet imediat după adunare! strigă Cubby. Absolut ruşinos — o totală lipsă de respect! Să nu te mai văd!

Dar Krystal se opri la capătul rândului, îi arătă degetul mijlociu lui Cubby şi ţipă:

— N-AM FĂCUT NIMIC, FRAIERE!

Avu loc o izbucnire de murmure agitate şi hohote de râs. Profesorii făceau tentative ineficiente de a potoli gălăgia, iar unul sau doi se ridicară de pe scaune ca să încerce să-şi intimideze elevii şi să-i facă să se liniştească.

Uşa dublă se închise în spatele lui Krystal şi al domnului Meacher.

— Linişte! strigă directoarea şi o tăcere fragilă, întreruptă de foială şi şoapte se aşternu din nou peste sală.

Fats privea drept înainte şi, de data asta măcar, indiferenţa lui avea un aer forţat, iar tenul lui căpătă o nuanţă mai închisă.

Andrew simţi cum Gaia se lăsase din nou în scaunul ei. Îşi adună curajul, privi spre stânga lui şi zâmbi larg. Ea îi răspunse la fel.

VII

Deşi magazinul de delicatese din Pagford nu deschidea înainte de 9:30, Howard Mollison sosise mai devreme. Era un bărbat de 64 de ani, de o obezitate extravagantă. Stomacul imens îi cădea ca un şorţ atât de jos în faţă, încât cei mai mulţi se gândeau instantaneu la penisul lui când dădeau prima oară ochii cu el, întrebându-se când şi-l văzuse ultima oară, cum şi-l spăla, cum de reuşea să facă oricare dintre actele cărora le era destinat acest organ. În parte pentru că fizicul lui declanşa astfel de întrebări şi în parte datorită priceperii lui în arta conversaţiei amuzante, Howard reuşea să stingherească şi să dezarmeze aproape în egală măsură, astfel încât clienţii cumpărau aproape de fiecare dată mai mult decât avuseseră de gând la o primă vizită la prăvălie. Continua să sporovăiască în timp ce lucra, mâna lui cu degete scurte făcând să alunece fără oprire maşina de feliat, iar feliile de şuncă fine ca mătasea se rostogoleau pe celofanul de dedesubt, în timp ce ochii lui albaştri, rotunzi, erau gata oricând să clipească complice, şi guşa îi tremura la fiecare hohot de râs.

Howard îşi concepuse un costum de lucru: cămaşă albă, un şorţ din doc tare verde-închis, pantalonii reiaţi şi o şapcă de vânătoare, pe care o decorase cu câteva muşte artificiale pentru prins peşti. Dacă şapca fusese cândva subiect de glume, vremea aceea trecuse de mult. În fiecare dimineaţă şi-o aranja cu o exactitate gravă peste părul cărunt, des şi cârlionţat, ajutându-se de o oglinjoară din toaleta angajaţilor.

Era plăcerea neostoită a lui Howard să deschidă prăvălia în fiecare dimineaţă. Îi plăcea să se mişte prin magazin în timp ce singurul zgomot care se auzea era zumzăitul apatic al vitrinelor frigorifice, savura să readucă totul la viață — să aprindă luminile, să tragă storurile, să ridice capacele ca să scoată la iveală comorile din vitrina frigorifică: anghinarele de un verde-cenuşiu palid, măslinele negre de culoarea onixului, tomatele uscate, chircite ca nişte căluți de mare rubinii în uleiul cu ierburi aromatice.

În dimineața asta, totuşi, bucuria lui se împletea cu nerăbdarea. Partenera lui de afaceri, Maureen, întârziase deja şi, asemenea lui Miles mai devreme, Howard se temea ca nu cumva altcineva să i-o ia înainte şi să-i dea vestea senzațională, pentru că ea nu avea telefon mobil. Se opri lângă nou-croita arcadă dintre prăvălia de delicatese şi vechiul magazin de pantofi, care avea să devină curând cea mai nouă cafenea din Pagford, şi verifică materialul plastic transparent de rezistență industrială care împiedica praful să pătrundă în magazinul de delicatese. Plănuiau să deschidă cafeneaua înainte de Paşte, la timp ca să atragă turiştii care plecau spre West Country, pentru care Howard umplea anual vitrinele cu: cidru, brânză şi păpuşi din foi de porumb.

Clopoțelul sună în spatele lui şi se întoarse, inima sa reparată şi întărită bătând mai rapid din pricina emoției.

Maureen era o femeie micuță, cu umerii rotunzi, în vârstă de 62 de ani, văduva partenerului inițial al lui Howard. Postura ei gârbovită o făcea să pară mult mai vârstnică, deşi se străduia, pe toate căile posibile, să se agațe de tinerețe: îşi vopsea părul negru ca pana corbului, se îmbrăca în culori vii şi țopăia pe nişte tocuri nechibzuit de înalte, pe care, odată ajunsă la magazin, le schimba cu nişte sandale Dr. Scholl's.

— 'Neața, Mo, spuse Howard.

Hotărâse să nu strice efectul anunțului pripindu-se, dar curând clienții aveau să năvălească, iar el avea multe de spus.

— Ai auzit vestea?

Ea se încruntă cu o expresie întrebătoare.

— Barry Fairbrother a murit.

Maureen rămase cu gura căscată.

— *Nu!* Cum?

Howard se bătu cu degetul într-o tâmplă.

— Ceva a cedat. Aici, sus. Miles a fost acolo, a văzut cu ochii lui. În parcare, la clubul de golf.

— *Nu!* spuse ea din nou.

— Mort fără drept de apel, preciză Howard, de parcă moartea suporta grade de diferențiere, iar tipul contractat de Barry Fairbrother era deosebit de sordid.

Buzele lui Maureen, date cu ruj de culoare aprinsă, atârnau fără vlagă în timp ce-şi făcea cruce. Apartenența ei la catolicism adăuga întotdeauna o nuanță pitorească în astfel de momente.

— Miles a fost de față? murmură ea.

Howard sesiză în vocea ei gravă, de fostă fumătoare, dorința de a afla toate detaliile.

— Vrei să pui ceainicul la fiert, Mo?

Cel puțin putea să-i prelungească chinul cu câteva momente. Grăbită să se întoarcă la el, Maureen se fripse la mână cu ceai fierbinte. Se aşezară în spatele tejghelei, pe taburetele înalte pe care Howard le pusese acolo pentru perioadele mai neaglomerate, iar Maureen îşi răcori mâna arsă cu un pumn de gheață adunată de pe lângă măsline. Împreună, trecură în revistă aspectele convenționale ale tragediei: văduva („o să fie pierdută, trăia pentru Barry"); copiii („patru adolescenți; ce povară în lipsa tatălui"); relativa tinerețe a mortului („nu era cu mult mai în vârstă decât Miles, nu?"); şi apoi, în sfârşit, ajunseră la adevăratul punct de plecare, pe lângă care toate celelalte erau doar ocolişuri fără ţintă.

— Ce-o să se întâmple? îl întrebă Maureen pe Howard cu aviditate.

— Ah, spuse Howard. Ei bine, aceasta-i întrebarea, nu? Ne-am pricopsit cu un loc devenit vacant printr-o moarte subită, Mo, iar aspectul ăsta ar putea să fie cât se poate de important.

— Cu ce zici că ne-am pricopsit? întrebă Maureen, înspăimântată că ar putea să rateze ceva crucial.

— Un loc vacant printr-o moarte subită, repetă Howard. Aşa se cheamă când un loc din consiliu rămâne vacant ca urmare a unui deces. E termenul adecvat, explică el pe un ton pedagogic.

Howard era preşedintele Consiliului Parohial şi Prim Cetăţean al aşezării Pagford. Titlul aducea cu el un lanţ aurit emailat, corespunzător funcţiei, care acum se odihnea în seiful micuţ pe care el şi Shirley îl instalaseră în fundul şifonierelor împerecheate. Dacă Districtul Pagford ar fi primit statutul de unitate administrativă, el ar fi putut să-şi spună primar; dar chiar şi aşa, din toate punctele de vedere, cam asta era. Shirley lăsase să se înţeleagă asta cât se poate de limpede pe pagina iniţială a website-ului consiliului, unde, sub o fotografie cu Howard, împodobit cu lanţul de Prim Cetăţean şi având o expresie radioasă, se spunea că primea cu bunăvoinţă invitaţii de participare la evenimente locale civile şi de afaceri. Cu doar câteva săptămâni înainte, înmânase diplomele la concursul de ciclism organizat de şcoala primară locală.

Howard sorbi din ceai şi spuse, cu un zâmbet menit să atenueze înţepătura:

— Fairbrother a fost un nemernic, să ştii, Mo. Pe bune c-a fost un nemernic.

— Oh, ştiu asta. Ştiu.

— Dacă ar fi trăit, trebuia să mă cert cu el. Întreab-o pe Shirley. Putea să fie un nemernic viclean.

— Oh, ştiu asta.

— Ei, o să vedem. O să vedem. Asta ar trebui să pună capăt la toată povestea. Să ştii, n-aş fi vrut să câştig în felul ăsta, adăugă el, cu un oftat adânc, dar dacă vorbim de binele oraşului... pentru comunitate... nu-i aşa rău...

Howard se uită la ceas.

— E aproape şi jumătate, Mo.

Niciodată nu deschideau mai târziu şi nu închideau mai devreme; afacerea se derula cu ritualul şi regularitatea unui templu.

Maureen se duse cu mersul ei legănat să descuie uşa şi să ridice storurile.

Piața se arăta treptat, cu fiecare smucitură a storurilor care se ridicau: pitorească şi bine întreținută, datorită în mare măsură eforturilor coordonate ale proprietarilor ale căror imobile aveau fațadele spre ea. Jardiniere, coşuri suspendate şi ghivece cu flori erau presărate ici-colo, plantate în culori asupra cărora se convenea în fiecare an. Black Canon (unul dintre cele mai vechi puburi din Anglia) se afla în cealaltă parte a pieței față de Mollison and Lowe.

Howard intra şi ieşea din încăperea din spate, aducând platouri ovale ce conțineau pateuri proaspete, ornate cu felii sclipitoare de citrice şi fructe de pădure și așezându-le ordonat sub vitrină. Gâfâind un pic de la efortul depus în urma îndelungatei conversații matinale, Howard aşeză ultimul platou şi zăbovi un pic mai mult, uitându-se pe geam la monumentul dedicat războiului din mijlocul pieței.

În dimineața asta, Pagfordul era încântător ca întotdeauna, iar Howard trăia un sublim moment de exaltare atât în existența lui, cât și a orașului căruia îi aparținea, așa cum îl vedea, ca o inimă care pulsează. El se afla aici ca să se bucure din plin de toată priveliștea — băncile negre lucioase, florile roșii și purpurii, razele soarelui aurind vârful crucii din piatră — în timp ce Barry Fairbrother se dusese. Era greu să nu simți efectul unui plan măreț în această subită rearanjare a ceea ce Howard considera câmpul de luptă pe care el și Barry se confruntaseră de-atâta vreme.

— Howard, spuse Maureen cu glas tăios. *Howard!*

O femeie traversa piața; slabă, cu părul negru și tenul măsliniu, îmbrăcată în trenci, mergea uitându-se încruntată la propriile încălțări.

— Crezi că...? O fi auzit? șopti Maureen.

— Habar n-am, zise Howard.

Maureen, care încă nu găsise răgazul să-și pună sandalele, aproape că-și scrânti glezna când se retrase în grabă de la vitrină și, repede-repede, se duse în spatele tejghelei. Cu pași lenți, maiestuos, Howard se întoarse în spatele casei de marcat, ca un artilerist care-și ocupă postul.

Clopoțelul sună și dr. Parminder Jawanda deschise ușa prăvăliei de delicatese, încă încruntată. Fără să-i bage în seamă pe Howard sau pe Maureen, se duse direct la raftul cu uleiuri. Ochii lui Maureen o urmăriră cu o atenție avidă și fără să clipească, ca un șoim care urmărește un șoarece de câmp.

— 'Neața, spuse Howard, când Parminder se apropie de tejghea cu o sticlă în mână.

— 'Neața.

Dr. Jawanda îl privea rareori în ochi, fie la ședințele Consiliului Parohial, fie când se întâlneau în afara casei parohiale. Pe Howard îl amuza mereu incapacitatea ei de a-şi disimula antipatia. Îl făcea să se simtă jovial, extravagant de galant şi curtenitor.

— Nu lucraţi azi?

— Nu, spuse Parminder, scotocind în geantă.

Maureen nu se mai putu abţine.

— Îngrozitoare veste, spuse cu vocea ei răguşită, uşor spartă. Despre Barry Fairbrother.

— Mm, făcu Parminder, după care: Poftim?

— Despre Barry Fairbrother, repetă Maureen.

— Ce e cu el?

Accentul de Birmingham al lui Parminder era încă puternic după 16 ani de şedere în Pagford. O cută verticală adâncă între sprâncene îi dădea o expresie permanent tensionată, uneori de iritabilitate, alteori de concentrare.

— A murit, spuse Maureen, privind cu lăcomie faţa încruntată. Aseară. Tocmai ce mi-a spus Howard.

Parminder rămase încremenită, cu mâna în geantă. Apoi ochii îi alunecară într-o parte, spre Howard.

— S-a prăbuşit şi a murit în parcarea clubului de golf, zise Howard. Miles a fost acolo, a văzut cu ochii lui.

Alte câteva secunde trecură.

— E o glumă? întrebă Parminder cu o voce dură şi ridicată.

— Fireşte că nu-i o glumă, spuse Maureen, savurându-şi propria revoltă. Cine-ar glumi cu aşa ceva?

Parminder trânti uleiul pe tejgheaua cu blat de sticlă şi ieşi din magazin.

— Ia te uită! exclamă Maureen, cuprinsă de un extaz al dezaprobării. „E o glumă?“ Încântător!

— Şoc, rosti cu înţelepciune Howard, privind-o pe Parminder cum traversează înapoi piaţa cu paşi grăbiţi, poalele trenciului fluturând în urma ei. Asta o să fie la fel de afectată ca şi văduva. Îţi zic io, o să fie interesant, adăugă el, scărpinându-şi alene pliul suprapus al burţii, care-l mânca adesea. Să vedem ce o să...

Lăsă fraza neterminată, dar nu mai conta: Maureen ştia exact la ce se referea. Amândoi, în timp ce o priveau pe consiliera Jawanda dispărând pe după colţ, contemplau locul vacant neprevăzut. Şi îl vedeau nu ca pe un spaţiu gol, ci ca pe un buzunar de magician, plin de posibilităţi.

VIII

Vechiul Vicariat era ultima şi cea mai grandioasă dintre casele victoriene de pe Church Row. Se afla chiar în capăt, într-o mare grădină pe colţ, vizavi de St Michael and All Saints.

Parminder, care parcursese în fugă ultimii metri pe stradă, se chinui să descuie broasca rigidă de la intrare şi pătrunse în casă. Nu voia să creadă decât după ce auzea vestea de la altcineva, oricine altcineva. Dar telefonul suna deja ameninţător în bucătărie.

— Da?

— Vikram la telefon.

Soţul lui Parminder era chirurg cardiolog. Lucra la Spitalul General South West din Yarvil şi nu suna niciodată de la serviciu. Parminder strânse receptorul atât de tare încât o durură degetele.

— Am auzit doar din întâmplare. Pare să fi fost un anevrism. L-am rugat pe Huw Jeffries să facă autopsia cât mai repede. E mai bine ca Mary să ştie ce-a fost. S-ar putea să-l rezolve chiar acum.

— Aşa e, şopti Parminder.

— Tessa Wall a fost aici. Sun-o pe Tessa.

— Da. Bine.

Dar după ce încheie convorbirea, se lăsă într-unul dintre scaunele de bucătărie şi privi lung pe fereastra dinspre grădina din spate, fără s-o vadă, cu degetele apăsate pe gură.

Totul se prăbuşise. Faptul că toate erau încă acolo — pereții, scaunele şi desenele copiilor pe pereți — nu însemna nimic. Fiecare atom al decorului fusese descompus şi reconstituit într-o clipită, iar aparența sa de soliditate şi permanență era rizibilă. Se va dizolva la cea mai mică atingere, căci totul devenise dintr-odată extrem de subțire şi de friabil.

Nu putea să-şi controleze gândurile; şi acestea se dezintegraseră, iar fragmente răzlețe de amintiri ieşeau la suprafață şi dispăreau din nou din câmpul vizual: cum dansase cu Barry la petrecerea de Anul Nou a familiei Wall şi conversația stupidă pe care o avuseseră la întoarcerea de la ultima şedință a Consiliului Parohial.

— Ai o casă cu față de vacă, îi spusese ea.

— Față de *vacă*? Cum adică?

— E mai îngustă în față decât în spate. Asta poartă noroc. Dar ai priveliştea spre o intersecție în T. Asta poartă ghinion.

— Înseamnă că suntem neutri în privința norocului, spusese Barry.

Artera din capul lui trebuie că se umfla periculos încă de pe atunci, dar niciunul dintre ei nu ştiuse.

Parminder se duse fără să vadă din bucătărie în sufrageria întunecoasă, aflată permanent în umbră, indiferent de vreme, din cauza impunătorului pin scoțian din grădina din față. Ura copacul acela, dar supraviețuise pentru că şi ea, şi Vikram ştiau ce scandal ar fi avut cu vecinii dacă l-ar fi tăiat.

Nu-şi găsea liniştea. Trecu prin hol apoi se întoarse în bucătărie, unde luă telefonul şi o sună pe Tessa Wall, care nu-i răspunse. Trebuie să fie la muncă. Tremurând, Parminder se aşeză la loc pe scaun.

Durerea ei era atât de mare şi de nestăpânită, încât o îngrozea, ca o fiară care ţâşnise de sub scândurile duşumelei. Barry, micul şi bărbosul Barry, prietenul, aliatul ei.

Exact la fel murise şi tatăl ei. Avea 15 ani şi, când se întorseseră din oraş, îl găsiseră lungit cu faţa în jos pe gazon, cu maşina de tuns iarba lângă el, soarele încingându-i ceafa. Parminder ura morţile subite. Trecerea prelungită în cealaltă lume, de care atât de mulţi oameni se temeau, era o perspectivă liniştitoare pentru ea; aveai timp să aranjezi lucrurile şi să le organizezi, timp să-ţi iei rămas-bun...

Îşi ţinea mâinile apăsate peste gură. Se uita lung la faţa gravă şi dragă a lui Guru Nanak, prinsă cu piuneze de tăblia de plută.

(Lui Vikram nu-i plăcea fotografia.

— Ce caută asta aici?

— Îmi place, îi răspunsese ea sfidător.)

Barry, mort.

Îşi reprimă dorinţa teribilă de a plânge cu o înverşunare pe care mama i-o compătimise întotdeauna, mai ales în urma morţii tatălui ei, când celelalte fiice ale sale, la fel ca mătuşile şi verişoarele, se jeleau toate, bătându-şi pieptul cu pumnii. „Şi tu ai fost preferata lui!" Dar Parminder îşi păstrase lacrimile neplânse în sinea ei, unde păreau să fi suferit o transformare alchimică, revenind la lumea de afară ca nişte revărsări de lavă furioase, descărcate periodic asupra copiilor săi şi a recepţionerelor de la serviciu.

Încă îi vedea pe Howard şi Maureen în spatele tejghelei, unul imens, cealaltă sfrijită, iar în mintea sa aceştia se uitau în jos la ea de la o înălţime considerabilă, în timp ce o anunţau că prietenul ei e mort. Cuprinsă de un val aproape binevenit de furie şi ură, se gândi: *Sunt bucuroşi. Îşi închipuie că acum vor învinge.*

Sări iar în picioare, se întoarse în living şi luă de pe raftul de sus un volum al cărţii sale sfinte noi-nouţe, *Sainchis*. Deschizând-o la întâmplare, citi fără surprindere, ci mai degrabă cu senzaţia că-şi priveşte în oglindă propriul chip devastat:

O, minte, lumea e un puţ adânc şi întunecat. Pe fiecare latură, Moartea îşi aruncă plasa.

IX

Camera rezervată departamentului de consiliere de la Winterdown Comprehensive se deschidea dinspre biblioteca şcolii. Nu avea ferestre şi era luminată de un singur şir de becuri.

Tessa Wall, şefa departamentului şi soţia directorului adjunct, intră în cameră la 10:30, amorţită de oboseală şi aducând cu ea o ceaşcă de nescafé tare pe care şi-o luase din cancelarie. Era o femeie scundă şi corpolentă, cu o faţă simplă şi lată, care îşi tundea singură părul încărunţit — bretonul stângaci tăiat era adesea uşor strâmb — purta haine lucrate în casă, de artizanat, şi-i plăceau bijuteriile din mărgele şi lemn. Fusta lungă de azi fusese lucrată din ţesătură de iută şi o combinase cu o jachetă tricotată, de culoare verde-mazăre. Tessa nu se privea aproape niciodată în oglinzi în care să se vadă complet şi boicota magazinele unde acest lucru era inevitabil.

Încercase să atenueze impresia de celulă dată de camera unde lucra prinzând pe perete o tapițerie nepaleză pe care o avea din studenție: o pânză viu colorată cu un soare galben-aprins şi o lună care emiteau raze unduite stilizate. Restul suprafețelor zugrăvite simplu erau acoperite cu o diversitate de postere care fie ofereau sugestii utile privind creşterea stimei de sine, fie numere de telefon la care să suni pentru a primi ajutor într-o varietate de chestiuni emoționale și de sănătate. Ultima oară când vizitase camera de consiliere, directoarea făcuse o remarcă uşor sarcastică cu privire la acestea.

— Iar dacă toate celelalte dau greş, sună la Linia Copilului, înțeleg, spusese ea arătând spre afişul cel mai impresionant.

Tessa se lăsă în scaun cu un geamăt adânc, îşi scoase ceasul de la mână, care o ciupea, şi-l puse pe birou lângă diferitele foi de hârtie imprimate şi adnotate. Se îndoia că astăzi va fi posibil să facă vreun progres legat de proiectele ei; se îndoia şi că acea Krystal Weedon îşi va face apariția. Krystal pleca din şcoală adeseori când era enervată, supărată sau plictisită. Uneori era oprită înainte să ajungă la porți şi era adusă cu forța înapoi, în țipete şi înjurături. Alteori, când reuşea să scape, chiulea zile în şir. Se făcu ora 10:40; se auzi soneria, iar Tessa aşteptă.

Krystal dădu buzna în cameră la 10:51 şi trânti uşa în urma ei. Se aşeză pe scaunul din fața Tessei cu brațele încrucişate peste pieptul generos, cerceii ieftini legănându-i-se la urechi.

— Poți să-i zici lu' soțu' tău, zise ea cu voce tremurândă, că n-am râs deloc, clar? Ce dracu'!

— Nu înjura când vorbeşti cu mine, te rog, Krystal, spuse Tessa.

— *N-am râs deloc — clar?* ţipă Krystal.

Un grup de elevi din ultimul an, ducând nişte dosare sosiseră în bibliotecă. Aceştia se uitau prin panoul de sticlă al uşii; unul dintre ei rânji când îi văzu ceafa lui Krystal. Tessa se ridică şi trase storul peste geam, apoi se întoarse la scaunul ei din faţa lunii şi a soarelui.

— În regulă, Krystal. N-ar fi mai bine să-mi spui ce s-a întâmplat?

— Soţu' tău a zis ceva de domnu' Fairbrother, da, şi io n-am auzit bine ce-a zis, da, aşa că Nikki mi-a zis, iar io, fir-ar al dracu'...

— Krystal!...

— ... n-am putut să cred, da, şi am ţipat, da' n-am râs deloc! N-am râs, fir-ar...

— ... Krystal...

— *N-am râs deloc, clar?* strigă Krystal, cu braţele strâns încrucişate peste piept şi picioarele puse unul peste celălalt.

— În regulă, Krystal.

Tessa era obişnuită cu furia elevilor pe care-i vedea cel mai des la consiliere. Mulţi dintre ei erau lipsiţi de morala obişnuită: minţeau, se comportau urât şi înşelau în mod curent; şi cu toate acestea, când erau învinuiţi pe nedrept, furia lor era sinceră şi fără limite. Tessa avea impresia că recunoştea asta drept revoltă autentică, prin opoziţie cu cea artificială pe care Krystal se pricepea atât de bine s-o mimeze. În orice caz, ţipătul pe care Tessa îl auzise în timpul adunării o frapase în acel moment ca fiind unul de şoc şi consternare, nu de amuzament. O cuprinsese groaza când Colin îl identificase public drept râs.

— L-am văz't pe Cubby...

— Krystal!...

— I-am zis lu' soțu' tău, fir-ar al dracu'...

— Krystal, pentru ultima oară, te rog să nu înjuri când vorbeşti cu mine...

— I-am zis că n-am râs nicio clipă, i-am zis! Şi, cân' colo, mi-a dat pedeapsă cu detenție, fir-ar al dracului!

Lacrimi de furie scânteiară în ochii fetei, conturați puternic cu creionul. Sângele îi inundase obrajii; îmbujorată, se uita crunt la Tessa, gata-gata să o ia la fugă, să înjure, să-i arate şi ei degetul mijlociu. Aproape doi ani de încredere fragilă, țesută cu mare dificultate între ele, se întindea, pe punctul de a se rupe.

— Te cred, Krystal. Te cred că n-ai râs, dar te rog să nu înjuri față de mine.

Deodată, nişte degete butucănoase frecau ochii mânjiți de rimel. Tessa scoase din sertarul biroului un teanc de batiste de hârtie şi i le dădu lui Krystal, care le luă fără să mulțumească, le apăsă peste fiecare ochi şi apoi îşi suflă nasul. Mâinile lui Krystal erau cea mai înduioşătoare parte a ei: unghiile erau scurte şi late, neîngrijit vopsite, şi toate mişcările mâinilor ei erau naive şi directe, ca ale unui copil mic.

Tessa aşteptă până ce suspinele cu sughițuri ale lui Krystal se domoliră. Apoi spuse:

— Îmi dau seama că eşti supărată că domnul Fairbrother a murit...

— Da, sunt, zise Krystal, cu agresivitate. Şi?

Tessa avu subit în minte imaginea lui Barry ascultând această conversație. Îi vedea zâmbetul mâhnit; îl auzi cu claritate spunând „binecuvântată-i fie inima". Tessa închise ochii care începeau s-o înțepe, incapabilă să zică ceva. O auzi pe Krystal foindu-se, numără încet până la zece şi deschise iar ochii. Krystal se uita lung la ea, cu brațele în continuare încrucişate la piept, roşie şi cu o expresie sfidătoare pe chip.

— Şi mie îmi pare foarte rău pentru domnul Fairbrother, spuse Tessa. De fapt, era un vechi prieten de-al nostru. Ăsta-i motivul pentru care domnul Wall este un pic...

— I-am zis că n-am...

— Krystal, te rog, lasă-mă să termin. Domnul Wall e foarte supărat azi şi probabil că de aceea... a interpretat greşit ce-ai făcut tu. O să vorbesc cu el.

— N-o să-şi schimbe decizia, futu-i...

— *Krystal!*

— Păi, n-o s-o schimbe!

Krystal lovea cu pantoful în biroul Tessei, bătând un ritm rapid. Tessa îşi luă coatele de pe birou, ca să nu mai simtă vibraţia, şi spuse:

— O să vorbesc cu domnul Wall.

Adoptă o expresie pe care o credea neutră şi aşteptă răbdătoare să vină fata spre ea. Krystal rămase într-o tăcere agresivă, lovind piciorul biroului şi înghiţind în sec cu regularitate.

— Ce-a avut domnu' Fairbrother? spuse ea în sfârşit.

— Se crede că i-a plesnit o arteră la creier, zise Tessa.

— De ce?

— S-a născut cu o slăbiciune despre care nu ştia, explică Tessa.

Ştia că fata din faţa ei era mult mai familiarizată cu morţile subite decât ea. Oamenii din cercul mamei sale mureau prematur cu o asemenea frecvenţă, încât ai fi zis că sunt implicaţi în nu ştiu ce război secret despre care restul lumii habar n-avea. Krystal îi spusese Tessei cum, când avea şase ani, găsise cadavrul unui tânăr necunoscut în baia mamei sale. În urma acestui eveniment, Nana

Cath o luase iar în grijă, ca de atâtea ori. Acest din urmă personaj apărea frecvent în multe dintre poveştile despre copilărie ale lui Krystal; un amestec straniu de salvator şi judecător.

— Echipa noastră o s-o ia dracu' acu', zise Krystal.

— Ba n-o s-o ia, o contrazise Tessa. Şi nu mai vorbi urât, te rog.

— Ba o s-o ia, zise Krystal.

Tessa ar fi vrut s-o contrazică, dar epuizarea îi tăie impulsul. Krystal avea dreptate oricum, spunea o parte raţională, detaşată a creierului Tessei. Echipajul de opt vâsle *va fi* terminat. Nimeni, în afară de Barry, n-ar fi putut s-o aducă pe Krystal Weedon în orice grup şi s-o facă să rămână acolo. Fata avea să plece, Tessa ştia asta. Probabil că şi Krystal o ştia. Au stat o vreme în tăcere, iar Tessa era prea obosită ca să găsească vorbele ce ar fi schimbat atmosfera dintre ele. Se simţea fragilă, expusă, jupuită până la os. Nu dormise deloc de mai bine de 24 de ore.

(Samantha Mollison o sunase de la spital la 10 seara, tocmai când Tessa ieşea dintr-o baie prelungită ca să se uite la ştirile de la BBC. Se îmbrăcase în mare grabă, în vreme ce Colin scotea zgomote nearticulate şi se lovea stângaci de mobilă. Sunaseră la etaj ca să-i spună fiului lor unde se duceau, apoi au ieşit să ia maşina. Colin a condus mult prea rapid până în Yarvil, ca şi cum ar mai fi putut să-l readucă la viaţă pe Barry dacă parcurgeau distanţa într-un timp-record; să fie mai rapizi decât realitatea şi s-o păcălească astfel încât să o determine să se rearanjeze.)

— Dacă nu mai vrei să vorbeşti cu mine, plec, spuse Krystal.

— Nu fi necuviincioasă, te rog, Krystal. Sunt extrem de obosită în dimineaţa asta. Eu şi domnul Wall am fost la spital azi-noapte, împreună cu soția domnului Fairbrother. Eram prieteni buni.

(Mary își pierduse complet cumpătul când o văzuse, aruncându-și brațele în jurul ei, îngropându-și fața în gâtul Tessei cu un înfiorător țipăt tânguitor. Chiar când lacrimile Tessei începeau să se împrăștie pe spatele îngust al lui Mary, ea se gândise cu claritate la faptul că zgomotul scos de Mary se numea bocet. Trupul pe care Tessa îl invidiase de atâtea ori, zvelt și minion, se zguduia în brațele ei, incapabil să cuprindă suferința pe care era nevoit s-o îndure.

Tessa nu-și amintea când plecaseră Miles și Samantha. Nu-i cunoștea prea bine. Presupunea că fuseseră bucuroși să plece.)

— Am văz't-o pe nevasta lui. O damă blondă, vine să ne vadă la curse.

— Da.

Krystal își rodea vârfurile degetelor.

— Urma să mă ducă să vorbesc la ziar, spuse ea fără altă introducere.

— Ce spui? întrebă Tessa confuză.

— Domnu' Fairbrother. El urma să mă ducă la un interviu. Numai pe mine.

La un moment dat apăruse în ziarul local un articol despre echipajul de opt vâsle din Winterdown care ocupase primul loc la finalele regionale. Krystal, care nu prea știa să citească, adusese un ziar la cabinet ca să i-l arate Tessei, iar aceasta citise articolul cu glas tare, inserând ici-colo exclamații de încântare și de admirație. Fusese cea mai fericită ședință de consiliere pe care o avusese vreodată.

— Urmau să-ți ia un interviu? Era din nou vorba de echipă?

— Nu, spuse Krystal. Alte chestii.

Apoi:

— Când e înmormântarea?

— Încă nu ştim.

Krystal îşi rodea unghiile, iar Tessa nu-şi putea aduna energia să rupă tăcerea care se solidifica în jurul lor.

X

Anunţul morţii lui Barry pe site-ul Consiliului Parohial abia dacă făcu valuri, ca o pietricică aruncată într-un ocean supraaglomerat. Chiar aşa stând lucrurile, liniile telefonice din Pagford erau mai ocupate ca de obicei în această zi de luni, iar mici grupuri de pietoni se tot adunau pe trotuarele înguste ca să-şi verifice, pe tonuri şocate, exactitatea informaţiilor.

În timp ce vestea se răspândea, avea loc o stranie transmutaţie. S-a întâmplat cu semnăturile de pe dosarele din biroul lui Barry şi cu e-mailurile care se îngrămădeau în inboxurile numeroaselor sale cunoştinţe, totul începea să capete patosul cărării de firimituri făcute de un băieţel rătăcit în pădure. Aceste mâzgălituri grăbite, pixelii aranjaţi de degetele care vor rămâne pe veci nemişcate de-acum dobândeau aspectul macabru al plevei. Gavin simţea deja o uşoară repulsie când vedea pe telefon mesajele text ale prietenului său decedat, iar una dintre fetele din echipajul de canotaj, încă plângând la întoarcerea de la adunare, a găsit în geantă un formular pe care Barry i-l semnase şi a făcut un atac de isterie.

Ziarista de 23 de ani de la *Yarvil and District Gazette* n-avea habar că acum creierul cândva activ al lui Barry era doar o bucată de țesut spongios pe o tavă metalică în Spitalul General South West. Citi ceea ce-i trimisese pe e-mail cu o oră înaintea morții, apoi îl sună pe numărul de mobil, dar nu-i răspunse nimeni. Telefonul lui Barry, pe care-l închisese la dorința lui Mary înainte să plece la clubul de golf, stătea tăcut lângă cuptorul cu microunde din bucătărie, alături de restul obiectelor personale pe care cei de la spital i le dăduseră. Nimeni nu se atinsese de ele. Aceste obiecte familiare — inelul cu chei, telefonul, portofelul vechi şi uzat — păreau nişte fragmente din însuşi cel decedat; puteau foarte bine să fie degetele sau plămânii lui.

Vestea morții lui Barry se răspândea mai departe în toate direcțiile, radiind ca un halou, de la cei care se aflaseră la spital. Mai departe şi în toate direcțiile până la Yarvil, ajungând la cei care-l cunoşteau pe Barry doar din vedere, după reputație sau după nume. Treptat, faptele îşi pierdură forma şi miezul; în unele cazuri fură distorsionate. Pe alocuri, Barry însuşi dispăru îndărătul naturii sfârşitului său, astfel că deveni nici mai mult, nici mai puțin decât o erupție de vomă şi de urină, o grămadă convulsivă de catastrofă; părea absurd, chiar comic într-un mod grotesc, ca un om să fi murit în condiții atât de mizerabile, la micul club de golf cu pretenții.

Aşa se face că Simon Price, care se numărase printre primii care auziseră despre moartea lui Barry, în casa lui de pe culmea dealului ce domina Pagfordul, a dat peste o versiune cu ricoşeu la imprimeria Harcourt-Walsh din Yarvil, unde lucra încă de la terminarea şcolii. I-a fost adusă la cunoştință de buzele unui şofer de motostivuitor, un tânăr rumegător de gumă, pe care Simon l-a găsit stând pitit lângă uşa biroului său, după ce s-a întors de la baie în acea după-amiază târzie.

Băiatul nu venise nicidecum să discute despre Barry.

— Chestia aia de care ați zis că ați putea fi enteresat, mormăi el, după ce-l urmă în birou pe Simon, iar acesta închisese uşa. Dacă înc-o mai vreți, aş putea să v-o fac rost miercuri.

— Da? zise Simon, aşezându-se la birou. Păi parcă ziceai că ai totul pregătit.

— Este, dar nu pot să aranjez colectarea până miercuri.

— Mai zi-mi o dată, cât ai zis că face?

— Păi 80 de bucăți, bani gheață.

Băiatul mesteca gumă cu vigoare; Simon îi auzea saliva lucrând. Mestecatul gumei era una dintre multele chestii pe care Simon le detesta.

— Da' sper că e o chestie adevărată, da? întrebă Simon. Nu cine ştie ce căcat improvizat?

— Vine direct de la depozit, spuse băiatul, schimbându-şi greutatea pe celălalt picior şi, odată cu asta, şi poziția umerilor. Chestie adevărată, nici nu e scoasă dân cutie.

— Bine, atunci, spuse Simon. Adu-l miercuri.

— Ce, aici? zise băiatul, rostogolindu-și ochii în cap. Nah, nu la lucru, nene... Unde locuieşti tu?

— În Pagford, spuse Simon.

— Şi cam pe unde în Pagford?

Aversiunea lui Simon față de a spune cum se numeşte locuința lui se înrudea cu superstiția. Nu numai că îi displăceau vizitatorii — invadatori ai intimității sale şi posibili jefuitori ai proprietății —, dar el vedea Hilltop House ca o lume neprofanată, imaculată, separată de Yarvil şi maşinăriile zgomotoase ale tipografiei.

— Am să vin s-o iau după ce ies de la muncă, spuse Simon, ignorând întrebarea. Unde o ții?

Băiatul nu se arătă prea fericit. Simon se uită la el crunt.

— Păi, am nevoie de bani înainte, schimbă subiectul şoferul de motostivuitor.

— O să ai banii când îmi dai marfa.

— Nu merge aşa, nene.

Simon se gândi că s-ar putea să-l apuce durerea de cap. Nu-şi putea scoate din minte ideea oribilă pe care i-o inoculase soția lui lipsită de tact în dimineața aceea, că o bombă minusculă ar putea să stea nedetectată vreme îndelungată în creierul unui om. Clănțănitul şi huruitul neîncetat al maşinii tipografice de dincolo de uşă cu siguranță că nu-i făcea bine; nu era exclus ca păcănitul ei implacabil să-i fi subțiat arterele de ani de zile.

— Bine, mârâi el şi se mişcă în fotoliu ca să-şi scoată portofelul din buzunarul de la spate.

Băiatul se apropie de birou cu mâna întinsă.

— Stai cumva prin apropiere de terenul de golf din Pagford? întrebă el în timp ce Simon îi număra în palmă bancnotele de zece lire. Un amic de-al meu era treaz azi-noapte ş-a văzut cum un ins cade mort. Să mor io, a borât, s-a lăsat într-o parte ş-a murit în parcare.

— Mda, am auzit, spuse Simon, pipăind între degete ultima bancnotă pe care i-o dădu, să se asigure că nu erau de fapt două lipite.

— Era cam necinstit consilierul ăla. Insul care-a mierlit-o. Lua şpagă. Grays îl plătea ca să-i țină contractori.

— Da? făcu Simon, dar de fapt murea de curiozitate.

Barry Fairbrother... cine-ar fi crezut?

— Te anunț io, atunci, spuse băiatul, vârând cele 80 de lire în buzunarul de la spate. Şi p'ormă mergem s-o luăm, miercuri.

Uşa biroului se închise. Simon uită de durerea de cap pe care, la drept vorbind, nici n-o mai prea simțea, fascinat de acea dezvăluire privind faptele necinstite ale lui Barry Fairbrother. Barry Fairbrother, atât de ocupat şi de sociabil, atât de popular şi de vesel: şi în tot acest timp, băgând la teşcherea mita primită de la Grays.

Vestea nu-l zdruncină pe Simon, aşa cum s-ar fi întâmplat cu aproape oricare altul dintre cei care-l cunoscuseră pe Barry, şi Barry nici nu scăzu în ochii lui. Dimpotrivă, simţea un respect sporit faţă de cel decedat. Oricine avea un pic de creier acţiona constant şi pe ascuns să pună mâna pe cât de mult putea; Simon ştia asta. Privea fără să vadă la tabelul de calcul de pe ecranul computerului, surd în continuare la huruitul maşinilor tipografice de dincolo de geamul prăfuit.

Dacă aveai o familie, nu aveai de ales decât să munceşti de la 9 la 17, dar Simon ştiuse dintotdeauna că existau şi alte căi, mai bune. Că o viaţă uşoară şi îmbelşugată se legăna deasupra capului său ca o piñata mare şi umflată pe care ar fi putut s-o spargă dacă ar fi avut un băţ îndeajuns de mare şi dacă ar fi ştiut şi momentul când să lovească. Simon nutrea o credinţă copilăroasă că restul lumii exista ca punere în scenă pentru drama lui personală. Că destinul stătea deasupra lui, aruncându-i în cale indicii şi semne, iar el nu-şi putea alunga sentimentul că îi fusese făcut un semn celest cu ochiul.

Ponturi de origine supranaturală se aflaseră la baza câtorva decizii aparent donquijoteşti din trecutul lui Simon. Cu ani în urmă, când încă mai era un biet ucenic tipograf, cu o ipotecă pe care abia şi-o putea permite şi cu nevasta rămasă de curând gravidă, pariase o sută de lire pe o favorită la cursa Grand National, pe nume Ruthie's Baby, care ieşise pe penultimul loc. La scurt timp după ce cumpăraseră Hilltop House, Simon a îngropat 1 200 de lire într-o schemă de *time-sharing* derulată de o veche cunoştinţă de-a sa din Yarvil, un tip superficial şi care se ţinea de tot felul de chestii fără rost. Investiţia lui Simon a dispărut odată cu directorul companiei, dar cu toate că se-nfuriase, înjurase şi îl împinsese pe fiul său cel mic pe scări în jos fiindcă-i stătea în cale, nu sunase la poliţie. Ştiuse de anumite nereguli în felul cum funcţiona compania înainte să-şi ducă banii acolo şi presimţea nişte întrebări jenante.

În contraponderea acestor calamităţi, totuşi, veneau şi episoade norocoase, tertipuri care funcţionau, intuiţii care-i aduceau câştig, iar când calcula scorul total, Simon le dădea acestora o mare greutate. Ele erau motivul pentru care-şi păstra încrederea în stelele sale, care-i întăreau convingerea că universul îi rezervase mai mult decât activitatea măruntă de a lucra pentru un salariu modest până ieşea la pensie sau îşi dădea duhul. Manevre şi scurtături; favoritisme şi scărpinări pe spate; toată lumea practica astfel de jocuri, chiar şi, după cum reieşea, micul Barry Fairbrother.

În biroul lui mizer, Simon Price privea cu jind la un post rămas vacant în rândurile iniţiaţilor spre un loc în care banii se scurgeau acum către un scaun gol, pe care nu stătea nimeni ca să-i prindă.

(Zile din trecut)

Persoanele intruse

12.43 Cât despre persoanele intruse (care, în principiu, trebuie să ia locuințele altor oameni şi pe ocupanții acestora aşa cum se găsesc)...

Charles Arnold-Baker
Administrația consiliilor locale
Ediția a şaptea

I

Consiliul Parohial din Pagford era, pentru mărimea sa, o forță impresionantă. Se întrunea o dată pe lună într-o cochetă sală parohială victoriană, iar tentativele de reducere a bugetului, de anexare a oricăreia dintre puterile sale şi de absorbire într-o autoritate unitară de tip nou fuseseră respinse cu asiduitate şi cu succes, vreme de decenii. Dintre toate consiliile locale aflate sub autoritatea superioară a Consiliului Districtual din Yarvil, Pagford se mândrea că este cel mai recalcitrant, cel mai zgomotos şi cel mai independent.

Până duminică seara, fusese alcătuit din 16 localnici, bărbați şi femei. Cum electoratul oraşului tindea să presupună că dorința de a face parte din Consiliul Parohial implica şi competența necesară, toți cei 16 consilieri îşi câştigaseră locurile fără opozanți.

Şi totuşi, acest corp ales pe cale paşnică se afla în prezent într-o stare de război civil. O chestiune care provocase furie şi resentimente în Pagford timp de peste 60 de ani ajunsese într-o fază finală, iar facțiunile se raliaseră în spatele a doi lideri carismatici.

Pentru a înțelege pe deplin cauza disputei era necesar să înțelegi exact profunzimea antipatiei şi a suspiciunii pe care Pagford le nutrea față de oraşul Yarvil, aflat la nord.

Magazinele, firmele şi fabricile din Yarvil, ca şi Spitalul General South West, asigurau cea mai mare parte a locurilor de muncă pentru cei din Pagford. În general, tinerii din micul oraş îşi petreceau serile de sâmbătă în cinematografele şi cluburile de noapte din Yarvil. Oraşul avea o catedrală, mai multe parcuri şi două enorme centre de shopping, locuri pe care le puteai vizita când te săturai de farmecul de calitate superioară al Pagfordului. Chiar şi aşa, pentru adevărații pagfordieni, Yarvil nu era decât ceva mai mult decât un rău necesar. Atitudinea lor era simbolizată de dealul înalt, în vârful căruia se afla Mănăstirea Pargetter, care bloca vederea oraşului Yarvil din Pagford şi îngăduia localnicilor iluzia plăcută că oraşul părea la distanță mult mai mare decât era cu adevărat.

II

Dar se întâmpla că Dealul Pargetter mai ascundea vederii orăşelului un alt loc, unul pe care Pagfordul îl considerase întotdeauna în mod deosebit al său. Era vorba de Sweetlove House, o vilă splendidă, în culoarea mierii, în stil Queen Anne, aşezată în mijlocul unei proprietăți întinse care cuprindea un parc şi terenuri agricole. Se afla pe teritoriul Parohiei Pagford, la jumătatea drumului dintre oraş şi Yarvil.

Timp de aproape două secole, casa trecuse fără probleme de la o generație la alta în familia de aristocrați Sweetlove, până când, la începutul secolului XX, familia s-a stins. Tot ce rămăsese din îndelungata asociere dintre familia Sweetlove cu Pagford era cel mai mare cavou din cimitirul St Michael and All Saints şi câteva blazoane şi inițiale în cronicile şi pe clădirile locale, ca urmele şi coprolitele unor ființe dispărute.

După moartea ultimului membru al familiei Sweetlove, vila a început să-şi schimbe proprietarii cu o rapiditate alarmantă. În Pagford stăruia permanent temerea că vreun dezvoltator va cumpăra şi mutila preaiubitul reper. Apoi, în anii 1950, un om pe nume Aubrey Fawley a cumpărat locul. Curând s-a aflat despre Fawley că posedă o avere particulară substanțială, pe care o suplimenta pe căi misterioase în zona comercială. Avea patru copii şi dorința de a se stabili permanent. Aprobarea celor din Pagford a fost ridicată la înălțimi şi mai amețitoare de informația transmisă cu iuțeală cum că Fawley ar fi descendent, printr-o linie colaterală, din Sweetlove. Era deja, în mod clar, un localnic, un om a cărui loialitate avea să se manifeste firesc față de Pagford, nu față de Yarvil. Bătrânul Pagford credea că sosirea lui Aubrey Fawley însemna întoarcerea unei epoci magice. El avea să fie naşul fermecat al oraşului, aşa cum fuseseră şi strămoşii lui, răspândind grație şi opulență peste caldarâmul străzilor.

Howard Mollison încă-şi mai amintea cum mama sa dăduse buzna în bucătăria lor micuță de pe Hope Street cu vestea că Aubrey fusese invitat să jurizeze spectacolul floral local. Fasolea ei cățărătoare câştigase primul loc la legume trei ani la rând şi îşi dorea să primească acel castron roz placat cu argint de la un bărbat care era deja pentru ea un personaj al romantismului din lumea veche.

III

Dar deodată, aşa spunea legenda locului, se aşternu brusc întunericul care anunța apariția zânei celei rele.

Tocmai când Pagford se bucura că Sweetlove House încăpuse pe mâini aşa de sigure, Yarvil construia un şir de locuințe sociale în partea de sud. Noile străzi, s-a aflat în Pagford cu nelinişte, înghițeau o parte din terenul care se întindea între Yarvil şi Pagford.

Toată lumea ştia că cererea de locuințe ieftine crescuse constant de la terminarea războiului, dar micul oraş, momentan distras de sosirea lui Aubrey Fawley, începu să forfotească de neîncredere față de intențiile celor din Yarvil. Barierele naturale, râul şi dealul, care cândva fuseseră garanțiile suveranității Pagfordului, păreau diminuate de viteza cu care se multiplicau casele din cărămidă roşie. Yarvil umplu fiecare centimetru pătrat de teren aflat la dispoziția lui şi se opri la granița nordică a Parohiei Pagford.

Oraşul oftă cu o uşurare care curând s-a dovedit a fi prematură. Cantermill Estate a fost imediat considerată insuficientă pentru a împlini nevoile populației, astfel că marele oraş a început să-şi întindă antenele pentru a găsi mai mult teren de colonizat.

Acela a fost momentul în care Aubrey Fawley (încă mai mult mit decât om pentru locuitorii din Pagford) a luat decizia care a declanşat o duşmănie ce a tot copt timp de 60 de ani.

Neavând ce face cu cele câteva câmpuri pline de tufişuri de dincolo de zona nou-construită, el a vândut terenul Consiliului Yarvil contra unui preţ bun, iar cu banii primiţi a recondiţionat lambriul deteriorat din salonul vilei Sweetlove.

Furia Pagfordului n-a cunoscut margini. Câmpiile Sweetlove fuseseră o componentă importantă a contrafortului său ridicat în calea oraşului cotropitor. Acum, vechea frontieră a parohiei urma să fie compromisă de o revărsare de yarvilieni nevoiaşi. Şedinţe gălăgioase la primărie, scrisori înfocate trimise la ziare şi la Consiliul Yarvil, proteste personale faţă de cei aflaţi la putere — nimic n-a reuşit să inverseze fluxul mareic.

Locuinţele sociale au început să avanseze din nou, dar cu o diferenţă. În scurtul hiat care a urmat definitivării primului lot, consiliul a realizat că se poate construi mai ieftin. Aşa încât erupţia nouă n-a mai fost din cărămidă roşie, ci din beton armat. Al doilea lot de locuinţe era cunoscut prin părţile locului ca Fields, după terenul pe care fusese construit, şi era marcat distinct de Cantermill Estate, ca urmare a materialelor şi proiectului de calitate inferioară.

Într-una dintre acele case din Fields, din beton şi oţel, care deja avea crăpături şi se deteriora spre sfârşitul anilor 1960, s-a născut Barry Fairbrother.

IV

În pofida asigurărilor liniştitoare date de Consiliul Yarvil că întreţinerea noii proprietăţi se va face în regim propriu, Pagford — după cum preziseseră încă de la început locuitorii săi furioşi — a început curând să primească noi facturi. În vreme ce asigurarea majorităţii serviciilor şi întreţinerea caselor cădeau în sarcina Consiliului Yarvil, rămâneau chestiunile pe care oraşul, în maniera sa arogantă, le delegase parohiei: menţinerea în bună stare a străzilor, a iluminatului şi a băncilor publice, a staţiilor de autobuz şi a terenurilor comune.

Graffitiurile au înflorit pe podurile care legau Pagford cu drumul spre Yarvil; staţiile de autobuz din Fields au fost vandalizate; adolescenţii din Fields au împânzit parcul de joacă cu sticle de bere şi au spart cu pietre felinarele stradale. O alee din partea locului, preferata turiştilor şi a excursioniştilor, a devenit un loc popular pentru tinerii din Fields, de adunare şi „mai rău", după cum s-a exprimat misterios mama lui Howard Mollison. Sarcina de a curăţa, repara şi înlocui a căzut în seama Consiliului Parohial din Pagford, iar fondurile dispersate de Yarvil au fost considerate încă de la început inadecvate pentru timpul şi cheltuielile necesare.

Nicio parte a poverii nedorite căzute pe capul Pagfordului nu provoca mai multă furie şi amărăciune decât faptul că acum copiii din Fields intrau în aria de acoperire a Şcolii Primare ce ţinea de St Thomas Church of England. Copiii din Fields aveau dreptul să poarte râvnita uniformă alb-albastră, să se joace în curte lângă piatra de temelie aşezată de Lady Charlotte Sweetlove şi să asurzească sălile mici de clasă cu accentul lor strident de Yarvil.

În scurtă vreme, în Pagford a devenit de notorietate faptul că locuinţele din Fields ajunseseră recompensa şi ţelul oricărei familii din Yarvil care trăia din ajutoare sociale şi avea copii de vârstă şcolară; peste linia de frontieră dinspre Cantermill Estate era acum un trafic intens, cam cum mexicanii treceau granița spre Texas. Frumoasa lor şcoală de la St Thomas — un adevărat magnet pentru cei care făceau naveta la Yarvil, care erau atraşi de sălile de clasă mici, de pupitrele cu capac rabatabil, de clădirea veche din piatră şi de terenul de joacă de un verde luxuriant — avea să fie invadată de odraslele cerşetorilor, dependenților de droguri şi mamelor ai căror copii aveau fiecare un alt tată.

Acest scenariu de coşmar nu s-a realizat niciodată în totalitate, pentru că, deşi erau avantaje neîndoielnice la şcoala de la St Thomas, existau şi minusuri: nevoia de a cumpăra uniformă sau de a completa toate formularele necesare pentru a primi ajutor financiar în acest scop sau necesitatea de a ajunge la locurile unde oprea autobuzul şi de a se trezi devreme pentru a se asigura că micuții vor ajunge la timp la şcoală. Unele familii din Fields considerau că acestea sunt nişte obstacole împovărătoare, iar copiii lor au fost absorbiți imediat de încăpătoarea şcoală primară unde nu era nevoie de uniforme şi care fusese construită pentru a servi Cantermill Estate. Majoritatea şcolarilor din Fields care au venit la St Thomas s-au integrat fără probleme printre cei din Pagford. Şi unii dintre ei erau recunoscuți chiar ca fiind nişte copii cât se poate de drăguți. Aşa se face că Barry Fairbrother a trecut uşor prin şcoală, un fel de clovn al clasei, popular şi deştept, rareori băgând de seamă că zâmbetul câte unui părinte din Pagford îngheța când el pomenea de locul unde îşi avea domiciliul.

Cu toate acestea, şcoala St Thomas a fost uneori obligată să accepte şi câte un copil din Fields care avea o natură turbulentă de netăgăduit. Krystal Weedon trăia cu străbunica ei pe Hope Street când i-a sosit sorocul să meargă la şcoală, aşa încât a fost aproape imposibil să fie împiedicată să vină, deşi, când s-a întors în Fields cu mama ei, la vârsta de opt ani, localnicii au sperat cu ardoare că ea va pleca pentru totdeauna de la St Thomas.

Parcursul lent al lui Krystal prin etapele şcolare a semănat cu trecerea unei capre prin corpul unui şarpe boa constrictor, fiind extrem de vizibilă şi incomodă pentru ambele părţi implicate. Nu pentru că fata ar fi fost mereu în clasă: o mare parte a şederii ei la St Thomas a avut tratament special, făcându-şi lecţiile cu câte un învăţător repartizat anume.

Printr-o întorsătură răutăcioasă a sorţii, Krystal a fost colegă de clasă cu nepoata cea mai mare a lui Howard şi Shirley, Lexie. Krystal a lovit-o o dată pe Lexie Mollison atât de tare în faţă, încât i-a scos doi dinţi. Faptul că aceştia se mişcau deja dinainte nu a fost considerat de părinţii lui Lexie o circumstanţă atenuantă.

Convingerea că, odată ajunse la Winterdown Comprehensive, şcoala secundară, clase întregi de cópii la indigo ale lui Krystal le vor aştepta pe fiicele lor ca să le bată a fost argumentul care i-a făcut în final pe Miles şi Samantha Mollison să-şi mute ambele fiice la St Anne, şcoala privată pentru fete din Yarvil, unde făceau naveta săptămânal. Faptul că nepoatele lui au fost îndepărtate de la locul care li se cuvenea de una precum Krystal Weedon a devenit rapid unul dintre exemplele favorite ale lui Howard despre influenţa nefastă a proprietăţii Fields asupra vieţii orăşelului Pagford.

V

Prima revărsare a furiei celor din Pagford s-a domolit, transformându-se într-o dorinţă de revendicare, mai tăcută, dar nu mai puţin puternică. Fields polua şi corupea un loc al tihnei şi al frumuseţii, iar locuitorii înfuriaţi ai orăşelului au rămas hotărâţi să reteze legăturile cu nedorita proprietate. Şi totuşi, revizuirile de graniţe au venit şi au plecat, iar reformele din guvernarea locală au măturat zona fără să se concretizeze în vreo schimbare: Fields a rămas parte din Pagford. Nou-veniţii în oraş aflau rapid că aversiunea faţă de respectiva proprietate era un paşaport necesar pentru a obţine bunăvoinţa acelui nucleu dur de pagfordieni care conducea totul.

Şi iată că acum, în sfârşit — la peste 60 de ani după ce bătrânul Aubrey Fawley le încredinţase celor din Yarvil acea fatală parcelă de teren — după decenii de muncă răbdătoare, de strategii şi petiţii, de colaţionare a informaţiilor şi de tirade ţinute în faţa subcomisiilor — antifielderii din Pagford se aflau, în fine, pe pragul trepidant al victoriei.

Recesiunea forţa autorităţile locale să optimizeze, să reducă şi să reorganizeze. Existau persoane în corpul superior al Consiliului Districtual Yarvil care întrezăreau ca fiind avantajos pentru şansele lor electorale ca mica proprietate în stare de dezagregare, care, după toate probabilităţile, n-avea să o ducă prea bine sub noile măsuri de austeritate impuse de guvernul naţional, să fie golită, iar locuitorii ei nemulţumiţi să fie alăturaţi propriilor lor votanţi.

Pagford îşi avea propriul reprezentant în Yarvil: consilierul districtual Aubrey Fawley. Acesta nu era omul care permisese construirea locuinţelor din Fields, ci fiul său, „Tânărul Aubrey", care moştenise Sweetlove House şi lucra în timpul săptămânii la o bancă de investiţii din Londra. Implicarea lui Aubrey în treburile locale avea un iz de penitenţă, o senzaţie că trebuie să îndrepte răul pe care tatăl lui, cu atâta nonşalanţă, îl făcuse orăşelului. El şi soţia lui, Julia, făcuseră donaţii şi oferiseră premii la spectacolul agricol, făceau parte din numeroasele comitete locale şi organizau anual o petrecere de Crăciun la care invitaţiile erau foarte râvnite.

Howard era mândru şi încântat să creadă că el şi Aubrey erau aliaţi atât de apropiaţi în lupta neîntreruptă pentru a reatribui Yarvilului proprietatea Fields, asta deoarece Aubrey se mutase într-o sferă superioară a comerţului care îi impunea lui Howard un respect plin de fascinaţie. În fiecare seară, după ce închidea prăvălia de delicatese, Howard lua sertarul casei de marcat de modă veche şi număra monedele şi bancnotele murdare înainte de a le pune într-un seif. Aubrey, pe de altă parte, nu punea niciodată mâna pe bani în orele de serviciu, şi totuşi făcea să se mişte sume inimaginabile la scară continentală. El îi administra şi îi multiplica, iar când semnele erau mai puţin favorabile, privea cu calm autoritar cum dispăreau. În ochii lui Howard, Aubrey avea o aură pe care n-o putea ştirbi nici măcar un crah financiar mondial. Nimeni nu se plângea când lucrurile mergeau bine, era părerea des invocată a lui Howard, care-i acorda lui Aubrey respectul cuvenit unui general rănit într-un război nepopular.

Între timp, în calitate de consilier districtual, Aubrey era la curent cu tot felul de statistici, fiind în postura de a-i împărtăşi lui Howard o mulţime de informaţii despre satelitul problematic al Pagfordului. Cei doi ştiau exact ce proporţie din resursele districtului era vărsată, fără niciun câştig sau vreo ameliorare vizibilă, în străzile în paragină din Fields; că niciun locuitor din Fields nu era proprietarul casei pe care o ocupa (în timp ce casele din cărămidă roşie din Cantermill Estate erau aproape toate în mâini private; fuseseră înfrumuseţate în aşa măsură că aproape nu le mai recunoşteai, cu jardiniere şi verande şi petice de gazon îngrijit în faţă); că aproape două treimi din rezidenţii din Fields trăiau integral din ajutoare de stat; şi că o proporţie considerabilă a acestora erau clienţi ai Clinicii de dezintoxicare Bellchapel.

VI

Howard purta mereu cu el imaginea mentală a proprietăţii Fields, ca amintirea unui coşmar: ferestre bătute în scânduri mânjite cu obscenităţi; adolescenţi fumători pierzând vremea în staţiile de autobuz definitiv vandalizate; antene de satelit peste tot, îndreptate spre cer ca nişte pistiluri dezgolite ale unor flori metalice sumbre. Adesea întreba retoric de ce nu se puteau organiza pentru a aranja cât de cât locul — ce îi oprea pe locuitori să-şi adune resursele precare şi să-şi cumpere o maşină de tuns iarba, pe care s-o folosească în comun? Dar asta nu se întâmpla niciodată. Fields aştepta să vină consiliile, districtul şi parohia să le facă reparaţiile, curăţenia şi întreţinerea; să le dea, să le dea şi iar să le dea.

Howard îşi amintea apoi cum arăta Hope Street în copilăria lui, cu micuţele grădini din spatele caselor, nişte petice de pământ care abia dacă erau mai mari ca o faţă de masă, dar majoritatea, inclusiv al mamei sale, pline de fasole căţărătoare şi cartofi. Aşa cum vedea Howard lucrurile, nimic n-avea de ce să-i oprească pe fielderi să cultive legume; nimic care să-i oprească să-şi disciplineze odraslele sinistre, îmbrăcate în hanorace cu glugă şi artişti ai sprayurilor colorate; nimic care să-i oprească să se adune ca o comunitate şi să se ocupe de mizerie şi de paragină; nimic care să-i oprească să se spele, să se primenească şi să-şi găsească de muncă; absolut nimic. Aşa că Howard era obligat să tragă concluzia că aceştia alegeau de bunăvoie şi nesiliţi de nimeni să trăiască aşa cum trăiau, iar aerul uşor ameninţător de degradare a proprietăţii nu era altceva decât o manifestare fizică a ignoranţei şi indolenţei.

Pagford, prin contrast, avea un soi de aureolă morală în mintea lui Howard, de parcă sufletul colectiv al comunităţii se manifesta în străzile cu caldarâm, în dealurile şi casele pitoreşti. Pentru Howard, localitatea natală era mai mult decât o colecţie de clădiri vechi, un râu cu apă repede, mărginit de arbori, silueta maiestuoasă a mănăstirii de pe deal sau coşurile cu flori atârnate în piaţă. Pentru el, orăşelul era un ideal, un mod de a fi. O microcivilizaţie care rezista cu fermitate declinului naţional.

— Sunt un pagfordian get-beget, le zicea el turiştilor, vara.

Spunând asta, îşi făcea de fapt un compliment profund, deghizat în loc comun. Se născuse în Pagford şi avea să moară acolo, niciodată nu visase să plece şi nici nu tânjise pentru schimbări de peisaj mai mari decât cele de care te puteai bucura, privind cum anotimpurile transformau pădurile înconjurătoare şi râul; ori privind piaţa înflorind primăvara sau scânteind de Crăciun.

Barry Fairbrother ştiuse toate astea. Mai mult chiar, se exprimase în acest sens. Râsese la masa din casa parohială, îi râsese lui Howard în faţă: „Ştii, Howard, *tu* eşti Pagford pentru mine“. Iar Howard, deloc tulburat (pentru că la fiecare glumă a lui Barry răspundea tot cu o glumă), îi replicase: „O să iau asta drept un compliment, Barry, indiferent ce intenţie ai avut“.

Îşi putea permite să râdă. Singura ambiţie pe care Howard o mai avea în viaţă părea să se afle foarte aproape de îndeplinire: revenirea proprietăţii Fields la Yarvil părea iminentă şi sigură.

Apoi, cu două zile înainte ca Barry Fairbrother să cadă mort în parcare, Howard a aflat de la o sursă mai presus de orice bănuială că opozantul său încălcase toate regulile cunoscute ale înfruntării şi scrisese în ziarul local un articol despre ce binecuvântare fusese pentru Krystal Weedon să fie educată la St Thomas.

Ideea de a o aduce pe Krystal Weedon în faţa publicului cititor ca un exemplu de conciliere între Fields şi Pagford (după spusele lui Howard) ar fi putut fi amuzantă, dacă n-ar fi fost atât de gravă. Fără îndoială că Fairbrother ar fi pregătit-o cu grijă pe fată, iar adevărul despre gura ei spurcată, orele întrerupte permanent, lacrimile celorlalţi copii, nenumăratele exmatriculări şi reintegrări s-ar fi pierdut într-un potop de minciuni.

Howard avea încredere în bunul-simţ al concetăţenilor săi, dar se temea de răstălmăcirile gazetăreşti şi de amestecul făcătorilor de bine ignoranţi. Obiecţia lui era atât principială, cât şi personală: încă nu uitase cum nepoata îi plânsese în braţe, cu gingia însângerată în locul unde se aflaseră cei doi dinţi scoşi, în vreme ce încerca s-o consoleze cu promisiunea unui cadou triplu de la Zâna Măseluţă.

Marți

I

La două zile după moartea soțului ei, Mary Fairbrother se trezi la ora 5 dimineața. Dormise în patul conjugal cu băiatul ei de 12 ani, Declan, care se furişase lângă ea, plângând, puțin după miezul nopții. Acum dormea dus, aşa că Mary ieşi din cameră şi coborî în bucătărie ca să plângă în voie. Fiecare oră care trecea îi sporea durerea, pentru că o îndepărta tot mai mult de bărbatul viu şi pentru că era o măruntă anticipare a eternității pe care avea s-o petreacă fără el. Iar şi iar se pomenea că uită, pentru o clipă, că el dispăruse pentru totdeauna şi că nu-şi mai putea afla liniştea în brațele lui.

Când sora şi cumnatul ei sosiră să pregătească micul-dejun, Mary luă telefonul lui Barry şi se retrase în birou, unde începu să caute numerele unora dintre foarte multele cunoştințe ale soțului ei. Abia trecuseră câteva minute că telefonul sună.

— Da? murmură ea.

— Oh, bună! Îl caut pe Barry Fairbrother. Alison Jenkins de la *Yarvil and District Gazette.*

Vocea veselă a tinerei femei suna tare şi oribil în urechea lui Mary, asemenea unei fanfare triumfale; zgomotul ei anihila sensul cuvintelor.

— Poftim?

— Alison Jenkins de la *Yarvil and District Gazette.* Aş dori să vorbesc cu Barry Fairbrother. E vorba despre articolul despre Fields pe care l-a trimis.

— Da? spuse Mary.

— Păi, nu a trimis şi detaliile referitoare la fata despre care vorbeşte. Trebuia să-i luăm un interviu. Krystal Weedon?

Mary resimţea fiecare vorbă ca pe o palmă. Cu perversitate, rămase nemişcată şi tăcută în vechiul fotoliu rotativ al lui Barry şi se lăsă potopită de lovituri.

— Mă auziţi?

— Da, spuse Mary cu o voce spartă. Vă aud.

— Ştiu că domnul Fairbrother dorea foarte mult să fie de faţă când o intervievăm pe Krystal, dar timpul ne presează...

— N-o să poată să fie prezent, spuse Mary, vocea ei crescând într-un ţipăt. N-o să mai poată vorbi despre *nenorocitul* de Fields sau despre orice altceva, niciodată!

— Poftim? zise fata de la celălalt capăt al firului.

— Soţul meu a *murit,* gata. E *mort,* aşa că *Fields* va trebui să se descurce şi fără el, bine?

Lui Mary îi tremurau mâinile atât de tare, încât mobilul îi alunecă printre degete şi, în cele câteva momente scurse până reuşi să închidă convorbirea, ştiu că jurnalista îi auzise sughiţurile de plâns. Apoi îşi aminti că cea mai mare parte a ultimei zile petrecute pe pământ de Barry şi a aniversării nunţii lor fusese acaparată de obsesia lui legată de Fields şi de Krystal Weedon. Înfuriată, azvârli atât de tare telefonul, încât lovi o fotografie înrămată a celor patru copii ai lor, făcând-o să cadă pe podea. Începu să țipe și să plângă în același timp, iar sora și cumnatul ei veniră repede pe scări și dădură buzna în cameră.

Și n-au putut înțelege de la ea mai mult decât:

— Fields, ducă-se naibii Fields, ducă-se naibii.

— E locul în care eu și Barry am crescut, bâigui cumnatul ei, dar nu dădu și alte explicații, de teamă să n-o isterizeze și mai tare pe Mary.

II

Asistenta socială Kay Bawden și fiica ei Gaia se mutaseră de la Londra cu doar patru săptămâni în urmă și erau cei mai noi locuitori din Pagford. Kay nu era la curent cu istoria litigioasă a Fieldsului; era pur și simplu cartierul în care trăiau mulți dintre clienții ei. Tot ce știa despre Barry Fairbrother era că moartea acestuia precipitase scena nefericită din bucătărie, când iubitul Gavin fugise de ea și de ouăle jumări, luând cu el și toate speranțele pe care i le trezise felul în care făcuse dragoste cu ea.

Kay își petrecu pauza de prânz a zilei de marți într-o parcare de la marginea șoselei dintre Pagford și Yarvil, mâncând un sandvici în mașină și citind un teanc gros de note. Una dintre colegele ei fusese pusă pe liber din motive de stres, cu consecința imediată că în brațele lui Kay aterizase o treime din cazurile ei. Puțin după ora 13, porni spre Fields.

Vizitase deja cartierul de mai multe ori, dar încă nu se familiarizase cu străzile lui labirintice. Găsi în cele din urmă

Foley Road şi identifică de la depărtare casa despre care credea că trebuie să aparţină familiei Weedon. Dosarul îi dădea de înţeles foarte limpede la ce să se aştepte, iar prima privire aruncată înspre casă îi confirmă acele aşteptări.

O grămadă de gunoi menajer se înălţa lipită de zidul din faţă: sacoşe pline cu mizerii, laolaltă cu haine vechi şi neambalate, scutece mânjite. Fragmente de gunoi se rostogoliseră sau se împrăştiaseră peste peticul de gazon necrescut, dar cea mai mare parte rămăsese îngrămădit sub una dintre cele două ferestre de la parter. Un cauciuc vechi de maşină şedea în mijlocul gazonului; se vedea că fusese mutat de curând, căci la 30 de centimetri mai încolo era un cerc de iarbă uscată, lipită de pământ, de culoare gălbui-maronie. După ce sună la uşă, Kay observă un prezervativ folosit lucind în iarbă la picioarele sale, ca un cocon transparent al unei larve uriaşe.

Experimenta acea teamă uşoară pe care niciodată nu reuşise să şi-o înfrângă, deşi nu se putea compara cu emoţia care o domina la început în faţa uşilor necunoscute. Atunci, în pofida antrenamentului ei, în pofida faptului că, de regulă, era însoţită de un coleg, trecuse prin momente când îi fusese cu adevărat teamă. Câini periculoşi, indivizi care mânuiau cuţite, copii cu răni înspăimântătoare... Pe toate le întâlnise, şi altele şi mai rele, în anii de când intra în case străine.

Nimeni nu veni să-i deschidă, dar auzi scâncetul unui copil mic prin fereastra de la parter, din stânga ei, care era întredeschisă. Încercă să bată la uşă, dar un fulg minuscul de vopsea crem scorojită se desprinse şi-i ateriză pe vârful pantofului. Asta-i aminti de starea noii sale locuinţe. Ar fi fost frumos dacă Gavin s-ar fi oferit să o ajute cu o parte din amenajare, dar acesta nu spusese niciun cuvânt. Uneori,

Kay punea lucrurile pe care el nu le spusese sau nu le făcuse pe seama avariției și se simțea mânioasă și plină de amărăciune, hotărâtă să ceară compensații.

Ciocăni din nou, mai energic decât ar fi făcut-o dacă n-ar fi vrut să-și abată atenția de la propriile gânduri, iar de data asta se auzi o voce îndepărtată:

— Stai că vin, *ce dracu'*!

Ușa se deschise brusc și în prag apăru o femeie care avea în același timp înfățișare de copil și de babă, îmbrăcată într-un tricou bleu murdar și o pereche de izmene bărbătești de pijama. Avea aceeași înălțime precum Kay, dar era scofâlcită; oasele feței și sternul ieșeau în evidență pe sub pielea albă străvezie. Părul aspru și vopsit într-un roșu intens arăta ca o perucă proțăpită în creștetul capului, pupilele erau minuscule, iar pieptul era ca și inexistent.

— Bună, tu ești Terri? Sunt Kay Bawden, de la Serviciile Sociale. Îi țin locul lui Mattie Knox.

Pe toată pielea cenușiu-albicioasă a brațelor fragile ale femeii se vedeau cicatrici argintii, iar pe interiorul unui antebraț era o inflamație roșie urâtă. O suprafață întinsă de țesut cicatrizat pe brațul drept și pe partea de jos a gâtului dădeau pielii un aspect lucios de plastic. Kay cunoscuse o narcomană din Londra care-și incendiase din greșeală casa și-și dăduse seama prea târziu ce se întâmplă.

— Mda, bine, spuse Terri, după o pauză excesiv de lungă.

Când vorbi, păru mult mai vârstnică; mai mulți dinți îi lipseau. Se întoarse cu spatele la Kay și coborî câteva trepte instabile spre holul întunecat. Kay o urmă. Casa mirosea a mâncare stricată, a transpirație și a mizerie stătută. Terri o conduse pe Kay prin prima ușă la stânga, într-o cameră de zi minusculă.

Nu vedeai cărți, picturi, fotografii sau televizor. Nimic în afară de două fotolii mizerabile şi un set stricat de rafturi. Podeaua era înțesată de tot felul de resturi. O stivă de cutii noi-nouțe din carton lipite de perete făceau notă discordantă.

Un băiețel desculț stătea în picioare în mijlocul podelei, îmbrăcat în tricou şi cu un scutec Pampers umflat. Kay ştia din dosar că băiețelul avea trei ani şi jumătate. Smiorcăitul lui părea inconştient şi nemotivat, ca un fel de maşină de zgomot ca să semnaleze că se afla acolo. Strângea în mână un pachețel de cereale.

— Deci, el trebuie să fie Robbie! zise Kay.

Băiatul se uită la ea când îi rosti numele, dar continuă să scâncească.

Terri împinse la o parte o cutie metalică de biscuiți zgâriată, care se afla pe unul dintre fotoliile murdare şi ferfenițite, şi se ghemui pe el, privind-o pe Kay pe sub pleoapele grele. Kay ocupă celălalt fotoliu pe brațul căruia stătea cocoțată o scrumieră plină ochi. Mucurile de țigară căzuseră pe şezutul fotoliului, le simțea sub coapse.

— Salut, Robbie, spuse Kay, deschizând dosarul lui Terri.

Băiețelul continuă să se vaite, zgâlțâind pachetul de cereale; ceva zăngăni înăuntru.

— Ce-ai acolo? întrebă Kay.

Puştiul nu răspunse, dar clătină şi mai zdravăn pachetul. O mică figurină din plastic zbură din cutie, făcu un arc şi căzu în spatele cutiilor de carton. Robbie începu să se smiorcăie. Kay se uită la Terri, care privea lung la copil, cu chipul lipsit de expresie.

În cele din urmă, Terri murmură:

— Gura, Robbie.

— Vrei să vedem dac-o putem scoate de-acolo? zise Kay, bucuroasă de pretextul ivit pentru a se ridica şi a-şi scutura pantalonii.

Îşi lipi capul de zid ca să se uite în spaţiul din spatele cutiilor. Figurina se înţepenise aproape de partea de sus. Îşi împinse mâna în interval. Cutiile erau grele şi dificil de mişcat. Kay reuşi să apuce figurina şi odată obiectul ajuns în palma ei, văzu că era vorba de un omuleţ grăsan, ca un Buddha aşezat pe vine, de culoare purpurie.

— Ei, uite-l, zise ea.

Robbie încetă să se mai smiorcăie; luă figurina şi o puse la loc în pachetul de cereale, pe care începu din nou să-l scuture.

Kay se uită în jur. Două maşinuţe stăteau răsturnate sub rafturile deteriorate.

— Îţi plac maşinuţele? îl întrebă Kay pe Robbi, arătând spre ele.

Băiatul nu se uită în direcţia degetului ei, ci miji ochii la ea cu un amestec de calcul şi curiozitate. Apoi se duse repede să ridice o maşinuţă pe care o ţinu ridicată, ca ea s-o poată vedea.

— Vruuum, zise el. Ma'ina.

— Aşa e, spuse Kay. Foarte bine. Maşinuţă. Vruuum, vruuum.

Se aşeză din nou şi-şi scoase blocnotesul din geantă.

— Deci, Terri, cum merge treaba?

Urmă o pauză până când Terri spuse:

— Bene.

— Doar ca să ştii: Mattie a fost trimisă în concediu medical, aşa că eu îi ţin locul. Va trebui să revedem informaţiile pe care mi le-a lăsat, ca să verificăm că nimic nu s-a schimbat de când te-a văzut săptămâna trecută, bine? Deci, ia să vedem: Robbie e la creşă acum, da? Patru dimineţi pe săptămână şi două după-amiezi?

Vocea lui Kay părea să ajungă la Terry doar de la depărtare. Era ca şi cum ai fi vorbit cu cineva aflat în fundul unui puţ.

— Mda, spuse ea după o pauză.

— Cum îi merge? Îi place?

Robbie înfipse maşinuţa în cutia de cereale. Luă unul dintre mucurile de ţigară căzute de pe pantalonii lui Kay şi îl strivi peste maşinuţă şi Buddha cel purpuriu.

— Mda, spuse somnoroasă Terri.

Dar Kay trecea în revistă ultima parte a notelor dezlânate pe care Mattie le lăsase înainte să fie trimisă acasă.

— N-ar fi trebuit să fie acolo azi, Terri? Nu e joi una dintre zilele în care merge?

Terri părea să se lupte cu dorinţa de a dormi. O dată sau de două ori capul i se legănă un pic pe umeri. În cele din urmă, zise:

— Krystal trebuia să-l ducă acolo, dar n-a făcut-o.

— Krystal e fiica dumitale, da? Câţi ani are?

— Are 14, spuse Terri pe un ton visător, şi jumate.

Din însemnările pe care le-avea în faţă, reieşea că vârsta fetei era de 16 ani. Urmă o lungă pauză.

Două căni ciobite stăteau la piciorul fotoliului lui Terri. Lichidul murdar dintr-una din ele avea un aspect sângeriu. Braţele lui Terri erau încrucişate peste pieptul ei plat.

— L-am îmbrăcat, spuse Terri, trăgându-şi cuvintele de undeva, din adâncul conştiinţei sale.

— Îmi pare rău, Terri, dar trebuie să întreb. Te-ai drogat în dimineaţa asta?

Terri îşi lipi pe gură mâna ca o gheară.

— Noo.

— Fac caca, spuse Robbie şi o luă la fugă spre uşă.

— Are nevoie de ajutor? întrebă Kay când Robbie dispăru din vedere şi îl auziră tropăind pe scări.

— Noo, se de'curcă sin'ur, rosti nedesluşit Terri.

Îşi propti capul moleşit în pumn, cu cotul pe braţul fotoliului. Robbie scoase un răcnet de pe palier.

— Uşa! Uşa!

Îl auziră lovind în lemn. Terri nu schiţă niciun gest.

— Să-l ajut? propuse Kay.

— Mda, acceptă Terri.

Kay urcă treptele şi apăsă clanţa înţepenită ca să-l ajute pe Robbie. Camera mirosea a acru. Baia era vopsită în gri, cu urme maronii succesive de la diferitele inundaţii, iar apa la toaletă nu fusese trasă. Kay făcu asta înainte să-i permită lui Robbie să se caţere pe scaun. Copilul îşi strâmbă faţa şi se scremu zgomotos, indiferent la prezenţa ei. Se auzi un plescăit sonor şi o notă agresivă nouă se adăugă la aerul deja îmbâcsit. Copilul se dădu jos şi îşi trase la loc pampersul umflat fără să se şteargă. Kay îl făcu să se întoarcă şi încercă să-l convingă să se şteargă singur, dar acţiunea îi părea complet străină copilului. În final, îl şterse ea. Avea fundul inflamat: aspru, roşu şi iritat. Scutecul mirosea a amoniac. Încercă să i-l scoată, dar copilul ţipă, o lovi şi apoi se trase înapoi, întorcându-se în camera de zi cu scutecul atârnând. Kay vru să se spele pe mâini, dar nu văzu niciun săpun. Având grijă să nu tragă aer în piept, închise uşa băii în urma ei.

Aruncă o privire în dormitoare înainte să se întoarcă la parter. Conţinutul tuturor celor trei încăperi era împrăştiat pe palierul în neorânduială. Toţi dormeau pe saltele. Robbie părea să doarmă în aceeaşi cameră cu maică-sa. Câteva jucării zăceau printre hainele murdare împrăştiate pe toată podeaua: ieftine, din plastic şi nepotrivite pentru vârsta lui. Spre surprinderea lui Kay, pilota era protejată cu un cearşaf, iar pernele cu feţe corespunzătoare.

Revenit în camera de zi, Robbie scâncea din nou, lovind cu pumnul în stiva de cutii de carton. Terri îl privea pe sub pleoapele pe jumătate închise. Kay scutură cu palma fotoliul înainte să se aşeze iar.

— Terri, eşti înscrisă la programul pentru metadonă de la Clinica Bellchapel, corect?

— Mm, făcu somnoroasă Terri.

— Şi cum merge treaba, Terri?

Cu pixul pregătit, Kay aşteptă, prefăcându-se că răspunsul nu se afla chiar în faţa ei.

— Te mai duci la clinică, Terri?

— Săptămâna tre'ută. Vineri, me'g.

Robbie burduşea cutiile cu pumnii.

— Poţi să-mi spui câtă metadonă ai luat?

— 115 mili, spuse Terri.

Pe Kay nu o surprinse că Terri ţinea minte acest detaliu, dar nu-şi amintea vârsta fiicei ei.

— Mattie scrie aici că mama ta te-a ajutat cu Robbie şi Krystal; mai e valabilă chestia asta?

Robbie îşi lovi trupul îndesat de stiva de cutii, care se legănă.

— Ai grijă, Robbie, spuse Kay, iar Terri zise „Lasă-le..." cu cea mai apropiată tonalitate de alertă pe care Kay o auzise în glasul ei inert.

Robbie reveni la izbitul cutiilor cu pumnii, aparent pentru plăcerea de a asculta zgomotul ritmic.

— Terri, te mai ajută mama ta să-l îngrijeşti pe Robbie?

— Nu mama, buni.

— Bunica lui Robbie?

— Ba nu, buni *a mea*. Ea... nu se simte bine.

Kay se uită iar la Robbie, cu pixul pregătit. Nu era subnutrit. Ştia asta după cum îl simţise şi-l văzuse, pe jumătate dezbrăcat, în timp ce-l ştergea la fund. Avea tricoul murdar, dar părul, când se aplecase deasupra lui, mirosea, surprinzător, a şampon. Nu se vedeau vânătăi pe braţele şi picioarele albe ca laptele, dar încă mai purta scutecul acela îmbibat şi umflat; avea trei ani şi jumătate.

— M'foame, strigă el, aplicând cutiei un ultim pumn inutil. M'foame.

— Ia ş'tu un biscuit, îngăimă Terri, fără să se mişte.

Nemulţumirile lui Robbie se transformară în suspine zgomotoase şi ţipete. Terri nu schiţă niciun gest că ar vrea să se mişte din fotoliu. Era imposibil de vorbit în gălăgia aia.

— Să-i dau eu unul? strigă Kay.

— Mda.

Robbie alergă pe lângă Kay în bucătărie. Era aproape la fel de murdară ca baia. În afară de frigider, aragaz şi maşina de spălat, nu mai erau alte aparate; pe blaturile dulapurilor erau doar farfurii murdare, încă o scrumieră plină ochi, sacoşe din plastic, pâine mucegăită. Linoleumul era slinos şi i se lipea de tălpile pantofilor. Gunoiul dădea pe-afară din găleată, iar deasupra stătea într-un echilibru precar o cutie de pizza.

— Ncolo, spuse Robbie, împungând cu degetul bufetul fixat în perete fără să se uite la Kay. Ncolo!

În bufet era depozitată mai multă mâncare decât s-ar fi aşteptat Kay: conserve, un pachet de biscuiţi, un borcan cu nes. Luă doi biscuiţi şi i-i dădu copilului. Acesta îi înhăţă şi fugi cu ei înapoi la maică-sa.

— Deci, îţi place să te duci la creşă, Robbie? îl întrebă ea, în timp ce puştiul înfuleca biscuiţii pe podea.

Copilul nu răspunse.

— Mda, îi place, spuse Terri, ceva mai trează. Nu-i aşa, Robbie? Îi place.

— Când a fost ultima oară acolo, Terri?

— Ul'ma oară. Ieri.

— Ieri a fost miercuri, nu putea să fie acolo ieri, spuse Kay, făcând o însemnare. Nu e una dintre zilele în care trebuie să se ducă.

— Po'tim?

— Te-am întrebat despre creşă. Robbie trebuia să fie acolo azi. Trebuie să-mi spui când a fost ultima oară.

— Poi, ţi-am zis, nu? Ul'ma oară.

Avea ochii mai deschişi decât îi văzuse Kay până atunci. Timbrul vocii ei era încă monoton, dar antagonismul se chinuia să iasă la suprafaţă.

— Eşti lesbi? întrebă ea.

— Nu, răspunse Kay, continuând să scrie.

— Arăţi ca o lesbi, zise Terri.

Kay îşi văzu în continuare de scris.

— Suc, strigă Robbie, cu bărbia mânjită de ciocolată.

De data asta, Kay nu se mişcă. După altă pauză lungă, Terri se smulse din fotoliu şi merse împleticit pe hol. Kay se aplecă în faţă şi desfăcu capacul cutiei de biscuiţi din tablă pe care Terri o dăduse într-o parte când se aşezase. Înăuntru era o seringă, un pic de vată murdară, o linguriţă cu aspect ruginit şi o punguţă de polietilenă prăfuită. Kay închise capacul la loc, sub privirile lui Robbie. Terri se întoarse, după ce zdrăngănise undeva în spate nişte vase, aducând o cană cu suc, pe care i-o întinse băieţelului.

— Na, spuse, mai mult către Kay decât către fiul ei, şi se aşeză din nou. Nu nimeri fotoliul şi, la prima tentativă, se lovi de braţul acestuia.

Kay auzi zgomotul ciocnirii dintre os şi lemn, dar Terri părea să nu simtă niciun pic de durere. Se aşeză înapoi pe pernele lăsate şi o contemplă pe asistenta socială cu o indiferenţă confuză.

Kay citise dosarul din scoarţă-n scoarţă. Ştia că aproape tot ce însemnase ceva în viaţa lui Terri Weedon fusese absorbit în gaura neagră a dependenţei; că asta o costase doi copii; că abia stătea agăţată de ceilalţi doi; că se prostituase ca să-şi poată cumpăra heroină; că fusese implicată în tot felul de infracţiuni mărunte şi că acum încerca pentru a nu ştiu câta oară o cură de dezintoxicare.

Dar să nu simtă, să nu-i pese... *În clipa asta*, îşi zise Kay, *ea e mai fericită decât mine.*

III

La începutul celei de-a doua ore de clasă, de după prânz, Stuart Fats Wall ieşi din şcoală. Experimentul lui cu chiulul fusese bine chibzuit; decisese încă din noaptea trecută că va lipsi la ora dublă de informatică ce încheia după-amiaza la şcoală. Ar fi putut să aleagă orice altă oră, dar s-a întâmplat că prietenul lui cel mai bun, Andrew Price (căruia Fats îi zicea Arf), era în altă grupă la cursul de informatică, iar Fats, în pofida strădaniilor sale, nu reuşise să fie retrogradat ca să poată fi colegi.

Fats şi Andrew erau probabil la fel de conştienţi că, în relaţia lor, admiraţia curgea mai ales dinspre Andrew spre Fats; dar acesta ajunsese să suspecteze că avea nevoie de Andrew mai mult decât avea Andrew nevoie de el. În ultima vreme, Fats începuse să privească această dependenţă în lumina unei slăbiciuni, dar şi-a zis că, dacă tot continua să agreeze compania lui Andrew, putea să lipsească două ore de la o materie fără de care se putea descurca oricum.

Fats primise de la o sursă de încredere informația că o cale sigură de a părăsi incinta Winterdown fără a fi zărit de la vreo fereastră era să urce peste zidul lateral de lângă adăpostul pentru biciclete. Prin urmare, zis şi făcut, după care sări jos, pe vine, sprijinindu-se în vârful degetelor, pe aleea îngustă din cealaltă parte. Aterizarea se făcu lin, aşa că o luă pe cărarea îngustă şi se întoarse la stânga, pe drumul principal aglomerat şi murdar.

Simțindu-se în siguranță, după ce porni la drum îşi aprinse o țigară şi trecu pe lângă micile prăvălii dărăpănate. După cinci cvartale, Fats o luă iar la stânga, pe prima dintre străzile care alcătuiau Fields. Din mers, îşi slăbi cravata de şcoală cu o mână, dar nu o scoase de tot. Nu-i păsa că se vedea că era elev. Fats nu încercase niciodată să-şi personalizeze uniforma în vreun fel. Adică, să-şi prindă insigne pe revere sau să-şi aranjeze cravata după ultima modă. Îşi purta uniforma şcolară cu desconsiderarea unui condamnat.

Greşeala pe care o comiteau 99 la sută din oameni, din punctul de vedere al lui Fats, consta în faptul că le era ruşine de ceea ce erau; că mințeau în privința asta, încercând să fie altcineva. Onestitatea era moneda forte a lui Fats, arma şi totodată sistemul său defensiv. Dacă erai cinstit, oamenii se temeau, erau şocați. Alți oameni, după cum a descoperit Fats, erau împotmoliți în stinghereală şi prefăcătorie, îngroziți că adevărurile lor ar putea ieşi la iveală, dar Fats era atras de starea brută, de tot ce era urât, dar cinstit, de lucrurile murdare care-i făceau pe cei asemenea tatălui său să se simtă umiliți şi scârbiți. Fats se gândea mult la cei cu virtuți de mesia sau considerați paria; la oamenii considerați nebuni sau criminali; la neadaptații nobili ocoliți de masele somnolente.

Dificil şi de-a dreptul glorios era să fii ceea ce eşti cu adevărat, chiar dacă persoana cu pricina este crudă sau periculoasă, *mai ales* dacă este crudă sau periculoasă. Trebuie să ai curaj să nu deghizezi animalul care se întâmplă să fii. Pe de altă parte, trebuie să eviți să te prefaci a fi mai mult decât animalul care eşti: ia-o pe drumul ăsta, începe să exagerezi sau să te prefaci şi devii doar un alt Cubby, în aceeaşi măsură un mincinos, un ipocrit. *Autentic* şi *neautentic* erau cuvinte pe care Fats le folosea frecvent în mintea sa. Pentru el, înțelesul lor avea o precizie de laser, în maniera în care le aplica sieși sau celorlalți.

Decisese că poseda nişte trăsături care erau autentice şi care, prin urmare, trebuiau să fie încurajate şi cultivate. Dar totodată că unele dintre obiceiurile sale de gândire erau produsul nefiresc al educației sale nefericite. Prin urmare, nefiind autentice, acestea trebuiau purificate. În ultima perioadă, experimenta acționând conform unor porniri pe care le considera impulsurile sale autentice, ignorând sau reprimând vinovăția şi teama (neautentice) pe care astfel de acțiuni păreau să le genereze. Fără îndoială, acest lucru devenea mai uşor cu practica. Dorea să se întărească la interior, să devină invulnerabil, să se elibereze de teama de consecințe: să scape de ideile contrafăcute despre bine şi rău.

Unul dintre lucrurile care începuse să-l irite în privința propriei dependențe de Andrew era că, uneori, prezența acestuia din urmă îi strunea şi limita expresia deplină a eului autentic al lui Fats. Undeva în Andrew era o hartă autodesenată a ceea ce constituia fairplay, iar în ultima vreme Fats surprinse pe fața vechiului prieten expresii de nemulțumire, confuzie și dezamăgire stângaci deghizate. Andrew evita să atingă extremele când venea vorba de hărțuire și de bătaie de joc. Fats nu-l blama; ar fi fost neautentic pentru Andrew să ia parte la astfel de acte — în afară de cazul în care asta își dorea cu adevărat. Problema era că Andrew manifesta un atașament pentru genul de moralitate cu care Fats purta un război tot mai hotărât. Fats bănuia că ceea ce s-ar fi cuvenit să facă, gestul nesentimental, dar corect întru năzuința atingerii deplinei autenticități ar fi fost să rupă legătura cu Andrew. Cu toate acestea, prefera în continuare compania lui Andrew oricărei alteia.

Fats era convins că se cunoștea deosebit de bine. Își explora toate ungherele propriului psihic cu o atenție pe care în ultimul timp încetase s-o mai acorde oricărui alt lucru. Petrecea ore interogându-se cu privire la propriile impulsuri, dorințe și temeri, încercând să distingă între cele care erau cu adevărat ale lui și celelalte, pe care fusese învățat să le simtă. Își examina propriile atașamente (nimeni dintre cei pe care-i cunoștea, era sigur de asta, nu fusese vreodată atât de cinstit cu sine însuși; ei rătăceau, pe jumătate adormiți, prin viață): iar concluzia lui fusese că Andrew, pe care-l cunoștea de la cinci ani, era persoana pentru care simțea cea mai neprefăcută afecțiune; că, deși crescuse acum îndeajuns de mult ca să vadă prin ea, păstrase un atașament față de maică-sa de care nu era vinovat; că îl disprețuia fervent pe Cubby, care reprezenta culmea și apogeul lipsei de autenticitate.

Pe pagina de Facebook pe care Fats o păstorea cu o grijă pe care n-o mai dedica niciunui alt lucru, subliniase un citat pe care-l găsise în biblioteca părinților săi:

Nu vreau credincioşi, cred că sunt prea malițios ca să cred în mine însumi... Am o teamă teribilă că într-o bună zi voi fi pronunțat sfânt... Nu vreau să fiu sfânt, aş prefera să fiu un bufon... poate că sunt un bufon...

Lui Andrew îi plăcuse foarte mult, iar lui Fats îi plăcuse cât de impresionat fusese.

În timpul necesar ca să treacă de agenția de pariuri — câteva secunde — gândurile lui Fats se îndreptară spre prietenul mort al tatălui său, Barry Fairbrother. Trei paşi lungi şi săltăreți pe lângă cursele de cai afişate pe postere, în spatele sticlei murdare, şi Fats văzu fața bărboasă şi jovială a lui Barry, apoi auzi râsul penibil de răsunător al lui Cubby, care adesea izbucnea aproape înainte ca Barry să-şi termine una dintre glumele lui jalnice, doar pentru că era încântat de prezența acestuia. Fats nu dorea să examineze mai în profunzime aceste amintiri. Nu îşi puse întrebări cu privire la motivele acestei instinctive tresăriri interioare. Nu se întrebă dacă omul decedat fusese autentic sau neautentic. Îndepărtă ideea de Barry Fairbrother şi deprimarea ridicolă a tatălui său şi-şi văzu de drum.

Fats era ciudat de trist zilele astea, cu toate că îi făcea să râdă pe ceilalți la fel ca şi altădată. Strădania lui de a se descotorosi de moralitatea restrictivă era o tentativă de a recâştiga ceva despre care era sigur că fusese înăbuşit în el, ceva pe care-l pierduse odată cu ieşirea din copilărie. Ceea ce Fats voia să recupereze era un soi de inocență, iar traseul pe care-l alesese pentru a reveni la ea trecea prin toate lucrurile despre care se zicea că-ți fac rău, dar care în mod paradoxal lui Fats i se păreau calea unică spre autenticitate; spre un soi de puritate. Era ciudat cât de des totul era pe dos, inversul a ceea ce ți se spunea. Fats începea să creadă că, dacă răsturnai fiecare fragment de informație pe dos, atunci obțineai adevărul. Dorea să călătorească prin labirinturi întunecate şi să se lupte cu bizareriile ce sălăşluiau înăuntru; să desfacă pietatea şi să expună ipocrizia; dorea să încalce tabuurile şi să le stoarcă înțelepciunea din inimile lor sângeroase; voia să dobândească o stare de grație amorală şi să fie botezat în revers, în ignoranță şi simplitate.

Şi astfel a hotărât să încalce una dintre puținele reguli şcolare pe care încă nu le violase şi a plecat în Fields. Nu era doar faptul că pulsul brut al realității părea mai aproape aici decât în orice alt loc pe care-l cunoştea; mai avea totodată vaga speranță de a se întâlni ca din întâmplare cu anumiți oameni de notorietate în privința cărora era curios şi, deşi abia dacă recunoştea asta față de el însuşi, pentru că era una dintre puținele lui dorințe arzătoare pentru care nu avea cuvinte, căuta o uşă deschisă şi o recunoaştere abia răsărită şi un bun-venit într-o casă pe care nu ştia că o are.

Trecând pe jos, şi nu cu maşina mamei sale pe lângă casele de culoarea chitului, observă că multe dintre ele erau lipsite de graffitiuri şi de gunoaie şi că unele imitau (aşa cum o vedea el) dichiseala aşezării Pagford, cu perdeluțe din tul şi ornamente la pervazuri. Detaliile acestea erau mai greu vizibile dintr-un vehicul în mişcare, căci ochii lui Fats erau irezistibil atraşi de altele, de la ferestrele bătute în scânduri la gazonul plin de gunoaie. Casele mai aranjate nu prezentau niciun interes pentru Fats. Ceea ce-l atrăgea erau locurile unde haosul şi anarhia erau la vedere, chiar dacă se manifestau pueril, doar prin vopseaua tip spray.

Undeva, aproape (nu ştia exact unde) trăia Dane Tully. Familia lui Tully avea o reputaţie proastă. Cei doi fraţi mai mari şi tatăl lui petrecuseră o grămadă de timp la puşcărie. Se zvonea că ultima oară când Dane se bătuse (cu un băiat de 19 ani, aşa circula povestea, din Cantermill Estate), tatăl lui îl însoţise până la locul faptei şi rămăsese ca să se bată cu fratele mai mare al oponentului lui Dane. Tully a apărut la ore cu faţa tăiată, buza umflată şi un ochi vânăt. Toată lumea a fost de acord că îşi făcuse una din rarele apariţii la şcoală doar ca să se dea mare cu rănile căpătate.

Fats era cât se poate de sigur că el ar fi procedat diferit. Să-ţi pese de ce credeau alţii despre faţa ta şifonată era neautentic. Lui Fats i-ar fi plăcut să se bată, iar apoi să-şi continue viaţa normală, iar dacă cineva ar fi ştiut, ar fi fost doar pentru că-l zărise din întâmplare.

Fats nu fusese lovit niciodată, în pofida atitudinii lui tot mai provocatoare. Se gândise de mai multe ori în ultimele zile la cum s-ar simţi dacă ar intra într-o încăierare. Bănuia că starea de autenticitate pe care o căuta ar include violenţa. Sau, cel puţin, nu ar *exclude* violenţa. Să fii pregătit să loveşti şi să primeşti o lovitură păreau să fie pentru el o formă de curaj spre care trebuia să aspire. Niciodată nu avusese nevoie de pumni: limba îi fusese de ajuns. Dar noul Fats începea să-şi dispreţuiască talentul oratoric şi să admire brutalitatea autentică. Chestiunea cuţitelor Fats o dezbătuse cu el însuşi cu mai multă delicateţe. Să-şi cumpere acum un cuţit şi să lase să se ştie că îl purta la el ar fi fost un gest de neautenticitate fără pereche, o jalnică imitare a unora precum Dane Tully. Simţi cum i se strânge stomacul doar când îi trecu prin minte gândul. Dacă venea vreodată timpul să *aibă nevoie* să poarte un cuţit, asta ar fi fost diferit. Fats nu excludea posibilitatea ca un asemenea moment să vină, deşi recunoştea că ideea era înfricoşătoare. Fats era speriat de lucrurile care străpungeau pielea, de ace şi lame de cuțit. Fusese singurul care leşinase în şcoala primară, când fuseseră vaccinați împotriva meningitei. Una dintre puținele căi prin care Andrew descoperise că-l poate tulbura pe Fats era să scoată EpiPenul din tocul de protecție. Era seringa plină cu adrenalină pe care Andrew trebuia să o poarte mereu la el din cauza periculoasei sale alergii la alune. Lui Fats i se făcea greață când Andrew mânuia seringa în preajma lui sau se prefăcea că-l împunge cu ea.

Rătăcind fără vreo destinație anume, Fats văzu semnul care anunța Foley Road. Aici locuia Krystal Weedon. Nu ştia sigur dacă astăzi fata era la şcoală şi n-avea nicio intenție să o facă să creadă că venise s-o caute.

Se înțeleseseră să se întâlnească vineri seara. Fats le spusese părinților că se ducea la Andrew acasă pentru un proiect la engleză. Krystal păruse să înțeleagă ce urmau să facă; părea gata pentru aşa ceva. Până atunci îl lăsase să-şi vâre două degete în interiorul ei: fierbinte, ferm şi lunecos. Îi desfăcuse sutienul şi i se dăduse voie să-şi pună mâinile pe sânii ei calzi şi grei. O căutase anume la discoteca de Crăciun. O scosese din sală, sub privirile neîncrezătoare ale lui Andrew şi ale altora, ducând-o în spatele sălii de teatru. Şi ea păruse la fel de surprinsă ca oricine altcineva, dar nu opusese, aşa cum sperase şi se aşteptase, practic niciun fel de rezistență. Faptul că şi-o stabilise pe Krystal drept țintă fusese un act deliberat; şi-şi pregătise riposta calmă şi tupeistă la înțepăturile şi tachinările amicilor săi.

— Dacă vrei chipsuri, nu te duci ca idiotul la un magazin bio.

Învățase în prealabil această analogie, dar încă nu venise momentul să le-o arunce în față.

— Voi, băieți, rămâneți la labă. Eu vreau să mi-o trag.

Asta le ştersese zâmbetele de pe fețe. Îşi dădea seama că toți, inclusiv Andrew, erau forțați să-şi înghită împunsăturile pentru că el dorise asta, în semn de admirație pentru urmărirea neabătută a singurului, a unicului țel adevărat. Fats alesese, fără doar şi poate, calea cea mai directă pentru a ajunge acolo. Niciunul dintre ei nu putea să-i contraargumenteze pragmatismul de bun-simț, iar Fats a înțeles că fiecare dintre ei se întreba de ce naiba nu avusese curajul să ia în considerare acest mijloc de atingere a unui scop mulțumitor.

— Fă-mi hatârul şi nu-i vorbi despre asta mamei mele, bine? îi murmurase Fats lui Krystal, când îşi trăgea sufletul între două explorări prelungi, umede şi reciproce ale gurilor, în vreme ce cu degetele mari îi frecase insistent sfârcurile.

Ea dădu să chicotească, dar apoi îl sărută cu şi mai multă agresivitate. Nu-l întrebase de ce o alesese pe ea, nu-l întrebase de fapt nimic. Părea, ca şi el, să fie încântată de reacțiile triburilor lor totalmente separate, să se desfete în confuzia privitorilor; chiar şi cu pantomima de dezgust a prietenilor lui. El şi Krystal abia schimbaseră câteva cuvinte în timpul celor trei reprize de explorare şi experimentare carnală. Fats le pusese la cale pe toate, dar ea se făcuse mai disponibilă decât de obicei, alegând să-şi petreacă vremea în locuri unde el putea s-o găsească mai uşor. Vineri noaptea era prima oară când aveau să se întâlnească în urma unui aranjament anterior. El cumpărase prezervative.

Perspectiva de a parcurge în sfârşit drumul până la capăt avea o oarecare legătură cu chiulul pe care-l trăgea astăzi şi venirea lui în Fields, cu toate că nu se gândise la Krystal ca persoană (în schimb se gândise destul la minunații ei sâni şi la vaginul ei miraculos de ospitalier) până când văzuse numele străzii ei.

Fats schimbă direcţia de mers, aprinzându-şi încă o ţigară. Ceva legat de vederea denumirii Foley Road îi dăduse senzaţia stranie că picase într-un moment nepotrivit. Astăzi Fields era banal şi insondabil, iar ceea ce căuta el, lucrul pe care spera să-l recunoască atunci când îl va fi găsit, era cuibărit undeva, ascuns vederii. Aşa că se întoarse la şcoală.

IV

Nimeni nu răspundea la apelul lor telefonic. Revenită în cabinetul echipei de la Protecţia Copilului, Kay formase o mulţime de numere de telefon timp de aproape două ore, lăsând mesaje, cerându-le tuturor să o sune: asistentul social al familiei Weedon, doctorul de familie, Creşa din Cantermill şi Clinica de dezintoxicare Bellchapel. Dosarul lui Terri Weedon stătea deschis pe biroul din faţa ei, umflat şi ferfeniţit.

— Iar s-a drogat, aşa e? zise Alex, una dintre femeile cu care Kay împărţea cabinetul. Cei de la Bellchapel or s-o expedieze de tot de data asta. Zice că-i îngrozită că or să i-l ia pe Robbie, dar nu se poate ţine departe de heroină.

— E a treia oară când a fost la Bellchapel, spuse Una.

Pornind de la cele văzute în după-amiaza aceea, Kay se gândea că sosise momentul pentru o revizuire a cazului, pentru o adunare a persoanelor care împărtăşeau responsabilitatea pentru fragmentele individuale ale vieţii lui Terri Weedon. Continuă să apese butonul de repetare a apelului în timp ce se ocupa şi de alte lucrări, în vreme ce în colțul biroului telefonul de serviciu suna neîncetat şi intra imediat pe robot. Cabinetul echipei de la Protecția Copilului era înghesuit şi aglomerat şi mirosea a lapte stricat, pentru că Alex şi Una aveau obiceiul să-şi golească zațul din ceştile de cafea în ghiveciul din colț al unei yucca neîngrijite.

Însemnările cele mai recente ale lui Mattie erau neglijente şi haotice, presărate cu tăieturi, datate greşit şi fragmentare. Mai multe documente importante lipseau din dosar, inclusiv o scrisoare trimisă de clinica de dezintoxicare cu două săptămâni în urmă. Era mai simplu să le ceară informații lui Alex şi Unei.

— Ultima revizuire de caz trebuie să fi fost..., spuse Alex, încruntându-se către yucca, cu peste un an în urmă, cred.

— Şi atunci au considerat că e OK ca Robbie să stea cu ea, evident, spuse Kay, ținând receptorul între ureche şi umăr în timp ce încerca şi nu reuşea să găsească însemnările privind revizuirea în dosarul doldora de documente.

— Nu despre faptul că băiatul urma să stea cu ea era vorba, ci dacă el voia să se mai întoarcă la ea sau nu. A fost încredințat unei mame adoptive pentru că Terri fusese bătută de un client şi a ajuns la spital. S-a vindecat, s-a externat şi a ținut morțiş să-l aducă pe Robbie înapoi. S-a întors la programul de la Bellchapel, a ieşit din joc şi-a făcut eforturile corespunzătoare. Maică-sa a zis c-o ajută. Aşa că l-a dus acasă şi uite că după câteva luni începe din nou să se injecteze.

— Şi totuşi, nu e mama lui Terri cea care-i ajută, nu-i aşa? spuse Kay, pe care o apuca durerea de cap încercând să descifreze scrisul lăbărțat şi dezordonat al lui Mattie. E bunica ei, adică străbunica celor doi copii. Deci, probabil că ea s-o fi apucat s-o bată la cap, iar Terri zicea azi-dimineață că ar fi bolnavă. Dacă Terri a rămas singura care-l îngrijeşte acum...

— Fiica ei are 16 ani, spuse Una. Ea are cel mai mult grijă de Robbie.

— Păi, nu face cine ştie ce treabă, zise Kay. Când am ajuns acolo de dimineață, copilul era într-o stare destul de proastă.

Dar avusese ocazia să vadă chestii mult mai rele: semne şi inflamații, tăieturi şi arsuri, vânătăi negre ca smoala; râie şi lindini; copii culcați pe covoare acoperite de rahat de câine; copii târându-se cu oasele fracturate; şi o dată (încă mai avea coşmaruri) un copil care fusese încuiat în bufet timp de cinci zile de tatăl lui vitreg, psihotic. Întâmplarea asta ajunsese la ştirile naționale. Pericolul imediat pentru siguranța lui Robbie Weedon era stiva de cutii grele din camera de zi a mamei sale, pe care încercase să se cațăre când îşi dăduse seama că atrăsese atenția completă a lui Kay. Înainte să plece, Kay le rearanjase cu grijă în stive mai mici. Lui Terri nu i-a plăcut că ea a atins cutiile; după cum nu i-a plăcut nici când Kay i-a spus că ar trebui să-i schimbe lui Robbie scutecul îmbibat. De fapt, Terri fusese cuprinsă de o furie vehementă şi, rea de gură, deşi încă uşor nedesluşită, îi spusese lui Kay să-şi ia tălpăşița şi să nu se mai întoarcă.

Mobilul lui Kay sună şi ea răspunse la apel. Era principalul asistent al lui Terri de la dezintoxicare.

— Tot încerc să te găsesc de câteva zile, spuse femeia iritată.

Kay avu nevoie de câteva minute ca să-i explice că ea nu era Mattie, dar asta n-o calmă pe femeie.

— Mda, încă o mai primim, dar săptămâna trecută testul i-a ieşit pozitiv. Dacă începe iar să ia droguri, o dăm afară. În clipa asta avem 20 de oameni care ar putea să-i ia locul în cadrul programului şi care chiar ar putea să beneficieze de pe urma sa. E a treia oară când trece prin program.

Kay nu-i spuse că ştia că Terri se drogase de dimineaţă.

— Aveţi vreun paracetamol? le întrebă Kay pe Alex şi Una, după ce asistenta de la dezintoxicare le dădu toate detaliile privind participarea lui Terri la program şi lipsa ei de progres, după care convorbirea se încheie.

Kay luă analgezicul cu ceai călduţ, neavând energia de a se ridica pentru a ajunge la dozatorul de apă de pe coridor. În cabinet aerul era înăbuşitor, radiatorul fiind dat la maximum. Când lumina de afară slăbi, sursa de iluminat de deasupra biroului ei se intensifică: coloră multitudinea de hârtii într-un galben-albicios; cuvinte negre zumzăitoare mărşăluiau în şiruri nesfârşite.

— Or să închidă Clinica Bellchapel, să ştii, spuse Una, care lucra la calculatorul ei, cu spatele la Kay. Trebuie să facă reduceri. Consiliul o plăteşte pe una dintre asistentele de la dezintoxicare. Parohia Pagford deţine clădirea. Am auzit că plănuiesc s-o aranjeze frumos şi să încerce s-o închirieze unui client mai bun platnic. De ani întregi clinica asta le stă în gât.

Tâmpla lui Kay zvâcnea. Numele noului ei oraş de domiciliu o întrista. Fără să se gândească, făcu lucrul pe care jurase să nu-l facă după ce el nu sunase cu o seară înainte: luă mobilul şi formă numărul de la biroul lui Gavin.

— Edward Collins and Co, spuse un glas de femeie după al treilea apel.

Ăştia din sectorul privat îţi răspund imediat când ştiu că banii lor s-ar putea să depindă de asta.

— Pot să vorbesc cu Gavin Hughes, vă rog? întrebă Kay, privind în jos la dosarul lui Terri.

— Cine e la telefon, vă rog?

— Kay Bawden.

Nu ridică privirea; nu voia să se uite în ochii lui Alex sau ai Unei. Pauza păru interminabilă.

(Se cunoscuseră la Londra, la aniversarea fratelui lui Gavin. Kay nu cunoştea pe nimeni, exceptându-l pe prietenul care o târâse până acolo ca să nu fie singur. Gavin tocmai se despărţise de Lisa; fusese puţin cam băut, dar păruse decent, de nădejde şi convenţional, câtuşi de puţin genul de bărbat pe care-l căuta de obicei Kay. Îi relatase toată povestea relaţiei lui terminate, după care se duseseră la ea, în apartamentul din Hackney. Câtă vreme rămăsese o relaţie la distanţă, el fusese dornic, vizitând-o în weekenduri şi telefonându-i regulat; dar când, printr-o minune, ea a primit o slujbă în Yarvil, pentru un salariu mai mic, şi a scos la vânzare apartamentul din Hackney, deodată parcă i s-a făcut frică...)

— Are linia ocupată, mai rămâneţi?

— Da, vă rog, spuse Kay pe un ton jalnic.

(Dacă între ea şi Gavin lucrurile nu mergeau cum trebuie... dar *trebuiau* să meargă bine. Se mutase aici pentru el, îşi schimbase slujba și o dezrădăcinase pe fiica ei pentru el. Cu siguranţă că el n-ar fi lăsat să se întâmple toate astea dacă intenţiile nu i-ar fi fost serioase! Trebuie să se fi gândit la consecinţele unei eventuale despărţiri. La cât de oribil şi de jenant ar fi să se tot întâlnească unul cu altul într-un orăşel precum Pagford.)

— Vă fac legătura, spuse secretara şi speranţele lui Kay renăscură.

— Bună, spuse Gavin. Ce faci?

— Bine, minţi Kay, pentru că Alex şi Una trăgeau cu urechea. Ce zi ai, bună?

— Ocupată, spuse Gavin. Tu?

— Da.

Şi aşteptă, cu telefonul lipit de ureche, prefăcându-se că el îi vorbea, ascultând de fapt tăcerea.

— Mă întrebam dacă ai vrea să ne vedem în seara asta, întrebă ea în sfârşit, simţind că i se face greaţă.

— Ăă... nu cred c-am să pot.

Cum naiba să nu ştii? Ce te-a apucat?

— S-ar putea să am ceva de făcut... e vorba de Mary. Soţia lui Barry. Vrea să fiu unul dintre purtătorii sicriului. Aşa că s-ar putea să... cred că trebuie să aflu ce implică treaba asta şi tot restul.

Uneori, dacă pur şi simplu tăcea şi lăsa inadecvarea pretextelor sale să reverbereze în eter, el se ruşina şi dădea înapoi.

— Totuşi, nu cred c-o să-mi ia toată seara, adăugă. Am putea să ne vedem mai târziu, dacă vrei.

— Bine, atunci. Vrei să vii la mine, dat fiind că e seară de şcoală?

— Ăă... da, OK.

— La ce oră? întrebă ea, vrând ca el să ia o decizie.

— Nu ştiu... pe la 21?

După ce el închise, Kay mai ţinu telefonul lipit strâns de ureche câteva momente, apoi spuse, pentru urechile lui Alex şi Una:

— Şi eu. Ne vedem mai târziu, iubitule.

V

Ca profesor-consilier, orele Tessei erau mai variate decât ale soţului său. De regulă aştepta până la sfârşitul zilei de şcoală ca să-şi ducă băiatul acasă în Nissanul ei, lăsându-l pe Colin (căruia Tessa — cu toate că ştia cum îi zice restul populaţiei, inclusiv aproape toţi părinţii care prinseseră din zbor porecla de la copiii lor — nu-i spunea niciodată Cubby) să-i urmeze, o oră sau două mai târziu, în Toyota lui. Astăzi, totuşi, Colin se întâlni cu Tessa în parcare la 16:20, în vreme ce copiii se grăbeau să iasă pe porţi ca să ajungă în maşinile părinţilor sau în autobuzele gratuite. Cerul era de un cenuşiu metalic rece, ca reversul unui scut. Un vânt aspru ridica tivurile fustelor şi scutura frunzele copacilor tineri. Era un vânt duşmănos şi rece, care îţi căuta locurile cele mai sensibile, ceafa şi genunchii, şi care-ţi refuza confortul visării, al retragerii din realitate, fie şi pentru un timp scurt. Chiar şi după ce închisese portiera maşinii, Tessa se simţea răvăşită şi contrariată, la fel cum s-ar fi simţit dacă cineva s-ar fi ciocnit de ea fără să-şi ceară scuze.

Lângă ea, pe scaunul pasagerului, cu genunchii ridicaţi la o înălţime absurdă în spaţiul înghesuit al maşinii, Colin îi relată Tessei ce venise să-i spună la el în cabinet profesorul de informatică, cu 20 de minute în urmă.

— ... n-a fost acolo. A absentat la ambele ore. Mi-a zis că a considerat că e mai bine să vină să-mi spună direct. Aşa că mâine o să se afle în toată cancelaria. Exact ce-şi doreşte, spuse furios Colin, iar Tessa ştiu că acum nu mai vorbeau despre profesorul de informatică.

— Ca de obicei, o să-mi arate două degete!

Soţul ei era palid de epuizare, cu umbre sub ochii înroşiţi, iar mâinile lui zvâcneau uşor pe mânerul servietei. Frumoase mâini, cu încheieturi ale degetelor proeminente şi degete lungi şi suple — nu erau cu totul diferite de ale fiului lor. Tessa le atrăsese atenţia asupra acestui lucru; niciunul nu trădase nici cea mai mică plăcere la ideea că ar exista fie şi cea mai vagă asemănare fizică între ei.

— Nu cred că e..., începu Tessa, dar Colin vorbea din nou.

— Deci, va primi detenție ca toată lumea şi al naibii să fiu dacă n-am să-l pedepsesc şi acasă. Să vedem dac-o să-i placă asta, ce zici? Să vedem dac-o să-i mai ardă de râs. Am putea începe prin a-i interzice să mai iasă din casă o săptămână, ia să vedem cât de amuzant o să i se pară.

Înghițindu-şi răspunsul, Tessa trecu cu privirea peste marea de elevi îmbrăcați în negru, mergând cu capetele plecate, tremurând, strângându-şi pe lângă corp hăinuțele subțiri, cu vântul suflându-le părul în față. Un băiețel din primul an, cu obrajii bucălați şi cu o expresie răvăşită, se tot uita în jur după o maşină care nu mai venea să-l ia. Mulțimea se împrăştie şi Fats îşi făcu apariția, păşind relaxat alături de Arf Price, ca de obicei, vântul suflându-i părul de pe fața suptă. Uneori, din anumite unghiuri, într-o anumită lumină, era uşor de ghicit cum va arăta Fats la bătrânețe. Pentru o clipă, din pricina oboselii, îi păru un ins complet străin, iar Tessa se gândi ce extraordinar era faptul că băiatul se întorcea să se apropie de maşina ei şi că ea va trebui să iasă din nou în vântul acela oribil şi dureros de real ca să-i facă loc să urce. Dar când Fats ajunse la ei şi-i adresă grimasa lui de zâmbet, se metamorfoză imediat în băiatul pe care îl iubea în ciuda a tot şi a toate, aşa că Tessa se dădu jos din maşină şi suportă cu stoicism vântul tăios în timp ce el se îndoi de mijloc şi urcă lângă tatăl lui, care nu se sinchisise să se mişte.

Ieşiră din parcare înaintea autobuzelor şcolare şi porniră prin Yarvil, pe lângă casele urâte şi deteriorate din Fields, spre şoseaua de centură care îi ducea rapid înapoi în Pagford. Tessa îl privea pe Fats în oglinda retrovizoare. Stătea tolănit în spate, uitându-se afară, ca şi cum părinții lui erau doi oameni care-l luaseră la autostop, de care nu-l legau decât întâmplarea şi proximitatea.

Colin aşteptă până ajunseră la centură, apoi întrebă:

— Unde ai fost când ar fi trebuit să fii la informatică în după-amiaza asta?

Tessa nu rezistă să nu se uite iar în retrovizor. Îl văzu pe fiul ei căscând. Uneori, cu toate că nega asta din răsputeri în fața lui Colin, Tessa se întreba dacă nu cumva Fats purta un război murdar şi personal cu tatăl său, având drept public întreaga şcoală. Ştia lucruri despre fiul ei pe care nu le-ar fi ştiut dacă n-ar fi lucrat în consiliere. Elevii îi spuneau lucruri, uneori cu inocență, alteori cu şiretenie.

Doamnă, vă supără că Fats fumează? Îi dați voie să fumeze acasă?

Ea a ascuns sub lacăt acest mic depozit de pradă ilicită, obținută neintenționat, şi nu l-a adus nici în atenția soțului, nici într-a fiului ei, cu toate că o apăsa, îi împovăra conştiința.

— Am fost să mă plimb, spuse calm Fats. M-am gândit să-mi mai întind nițel picioarele bătrâne.

Colin se suci în scaun ca să se uite la Fats, opintindu-se în centura de siguranță în timp ce se răstea, gesturile fiindu-i şi mai mult restrânse de pardesiu şi de servietă. Când îşi pierdea controlul, vocea lui Colin urca tot mai sus, aşa că țipa aproape în falset. În tot acest timp, Fats rămase tăcut, o jumătate de zâmbet insolent curbându-i gura subțire, până când tatăl lui începu să-i arunce insulte, care ajungeau tocite în vârf din pricina aversiunii înnăscute a lui Colin pentru înjurături, a stângăciei cu care le profera.

— Eşti un... un *căcăcios* tupeist şi egocentric, țipă el, iar Tessa, ai cărei ochi erau atât de plini de lacrimi că abia mai vedea drumul, era sigură că, mâine-dimineață, Fats îi va imita înjurăturile timide, rostite în falset de Colin, spre bucuria urechilor lui Andrew Price.

Fats îi imită grozav mersul lui Cubby, doamnă, l-ați văzut?

— Cum îndrăznești să-mi vorbești în halul ăsta? Cum *îndrăznești* să chiulești de la ore?

Colin țipa și urla, iar Tessa clipea de zor ca să-și alunge lacrimile, în timp ce lua curba spre Pagford, trecând cu mașina prin piață, pe lângă Mollison și Lowe, memorialul de război și Black Canon. La St Michael and All Saints o luă la stânga pe Church Row și, în sfârșit, pe aleea care ducea la locuința lor, moment în care țipetele lui Colin se transformară în niște guițături răgușite, iar obrajii Tessei erau plânși și sărați. Când coborâră toți din mașină, Fats, a cărui expresie nu se modificase niciun pic în timpul diatribei prelungite a tatălui său, intră în casă descuind cu propria cheie, și urcă la etaj cu pas lejer, fără să se uite înapoi.

Colin își azvârli servieta, în holul întunecat și o ocoli pe Tessa. Singura lumină venea de la vitraliul de deasupra ușii de la intrare, care arunca niște culori stranii pe capul lui agitat, rotund și chelios, pe jumătate sângeriu, pe jumătate albastru-fantomatic.

— Ai văzut?! țipă el, fluturându-și brațele lungi. Vezi cu ce am de-a face?

— Da, spuse ea luând din cutia de pe măsuța din hol un teanc de batiste cu care își tamponă fața și-și suflă nasul. Da, văd.

— Nicio clipă nu s-a gândit la chinul prin care trecem! zise Colin și începu să suspine, cu sughițuri seci și răsunătoare, ca un copil bolnav de angină difterică. Tessa se apropie grăbită și-l cuprinse cu brațele, ceva mai sus de talie, căci, scundă și trupeșă cum era, acela era locul cel mai înalt la care putea ajunge. El se aplecă, lipindu-se de ea. Îi simțea tremurul și felul cum i se umfla coșul pieptului pe sub haină.

După câteva minute, se desprinse cu blândețe de el, îl conduse în bucătărie şi-i făcu un ceai.

— Am să mă duc la Mary să-i duc nişte mâncare, spuse Tessa, după ce şezu o vreme, mângâindu-i mâna. Are jumătate din familie acolo. O să ne culcăm devreme după ce mă-ntorc.

Colin dădu din cap aprobator şi se smiorcăi, iar ea îl sărută pe creştet înainte să se ducă la frigider. Când se întoarse, purtând cratița grea şi înghețată, el stătea la masă, ținând cana în căuşul palmelor mari, cu ochii închişi.

Tessa aşeză cratița înfăşurată într-o pungă din plastic pe gresia de lângă uşa din față. Îşi trase pe ea cardiganul verde şi gros pe care îl purta adesea în loc de geacă, dar nu-şi puse pantofii. În schimb, urcă scările în vârful degetelor până la palier şi apoi, nemaiferindu-se să facă zgomot, urcă la etajul al doilea, la mansarda convertită în spațiu locuibil.

Un zgomot subit ca nişte tropăieli de şobolani îi întâmpină apropierea de uşă. Bătu la uşă, ca să-i dea timp lui Fats să ascundă paginile de internet pe care le vizita sau, poate, țigările de care el nu ştia că ea ştie.

— Da?

Deschise uşa. Fiul ei stătea ghemuit teatral peste rucsacul de şcoală.

— Chiar trebuia să tragi chiulul azi, dintre toate zilele?

Fats se îndreptă de spate, lung şi deşirat; o domina pe mama lui prin înălțime.

— Am fost acolo. Am intrat mai târziu. Bennett n-a observat. Nu e bun de nimic.

— Stuart, te rog. *Te rog.*

Şi când era la serviciu îi venea uneori să țipe la copii. Ar fi vrut să strige: *Trebuie să accepți realitatea altor oameni. Tu ai impresia că realitatea se poate negocia, că noi credem că lucrurile stau chiar aşa cum le spui tu. Trebuie să accepți că suntem la fel de reali ca și tine; trebuie să accepți că tu nu eşti Dumnezeu.*

— Tatăl tău e foarte supărat, Stu. Din cauza lui Barry. Chiar nu poți să pricepi asta?

— Ba da, zise Fats.

— Adică, e la fel cum te-ai simți tu dacă Arf ar muri.

El nu-i răspunse, nici expresia nu i se modifică prea mult, şi totuşi ea îi simți desconsiderarea, amuzamentul.

— Ştiu că, după părerea ta, tu şi Arf sunteți ființe care aparțineți unui cu totul alt ordin decât tatăl tău şi Barry...

— Nu, zise Fats, dar numai în speranța de a pune capăt conversației.

— Mă duc să-i duc lui Mary ceva de mâncare. Te implor, Stuart, să nu mai faci altceva care să-l supere pe tatăl tău cât sunt plecată. Te rog, Stu.

— Bine, spuse el şi făcu o grimasă, ridicând din umeri.

Ea simți cum îi zboară atenția, ca o rândunică, înapoi la propriile sale preocupări, chiar înainte să închidă uşa.

VI

Vântul duşmănos gonise spre sfârşitul după-amiezii norii joşi, iar la apus dispăruse. La trei case de locuința familiei Wall, Samantha Mollison stătea cu fața la reflexia ei luminată de veioză din oglinda măsuței de toaletă şi găsea tăcerea şi nemişcarea din jur deprimante.

Ultimele două zile fuseseră dezamăgitoare. Practic, nu vânduse nimic. Reprezentantul de vânzări de la Champêtre se dovedise a fi un tip fălcos şi necioplit şi cu un sac de voiaj plin cu sutiene urâte. După toate aparențele, își rezervase farmecul doar pentru preliminarii, căci în persoană s-a arătat preocupat doar de afaceri, tratând-o cu un aer de superioritate, criticându-i stocul de marfă, insistând să obțină o comandă. Își imaginase un tip mai tânăr, mai înalt și mai sexy. Voia să-l scoată din micul ei magazin cât mai repede, cu tot cu marfa lui de prost-gust.

În pauza de prânz, cumpărase o cartolină pe care scria *Cu profundă compasiune* pentru Mary Fairbrother, dar nu se putea gândi la ce-ar putea să adauge, pentru că, după călătoria de coșmar pe care o făcuseră împreună la spital, o simplă semnătură nu părea suficientă. Relația lor nu fusese niciodată apropiată. Într-o localitate așa de mică precum Pagford te loveai unul de altul mai tot timpul, dar ea și Miles nu-i *cunoscuseră* cu adevărat pe Barry și Mary. În ultimă instanță, se putea spune că făceau parte din tabere opuse, ținând cont de neîncetatele ciocniri dintre Howard și Barry pe tema cartierului Fields... nu că ei, Samanthei, i-ar fi păsat în vreun fel. Se ținea deasupra meschinăriei jocurilor politice locale.

Obosită, indispusă și balonată după o zi de mâncat pe apucate și fără discernământ, își dorea ca ea și Miles să nu se ducă la cină la socrii ei. Privindu-și fața din oglindă, își lipi palmele de obraji și trase pielea ușor în spate, spre urechi. O Samantha mai tânără apăru la distanță de câțiva milimetri. Întorcându-și lent fața într-o parte și în alta, își examină masca întinsă. Era mai bine așa, mult mai bine. Se întrebă cât ar costa; cât de mult ar durea; dacă ar avea curajul. Încercă să-și imagineze ce-ar zice soacra ei dacă ar apărea cu o față nouă și fermă. Shirley și Howard îi ajutau, după cum avea grijă să le amintească frecvent la plata educației nepoatei lor.

Miles intră în dormitor. Samantha dădu drumul pielii şi luă batonul anticearcăn, lăsându-şi capul pe spate, aşa cum făcea mereu când îşi aplica machiajul. Îi întindea pielea uşor lăsată de la bărbie şi-i ascundea pungile de la ochi. La colţurile buzelor se vedeau nişte riduri scurte, filiforme. Astea puteau fi umplute, citise undeva, cu un compus sintetic, injectabil. Se întrebă cât de mult ar fi schimbat asta lucrurile; sigur era mai ieftin decât un lifting facial şi poate că Shirley n-ar fi băgat de seamă. În oglinda de deasupra umărului ei, îl văzu pe Miles scoţându-şi cravata şi cămaşa, burtoiul lui mare revărsându-se peste pantalonii de muncă.

— N-aveai azi o întâlnire cu cineva? Un reprezentant? întrebă el.

Se scărpina alene pe burta păroasă, privind lung la şifonier.

— Da, dar n-a fost de niciun folos, spuse Samantha. Marfă proastă.

Lui Miles îi plăcea ce făcea ea; crescuse într-o familie în care vânzarea cu amănuntul era singura ocupaţie care conta, iar el nu-şi pierduse niciodată respectul pentru comerţ pe care i-l insuflase Howard. Pe urmă, erau toate prilejurile de glume şi de alte forme mai puţin subtil deghizate de încântare de sine pe care ocupaţia ei le permitea. Miles nu părea să obosească vreodată să facă aceleaşi poante sau aluzii pline de haz.

— Mărimi proaste? se interesă el, ca un cunoscător.

— Prost concepute. Culori oribile.

Samantha îşi perie şi-şi legă la spate părul castaniu, des şi uscat, privindu-l în oglindă pe Miles cum îşi punea pantaloni de doc şi un tricou polo.

Evertree Crescent era la doar câteva minute de mers, dar Church Row era un drum abrupt, aşa că plecară cu maşina. Se întunecase de-a binelea, iar în partea de sus a drumului trecură pe lângă silueta obscură a unui bărbat care avea aspectul şi mersul lui Barry Fairbrother. Samantha avu un şoc şi se uită înapoi la el, întrebându-se cine-ar putea să fie. Maşina lui Miles întoarse la stânga şi, după niciun minut, la dreapta, în semiluna de case cu verandă din anii 1930.

Casa lui Howard şi a lui Shirley, o clădire joasă, din cărămidă roşie şi cu ferestre largi, avea porţiuni generoase de gazon în faţă şi în spate, pe care Miles le tundea vara în dungi. De-a lungul anilor, Howard şi Shirley aduseseră felinare de caleaşcă, o poartă din fier forjat vopsită în alb şi ghivece din teracotă pline de geraniu de o parte şi de cealaltă a uşii de la intrare. De asemenea, puseseră lângă sonerie un semn, o bucată de lemn rotundă şi lustruită pe care scriseseră cu litere gotice negre, inclusiv cu ghilimele: „Ambleside".

Uneori, Samantha dădea dovadă de un umor plin de cruzime pe seama locuinţei socrilor. Miles îi tolera înţepăturile, acceptând sugestia potrivit căreia el şi Samantha, cu podelele şi uşile lor goale, cu preşurile aşternute pe scândurile dezgolite, cu reproducerile de artă înrămate şi canapeaua elegantă, dar inconfortabilă, aveau gusturi mai alese. Dar, în adâncul sufletului său, prefera casa în care crescuse. Aproape fiecare suprafaţă era acoperită cu ceva pluşat şi moale; nu se simţea niciun pic de curent, iar şezlongurile erau grozav de comode. După ce tundea iarba vara, Shirley îi aducea o bere rece în timp ce el stătea întins într-unul dintre ele, urmărind un joc de crichet la televizorul cu ecran plat. Uneori, una dintre fiicele lui venea şi i se alătura, mâncând îngheţată cu sos de ciocolată preparată special de Shirley pentru nepoatele ei.

— Bună, dragule, spuse Shirley când deschise uşa. Silueta ei scundă, compactă, purtând şorţul decorat cu rămurele aducea cu o mică râşniţă de piper. Se ridică pe vârfuri ca să se lase sărutată de fiul ei înalt, apoi spuse: „Bună, Sam", şi se întoarse imediat într-o parte. Masa e aproape gata. Howard! Miles şi Sam sunt aici!

Casa mirosea a ceară de mobilă şi a mâncare bună. Howard ieşi din bucătărie cu o sticlă de vin într-o mână şi cu un tirbuşon în alta. Printr-o mişcare exersată, Shirley se retrase uşurel în sufragerie, permiţându-i lui Howard, care ocupa aproape toată lăţimea holului, să treacă, după care se duse repede în bucătărie.

— Iată-i pe bunii samariteni, bubui vocea lui Howard. Şi cum merge afacerea cu brasiere, Sammy? Reuşeşte să ţină piept recesiunii?

— La drept vorbind, Howard, afacerea e surprinzător de săltăreaţă, replică Samantha.

Howard izbucni într-un hohot de râs şi Samantha era sigură că, dacă n-ar fi avut mâinile ocupate cu sticla şi tirbuşonul, ar fi bătut-o uşor pe fese. Tolera toate aceste ciupituri şi palme ca pe un exhibiţionism inofensiv al unui bărbat care ajunsese prea gras şi prea bătrân ca să mai poată face şi altceva. În tot cazul, gesturile lui o iritau pe Shirley, ceea ce o încânta mereu pe Samantha. Shirley nu-şi arăta niciodată deschis nemulţumirea; zâmbetul ei nu şovăia, nici nu-i tremura glasul plăcut şi chibzuit, dar la scurtă vreme după orice gest indecent moderat al lui Howard, ea avea grijă să arunce o săgeată, mascată în înflorituri voalate, către nora ei. Aluzii la taxele şcolare tot mai mari ale fetelor, întrebări pline de solicitudine legate de dieta Samanthei, întrebări adresate lui Miles, dacă nu cumva i se părea că Mary Fairbrother are o siluetă teribil de frumoasă; Samantha le îndura pe toate cu zâmbetul pe buze, dar îl pedepsea ulterior pe Miles pentru ele.

— Salut, Mo! spuse Miles, luând-o înaintea Samanthei în ceea ce Howard şi Shirley numeau salon. N-am ştiut c-o să fii aici!

— Bună, frumosule, îi răspunse Maureen cu vocea ei profundă şi gravă. Dă-mi un pupic.

Partenera de afaceri a lui Howard şedea într-un colț pe canapea, ținând în mână un păhărel de sherry. Purta o rochie roz-fucsia, cu ciorapi negri de mătase şi pantofi de firmă din piele, cu tocuri înalte. Părul negru era tapat și dat din belşug cu fixativ, iar dedesubt, fața ei ca de maimuță era palidă, cu buzele date cu un strat gros de ruj roz care se încreți când Miles se aplecă s-o pupe pe obraz.

— Discutam afaceri. Planuri pentru noua cafenea. Bună, Sam, scumpo, adăugă Maureen, bătând cu palma sofaua lângă ea. Oh, ce frumoasă şi ce bronzată eşti, ai rămas aşa de la Ibiza? Vino şi stai lângă mine. Ce şoc pe capul vostru la clubul de golf! Trebuie să fi fost oribil.

— Da, a fost, spuse Samantha.

Şi pentru prima oară se pomeni relatându-i cuiva povestea morții lui Barry, în vreme ce Miles bântuia prin preajmă, pândind un prilej ca să intervină. Howard le aduse pahare mari cu Pinot Grigio, ascultând cu mare atenție relatarea Samanthei. Treptat, încălzită de interesul arătat de Howard şi Maureen, cu alcoolul aprinzând înăuntrul ei un foc liniştitor, Samantha simți că tensiunea care o apăsase în ultimele zile părea să se domolească, lăsând loc unei fragile senzații de bine.

Camera era caldă şi imaculată. Rafturile aflate de o parte şi de alta a şemineului cu gaz expuneau un şir de porțelanuri ornamentale, aproape toate comemorând câte un moment important din istoria casei regale sau o aniversare a domniei reginei Elisabeta a II-a. Un mic raft din colţ conţinea un amestec de biografii regale şi cărţi de bucate pe hârtie lucioasă care nu mai încăpuseră în bucătărie. Poliţele şi pereţii erau împodobiţi cu fotografii: Miles şi sora lui mai mică, Patricia, priveau zâmbitori dintr-o ramă dublă, îmbrăcaţi în uniforme şcolare asemănătoare; cele două fiice ale lui Miles şi Samanthei, Lexie şi Libby, apăreau de nenumărate ori, din pruncie până în adolescenţă. Samantha figura o singură dată în galeria de familie, chiar dacă într-una dintre pozele cele mai mari şi mai impresionante. Ea şi Miles în ziua nunţii lor, cu 16 ani în urmă. Miles era tânăr şi chipeş, cu ochii albaştri pătrunzători mijiţi spre fotograf, în vreme ce ochii Samanthei erau închişi într-o clipire neterminată, cu faţa întoarsă într-o parte, bărbia fiindu-i dublată de zâmbetul ei îndreptat spre obiectivul unui alt aparat. Rochia albă de satin îi apăsa sânii deja umflaţi de la sarcină, făcând-o să pară uriaşă.

Una dintre mâinile subţiri, ca nişte gheare, ale lui Maureen se juca absentă cu lanţul pe care-l purta întotdeauna la gât şi de care atârnau un crucifix şi verigheta răposatului ei soţ. Când Samantha ajunse la punctul din relatare în care doctorul îi spunea lui Mary că nu se mai putea face nimic, Maureen îşi aşeză mâna liberă pe genunchiul Samanthei şi strânse uşor.

— Masa e servită! anunţă Shirley.

Deşi nu dorise să vină, Samantha se simţea mai bine decât în ultimele zile. Maureen şi Howard o tratau ca pe o combinaţie de eroină şi invalidă, amândoi bătând-o uşurel pe spate în timp ce trecu pe lângă ei înspre sufragerie.

Shirley stinse lumina din tavan şi aprinse nişte lumânări lungi de culoare roz, asortate cu tapetul şi cu şervețelele ei cele mai bune. Aburul ce se înălța din farfuriile de supă în lumina scăzută făcea ca fața lată, înfloritoare a lui Howard să arate ca din altă lume. După ce băuse aproape până la fund paharul mare de vin, Samantha se gândi ce amuzant ar fi dacă Howard ar anunța că urmau să țină o ședință de spiritism ca să-i ceară lui Barry să le spună propria versiune privind evenimentele de la clubul de golf.

— Ei bine, spuse Howard cu o voce gravă, cred că trebuie să ridicăm paharele pentru Barry Fairbrother.

Samantha dădu repede de duşcă paharul, ca s-o împiedice pe Shirley să vadă că deja îl golise aproape în totalitate.

— A fost aproape sigur un anevrism, anunță Miles, când paharele poposiră din nou pe masă.

Păstrase informația asta secretă şi față de Samantha şi era bucuros, căci aceasta ar fi putut s-o irosească chiar acum, în vreme ce vorbea cu Maureen şi Howard.

— Gavin i-a telefonat lui Mary ca să transmită condoleanțele firmei şi să aducă în discuție testamentul, iar Mary i-a confirmat. În esență, o arteră din capul lui s-a umflat şi a plesnit.

Ajuns în birou, după ce discutase cu Gavin şi aflase cum se scrie, căutase termenul pe internet.

— Se putea întâmpla în orice clipă. Un fel de slăbiciune înnăscută.

— Oribil, spuse Howard, moment în care observă că paharul Samanthei rămăsese gol, aşa că se urni din scaun ca să-l umple.

Shirley sorbi din supă o vreme cu sprâncenele ridicate până-n preajma liniei de demarcație a părului. Samantha bău şi mai mult vin, în semn de sfidare.

— Ştiţi ceva? spuse ea, simţind cum i se îngreunează puţin limba. Mi s-a părut că l-am văzut când veneam încoace. În întuneric. Pe Barry.

— Probabil că era unul dintre fraţii lui, replică Shirley cu nepăsare. Toţi seamănă leit.

Dar Maureen cârâi peste Shirley, acoperind-o.

— Mie mi s-a părut că l-am văzut pe Ken, în seara de după ce-a murit. Clar ca ziua, stând în grădină, se uita la mine prin fereastra de la bucătărie. În mijlocul trandafirilor lui.

Nimeni nu răspunse; mai auziseră povestea înainte. Trecu un minut, în care nu se auzi decât cum sorbeau din supă, apoi Maureen vorbi iar, cu croncănitul ei ca de corb.

— Gavin e prieten bun cu familia Fairbrother, nu-i aşa, Miles? Nu joacă squash cu Barry? Mai exact, nu *juca*?

— Mda, Barry îl bătea de-l zvânta o dată pe săptămână. Gavin trebuie să fie un jucător tare prost; Barry avea cu zece ani mai mult decât el.

Expresii aproape identice de amuzament complezent se aşternură pe chipurile luminate de lumânări ale celor trei femei aşezate la masă. Dacă nu pentru altceva, femeile aveau în comun un interes uşor pervers faţă de tânărul şi vânosul partener din firmă al lui Miles. În cazul lui Maureen, era doar o manifestare a insaţiabilului ei apetit pentru toate bârfele din Pagford, iar întâmplările prin care trecea un burlac tânăr erau muniţie de primă calitate. Shirley se delecta în mod deosebit să audă despre neajunsurile şi nesiguranţa lui Gavin, pentru că acestea aruncau într-un contrast încântător realizările şi încrederea în sine ale celor doi zei ai vieţii ei, Howard şi Miles. Dar, în cazul Samanthei, pasivitatea şi precauţia lui Gavin deşteptau o cruzime de felină. Nutrea dorinţa puternică să-l vadă trezit la realitate cu câteva palme, pus cu botul pe labe sau făcut bucăți de un surogat feminin. Ori de câte ori se întâlneau, Samantha îl agresa puțin, delectându-se cu convingerea că el o găsea copleşitoare, greu de manevrat.

— Şi cum mai merg treburile cu prietena lui din Londra, întrebă Maureen?

— Nu mai e la Londra, Mo. S-a mutat pe Hope Street, zise Miles. Şi, dacă mă întrebi pe mine, el regretă că s-a apropiat vreodată de ea. Îl ştii pe Gavin. Laşitatea întruchipată.

Miles fusese cu câțiva ani mai mare decât Gavin la şcoală şi întotdeauna se simțea tonul unui şef de clasă în felul cum vorbea despre partenerul lui din firmă.

— O fată brunetă? Cu părul foarte scurt?

— Exact, răspunse Miles. Asistent social. Pantofi fără toc.

— Înseamnă c-a fost la noi la magazin, nu-i aşa, How? spuse înviorată Maureen. Totuşi, n-aş fi crezut că-i mai mult decât o bucătăreasă, după cum arăta.

După supă, urmă friptura de porc. Cu complicitatea lui Howard, Samantha aluneca uşor spre o stare de beție mulțumită, dar ceva în ea emitea proteste depărtate, ca ale unui om pe care curenții îl poartă spre larg. Încercă să înece protestele cu şi mai mult vin.

În jurul mesei se lăsă tăcerea, ca o față de masă nouă, o tăcere imaculată şi răbdătoare, iar de data asta toată lumea părea să ştie că era rândul lui Howard să aducă în discuție noul subiect. Acesta mâncă o vreme, cu îmbucături zdravene udate cu vin, aparent nepăsător la ochii ațintiți asupra lui. În sfârşit, după ce goli jumătate din farfurie, îşi tamponă gura cu şervețelul şi vorbi.

— Da, va fi interesant să vedem ce se întâmplă acum în consiliu.

Se văzu nevoit să se oprească, pentru a-şi înăbuşi un râgâit. O clipă, arătă de parcă i s-ar fi făcut rău. Se lovi cu pumnul în piept.

— Scuzați-mă. Da. O să fie foarte interesant, într-adevăr. Cu Fairbrother dispărut — adoptând manierele de afaceri, Howard reveni la numele pe care îl folosea de obicei —, nu văd cum ar putea să-i mai apară articolul în ziar. Doar dacă Bends-Your-Ear nu se ocupă de asta, evident.

Howard o poreclise pe Parminder Jawanda *Bends-Your-Ear Bhutto* după prima ei participare la şedința consiliului parohial în calitate de membru. Era o glumă populară printre anti-fielderi.

— Ce față a făcut, spuse Maureen, adresându-i-se lui Shirley. Ce față a făcut când i-am spus. Ei... întotdeauna mi-am zis... *ştii*...

Samantha ciuli urechile, dar insinuarea lui Maureen era ridicolă, fără doar şi poate. Parminder era măritată cu cel mai chipeş bărbat din Pagford: Vikram, înalt şi bine făcut, cu nasul acvilin, ochi mărginiți de gene negre şi dese şi un zâmbet leneş, insinuant. De ani de zile, Samantha îşi arunca părul pe spate şi râdea mai des decât era necesar ori de câte ori se oprea pe stradă ca să schimbe câte o vorbă cu Vikram, care avea acelaşi tip de corp pe care-l avusese Miles înainte de a renunța la rugby şi a deveni pufos şi burtos.

Samantha auzise undeva, la puțin timp după ce Vikram şi Parminder îi deveniseră vecini, că cei doi aveau o căsătorie aranjată. Ei i se păruse deosebit de erotică ideea asta. Închipuie-ți să ți se *poruncească* să te măriți cu Vikram, *să fii nevoită* să o faci. Îşi crease o fantezie în care ea avea fața acoperită cu un văl şi era prezentată într-o încăpere, o fecioară condamnată la soarta ei... Se imagina ridicând privirea şi ştiind că primea *aşa ceva*... Ca să nu mai pomenim de fiorii provocați de profesia lui: o responsabilitate așa de mare ar fi conferit *sex-appeal* și unui bărbat mult mai urât...

(Vikram efectuase operația de bypass cvadruplu a lui Howard în urmă cu șapte ani. În consecință, Vikram nu putea să intre la Mollison și Lowe fără să fie supus unui asalt de tachinări hazlii.

— Vă rog, domnule Jawanda, veniți în față! Dați-vă la o parte, vă rog, doamnelor — nu, domnule Jawanda, insist — omul ăsta mi-a salvat viața, mi-a reparat motorașul — ce-ați dori să cumpărați, domnule Jawanda, sir?

Howard insista de fiecare dată ca Vikram să ia mostre gratuit și câte puțin în plus din tot ce cumpăra. În consecință, bănuia Samantha, ca urmare a acestor bufonerii, Vikram nu mai intra aproape niciodată în magazinul de delicatese.)

Pierduse firul conversației, dar nu mai conta. Ceilalți continuau să vorbească monoton despre ceva ce Barry Fairbrother scrisese pentru ziarul local.

— ... plănuiam să am o discuție cu el despre asta, tună Howard. A fost un mod foarte parșiv de a proceda. Ei, acum totul ține de trecut. De-acum ar trebui să ne gândim la cine-i va lua locul lui Fairbrother. N-ar trebui s-o subestimăm pe Bends-Your-Ear, oricât de supărată ar fi. Ar fi o mare greșeală. Probabil că deja încearcă să găsească pe cineva, așa că trebuie să ne gândim și noi la un înlocuitor decent. E mai bine să facem asta mai curând. E o simplă chestiune de bună guvernare.

— Ce va însemna asta, mai exact? întrebă Miles. Alegeri?

— Posibil, spuse Howard, cu un aer înțelept, dar mă îndoiesc. E doar un loc care a devenit vacant printr-o moarte subită. Dacă nu există suficient interes pentru alegeri — deși, aș zice că nu trebuie s-o subestimăm pe

Bends-Your-Ear — dar dacă ea nu poate să-şi alieze nouă oameni care să propună un vot public, va fi o simplă chestiune de cooptare a unui nou consilier. În acest caz, am avea nevoie de nouă voturi ale membrilor ca să ratificăm cooptarea. Cvorumul este de nouă. Mai sunt trei ani din mandatul lui Fairbrother, aşa că merită. Ar putea să schimbe echilibrul de forţe, dacă reuşim să introducem unul de-ai noştri în locul lui Fairbrother.

Howard bătu darabana cu degetele lui groase pe paharul de vin, privind spre fiul său, aşezat de cealaltă parte a mesei. Shirley şi Maureen se uitau şi ele la Miles, iar Miles, avea impresia Samantha, se uita la tatăl lui ca un labrador mare şi gras, tremurând în speranţa unui os.

O fracţiune de secundă mai târziu decât s-ar fi întâmplat dacă ar fi fost trează, Samantha îşi dădu seama despre ce era vorba acolo şi de ce deasupra mesei plutea un ciudat aer sărbătoresc. Ameţeala ei fusese eliberatoare, însă dintr-odată deveni restrictivă, căci nu era sigură că limba ei va mai fi totalmente docilă după mai mult de o sticlă de vin şi o lungă tăcere. Prin urmare, preferă să gândească vorbele, decât să le rostească cu glas tare.

Ai face al dracului de bine să le spui că trebuie să discuţi problema asta cu mine mai întâi, Miles.

VII

Tessa Wall nu intenţionase să rămână mult la Mary — niciodată nu se simţea bine când îi lăsa singuri acasă pe soţul ei şi pe Fats —, dar cumva vizita i se prelungise până spre două ore. Casa familiei Fairbrother era plină ochi de paturi de campanie şi saci de dormit; familia extinsă se strânsese în jurul vidului lăsat de moarte, dar oricât de multă agitație ar fi fost, nu putea masca abisul în care dispăruse Barry.

Singură cu gândurile ei pentru prima oară de când prietenul lor murise, Tessa făcea cale întoarsă pe Church Row în întuneric. Picioarele o dureau, iar haina tricotată nu reuşea s-o protejeze de frig. Singurele zgomote erau cele provocate de mărgelele de lemn de la gâtul său când se ciocneau între ele şi sunetele estompate ale televizoarelor din casele pe lângă care trecea.

Deodată, Tessa se gândi: „Mă întreb dacă Barry a ştiut".

Niciodată nu-i trecuse prin minte până atunci că soțul său ar fi putut să-i spună lui Barry marele secret al vieții ei, lucrul putred care zăcea îngropat în miezul căsătoriei lor. Ea şi Colin nu discutaseră niciodată (deşi nişte vagi aluzii la subiect întinaseră multe conversații, mai ales în ultima vreme...).

În seara asta, totuşi, Tessa avusese impresia că surprinde o privire dinspre Mary, când a venit vorba de Fats...

Eşti epuizată şi îți imaginezi lucruri, se dojeni Tessa cu fermitate. Obişnuința lui Colin de a păstra secretele era atât de puternică, atât de adânc înrădăcinată, încât n-ar fi spus niciodată; nici măcar lui Barry, pe care-l idolatriza. Tessei îi displăcea ideea că Barry ar fi putut să ştie... că amabilitatea lui față de Colin ar fi fost accentuată de compasiunea pentru ceea ce ea, Tessa, îi făcuse...

Când intră în camera de zi, îl găsi pe soțul ei stând în fața televizorului, cu ochelarii la ochi; ştirile se auzeau în fundal. Avea în poală un teanc de foi şi în mână un pix. Spre uşurarea Tessei, Fats nu se zărea nicăieri.

— Cum se simte? se interesă Colin.

— Ei, ştii tu... nu grozav.

Se lăsă într-unul din fotoliile vechi cu un mic geamăt de uşurare şi-şi descălţă pantofii uzaţi.

— Dar fratele lui Barry se poartă minunat.

— În ce fel?

— Păi... ştii... e de ajutor.

Închise ochii şi-şi masă rădăcina nasului şi pleoapele cu degetul mare şi arătătorul.

— Întotdeauna mi s-a părut că nu te prea poţi bizui pe el, se auzi vocea lui Colin.

— Serios? întrebă Tessa, din adâncimile întunecimii în care se cufundase de bunăvoie.

— Da. Mai ştii când a zis c-o să vină să arbitreze meciul ăla împotriva celor de la Paxton High? Şi a anunţat că nu mai vine cu o jumătate de oră înainte şi a trebuit să-l înlocuiască Bateman?

Tessa îşi reprimă impulsul de a-i da o replică acidă. Colin avea obiceiul să tragă concluzii pripite, bazate pe prima impresie, pe fapte disparate. Niciodată nu păruse să înţeleagă imensa diversitate a firii omeneşti, nici să aprecieze că în spatele fiecărui chip greu de definit se ascundea un interior unic şi nestăpânit, ca al său.

— Ei, se poartă frumos cu copiii, spuse Tessa cu precauţie. Trebuie să mă culc.

Nu se mişcă, ci se concentră asupra durerilor separate din diferite părţi ale corpului: în picioare, în şale, în umeri.

— Tess, m-am gândit.

— Hmm?

Prin ochelari, ochii lui Colin păreau foarte mici, ca nişte ochi de cârtiţă, astfel încât fruntea lui înaltă, noduroasă şi cu început de chelie părea şi mai pronunţată.

— Tot ce încerca Barry să facă în Consiliul Parohial. Toate lucrurile pentru care se lupta. Fields. Clinica de dezintoxicare. M-am gândit la asta toată ziua.

Trase adânc aer în piept.

— M-am hotărât să-i iau locul.

Presimțiri rele se abătură asupra Tessei, țintuind-o de fotoliu, lăsând-o fără grai. Se strădui să-şi mențină o expresie de neutralitate profesională.

— Sunt sigur că Barry şi-ar fi dorit asta, spuse Colin.

Straniul lui entuziasm avea o tentă defensivă.

Niciodată, rosti eul cel mai onest al Tessei, *nici măcar o secundă Barry n-ar fi vrut ca tu să faci asta. Ar fi ştiut că tu eşti ultima persoană care ar trebui să facă asta.*

— Doamne! Mă rog. Ştiu că Barry era foarte... dar ar fi o sarcină uriaşă, Colin. Şi nu e ca şi cum Parminder ar fi dispărut. Ea e încă acolo şi o să încerce în continuare să facă tot ce-a dorit Barry.

Ar fi trebuit s-o sun pe Parminder, se gândi Tessa în timp ce-o pomenea, vinovăția lovind-o cu forța unui pumn în stomac. *O, Doamne, de ce nu mi-a trecut prin cap s-o sun pe Parminder?*

— Dar va avea nevoie de susținere. N-o să fie în stare să le țină piept singură tuturor. Şi-ți garantez că Howard Mollison pregăteşte chiar acum vreo marionetă ca să-l înlocuiască pe Barry. Probabil că deja...

— Of, Colin...

— Pariez că asta face! Ştii cum e el!

Neglijate, hârtiile din poala lui Colin se revărsară ca o cascadă albă şi lină pe podea.

— Vreau să fac asta pentru Barry. O să preiau răspunderile de unde le-a lăsat el. O să mă asigur că lucrurile pentru care a luptat nu se prefac în fum. Cunosc argumentele.

Întotdeauna a spus că are oportunități pe care nu le-ar fi avut altfel, și uite cât de mult a dat înapoi comunității. Sunt cât se poate de hotărât să iau poziție. Mâine o să mă lămuresc ce am de făcut.

— Bine, spuse Tessa.

Anii de experiență o învățaseră că soțul ei nu trebuia contrazis când era cuprins de euforia momentului, căci riscai să-l încrâncenezi și mai tare în hotărârea de a continua. Aceiași ani îl învățaseră pe Colin că se întâmpla adesea ca Tessa să se prefacă a fi de acord înainte de a formula obiecții. Genul acesta de schimburi era întotdeauna infuzat de amintirea reciprocă, nerostită, a acelui secret îngropat de multă vreme. Tessa simțea că îi era datoare. Iar el simțea că i se datorează ceva.

— E un lucru pe care chiar vreau să-l fac, Tessa.

— Înțeleg asta, Colin.

Se ridică din fotoliu, întrebându-se dacă va găsi energia să urce la etaj.

— Vii la culcare?

— Într-un minut. Vreau să termin să mă uit prin astea mai întâi.

Adună foile imprimate pe care le lăsase să cadă; noul lui proiect nesăbuit părea să-i dea o energie febrilă.

Tessa se dezbrăcă cu încetineală în dormitorul lor. Gravitația părea să fi devenit mai puternică; era nevoie de un mare efort ca să-și ridice picioarele, să-și forțeze fermoarul recalcitrant să i se supună. Își puse capotul și se duse la baie, de unde îl putea auzi pe Fats la etajul de deasupra. Zilele acestea i se întâmpla des să se simtă singură și secătuită, oscilând între soț și fiu, care păreau să existe totalmente independent, străini unul față de celălalt, ca proprietar și chiriaș.

Tessa vru să-şi scoată ceasul de la mână şi îşi dădu seama că îl rătăcise cu o zi în urmă. Atât de obosită... tot pierdea lucruri... şi cum de uitase s-o sune pe Parminder? Cu ochii în lacrimi, îngrijorată şi încordată, îşi târî picioarele până la pat.

Miercuri

I

Krystal Weedon îşi petrecuse nopţile de luni şi de marţi pe podeaua din dormitorul prietenei sale Nikki, după o ceartă teribil de urâtă cu maică-sa. Cearta începuse când Krystal venise acasă după ce-şi petrecuse timpul cu amicii în zona comercială şi o găsise pe Terri stând de vorbă cu Obbo în pragul uşii. Toată lumea din Fields îl ştia pe Obbo, cu faţa lui stupidă şi umflată şi cu rânjetul ştirb, ochelarii fund-de-sticlă şi geaca de piele veche şi jegoasă.

— Doar le ţii aci pentru noi, Ter, fo doă zile. Ai şi tu partea ta, ce zici?

— Ce să ţină? întrebase Krystal.

Robbie se desprinse dintre picioarele lui Terri ca să se agaţe strâns de genunchii lui Krystal. Lui Robbie nu-i plăcea când veneau bărbaţi străini în casă. Avea motive întemeiate.

— Ni'ca. Compu'ere.

— Nu, îi zisese Krystal lui Terri.

Nu voia ca mama ei să aibă bani la dispoziţie. Îl credea pe Obbo în stare să-l sară pe intermediar şi să-i plătească mamei sale serviciul cu o pungă de droguri.

— Nu le lua.

Dar Terri apucase să zică da. Krystal se gândi că, de când se ştia, maică-sa spusese da pentru oricine şi orice: a fost de acord, a acceptat, s-a supus mereu — *da, bine, în regulă, haide, nicio problemă.*

Krystal se dusese să-şi omoare timpul cu prietenele la leagăne, sub un cer întunecat. Se simțea încordată şi irascibilă. Părea să nu se împace cu ideea morții domnului Fairbrother, dar tot simțea că primeşte lovituri în stomac care o făceau să se repeadă la câte cineva. Totodată era neliniştită şi se simțea vinovată pentru că-i furase Tessei Wall ceasul. Dar de ce naiba îl pusese caraghioasa aia în fața ei şi închisese ochii? La ce se aşteptase?

Nu-i fusese de folos nici să stea în compania celorlalți. Jemma o tot înțepa din pricina lui Fats Wall; în cele din urmă, Krystal a explodat şi a sărit la ea. Nikki şi Leanne abia au reuşit s-o țină pe loc. Prin urmare, Krystal a plecat nervoasă acasă, unde a constatat că sosiseră deja computerele lui Obbo. Robbie încerca să se cațăre pe cutiile stivuite din camera din față, în vreme ce Terri stătea într-o uitare de sine tâmpă, cu ustensilele împrăştiate pe podea. Aşa cum se temuse Krystal, Obbo o plătise pe Terri cu o pungă cu heroină.

— Fir-ai tu să fii de drogată nenorocită şi proastă, or să te dea iar afară din clinica aia!

Dar heroina o dusese pe mama sa acolo unde nimic n-o mai putea atinge. Deşi reacționase făcând-o pe Krystal târfuliță şi curvă, o făcuse cu o detaşare totală. Krystal o pocni pe Terri peste față. Terri ripostă zicându-i să plece dracului de-acolo şi să moară.

— Atunci ai face bine să ai grijă şi de copil, dracu' să te ia de vacă proastă! țipă Krystal.

Robbie alergă urlând după ea pe hol, dar Krystal îi trânti uşa-n nas.

Lui Krystal îi plăcea casa lui Nikki mai mult decât oricare alta. Nu era la fel de ordonată ca a Nanei Cath, dar era mai prietenoasă şi, deşi animată, îţi dădea un sentiment liniştitor. Nikki avea doi fraţi şi o soră, aşa încât Krystal a dormit pe o pilotă îndoită, întinsă între paturile celor două surori. Pereţii erau acoperiţi cu poze decupate din reviste, aranjate ca un colaj de băieţi atrăgători şi de fete frumoase. Lui Krystal nu-i trecuse niciodată prin minte să-şi împodobească astfel pereţii dormitorului.

Dar sentimentul de vinovăţie o rodea pe dinăuntru; îşi tot amintea faţa îngrozită a lui Robbie când i-a trântit uşa în nas, aşa că miercuri dimineaţa s-a dus acasă. În orice caz, familia lui Nikki nu era prea încântată să o găzduiască mai mult de două nopţi la rând. Nikki îi spusese cândva, cu sinceritatea-i caracteristică, că maică-sa n-avea nimic împotrivă dacă nu se întâmpla prea des, dar Krystal trebuia să înceteze să-i trateze ca pe o pensiune şi mai ales să nu mai vină acolo după miezul nopţii.

Terri părea la fel de bucuroasă ca oricând s-o vadă pe Krystal acasă. I-a povestit despre vizita noii asistente sociale, ceea ce o făcu pe Krystal să se întrebe ce-o fi gândit străina aia despre cum arăta casa, care în ultimul timp se cufundase şi mai mult în mizeria caracteristică. Krystal era mai ales îngrijorată că asistenta îl găsise pe Robbie acasă când de fapt ar fi trebuit să fie la creşă. Terri îşi luase angajamentul să-l ducă pe Robbie la creşă, unde începuse să meargă cât timp stătuse la mama adoptivă, angajament care fusese o condiţie esenţială a negocierii privind revenirea copilului în casa părintească, în urmă cu un an. Krystal era furioasă şi pentru că asistenta îl găsise pe Robbie cu pampers, după toată strădania ei de a-l convinge să folosească toaleta.

— Şi ce-a zis? o întrebă pe Terri.

— A zis c-o să se-ntoarcă, replică aceasta.

Auzind-o, Krystal avu un sentiment neplăcut. Asistenta lor socială obişnuită păruse mulțumită să lase familia Weedon să se descurce fără să se amestece prea mult. Inconsecventă şi dezorganizată, adesea reținându-le aiurea numele şi confundându-le situația cu a altor clienți, femeia venea din două în două săptămâni, neavând alt scop aparent decât să verifice că Robbie era încă în viață.

Noua amenințare îi înrăutăți lui Krystal starea de spirit. Când nu se droga, Terri se speria de furia fiicei sale şi o lăsa pe Krystal să preia controlul. Profitând la maximum de autoritatea ei temporară, Krystal îi ordonă lui Terri să-şi pună nişte haine ca lumea, îl obligă pe Robbie să îmbrace nişte pantalonaşi curați, îi reaminti că nu avea voie să facă pipi pe el şi-l duse la creşă. Copilul începu să zbiere când ea dădu să plece. La început, Krystal se enervă, dar apoi se lăsă pe vine lângă el şi-i promise că se va întoarce şi-l va lua la ora 13, şi aşa o lăsă să plece.

Apoi Krystal chiuli, cu toate că miercurea era ziua când îi plăcea cel mai mult să se ducă la şcoală, pentru că avea şi sport, şi consiliere, şi se apucă să facă puțină curățenie prin casă, împrăştiind dezinfectant cu aromă de pin prin bucătărie, strângând resturile de mâncare şi mucurile de țigări în pungi de gunoi. Ascunse cutia de tablă în care îşi ținea Terri ustensilele şi înghesui computerele rămase (trei deja fuseseră luate) în dulapul de pe hol.

În timp ce desprindea mâncarea lipită de farfurii, gândurile lui Krystal se tot întorceau la echipajul de canotaj. Dacă domnul Fairbrother ar mai fi fost în viață, în seara următoare ar fi avut antrenament. De obicei, o ducea şi o aducea înapoi cu minivanul, pentru că n-avea niciun alt mijloc de a ajunge la canalul din Yarvil. În maşină veneau şi fetele lui, gemenele Niamh şi Siobhan, şi Sukhvinder Jawanda. În timpul orelor de şcoală, Krystal nu prea intrase în contact cu cele trei fete, dar de când deveniseră o echipă, se salutau mereu când treceau una pe lângă alta pe coridoare. Krystal se aşteptase ca fetele să se uite la ea de sus, dar, după ce ajungeai să le cunoşti, erau OK. Râdeau la glumele ei. Adoptaseră unele din expresiile ei favorite. Krystal era, într-un sens, liderul echipajului.

Nimeni din familia lui Krystal nu avusese vreodată o maşină. Dacă se concentra, putea să simtă mirosul din interiorul minivanului, chiar şi peste duhoarea din bucătăria lui Terri. Îi era dragă aroma caldă, ca de plastic. Niciodată n-avea să se mai urce în maşina aceea. Uneori mai mergeau şi cu un microbuz închiriat, când domnul Fairbrother ducea toată echipa, iar alteori înnoptaseră, când concuraseră împotriva unor şcoli îndepărtate. Membrele echipei cântaseră piesa Rihannei, *Umbrella*, în spatele autobuzului. Devenise ritualul lor norocos, melodia echipei, cu Krystal interpretând partea de rap a lui Jay-Z, de la început. Domnul Fairbrother aproape să facă pe el de râs când o auzise prima oară zicând:

Uh huh uh huh, Rihanna...
Good girl gone bad —
Take three —
Action.
No clouds in my storms...
Let it rain, I hydroplane into fame
Comin' down with the Dow Jones...

Krystal nu înțelesese niciodată semnificația cuvintelor.

Cubby Wall le trimisese tuturor o circulară în care spunea că echipa nu se va mai întruni până când nu reușeau să găsească un nou antrenor, dar n-aveau să găsească nici odată un antrenor, așa că scrisoarea nu valora nimic. Toată lumea știa asta.

Fusese echipajul domnului Fairbrother, proiectul lui de suflet. Krystal încasase multe șuturi de la Nikki și celelalte fete pentru că se înscrisese. Batjocura lor ascunsese neîncrederea și ulterior admirația, pentru că echipa câștigase medalii (Krystal și le ținea pe ale ei într-o cutie pe care o șterpelise de la Nikki. Avea pornirea irezistibilă de a băga în buzunare lucrurile oamenilor pe care îi plăcea. Cutia respectivă era din plastic și era decorată cu trandafiri: o cutie de bijuterii pentru copii, de fapt. Ceasul Tessei era acum cuibărit acolo).

Dintre toate momentele, cel mai tare fusese când le învinseseră pe căcăcioasele alea înfumurate de la St Anne: ziua aceea fusese cea mai frumoasă din viața lui Krystal. Directoarea scosese echipajul în fața întregii școli la următoarea adunare (lui Krystal îi venea să intre în pământ de rușine: Nikki și Leanne făceau haz pe seama ei), dar toată lumea le aplaudase... Faptul că Winterdown învinsese St Anne însemnase ceva.

Dar toate acestea se terminaseră, drumurile cu mașina, canotajul și discuțiile cu ziarul local. Îi plăcuse ideea de a apărea iar în ziar. Domnul Fairbrother spusese că va fi alături de ea atunci când se va întâmpla. Doar ei doi.

— Și ce-or să vrea să discute cu mine... gen?

— Despre viața ta. Îi interesează viața ta.

Ca o celebritate. Krystal n-avea bani de reviste, dar le văzuse acasă la Nikki și la doctor, când se ducea acolo cu

Robbie. Asta ar fi fost şi mai mişto decât să apară la ziar cu echipa. Perspectiva o făcuse să nu-şi mai încapă în piele de mândrie, dar cumva reuşise să-şi ţină gura şi nu se lăudase faţă de Nikki sau Leanne. Dorise să le surprindă. Până la urmă, fusese foarte bine că nu le zisese nimic. Pentru că n-avea să mai apară vreodată în ziar.

Krystal simţea un gol în stomac. Încerca să nu se mai gândească la domnul Fairbrother în timp ce îşi făcea de lucru prin casă, curăţând fără pricepere, dar cu încăpăţânare, în vreme ce maică-sa era în bucătărie, fumând şi privind lung afară pe fereastra din spate.

Cu puţin înainte de amiază, o femeie parcă în faţa casei un Vauxhall albastru vechi. Krystal o zări de la geamul dormitorului lui Robbie. Vizitatoarea avea părul negru tuns foarte scurt şi purta pantaloni negri, un colier din mărgele în stil etno şi avea pe umăr o geantă de voiaj mare, care părea plină de dosare.

Krystal coborî scările în goană.

— Cred că e ea, strigă către Terri, care era în bucătărie. Tipa de la social.

Femeia bătu la uşă şi Krystal deschise.

— Bună, sunt Kay. Îi ţin locul lui Mattie. Tu trebuie să fii Krystal.

— Mda, zise Krystal, fără să se ostenească să-i întoarcă zâmbetul lui Kay.

O duse în camera de zi şi o văzu cum observă noua curăţenie dezordonată: scrumiera goală, iar cele mai multe dintre lucrurile care zăceau aruncate pe jos acum erau îngrămădite pe rafturile dărăpănate. Covorul era încă murdar, pentru că aspiratorul nu funcţiona, iar prosopul şi alifia cu zinc zăceau pe covor, cu una dintre maşinuţele lui Robbie cocoţată pe cădiţa din plastic. Krystal încercase să-i distragă atenția lui Robbie cu mașinuța în timp ce-i curăța fundul.

— Robbie e la creșă, o anunță Krystal pe Kay. Eu l-am dus. I-am pus din nou pantalonași. Ea îi tot pune pampersul ăla. I-am spus să nu mai facă asta. I-am dat cu cremă pe fundulet. O să fie bine, e doar o iritație de scutec.

Kay îi zâmbi din nou. Krystal scoase capul pe ușă și strigă:

— *Mamă!*

Terri li se alătură, venind din bucătărie. Îmbrăcase o bluză de trening veche și murdară și blugi, arăta mai bine acum, cu membrele acoperite.

— Bună, Terri, zise Kay.

— Salut, eș'i bine? spuse Terri, trăgând adânc din țigară.

— Stai jos, îi ordonă Krystal mamei sale, care se supuse, ghemuindu-se în același fotoliu ca data trecută. Vreți o ceașcă de ceai sau ceva? o întrebă Krystal pe Kay.

— Ar fi minunat, spuse Kay așezându-se și deschizând dosarul. Mulțumesc.

Krystal se grăbi să iasă din cameră. Asculta atent, încercând să deslușească ce-i spunea Kay mamei sale.

— Cred că nu te așteptai să mă revezi așa de curând, Terri, o auzi ea pe Kay zicând (avea un accent ciudat, părea a fi londonez, ca târfulița nouă și elegantă de la școală, pentru care juma' din băieți aveau erecții), dar ieri am plecat foarte îngrijorată pentru soarta lui Robbie. Am înțeles că s-a întors azi la creșă, cum zicea Krystal?

— Mda, zise Terri. Ea l-a dus. S-a întors azi-dimineață.

— S-a întors? Dar unde a fost?

— Pei... am fos' la... am dormi' la o pretenă acasă, zise Krystal, grăbindu-se să se întoarcă în camera de zi ca să vorbească în nume propriu.

— Da, da' s-a întors azi-dimineață, preciză Terri.

Krystal se duse să vadă de ceainic. Până să înceapă să fiarbă apa, acesta făcu atât de multă gălăgie, încât fata nu mai reuşi să distingă ce vorbeau maică-sa şi asistenta socială. Puse şi nişte lapte în cănile cu pliculețele de ceai, încercând să termine cât mai repede, apoi duse cele trei căni încinse în camera de zi, la timp ca s-o audă pe Kay zicând:

— ... vorbit cu doamna Harper de la creşă ieri...

— Nemernica aia, spuse Terri.

— Poftim ceaiul, îi spuse Krystal lui Kay, aşezând cănile pe podea şi întorcând una dintre ele cu mânerul spre ea.

— Mulțumesc foarte mult, spuse Kay. Terri, doamna Harper mi-a spus că Robbie a lipsit mult în ultimele trei luni. La un moment dat, o săptămână întreagă, e adevărat?

— Ce? făcu Terri. Nu, n-a lipsit. Da, a fos'. Doar ieri nu s-a dus. Şi când a avu' roşu-n gât.

— Când a fost asta?

— Ce? Cam acu' o lună... o lună juma'... aşa ceva.

Krystal se aşeză pe brațul fotoliului în care şedea mama sa. Din poziția mai înaltă se uita urât la Kay, mestecând energic gumă, cu brațele încrucişate la piept, la fel ca maică-sa. Kay avea în poală un dosar gros deschis. Krystal ura dosarele. Toate lucrurile pe care şi le notau despre tine şi le păstrau, ca să le folosească apoi împotriva ta.

— Io-l duc pe Robbie la creşă. În drum spre şcoală.

— Păi, după cum spune doamna Harper, Robbie are multe absențe, spuse Kay, uitându-se la ce-şi notase în urma discuției cu directoarea creşei. Treaba e, Terri, că tu te-ai angajat să-l ții pe Robbie în învățământul preşcolar când ți-a fost reîncredințat anul trecut.

— Poi, io n-am..., dădu Terri să protesteze.

— Nu! Ciocu-mic, s-a-nțeles? țipă Krystal la maică-sa. Apoi i se adresă lui Kay: A fost bolnav, știi, a avut amigdalele roșii și i-am luat antibiotice de la doctor.

— Când a fost asta?

— Cam cu vro trei săptămâni... tot cazu', chiar...

— Când am fost aici ieri, zise Kay, adresându-i-se iar mamei lui Robbie (Krystal mesteca viguros, brațele ei alcătuind o dublă barieră în jurul coastelor), mi-ai lăsat impresia că ai mari dificultăți în a răspunde la nevoile lui Robbie, Terri.

Krystal se uită în jos la maică-sa. Coapsa ei era de două ori mai groasă ca a lui Terri.

— N-am... niciodată..., zise Terri răzgândindu-se. Las' că-i bine.

O bănuială întunecă mintea lui Krystal ca umbra unui vultur care se rotea în cerc.

— Terri, ieri când am venit la tine, te drogaseși, așa-i?

— Nu, să mor dac-am loat ceva! Asta-i o... tu eș'i... n-am loat ni'ca, 'țeles?

Krystal simțea cum o greutate îi apasă pe plămâni și urechile-i țiuiau. De bună seamă că Obbo îi dăduse mamei sale nu un singur plic, ci un teanc de plicuri. Asistenta socială o văzuse drogată. Data viitoare, lui Terri testul îi va ieși pozitiv la Bellchapel și o vor da afară din nou...

(... iar fără metadonă, aveau să se întoarcă din nou la coșmarul acela în care Terri devenea sălbatică, când va începe iar să-și deschidă gura fără dinți în fața mădularelor unor străini, ca să-și poată hrăni venele. Iar Robbie o să le fie luat, iar de data asta, s-ar putea să nu se mai întoarcă. Într-o inimioară roșie din plastic agățată de inelul de chei, Krystal ținea o poză a lui Robbie la un an. Inima adevărată a lui Krystal începu să bată ca atunci când vâslea cu tot avântul, trăgând şi iar trăgând prin apă, cu muşchii încordați la maximum, privind cum echipajul advers e lăsat în urmă...)

— Nenorocito! strigă ea, dar nimeni n-o auzi, pentru că Terri continua să urle la Kay, care stătea cu cana în palme, părând neafectată.

— Nu m-am drogat, la dracu', n-ai nicio dovadă...

— Nenorocito şi proasto! spuse Krystal, mai tare.

— N-am loat ni'ca, e o minciună, fir-ar a dracu', țipă Terri, care se comporta ca un animal prins în plasă, zvârcolindu-se şi nereuşind decât să se încurce şi mai rău. N-am loat ni'ca, să fiu a dracului, n-am loat...

— Or să te dea afară din clinica aia nenorocită, fir-ai tu să fii cu căpățâna aia a ta idioată!

— Să nu-ndrăzneş'i să-mi vorbeş'i aşa, că dracu' te ia!

— Bine! spuse Kay tare ca să acopere gălăgia, punând cana pe podea şi ridicându-se în picioare, speriată de ceea ce dezlănțuise.

Apoi strigă „Terri!" de-a dreptul alarmată, când o văzu pe Terri săltându-se în fotoliu şi rezemându-se pe celălalt braț, ca s-o înfrunte pe fiica ei; ca doi balauri, stăteau aproape nas în nas, țipând.

— *Krystal!* țipă Kay, când Krystal ridică pumnul.

Krystal se împinse cu violență de pe fotoliu, îndepărtându-se de mama ei. Găsi surprinsă un lichid călduț curgându-i pe obraji şi, confuză, crezu că e sânge, dar erau lacrimi, doar lacrimi, curate şi strălucitoare pe vârfurile degetelor când le şterse.

— În regulă, spuse Kay, lipsită de vlagă. Hai să ne calmăm, vă rog.

— *Tu* să te calmezi, la naiba! zise Krystal.

Tremurând, îşi şterse fața cu antebrațul, apoi se întoarse la fotoliul mamei sale. Terri tresări, dar Krystal apucă cu un gest smucit pachetul de țigări, din care scoase o țigară şi o brichetă, apoi o aprinse. Pufăind din țigară, plecă iar de lângă mama ei şi se duse la fereastră, unde rămase cu spatele, încercând să-şi oprească lacrimile care şiroiau.

— OK, zise Kay, tot în picioare, dacă putem să vorbim lucrurile astea calm...

— Ia mai du-te-ncolo, spuse Terri fără viață.

— Aici e vorba despre Robbie, zise Kay.

Rămăsese în picioare, prea speriată ca să se relaxeze.

— De-aia mă aflu aici. Să mă asigur că Robbie e bine.

— Deci, a lipsit de la creşa aia nenorocită, spuse Krystal de la fereastră. Asta nu-i o crimă, la naiba.

— ... nu-i o crimă, la naiba, fu de acord Terri, ca un ecou estompat.

— Nu e vorba doar de creşă, zise Kay. Când l-am văzut ieri, Robbie era într-o stare proastă şi suferind. E mult prea mare ca să mai poarte pampers.

— Da' l-am scos din tâmpenia aia, e-n pantaloni acum, doar ți-am zis! i-o întoarse Krystal cu furie.

— Îmi pare rău, Terri, spuse Kay, dar tu nu erai într-o stare în care să te poți ocupa singură de un copil mic.

— N-am loat...

— Poți să-mi zici până nu mai poți că nu te-ai drogat, spuse Kay, şi Krystal auzi pentru prima oară ceva adevărat şi omenesc în vocea lui Kay: exasperare, iritare. Dar vei fi testată la clinică. Ştim amândouă că testele vor ieşi pozitive. Mi-au spus că e ultima ta şansă, că te vor scoate iar din program.

Terri se şterse la gură cu dosul palmei.

— Uite, îmi dau seama că niciuna dintre voi nu vrea să-l pierdeți pe Robbie...

— Păi atuncea, nu ni-l lua, ce dracu'! strigă Krystal.

— Nu-i chiar aşa de simplu, spuse Kay.

Se aşeză din nou şi ridică în braţe dosarul voluminos de pe podea, unde căzuse.

— Când Robbie s-a întors la tine acum un an, Terri, te lăsaseşi de heroină. Te-ai angajat ferm să te abţii şi să urmezi programul de dezintoxicare şi ai mai fost de acord şi cu alte lucruri, cum ar fi să-l ţii pe Robbie la creşă...

— Da, şi l-am dus...

— ... O perioadă scurtă, spuse Kay. O perioadă scurtă l-ai dus, dar, nu-i de ajuns să faci un efort simbolic. După ce-am aflat când am venit aici ieri şi după ce-am discutat şi cu asistenta care se ocupă de tine la clinică şi cu doamna Harper, mă tem că trebuie să reanalizăm cum merg treburile.

— Ce-nseamnă asta? se interesă Krystal. Altă revizuire a cazului, nu-i aşa? Da' de ce-ai nevoie d-aşa ceva, totuşi? De ce ai nevoie d-aşa ceva? E bine, am grijă de el... *taci dracu' din gură!* ţipă ea la Terri, care încerca să strige şi ea ceva din fotoliu. Ea nu e... eu am grijă de el, bine? urlă ea la Kay, roşie în obraji, cu ochii rimelaţi excesiv plini de lacrimi de mânie, împungându-se cu degetul în piept.

Krystal îl vizitase pe Robbie cu regularitate la părinţii adoptivi în luna în care copilul le fusese luat. Băieţelul se agăţa de ea, voia să rămână la ceai, plângea când sora lui pleca. Fusese ca şi cum cineva ţi-ar fi scos jumătate din măruntaie şi te-ar fi ţinut prizonier. Krystal dorise ca Robbie să stea la Nana Cath, aşa cum stătuse şi ea de atâtea ori în copilărie, sau de fiecare dată când Terri cădea pradă drogurilor. Dar Nana Cath era acum bătrână şi slăbită şi n-avea timp pentru Robbie.

— Înţeleg că îţi iubeşti fratele şi că te străduieşti să faci tot ce e bine pentru el, Krystal, dar tu nu eşti tutorele legal al co...

— Şi de ce nu-s? Doar sunt sora lui, ce naiba?

— Bun, spuse cu fermitate Kay. Terri, cred că aici trebuie să privim adevărul în față. Cei de la Bellchapel or să te elimine din program fără să clipească dacă te duci acolo, susții că nu te-ai drogat şi îți ies testele pozitive. Asistenta ta, cu care am vorbit la telefon, mi-a spus asta pe şleau.

Chircită în fotoliu, un hibrid straniu între o bătrână şi un copil cu dinții lipsă, Terri avea o privire goală şi nemângâiată.

— Cred că singura cale prin care poți evita să fii scoasă din program, continuă Kay, este să recunoşti din capul locului că te-ai drogat, să-ți asumi responsabilitatea pentru delăsare şi să-ți iei angajamentul că vrei să începi din nou.

Terri rămase cu privirea în gol. Minciuna era singurul mod în care Terri ştia să reacționeze la numeroasele acuzații care i se aduceau. *Da, bine, în regulă, haide, dă-l încoace*, după care, *Nu, eu niciodată, nici vorbă, n-am făcut deloc...*

— Ai avut vreun motiv anume pentru care ai luat heroină săptămâna asta, când deja aveai în organism o doză mare de metadonă? întrebă Kay.

— Păi, da, zise Krystal. A avut, pentru că a venit Obbo aici, iar ea nu ştie niciodată să-i zică nu lu' ăla!

— Gura! spuse Terri, dar fără nerv.

Părea că încearcă să asimileze cele spuse de Kay: acest sfat bizar şi periculos, de a spune adevărul.

— Obbo, repetă Kay. Cine-i Obbo?

— Un labagiu nenorocit, spuse Krystal.

— E dealerul tău? întrebă Kay.

— Gura, o avertiză din nou Terri pe Krystal.

— De ce mama dracului nu i-ai zis nu lu' ăla? urlă Krystal la mama ei.

— Bun, zise din nou Kay. Terri, am s-o sun din nou pe asistenta ta de la clinică. Am să încerc s-o conving că, după părerea mea, e mai bine pentru familie ca tu să rămâi în program.

— Chiar ai s-o faci? întrebă Krystal, uimită.

O considerase pe Kay o mare japiță, una şi mai mare chiar decât mama aia adoptivă, cu bucătăria ei imaculată şi felul cumsecade de a-i vorbi lui Krystal, care o făcea pe fată să se simtă ca un rahat.

— Da, spuse Kay. Am s-o fac. Dar, Terri, din punctul nostru de vedere, şi mă refer aici la echipa de la Protecția Copilului, treaba-i serioasă. Vom fi nevoiți să monitorizăm îndeaproape situația de acasă a lui Robbie. Trebuie să vedem o schimbare, Terri.

— Bine, da, spuse Terri, fiind de acord aşa cum era de acord cu orice, cu oricine.

Dar Krystal interveni:

— Ai s-o faci, da. O s-o facă. Am s-o ajut. O s-o facă.

II

Shirley Mollison îşi petrecea zilele de miercuri la Spitalul General South West din Yarvil. Aici, ea şi o duzină de voluntare efectuau sarcini dintre cele mai diverse, cum ar fi plimbatul cărucioarelor cu cărți de la bibliotecă printre paturile bolnavilor, îngrijirea florilor pacienților şi mici cumpărături de la chioşcul de la parter pentru cei țintuiți la pat şi fără vizitatori. Activitatea ei preferată era să treacă de la un pat la altul şi să preia comenzile pentru masă. Odată, având la ea clipboardul şi permisul de intrare plastifiat, un doctor a confundat-o cu administratorul spitalului.

Ideea de voluntariat îi venise lui Shirley după cea mai lungă conversație pe care a avut-o vreodată cu Julia Fawley, în timpul uneia dintre minunatele petreceri de Crăciun de la Sweetlove House. Cu acel prilej a aflat că Julia era implicată în colectarea de fonduri pentru secția de pediatrie a spitalului din localitate.

— Ce avem nevoie cu adevărat este o vizită regală, îi spusese Julia, privirea rătăcindu-i către ușă, peste umărul lui Shirley. Am să-l rog pe Aubrey să aibă o discuție cu Norman Bailey. Scuză-mă, trebuie să-l salut pe Lawrence...

Shirley se pomeni stând singură lângă pian, spunând aerului: *Oh, desigur, desigur.* Habar n-avea cine era Norman Bailey, dar se simțea de-a dreptul zăpăcită. Chiar a doua zi, fără măcar să-i spună lui Howard ce-și pusese în gând, a telefonat la South West General și a pus întrebări despre activitatea de voluntariat. Lămurindu-se că nu era nevoie decât de un caracter nepătat, o minte sănătoasă și picioare solide, a cerut un formular de înscriere.

Munca de voluntariat i-a deschis lui Shirley o lume nouă și minunată. Acesta a fost visul pe care Julia Fawley i l-a transmis, fără să vrea, lângă pian: acela în care ea stătea în picioare cu mâinile încleștate cu sfială în față, cu permisul plastifiat prins în jurul gâtului, în vreme ce regina trecea în pas domol prin fața șirului de voluntari cu fețe radioase. Se văzu făcând o reverență perfectă, care atrase atenția reginei; aceasta se opri să schimbe două vorbe cu ea; o felicită pe Shirley pentru că-și dăruia cu generozitate timpul... un flash și o fotografie, iar ziarele de a doua zi... *Regina discută cu voluntara Shirley Mollison...* Uneori, când Shirley se concentra cu adevărat pe această scenă imaginară, un sentiment aproape evlavios se pogora asupra ei.

Voluntariatul la spital îi oferise lui Shirley o armă nouă şi sclipitoare cu care să mai domolească pretenţii lui Maureen. Când văduva lui Ken fusese transformată, ca în basmul Cenuşăresei, din vânzătoare în partener de afaceri, îşi luase nişte aere care pe Shirley o scoteau din fire (deşi le îndura cu un zâmbet de pisicuţă). Dar Shirley îşi redobândise poziţia dominantă: lucra, nu pentru profit, ci din bunătatea sufletului ei. Să faci voluntariat era o chestie stilată; asta făceau femeile care nu aveau nevoie de bani, adică femei ca ea şi Julia Fawley. Mai mult, spitalul îi oferea lui Shirley acces la o vastă mină de bârfe, cu care putea să înece trăncăneala plictisitoare a lui Maureen despre noua cafenea.

În dimineaţa asta, Shirley îşi exprimase preferinţa pentru salonul 28, adresându-se cu fermitate şefei voluntarilor, care a trimis-o imediat la secţia de oncologie. La salonul 28 îşi făcuse singura prietenă din rândul asistentelor. Unele dintre asistentele tinere se purtau uneori nepoliticos şi autoritar cu voluntarii, dar Ruth Price, care revenise de curând la slujba de asistentă medicală după o întrerupere de 16 ani, fusese fermecătoare de la început. Amândouă erau, după cum s-a exprimat Shirley, femei din Pagford, iar asta stabilea o legătură între ele.

(Cu toate că întâmplarea făcea ca Shirley să nu se fi născut în Pagford. Ea şi sora ei mai mică crescuseră cu mama lor într-un apartament neîncăpător şi neîngrijit. Mama lui Shirley bea mult; nu divorţase de tatăl fetelor, pe care acestea nu îl vedeau. Bărbaţii din partea locului păreau să cunoască toţi numele mamei lui Shirley şi zâmbeau superior când îl auzeau... dar asta fusese cu mult timp în urmă, iar Shirley era adepta ideii potrivit căreia trecutul se dezintegra dacă nu-l mai pomeneai. Refuza să-şi aducă aminte.)

Shirley şi Ruth se salutară cu încântare, dar dimineaţa era aglomerată şi nu era timp decât pentru un schimb scurt de impresii despre moartea neprevăzută a lui Barry Fairbrother. Convenirä să se întâlnească pentru masa de prânz la douăsprezece şi jumătate, iar Shirley plecă să ia căruciorul cu cărţi.

Avea o dispoziţie minunată. Vedea viitorul aşa de clar, de parcă s-ar fi întâmplat deja. Howard, Miles şi Aubrey Fawley urmau să-şi unească forţele pentru a face ca Fields să se desprindă pentru totdeauna de Pagford, iar asta ar constitui un prilej pentru o cină de sărbătorire la Sweetlove House...

Locul i se părea ameţitor lui Shirley. Grădina enormă, cu ceasul ei solar, gardurile vii tunse decorativ şi iazurile; holul larg, lambrisat; fotografia cu ramă de argint de pe pian, în care proprietarul glumea cu prinţesa. Nu a sesizat niciun pic de condescendenţă în atitudinea soţilor Fawley faţă de ea sau faţă de Howard. Dar, pe de altă parte, existau atâtea şi-atâtea arome derutante care concurau pentru atenţia ei ori de câte ori ajungea în raza orbitală a familiei Fawley. Îşi şi imagina cum stăteau ei cinci la o cină privată, într-una dintre superbele încăperi laterale, Howard aşezat lângă Julia, ea, la dreapta lui Aubrey, iar Miles, între ei. (În fantezia lui Shirley, Samantha era inevitabil reţinută altundeva.)

Shirley şi Ruth s-au întâlnit lângă raionul de iaurturi la 12:30. Gălăgioasa cantină de spital nu era la fel de aglomerată cum avea să fie la 13, iar asistenta şi voluntara au găsit fără prea mare dificultate o masă plină de firimituri, lipită de perete.

— Ce face Simon? Ce fac băieţii? întrebă Shirley, după ce Ruth şterse masa şi scăpară de cele două tăvi, iar acum şedeau faţă în faţă, gata de discuţie.

— Si e bine, mulțumesc, e bine. Aduce acasă noul nostru computer. Băieții abia aşteaptă, cred că-ți poți imagina.

Asta era de-a dreptul neadevărat. Andrew şi Paul aveau amândoi laptopuri ieftine; PC-ul stătea în colțul micii lor camere de zi şi niciunul nu-l atingea, preferând să nu facă nimic care să-i aducă în apropierea tatălui lor. Ruth îi vorbea adesea lui Shirley despre băieții ei ca şi cum ar fi fost mult mai mici: uşor de manevrat, ascultători şi uşor de distrat. Poate că, în felul ăsta, încerca să se dea mai tânără, ca să scoată în evidență diferența de vârstă dintre ea şi Shirley — care era de aproape două decenii — ca să le facă să semene şi mai mult cu o mamă şi fiica ei. Mama lui Ruth murise cu zece ani în urmă; simțea lipsa unei femei mai în vârstă în viața ei, iar relația lui Shirley cu propria fiică era, din câte i-a dat de înțeles lui Ruth, nu tocmai cum ar fi putut să fie.

— Miles şi cu mine am fost întotdeauna foarte apropiați. Patricia, pe de altă parte, a avut întotdeauna un caracter dificil. Acum e la Londra.

Ruth şi-ar fi dorit nespus să afle mai multe, dar o calitate pe care o aveau şi ea, şi Shirley, şi pe care şi-o admirau reciproc era o reticență manierată; o mândrie în a prezenta lumii din jur o aparență neşifonată. Prin urmare, Ruth îşi înfrânse curiozitatea ațâțată, deşi păstră în sinea ei speranța că va afla, la momentul cuvenit, ce anume o făcea pe Patricia să fie atât de dificilă.

Shirley şi Ruth se plăcuseră din prima clipă, iar asta îşi avea rădăcinile în faptul că fiecare recunoştea că cealaltă era o femeie aidoma sieși, o femeie care se mândrea cel mai mult cu faptul că reuşise să cucerească şi să păstreze afecțiunea soțului. La fel ca francmasonii, aveau acelaşi cod fundamental şi, prin urmare, se simțeau în siguranță una în compania celeilalte, într-un mod care nu se regăsea în nicio altă situație. Complicitatea lor era și mai plăcută, fiind condimentată cu un sentiment de superioritate, pentru că, în secret, fiecare o compătimea pe cealaltă pentru alegerea făcută în privința soțului. Lui Ruth, Howard i se părea grotesc fizic și nu reușea să priceapă cum fusese posibil ca prietena ei, care își păstrase o frumusețe durdulie, dar delicată, să accepte să se mărite cu el. Lui Shirley, care nu-și amintea să-l fi văzut vreodată pe Simon, care nu-i auzise niciodată pomenit numele în legătură cu chestiunile de ordin superior ale Pagfordului și care înțelesese că lui Ruth îi lipsea orice rudiment de viață socială, soțul acesteia i se părea un sihastru inadecvat.

— Așadar, i-am văzut pe Miles și Samantha aducându-l pe Barry la spital, spuse Ruth, lansându-se în subiectul principal fără niciun fel de introducere.

Avea mult mai puțin tact în conversații decât Shirley, fiindu-i mai greu să-și ascundă aviditatea pentru bârfele din Pagford, de care se simțea văduvită, cum era ținută prizonieră pe dealul de deasupra orașului, izolată de lipsa de sociabilitate a lui Simon.

— Chiar au văzut cu ochii lor cum s-a întâmplat? întrebă Ruth.

— Oh, da, spuse Shirley. Luau cina la clubul golfului. Era duminică seara, știi; fetele se întorseseră la școală, iar Sam preferă să mănânce în oraș, nu prea-i place să gătească...

Punct cu punct, în pauzele de cafea petrecute împreună, Ruth aflase o parte din povestea secretă a mariajului dintre Miles și Samantha. Shirley i-a spus cum fiul ei fusese obligat să se însoare cu Samantha fiindcă aceasta rămăsese gravidă cu Lexie.

— Au făcut tot ce se putea din această căsătorie, oftă Shirley, bravând cu zâmbetul pe buze. Miles a făcut ceea ce se cuvenea; n-aş fi acceptat nicio altă variantă. Fetele sunt minunate. Păcat că Miles n-a avut un băiat; ar fi fost excelent cu un băiat. Dar Sam n-a mai vrut al treilea copil.

Ruth preţuia fiecare critică mascată pe care Shirley o făcea la adresa nurorii. Îi displăcuse din prima clipă, cu ani în urmă, când îl însoţise pe micul Andrew, pe atunci în vârstă de patru ani, la creşa de la St Thomas, unde le-a întâlnit pe Samantha şi pe fiica ei, Lexie. Cu râsul ei zgomotos şi decolteul ei exagerat de generos, precum şi cu o anumită aplecare spre glumele cam deocheate pentru mamele din curtea şcolii, Samantha o frapase pe Ruth ca o fiinţă periculos de acaparatoare. Ani de-a rândul după aceea, Ruth o urmărise cu dispreţ pe Samantha cum îşi împinge pieptul masiv în faţă în timp ce discuta cu Vikram Jawanda la şedinţele cu părinţii şi, ca să evite să stea de vorbă cu ea, îl conducea pe Simon pe la marginea sălilor de clasă.

Shirley continua să relateze povestea, aflată la mâna a doua, a ultimului drum al lui Barry, dând toată greutatea posibilă vigilenţei lui Miles care chemase imediat ambulanţa, felului cum o sprijinise pe Mary Fairbrother, insistenţei lui în a rămâne alături de ea la spital până la sosirea soţilor Wall. Ruth asculta atentă, chiar dacă cu o uşoară nerăbdare. Shirley era mult mai antrenantă când enumera imperfecţiunile Samanthei decât când proslăvea virtuţile lui Miles. Mai mult de-atât, Ruth ardea de nerăbdare să-i comunice lui Shirley ceva palpitant.

— Aşadar, a rămas un loc liber în Consiliul Parohial, spuse Ruth în momentul în care Shirley ajunsese la punctul din poveste în care Miles şi Samantha îi lăsaseră pe Colin şi Theresa Wall să intre în scenă.

— Noi numim asta loc vacant printr-o moarte subită, spuse cu blândețe Shirley.

Ruth trase adânc aer în piept.

— Simon, spuse ea, excitată de simplul fapt că spunea aces lucru, se gândeşte să candideze!

Shirley zâmbi cu un gest automat, ridică sprâncenele cu o surprindere politicoasă şi sorbi din ceaşca de ceai ca să-şi ascundă fața. Ruth habar nu avea că tocmai spusese ceva care îi tulburase liniştea prietenei sale. Ea presupusese că Shirley ar fi încântată să se gândească la faptul că soții lor făceau amândoi parte din Consiliul Parohial şi avea o vagă idee că, poate, Shirley i-ar putea fi de ajutor în acest sens.

— Mi-a spus aseară, continuă Ruth cu importanță. Se tot gândeşte la asta de o vreme.

Anumite alte lucruri spuse de Simon, despre posibilitatea de a prelua mita de la Grays ca să-i mențină în poziția de contractori ai consiliului, Ruth le îndepărtase din mintea ei, aşa cum făcuse şi cu toate micile potlogării, fărădelegile lui mărunte.

— Habar n-am avut că Simon ar fi interesat să se implice în guvernarea locală, spuse Shirley cu un ton lejer şi plăcut.

— Oh, da, zise Ruth, care nici ea nu avusese habar, e foarte dornic.

— A discutat cu dr. Jawanda? întrebă Shirley, sorbind din nou din ceai. Ea i-a sugerat cumva să candideze?

Întrebarea o puse în încurcătură pe Ruth, care lăsă să i se vadă nedumerirea sinceră.

— Nu cred... Simon n-a mai fost la doctor de foarte multă vreme. Adică, e foarte sănătos.

Shirley zâmbi. Dacă acționa pe cont propriu, fără sprijinul facțiunii Jawanda, atunci amenințarea reprezentată de Simon era fără doar şi poate neglijabilă. Chiar o compătimea pe Ruth, pe care o aştepta o surpriză urâtă. Ea, Shirley, care cunoştea pe oricine avea o cât de mică importanţă în Pagford, ar fi avut mari dificultăţi în a-l recunoaşte pe soţul lui Ruth dacă acesta ar fi intrat în magazinul de delicatese. Cine naiba credea sărmana Ruth că ar fi votat pentru el? Pe de altă parte, Shirley ştia că exista o întrebare pe care Howard şi Aubrey ar fi vrut să i-o adreseze aşa, ca o chestiune de rutină.

— Simon a locuit mereu în Pagford, nu?

— Nu, s-a născut în Fields, răspunse Ruth.

— Ah, spuse Shirley.

Desfăcu folia cutiei de iaurt, apucă linguriţa şi luă o gură, gânditoare. Faptul că Simon urma probabil să aibă o poziţie pro-Fields, oricare i-ar fi fost perspectivele electorale, merita ştiut.

— Candidaturile vor fi anunţate şi pe site? întrebă Ruth, sperând încă într-un acces întârziat de solicitudine şi entuziasm.

— Oh, da, răspunse Shirley vag. Cred că da.

III

Andrew, Fats şi alţi 27 de elevi au petrecut ultima parte a după-amiezii de miercuri în ceea ce Fats numea „spasmatică". Era antepenultimul curs de matematică, judecând după cel mai incompetent profesor al catedrei: o tânără cu coşuri pe faţă, care abia încheiase perioada de practică şi care era incapabilă să menţină ordinea în clasă, părând adesea gata-gata să izbucnească în plâns. Fats, care se înscrisese în mod deliberat pe un făgaş al rezultatelor nesatisfăcătoare pe parcursul ultimului an, fusese retrogradat la spasmatică din grupa superioară. Andrew, care toată viața lui avusese dificultăți cu numerele, trăia cu teama că va fi exilat în grupa cea mai de jos, împreună cu Krystal Weedon şi vărul ei, Dane Tully.

Andrew şi Fats stăteau împreună în spatele clasei. Uneori, când obosea să mai distreze clasa sau să provoace şi mai multă dezordine, Fats îi arăta lui Andrew câteva operații matematice. Nivelul gălăgiei era asurzitor. Domnişoara Harvey urla pe deasupra tuturor, implorându-i să facă linişte. Lucrările de control erau pline de obscenități. Elevii se ridicau în permanență ca să-şi facă vizite reciproce, hârşâindu-şi de podea picioarele scaunelor; mici proiectile zburau încrucişat prin sală ori de câte ori domnişoara Harvey privea în altă parte. Uneori Fats găsea pretexte să umble prin sală, imitând mersul săltăreț al lui Cubby, cu brațele țepene pe lângă corp. Umorul lui Fats era aici în deplinătatea expresiei sale; la orele de engleză, unde el şi Andrew erau în grupa superioară, nu se obosea să-l folosească pe Cubby ca material didactic.

Sukhvinder Jawanda era aşezată chiar în fața lui Andrew. Cu mult timp în urmă, în şcoala primară, Andrew, Fats şi ceilalți băieți o trăgeau pe Sukhvinder de cozile lungi, împletite ale părului ei de culoare negru-albăstriu. Era cel mai uşor să te agăți de ele când se juca leapşa şi cândva reprezentau o atracție irezistibilă când atârnau ca acum, pe spatele ei, ascunse de ochii profesoarei. Dar Andrew nu mai avea niciun fel de dorință să tragă de cozi, nici să atingă vreo parte a corpului lui Sukhvinder. Era una dintre puținele fete peste care ochii lui alunecau fără cel mai mic interes. De când îi atrăsese atenția Fats, observase şi el uşoara negreală de pe buza de sus a fetei. Sora mai mare a lui Sukhvinder, Jaswant, avea o siluetă mlădioasă, cu forme atrăgătoare, o talie îngustă şi o faţă care, înainte să vină Gaia, i se păruse frumoasă lui Andrew, cu pometţii proeminenţi, pielea aurie catifelată şi ochi migdalaţi căprui şi umezi. Fireşte, Jaswant fusese întotdeauna inaccesibilă: cu doi ani mai mare şi cea mai deşteaptă fată din clasa a şasea, părea să fie conştientă ce erecţii le provoca băieţilor cu farmecele ei.

Sukhvinder era singura persoană din clasă care nu scotea absolut niciun sunet. Cu spatele gârbovit şi capul aplecat deasupra lucrării ei, părea învăluită în concentrare ca într-un cocon. Îşi trăsese în jos mâneca puloverului astfel încât să-i acopere în întregime mâna, închizând manşeta ca să alcătuiască un pumn acoperit de lână. Tăcerea ei desăvârşită era aproape ostentativă.

— Marele hermafrodit stă tăcut şi nemişcat, murmură Fats, cu ochii fixaţi pe ceafa lui Sukhvinder. Având mustaţă, dar fiind înzestrată cu mamele proeminente, oamenii de ştiinţă rămân nelămuriţi cu privire la contradicţiile acestui mascul-femelă păros.

Andrew a râs pe înfundate, dar totuşi nu se simţea în largul lui. S-ar fi bucurat mai mult dacă Sukhvinder n-ar fi putut să audă ce zice Fats. Ultima oară când fusese acasă la Fats, acesta-i arătase mesajele pe care le trimitea cu regularitate pe pagina de Facebook a lui Sukhvinder. Scotocise internetul după imagini şi informaţii despre hirsutism şi îi trimitea zilnic câte un citat sau o imagine.

Era întrucâtva amuzant, dar îl făcea pe Andrew să se simtă jenat. Strict vorbind, Sukhvinder nu era genul de fiinţă care să ceară aşa ceva: părea o ţintă foarte facilă. Lui Andrew îi plăcea cel mai mult când Fats îşi îndrepta limba acidă împotriva unor figuri autoritare, a prefăcuţilor sau a celor mulţumiţi de sine.

— Separată de turma ei de făpturi bărboase şi purtătoare de sutien, ea stă, pierdută în gânduri, întrebându-se dacă i-ar sta bine cu bărbuță, spuse Fats.

Andrew râse, apoi se simți vinovat, dar Fats îşi pierdu interesul şi îşi îndreptă atenția spre transformarea fiecărui zero de pe foaia lui de exerciții într-un anus zbârcit. Andrew reveni la încercarea de a ghici unde trebuia pusă virgula zecimală şi la contemplarea perspectivei drumului de întoarcere acasă cu autobuzul şcolar, în care se va afla şi Gaia. Întotdeauna era mult mai dificil să găsească un loc de pe care să o poată privi în voie pe drumul spre casă deoarece, când el ajungea acolo, ea era deja înconjurată de copii sau prea departe de el. Faptul că se amuzaseră împreună la adunarea de luni-dimineață nu dusese nicăieri. Ea nu-i mai căutase de atunci privirea în autobuz, nici nu-i demonstrase în vreun alt fel că ştia de existența lui. În cele patru săptămâni de când era îndrăgostit, Andrew nu vorbise de fapt niciodată cu Gaia. Încercase să formuleze câteva fraze de început, în vreme ce rumoarea din ora de spasmatică era la apogeu în jurul lui. *A fost amuzant luni, la adunare...*

— Sukhvinder, ai pățit ceva?

Domnişoara Harvey, care se aplecase deasupra lucrării lui Sukhvinder ca să-i pună notă, se holba la fața fetei. Andrew o văzu pe Sukhvinder negând şi ascunzându-şi fața cu palmele, încă aplecată deasupra lucrării.

— Wallah! şopti Kevin Cooper, cu intenția de a fi auzit, de la două rânduri mai în față. Wallah! Peanut!

Încerca să le atragă atenția asupra unui lucru pe care ei deja îl ştiau: faptul că Sukhvinder, judecând după tremurul uşor al umerilor, plângea şi că domnişoara Harvey făcea, plină de tulburare, tentative deznădăjduite de a afla ce se întâmplase. Clasa, sesizând o agravare a lipsei de vigilență a profesoarei, se dezlănțui.

— Peanut! Wallah!

Andrew nu reuşise niciodată să-şi dea seama dacă acest Kevin Cooper irita lumea intenționat sau fără voia lui, dar oricum era limpede că avea un talent deosebit în a călca oamenii pe bătături. Porecla Peanut era foarte veche şi îl însoțise pe Andrew în şcoala primară; întotdeauna o detestase. Fats fusese cel care o scosese din uz, nefolosind-o niciodată. Cooper nu-i nimerea nici lui Fats numele: Wallah se bucurase de o oarecare popularitate doar pe termen scurt, anul trecut.

— Peanut! Wallah!

— Tacă-ți fleanca, Cooper, dobitoc cu cap de sulă, îi şuieră Fats printre dinți.

Cooper stătea atârnat peste spătarul scaunului, zgâindu-se la Sukhvinder, care se aplecase şi mai mult, cu fața aproape lipită de bancă, în vreme ce domnişoara Harvey se afla lângă ea, fluturând comic din mâini, neputând nici s-o atingă şi nereuşind să obțină vreo explicație pentru tulburarea ei. Alți câțiva elevi observaseră această perturbare neobişnuită şi se holbau: dar în fața clasei, mai mulți băieți continuau să facă hărmălaie, ignorând orice altceva în afară de propriul lor amuzament. Unul dintre ei apucă buretele de tablă cu suport din lemn de pe catedra părăsită de domnişoara Harvey. Îl aruncă.

Buretele zbură până-n partea opusă a încăperii şi lovi ceasul de pe perete, care căzu pe podea şi se sfărâmă: cioburi de plastic şi piese metalice zburară în toate direcțiile, iar câteva fete, inclusiv domnişoara Harvey, țipară speriate.

Uşa clasei se deschise brusc şi se lovi zgomotos de perete. În clasă se făcu subit linişte. Cubby stătea în prag, roşu de furie.

— Ce se întâmplă în această clasă? Ce-i cu toată hărmălaia asta?

Domnişoara Harvey se ridică în picioare ca o jucărie pe arcuri lângă banca lui Sukhvinder, înspăimântată şi cu o expresie de vinovăție pe chip.

— Domnişoară Harvey! Clasa dumitale face o gălăgie infernală. Ce s-a întâmplat?

Domnişoara Harvey părea să fi încremenit. Kevin Cooper stătea atârnat peste spătarul scaunului, uitându-se pe rând la domnişoara Harvey, la Cubby şi la Fats, şi înapoi.

Fats vorbi.

— Păi, ca să fiu cât se poate de sincer, tată, îi dăm clasă acestei biete femei.

Clasa explodă într-un hohot general. Gâtul domnișoarei Harvey era desfigurat de o iritație vineție care se extindea rapid. Fats stătea nonşalant în echilibru pe picioarele din spate ale scaunului, cu fața perfect imobilă, uitându-se la Cubby cu o detaşare provocatoare.

— Destul! spuse Cubby. Dacă mai aud că faceți gălăgie, am să vă bag pe toți la detenție. Ați înțeles? Pe toți!

Închise uşa peste râsetele lor.

— L-ați auzit pe domnul director adjunct! țipă domnişoara Harvey, grăbindu-se să ajungă în fața clasei. Linişte! Faceți linişte! Tu, Andrew, şi tu, Stuart, strângeți mizeria aia! Adunați toate bucățile alea de ceas!

Cei doi îşi făcură datoria de a protesta zgomotos la această nedreptate, susținuți cu elan strident de două dintre fete. Adevărații făptaşi ai distrugerii, de care toată lumea ştia că domnișoara Harvey se temea, stăteau la pupitrele lor şi zâmbeau dispreţuitor. Întrucât mai erau doar cinci minute până la sfârşitul orelor, Andrew şi Fats începură să tragă de timp ca să prelungească operaţia de curăţenie şi să aibă motiv s-o lase neterminată. În timp ce Fats mai stârnea câteva hohote de râs ţopăind de colo-colo cu braţele ţepene, imitând mersul lui Cubby, Sukhvinder îşi şterse lacrimile pe furiş cu mâna acoperită de pulover şi se cufundă la loc în obscuritate.

Când sună clopoţelul, dra Harvey nu avu nicio tentativă de a controla sau a domoli larma asurzitoare în timp ce elevii se năpusteau spre uşă. Andrew şi Fats împinseră cu piciorul bucăţile de ceas sub dulapurile din spatele clasei, apoi îşi săltară pe umăr rucsacurile de şcoală.

— Wallah! Wallah! strigă Kevin Cooper, grăbindu-se să-i prindă din urmă pe Andrew şi Fats care mergeau pe coridor. Aşa-i zici tu acasă lui Cubby, tată? Serios? Aşa-i zici?

Crezuse că-l pusese în încurcătură pe Fats; crezuse că i-o trăsese.

— Eşti un labagiu, Cooper, replică plictisit Fats, iar Andrew râse.

IV

— Dr. Jawanda întârzie cam un sfert de oră, îi spuse recepţionera Tessei.

— Ei, nu-i nimic. Nu mă grăbesc.

Seara se lăsase de puţin timp, iar geamurile din sala de aşteptare aruncau pe pereţi petice întunecate de albastru. Mai erau doar două persoane acolo: o bătrână slută care respira cu greutate şi purta papuci de casă, şi o mamă tânără care citea o revistă în vreme ce copilaşul cu care venise scotocea prin cutia cu jucării din colț. Tessa luă de pe masa din mijloc un exemplar vechi şi ferfenițit din revista *Heat*, se aşeză şi începu s-o frunzărească, uitându-se la poze. Întârzierea îi dădea răgazul să se gândească la ce avea să-i spună lui Parminder.

Vorbiseră scurt la telefon de dimineață. Tessa se tot căia că nu o sunase de îndată ca să-i dea ştirea despre Barry. Parminder i-a spus că nu-i nicio problemă, Tessa să nu mai fie caraghioasă, nu era supărată absolut deloc; dar Tessa, cu îndelungata ei experiență cu cei ultrasensibili şi fragili, îşi dădea seama că Parminder, sub carapacea ei țepoasă, se simțea rănită. A încercat să-i explice că fusese teribil de obosită în ultimele două zile şi că trebuise să se ocupe de Mary, Colin, Fats şi Krystal Weedon; că se simțise copleşită, pierdută şi incapabilă să se gândească la altceva decât la problemele urgente care-i fuseseră aruncate în cârcă. Dar Parminder i-a retezat-o tocmai când bătea câmpii cu scuzele şi i-a spus calm că o să se vadă mai târziu la cabinet.

Dr. Crawford ieşi din cabinetul lui, cu părul alb, cu înfățişarea lui de urs, o salută vesel pe Tessa şi spuse:

— Maisie Lawford?

Tânăra mamă avu ceva dificultăți în a-şi convinge fiica să lase vechiul telefon de jucărie pe care aceasta din urmă îl găsise în cutia cu jucării. În timp ce era trasă cu blândețe de mână după doctorul Crawford, micuța privea cu jind peste umăr la telefonul ale cărui secrete n-avea să le mai descopere acum.

Când uşa se închise în urma lor, Tessa îşi dădu seama că avea un zâmbet idiot, aşa că încercă grăbită să se adune. Avea să devină una dintre babele alea groaznice care gângureau ori de câte ori vedeau câte un copil mic, reuşind să-l sperie. I-ar fi plăcut ca fetiţa blondă să se împrieteneaască cu băieţelul ei brunet şi slăbuţ. Ce oribil era, se gândi Tessa, amintindu-şi-l pe Fats la vârsta fetiţei, când fantomele micuţe ale copiilor tăi în viaţă îţi bântuiau inima; nu vor şti niciodată, şi le-ar displăcea profund dacă ar afla, că pe măsură ce creşteau se îndepărtau tot mai mult de tine, lăsându-te pustiu.

Uşa cabinetului lui Parminder se deschise; Tessa ridică privirea.

— Doamna Weedon, spuse Parminder.

Ochii ei se întâlniră cu ai Tessei şi-i oferi un zâmbet care nu era deloc zâmbet, ci doar o grimasă. Bătrânica în papuci de casă se ridică în picioare cu greutate şi ocoli şchiopătând peretele despărţitor, în urma lui Parminder. Tessa auzi cum uşa de la cabinetul medical se închide sec.

Citi comentariile de la o serie de poze care o înfăţişau pe soţia unui fotbalist în toate ţinutele vestimentare pe care le purtase în ultimele cinci zile. Studiind picioarele lungi şi zvelte ale tinerei femei, Tessa se întrebă cât de diferită i-ar fi fost viaţa dacă ar fi avut nişte picioare ca ale acesteia. Ceva o făcea să aibă o puternică bănuială că viaţa ei ar fi fost cu totul alta. Tessa avea picioarele scurte, groase, diforme. Le-ar fi ascuns mereu în cizme, doar că era greu să găsească atâtea perechi care să se poată încheia peste glezne. Îşi aminti că-i spusese unei fetiţe mai dolofane la consiliere că înfăţişarea nu contează, că personalitatea e mult mai importantă. *Ce prostii le spunem copiilor,* îşi zise Tessa, întorcând pagina revistei.

O uşă ascunsă vederii se deschise cu un bubuit. Cineva striga cu o voce spartă.

— Mă faci să-mi fie mai rău, la dracu'! Nu-i corect. Am venit la tine să mă ajuţi. E meseria ta... tu trebuie...

Tessa şi recepţionera se uitau una la alta, apoi se întoarseră spre sursa strigătelor. Tessa auzi vocea lui Parminder, cu accentul de Birmingham încă sesizabil după toţi anii petrecuţi în Pagford.

— Doamnă Weedon, continuaţi să fumaţi, iar asta afectează doza pe care trebuie să v-o prescriu. Dacă aţi fi renunţat la ţigări — fumătorii metabolizează teofilina mai rapid, aşa că ţigările nu doar vă agravează emfizemul, dar de fapt afectează capacitatea medicamentului de...

— Să nu ţipi la mine! M-am săturat de tine! O să-ţi fac reclamaţie! Mi-ai dat alte pastile nenorocite decât alea bune! Vreau să merg la alt doctor! Vreau să merg la doctorul Crawford!

Bătrâna îşi făcu apariţia de după perete, legănându-se şi şuierând, cu faţa stacojie.

— O să mă omoare vaca aia pakistaneză! Să nu vă duceţi la ea! strigă spre Tessa. O să vă omoare cu medicamentele ei, japiţa aia de pakistaneză!

Merse clătinându-se spre ieşire, instabilă pe picioarele ca nişte fuse, încălţată cum era în papuci, cu respiraţia întretăiată, înjurând cât de tare îi permiteau plămânii slăbiţi. Uşa se închise cu zgomot în urma ei. Recepţionera schimbă încă o privire cu Tessa. Apoi auziră închizându-se din nou uşa de la cabinetul medical al lui Parminder.

Parminder reapăru abia după cinci minute. Recepţionera privea fix în ecran, ostentativ.

— Doamna Wall, spuse Parminder, cu o altă grimasă de zâmbet.

— Care-a fost povestea? întrebă Tessa după ce ocupă un loc la un capăt al biroului lui Parminder.

— Noile pastile o supără la stomac pe doamna Weedon, spuse calm Parminder. Deci, astăzi îţi facem analizele la sânge, da?

— Da, spuse Tessa, simultan intimidată şi rănită de conduita profesională a lui Parminder. Ce mai faci tu, Minda?

— Eu? spuse Parminder. Sunt bine. De ce?

— Păi... Barry... ştiu ce-a însemnat pentru tine şi ce ai însemnat tu pentru el.

Lacrimile îi umplură ochii lui Parminder şi încercă să le îndepărteze clipind, dar era prea târziu: Tessa le văzuse.

— Minda, spuse ea, lăsându-şi mâna durdulie pe mâna subțire a lui Parminder, dar aceasta i-o dădu la o parte, de parcă Tessa ar fi înțepat-o; apoi, trădată de propriul reflex, începu să plângă în hohote, neavând cum să se ascundă în încăperea mică, cu toate că se întorsese cu spatele, atât cât se putea, în scaunul rotativ.

— Mi s-a făcut rău când mi-am dat seama că nu te-am sunat, zise Tessa, peste încercările furioase ale lui Parminder de a-şi domoli suspinele. Îmi venea să mor de ciudă. Am vrut să te sun, minți ea, dar n-am dormit deloc, ne-am petrecut aproape toată noaptea la spital, apoi a trebuit să ne ducem direct la muncă. Colin a cedat nervos la adunare, când a făcut anunțul, apoi a provocat o scenă absolut îngrozitoare cu Krystal Weedon în fața tuturor. După care lui Stuart i s-a făcut chef să chiulească. Iar Mary era distrusă... dar îmi pare-atât de rău, Minda, trebuia să te sun.

— ... dicol, spuse Parminder apăsat, cu fața ascunsă îndărătul unei batiste pe care o scosese din mânecă. ... Mary... cea mai importantă...

— Ai fi fost una dintre primele persoane pe care Barry le-ar fi sunat, spuse cu tristețe Tessa şi, spre groaza sa, izbucni şi ea în lacrimi. Minda, îmi pare-atât de rău, suspină ea, dar a trebuit să mă ocup de Colin şi de toți ceilalți.

— Nu fi prostuță, zise Parminder, sughițând în timp ce-şi tampona fața subțire. Suntem prostuțe.

Nu, nu suntem. Of, lasă şi tu de la tine, Parminder...

Dar doctoriţa îşi îndreptă umerii firavi, îşi suflă nasul şi stătu iar dreaptă în scaun.

— Vikram ţi-a spus? întrebă Tessa cu timiditate, scoţând câteva şerveţele de hârtie din cutia de pe biroul lui Parminder.

— Nu, răspunse Parminder. Howard Mollison. În magazin.

— Oh, Doamne, Minda, ce rău îmi pare.

— Nu fi prostuţă. Nu-i nimic.

Plânsul o făcuse pe Parminder să se simtă ceva mai bine şi mai prietenoasă faţă de Tessa, care-şi ştergea faţa comună şi blândă. Asta era o uşurare, căci acum, după dispariţia lui Barry, Tessa era singura ei prietenă adevărată din Pagford. (Întotdeauna preciza în gând „din Pagford", de parcă undeva, dincolo de graniţele orăşelului, ar fi avut o sută de prieteni loiali. Nu recunoştea niciodată faţă de ea însăşi că aceştia însemnau doar amintirile legate de gaşca de la şcoala din Birmingham, de care valurile vieţii o separaseră de mult; şi colegii de la medicină, cu care studiase şi se pregătise, care continuau să-i trimită felicitări de Crăciun, dar care nu veneau niciodată s-o viziteze şi pe care nici ea nu-i vizita vreodată.)

— Cum se simte Colin?

Tessa oftă.

— Of, Minda... O, Doamne! Zice că vrea să candideze pentru locul lui Barry din Consiliul Parohial.

Cuta adâncă dintre sprâncenele groase şi negre ale lui Parminder se adânci.

— Ţi-l imaginezi pe Colin candidând la alegeri? întrebă Tessa, strângând în mână şerveţelele ude. Ţinând piept unora ca Aubrey Fawley şi Howard Mollison? Încercând să umple golul lăsat de Barry, spunându-şi că trebuie să câştige bătălia pentru Barry... toată responsabilitatea...

— Colin are pe umeri o mare responsabilitate la muncă, spuse Parminder.

— Abia reuşeşte să se descurce, replică Tessa, fără să se gândească.

Se simţi instantaneu neloială şi începu din nou să plângă. Era atât de ciudat; intrase aici gândindu-se că-i va oferi consolare lui Parminder, dar iată că începuse în schimb să-şi verse propriile necazuri.

— Ştii cum e Colin, pune totul la inimă atât de mult, ia totul atât de *personal*...

— Să ştii că se descurcă foarte bine, ţinând cont de toate circumstanţele, spuse Parminder.

— Of, ştiu că se descurcă, încuviinţă Tessa obosită. Îi pierise cheful să se contrazică. Ştiu.

Colin era aproape singura persoană faţă de care Parminder, severă şi închisă cum era, manifesta compasiune. La rândul său, Colin nu suporta niciodată să audă un cuvânt împotriva lui Parminder. Era susţinătorul ei neînduplecat din Pagford: *Un excelent generalist,* replica el răstit către oricine îndrăznea s-o critice în faţa lui. *Cel mai bun pe care l-am avut.* Parminder nu avea prea mulţi apărători. Era nepopulară printre membrii vechii gărzi din Pagford, având reputaţia de a nu fi partizana antibioticelor şi a reţetelor scrise fără consultaţie.

— Dacă Howard Mollison îşi pune în aplicare planul, nu vor fi niciun fel de alegeri, spuse Parminder.

— Cum adică?

— A trimis o circulară prin e-mail. A sosit acum o jumătate de oră.

Parminder se întoarse spre monitorul computerului, tastă o parolă şi deschise aplicaţia de e-mail. Întoarse monitorul astfel ca Tessa să poată citi mesajul lui Howard. Primul paragraf exprima regretul privind moartea lui Barry. Următorul sugera că, având în vedere că un an din mandatul lui Barry expirase deja, cooptarea unui înlocuitor ar putea fi preferabilă trecerii prin procesul complicat al unor alegeri în toată regula.

— Sunt sigură că are deja un candidat pregătit, spuse Parminder. Încearcă să ne bage pe gât vreun acolit, înainte să-l mai poată opri cineva. N-aş fi surprinsă dacă ar fi vorba de Miles.

— Ei, asta sigur nu, replică instantaneu Tessa. Miles a fost la spital cu Barry... nu, era foarte supărat din cauza asta...

— Doamne, cât poţi fi de naivă, Tessa, spuse Parminder, iar Tessa rămase şocată de înverşunarea din vocea prietenei sale. Tu nu înţelegi cum e Howard Mollison. E un om rău, foarte rău. Nu l-ai auzit cum a reacţionat când a aflat că Barry a scris la ziar despre Fields. Nu ştii ce planuri are cu clinica de dezintoxicare. Aşteaptă şi-ai să vezi.

Mâna îi tremura atât de tare, încât nu reuşi să închidă e-mailul lui Mollison decât după mai multe încercări.

— Ai să vezi, repetă ea. Bun, hai să trecem la treabă, Laura trebuie să plece dintr-o clipă-n alta. Mai întâi o să-ţi verific tensiunea.

Parminder îi făcea un favor Tessei, consultând-o aşa de târziu, după orele de şcoală. Asistenta, care locuia în Yarvil, urma să lase proba de sânge a Tessei la laboratorul spitalului, în drum spre casă. Simţindu-se agitată şi ciudat de vulnerabilă, Tessa îşi rulă mâneca vechii sale jachete verzi. Doctoriţa îi prinse manşeta tensiometrului în jurul brațului. De aproape, se dezvăluia asemănarea puternică dintre Parminder și a doua ei fiică, căci constituțiile lor diferite (Parminder era slabă, iar Sukhvinder durdulie) deveneau insesizabile, iar similitudinile trăsăturilor faciale ieșeau în evidență: nasul coroiat, gura largă cu buza de jos cărnoasă și ochii mari, rotunzi și negri. Manșeta se strânse dureros în jurul brațului flasc al Tessei, în vreme ce Parminder urmărea acul instrumentului.

— 165 cu 88, spuse Parminder încruntându-se. E mare, Tessa, prea mare.

Cu mișcări îndemânatice, desfăcu ambalajul unei seringi sterile, îndreptă brațul palid, plin de alunițe al Tessei și înfipse acul în venă la îndoitură.

— Îl duc pe Stuart în Yarvil mâine-seară, spuse Tessa, uitându-se în tavan. Am de gând să-i cumpăr un costum pentru înmormântare. Nu vreau să mă gândesc la ce scenă s-ar produce dacă ar încerca să se ducă în blugi. Colin o să-și iasă din minți.

Căuta să-și abată gândurile de la lichidul întunecat și misterios care curgea în mica eprubetă din plastic. Îi era teamă că o va trăda; că nu fusese atât de cuminte cum ar fi trebuit să fie; că toate ciocolatele și brioșele pe care le mâncase o vor trăda printr-un nivel ridicat al glucozei.

Apoi se gândi cu amărăciune că ar fi fost mult mai ușor să reziste tentației ciocolatei dacă viața ei ar fi fost mai puțin stresantă. Cum își petrecea mai tot timpul încercând să-i ajute pe alții, era greu să vadă brioșele ca pe ceva foarte dăunător. În timp ce o privea pe Parminder cum lipește etichete pe flacoanele cu sânge, se pomeni că speră, deși soțul și prietena ei ar fi considerat asta o erezie, ca Howard Mollison să triumfe și să împiedice desfășurarea alegerilor.

V

Simon Price pleca de la tipografie la cinci fix, în fiecare zi, cu o punctualitate strictă. Îşi făcuse orele de program şi cu asta, basta! Casa îl aştepta, curată şi răcoroasă, sus pe deal, la o lume depărtare faţă de clănţănitul şi uruitul perpetuu al maşinăriei din Yarvil. Să mai zăbovească în fabrică după terminarea programului (deşi acum ajunsese manager, Simon nu încetase nicio clipă să gândească la fel cum gândea când era ucenic) ar fi constituit o recunoaştere fatală a faptului că viaţa de familie era nesatisfăcătoare sau, mai rău, că încercai să-i linguşeşti pe cei din conducerea superioară.

Astăzi, totuşi, Simon trebuia să facă un ocol înainte de a ajunge acasă. Se întâlnea în parcare cu motostivuitoristul ce mestecа gumă, şi împreună urmau să meargă pe străzile din Fields peste care se aşternea întunericul, băiatul spunându-i pe unde s-o ia, trecând chiar pe lângă casa unde crescuse Simon. Nu mai fusese pe acolo de ani; maică-sa murise, iar pe tatăl lui nu-l mai văzuse de când avea paisprezece ani şi nici nu ştia pe unde o fi. Se simţea tulburat şi deprimat să-şi vadă casa părintească cu scânduri bătute peste una dintre ferestre şi cu iarba crescută până la glezne. Răposata lui mamă fusese mândră de casa lor.

Tânărul îi spuse lui Simon să parcheze pe Foley Road, în capăt, apoi se dădu jos, lăsându-l în maşină pe Simon, şi se îndreptă spre o casă care arăta deosebit de jalnic. Din câte putea să vadă Simon la lumina celui mai apropiat felinar stradal, o grămadă de gunoi părea adunată sub una dintre ferestrele de la parter. Abia acum începu Simon să se întrebe cât de înţelept fusese să vină şi să ia computerul furat în maşina lui. În perioada asta, cu siguranţă aveau instalate camere de televiziune cu circuit închis pe proprietate, ca să-i ţină sub supraveghere pe toţi golanii şi derbedeii. Se uită în jur, dar nu văzu nicio cameră; nimeni nu părea să se uite la el în afară de grăsana care se holba fără jenă în direcţia lui de la una dintre ferestrele mici şi pătrăţoase, ca de ospiciu. Simon se încruntă la ea, dar femeia continuă să-l privească în timp ce-şi fuma ţigara, aşa că-şi feri faţa cu palma, privind fix înainte, prin parbriz.

Pasagerul lui ieşea deja din casă, mergând uşor legănat în timp ce se apropia de maşină, cărând cutia cu computerul. În spatele lui, în pragul casei din care tocmai ieşise, Simon zări o adolescentă cu un băieţel mic la picioarele ei, care dispăru din câmpul lui vizual, trăgând şi copilul după ea.

Simon răsuci cheia în contact, ambalând motorul în timp ce mestecătorul de gumă se apropia.

— Ai grijă, spuse Simon, aplecându-se ca să deschidă portiera. Pune-l aici.

Băiatul aşeză cutia pe scaunul cald încă al pasagerului. Simon intenţionase să o deschidă şi să verifice dacă înăuntru era obiectul pentru care dăduse banii, dar se opri, dându-şi seama că era o imprudenţă. Se mulţumi să dea un ghiont cutiei: era prea grea ca să poată fi mişcată cu uşurinţă; voia să plece cât mai repede.

— E bine dacă te las aici? strigă el tare la băiat, de parcă deja se îndepărta de el cu maşina.

— Poţi să mă duci şi pe mine până la hotelul Crannock?

— Scuze, amice, merg în direcţia opusă, spuse Simon. Salutare.

Simon acceleră. În retrovizor, îl văzu pe băiat rămas pe loc, revoltat; văzu cum buzele îi rostesc *Lua-te-ar dracu'!* Dar lui Simon nici că-i păsa. Dacă îşi lua repede tălpăşiţa, avea şanse să evite capturarea numărului său de înmatriculare pe unul dintre filmele alea alb-negru, pixelate, pe care le dădeau la ştiri.

Ajunse la centură după zece minute, dar chiar şi după ce ieşi din Yarvil, părăsi autostrada cu două benzi pe sens şi începu să urce dealul spre ruinele mănăstirii, se simţea agitat şi încordat. Îi lipsea mulţumirea pe care o avea de obicei când ajungea seara pe culme şi vedea prima imagine a casei sale, departe, dincolo de valea în care se întindea Pagfordul, ca o batistuţă albă pe dealul de vizavi.

Deşi ajunsese acasă abia de zece minute, Ruth pregătise deja cina şi aranja masa când Simon aduse computerul în casă. Mâncau şi se culcau devreme la Hilltop House, aşa prefera Simon. Exclamaţiile de entuziasm ale lui Ruth la vederea cutiei îl iritară pe soţul ei. Ea nu înţelegea prin ce trecuse. Niciodată nu pricepea ce riscuri presupunea să faci rost de lucruri ieftine. În ceea ce o privea, Ruth simţi imediat că Simon era într-una din stările lui foarte tensionate care adesea prevesteau o explozie, şi reacţionă în singurul mod care-i era la îndemână: trăncănind cu voioşie despre ziua ei de lucru, în speranţa că acea stare se va dizolva de îndată ce va fi mâncat şi atâta timp cât nu se mai întâmpla şi altceva care să-l irite.

Exact la ora 18 — între timp Simon despachetând computerul ca să constate că nu avea manual de utilizare — familia se aşeză la masă.

Andrew îşi dădea seama că maică-sa era cu nervii încordaţi după felul cum pălăvrăgea haotic cu o binecunoscută notă optimist-artificială în glas. Părea să creadă, în ciuda anilor de experienţe contrarii, că, dacă reuşea să facă atmosfera îndeajuns de politicoasă, tatăl lui nu va îndrăzni s-o spulbere. Andrew îşi puse o porţie de plăcintă (preparată de Ruth şi decongelată în nopţile în care era în tură de noapte) şi evita să-şi încrucişeze privirile cu tatăl său. Avea lucruri mai interesante la care să se gândească decât părinţii lui. Gaia Bawden îi spusese *Bună* când dăduse nas în nas cu ea la intrarea în laboratorul de biologie; o spusese automat şi în treacăt, iar toată lecţia nu se uitase nici măcar o dată la el.

Andrew îşi dorea să fi ştiut mai multe despre fete; niciodată nu cunoscuse vreuna îndeajuns de bine ca să poată pricepe cum funcţiona mintea lor. Această lipsă de cunoaştere nu avusese vreo importanţă până când Gaia urcase prima oară în autobuzul şcolar şi îi provocase un interes tăios ca laserul, concentrat asupra ei ca persoană; un sentiment foarte diferit de fascinaţia cuprinzătoare şi impersonală care se intensificase în el în ultimii ani, cu privire la înmugurirea sânilor şi întrezărirea bretelelor de sutien prin bluzele albe de şcoală, şi faţă de interesul lui uşor greţos pentru ceea ce ar putea să atragă după sine menstruaţia.

Fats avea verişoare care uneori veneau în vizită. Odată, ducându-se în baia familiei Wall imediat după ce cea mai drăguţă dintre ele ieşise de acolo, Andrew a găsit un ambalaj transparent de tampon lângă coşul din baie. Această dovadă fizică reală că o fată din apropierea lui avea ciclu atunci şi acolo a fost, pentru Andrew cel de 13 ani, ceva asemănător cu vederea unei comete rare. A avut destulă minte ca să nu-i spună lui Fats ceea ce văzuse sau găsise sau cât de excitantă fusese respectiva descoperire. În schimb, a prins ambalajul între unghii, l-a aruncat repede în coşul de gunoi şi s-a spălat pe mâini mai viguros decât o făcuse vreodată.

Andrew petrecea mult timp holbându-se la pagina de Facebook a fetei, pe laptopul lui. Era aproape mai intimidantă acolo decât în persoană. Petrecea ore în şir cercetând pozele oamenilor pe care-i lăsase în urmă în capitală. Venea dintr-o lume diferită: avea prieteni negri, asiatici, cu nume pe care el n-ar fi putut să le pronunțe vreodată. Avea postată o fotografie cu ea în costum de baie, care i se gravase lui Andrew pe creier, şi o alta în care stătea rezemată de un băiat cu tenul ciocolatiu, care arăta nemaipomenit de bine. Pe față nu i se vedea niciun coş şi avea chiar o barbă nerasă. Printr-un proces de examinare atentă a tuturor mesajelor, Andrew conchise că tipul era un băiat de 18 ani pe nume Marco de Luca. Andrew cerceta schimburile de mesaje dintre Marco şi Gaia cu concentrarea unui spărgător de coduri, incapabil să-şi dea seama dacă acestea indicau sau nu o relație care continua.

Căutările lui pe Facebook erau adesea marcate de anxietate, pentru că Simon, a cărui înțelegere privind funcționarea internetului era limitată şi care, în mod instinctiv, îl privea cu suspiciune ca fiind singura zonă a vieții băieților lui unde erau mai liberi şi mai în largul lor decât el, uneori dădea buzna în dormitoarele lor ca să verifice ce pagini vizitau. Simon susținea că proceda astfel ca să se asigure că nu îl pricopseau cu vreo factură uriaşă, dar Andrew ştia că era una dintre manifestările nevoii lui de a-şi exercita controlul, iar cursorul zăbovea constant deasupra butonului care ar fi închis pagina ori de câte ori studia detaliile online ale Gaiei.

Ruth continua să trăncănească trecând de la un subiect la altul, în tentativa inutilă de a-l face pe Simon să scoată mai mult decât nişte monosilabe posace.

— Oooo. Era să uit: am vorbit azi cu Shirley, Simon, despre intenția ta de a candida pentru Consiliul Parohial.

Cuvintele îl loviră pe Andrew ca un pumn.

— Tu candidezi pentru consiliu? lăsă el să-i scape.

Simon ridică încet sprâncenele. Unul dintre muşchii maxilarului îi zvâcnea.

— Ai vreo problemă cu asta? întrebă el cu o voce în care se simțea mocnind agresivitatea.

— Nu, minți Andrew.

De bună seamă că glumeşti. Tu? Să candidezi la alegeri? Fir-ar al dracu', nu!

— Mie mi se pare totuşi că tu ai o problemă cu asta, zise Simon, continuând să-l privească fix în ochi pe Andrew.

— Nu, repetă Andrew, coborându-şi privirea la plăcinta din fața lui.

— Ce ți se pare că nu-i în regulă cu faptul că eu aş candida pentru consiliu? continuă Simon.

Nu avea de gând să renunțe. Voia să-şi uşureze tensiunea printr-o izbucnire de furie purificatoare.

— Nu e nimic în neregulă. Am fost surprins, atâta tot.

— Trebuia cumva să mă consult cu tine în prealabil? întrebă Simon.

— Nu.

— Oh, *mulțumesc*, zise Simon.

Falca îi stătea împinsă în față aşa cum se întâmpla când se apropia de punctul în care îşi pierdea controlul.

— Ți-ai găsit de lucru, căcăcios băgăreț şi trăitor pe spinarea părinților?

— Nu.

Simon îi aruncă lui Andrew o uitătură urâtă, oprindu-se din mâncat, dar ținând în aer o furculiță plină cu plăcintă. Andrew îşi îndreptă atenția asupra mâncării, hotărât să nu mai ofere nicio provocare. Presiunea aerului din bucătărie părea să fi crescut. Cuțitul lui Paul zăngăni pe farfurie.

— Shirley zicea, se auzi din nou glasul ascuțit al lui Ruth, hotărâtă să pretindă că totul era în regulă până când acest lucru devenea imposibil, că va apărea pe site-ul consiliului, Simon. Anunțul privind candidatura ta.

Simon nu-i răspunse.

Când își văzu dejucată și ultima și cea mai bună tentativă, Ruth rămase și ea tăcută. Se temea că s-ar putea să știe ce se afla la originea proastei dispoziții a lui Simon. Anxietatea nu-i dădea pace. Era predispusă la îngrijorare; toată viața fusese așa. Nu se putea abține. Știa că îl scotea din minți pe Simon când îl implora s-o liniștească. Trebuia să nu spună nimic.

— Și?

— Ce e?

— E în regulă, nu-i așa? Cu computerul ăla.

Era o actriță groaznică. Încercase să adopte o voce calmă și relaxată, dar nu reuși decât să vorbească ascuțit și cu un glas tremurător.

Nu era prima oară când în casa lor ajungeau mărfuri furate. Simon găsise o cale să „meșterească“ și contorul de curent electric, și mai făcea și la tipografie câte-un ban în plus. Toate acestea îi dădeau dureri de stomac, o țineau trează noaptea; dar Simon îi disprețuia pe cei care nu îndrăzneau să o ia pe scurtături (și ca parte a ceea ce Ruth îndrăgise la el de la început era faptul că acest băiat aspru și neîmblânzit, care era disprețuitor, necioplit și agresiv cu aproape oricine, își dăduse osteneala să o atragă; că el, care era atât de greu de mulțumit, o alesese pe ea).

— Despre ce vorbești tu acolo? întrebă Simon pe un ton liniștit.

Întreaga concentrare i se mută de la Andrew la Ruth și își găsi exprimarea în aceeași uitătură fixă și încărcată de venin.

— Adică, nu vor fi niciun fel de probleme în privința lui, nu?

Pe Simon îl năpădi o dorință brutală de a o pedepsi pentru că-i intuise propriile temeri şi pentru că le zgândărise cu anxietatea ei.

— Mda, păi, n-aveam de gând să vă zic nimic, spuse el, rostind cuvintele lent, ca să-şi dea răgaz să inventeze o poveste, dar au fost ceva probleme când au fost şterpelite, după cum a reieşit.

Andrew şi Paul se opriră din mâncat şi se uitau lung.

— Au bătut măr un paznic. N-am ştiut de chestia asta decât când era prea târziu. Sper să nu fie urmări.

Ruth abia mai respira. Nu-i venea să creadă ce ton egal avea Simon, calmul cu care vorbise despre un jaf violent. Aşa se explica starea cu care ajunsese acasă; aşa se explica totul.

— De-aia e esențial ca nimeni să nu vorbească despre faptul că avem aşa ceva în casă, spuse Simon.

Le adresă fiecăruia dintre ei câte o privire fioroasă, ca să le sugereze cât de mare era pericolul prin simpla forță a personalității sale.

— N-o să vorbim, îngăimă Ruth.

Imaginația ei bogată îi arăta deja poliția bătând la uşa lor, computerul examinat, Simon arestat, acuzat pe nedrept de atac cu circumstanțe agravante — aruncat în puşcărie.

— Ați auzit ce-a spus tata? le zise ea celor doi băieți, cu o voce doar cu puțin mai tare decât o şoaptă. Nu trebuie să spuneți nimănui că avem un computer nou.

— Dacă toată lumea-şi ține fleanca, ar trebui să fie bine, zise Simon. Nu ar trebui să avem probleme.

Îşi îndreptă atenția din nou asupra plăcintei din farfurie. Ochii lui Ruth treceau cu repeziciune de la Simon la băieţii ei, şi înapoi. Paul împingea mâncarea cu furculiţa în farfurie, tăcut şi înspăimântat.

Dar Andrew nu crezuse nicio vorbă din ce spusese tatăl lui.

Eşti un nenorocit mincinos, lua-te-ar dracu'. Îţi place s-o sperii.

La terminarea cinei, Simon se ridică şi spuse:

— Ei, hai să vedem dacă măcar chestia funcţionează. Tu, zise către Paul, du-te şi scoate-l din cutie şi aşază-l cu atenţie — *cu atenţie, am zis* — pe suport. Tu, arătă spre Andrew, faci informatică la şcoală, da? Poţi să-mi zici ce să fac.

Simon o luă înainte spre camera de zi. Andrew ştia că voia să-i prindă pe picior greşit. Paul, mic şi agitat, putea să scape computerul pe jos, iar el, Andrew, sigur avea s-o zbârcească. În urma lor, în bucătărie, Ruth zăngănea vasele în timp ce făcea curat după masă. Ea, cel puţin, ieşise din linia de foc imediat.

Andrew se duse să-l ajute pe Paul să ridice unitatea centrală.

— Poate s-o facă singur, nu-i chiar aşa de papă-lapte! se răsti Simon.

Printr-un miracol, Paul, cu mâinile tremurând, puse computerul pe suport fără niciun accident, apoi rămase cu braţele atârnându-i flasc pe lângă corp, blocându-i lui Simon accesul la calculator.

— Nu-mi sta în cale, puţoi prost ce eşti, urlă Simon.

Paul fugi după canapea, ca să privească spectacolul. Simon luă la întâmplare un cablu şi-i zise lui Andrew:

— Unde-l bag pe ăsta?

În cur să ţi-l bagi, ticălosule!

— Dacă mi-l dai mie...

— Eu te-ntreb unde mama dracului să-l bag! urlă Simon. Tu faci informatică... tu să-mi zici unde intră!

Andrew se apleacă în spatele computerului. Mai întâi, îi dădu o indicație greșită lui Simon, dar pe urmă, printr-un noroc, găsi mufa potrivită.

Aproape terminaseră când Ruth veni și ea în camera de zi. Andrew înțelese, dintr-o singură privire pe care i-o aruncă în treacăt, că ea nu voia ca blestemăția să funcționeze; că ar fi vrut ca Simon să-l arunce undeva și dă-le-ncolo de 80 de lire.

Simon se așeză în fața computerului. După câteva tentative nereușite, își dădu seama că mouse-ul fără fir nu avea baterii. Îl trimise rapid pe Paul să aducă din bucătărie niște baterii. Băiatul le aduse și i le întinse tatălui său, care i le smulse din mână de parcă s-ar fi temut ca Paul să nu încerce să dispară cu ele.

Cu limba prinsă între dinții de jos și buza de sus, ceea ce făcea ca bărbia să-i iasă prostește în față, Simon făcu o treabă exagerat de complicată din introducerea bateriilor. Mereu lua expresia asta înfuriată, animalică, un avertisment că ajungea la capătul răbdării, coborând într-un abis în care nu mai putea fi făcut răspunzător pentru acțiunile sale. Andrew se imagina plecând și lăsându-l să se descurce singur, privându-l de publicul pe care prefera să-l aibă când se înfuria. Aproape că simțea mouse-ul lovindu-l după ureche dacă, așa cum se întâmpla în imaginație, i-ar fi întors spatele.

— Intră, dracului, odată!

Simon începu să emită zgomote joase, animalice, pe care doar el putea să le scoată și care se potriveau cu fața lui umflată agresiv.

— Îhhlll... îhhlll... DRĂCIA DRACULUI! Ia bagă-le tu! *Tu!* Că văd că ai degete subțirele de fetiță!

Simon trânti mouse-ul şi bateriile în pieptul lui Paul. Cu mâinile tremurânde, Paul potrivi micile tuburi metalice la locul lor; închise capacul din plastic şi îi dădu înapoi dispozitivul tatălui său.

— Mulțumesc, *Pauline*.

Simon continua să stea cu maxilarul împins înainte, ca un neanderthalian. Avea obiceiul să se comporte ca şi cum obiectele neînsuflețite conspirau ca să-l enerveze. Puse din nou mouse-ul pe masă.

Dă Doamne să funcționeze!

O mică săgeată albă apăru pe ecran şi începu să se mişte vioi încolo şi-ncoace, după cum îi comanda Simon.

Un zăgaz de teamă se eliberă; uşurarea îi inundă pe cei trei martori. Simon renunță la figura lui de neanderthalian. Andrew vizualiză un şir de bărbați şi femei japoneze în halate albe: erau oamenii care asamblaseră această maşinărie fără defecte, toți având degete delicate şi agile ca ale lui Paul. Toți îi făceau plecăciuni, civilizați şi amabili. În tăcere, Andrew îi binecuvântă pe ei şi familiile lor. N-ar fi ştiut niciodată câte au depins de buna funcționare a maşinăriei.

Ruth, Andrew şi Paul aşteptară atenți cât Simon punea computerul în funcțiune. Activa meniurile, se descotorosea greu de ele, dădea clic pe iconuri a căror funcționalitate n-o pricepea şi era derutat de rezultatul acțiunilor sale, dar coborâse de pe culmile furiei periculoase. Reuşind cu chiu, cu vai să ajungă din nou la desktop, spuse, uitându-se la Ruth:

— Pare în regulă, nu-i aşa?

— E nemaipomenit! spuse ea imediat, forțând un zâmbet, de parcă ultima jumătate de oră nici n-ar fi existat — el cumpărase aparatul de la Dixons şi-l conectase fără nicio amenințare de violență. E mai rapid, Simon. Mult mai rapid decât ultimul.

Nici nu a deschis încă internetul, femeie prostuță.

— Da, şi mie mi s-a părut.

Simon se uită urât la cei doi băieți.

— E nou-nouț şi scump, aşa că voi doi să-l tratați cu respect, ați înțeles? Şi să nu spuneți nimănui că-l avem, adăugă Simon şi o pală de reînnoită răutate răci încăperea. E clar? M-ați înțeles?

Cei doi dădură aprobator din cap. Fața lui Paul era încordată şi chinuită. Fără ca tatăl lui să-l vadă, desena cu arătătorul lui subțire cifra opt pe exteriorul piciorului.

— Şi unul din voi să tragă dracului perdelele alea. De ce sunt încă desfăcute?

Pentru că am stat cu toții aici, privindu-te cum te porți ca un cur.

Andrew trase perdelele şi ieşi din cameră.

Nici după ce ajunse în dormitor şi se întinse pe patul lui, Andrew nu reuşi să-şi reia meditațiile plăcute legate de Gaia Bawden. Perspectiva ca tatăl lui să candideze pentru consiliu apăruse de nicăieri ca un aisberg gigantic, aruncându-şi umbra peste toate cele, inclusiv peste Gaia.

Andrew îşi zise că, de când se ştia el, Simon fusese prizonierul satisfăcut al disprețului său pentru alți oameni, făcând din propria-i casă o fortăreață împotriva lumii, în care voința lui era legea şi unde starea lui sufletească constituia buletinul meteo al familiei. Odată cu trecerea anilor, Andrew devenise conştient că izolarea aproape totală a familiei nu era tipică, şi deveni uşor stingherit din pricina asta. Părinții prietenilor îl întrebau unde locuia, incapabili să-i identifice familia; îl întrebau într-o doară dacă mama sau tatăl său intenționau să vină la evenimente sociale sau la strângeri de fonduri. Uneori şi-o aminteau pe Ruth din anii de şcoală primară, când mamele stăteau de vorbă pe terenul de joacă al copiilor. Ea era mult mai sociabilă decât Simon. Poate că, dacă nu s-ar fi măritat cu un ins atât de antisocial, ar fi semănat mai mult cu mama lui Fats, s-ar fi întâlnit cu prietenele la prânz sau la cină, ar fi fost conectată la viaţa oraşului.

În foarte rarele ocazii când Simon ajungea faţă în faţă cu vreun ins pe care considera că merită să-l curteze, blufa adoptând aerul unei persoane alese, făcându-l pe Andrew să tresară scârbit. Simon le vorbea de sus, spunea glume penibile şi adesea călca, fără voia lui, peste tot soiul de sensibilităţi, pentru că nici nu ştia nimic, dar nici nu-i păsa de oamenii cu care era forţat să converseze. În ultima vreme, Andrew începuse să se întrebe dacă Simon îi vedea pe ceilalţi oameni ca pe nişte fiinţe reale.

Cum de-l lovise pe tatăl lui dorinţa de a juca pe o scenă mai largă, Andrew habar n-avea, dar calamitatea era fără doar şi poate inevitabilă. Andrew cunoştea alţi părinţi, din categoria celor care sponsorizau cursele de biciclete ca să strângă bani pentru noile lumini de Crăciun din piaţă, conduceau organizaţia Brownies de fete-cercetaş sau organizau cluburi ale cititorilor. Simon nu făcea nimic care să necesite colaborarea şi nu manifestase niciodată nici cel mai mic interes pentru ceva ce nu i-ar fi adus un beneficiu direct.

Viziuni oribile inundau mintea agitată lui Andrew: Simon ţinând un discurs încărcat cu minciuni transparente pe care soţia lui le înghiţea pe nemestecate; Simon arborând mutra lui de neanderthalian ca să-şi intimideze un oponent; Simon pierzându-şi controlul şi începând să arunce la microfon toate înjurăturile: *pizda mă-sii, futu-i gura mă-sii, pişăcios, căcăcios...*

Andrew trase laptopul mai aproape, dar imediat îl împinse cât colo. Nu făcu nicio mişcare să-şi atingă mobilul de pe birou. Amploarea anxietăţii şi ruşinii nu putea fi cuprinsă într-un mesaj instantaneu sau într-un SMS. Era singur cu acele sentimente, şi nici măcar Fats n-ar înţelege, iar el nu ştia ce să facă.

Vineri

Cadavrul lui Barry Fairbrother fusese dus la pompe funebre. Tăieturile negre adânci din scalpul alb, ca urmele lăsate de patine pe gheață, erau ascunse sub pădurea de păr des. Rece, palid şi golit, cadavrul stătea, reîmbrăcat în cămaşă elegantă şi pantalonii de la cina aniversară, într-o cameră de vizitare slab iluminată, în care se auzea o muzică plăcută. Tuşe de fond de ten redaseră o oarecare strălucire pielii sale. Aveai impresia că doarme... dar nu tocmai.

Cei doi frați ai lui Barry, văduva şi cei patru copii fuseseră să-şi ia adio în ajunul înmormântării. Mary fusese nehotărâtă, aproape până-n clipa plecării, dacă să le îngăduie tuturor copiilor să vadă trupul tatălui lor. Declan era un băiat sensibil, predispus la coşmaruri. În timp ce Mary era chinuită de neputința de a decide, în după-amiaza zilei de vineri s-a petrecut un incident.

Colin Cubby Wall decisese că ar vrea să meargă şi el să-şi ia adio de la Barry. Mary, de obicei maleabilă şi dispusă să accepte, a considerat că este prea mult. Vocea ei căpătase accente stridente când vorbise la telefon cu Tessa;

apoi începuse din nou să plângă şi să spună că era adevărat că nu plănuise o procesiune de proporții pentru a-l petrece pe Barry pe ultimul drum, că era o chestiune de familie... Teribil de jenată, Tessa bâiguise că înțelege foarte bine, după care căzuse în sarcina ei să-i explice lui Colin, care apoi s-a retras într-o tăcere umilită şi rănită.

Nu voise decât să stea singur lângă cadavrul lui Barry şi să-şi aducă omagiul tăcut omului care ocupase un loc unic în viața sa. Colin turnase în urechile lui Barry adevăruri şi secrete pe care nu le încredințase niciunui alt prieten, iar ochii mici şi căprui ai acestuia, luminoşi ca ai unui măcăleandru, nu încetaseră nicio clipă să-l învăluie în căldură şi bunătate sufletească. Barry fusese cel mai bun prieten pe care-l avusese Colin vreodată, dăruindu-i experiența unei camaraderii bărbăteşti pe care n-o cunoscuse niciodată până să se mute în Pagford, şi de care era sigur că nu va mai avea parte. Faptul că el, Colin, care mereu simțise că e un outsider şi un excentric, pentru care viața însemna un chin zilnic perpetuu, reuşise să închege o prietenie cu veselul, popularul şi etern optimistul Barry păruse întotdeauna un mic miracol. Colin se agăță de ceea ce-i mai rămăsese din demnitate, hotărî să nu-i poarte pică pentru asta lui Mary şi îşi petrecu restul zilei gândindu-se la cât de surprins şi rănit ar fi fost Barry, cu siguranță, de atitudinea văduvei sale.

La circa cinci kilometri distanță de Pagford, într-o vilă atrăgătoare care se numea Smithy, Gavin Hughes încerca să-şi alunge o posomoreală ce se intensifica. Mary îl sunase mai devreme. Cu o voce tremurândă, sugrumată de lacrimi, ea îi explicase cum toți copiii contribuiseră cu idei în vederea slujbei funerare de a doua zi. Siobhan crescuse o floarea-soarelui din stadiul de sămânță şi urma să o taie ca s-o aşeze pe capacul sicriului. Toți cei patru copii scriseseră scrisori pe care să le pună în coşciug. Mary compusese și ea una, urmând s-o pună în buzunarul de la piept al lui Barry, lângă inimă.

Gavin lăsă jos receptorul, îngrețoşat. Nu voia să știe nici despre scrisorile copiilor, nici despre floarea-soarelui îngrijită atâta timp, şi totuşi mintea lui se tot întorcea la aceste amănunte în timp ce mânca lasagna singur, la masa din bucătărie. Deşi ar fi făcut orice ca să evite s-o citească, tot încerca să-şi imagineze ce scrisese Mary în acea scrisoare.

Un costum negru, încă în husa de la curățătorie, stătea atârnat în dormitor, ca un musafir nepoftit. Aprecierea pentru onoarea pe care i-o făcuse Mary, prin recunoaşterea lui publică drept unul dintre cei mai apropiați de popularul Barry, fusese de mult copleşită de groază. În timp ce-şi spăla farfuria şi tacâmurile la chiuvetă, Gavin simțea că ar fi lipsit bucuros de la înmormântare. Cât despre ideea de a vedea cadavrul prietenului său, nu îi trecu şi nici nu i-ar fi trecut vreodată prin cap.

El şi Kay se certaseră urât cu o seară înainte şi de atunci nu mai vorbiseră. Totul s-a declanşat când Kay l-a întrebat pe Gavin dacă ar vrea să vină cu el la înmormântare.

— Dumnezeule, nu! a spus Gavin, înainte să se poată opri.

I-a văzut expresia şi a ştiut instantaneu că auzise. *Dumnezeule, nu, oamenii vor crede că suntem împreună. Dumnezeule, nu, de ce te-aş vrea?* Şi cu toate că exact acestea erau sentimentele lui, încercase să iasă din situație blufând.

— Adică, tu nu l-ai cunoscut, nu? Ar fi un pic cam ciudat, nu crezi?

Dar Kay a lăsat emoțiile să-i scape de sub control; a încercat să-l încolțească, să-l facă să-i spună ce simțea cu adevărat, ce dorea, ce viitor vedea pentru ei doi. El îi ripostase cu toate armele din arsenal, fiind pe rând obtuz, evaziv şi pedant, căci era minunat să constați cum poți să ascunzi o problemă emoțională lăsând impresia că încerci să fii cât mai precis. În final, Kay îi spusese să plece din casa ei; el se supusese, dar ştia că nu se terminase. Ar fi însemnat să spere prea mult. Reflexia lui Gavin în fereastra bucătăriei era trasă la față şi nefericită. Viitorul furat al lui Barry părea să atârne deasupra vieții sale ca o stâncă amenințătoare; se simțea vinovat că nu face ceea ce trebuie, dar tot îşi dorea să o vadă pe Kay mutându-se înapoi în Londra.

Noaptea se aşternu peste Pagford, iar în Vechiul Vicariat, Parminder Jawanda îşi cerceta şifonierul, întrebându-se ce să poarte când îşi va lua adio de la Barry. Avea mai multe rochii şi costume negre, oricare dintre acestea fiind adecvat, şi totuşi se tot uita de la un capăt la altul al şirului de haine, incapabilă să se hotărască.

Pune-ți un sari. Asta o s-o deranjeze pe Shirley Mollison. Hai, pune-ți un sari.

Era atât de stupid să gândeşti asta — nebunesc şi aiurea — şi chiar mai rău să o gândeşti cu vocea lui Barry. Barry era mort; îndurase aproape cinci zile de durere profundă pentru el, iar mâine îl vor îngropa. Perspectiva era neplăcută pentru Parminder. Întotdeauna detestase ideea înhumării, a corpului lăsat cu totul sub pământ, putrezind lent, colcăind de viermi şi muşte. Calea Sikh era să incinerezi cadavrul şi să arunci cenuşa într-o apă curgătoare.

Îşi lăsa ochii să rătăcească peste veşmintele atârnate, dar sariurile ei, purtate la nunțile din familie şi la reuniunile de la Birmingham, păreau să o cheme. Ce era cu dorința asta ciudată de a îmbrăca aşa ceva? O simțea ca pe un exhibiționism necaracteristic. Întinse mâna ca să pipăie pliurile preferatului ei, un sari de culoare albastru-închis cu auriu. Ultima oară îl purtase la petrecerea de Anul Nou a familiei Fairbrother, când Barry încercase să o învețe să danseze jive. Fusese cel mai nereuşit experiment, mai ales pentru că nu ştia nici el ce face. Dar îşi amintea că râsese cum nu mai râsese aproape niciodată, nebuneşte, nu se mai putea controla, aşa cum văzuse râzând femei amețite de alcool.

Sariul era elegant şi feminin, îngăduitor cu proporțiile vârstei mijlocii: mama lui Parminder, ajunsă la 82 de ani, îl purta zilnic. Parminder nu avea nevoie de proprietățile lui de camuflare: era la fel de zveltă ca la 20 de ani. Şi totuşi, scoase afară materialul lung, moale, de culoare închisă, şi îl ținu ridicat şi lipit de capot, lăsându-l să cadă pentru a-i mângâia picioarele goale, privind în jos la broderia lui subtilă. Dacă l-ar fi purtat, ar fi fost ca o glumă intimă între ea şi Barry, aşa cum era casa cu chip de vacă şi toate lucrurile amuzante pe care el le spusese despre Howard, în timp ce se întorceau acasă de la interminabilele şedințe de consiliu, care-i umpleau de nervi.

Parminder simțea o greutate teribilă apăsându-i pe piept, dar oare nu îi îndemna Guru Granth Sahib pe prietenii şi rudele mortului să nu-şi manifeste durerea, ci să sărbătorească reuniunea celui iubit cu Dumnezeu? Străduindu-se să alunge lacrimile trădătoare, Parminder intonă în linişte rugăciunea de noapte, *kirtan sohila*.

Prietene, te îndemn să crezi că acesta este
momentul oportun să-i slujeşti pe sfinţi.
Să câştigi un profit divin în lumea asta şi să trăieşti
în pace şi linişte sufletească în următoarea.
Viaţa se scurtează cu fiece zi şi noapte.
O, minte, întâlneşte-l pe Guru şi pune-ţi ordine în
probleme...

Stând în pat în camera ei, în întuneric, Sukhvinder putea să audă ce făcea fiecare membru al familiei sale. Se auzea murmurul distant al televizorului chiar dedesubt, punctat de râsul înăbuşit al fratelui şi tatălui ei, care se uitau la emisiunea de divertisment de vineri seara. Putea să desluşească vocea surorii sale mai mari din cealaltă parte a palierului, vorbind la telefonul mobil cu unul dintre numeroşii ei prieteni. Cea mai aproape dintre toţi era mama ei, care scotocea în şifonierul încorporat de cealaltă parte a peretelui.

Sukhvinder trăsese perdelele peste fereastră şi plasase o protecţie anti-curent, în formă de câine Dachshund lung, în dreptul uşii. În absenţa unei încuietori, „câinele“ împiedica deschiderea uşii; îi servea drept avertisment. Totuşi, era sigură că nimeni nu avea să intre la ea. Era unde trebuia să fie, făcea ceea ce trebuia să facă. Sau cel puţin aşa credeau.

Tocmai efectuase unul dintre ritualurile înfricoşătoare ale zilei: deschiderea paginii ei de Facebook şi ştergerea unei noi postări de la cineva pe care nu-l cunoştea. Oricât de des bloca persoana care o bombarda cu aceste mesaje, aceasta îşi schimba profilul şi trimitea altele. Niciodată nu ştia când va apărea altul. Astăzi fusese o imagine alb-negru, o copie a unui afiş de circ din secolul al XIX-lea.

La Véritable Femme à Barbe, domnişoara Anne Jones Elliot.

Prezenta poza unei femei în rochie de dantelă, cu părul lung şi negru, o barbă şi o mustaţă luxuriante.

Era convinsă că Fats Wall era cel care le trimitea, cu toate că era posibil să fi fost altcineva. Dane Tully şi prietenii lui, de exemplu, care scoteau mormăieli încete, ca de maimuţă, ori de câte ori ea vorbea în engleză. Ar fi făcut-o oricui avea pielea de culoarea ei; la Winterdown nu erau mai deloc feţe ciocolatii. O făceau să se simtă umilită şi caraghioasă, mai ales că domnul Garry nu le spunea niciodată să înceteze. Se prefăcea că nu-i aude sau că auzea doar trăncăneala din fundal. Poate că şi el credea că Sukhvinder Kaur Jawanda era o maimuţă, o maimuţă păroasă.

Sukhvinder stătea întinsă peste aşternuturi şi îşi dorea cu toată fiinţa ei să fi fost moartă. Dacă ar fi putut să se sinucidă printr-un simplu act de voinţă, ar fi făcut-o fără nicio ezitare. Moartea îl lovise pe domnul Fairbrother, de ce nu putea să i se întâmple şi ei? Mai bine, de ce nu puteau să facă schimb de locuri? Niamh şi Siobhan şi-ar fi recăpătat tatăl, iar ea, Sukhvinder, ar fi trecut pur şi simplu în nefiinţă: lichidată, lichidată de-a binelea.

Dezgustul faţă de propria-i persoană era ca un veşmânt de urzici: îi înţepa şi ardea fiecare părticică a trupului. Trebuia să-şi impună clipă de clipă să îndure, să rămână nemişcată; să nu se grăbească să facă singurul lucru de folos. Întreaga familie trebuia să fie în pat înainte ca ea să acţioneze. Dar era chinuitor să stea întinsă aşa, ascultându-şi propria respiraţie, conştientă de greutatea inutilă cu care trupul ei urât şi dezgustător apăsa pe pat. Îi plăcea să se gândească la înec, la cum s-ar scufunda într-o apă verde şi rece, împinsă lent în neant...

Marele hermafrodit stă tăcut şi nemişcat...

Ruşinea îi coborî rapid pe corp ca o iritaţie arzătoare, în timp ce stătea întinsă în întuneric. Niciodată nu mai auzise cuvântul până să-l rostească Fats Wall la ora de matematică de miercuri. Ea n-ar fi fost în stare să-l caute în dicţionar: era dislexică. Dar el avusese amabilitatea să explice ce însemna, aşa că nu mai era nevoie.

Acestui mascul-femelă păros...

Era mai rău decât Dane Tully, ale cărui insulte erau lipsite de varietate. Limba ascuţită a lui Fats Wall concepea câte o tortură nouă, adaptată, de fiecare dată când o vedea, iar ea nu putea să-şi închidă urechile. Fiecare insultă şi batjocură din partea lui era gravată în memoria lui Sukhvinder, rămânând lipită acolo aşa cum nicio informaţie utilă n-o mai făcuse vreodată. Dacă ar fi fost examinată cu privire la lucrurile urâte pe care i le spusese el, ar fi luat prima notă maximă din viaţa ei. *Tash 'N' Tits. Hermafrodit. Idioata bărboasă.*

Păroasă, greoaie şi proastă. Antipatică şi neîndemânatică. Leneşă, după părerea mamei sale, care o potopea zilnic cu critici şi exasperare. Un pic cam înceată, după părerea tatălui ei, care o spunea cu o afecţiune ce nu compensa lipsa lui de interes. Îşi putea permite să fie îngăduitor cu notele ei proaste. Îi avea pe Jaswant şi Rajpal, amândoi eminenţi la toate materiile.

— Sărmana Jolly, spunea Vikram absent, după ce se uita în raportul şcolar.

Dar indiferenţa tatălui era preferabilă mâniei mamei. Parminder nu părea capabilă să înţeleagă sau să accepte că dăduse naştere unui copil care nu era talentat. Dacă oricare dintre profesorii de la anumite materii făceau cea mai mică sugestie că Sukhvinder ar trebui să se străduiască mai mult, Parminder se agăţa de asta triumfătoare.

— „Sukhvinder se descurajează uşor şi trebuie să aibă mai multă încredere în capacităţile ei." Ei, ai văzut? Profesoara spune că nu te străduieşti îndeajuns, Sukhvinder.

Despre singura materie la care Sukhvinder ajunsese în grupa a doua, informatica — Fats Wall nu era acolo, aşa că uneori îndrăznea să ridice mâna ca să răspundă la întrebări — Parminder spunea neinteresată:

— La cât timp pierdeţi voi, copiii, pe internet, sunt chiar surprinsă că nu eşti în prima grupă.

Lui Sukhvinder nu i-ar fi trecut nicio clipă prin cap să îi spună vreunuia dintre părinţii ei despre mormăielile de maimuţă sau despre şuvoiul neîncetat de răutăţi din partea lui Stuart Wall. Ar fi însemnat să admită că şi oameni din afara familiei o considerau sub valoarea acceptabilă şi lipsită de merite. În orice caz, Parminder era prietenă cu mama lui Stuart Wall. Uneori Sukhvinder se întreba de ce pe Stuart Wall nu-l preocupa legătura dintre mamele lor, dar ajunsese la concluzia că el ştia că ea n-o să-l dea în vileag. Vedea prin ea. Îi vedea laşitatea şi îi ştia fiecare dintre gândurile rele pe care le avea despre sine, fiind capabil să le articuleze, spre amuzamentul lui Andrew Price. Îi plăcuse de Andrew Price cândva, înainte să înţeleagă că nu avea voie să placă pe cineva; înainte să-şi dea seama că era o caraghioasă şi o ciudată.

Sukhvinder auzi vocea tatălui său şi a lui Rajpal crescând în intensitate pe măsură ce urcau scările. Râsul lui Rajpal răsună zgomotos chiar când ajunse în dreptul uşii ei.

— E târziu, o auzi pe mama ei strigând din dormitor. Vikram, băiatul trebuia să fie în pat la ora asta.

Vocea lui Vikram pătrunse prin uşa lui Sukhvinder, puternică şi caldă.

— Te-ai culcat deja, Jolly?

Era porecla ei din copilărie, plină de ironie. Jaswant fusese numită Jazzy, iar Sukhvinder, un bebeluş plângăcios şi nemulţumit, rareori zâmbitor, devenise Jolly.

— Nu, îi răspunse Sukhvinder. Abia m-am urcat în pat.

— Păi, poate că te-ar interesa să afli că fratele tău...

Dar ceea ce făcuse Rajpal se pierdu în larma protestelor lui vehemente, a râsului acestuia; îl auzi pe Vikram plecând, continuând să-l tachineze pe Rajpal.

Sukhvinder aşteptă să se facă linişte în casă. Se agăţă de perspectiva singurei sale consolări, aşa cum s-ar fi agăţat de un colac de salvare, aşteptând, aşteptând ca toţi să se ducă la culcare...

(Iar în timp ce aştepta, îşi aminti de seara aceea, nu cu mult timp în urmă, după antrenamentul de canotaj, când mergeau prin întuneric spre parcarea de lângă canal. Antrenamentul ăla te sleia de-a binelea. Te dureau muşchii braţelor şi ai stomacului, dar era o durere bună şi curată. De fiecare dată dormea bine după antrenament. Şi deodată Krystal, aflată la coada grupului împreună cu Sukhvinder, o numise „târfă paki caraghioasă".

O spusese aşa, pe nepusă masă. Toate făceau glume cu domnul Fairbrother, iar Krystal a crezut că e comică. Înlocuia frecvent „foarte" cu „dracu'", părând să nu vadă nicio diferenţă între ele. Iar acum spusese „paki" ca şi cum ar fi spus „napi" sau „pai". Sukhvinder era conştientă că-i căzuse faţa şi trăia senzaţia familiară de încordare a stomacului.

— *Ce*-ai spus?

Domnul Fairbrother s-a întors brusc cu faţa la Krystal. Niciuna dintre ele nu-l auzise până atunci să fie cu adevărat mânios.

— N-am zis ni'ca, a replicat Krystal, pe jumătate surprinsă, pe jumătate sfidătoare. Am glumit doar. Ştie c-am glumit doar. Nu-i aşa? a întrebat-o ea pe Sukhvinder, care a bâiguit cu laşitate că da, ştiuse că glumeşte.

— Să nu te mai aud niciodată pronunțând cuvântul ăla.

Toate ştiau cât de mult o plăcea pe Krystal. Toate ştiau că el îi plătise din buzunar vreo două excursii în grup. Nimeni nu râdea mai tare ca domnul Fairbrother la glumele lui Krystal. Putea să fie foarte amuzantă.

Au continuat să meargă spre parcare, dar toată lumea era stingherită. Sukhvinder se temea să se uite la Krystal; se simțea vinovată, ca întotdeauna.

Se apropiau de maşină când Krystal i-a spus, atât de încet că nici măcar domnul Fairbrother n-a auzit:

— Am glumit.

Iar Sukhvinder i-a răspuns repede:

— Ştiu.

— Ei, bine. Sc'ze.

Şi-a cerut scuze aproape monosilabic, iar lui Sukhvinder i s-a părut mai potrivit să nu dea de înțeles că ar fi auzit ceva. Cu toate acestea, a avut un efect purificator. I-a restabilit demnitatea. Pe drumul de întoarcere în Pagford, a fost pentru prima oară când ea a avut inițiativa de a cânta piesa norocoasă a echipei, rugând-o pe Krystal să înceapă cu pasajul rap al lui Jay-Z.

Încet, foarte încet, familia ei părea să se ducă în sfârşit la culcare. Jaswant a petrecut vreme îndelungată în baie, o şedere însoțită de zgomotele specifice. Sukhvinder aşteptă până când Jaz îşi făcu toaleta, până când părinții ei încetară să vorbească în camera lor, până când casa se cufundă în linişte.

Deodată, în sfârşit, se simți în siguranță. Se ridică în capul oaselor şi scoase lama de ras dintr-o gaură din urechea vechiului ei iepuraş de pluş. Furase lama din rezerva lui Vikram, din dulăpiorul de la baie. Se dădu jos din pat şi bâjbâi cu mâna pe raft până găsi lanterna şi un teanc de batiste de hârtie, apoi se mută în locul cel mai îndepărtat al camerei ei, în turnuleţul rotund din colţ. Aici ştia că lumina lanternei nu se va împrăştia în jur, astfel încât să se vadă pe lângă marginile uşii. Se aşeză cu spatele lipit de perete, suflecându-şi mâneca stângă a cămăşii de noapte şi cercetând la lumina lanternei semnele rămase de la ultima şedinţă, încă vizibile, încrucişate şi închise la culoare pe braţ, dar în curs de vindecare. Cu un mic fior de teamă, care era ca o uşurare binecuvântată în acele momente de încordare, aşeză lama la jumătatea antebraţului şi îşi tăie pielea.

O durere acută şi fierbinte apăru odată cu sângele; după ce se tăie până la cot, ţinu apăsat teancul de batiste pe rana lungă, având grijă să nu se scurgă nimic pe cămaşa de noapte sau pe covor. După un minut–două, se tăie din nou, orizontal, peste prima incizie, alcătuind un fel de scară, oprindu-se ca să apese şi să tamponeze tăieturile. Lama îi extrase durerea din gândurile ei ţipate şi le transmută într-o arsură animalică a nervilor şi pielii: uşurare şi eliberare cu fiecare tăietură.

În final, şterse cu grijă lama şi cercetă din priviri mizeria pe care şi-o provocase. Rănile care se intersectau, sângerânde şi atât de dureroase încât lacrimile îi şiroiau pe obraji. Poate că ar fi dormit, dacă durerea n-ar fi ţinut-o trează. Dar trebuia să aştepte cam 20 de minute, până când sângele noilor tăieturi se închega. Stând cu genunchii la gură, închise ochii umezi şi se rezemă de peretele de sub fereastră.

O parte din ura pe care şi-o purta sieşi ieşise la iveală odată cu sângele. Mintea ei ajunse rătăcind la Gaia Bawden, fata nou-venită, care prinsese în mod inexplicabil drag de ea. Gaia ar fi putut să-şi petreacă vremea cu oricine, la cum arăta şi cu accentul ei londonez, şi totuşi o tot căuta pe Sukhvinder în pauzele de masă şi în autobuz. Sukhvinder nu înțelegea de ce. Aproape că-i venea s-o întrebe pe Gaia ce joc îşi închipuia că face; zi de zi se aştepta ca fata cea nouă să-şi dea seama că ea, Sukhvinder, era păroasă şi semăna cu o maimuță, că era înceată şi proastă, o persoană pe care o dispretuiai, o insultai şi căreia îi adresai mormăieli de maimuță. Fără doar şi poate că avea să-şi dea seama curând de greşeală, lăsând-o pe Sukhvinder, ca de obicei, la mila plictisită a prietenelor sale cele mai vechi, gemenele Fairbrother.

Sâmbătă

I

Toate locurile de parcare de pe Church Row erau ocupate la 9 dimineața. Persoanele îndoliate, în haine închise la culoare, singure, în perechi sau în grupuri, mergeau în susul și în josul străzii, ca un șuvoi de pilitură de fier atrasă de un magnet spre biserica St Michaels and All Saints. Aleea ce ducea la ușile bisericii deveni aglomerată, apoi neîncăpătoare. Cei care nu mai avură loc se răspândiră prin cimitir, căutând locuri sigure printre pietrele funerare, temându-se să nu calce peste morți, și totuși nedorind să se îndepărteze prea mult de intrarea în biserică. Era clar pentru toată lumea că stranele vor fi neîncăpătoare pentru cei veniți să-și ia adio de la Barry Fairbrother.

Colegii de serviciu de la bancă, grupați în jurul celui mai extravagant dintre cavourile familiei Sweetlove, și-ar fi dorit ca augustul reprezentant de la biroul central să-și vadă de drum și să-și ia cu el pălăvrăgeala fără haz și glumele nereușite. Lauren, Holly și Jennifer din echipa de canotaj se separaseră de părinții lor ca să se adune împreună la umbra tisei cu frunzele ca niște degete acoperite de mușchi.

Consilierii parohiali, un grup pestriț, discutau solemn în mijlocul aleii. O ceată de tigve chelioase şi lentile groase; câteva pălării de pai negre şi perle de cultură. Membrii cluburilor de squash şi de golf se salutau unii pe alții cu glas scăzut. Vechi prieteni din universitate se recunoşteau reciproc de la distanță şi se adunau laolaltă; iar între toți aceştia se plimbau cei mai mulți dintre locuitorii Pagfordului, în hainele lor cele mai elegante şi în nuanțele cele mai sumbre. Aerul zumzăia de conversații tăcute; fețele tremurau, privind şi aşteptând.

Pardesiul cel mai bun al Tessei Wall, din lână gri, era croit atât de strâmt la umeri, încât nu-şi putea ridica brațele deasupra pieptului. Stând în picioare lângă fiul ei, de o parte a aleii bisericii, schimba mici zâmbete şi saluturi cu mâna, în vreme ce continua să se certe cu Fats, încercând să nu-şi mişte buzele în mod atât de vădit.

— Pentru numele lui Dumnezeu, Stu. A fost cel mai bun prieten al tatălui tău. Măcar de data asta dă şi tu dovadă de un pic de considerație.

— Nimeni nu mi-a spus c-o să dureze atât de mult, la dracu'. Ai spus c-o să se termine pe la 11:30.

— Nu înjura. Am spus c-o să plecăm de la St Michael cam pe la 11:30...

— ... iar eu am crezut c-atunci o să se termine, bine? Prin urmare, mi-am aranjat să mă întâlnesc cu Arf.

— Dar trebuie să vii la înmormântare, tatăl tău o să poarte sicriul! Sună-l pe Arf şi spune-i că va trebui să vă întâlniți mâine!

— Nu poate el mâine. Şi oricum nu mi-am luat mobilul. Cubby mi-a spus să nu-l iau la biserică.

— Nu-i spune Cubby tatălui tău! Poți să-l suni pe Arf de pe al meu, spuse Tessa, scotocind în buzunar.

— Nu-i ştiu numărul pe dinafară, minţi cu răceală Fats.

Cu o seară înainte, ea şi Colin mâncaseră fără Fats, pentru că acesta se dusese cu bicicleta acasă la Andrew, unde aveau de lucrat împreună la un proiect la engleză. În orice caz, asta fusese povestea pe care Fats i-o spusese mamei sale, iar Tessa se prefăcuse că-l crede. Îi convenea şi ei să-l ştie pe Fats plecat — astfel nu mai putea să-l supere pe Colin.

Cel puţin îmbrăcase noul costum pe care Tessa i-l cumpărase din Yarvil. Îşi pierduse cumpătul cu el la al treilea magazin, pentru că arăta ca o sperietoare în tot ce probase, lălâu şi lipsit de graţie, iar ea se supărase crezând că o face dinadins; că, dacă ar fi vrut, ar fi putut face în aşa fel încât să adopte o ţinută mai dreaptă şi să-i stea mai bine costumul.

— Sst! spuse Tessa preventiv.

Fats nu vorbea, dar Colin se apropia de ei, conducându-i pe membrii familiei Jawanda. În starea de surescitare în care se afla, părea să confunde rolul de purtător de sicriu cu cel de uşier, zăbovind pe lângă porţi, întâmpinându-i pe oameni. Parminder arăta mohorâtă şi trasă la faţă în sariul ei, cu copiii în urma sa; Vikram, în costum negru, arăta ca o vedetă de cinema.

La câţiva paşi de uşile bisericii, Samantha Mollison aştepta lângă soţul ei, uitându-se în sus la cerul acoperit de nori albi şi gândindu-se la toată lumina irosită care bătea pe partea de sus a plafonului de nori. Refuza să meargă de pe aleea asfaltată, oricâte doamne în vârstă erau nevoite să-şi răcorească gleznele în iarbă. Pantofii ei de firmă, din piele şi cu tocuri înalte, riscau să se afunde în pământul moale, să se murdărească şi să se împotmolească.

Când erau salutaţi de cunoştinţe, Miles şi Samantha răspundeau cu amabilitate, dar nu vorbeau unul cu celălalt.

Cu o seară în urmă se certaseră. Câțiva omeni întrebaseră de Lexie și Libby, care de obicei veneau acasă în weekenduri, dar ambele fete rămăseseră peste noapte acasă la niște prietene. Samantha știa că Miles le regreta absența; îi plăcea să facă pe *pater familias* în public. Poate că, se gândea ea, cu un acces de furie cât se poate de plăcut, le va cere ei și fetelor să pozeze cu el pentru o imagine pe care să o folosească în fluturașii electorali. Îi va face o deosebită plăcere să-i spună ce părere avea despre această idee.

Samantha își dădea seama că el era surprins de numărul celor prezenți. Fără doar și poate, regreta că nu deținea rolul de vedetă în slujba care urma să aibă loc. Ar fi fost un prilej nemaipomenit să înceapă o campanie clandestină pentru ocuparea locului lui Barry în consiliu, cu această mare audiență de votanți captivi. Samantha își propuse să nu uite să arunce o aluzie sarcastică la oportunitatea ratată, când avea să se ivească prilejul.

— Gavin! strigă Miles la vederea capului familiar, blond și îngust.

— Oh, bună, Miles, bună, Sam.

Cravata nouă și neagră a lui Gavin strălucea pe fondul alb al cămășii. Avea pungi violet sub ochii luminoși. Samantha se ridică pe vârfuri, astfel încât el să nu poată evita în mod decent s-o sărute pe obraz și să-i inhaleze parfumul cu mosc.

— Numeros public, nu-i așa? zise Gavin, uitându-se în jurul lui.

— Gavin e purtător de sicriu, îi spuse Miles soției sale, în exact aceeași manieră în care ar fi anunțat că un copilaș care nu promitea mare lucru primise o carte ca premiu simbolic pentru strădaniile sale. În realitate, fusese puțin cam surprins când Gavin îl anunțase că i se acordase această onoare. Miles şi-a imaginat vag că el şi Samantha vor fi musafiri privilegiaţi, înconjuraţi de o anumită aură de mister şi importanţă, dat fiind că se aflaseră, practic, lângă patul de moarte. Ar fi fost un gest drăguţ dacă Mary sau cineva apropiat l-ar fi rugat pe el, Miles, să citească o prelegere sau să spună câteva cuvinte în semn de recunoaştere a rolului important pe care îl jucase în ultimele momente ale lui Barry.

În mod deliberat, Samantha nu s-a arătat surprinsă că Gavin fusese ales.

— Tu şi Barry aţi fost foarte apropiaţi, nu-i aşa, Gav?

Gavin încuviinţă. Se simţea agitat şi uşor îngreţoşat. Dormise foarte prost, trezindu-se în toiul nopţii din vise oribile în care, mai întâi, scăpase sicriul, şi astfel cadavrul lui Barry se răsturnase pe podeaua bisericii; iar în al doilea vis nu reuşise să se trezească, ratase înmormântarea şi ajunsese la biserică, unde o găsise pe Mary singură în cimitir, lividă de furie, ţipând la el că distrusese întreaga ceremonie.

— Nu sunt sigur unde-ar trebui să stau, spuse el, privind în jur. N-am mai făcut asta niciodată.

— Nu-i mare lucru, bătrâne, spuse Miles. Un singur lucru ţi se cere, zău! Să nu scapi nimic pe jos, ha, ha, ha.

Râsul ca de fetiţă al lui Miles contrasta în mod straniu cu vocea sa profundă. Nici Gavin, nici Samantha nu zâmbeau.

Colin Wall ieşea în evidenţă din mulţime. Mare şi stingher, cu fruntea lui înaltă şi plină de noduri, o făcea de fiecare dată pe Samantha să se gândească la monstrul lui Frankenstein.

— Gavin, spuse el. Iată-te! Cred că ar trebui să stăm afară, pe trotuar, o să ajungă aici în câteva minute.

— Imediat, spuse Gavin, uşurat să se supună unor ordine.

— Colin, zise Miles, salutându-l cu o mişcare a capului.

— Da, salut, răspunse Colin fâstâcit, înainte să se întoarcă şi să-şi croiască drum prin masa îndoliată.

Apoi se produse o nouă agitaţie, iar Samantha auzi vocea sonoră a lui Howard:

— Îmi cer scuze... îmi pare tare rău... încerc să ajung la familia mea...

Mulţimea se dădea la o parte ca să-i evite burdihanul, iar Howard îşi făcu apariţia, imens, într-un palton din catifea. Shirley şi Maureen mergeau ţopăind în urma lui, Shirley aranjată şi liniştită în ţinută bleumarin, Maureen, sfrijită ca o pasăre-hoitar, cu o pălărie cu voaletă neagră.

— *Hello, hello,* spuse Howard, sărutând-o ferm pe Samantha pe amândoi obrajii. Şi ce mai face Sammy?

Răspunsul ei fu înghiţit de o agitaţie generalizată şi stingheră, când toată lumea începu să se retragă de pe alee. Avură loc câteva manevre pentru poziţii, căci nimeni nu voia să renunţe la un loc cât mai aproape de intrarea în biserică. Ca urmare a acestei scindări a mulţimii, persoanele familiare ieşeau în evidenţă ca nişte pete separate de-a lungul culoarului. Samantha îi zări pe membrii familiei Jawanda: chipuri ciocolatii printre atâtea feţe palide. Vikram, absurd de chipeş în costum închis la culoare; Parminder, îmbrăcată în sari (De ce procedase astfel? Nu ştia că astfel le face jocul celor ca Howard şi Shirley?) şi, lângă ea, bondoaca de Tessa Wall în pardesiu gri, întins periculos în dreptul nasturilor.

Mary Fairbrother şi copiii păşeau agale pe aleea spre biserică. Mary era teribil de palidă şi părea cu câteva kilograme mai slabă. Era posibil să fi pierdut atât în greutate în şase zile? O ţinea de mână pe una dintre gemene, cuprinzând cu brațul umerii fiului ei mai mic, în vreme ce Fergus, cel mai mare, pășea în urma lor. Mergea cu ochii îndreptați înainte, cu gura strânsă într-o grimasă de durere. Alți membri ai familiei îi urmaru pe Mary şi pe copii. Procesiunea trecu pragul şi fu înghițită de interiorul înnegrit de fum al bisericii.

Toți ceilalți se repeziră deodată spre uşi, ceea ce avu drept rezultat o ambuscadă jenantă. Cei din familia Mollison se pomeniră înghesuiți în membrii familiei Jawanda.

— După dumneavoastră, domnule Jawanda, sir, după dumneavoastră..., tună Howard, întinzând brațul ca să-l lase pe chirurg să intre primul.

Dar Howard avu grijă să împiedice cu silueta lui masivă pe oricine altcineva să i-o ia înainte şi-l urmă imediat pe Vikram, lăsând familiile să vină după ei.

Un covor albastru-regal acoperea culoarul dintre strane al bisericii St Michael and All Saints. Stele aurii scânteiau pe tavanul boltit; plăci de alamă reflectau lumina lămpilor atârnate de plafon. La jumătatea navei, pe latura epistolelor, Sfântul Mihail însuşi privea în jos de la fereastra cea mai mare, înveşmântat într-o armură de argint. Aripi de culoarea cerului ieşeau curbându-se din omoplații săi; într-o mână ținea ridicată o sabie, iar în cealaltă, o balanță aurită. Un picior încălțat cu o sanda stătea sprijinit pe spinarea Satanei, care avea o culoare gri-întunecat, aripi ca de liliac şi se zvârcolea, încercând să se ridice.

Howard se opri la nivelul Sfântului Mihail, indicând astfel că ai lui ar trebui să se alinieze în strana din partea stângă; Vikram se întoarse la dreapta, în strana opusă. Pe când ceilalți membri ai familiei şi Maureen intrau pe lângă el în strană, Howard rămase înfipt pe covorul albastru şi, când Parminder trecu pe lângă el, îi spuse:

— Îngrozitoare poveste. Barry. Teribil şoc.

— Da, spuse ea, detestându-l.

— Mereu îmi zic că halatul ăla pare comod, aşa-i? adăugă el, arătând din cap spre sari.

Fără să-i răspundă, femeia îşi ocupă locul lângă Jaswant. Howard se aşeză şi el, ca un dop uriaş care i-ar fi împiedicat să intre în strană pe nou-veniţi.

Ochii lui Shirley erau fixaţi respectuos pe genunchi şi-şi ţinea mâinile împreunate, aparent într-o rugăciune, dar de fapt se gândea la micul schimb de replici legat de sari dintre Howard şi Parminder. Shirley făcea parte dintr-o secţiune a Pagfordului care deplângea în tăcere faptul că Vechiul Vicariat, construit cu mult timp în urmă pentru a găzdui un vicar al Înaltei Biserici cu perciuni până la baza urechii şi care avea în subordine personal îmbrăcat în şorţuri apretate, era acum căminul unei familii de hinduşi (Shirley nu prea înţelegea exact cărei religii aparţinea familia Jawanda). Ea credea că, dacă s-ar duce împreună cu Howard la templu, la moschee sau oricare ar fi fost locul unde se ruga familia Jawanda, fără doar şi poate că li s-ar cere să-şi acopere capul şi să-şi scoată pantofii şi cine ştie ce altceva, ca să nu stârnească proteste zgomotoase. Şi totuşi, uite că pentru Parminder era acceptabil să-şi etaleze sariul în biserică. Şi nu era ca şi cum Parminder n-ar fi avut haine normale, căci le purta la cabinet zilnic. Dureros era caracterul dublu al întregii situaţii; părea să nu-i pese deloc de lipsa de respect pe care o arăta faţă de religia *lor* şi, prin extensie, faţă de Barry Fairbrother pe care se presupunea că-l îndrăgise atât de mult.

Shirley îşi desfăcu mâinile şi, ridicând capul, acordă întreaga ei atenţie ţinutelor celor care treceau şi dimensiunii şi numărului de omagii florale adresate lui Barry. Unele dintre acestea fuseseră îngrămădite sus, lângă balustrada pentru împărtăşanie. Shirley zări ofranda din partea consiliului, pentru care ea şi Howard organizaseră o colectă. Era o coroană mare, rotundă şi tradiţională, cu flori albe şi albastre, culorile blazonului Pagfordului. Florile lor şi toate celelalte coroane erau puse în umbră de vâsla de mărime naturală, alcătuită din crizanteme de bronz, pe care o aduseseră fetele din echipa de canotaj.

Sukhvinder se întoarse în strană ca să o caute din priviri pe Lauren, a cărei mamă, florăreasă, aranjase vâsla. Voia să-i transmită prin mimică faptul că văzuse vâsla şi îi plăcuse, dar mulţimea era densă şi n-o putea zări pe Lauren nicăieri. Sukhvinder era mândră în felul ei posac că făcuseră treaba asta, mai ales când văzu că oamenii şi-o arătau unii altora în timp ce se aşezau pe locurile lor. Cinci dintre cele opt membre ale echipei de canotaj contribuiseră cu bani pentru vâsla florală. Lauren îi spusese lui Sukhvinder cum o căutase pe Krystal Weedon în pauza de prânz şi se expusese ironiilor din partea prietenilor acesteia, care stăteau şi fumau pe zidul scund de lângă chioşcul de presă. Lauren o întrebase pe Krystal dacă vrea să pună vreun ban. „Da, sigur, o să pun", zisese Krystal; dar n-o făcuse, aşa că numele ei lipsea de pe cartolina însoţitoare. Aşa cum, din câte vedea Sukhvinder, Krystal nu venise nici la înmormântare.

Sukhvinder îşi simţea măruntaiele ca de plumb, dar durerea din antebraţul stâng, împreună cu junghiurile acute ce apăreau când îl mişca erau un antidot, şi cel puţin Fats Wall, cu uitătura lui încruntată şi îmbrăcat în costum negru, nu era în apropierea ei. El nu îi căutase privirea când familiile lor se întâlniseră scurt în cimitir. Prezenţa părinţilor săi îl împiedicase, aşa cum i se întâmpla uneori şi când era de faţă Andrew Price.

Cu o seară înainte, târziu, torționarul ei anonim din spațiul virtual îi trimisese poza alb-negru a unui copil dezbrăcat din epoca victoriană, cu pielea acoperită de un păr moale şi negru. O văzuse şi o ştersese în timp ce se îmbrăca pentru înmormântare.

Când fusese fericită ultima oară? Ştia că într-o viață diferită, cu mult înainte ca oricine să-i adreseze mormăituri, a stat în această biserică şi a fost de-a dreptul mulțumită ani de-a rândul. Cântase cu aplomb imnuri de Crăciun, de Paşte şi la Festivalul Recoltei. Întotdeauna îi plăcuse Sfântul Mihail, cu fața lui frumoasă, feminină, prerafaelită, cu părul auriu buclat... dar în dimineața asta, pentru prima oară, îl vedea diferit, cu piciorul sprijinit aproape nepăsător pe diavolul acela întunecat şi care se zvârcolea; expresia lui netulburată i se păru sinistră şi arogantă.

Stranele erau înțesate. Tropăieli înfundate, ecouri de paşi şi o forfotă estompată animau aerul prăfos, pe când cei mai puțin norocoşi continuau să se adune în spatele bisericii şi se mulțumeau să se alinieze în picioare de-a lungul zidului de pe partea stângă. Unii, mai optimişti, veneau în vârful picioarelor pe culoar, doar-doar vor găsi câte-un loc trecut cu vederea în stranele aglomerate. Howard rămase nemişcat şi ferm, până când Shirley îl bătu pe umăr şi şopti:

— *Aubrey şi Julia!*

La care Howard se întoarse masiv şi flutură cu foile pentru slujbă ca să le atragă atenția soților Fawley. Aceştia se apropiară cu pas energic pe culoarul acoperit de covor: Aubrey înalt, slab şi cu un început de chelie, într-un costum de culoare închisă; Julia, cu părul roşcat-deschis strâns într-un coc. Cei doi zâmbiră în chip de mulțumire, în vreme ce Howard se agita, mutându-i pe ceilalți ca să se asigure că soții Fawley aveau loc suficient.

Samantha era atât de înghesuită între Miles şi Maureen, încât îi simţea acesteia din urmă articulaţia şoldului ascuţită presând-o într-o parte şi cheile lui Miles în cealaltă parte. Furioasă, încercă să-şi asigure măcar un centimetru de spaţiu, dar nici Miles, nici Maureen nu aveau unde să se mişte, aşa că rămase cu privirea aţintită înainte şi îşi întoarse răzbunătoare gândurile spre Vikram, care nu-şi pierduse niciun pic din atractivitate în luna care trecuse de când nu-l mai văzuse. Frumuseţea lui era atât de izbitoare, de evidentă, încât era absurdă; aproape te făcea să râzi. Cu picioarele lungi şi umerii laţi, cu abdomenul plat în locul unde cămaşa îi intra în pantaloni şi ochii aceia negri cu gene negre şi dese, arăta ca un zeu în comparaţie cu ceilalţi bărbaţi din Pagford, care erau indolenţi, palizi şi porcini. Când Miles se aplecă în faţă ca să schimbe în şoaptă amabilităţi cu Julia Fawley, cheile lui se înfipseră dureros în coapsa Samanthei, care şi-l imagină pe Vikram sfâşiindu-i rochia bleumarin, iar în fantezia ei omisese să-şi pună furoul asortat care-i ascundea canionul adânc al decolteului...

Pedalele orgii scârţâiră şi liniştea se aşternu, cu excepţia unui freamăt slab, dar persistent. Capetele se întoarseră: sicriul era adus pe culoar.

Nepotrivirea de înălţime dintre cei care purtau coşciugul era comică: fraţii lui Barry aveau amândoi 1,65 metri, în vreme ce Colin Wall avea 1,85, astfel încât partea din spate a sicriului era considerabil mai ridicată decât de cea din faţă. Sicriul nu era din lemn de mahon lustruit, ci din împletitură de răchită.

E un nenorocit de coş de picnic! îşi zise Howard indignat.

Expresii de surprindere cuprinseră multe chipuri la vederea cutiei din răchită, dar unii ştiuseră dinainte totul despre sicriu. Mary îi spusese Tessei (care îi spusese lui

Parminder) că alegerea materialului o făcuse Fergus, fiul cel mai mare al lui Barry, care a vrut răchita pentru că era un material sustenabil, care creştea rapid şi, prin urmare, era prietenos cu mediul înconjurător. Fergus era un entuziast pasionat de toate lucrurile „verzi" şi sănătoase, ecologice.

Lui Parminder îi plăcea sicriul din răchită mai mult, mult mai mult decât lăzile solide din lemn în care majoritatea englezilor îşi înmormântau morții. Bunica ei avusese întotdeauna o teamă superstițioasă legată de sufletul prins ca într-o capcană în ceva greu şi solid, deplângând faptul că cioclii britanici băteau în cuie capacele. Purtătorii lăsară sicriul pe catafalcul acoperit cu brocart şi se retraseră: fiul lui Barry, frații şi cumnatul se înghesuiră în stranele din față, iar Colin se duse țopăind mai în spate, să se alăture familiei sale.

Timp de două secunde, Gavin ezită. Parminder îşi dădu seama că nu ştia încotro să meargă, singura lui opțiune fiind să se întoarcă pe culoar sub ochii a 300 de oameni. Dar Mary trebuie să-i fi făcut semn pentru că se întoarse şi, roşind violent, se aşeză în strana din față, alături de mama lui Barry. Parminder vorbise cu Gavin doar când îi făcuse testele şi îl tratase de clamidioză. De atunci, privirile lor nu se mai întâlniseră.

— Iisus i-a spus: Eu sunt Învierea şi Viața. Cine crede în Mine, chiar dacă ar fi murit, va trăi; şi oricine trăieşte şi crede în Mine nu va muri niciodată...

Vicarul nu părea că s-ar gândi la sensul cuvintelor, ci doar la prestația sa, care era cântată şi ritmică. Parminder era familiarizată cu stilul lui; luase parte la seara de colinde ani la rând, împreună cu toți ceilalți părinți de la St Thomas. Îndelungata obişnuință n-o împăcase cu sfântul războinic cu fața albă care se uita în jos fix la ea, nici cu toate stranele alea tari din lemn închis la culoare, cu altarul ăla străin împodobit cu crucea de aur bătută în pietre prețioase, nici cu colindele cu accente funebre pe care le găsea deprimante şi neliniştitoare.

Aşa că îşi îndepărtă atenția de la fornăitul afectat al vicarului şi se gândi iar la tatăl ei. Îl văzuse pe geamul de la bucătărie, întins cu fața în jos, în vreme ce radioul ei continua să urle de pe acoperişul cuştii iepurilor. Stătuse acolo pe burtă două ore, timp în care ea, mama şi surorile ei navigaseră pe paginile magazinului online de îmbrăcăminte Topshop. Încă mai simțea umărul tatălui ei sub cămaşa încinsă de soare în timp ce-l zgâlțâia: *Tăticuleeee. Tăticuleeee...*

Cenuşa lui Darshan o împrăştiaseră în micul şi tristul râu Rea din Birmingham. Parminder îşi amintea aspectul mohorât, argilos al suprafeței acestuia într-o zi înnorată de iunie şi dâra de fulgi minusculi, albi şi cenuşii, care se îndepărtau de ea.

Orga se trezi la viață, cloncănind şi şuierând, iar ea se ridică în picioare odată cu toată lumea. Zări în treacăt cefele roşcat-aurii ale lui Niamh şi Siobhan; aveau exact aceeaşi vârstă pe care o avusese şi ea când Darshan le fusese luat. Parminder se simți cuprinsă de un val de tandrețe, o durere groaznică şi o dorință confuză de a le ține în brațe şi de a le spune că ştia, ştia şi înțelegea...

Dimineața a venit, ca prima dimineață...

Gavin auzi un falset ascuțit din lungul rândului: băiatul mai mic al lui Barry avea vocea încă în schimbare. Ştia că Declan alesese imnul. Era încă unul dintre detaliile înfiorătoare ale slujbei funerare pe care Mary dorise să i le împărtăşească.

Funeraliile i se păreau şi mai chinuitoare decât se aşteptase. Se gândea că poate ar fi fost mai bun un sicriu din lemn. Simţea o conştientizare oribilă, viscerală a cadavrului lui Barry în cutia aceea uşoară din răchită; apăsarea fizică pe care o resimţise era şocantă. Toţi acei oameni care se holbau afabili în timp ce el înainta pe culoar chiar nu înţelegeau ce căra el de fapt?

Apoi a venit momentul groaznic când şi-a dat seama că nimeni nu-i păstrase un loc şi că va trebui să parcurgă în sens invers tot culoarul sub privirile tuturor şi să se ascundă printre cei care stăteau în picioare în spate... iar în loc de asta fusese forţat să stea în prima strană, oribil de expus. Era ca şi cum s-ar fi aflat pe locul din faţă al unui motagne russe, suportând greul fiecărei curbe şi zgâlţâituri.

Stând acolo, la mică depărtare de floarea-soarelui lui Siobhan, cu pălăria ei mare ca un capac de tigaie, în mijlocul unei mari explozii de frezii şi crini galbeni, se pomeni dorindu-şi să fi venit şi Kay; nu-i venea să creadă, dar aşa era. Prezenţa cuiva de partea lui l-ar fi consolat; cineva care să-i păstreze pur şi simplu un loc. Nu se gândise la ce impresie de nemernic trist va lăsa venind singur.

Imnul se termină. Fratele mai mare al lui Barry se duse în faţă să vorbească. Gavin nu ştia cum de suportă să facă asta, cu cadavrul lui Barry întins chiar în faţa lui, sub floarea-soarelui (crescută timp de câteva luni, din stadiul de sămânţă); nici cum Mary putea să stea atât de liniştită, cu capul plecat, aparent uitându-se la mâinile împreunate în poală. Gavin încercă activ să ofere propria sa interferenţă interioară, astfel încât să dilueze impactul discursului laudativ.

Acum o să ne povestească despre cum a cunoscut-o Barry pe Mary, după ce-o să treacă de chestia asta cu copiii… copilărie fericită, cu jocuri şi farse vesele, da, da… hai, treci mai departe…

Trebuia să-l ducă din nou pe Barry în maşină şi să-l transporte tocmai până la cimitirul din Yarvil, dat fiind că micul cimitir al bisericii St Michael and All Saints fusese declarat plin cu 20 de ani în urmă. Gavin se imagină lăsând sicriul din răchită în mormânt, sub ochii acestei mulţimi. Prin comparaţie cu asta, adusul şi scosul sicriului din biserică ar fi fost nimica toată…

Una dintre gemene plângea. Cu coada ochiului, Gavin o văzu pe Mary întinzând mâna ca să o prindă pe a fiicei sale.

Hai să terminăm odată cu asta, fir-ar să fie de treabă. Vă rog.

— Cred că e îndreptăţit să spunem că Barry a ştiut întotdeauna ce vrea, rostea fratele răposatului cu glas răguşit.

Provocase câteva râsete povestind boroboaţele din copilărie ale lui Barry. Încordarea din glasul lui era palpabilă.

— Avea 24 de ani când am plecat la Liverpool, la petrecerea burlacilor organizată în cinstea mea. În prima seară acolo, plecăm din tabăra de corturi şi ne ducem la un pub, şi acolo, la bar, era fiica studentă a proprietarului, o blondă frumoasă, care dădea o mână de ajutor sâmbătă seara. Toată seara, Barry a stat proţăpit la bar, pălăvrăgind cu ea, provocându-i necazuri cu taică-su şi prefăcându-se că nu ştie ce-i cu gaşca aia gălăgioasă din colţ.

Un hohot slab de râs. Mary moţăia; cu ambele mâini ţinea de mână câte un copil, de o parte şi de alta.

— În noaptea aia, când ne-am întors în cort, mi-a spus că avea de gând să se însoare cu ea. Mi-am zis: *Ia stai puţin, parcă eu trebuia să fiu ăla beat.*

Iar se auzi un hohot firav.

— Baz ne-a făcut să mergem la acelaşi pub a doua seară. Când ne-am întors acasă, primul lucru pe care l-a făcut a fost să cumpere o carte poştală pe care i-a trimis-o şi prin care o anunţa că se va întoarce în weekendul următor. S-au căsătorit la un an de la ziua în care s-au întâlnit şi cred că toţi cei care-i cunosc vor fi de acord că Barry ştia să recunoască un lucru bun atunci când îl vedea. Au avut împreună patru copii minunaţi: Fergus, Niamh, Siobhan şi Declan...

Gavin respira cu băgare de seamă, inspirând şi expirând, inspirând şi expirând, încercând să nu asculte şi întrebându-se ce naiba ar avea de spus propriul său frate într-o împrejurare similară. El nu avusese norocul lui Barry. Viaţa lui amoroasă nu constituia o poveste frumoasă. Nu intrase niciodată într-un bar în care să găsească soţia perfectă, blondă, zâmbitoare şi gata să-l servească cu o bere. Nu, *el* a avut-o pe Lisa, care niciodată nu păruse să dea doi bani pe el; şapte ani de conflicte tot mai intense care culminaseră cu o blenoragie; după care, aproape în continuare, a fost Kay, agăţându-se de el ca o lipitoare agresivă şi ameninţătoare...

Dar, cu toate acestea, avea s-o sune mai târziu, pentru că nu se credea în stare să se mai întoarcă în casa lui goală după asta. Va fi sincer şi îi va mărturisi cât de oribilă şi de stresantă fusese înmormântarea şi că îşi dorise ca ea să fi venit cu el. Asta va avea cu siguranţă darul să alunge orice resentiment legat de cearta lor. Nu voia să rămână singur în noaptea asta.

Două strane mai în spate, Colin Wall suspina cu sughiţuri mici, dar sonore, într-o batistă mare şi udă. Mâna Tessei se odihnea pe coapsa lui, exercitând o presiune blândă. Ea se gândea la Barry; la felul cum se bazase pe el ca s-o ajute în privința lui Colin; la consolarea oferită de momentele când râdeau împreună; la nemărginita generozitate de spirit a lui Barry. Putea să-l vadă cu claritate, scund și roșcovan, dansând jive cu Parminder la ultima lor petrecere; imitând criticile severe proferate de Howard Mollison cu privire la Fields; sfătuindu-l cu tact pe Colin, cum numai el putea s-o facă, să accepte comportamentul lui Fats ca pe al unui adolescent, nu ca pe al unui sociopat.

Tessa era speriată de ceea ce ar fi putut să însemne pierderea lui Barry Fairbrother pentru omul de lângă ea; speriată de modul cum vor reuși să se împace cu această uriașă absență; speriată că soțul ei își va lua față de decedat un angajament pe care nu-l va putea respecta și că nu-și dădea seama cum micuța Mary, cu care el continua să vrea să vorbească, îl plăcuse. Și, prin toată anxietatea și tristețea Tessei trecea ca un fir roșu grija obișnuită, ca un mic vierme neastâmpărat: Fats și cum va putea ea să evite un nou conflict, cum îl va convinge să vină la înmormântare sau cum ar putea să ascundă față de Colin faptul că nu va fi venit — ceea ce ar putea fi, în definitiv, mai simplu.

— Vom încheia slujba de astăzi cu un cântec ales de fiicele lui Barry, Niamh și Siobhan, un cântec care a însemnat mult pentru ele și pentru tatăl lor, spuse vicarul.

Acesta reuși prin tonul adoptat să se detașeze de ceea ce urma să se întâmple.

Bătaia unei tobe răsună atât de tare prin difuzoarele ascunse, încât îi făcu să tresară pe membrii congregației. O voce sonoră de american spunea *Ah ha, ah ha,* iar Jay-Z spunea în ritm de rap:

Good girl gone bad —
Take three —
Action.
No clouds in my storms...
Let it rain, I hydroplane into fame
Comin' down with the Dow Jones...

Unii au crezut că era o greşeală. Howard şi Shirley şi-au aruncat priviri indignate, dar nimeni nu a apăsat butonul de stop şi nici n-a alergat pe culoar ca să-şi ceară scuze. Apoi, o voce feminină puternică şi sexy începu să cânte:

You had my heart
And we'll never be worlds apart
Maybe in magazines
But you'll still be my star...

Purtătorii de sicriu cărau înapoi coşciugul de răchită de-a lungul culoarului, urmaţi de Mary şi de copii:

... Now that it's raining more than ever
Know that we'll still have each other
You can stand under my umbuh-rella
You can stand under my umbuh-rella.

Congregaţia ieşi încet din biserică, încercând să nu păşească în ritmul cântecului.

II

Andrew Price apucă ghidonul bicicletei de curse a tatălui său şi o scoase cu grijă din garaj, atent să nu zgârie maşina. O duse pe sus pe treptele de piatră şi prin poarta metalică. Apoi, pe alee, puse piciorul pe o pedală, îşi luă avânt câţiva paşi şi şi-l aruncă pe celălalt peste şa. Făcu la stânga pe drumul în pantă vertiginoasă de pe coasta dealului şi coborî în viteză, fără să atingă frânele, spre Pagford.

Gardurile vii şi cerul se vedeau înceţoşat. Se imagina pe un velodrom cu vântul răvăşindu-i părul şi înţepându-i faţa pe care tocmai şi-o curăţase. Când ajunse în dreptul grădinii trapezoidale a familiei Fairbrother, apăsă frânele, pentru că în urmă cu câteva luni luase curba asta strânsă prea rapid şi căzuse, fiind nevoit să se întoarcă imediat acasă cu blugii rupţi şi cu zgârieturi pe o parte a feţei, de sus până jos...

Intră pe Church Road fără să mai dea din pedale, ţinând ghidonul doar cu o mână, şi se bucură de o a doua coborâre accelerată, chiar dacă mai scurtă de data asta, încetini uşor când văzu că sicriul era plasat pe un dric de lângă biserică şi că o mulţime îmbrăcată în haine cernite ieşea la lumină prin uşile masive din lemn. Andrew pedală cu furie pe după colţ, dispărând din câmpul vizual. Nu voia să-l vadă pe Fats ieşind din biserică alături de un Cubby nefericit, purtând costumul şi cravata ieftine pe care le descrisese cu un dezgust comic în timpul lecţiei de engleză de ieri. Ar fi fost ca şi cum l-ar fi întrerupt pe prietenul său în timpul unei defecări.

În timp ce pedala încet în jurul pieţei, îşi dădu părul de pe faţă cu o mână, întrebându-se ce efect avusese aerul rece asupra acneei roşii-purpurii şi dacă loțiunea antibacteriană pentru față reuşise să-i mai atenueze aspectul amenințător. Şi repetă în gând povestea „de acoperire": venise de la Fats (ceea ce era posibil să fi fost adevărat, n-ar fi existat niciun motiv potrivnic), iar asta însemna că Hope Street era traseul logic de urmat de-a lungul râului, căci o tăia prin prima stradă laterală. Prin urmare, nu era nevoie ca Gaia Bawden (dacă se întâmpla să se uite pe fereastră, să-l vadă şi să-l şi recunoască) să creadă că venise pe traseul ăsta din cauza ei. Andrew nu anticipa că va avea nevoie să-i explice motivul pentru care trecuse cu bicicleta pe strada ei, dar păstra în minte povestea inventată, deoarece credea că îi conferă un aer de detaşare calmă.

Nu voia decât să afle care era casa ei. De două ori deja, în weekenduri, trecuse cu bicicleta pe scurta stradă terasată, cu fiecare nerv al corpului întins la maximum, dar nu fusese capabil deocamdată să descopere care casă adăpostea Sfântul Potir. Tot ce ştia, din privirile aruncate pe furiş pe geamurile murdare ale autobuzului şcolar, era că locuia pe partea dreaptă, la unul dintre numerele pare.

În timp ce dădea colțul, încercă să adopte o expresie indiferentă, jucând rolul unui ins care face o plimbare de plăcere cu bicicleta către râu, pe ruta cea mai directă, pierdut în gândurile sale serioase, dar gata să recunoască un coleg de clasă, dacă îi apărea în cale...

Era acolo. Pe trotuar. Picioarele lui Andrew continuară să pedaleze, deşi nu mai simțea pedalele, şi dintr-odată deveni conştient de cât de subțiri erau cauciucurile pe care îşi menținea echilibrul. Fata căuta ceva în geanta din piele, părul ei arămiu atârnându-i în jurul feței. Numărul 10 pe uşa întredeschisă în spatele ei şi un tricou negru care nu reuşea să-i acopere talia; o fâşie de piele goală, o centură groasă şi blugii mulaţi... când aproape că trecuse de ea, fata închise uşa şi se întoarse. Părul i se dădu pe spate lăsând să i se vadă faţa frumoasă, iar ea spuse foarte clar, cu accentul ei londonez:

— Oh, bună!

— Bună! zise şi el.

Picioarele pedalau în continuare. Parcurse doi metri, apoi patru metri; de ce nu se oprise? Şocul resimţit îl făcea să se mişte în continuare, neîndrăznind să se uite în spate. Ajunsese deja la capătul străzii; *pentru numele lui Dumnezeu, să nu cazi, te rog;* dădu colţul, prea surprins ca să evalueze dacă era mai mult uşurat sau dezamăgit că o lăsase în urma lui.

Fir-ar să fie!

Continuă să pedaleze spre zona împădurită de la poalele Dealului Pargetter, unde râul scânteia intermitent printre copaci, dar nu mai vedea nimic în afară de Gaia, impregnată pe retina lui ca o lumină de neon. Drumul îngust coti pe o cărare bătătorită, iar briza blândă venită dinspre apă îi mângâia faţa, despre care nu credea că se înroşise, căci totul se întâmplase foarte repede.

— Futu-i mama mă-sii! spuse el tare către aerul proaspăt şi cărarea părăsită.

Începu să cerceteze cu înfrigurare această comoară magnifică, neaşteptată: trupul ei perfect, dezvăluit de blugii mulaţi şi bluza elastică; numărul 10 din spatele ei, pe o uşă părăginită, cu vopseaua scorojită; *Oh, bună!*, spus cu uşurinţă şi naturaleţe — aşadar, trăsăturile lui erau fără doar şi poate stocate undeva în mintea care trăia în spatele acelui chip uluitor.

Bicicleta începu să se zdruncine pe noul teren accidentat şi acoperit cu pietriş. În culmea fericirii, Andrew descălecă doar când începu să-şi piardă echilibrul. Conduse bicicleta printre copaci, ieşind pe malul îngust al râului, unde o lăsă jos pe pământ, între anemonele care se deschiseseră ca nişte steluţe albe de la ultima sa vizită.

Tatăl lui îi spusese, când începuse să-i împrumute bicicleta: „Ai grijă s-o legi cu lanţul dacă intri într-un magazin. Bagă de seamă, dacă ţi-o fură cineva...“

Dar lanţul nu era îndeajuns de lung ca să-l poată petrece pe după oricare dintre arborii de-acolo şi, în orice caz, cu cât se depărta mai mult de tatăl lui, cu atât Andrew se temea mai puţin de el. Cu gândul tot la pielea aceea descoperită şi la chipul splendid al Gaiei, Andrew se duse la locul unde malul se întâlnea cu coasta erodată a dealului, care se înălţa ca o faleză stâncoasă deasupra apei verzi şi repezi a râului.

La baza dealului se vedea o porţiune foarte îngustă de mal alunecos şi sfărâmicios. Singurul mod în care puteai să-l parcurgi dacă picioarele îţi crescuseră de două ori mai mari decât atunci când făcuseşi excursia pentru prima oară era să te deplasezi cu paşi laterali, lipit de peretele vertical, ţinându-te de rădăcini şi de bucăţelele de stâncă proeminente.

Mirosul de vegetaţie putredă şi de sol umed îi era foarte familiar lui Andrew, la fel cum era senzaţia acestei ieşituri înguste din pământ şi iarbă de sub tălpile sale, ca şi crăpăturile şi pietrele pe care le căuta cu mâinile pe coasta dealului. El şi Fats găsiseră locul când aveau 11 ani. Ştiau că ceea ce făceau era interzis şi periculos; fuseseră avertizaţi în privinţa râului. Îngroziţi, dar hotărâţi să nu recunoască acest lucru unul faţă de celălalt, se târâseră de-a lungul acestei suprafeţe dificile, apucându-se de orice protuberanţă a peretelui stâncos şi, în punctul cel mai îngust, prinzându-se fiecare de tricoul celuilalt.

Anii de antrenament îi permiteau lui Andrew, cu toate că mintea nu-i stătea deloc la ceea ce făcea, să se mişte în lateral, ca un crab, de-a lungul peretelui solid de pământ şi stâncă, cu apa curgând cu repeziciune la nici un metru mai jos față de tălpile tenişilor lui; apoi, cu o aplecare şi un balans abile, pătrunse în fisura din coasta dealului pe care o găsiseră cu mult timp în urmă. Atunci păruse o recompensă divină pentru îndrăzneala lor. Nu mai putea să stea în picioare în ea. Dar, ceva mai mare decât un cort de două persoane, era destul de încăpătoare pentru ca doi adolescenți să stea culcați, unul lângă altul, cu râul curgând vijelios şi copacii acoperind cu picățele imaginea cerului, încadrată de intrarea triunghiulară.

Prima oară când ajunseseră acolo, împunseseră cu bețele peretele din fund al micii grote, dar nu găsiseră nicio cale secretă de acces la mănăstirea de deasupra; aşa că se mulțumiră cu gloria faptului că ei singuri descoperiseră ascunzătoarea şi jurară că va rămâne veşnic taina lor. Andrew îşi amintea vag de un jurământ solemn, consfințit cu scuipat şi blesteme. Când au descoperit-o, i-au zis Grota, dar acum se numea, de o bună bucată de vreme, Gaura lui Cubby.

Mica nişă mirosea a pământ, cu toate că tavanul în pantă era din stâncă. O urmă de nivel de culoare verde-închis lăsa de înțeles că în trecut nişa fusese inundată, nu chiar până la tavan. Pe jos, peste tot, erau împrăştiate mucuri de țigări şi de la jointurile cu marijuana. Andrew se aşeză cu picioarele atârnând deasupra apei de culoare verde-mlăştinos, şi-şi scoase din geacă țigările şi bricheta, cumpărate cu ultimul rest din suma primită de ziua lui, acum că încetase să mai primească bani de buzunar. Aprinse, trase adânc în piept şi retrăi întâlnirea glorioasă cu Gaia Bawden în cât de multe detalii putea să extragă: talia îngustă şi coapsele curbate; pielea albă dintre cureaua din piele şi tricou; gura plină şi largă; *Oh, bună*. Era prima oară când o vedea îmbrăcată altfel decât în uniforma de şcoală. Unde se ducea oare singură, cu geanta de piele? Ce avea de făcut în Pagford într-o dimineață de sâmbătă? Voia să prindă autobuzul de Yarvil? Ce făcea ea când n-o vedea el? Ce mistere feminine o absorbeau?

Şi se întrebă pentru a nu ştiu câta oară dacă era posibil ca un ansamblu de carne şi oase alcătuit astfel să conțină o personalitate banală. Gaia era prima persoană care-l făcuse să-şi pună această întrebare: ideea de trup şi suflet ca entități separate nu-i trecuse niciodată prin minte, până să pună ochii pe ea. Chiar şi atunci când încerca să-şi imagineze cum ar putea să arate şi să se simtă la pipăit sânii ei, judecând după dovezile vizuale pe care reuşise să le adune prin bluza de şcoală uşor translucidă şi ceea ce ştia că e un sutien alb, nu-i venea să creadă că atracția pe care ea o exercita asupra lui era exclusiv fizică. Avea un fel de a-şi mişca trupul care-l fermeca în aceeaşi manieră ca muzica, acesta fiind lucrul care-l impresiona cel mai mult. Cu siguranță că spiritul care anima acest trup fără pereche trebuia să fie şi el neobişnuit, nu? De ce s-ar strădui natura să creeze un astfel de vas, dacă nu să conțină ceva şi mai prețios?

Andrew ştia cum arată o femeie dezbrăcată pentru că nu exista nicio setare de control parental pe computerul din dormitorul de la mansardă al lui Fats. Împreună exploraseră cam tot ce se putea accesa gratuit din pornografia online: vulve rase; labii roz despărțite cât mai mult ca să arate despicăturile întunecate căscate; fese desfăcute ca să scoată la iveală anusurile încrețite; buze date din belşug cu ruj, spermă picurând. Excitarea lui Andrew avea întotdeauna în fundal conştientizarea panicată a faptului că n-o putea auzi pe doamna Wall apropiindu-se de cameră decât când ajungea la scara care scârțâia. Uneori găseau bizarerii care-i făceau să râdă în hohote, chiar şi atunci când Andrew nu era sigur dacă era mai mult excitat sau scârbit (bice şi şei, harnaşamente, frânghii, furtunuri; o dată, o chestie la care nici măcar Fats nu reuşise să râdă, prim-planuri cu nişte dispozitive cu bolțuri metalice şi ace ieşite din carnea moale, chipuri de femei încremenite în țipete).

Împreună, el şi Fats deveniseră cunoscători ai implanturilor mamare din silicon enorme, întinse şi rotunde.

— Plastic, comenta vreunul dintre ei, ca pe un fapt banal, în timp ce stăteau în fața monitorului cu uşa încuiată ca să nu apară părinții lui Fats.

Blonda de pe ecran, care stătea călare pe vreun bărbat păros, ținea brațele ridicate, cu sânii ei mari cu mameloane maro atârnând ca nişte bile de bowling peste cutia toracică îngustă, liniile subțiri şi purpurii de sub fiecare trădând locul unde fusese introdus siliconul. Aproape că-ți puteai da seama cum s-ar simți la pipăit doar uitându-te la ei: fermi, de parcă sub piele ar fi avut o minge de fotbal. Andrew nu-şi putea imagina nimic mai erotic decât un sân natural; moale şi spongios şi poate un pic elastic, iar sfârcurile (spera el) contrastant de dure.

Iar toate aceste imagini i se încețoşau în minte noaptea târziu, cu posibilitățile oferite de fetele adevărate şi puținul pe care puteai să-l simți prin haine dacă reuşeai să te apropii îndeajuns. Niamh era cea mai puțin frumoasă dintre gemenele Fairbrother, dar ea fusese mai mult decât dornică, în sala de teatru înăbuşitoare, în timpul discotecii de Crăciun. Pe jumătate ascunşi de cortina mucegăită, se lipiseră unul de celălalt, iar Andrew îi băgase limba în gură. Mâinile lui ajunseseră până la breteaua sutienului şi nu mai departe, pentru că fata se tot trăgea înapoi. Fusese animat în special de cunoaşterea faptului că undeva, afară, în întuneric, Fats mergea mai departe. Iar acum creierul lui era plin şi palpita de Gaia. Era în acelaşi timp cea mai atrăgătoare fată pe care o văzuse vreodată şi sursa unei alte inexplicabile dorințe arzătoare. Anumite schimbări de acorduri, anumite ritmuri au făcut să se înfioare însăşi esența ființei lui şi tot acelaşi efect l-a avut ceva legat de Gaia Bawden.

Îşi aprinse altă țigară de la jarul primeia şi aruncă mucul în apa de mai jos. Apoi auzi un târşâit familiar şi, aplecându-se în față, îl zări pe Fats, încă îmbrăcat în costumul de înmormântare, care se mişca de la un reazem pentru mână la altul, în timp ce se apropia pe buza îngustă de mal spre deschiderea unde şedea Andrew.

— Fats.

— Arf.

Andrew îşi trase picioarele ca să-i facă loc lui Fats Gaura lui Cubby.

— Futu-i mama mă-sii! spuse Fats după ce se cățără înăuntru.

Era ca un păianjen în stângăcia cu care își mişca membrele lungi, costumul negru accentuându-i slăbiciunea.

Andrew îi dădu o țigară. Fats aprindea de fiecare dată de parcă s-ar fi aflat în plină furtună, cu o mână făcută căuş în jurul flăcării ca să o protejeze şi încruntându-se uşor. Inhală, suflă un cerc de fum afară din Gaura lui Cubby şi-şi slăbi la gât cravata gri-închis. Părea mai mare şi până la urmă nu arăta aşa de caraghios în costumul care avea urme de pământ la genunchi şi manşete de la excursia până la grotă.

— Ai fi zis că *erau* iubiți, spuse Fats, după ce mai trase o dată cu sete din țigară.

— Cubby era supărat, nu?

— Supărat? A făcut o criză de isterie, la naiba. A început să sughițe. E lovit în freză mai rău decât văduva.

Andrew râse. Fats mai trimise în aer un cerc de fum şi se trase de una din urechile lui excesiv de mari.

— Am şters-o mai devreme. Încă nici nu-l înmormântaseră.

Fumară în tăcere un minut, privind către râul mlăştinos. În timp ce fuma, Andrew contempla cuvintele „am şters-o mai devreme" şi cantitatea de autonomie pe care Fats părea s-o aibă, prin comparație cu el. Simon şi furia lui se interpuneau între Andrew şi excesul de libertate: la Hilltop House, uneori erai pedepsit doar pentru vina de a fi prezent. Imaginația lui Andrew fusese odată stimulată de un modul secundar, mai aparte, de la ora de filosofie şi religie, în care se discuta despre zeii primitivi în toată furia şi violența lor arbitrare, precum şi despre tentativele civilizațiilor străvechi de a-i îmbuna. Se gândise atunci la natura justiției, aşa cum ajunsese el s-o cunoască: la tatăl lui ca zeu păgân, la mama lui ca mare preoteasă a cultului, care încerca să interpreteze şi să intermedieze, de obicei fără să izbutească şi, cu toate acestea, insistând, împotriva tuturor evidențelor, că zeitatea ei era caracterizată de mărinimie şi rațiune.

Fats îşi odihnea capul pe peretele stâncos şi sufla cercuri de fum spre tavan.

Se gândea la ceea ce voia să-i spună lui Andrew. Pe toată durata slujbei funerare repetase în minte felul în care-o să înceapă, în vreme ce tatăl lui îşi înghiţea lacrimile şi suspina în batistă. Fats era atât de entuziasmat de perspectiva de a povesti, încât avea mari dificultăţi să se abţină. Dar era hotărât să nu lase să-i scape aşa, dintr-odată. Felul în care povesteai era pentru Fats de o importanţă aproape egală cu felul în care se întâmplaseră lucrurile. Nu voia ca Andrew să creadă că el se grăbise să vină aici doar ca să-i spună.

— Ştii că Fairbrother făcea parte din Consiliul Parohial? spuse Andrew.

— Mda, zise Fats, bucuros că Andrew iniţiase o discuţie care să umple spaţiile goale.

— Si-Pie zice că vrea să candideze pentru postul lui.

— Serios?

Fats se uită încruntat la Andrew.

— Ce dracu' l-a apucat?

— Cică Fairbrother primea mită de la nu ştiu care contractor.

Andrew îl auzise de dimineaţă pe Simon discutând cu Ruth în bucătărie. Asta explicase totul.

— Vrea şi el să ia parte la acţiune.

— Ăla n-a fost Barry Fairbrother, spuse Fats, râzând în timp ce scutura scrumul pe jos. Şi nu era vorba de Consiliul Parohial. Ăla a fost Cum-îl-cheamă Frierly, din Yarvil. Era în comitetul şcolar de la Winterdown. Cubby a făcut o adevărată criză. Presa locală l-a chemat să comenteze cazul. Frierly a fost pedepsit pentru asta. Si-Pie nu citeşte *Yarvil and District Gazette?*

Andrew se holba la Fats.

— Nu mă miră, ce naiba să mai zic.

Îşi stinse ţigara pe jos, stânjenit de idioţenia tatălui său. Încă o dată, Simon dăduse chix. Dispreţuia comunitatea locală, îşi bătea joc de preocupările lor, era mândru de izolarea sa în căsuța aia groaznică de pe deal; pe urmă, află o informație greşită şi decide să-şi expună familia la umilințe.

— Al dracului de necinstit Si-Pie, nu? spuse Fats.

Îi ziceau Si-Pie pentru că aşa îl poreclise Ruth pe soțul ei. Fats o auzise spunându-i aşa odată, când îl chemase să-şi bea ceaiul, şi de-atunci nu-i mai zisese altfel lui Simon.

— Mda, este, recunoscu Andrew şi se întrebă dacă va reuşi să-l convingă pe tatăl său să renunțe la candidatură spunându-i că vestea pe care o aflase se referea la altcineva şi la alt consiliu.

— Ca să vezi coincidență, remarcă Fats, Cubby vrea şi el să candideze.

Fats suflă fumul pe nări, privind undeva deasupra capului lui Andrew.

— Aşadar, electoratul va prefera o pulă mică, spuse el, sau una şi mai mică?

Andrew râse. Puține lucruri îi plăceau mai mult decât să audă cum îi zicea Fats lui taică-su.

— Acum, ia aruncă tu un ochi aici, spuse Fats.

Îşi prinse țigara între buze şi se bătu pe şolduri, deşi ştia că plicul era în buzunarul de la piept.

— Ia uită-te, zise el, trăgând plicul afară şi deschizându-l ca să-i arate lui Andrew conținutul: boabe ca de piper de culoare maro, codițe şi frunze uscate şi mărunțite.

— Sensimilla.

— Ce e aia?

— Vârfuri şi muguri de plantă de marijuana nefertilizată, spuse Fats, special preparată pentru plăcerea ta.

— Care e diferența dintre asta şi marfa normală? întrebă Andrew, cu care Fats împărțise mai multe bucăți de răşină de canabis.

— E doar un alt tip de fum, nu-i aşa? spuse Fats, stingându-şi propria ţigară.

Luă un pacheţel de Rizla din buzunar, scoase trei foiţe subţiri şi le lipi laolaltă.

— Ai luat marfa de la Kirby? întrebă Andrew, pipăind şi mirosind conţinutul plicului.

Toată lumea ştia că Skye Kirby era omul la care te duceai dacă aveai nevoie de droguri. Era cu un an mai mare. Bunicul lui era un fost hippiot care fusese citat de mai multe ori la tribunal pentru că-şi cultivase singur plantele.

— Mda. Ţine cont că mai e un tip pe nume Obbo, zise Fats, despicând ţigările şi vărsând tutunul în foiţe. E din Fields şi-ţi face rost de orice. Dacă vrei, îţi aduce şi heroină.

— Da' nu-ţi trebuie heroină, totuşi, spuse Andrew, uitându-se la faţa lui Fats.

— Nooo, zise Fats, luându-i plicul înapoi şi presărând sensimilla peste tutun.

Rulă apoi jointul, linse capetele foiţei ca să o închidă etanş, şi strânse noua ţigară mai bine, răsucindu-i capătul într-un ţugui.

— Drăguţ, spuse el mulţumit.

Plănuise să-i dea lui Andrew vestea după ce presăra sensimilla, ca un fel de act de încălzire. Întinse mâna după bricheta lui Andrew, introduse capătul cartonat între buze şi aprinse, trăgând adânc un fum contemplativ, suflându-l apoi într-un jet lung şi albastru, după care repetă procesul.

— Mmm, spuse el, ţinând fumul în plămâni şi imitându-l pe Cubby, căruia Tessa îi ţinuse un curs despre vinuri cu prilejul unui Crăciun. Ierbos. Un gust remanent puternic. Tonuri armonice de... futu-i...

Avu o senzaţie intensă de vertigo, cu toate că stătea jos, şi suflă fumul râzând.

— ... încearcă drăcia asta.

Andrew se aplecă spre el şi luă jointul, chicotind de nerăbdare şi văzând expresia de beatitudine de pe chipul lui Fats, care nu se împăca deloc cu obişnuita lui uitătură constipată.

Andrew inhală şi simţi forţa drogului radiind din plămâni, împrăştiindu-se şi descătuşându-l. Trase din nou şi se gândi că era ca şi cum cineva ţi-ar scutura mintea ca pe o cuvertură, astfel încât să se reaşeze fără cute, iar totul să devină neted, şi simplu, şi uşor, şi bun.

— Drăguţ, îl imită el pe Fats, zâmbind la auzul propriei voci.

Trecu jointul înapoi în degetele nerăbdătoare ale lui Fats şi savură senzaţia de bine.

— Ia zi, vrei să auzi ceva interesant? spuse Fats, rânjind incontrolabil.

— Dă-i drumu'.

— Am futut-o azi-noapte.

Nu lipsi mult ca Andrew să întrebe „pe cine?", înainte ca mintea sa ameţită să-şi aducă aminte: pe Krystal Weedon, fireşte; Krystal Weedon, pe cine altcineva?

— Unde? întrebă el prosteşte.

Nu că ar fi vrut să ştie.

Fats se întinse pe spate în costumul lui de înmormântare, cu picioarele în direcţia râului. Fără să spună o vorbă, Andrew se întinse lângă el, în direcţie opusă. Dormiseră aşa, „cap şi coadă", în copilărie, când rămâneau peste noapte unul acasă la celălalt. Andrew privi în sus la bolta stâncoasă, unde fumul albastru zăbovea, răsucindu-se lent în rotocoale, şi aşteptă să audă totul.

— Le-am spus lui Cubby şi Tessei că vin la tine, asta ca să ştii, zise Fats.

Trecu jointul între degetele întinse de Andrew, apoi își împreună mâinile lungi pe piept și povesti mai departe.

— După aia am luat autobuzul spre Fields. M-am întâlnit cu ea în fața la Oddbins.

— Lângă Tesco? întrebă Andrew.

Nu știa de ce tot punea întrebări cretine.

— Mda, spuse Fats. Ne-am dus la terenul de agrement. Sunt acolo niște copaci într-un colț, lângă toaletele publice. Drăguț și intim. Taman se întuneca.

Fats își schimbă poziția și Andrew îi înapoie jointul.

— S-o penetrez a fost mai greu decât credeam, zise Fats, iar Andrew asculta fascinat, pe jumătate înclinat să râdă, temându-se să nu scape vreunul din detaliile fără înflorituri pe care i le-ar fi putut oferi Fats. Era mai udă când i-am băgat degetul.

Un chicotit se înălță în pieptul lui Andrew, asemenea gazului prins într-un recipient etanș, dar rămase înăbușit acolo.

— A trebuit să împing de mai multe ori ca să ajung înăuntru cum se cuvine. E mai strâmtă decât credeam.

Andrew văzu un fuior de fum înălțându-se din locul unde trebuia să fie capul lui Fats.

— Mi-am dat drumul cam în zece secunde. Odată ajuns înăuntru, senzația e nemaipomenită.

Andrew își înăbuși râsul, pentru eventualitatea în care ar mai fi fost de povestit.

— Mi-am pus prezervativ. Ar fi fost mai bine fără.

Întinse jointul din nou spre mâna lui Andrew. Acesta trase din el, gânditor. Mai greu de pătruns decât credeai; dat drumul în zece secunde. Nu părea mare ispravă; și totuși, ce n-ar fi dat și el să încerce? Și-o imagină pe Gaia Bawden întinsă pe spate în aşteptarea lui şi, fără să vrea, lăsă să-i scape un mic geamăt, pe care Fats nu dădu semne că l-ar fi auzit. Pierdut într-o învălmăşeală de imagini erotice, trăgând din joint, Andrew stătea culcat, cu penisul în erecție, pe peticul de pământ pe care corpul său îl încălzise, şi asculta şipotul blând al apei la doar câteva zeci de centimetri de capul său.

— Ce contează, Arf? întrebă Fats, după o pauză lungă, visătoare.

Stăpânit de o senzație plăcută de amețeală, Andrew răspunse:

— Sexul.

— Daa, spuse Fats încântat. Să ți-o tragi. Asta contează. Propo... propagarea speciei. La naiba cu prezervativele. Înmulțiți-vă!

— Daa, zise şi Andrew, râzând.

— Şi moartea, adăugă Fats.

Fusese luat prin surprindere de realitatea acelui sicriu şi de cât de puține îi separau pe toți acei vulturi la pândă de cadavrul propriu-zis. Nu-i părea rău că plecase înainte ca acesta să dispară în pământ.

— Trebuie să fie, nu? Moartea.

— Mda, zise Andrew, gândindu-se la războaie şi la accidente rutiere, şi murind încununat de glorie sau în goana nebună a maşinii.

— Mda, spuse Fats. Să ți-o tragi şi să mori. Asta-i treaba, nu-i aşa? Futai şi moarte. Asta-i viața.

— Să încerci să ți-o tragi şi să te străduieşti să nu mori.

— Sau să încerci să mori, spuse Fats. Unii oameni. Să rişti.

— Mda, să rişti.

Urmară alte momente de linişte în ascunzătoarea lor care devenise răcoroasă şi cețoasă.

— Şi muzica, spuse pe un ton scăzut Andrew, privind fumul albastru cum plutea sus, sub stânca întunecată.

— Mda, zise Fats, şi vocea lui părea că vine de undeva din depărtare. Şi muzica.

Râul curgea cu repeziciune pe lângă Gaura lui Cubby.

Partea a doua

Comentariu echitabil

7.33 Un comentariu echitabil într-o chestiune de interes public nu poate fi acționat în justiție.

Charles Arnold-Baker

Administrația consiliilor locale

Ediția a șaptea

I

Ploua pe mormântul lui Barry Fairbrother. Cerneala se întindea pe cartolinele coroanelor. Pălăria dolofană de floarea-soarelui a lui Siobhan sfida picăturile repezi, dar anemonele şi freziile lui Mary se boţiseră, apoi se descompuseră. Vâsla din crizanteme se închidea la culoare pe măsură ce putrezea. Ploaia umflă râul, inundă rigolele şi făcu din drumurile abrupte ale Pagfordului suprafeţe lucioase şi înşelătoare. Geamurile autobuzului şcolar erau opace din pricina condensului; coşurile cu flori atârnate în piaţă erau ude şi murdare, iar Samantha Mollison, cu ştergătoarele de parbriz la viteză maximă, avu parte de o coliziune minoră pe când se întorcea acasă.

Un exemplar din *Yarvil and District Gazette* stătu înfipt în uşa doamnei Catherine Weedon, pe Hope Street, trei zile la rând, până când se îmbibă de apă şi deveni ilizibil. Într-un sfârşit, asistenta socială Kay Bawden îl scoase din cutia poştală, se uită în casă prin clapeta ruginită şi o zări pe bătrână lungită pe spate la baza scării. Un poliţist ajută la spargerea uşii de la intrare, iar doamna Weedon fu dusă cu ambulanţa la Spitalul General South West.

Ploaia continua să cadă, forţându-l pe pictorul de reclame, care fusese angajat să redenumească vechiul magazin de pantofi, să-şi amâne treaba. Turna de zile şi nopți în şir, iar piața era plină de cocoşați în impermeabile, umbrelele ciocnindu-se pe trotuarele înguste.

Lui Howard Mollison răpăitul blând pe fereastra întunecată i se părea liniştitor. Stătea în biroul care cândva fusese dormitorul Patriciei şi contempla e-mailul pe care îl primise de la ziarul local. Deciseseră să publice articolul consilierului Fairbrother în care se argumenta că Fields ar trebui să rămână legat de Pagford, dar, în folosul echilibrului, sperau că un alt consilier va dori să susțină cauza reatribuirii, în numărul viitor.

„S-a cam întors împotriva ta, nu-i aşa, Fairbrother?" gândi Howard fericit. „Tocmai când credeai c-o să faci lucrurile după bunul tău plac..."

Închise e-mailul şi se ocupă de micul teanc de hârtii de lângă el. Erau scrisorile care veniseră pe rând, cerând alegeri pentru locul lui Barry rămas vacant. Constituția preciza că era nevoie de nouă cereri pentru a impune un vot public, iar el primise zece. Le citi pe toate, în vreme ce glasurile soției sale şi ale partenerei lui de afaceri se auzeau din bucătărie când mai tare, când mai încet, cele două întorcând pe toate fețele scandalul suculent legat de prăbuşirea doamnei Weedon şi de găsirea ei întârziată.

— ... nu ieşi aşa, fără motiv, din cabinetul doctorului tău, nu? Țipând din toți rărunchii, povestea Karen...

— ... şi zicând că primise medicamente greşite, da, ştiu, spuse Shirley, care considera că are monopol pe speculațiile cu temă medicală, având în vedere ocupația ei de voluntar în cadrul spitalului. Mă aştept ca la spital să se efectueze nişte teste.

— În locul doctoriței Jawanda, mi-aş face griji.

— Probabil speră că cei din familia Weedon sunt prea ignoranți ca s-o dea în judecată, dar asta n-ar mai conta dacă la spital se constată că medicația administrată a fost greșită.

— Va fi dată afară, spuse Maureen cu delectare.

— Exact, confirmă Shirley. Și mă tem că o mulțime de oameni vor răsufla ușurați. *Călătorie sprâncenată!*

Metodic, Howard sorta scrisorile pe teancuri. Formularele de cerere completate de Miles le puse deoparte. Scrisorile rămase erau de la colegii consilieri. Nicio surpriză în privința asta. De îndată ce Parminder i-a trimis un e-mail în care-i spunea că știe pe cineva care era interesat să candideze pentru locul lui Barry, se așteptase ca acești șase inși să se alieze cu ea, cerând răspicat alegeri. Împreună cu Bends-Your-Ear însăși, ei erau cei pe care-i poreclise „Facțiunea Turbulentă", al cărei lider tocmai căzuse. Pe acest teanc așeză formularele completate de Colin Wall, candidatul ales de ei.

În al treilea teanc, plasă alte patru scrisori, care proveneau și ele din surse cunoscute: reclamagii profesioniști din Pagford — Howard îi știa ca fiind veșnic nemulțumiți și suspicioși, toți corespondenți prolifici la *Yarvil and District Gazette.* Fiecare era animat de propriul interes obsesiv pentru cine știe ce chestiune locală ezoterică și se considera „cu vederi independente"; ei ar fi fost cei mai susceptibili să strige „nepotism" dacă Miles ar fi fost cooptat; dar, pe de altă parte, erau cei mai anti-Fields locuitori ai orașului.

Howard luă ultimele două scrisori în câte o mână, cântărindu-le. Una dintre ele era de la o femeie pe care n-o cunoscuse niciodată și care susținea (Howard nu lua nimic drept bun, fără să cerceteze) că lucrează la Clinica de Dezintoxicare Bellchapel (faptul că își pusese titulatura de „Ms" mai că-l convingea să o creadă). După o oarecare ezitare, aşeză scrisoarea deasupra formularelor de candidatură ale lui Cubby Wall.

Ultima scrisoare, nesemnată, solicita în termeni categorici organizarea de alegeri. Părea redactată neglijent şi în grabă şi era plină de greşeli de ortografie. Scrisoarea ridica în slăvi virtuțile lui Barry Fairbrother şi îl considera pe Miles în mod specific ca „nepotrivit să-i ia locul". Howard se întrebă dacă nu cumva Miles avea vreun client nemulțumit, care ar putea crea neplăceri. Era bine să fii avertizat în fața unor astfel de pericole potențiale. Totuşi, Howard se îndoia că scrisoarea, fiind anonimă, se putea considera drept vot pentru alegeri. Prin urmare, o introduse în micul dispozitiv de distrugere a documentelor pe care Shirley i-l făcuse cadou de Crăciun.

II

Firma de avocatură Edward Collins & Co. ocupa etajul superior al unei case terasate din cărămidă, având la parter un cabinet de optică. Edward Collins decedase, iar firma lui cuprindea doi oameni: Gavin Hughes, care era partenerul salariat, cu o singură fereastră la birou, şi Miles Mollison, partenerul acționar, cu două ferestre. Ei aveau o secretară comună, în vârstă de 28 de ani, nemăritată, simpluță, dar cu o siluetă plăcută ochiului. Shona râdea excesiv la toate glumele lui Miles, în schimb îl trata pe Gavin cu o condescendență aproape jignitoare.

În vinerea de după înmormântarea lui Barry Fairbrother, Miles bătu la uşa lui Gavin la ora 13 şi intră fără să mai aştepte să fie poftit. Îşi găsi partenerul contemplând cerul plumburiu prin fereastra pătată de ploaie.

— Vezi c-o să plec puțin să mănânc ceva, spuse Miles. Dacă Lucy Bevan vine mai devreme, te rog să-i spui că mă întorc pe la 14, bine? Shona e plecată.

— Da, bine, spuse Gavin.

— Totul e în regulă?

— A sunat Mary. A apărut o mică problemă cu asigurarea lui Barry. Vrea s-o ajut să rezolve situația.

— Aha, da, bun, te descurci tu, nu-i aşa? Mă întorc la 14, în orice caz.

Miles îşi puse pardesiul, coborî în fugă treptele abrupte şi porni cu pas vioi pe străduța măturată de ploaie ce ducea la piață. La un moment dat, o fisură în plafonul de nori făcuse ca lumina soarelui să inunde Monumentul Eroilor şi coşurile suspendate. Miles simți un val de mândrie atavică în timp ce traversa grăbit piața spre Mollison and Lowe, acea instituție pagfordiană, cea mai stilată dintre unitățile comerciale. O mândrie pe care familiaritatea n-o vătămase nicicum, ci mai degrabă o adâncise şi o desăvârşise.

Clopoțelul scoase un clinchet când Miles deschise uşa. Era ceva aglomerație în magazin, specifică prânzului: o coadă de opt persoane aştepta la tejghea, iar Howard, în costumația lui de negustor, cu muştele de pescar scânteind în şapca de vânătoare, era în plină vervă.

— ... şi un sfert de măsline negre, Rosemary, pentru *tine*. Altceva? Atâta pentru Rosemary... asta face 8,62 lire; hai să zicem 8 lire, dragostea mea, în lumina îndelungatei şi fructuoasei noastre tovărăşii...

Chicote şi recunoştință; zăngănitul şi clinchetul casei de marcat.

— Şi iată-l pe avocatul meu, a venit să mă verifice, rosti bubuitor Howard, făcându-i cu ochiul şi chicotind către Miles, peste capetele celor aflaţi la coadă. Dacă mă aşteptaţi în spate, sir, am să-ncerc să nu-i spun nimic incriminator doamnei Howson...

Miles zâmbi la doamnele de vârstă mijlocie, care îi răspunseră tot cu un zâmbet. Înalt, cu păr cărunt des şi tuns scurt, ochi albaştri mari şi rotunzi, cu burta ascunsă de pardesiul negru, Miles constituia un supliment atrăgător la biscuiţii copţi în casă şi la brânzeturile locale. Se strecură cu atenţie printre măsuţele încărcate cu delicatese şi se opri la marea arcadă dintre magazinul de delicatese şi vechea prăvălie de încălţăminte, perdeaua de plastic fiind pentru prima oară îndepărtată. Maureen (Miles îi recunoscu scrisul de mână) pusese pe un panou de reclamă textul: *Nu intraţi. Se inaugurează în curând... IBRICUL DE ARAMĂ.* Miles aruncă o privire la spaţiul curat şi gol care în curând avea să devină cea mai nouă şi cea mai bună cafenea din Pagford. Fusese recondiţionată şi zugrăvită, cu podeaua din scânduri vopsită de curând în negru.

Ocoli colţul tejghelei şi se strecură cu greu pe lângă Maureen, care folosea feliatorul de carne, dându-i acesteia prilejul să scoată un râs răguşit şi lasciv, apoi se aplecă pentru a intra pe uşa ce ducea la cămăruţa prăfuită din spate. Aici era o masă melaminată pe care stătea împăturit ziarul *Daily Mail* al lui Maureen. Hainele lui Howard şi ale lui Maureen atârnau în cuier şi mai era o uşă ce dădea spre toaletă, de unde venea o aromă artificială de levănţică. Miles îşi atârnă pardesiul şi trase un scaun vechi la masă.

Howard apăru un minut sau două mai târziu, aducând două farfurii încărcate cu delicatese.

— V-ați hotărât până la urmă să alegeți IBRICUL DE ARAMĂ? întrebă Miles.

— Păi, da, îi place lui Mo, spuse Howard, așezând o farfurie în fața fiului său.

Se deplasă greoi și aduse două sticle de bere, închizând ușa cu piciorul, ceea ce făcu ca încăperea să fie învăluită într-o semiobscuritate întărită de lipsa ferestrelor și atenuată doar de lustra ce dădea o lumină slabă. Howard se așeză cu un geamăt adânc. Avusese un ton conspirativ la telefon de dimineață, și-l mai lăsă pe Miles să aștepte câteva momente în vreme ce desfăcea capacul unei sticle.

— Wall a trimis formularele de înscriere, spuse el în sfârșit, întinzând sticla de bere.

— Ah, făcu Miles.

— Am să fixez un termen-limită. De astăzi în două săptămâni, să declare toată lumea.

— Mi se pare corect, admise Miles.

— Mama consideră că individul ăsta, Price, e în continuare interesat. Ai întrebat-o pe Sam dacă știe cine e?

— Nu, spuse Miles.

Howard se scărpină pe un pliu al burții care se sprijini mai aproape de genunchi când se așeză pe scaunul care gemea sub greutatea lui.

— Totul e în ordine cu tine și Sam?

Miles admiră, ca de fiecare dată, intuiția aproape paranormală a tatălui său.

— Nu prea grozav.

Nu i-ar fi mărturisit asta mamei lui, pentru că încerca să nu alimenteze războiul rece neîntrerupt dintre Shirley și Samantha, în care el era și ostatic, dar și trofeu.

— Nu-i place ideea candidaturii mele, explică Miles.

Howard își ridică sprâncenele blonde, fălcile tremurându-i în timp ce mesteca.

— Habar n-am ce naiba a apucat-o. E într-una dintre fazele ei anti-Pagford.

Howard mestecă îndelung înainte să înghită. Îşi tamponă gura cu un şervețel de hârtie şi râgâi.

— Las' că-şi revine ea repede după ce-o să câştigi. E vorba de partea socială a poveştii. Înseamnă mult pentru neveste. Serate la Sweetlove House. O să fie în elementul ei.

Luă încă o duşcă de bere şi se scărpină din nou pe burtă.

— Nu mi-l pot imagina pe acest Price, spuse Miles, revenind la chestiunea esențială, dar am senzația că are un copil în clasă cu Lexie, la St Thomas.

— E născut în Fields, asta-i chestia, spuse Howard. Născut în Fields, ceea ce ar putea să vină în avantajul nostru. Să divizeze voturile pro-Fields între el şi Wall.

— Mda, spuse Miles. Are logică.

Asta nu-i trecuse prin cap. Se minună de felul în care funcționa mintea tatălui său.

— Mama a sunat-o deja pe soția lui şi a pus-o să descarce formularele pe care să le completeze el. Aş putea să-i zic să-l sune iar în seara asta, să-i spună că mai are două săptămâni, să încerce să-i forțeze mâna.

— Trei candidați, deci? spuse Miles. Cu Colin Wall.

— N-am auzit de vreun altul. E posibil, din momentul în care detaliile vor fi pe site, să mai apară şi altcineva. Dar sunt încrezător în şansele noastre. Sunt încrezător. Aubrey a sunat, adăugă Howard.

De câte ori folosea numele de botez al lui Aubrey Fawley, glasul lui Howard se încărca de o tonalitate rău prevestitoare.

— Te susține fără rezerve, nu mai e nevoie s-o spun. Se întoarce în seara asta. A fost în oraş.

De obicei, când un pagfordian spunea „în oraş", voia să spună „în Yarvil". Howard şi Shirley foloseau expresia, imitându-l pe Aubrey Fawley, cu semnificația „în Londra".

— A zis ceva cum că ar trebui să ne adunăm pentru o discuție. Poate mâine. S-ar putea să ne invite la ei acasă. Lui Sam i-ar plăcea.

Miles tocmai luase o muşcătură zdravănă de lipie cu pateu de ficat, dar îşi exprimă acordul cu o mişcare energică a capului. Îi plăcea ideea ca Aubrey Fawley să îl susțină „fără rezerve". Samantha n-avea decât să-şi bată joc de servitutea alor lui față de familia Fawley, dar Miles observase că, în rarele ocazii când ajungea față în față fie cu Aubrey, fie cu Julia, accentul ei se schimba subtil, iar comportamentul îi devenea în mod vădit mai afectat.

— Altceva, spuse Howard, scărpinându-se iar pe burtă. Am primit un e-mail de la *Yarvil and District Gazette* în dimineața asta. Îmi cer opinia în legătură cu Fields. În calitate de preşedinte al Consiliului Parohial.

— Serios? Credeam că Fairbrother a reuşit să aranjeze povestea asta...

— S-a întors împotriva lui, nu? spuse Howard, cu imensă satisfacție. Or să-i publice articolul şi vor ca săptămâna viitoare cineva să vină cu contraargumente. Să le ofere şi cealaltă latură a poveştii. Aş aprecia o mână de ajutor. Cu întorsături de frază avocățeşti şi toate cele...

— Nicio problemă, spuse Miles. Putem să discutăm despre nenorocita aia de clinică de dezintoxicare. Asta ar constitui un bun argument.

— Da... foarte bună ideea... excelentă.

În entuziasmul lui, înghiți prea mult dintr-odată şi Miles trebui să-l bată zdravăn pe spate până i se domoli tusea. În sfârşit, ştergându-şi ochii lăcrimoşi cu un şervețel, Howard spuse, cu respirația întretăiată:

— Aubrey va recomanda Districtului reducerea finanțării din partea lor, iar eu am să-i conving pe ai noştri că a sosit timpul să încetăm plata chiriei pentru clădire. N-ar strica deloc ca povestea să ajungă în presă. Atâta timp şi atâția bani au intrat în locul ăla blestemat fără niciun rezultat concret. Am toate cifrele.

Howard râgâi sonor.

— Al dracului de ruşinos. Scuză-mă.

III

În seara aceea, Gavin pregăti masa pentru Kay acasă la el, desfăcând conserve şi pisând usturoi cu o senzație de tratament inuman.

După o ceartă, trebuie să spui anumite lucruri ca să asiguri un armistițiu: astea erau regulile, toată lumea le ştia. Gavin i-a telefonat lui Kay din maşină, când se întorcea de la înmormântarea lui Barry, şi i-a spus că ar fi vrut ca ea să fi fost acolo, că întreaga zi i se păruse oribilă şi că spera să o vadă în seara aceea. Considera că aceste recunoaşteri umile nu sunt nici mai mult, nici mai puțin decât prețul pe care trebuia să-l plătească pentru o seară de companie fără pretenții.

Dar Kay păruse să le considere mai mult în lumina unui acont sau a unui contract renegociat. *Ți-am lipsit. Ai avut nevoie de mine când erai supărat. Regreți că nu am fost acolo împreună, ca un cuplu. Ei bine, hai să nu mai repetăm greşeala asta.* De atunci, se simţise un fel de mulţumire de sine în felul cum îl tratase; o înviorare, senzaţia unei speranţe renăscute.

În seara asta, gătea spaghete Bolognese; omisese în mod deliberat să cumpere o budincă sau să aranjeze masa în prealabil; se străduia din răsputeri să-i arate că nu făcuse cine ştie ce efort. Kay părea să nu bage de seamă, ba chiar era hotărâtă să ia această atitudine relaxată ca pe un compliment. Se aşeză la măsuţa lui din bucătărie, vorbind în timp ce în fundal se auzea ploaia răpăind pe luminator. Rătăcea cu privirea peste tot. Nu fusese de prea multe ori aici.

— Presupun că Lisa a ales galbenul ăsta, nu-i aşa?

Iar făcea la fel: încălca tabuuri, de parcă tocmai trecuseră la un nivel mai profund de intimitate. Gavin prefera să nu discute despre Lisa, dacă putea să evite acest lucru. Sigur că şi Kay ar fi trebuit să ştie asta până acum, nu? Presără oregano peste carnea tocată din tigaie şi spuse:

— Nu, tot ce vezi a fost lăsat aşa de vechiul proprietar. N-am mai apucat să fac schimbări.

— Oh, spuse ea, sorbind din paharul de vin. Păi, e foarte drăguţ. Un pic cam fad.

Asta îl râcâia pe Gavin, căci după părerea lui, interiorul vilei Smithy era superior în toate privinţele celui de la numărul 10 de pe Hope Street. Privea cum fierb pastele, stând cu spatele la ea.

— Ştii, m-am întâlnit în după-amiaza asta cu Samantha Mollison, spuse ea.

Gavin se întoarse brusc; de unde naiba a ştiut Kay cum arată Samantha Mollison?

— Chiar în fața magazinului de delicatese din piață; mă duceam să cumpăr asta, spuse Kay, ciocănind cu unghia în sticla de vin de lângă ea. M-a întrebat dacă sunt *prietena lui Gavin.*

Kay rosti cuvintele cu şiretenie, dar de fapt felul cum Samantha îşi alesese cuvintele sunase încurajator, se simțea uşurată să creadă că aşa o descria Gavin prietenilor lui.

— Şi tu ce-ai spus?

— Am spus... am spus da.

Kay avea o expresie deprimată. Gavin nu intenționase ca întrebarea lui să sune atât de agresiv. Ar fi dat mult să împiedice întâlnirea dintre Samantha şi Kay.

— În tot cazul, continuă Kay cu o uşoară iritare în glas, ne-a invitat la cină vinerea următoare. Peste o săptămână.

— Of, la dracu'! spuse supărat Gavin.

O bună parte din voioşia lui Kay se risipi brusc.

— Care e problema?

— Nimic. E... nimic, spuse el încercând cu furculița spaghetele care fierbeau. Atâta doar că, să fiu sincer, mi-ajunge cât îl văd pe Miles la muncă.

Se întâmpla exact lucrul de care se temuse tot timpul: că ea se va apropia tot mai mult de el şi că vor deveni Gavin-şi-Kay, cu un cerc comun de cunoştințe, în aşa fel încât va fi tot mai greu s-o excludă din viața lui. Cum de-a lăsat să se întâmple asta? De ce i-a îngăduit să se mute aici? Furia împotriva lui se transformă cu uşurință în mânie împotriva ei. De ce nu putea ea să înțeleagă cât de puțin o dorea şi să-şi ia singură tălpăşița fără să-l forțeze să se poarte urât? Strecură spaghetele în chiuvetă, înjurând printre dinți când se stropi cu apă fierbinte.

— Păi, atunci fă bine şi sună-i pe Miles şi Samantha să le spui că nu mergem, zise Kay.

Vocea îi devenise dură. După un obicei adânc înrădăcinat, Gavin căută să devieze un conflict iminent, sperând că viitorul va avea grijă de el.

— Nu, nu, spuse, tamponându-şi cămaşa udă cu un şervet de pânză. O să mergem. Nu-i nimic. O să mergem.

Dar prin lipsa lui de entuziasm nedeghizată, căuta să stabilească un semn la care să poată face referire, retrospectiv. *Ai ştiut că nu voiam să merg. Nu, nu mi-a plăcut. Nu, nu vreau ca asta să se mai întâmple vreodată.*

Mâncară în tăcere timp de câteva minute. Gavin se temea că va izbucni o nouă ceartă şi că, de data asta, Kay îl va forța să discute chestiunile fundamentale. Căută cu înfrigurare un subiect de discuție şi astfel începu să-i povestească despre Mary Fairbrother şi compania de asigurări de viață.

— Se poartă ca nişte mizerabili, spuse Gavin. Omul era blindat cu asigurări, dar avocații lor caută pretexte să nu plătească. Încearcă să inventeze că n-a făcut dezvăluiri complete.

— În ce privință?

— Păi, a avut un unchi care a murit şi el de anevrism. Mary jură că i-a spus agentului de asigurări acest lucru când a semnat polița, dar nu apare nicăieri în însemnări. E de presupus că agentul nu şi-a dat seama că poate fi o chestie genetică. Nu ştiu dacă Barry i-a spus, dacă stau...

Lui Gavin i se frânse vocea. Îngrozit şi stânjenit, îşi aplecă fața roşie peste farfurie. În gât i se înțepenise un mare nod de durere şi nu putea să scape de el. Picioarele scaunului lui Kay hârşâiră pe podea; Gavin speră ca ea să se fi dus la baie, dar deodată îi simți brațele în jurul umerilor, trăgându-l spre ea. Fără să se gândească, o cuprinse la rându-i cu un braț.

Era atât de bine să fii ținut în brațe. Dacă relația lor s-ar fi putut distila în gesturi de consolare simple, fără cuvinte... De ce-or fi învățat oamenii să vorbească?

Îi curgea nasul şi murdări bluza lui Kay.

— Scuză-mă, spuse el răguşit, ştergând-o cu şervețelul lui.

Se retrase din brațele ei şi-şi suflă nasul. Ea îşi apropie scaunul şi-şi puse palma pe brațul lui. O plăcea mult mai mult când tăcea cu fața blândă şi preocupată, ca acum.

— Tot nu pot... era un om bun. Barry. Era un om bun.

— Da, toată lumea spune asta despre el, constată Kay.

Nu i se permisese să-l cunoască pe acest celebru Barry Fairbrother, dar era intrigată de manifestarea asta de emoție din partea lui Gavin şi de persoana care o provocase.

— Era amuzant? întrebă ea, pentru că şi-l putea imagina pe Gavin subjugat de un comedian, de un instigator gălăgios, de un petrecăreț.

— Mda, aşa cred. Ei, nu cine ştie ce. Normal. Îi plăcea să râdă... dar era aşa un... un tip *simpatic*. Îi plăceau oamenii, ştii?

Ea aşteptă, dar Gavin nu părea capabil să explice de ce era atât de simpatic Barry.

— Iar copiii... şi Mary... biata Mary... Doamne, habar nu ai.

Kay continuă să-l bată pe braț cu blândețe, dar compasiunea ei scăzu un pic în intensitate. N-am habar, îşi zise ea, cum e să fii singură? Habar n-am cât e de greu să rămâi singură cu responsabilitatea unei familii? Unde era mila lui pentru ea, Kay?

— Erau cu adevărat fericiți, spuse Gavin cu o voce tremurătoare. E distrusă.

Fără cuvinte, Kay îi mângâia brațul, gândindu-se că ea nu îşi permisese niciodată să se simtă distrusă.

— Sunt bine, spuse el, ştergându-şi nasul pe şervetul de pânză şi luându-şi furculiţa.

Prin mici convulsii aproape insesizabile, Gavin îi dădu de înţeles că trebuie să-şi retragă mâna.

IV

Invitaţia la cină pe care Samantha i-o făcuse lui Kay fusese motivată de un amestec de plictiseală şi dorinţă de răzbunare. Considera că în felul ăsta îşi ia revanşa faţă de Miles, mereu ocupat cu comploturi în care ea nu avea niciun cuvânt de spus, dar la care se aştepta ca Samantha să coopereze. Dorea să vadă dacă lui îi plăcea când ea punea la cale ceva fără să-l consulte. Apoi, avea să marcheze puncte în faţa lui Maureen şi Shirley, babetele alea băgăcioase, care erau atât de fascinate de viaţa intimă a lui Gavin, dar nu ştiau mai nimic despre relaţia lui cu londoneza. În sfârşit, i-ar fi permis un alt prilej să-şi ascută gheruţele pe Gavin, pentru că era lipsit de curaj şi indecis în privinţa vieţii sale amoroase: ar putea să vorbească despre nunţi de faţă cu Kay sau să arunce în treacăt ce drăguţ ar fi să-l vadă în sfârşit pe Gavin luându-şi un angajament pe termen lung.

Totuşi, planurile ei de a-i pune în situaţii jenante pe alţii s-au dovedit mai puţin ofertante decât sperase. Sâmbătă dimineaţă, când îi spuse lui Miles despre invitaţie, acesta reacţionă cu un entuziasm suspect.

— Minunat, să ştii, Gavin n-a mai fost pe la noi de-o veşnicie. Şi e drăguţ că o vei cunoaşte pe Kay.

— De ce?

— Păi, întotdeauna te-ai înţeles bine cu Lisa, nu?

— Miles, pe Lisa am urât-o.

— OK... poate o s-o placi mai mult pe Kay!

Samantha se uită urât la el, întrebându-se de unde-i venea toată această bună dispoziție. Lexie şi Libby, venite acasă în weekend şi prizoniere din pricina ploii, urmăreau un DVD muzical în camera de zi. O baladă cu pasaje consistente de chitară răsuna zgomotos până în bucătărie, unde părinții lor stăteau de vorbă.

— Ştii, spuse Miles gesticulând cu telefonul mobil, Aubrey vrea să discute cu mine despre consiliu. Tocmai l-am sunat pe tata şi familia Fawley ne-a invitat pe toți la cină în seara asta, la Sweetlove...

— Nu, mulțumesc, i-o reteză Samantha.

Se umpluse dintr-odată de o furie pe care nu putea să o explice, nici măcar sieşi. Ieşi din cameră.

Cei doi se certară cu glas scăzut prin toată casa, pe tot parcursul zilei, străduindu-se să nu le strice fetelor weekendul. Samantha refuză să se răzgândească sau să discute despre motivele ei. Miles, temându-se să se supere pe ea, era când conciliant, când rece.

— Cum crezi c-o să arate dacă nu vii? spuse el la ora 19:50 în seara aceea, stând în pragul camerei de zi, gata de plecare, îmbrăcat în costum şi cravată.

— Nu are nicio legătură cu mine, Miles, spuse Samantha. Tu eşti cel care candidează pentru consiliu.

Îi plăcea să-l vadă cum ezită. Ştia că era îngrozit să nu întârzie şi totuşi se întreba dacă n-ar putea s-o convingă să vină cu el.

— Ştii că ne aşteaptă pe amândoi.

— Serios? Mie nu mi-a trimis nimeni nicio invitație.

— Ei, haide şi tu acum, Samantha, ştii bine că au vrut... au considerat de la sine înțeles...

— Atunci, au considerat foarte prost. Ți-am spus, nu-mi place. Ar fi bine să te grăbeşti. Doar nu vrei să-i faci să aştepte pe mămica şi tăticu'.

Miles plecă. Ea ascultă cum scoate maşina cu spatele pe alee, apoi intră în bucătărie, destupă o sticlă de vin şi o duse în camera de zi, luându-şi şi un pahar. Şi-i tot imagina pe Howard, Shirley şi Miles luând cina împreună la Sweetlove House. Fără doar şi poate că ar fi primul orgasm pe care Shirley l-ar avea în ultimii ani.

Gândurile i se îndreptară irezistibil spre ceea ce-i explicase contabilul ei în timpul acelui weekend. Profiturile erau jos de tot, indiferent ce-i spunea lui Howard. La drept vorbind, contabilul îi sugerase să închidă magazinul şi să se concentreze pe mutarea în online a afacerii. Ar fi fost o recunoaştere a eşecului, pe care Samantha nu era pregătită să o facă. Mai întâi, Shirley s-ar fi bucurat nespus dacă magazinul s-ar fi închis. De la bun început avusese ceva de cârtit. *Îmi pare rău, Sam, dar nu prea e pe gustul meu... un picuț cam exagerat...* Dar Samantha îndrăgise magazinul ei roşu şi negru din Yarvil; îi plăcea să plece din Pagford în fiecare zi, să stea la taclale cu clienții, să bârfească împreună cu Carly, asistenta ei. Lumea ei ar fi devenit minusculă în lipsa magazinului de care avusese grijă vreme de 14 ani; totul s-ar fi redus, pe scurt, la Pagford.

(Pagford, la naiba cu el. Samantha nu voise niciodată să locuiască aici. Ea şi Miles plănuiseră un răgaz de un an înainte să se apuce de muncă, o călătorie în jurul lumii. Samantha visa să meargă desculță şi mână în mână pe lungile plaje australiene. Şi deodată a aflat că rămăsese gravidă.

Venise să-l viziteze la Ambleside, la o zi după ce făcuse testul de sarcină şi la o săptămână după ce amândoi absolviseră. Peste opt zile urmau să plece în Singapore.

Samantha n-a vrut să-i dea vestea lui Miles în casa părinților lui; se temea că aceştia ar putea să audă. Shirley părea să se afle în spatele fiecărei uşi din casă pe care o deschidea Samantha.

Aşa că aşteptă până când se duseră la Black Canon şi se aşezară la o măsuță dintr-un colț întunecos. Îşi amintea de linia rigidă a maxilarului lui Miles când i-a spus; la auzul veştii, părea, într-un mod indefinit, să fi devenit mai bătrân.

Împietrit, n-a scos niciun cuvânt timp de câteva secunde. Apoi a spus:

— În regulă. Ne vom căsători.

I-a mai spus că deja cumpărase un inel, că plănuise s-o ceară în căsătorie într-un loc deosebit, cum ar fi vârful Ayers Rock. Cum era şi de aşteptat, odată întorşi acasă, el a scos cutiuța din locul unde deja o ascunsese, în rucsac. Era un mic diamant solitar de la un bijutier din Yarvil. Îl cumpărase cu o parte din banii pe care i-i lăsase bunica lui. Samantha s-a aşezat pe marginea patului lui Miles şi a plâns şi iar a plâns. S-au căsătorit trei luni mai târziu.)

Singură cu sticla ei de vin, Samantha dădu drumul la televizor. Pe ecran se deschise DVD-ul pe care îl urmăriseră Lexie şi Libby: imaginea înghețată a patru tineri în tricouri mulate, care cântau; păreau abia ieşiți din adolescență. Apăsă butonul de play. După ce băieții terminară de interpretat cântecul, urmă un interviu. Samantha bău o gură de vin, privindu-i pe membrii trupei cum glumeau unul cu celălalt, devenind apoi serioşi când începură să discute despre cât de mult îşi iubeau fanii. Se gândi că şi-ar fi dat seama că-s americani chiar dacă sonorul ar fi fost dat la minimum, pentru că aveau dantura perfectă.

Se făcuse târziu; opri DVD-ul, se duse la etaj şi le spuse fetelor să lase Play Stationul şi să se ducă la culcare; apoi reveni în camera de zi, unde mai avea de băut cam un sfert din sticla de vin. Nu aprinsese nicio lampă. Când se termină DVD-ul, îl porni de la început ca să vadă fragmentul pe care-l ratase.

Unul dintre băieți părea semnificativ mai matur decât ceilalți trei. Era mai lat în umeri; bicepşii i se umflau sub mânecile scurte ale tricoului; avea un gât gros puternic şi un maxilar pătrățos. Samantha îl urmări cum îşi unduieşte trupul, privind la cameră cu o expresie serioasă şi detaşată pe fața lui frumoasă, alcătuită din planuri şi unghiuri armonioase, cu sprâncene negre şi stufoase.

Se gândi la sexul cu Miles. Ultima oară se întâmplase cu trei săptămâni în urmă. Performanța lui fusese la fel de previzibilă ca o strângere de mână masonică. Una dintre zicalele lui preferate era: *Nu repara ceea ce nu e stricat.*

Samantha goli în pahar ce mai rămăsese în sticlă şi se imagină făcând dragoste cu băiatul de pe ecran. Sânii ei arătau mai bine în sutien zilele astea. Când stătea întinsă în pat, se împrăştiau în toate direcțiile, ceea ce o făcea să se simtă flască şi oribilă. Se imagină lipită brutal cu spatele de un zid, cu un picior ridicat, rochia adunată-n talie şi băiatul acela brunet şi puternic, cu blugii lăsați în dreptul genunchilor, împingând în ea cu furie...

Cu un fior în adâncul stomacului care îi dădu o senzație apropiată cu fericirea, auzi maşina intrând pe alee şi văzu fasciculele farurilor luminând camera de zi cufundată în întuneric.

Bâjbâi după butoanele telecomenzii ca să schimbe pe ştiri, operație care dură mai mult decât ar fi trebuit; ascunse sticla de vin goală sub sofa şi apucă strâns paharul, ca pe o proptea. Uşa din față se deschise şi se închise. Miles intră în cameră în spatele ei.

— De ce stai pe întuneric?

Miles aprinse lumina, iar ea ridică privirea spre el. Era la fel de bine aranjat ca la plecare, exceptând picăturile de ploaie care căzuseră pe umerii sacoului.

— Cum a fost cina?

— Excelentă. Ți s-a simțit lipsa. Aubrey și Julia au regretat că n-ai putut să ajungi.

— Da, sunt sigură. Și pariez că maică-ta a plâns de dezamăgire.

Miles se așeză într-un fotoliu aflat în unghi drept față de ea, privind-o lung. Samantha își dădu la o parte părul care-i acoperea ochii.

— Ce e cu toată povestea asta, Sam?

— Dacă tu nu știi, Miles...

Dar nici ea nu era sigură. Sau, cel puțin, nu știa cum să condenseze senzația difuză de tratament necorespunzător într-o acuzație coerentă.

— Nu pot să pricep cum faptul că eu candidez pentru Consiliul Parohial...

— Of, pentru numele lui Dumnezeu, Miles! strigă ea, ușor surprinsă de cât de tare îi răsunase vocea.

— Explică-mi, te rog, ce importanță are asta pentru tine?

Samantha îi aruncă o uitătură cruntă, străduindu-se să formuleze ceva precis pentru mintea lui pedantă de jurist, care se agăța ca o pensetă de alegerile neinspirate de cuvinte, și totuși de-atâtea și de-atâtea ori nu reușea să cuprindă imaginea de ansamblu. Ce putea ea să spună ca Miles să înțeleagă? Că nesfârșitele discuții dintre Howard și Shirley despre consiliu i se păreau al naibii de obositoare? Că el devenise deja de-a dreptul plicticos cu anecdotele lui repetate la nesfârșit despre vremurile minunate de altădată de la clubul de rugby şi istorisirile lui automăgulitoare despre muncă, fără să mai adăugăm părerile lui pompoase despre Fields?

— Păi, eu trăiam cu impresia, spuse Samantha în camera lor de zi slab iluminată, că aveam alte planuri.

— Cum ar fi? întrebă Miles. Despre ce e vorba?

— Am spus, rosti cu atenție Samantha peste buza paharului care-i tremura în palme, că, de îndată ce fetele vor termina şcoala, vom pleca să călătorim. Ne-am promis asta unul altuia, ții minte?

Sentimentele amestecate de furie şi nefericire care o mistuiseră de când Miles îşi anunțase intenția de a candida pentru consiliu o făcuseră nu o dată să jelească anul de călătorii pe care-l ratase, dar în acest moment i se părea că în asta consta adevărata problemă; sau, cel puțin, că se apropia cel mai mult de exprimarea ostilității şi a aleanului care o cuprinseseră.

Miles părea complet uluit.

— Dar despre ce tot vorbeşti tu acolo?

— Când am rămas gravidă cu Lexie, spuse Samantha tare, şi n-am mai putut să plecăm în excursie, iar nenorocita de maică-ta ne-a obligat să ne căsătorim repede-repede, iar tăică-tu ți-a obținut un post la Edward Collins, ai spus, *am convenit* c-o s-o facem când fetele vor creşte mari; am spus că vom pleca şi-o să facem toate lucrurile pe care le-am ratat.

Miles clătină încet din cap.

— Asta e ceva nou pentru mine. De unde naiba a apărut?

— Miles, eram la Black Canon. Ți-am spus că am rămas gravidă şi tu ai spus — pentru numele lui Dumnezeu, Miles — ți-am spus că am rămas gravidă şi tu mi-ai promis, *mi-ai promis*...

— Vrei o vacanță? Despre asta e vorba? Vrei o vacanță?
— Nu, Miles, nu vreau o nenorocită de vacanță, vreau... chiar nu-ți amintești? Am spus că o să ne luăm un an liber și o s-o facem mai târziu, când copiii vor fi mari!
— Bine, atunci.
Părea enervat, hotărât să nu-i bage în seamă nemulțumirile.
— Bine. Când Libby o să împlinească 18 ani, adică peste patru ani, o să mai vorbim despre asta. Nu văd cum faptul că eu aș deveni consilier ar putea afecta toate astea.
— Păi, în afară de *plictiseala* nemaipomenită de a vă asculta pe tine și pe părinții tăi văicărindu-vă despre Fields pentru tot restul vieții noastre naturale...
— Viața noastră *naturală*? replică el cu un zâmbet superior. Spre deosebire de...?
— Termină! Nu mai face atâta pe deșteptul, Miles, că s-ar putea s-o impresionezi pe maică-ta...
— Păi, sincer, nu văd care e problema...
— *Problema,* urlă ea, e că aici e vorba despre *viitorul* nostru, Miles. Viitorul *nostru*. Și nu vreau să discut despre el peste patru ani, vreau să discut *acum*!
— Cred c-ar fi mai bine să mănânci ceva, zise Miles, ridicându-se în picioare. Ai băut destul.
— Du-te dracului, Miles!
— Îmi pare rău, dacă ai de gând să devii agresivă...
Se întoarse și ieși din cameră. Samantha abia se abținu să arunce cu paharul de vin după el.
Consiliul: dacă ajungea membru, n-avea să mai iasă niciodată din el. N-avea să renunțe niciodată la loc, la șansa de a fi un adevărat mare șmecher local, ca Howard. Se dedica din nou Pagfordului, reînnoindu-și jurămintele față de orașul său natal, pentru un viitor foarte diferit de

cel pe care-l făgăduise cândva logodnicei care plângea tulburată pe patul lui.

Când discutaseră ultima oară despre călătoria în jurul lumii? Samantha nu era sigură. Cu ani şi ani în urmă, probabil, dar în seara asta Samantha ajunsese la concluzia că ea, cel puţin, nu se răzgândise niciodată. Da, întotdeauna sperase că într-o bună zi îşi vor face bagajele şi vor pleca în căutarea căldurii şi a libertăţii, la jumătate de glob distanţă de Pagford, Shirley, Mollison şi Lowe, de ploaie, de meschinărie şi de monotonie. Poate că nu se mai gândise de mulţi ani cu dor la nisipurile albe din Australia şi Singapore, dar ar fi preferat să fie acolo, chiar cu coapsele ei dolofane şi cu vergeturile ei, decât aici, prizonieră în Pagford, forţată să vadă cum Miles se transforma lent într-un Howard.

Se lăsă pe sofa, bâjbâi după telecomandă şi comută iar pe DVD-ul lui Libby. Formaţia, acum în alb-negru, se plimba agale de-a lungul unei plaje pustii, cântând. Cămaşa tânărului lat în umeri flutura desfăcută în bătaia brizei.

V

Alison Jenkins, jurnalista de la *Yarvil and District Gazette,* reuşise în sfârşit să descopere căreia dintre numeroasele familii din Yarvil îi aparţinea Krystal. Fusese dificil: nimeni nu era trecut pe listele de alegători la adresa aceea şi niciun număr de telefon fix nu figura la acea proprietate. Alison a ajuns personal pe Foley Road duminică, dar Krystal era în oraş, iar Terri, bănuitoare şi îndărătnică, a refuzat să-i spună când o să se întoarcă sau dacă locuia acolo.

Krystal ajunse acasă la numai 20 de minute după ce jurnalista plecase cu maşina, aşa că trase o nouă ceartă cu maică-sa.

— Da' de ce nu i-ai zis să aştepte? Trebuia să-mi ia un interviu despre Fields şi alte chestii!

— Să-ți ia *ție* interviu? Du-te d-aici! Pen' ce naiba?

Cearta se înteți, iar Krystal plecă iar acasă la Nikki, cu mobilul lui Terri în buzunarul pantalonilor de trening. Se întâmpla des să plece cu telefonul lui Terri la ea; multe certuri izbucneau când mama ei i-l cerea înapoi, iar Krystal pretindea că nu ştie unde e. Krystal spera vag ca jurnalista să ştie cumva numărul şi s-o sune direct.

Se afla într-o cafenea aglomerată şi gălăgioasă din centrul comercial, povestindu-le lui Nikki şi Leanne despre jurnalistă, când sună mobilul.

— 'loo? Eşti cumva jurnalista, gen?

— ... ne-i... acolo... 'erri?

— E Krystal. Cine eşti?

— ... nt ... 'tuşa...'ora...'mei.

— Cineee? strigă Krystal.

Cu un deget vârât în urechea care nu era lipită de telefon, îşi croi drum printre mesele aglomerate ca să ajungă într-un loc mai liniştit.

— Danielle, spuse femeia, tare şi clar, la celălalt capăt al liniei. Sunt sora maică-tii.

— Ah, da, zise Krystal, dezamăgită.

A dracu' cățea încrezută! spunea mereu Terri când venea vorba de Danielle. Krystal nu era sigură că o întâlnise vreodată pe Danielle.

— E vorba despre străbunica ta.

— De cine?

— *Nana Cath*, spuse nerăbdătoare Danielle.

Krystal ajunse la balconul care dădea spre curtea din față a centrului comercial; aici semnalul era mai bun; se opri în loc.

— Care-i treaba cu ea? spuse Krystal.

Simțea cum i se întoarce stomacul pe dos, așa cum i se întâmplase când era mică și făcea roata pe o balustradă precum cea din fața ei. La zece metri mai jos, locul forfotea de oameni cărând pungi de plastic, împingând cărucioare și trăgând de mână copii mititei.

— E la South West General. De-o săptămână e internată. A avut un accident vascular.

— E internată de-o săptămână? spuse Krystal, stomacul ei continuând să facă tumbe. Nu ne-a anunțat nimeni.

— Da, păi, nu poa' să vor'ească prea bine, dar ți-a rostit numele de două ori.

— Numele meu? întrebă Krystal, strângând mai tare mobilul.

— Mda. Cred că ar vrea să vii s-o vezi. E grav. Medicii spun că s-ar putea să nu-și mai revină.

— La ce salon e? întrebă Krystal, cu mintea vâjâind.

— Salonul 12. La bolnavii cu îngrijire specială. Orele de vizită sunt de la 12 la 16 și de la 18 la 20. Ai înțeles?

— E cumva...?

— Tre' să închid. Am vrut doar să știi, în caz că ai vrea s-o vezi. Pa.

Convorbirea se încheie brusc. Krystal luă telefonul de la ureche, holbându-se la ecran. Apăsă un buton de mai multe ori cu degetul mare, până când văzu cuvintele „număr necunoscut". Mătușa ei își blocase numărul, ca să nu-l vadă Krystal.

Se întoarse la Nikki și Leanne, care-și dădură seama imediat că ceva nu era în regulă.

— Du-te la ea, spuse Nikki, uitându-se la ceasul afişat pe mobilul ei. O să ajungi acolo pe la ora 14. Ia autobuzul.

— Da, zise Krystal absentă.

Se gândi să meargă s-o ia pe maică-sa, să-i ducă pe ea şi pe Robbie s-o vadă şi ei pe Nana Cath, dar cu un an în urmă avusese loc un scandal imens, iar de atunci legătura dintre ele se cam rupsese. Krystal era sigură că Terri se va lăsa foarte greu convinsă să meargă la spital şi nu era sigură că Nana Cath ar fi fericită să o vadă.

E grav. Medicii spun că s-ar putea să nu-şi mai revină.

— Ai bani destui la tine? întrebă Leanne, scotocindu-se prin buzunare în timp ce toate trei mergeau spre staţia de autobuz.

— Da, spuse Krystal, verificând. E doar o liră până la spital, nu?

Avură timp să facă poştă o ţigară până la sosirea autobuzului numărul 27. Nikki şi Leanne îi făcură semn cu mâna de parcă s-ar fi dus la distracţie. În ultima clipă, Krystal se simţi speriată şi dădu să strige: „Veniţi cu mine!" Dar autobuzul se puse în mişcare şi Nikki şi Leanne deja se întorseseră, continuându-şi discuţia.

Krystal avea impresia că stă pe ace pe scaunul acoperit cu material textil vechi şi urât mirositor. Autobuzul se deplasă greoi pe lângă zona comercială şi o luă la dreapta pe una dintre numeroasele artere care duceau la toate magazinele cu nume celebre.

Îşi simţea teama zvârcolindu-i-se în stomac ca un fetus. Ştia că Nana Cath îmbătrânea şi devenea tot mai fragilă, dar cumva, sperase să îşi revină, să se întoarcă la perioada de înflorire care păruse să dureze atât de mult; se aşteptase ca părul ei să redevină negru, coloana ei vertebrală să se îndrepte, iar memoria să redevină la fel de ageră ca limba ei caustică. Niciodată nu se gândise că Nana Cath ar putea să moară, asociind-o mereu cu duritatea şi invulnerabilitatea. Dacă i-ar fi trecut totuşi aşa ceva prin minte, Krystal s-ar fi gândit la pieptul diform al Nanei Cath şi la nenumăratele riduri care-i brăzdau faţa, ca nişte cicatrici onorabile căpătate în lupta ei pentru supravieţuire, încununată de succes. Nimeni dintre cei apropiaţi de Krystal nu murise la o vârstă prea înaintată.

(Moartea îi lua pe tinerii din cercul mamei sale, uneori chiar înainte ca feţele şi trupurile lor să devină atrofiate şi devastate. Cadavrul pe care Krystal îl găsise în baie când avea şase ani fusese al unui tânăr chipeş, alb şi frumos ca o statuie, sau cel puţin aşa şi-l amintea ea. Dar uneori găsea acea amintire derutantă şi avea îndoieli în privinţa ei. Nu prea mai ştia ce să creadă. Adeseori auzea lucruri în copilărie pe care ulterior adulţii le contraziceau şi le negau. Ar fi putut să jure că Terri spusese: „Era tatăl tău". Dar apoi, mult mai târziu, s-a contrazis: „Nu fi prostuţă. Tatăl tău n-a murit, e-n Bristol, nu-i aşa?" Aşa încât Krystal se văzuse nevoită să încerce să se agaţe din nou de ideea de Banger, acesta fiind numele sub care îl cunoştea toată lumea pe cel despre care ziceau că ar fi tatăl ei.

Dar întotdeauna, în fundal, fusese Nana Cath. Scăpase din a fi dată în grija unor părinţi adoptivi datorită Nanei Cath, pregătită şi aşteptând-o în Pagford, ca o plasă de siguranţă puternică, deşi incomodă. Înjurând furioasă, se năpustise la fel de agresivă şi la Terri, şi la asistenţii sociali, şi o luase acasă pe tot atât de agresiva ei strănepoată.

Krystal nu ştia dacă iubise sau detestase căsuţa de pe Hope Street. Era dărăpănată şi mirosea a clor. Îţi dădea o senzaţie claustrofobică. În acelaşi timp, era un loc sigur, absolut sigur. Nana Cath lăsa să intre doar persoane aprobate de ea. La capătul căzii, într-un borcan de sticlă, erau cuburi de sare de baie din acelea de pe vremuri.)

Şi dacă dădea peste alţi oameni la patul Nanei Cath, când ajungea acolo? N-ar fi ştiut să-şi recunoască nici jumătate din rude, iar ideea că ar putea să întâlnească nişte necunoscuţi cu care avea legături de sânge o speria. Terri avea câteva surori vitrege, ca urmare a numeroaselor legături amoroase ale tatălui ei, cu care Terri nu se întâlnise niciodată. Dar Nana Cath încercase să păstreze pasul cu toate, menţinând cu încăpăţânare legăturile cu extinsa familie dezmembrată produsă de fiii ei. Din când în când, de-a lungul anilor, rude pe care Krystal nu le recunoştea îşi făceau apariţia acasă la Nana Cath, în timp ce ea se afla acolo. Lui Krystal i se părea că o privesc chiorâş şi că-i spun bătrânei lucruri despre ea cu glas scăzut; se prefăcea că nu bagă de seamă şi aştepta ca aceştia să plece, ca să o poată avea din nou doar pentru ea pe Nana Cath. Îi displăcea mai ales ideea că existau şi alţi copii în viaţa Nanei Cath.

(— Cine sunt *ăia*? a întrebat-o Krystal o dată pe Nana Cath când avea nouă ani, arătând cu gelozie la poza înrămată a doi băieţi în uniforma liceului Paxton, aflată pe noptiera Nanei.

— Ăia-s doi dintre strănepoţii mei. Ăla-i Dan şi celălalt e Ricky. Sunt verii tăi.

Krystal nu-i voia drept veri şi nici pe noptiera Nanei Cath.

— Şi aia cine e? a întrebat ea, arătând spre o fetiţă cu părul auriu cârlionţat.

— Aia-i fetiţa lui Michael al meu, Rhiannon, când avea cinci ani. Frumoasă, nu-i aşa? Da' iote că s-a măritat c-un negrotei.

Pe noptiera Nanei Cath nu se aflase niciodată o fotografie cu Robbie.

Nici măcar nu știi cine e tatăl, așa-i? Târfă ce ești! M-am spălat pe mâini de tine. M-am săturat, Terri, până-n gât. N-ai decât să-ți porți singură de grijă.)

Autobuzul străbătea acum orașul, trecând pe lângă toți cumpărătorii de duminică după-amiază. Când era mică, Terri o ducea pe Krystal în centrul Yarvilului aproape în fiecare weekend, forțând-o să stea într-un cărucior mult timp după ce aceasta ar mai fi avut nevoie de el, fiindcă era mai ușor de ascuns marfa șterpelită într-un astfel de cărucior: puteai s-o pitești sub picioarele copilului sau în buzunarele din spatele scaunului.

Uneori, Terri se ducea la furat din magazine în tandem cu sora cu care vorbea, Cheryl, cea care se măritase cu Shane Tully. Cheryl și Terri locuiau amândouă în Fields, la patru străzi distanță una de cealaltă, și reușeau să împietrească aerul din jur cu limbajul lor când se certau, ceea ce se întâmpla frecvent. Krystal nu știa niciodată dacă putea sau nu să stea de vorbă cu verii ei din familia Tully, așa că a renunțat să mai țină cont, dar vorbea cu Dane ori de câte ori se întâlnea cu el. Și-o traseseră o dată, după ce băuseră împreună o sticlă de cidru într-o pauză, când aveau 14 ani. Niciunul dintre ei n-a mai pomenit de întâmplare după aceea. Krystal nu era prea lămurită dacă era sau nu legal să o faci cu vărul tău. La un moment dat Nikki spusese ceva care o făcea să creadă că n-ar fi.

Autobuzul ajunse la drumul care ducea la intrarea principală a spitalului și se opri la 20 de metri de o clădire lungă dreptunghiulară, din panouri cenușii și din sticlă. Se vedeau petice de iarbă îngrijită, câțiva copaci mici și o mulțime de indicatoare.

Krystal cobori din autobuz împreună cu două bătrânici şi rămase cu mâinile în buzunarele pantalonilor de trening, privind în jur. Deja uitase în ce fel de salon îi spusese Danielle că fusese internată Nana Cath; îşi aminti doar numărul 12. Se duse la cel mai apropiat indicator cu un aer nepăsător, aruncându-i o privire aproape ca din întâmplare: pe el se vedea şir după şir de scris impenetrabil, cu nişte cuvinte lungi cât braţul lui Krystal şi săgeţi care arătau la stânga, la dreapta şi în diagonală. Krystal nu ştia să citească bine; confruntarea cu cantităţi mari de cuvinte scrise o intimida şi o făcea să devină agresivă. După câteva priviri furişe la săgeţi, decise că acolo nu erau niciun fel de numere, aşa că le urmă pe cele două bătrânici spre uşile duble din sticlă din faţa clădirii principale.

Holul era ticsit şi mai derutant decât indicatoarele. Era un magazin aglomerat, separat de holul principal prin nişte geamuri din podea până-n tavan; erau şiruri de scaune din plastic, care păreau ocupate toate de oameni care mâncau sendvişuri; într-un colţ, o cafenea aglomerată; şi un fel de tejghea hexagonală în mijloc, unde nişte femei răspundeau la întrebări după ce-şi consultau computerele. Krystal se îndreptă într-acolo, tot cu mâinile în buzunare.

— Unde-i salonul 12? o întrebă ea pe una dintre femei cu o voce posacă.

— Etajul trei, spuse femeia, cu un ton pe măsură.

Krystal nu mai întrebă nimic altceva din mândrie, aşa că se întoarse şi plecă, până când descoperi lifturile de la capătul celălalt al holului şi intră într-unul care urca.

Îi luă aproape 15 minute ca să găsească salonul. De ce oare nu puseseră numere şi săgeţi în locul cuvintelor alea lungi şi tâmpite? Dar, deodată, pe când mergea pe coridorul zugrăvit în verde-pal, cu adidaşii scârțâind pe linoleum, cineva o strigă pe nume.

— Krystal?

Era mătuşa Cheryl, înaltă şi lată într-o fustă din material de blugi şi o vestă albă strâmtă, cu părul de culoarea bananei şi negru la rădăcină. Era tatuată de la degetele mâinii până în partea de sus a brațelor ei groase, şi în fiecare ureche purta mai mulți cercei aurii, ca nişte inele de perdea. Avea în mână o cutie de coca-cola.

— Nu s-a deranjat să vină? zise Cheryl.

Picioarele ei goale erau plantate ferm şi uşor depărtate, ca ale unei santinele.

— Cine?

— Terri. N-a vrut să vină?

— Nu ştie încă. Abia ce-am aflat. Danielle m-a sunat să-mi zică.

Cheryl desfăcu doza şi începu să soarbă zgomotos, ochii ei îngropați într-o față mare şi plată, împestrițată precum carnea de vită sărată, cercetând-o pe Krystal pe deasupra cutiei.

— Io i-am zis lui Danielle să te sune când s-a-ntâmplat. Trei zile a zăcut în casă şi nimeni n-a găsit-o. În ce stare e! Ca naiba!

Krystal n-o întrebă pe Cheryl de ce nu parcursese ea însăşi scurta distanță până pe Foley Road ca să-i dea vestea lui Terri. Era evident că surorile erau iar certate. Era imposibil să ții pasul cu ele.

— Unde e? întrebă Krystal.

Cheryl o luă înainte, şlapii ei lipăind sonor pe podea.

— Hei, spuse ea în timp ce mergea. M-a sunat o jurnalistă şi m-a întrebat despre tine.

— Zău?

— Mi-a dat un număr.

Krystal ar fi pus şi alte întrebări, dar tocmai intraseră într-un salon foarte liniştit şi deodată se simţi înspăimântată. Nu-i plăcea mirosul.

Nana Cath era aproape de nerecunoscut. O parte a feţei era groaznic de schimonosită, de parcă muşchii fuseseră traşi cu o sârmă. Avea gura lăsată într-o parte. Parcă şi ochii păreau să se fi lăsat într-o parte. Avea tuburi prinse cu leucoplast, un ac înfipt în braţ. Întinsă cum era în pat, deformaţia din piept era mult mai vizibilă. Cearşaful se ridica şi cobora în locuri ciudate, de parcă un cap grotesc pe un gât costeliv se iţea dintr-un butoi.

Când Krystal se aşeză lângă ea, Nana Cath nu făcu nicio mişcare. Pur şi simplu se uita insistent. Mâinile mici îi tremurau uşor.

— Nu vorbeşte, dar ţi-a pronunţat numele de două ori, as' noapte, îi spuse Cheryl, privind posomorâtă peste marginea dozei de cola.

Krystal simţea o apăsare în piept. Nu ştia dacă i-ar face rău Nanei Cath să o ţină de mână. Îşi apropie degetele la doar câţiva centimetri de ale Nanei Cath, dar le lăsă pe cuvertură.

— Rhiannon a fost aici, spuse Cheryl. Şi John şi Sue. Sue încearcă să ia legătura cu Anne-Marie.

Krystal se învioră deodată.

— Unde e? o întrebă ea pe Cheryl.

— Undeva pe drumul spre Frenchay. Ştii că are un bebe acum?

— Mda, am auzit, spuse Krystal. Băiat sau fată?

— Habar n-am, spuse Cheryl, bând cola.

Cineva îi spusese la şcoală: *Hei, Krystal, sor'ta a rămas grea!* Vestea o entuziasmase. Urma să fie mătuşică, deşi nu văzuse bebeluşul. Toată viaţa fusese îndrăgostită de ideea de Anne-Marie, care fusese luată de acasă înainte să se nască Krystal; transportată tainic într-o altă dimensiune, ca un personaj de basm, la fel de frumos şi de misterios ca omul mort din baia lui Terri.

Nana Cath îşi mişcă buzele.

— Ce e? spuse Krystal aplecându-se spre ea, pe jumătate speriată, pe jumătate bucuroasă.

— Vrei ceva, Nana Cath? întrebă Cheryl atât de tare, încât vizitatorii de la celelalte paturi, care vorbeau în şoaptă, se uitară înspre ea.

Krystal auzi un zgomot şuierat şi neregulat, dar Nana Cath părea să facă o încercare hotărâtă de a articula un cuvânt. Cheryl stătea aplecată în cealaltă parte, ţinându-se cu o mână de barele metalice de la capul patului.

— ... Oh... mm, făcu Nana Cath.

— Ce e? spuseră împreună Krystal şi Cheryl.

Ochii se mişcară milimetric: ochi urduroşi, ceţoşi, privind la faţa tânără şi netedă a lui Krystal, cu gura deschisă, în timp ce stătea aplecată peste străbunica ei, nedumerită, nerăbdătoare şi temătoare.

— ... *îslit...*, spuse glasul bătrân şi tremurător.

— Nu ştie ce zice, strigă Cheryl peste umăr la cuplul timid venit în vizită la patul vecin. Trei zile a zăcut pe podeaua aia nenorocită, nu-i de mirare, nu?

Dar lacrimile îi înceţoşară ochii lui Krystal. Salonul cu ferestrele lui înalte se dizolva într-un amestec de lumină albă şi umbre; ei i se părea că vede un fulger de lumină solară puternică pe apa verde-închis a râului, fragmentată în cioburi strălucitoare de ridicarea şi căderea vâslelor.

— Da, îi şopti ea Nanei Cath. Da, mă duc la vâslit, Nana.

Dar nu mai era adevărat, pentru că domnul Fairbrother murise.

VI

— Ce dracu' ți-ai făcut la față? Iar ai căzut de pe bicicletă? întrebă Fats.

— Nu, spuse Andrew. Si-Pie m-a lovit. Încercam să-i explic dobitocului că a înțeles greşit faza cu Fairbrother.

El şi taică-su se duseseră în şopronul pentru lemne, ca să umple coşurile ce stăteau de o parte şi de alta a sobei din camera de zi. Simon l-a lovit pe Andrew în ceafă cu un retevei, iar băiatul a căzut într-o grămadă de lemne, zgâriindu-şi fața plină de coşuri.

Ce mă, ai impresia că ştii mai multe despre ce se întâmplă decât mine, căcat pestriț ce eşti?! Dacă aud c-ai suflat un cuvințel despre ce se întâmplă în casa asta...

Da' n-am...

Te jupoi de viu, ai înțeles? De unde ştii tu că Fairbrother nu era şi el implicat în porcării din astea? Iar celălalt bulangiu n-a fost decât unul destul de dobitoc ca să fie prins?

După care, fie din mândrie, fie ca o sfidare sau pentru că fanteziile privind banii obținuți uşor puseseră prea tare stăpânire pe imaginația lui ca să mai poată fi alungate de nişte fapte concrete, Simon îşi completă şi trimise formularul de înscriere. Umilința, pentru care întreaga familie va plăti cu siguranță, era o certitudine.

Sabotaj. Andrew medită asupra cuvântului. Voia să-i provoace tatălui său prăbuşirea de la înălțimea la care-l ridicaseră visurile sale de îmbogățire rapidă şi voia s-o facă, dacă ar fi fost posibil (pentru că prefera o glorie fără moarte), într-o asemenea manieră încât Simon să nu știe niciodată ale cui fuseseră manevrele care-i făcuseră praf ambițiile.

Nu avea încredere în nimeni, nici măcar în Fats. Îi spunea lui Fats aproape orice, dar puținele omisiuni erau subiectele vaste, cele care ocupau aproape tot spațiul său lăuntric. Una era să stai în camera lui Fats cu membrul în erecție și să te uiți pe internet la „acțiune între fete“, și cu totul altceva să mărturisești cât de obsesiv te gândești la modalități de a intra în vorbă cu Gaia Bawden. Tot așa, era simplu să stea în Gaura lui Cubby și să-i zică lui taică-su „băi, pulă“, dar niciodată nu i-ar fi spus că furia lui Simon îi făcea mâinile să înghețe și stomacul să se îngrețoșeze.

Dar pe urmă a venit ora care a schimbat totul. A început cu nimic mai mult decât nevoia de nicotină și de frumusețe. Ploaia încetase în sfârșit, iar soarele palid de primăvară lumina solzii de murdărie de pe geamurile autobuzului școlar în timp ce se hurducăia pe străzile înguste din Pagford. Andrew stătea în spate, de unde n-o putea vedea pe Gaia, înconjurată în față de Sukhvinder și fetele din familia Fairbrother, rămase fără tată, de curând revenite la școală. Abia dacă o zărise pe Gaia toată ziua și îl aștepta o seară pustie, în care s-ar fi consolat doar cu pozele vechi de pe Facebook.

Pe când autobuzul se apropia de Hope Street, Andrew își dădu subit seama că niciunul dintre părinții lui nu era acasă ca să-i observe absența. Avea în buzunarul interior al hainei cele trei țigări pe care i le dăduse Fats; iar Gaia se ridicase de pe loc, ținându-se bine de bara de la spătarul scaunului; se pregătea să coboare și continua să vorbească cu Sukhvinder Jawanda.

De ce nu? *De ce nu?*

Aşa că se ridică şi el, îşi puse rucsacul pe umăr şi, când autobuzul opri, ieşi repede pe culoar şi coborî după cele două fete.

— Ne vedem acasă, strigă el în trecere către Paul, care rămase surprins.

Ajunse pe trotuarul însorit, iar autobuzul o luă din loc. Aprinzându-şi ţigara, se uită spre Gaia şi Sukhvinder pe deasupra palmelor făcute căuş. Nu se îndreptau spre locuinţa Gaiei de pe Hope Street, ci către piaţă. Fumând şi încruntându-se uşor într-o imitaţie inconştientă a celei mai puţin timide persoane pe care o cunoştea — Fats —, Andrew o luă după ele, ochii delectându-i-se cu imaginea părului arămiu al Gaiei care tresălta pe umerii ei, cu fusta ce se legăna odată cu unduirea şoldurilor.

Apropiindu-se de piaţă, cele două fete încetiniră pasul, îndreptându-se spre Mollison and Lowe, care avea cea mai impresionantă faţadă dintre toate: litere albastre şi aurii pe frontispiciu şi patru coşuri cu flori suspendate. Andrew rămase mai în urmă. Fetele se opriră să cerceteze un mic semn alb lipit de fereastra noii cafenele, după care dispărură în prăvălia de delicatese.

Andrew dădu un tur pieţei, trecând pe lângă Black Canon şi Hotelul George, şi se opri la micul afiş. Era un anunţ scris de mână privind angajări pentru weekend.

Foarte conştient de propria acnee, care în acel moment era deosebit de virulentă, îndepărtă jarul ţigării, puse chiştocul lung înapoi în buzunar şi le urmă în magazin pe Gaia şi Sukhvinder.

Fetele stăteau în picioare lângă o măsuţă plină până la refuz cu tot felul de cutii cu prăjiturele de ovăz şi biscuiţi, uitându-se la bărbatul uriaş din spatele tejghelei care discuta cu un client în vârstă. Gaia privi în jur când clopoţelul de deasupra uşii sună.

— Bună, zise Andrew, cu gura uscată.

— Bună, răspunse Gaia.

Orbit de propria-i îndrăzneală, Andrew se apropie de ea şi rucsacul de şcoală de pe umăr se lovi de standul pivotant de ghiduri turistice ale oraşului Pagford şi exemplare din *Bucătăria tradiţională din regiunea West Country*. Prinse standul şi-l stabiliză, după care îşi lăsă grăbit rucsacul jos.

— Ai venit să-ţi cauţi de lucru? îl întrebă Gaia pe un ton scăzut, cu miraculosul ei accent londonez.

— Mda. Tu?

Fata încuviinţă.

— Semnalează-l pe pagina de sugestii, Eddie, îi spunea Howard cu glas sonor clientului. Postează-l pe website şi eu am să-l trec în agendă. Consiliul Parohial Pagford — într-un singur cuvânt — punct co, punct UK, bară, Pagina de Sugestii. Sau urmează linkul. Consiliul... — repetă el rar pentru bătrânul care între timp scosese hârtie şi pix, şi-şi nota cu mâna tremurătoare. ... Parohial...

Howard aruncă scurt o privire spre cei trei adolescenţi care aşteptau liniştiţi lângă măsuţa cu biscuiţi apetisanţi. Purtau uniforma neutră de la Winterdown, care permitea atâta lejeritate şi variaţie, încât nici nu puteai să spui că e uniformă (spre deosebire de cea de la St Anne, care consta dintr-o frumoasă fustă ecosez şi un sacou). Cu toate astea, fata cu tenul alb era uluitoare; un diamant şlefuit cu precizie, pus în valoare de fata cea urâtă din familia Jawanda, al cărei nume Howard nu-l ştia, şi de băiatul cu păr castaniu-deschis şi cu o erupţie acneică violentă pe faţă.

Clientul ieşi din prăvălie, însoţit de sunetul clopoţelului.

— Vă pot fi de folos cu ceva? întrebă Howard cu ochii pe Gaia.

— Da, spuse ea ieşind în faţă. Pentru posturile acelea, preciză şi arătă spre micul anunţ din vitrină.

— Ah, da, făcu Howard, zâmbind larg.

Noul lui chelner de weekend îl lăsase baltă cu câteva zile în urmă; renunţase la cafenea pentru Yarvil şi o slujbă la un supermarket.

— Da, da. Vreţi să fiţi chelneriţe, nu-i aşa? Oferim salariul minim — de la 9 la 17:30, sâmbetele, şi de la 12 la 17:30 duminicile. Deschidem de azi în două săptămâni; asigurăm pregătire la locul de muncă. Câţi ani ai, iubita mea?

Era perfectă, *perfectă*, exact ce-şi imaginase: un chip proaspăt şi un corp cu forme apetisante; şi-o imagina într-o rochie neagră mulată pe corp şi cu un şorţ alb dantelat pe margini. Avea s-o înveţe cum se lucrează cu casa de marcat şi avea să-i facă un tur al magaziei; poate o s-o tachineze niţel şi poate o să-i dea câte-o primă în zilele când vânzările erau mari.

Howard ieşi din spatele tejghelei şi, ignorându-i pe Sukhvinder şi Andrew, o luă pe Gaia pe după umeri şi o conduse pe sub arcada din peretele despărţitor. Mesele şi scaunele nu fuseseră aduse încă, dar tejgheaua fusese instalată, la fel un mozaic mural în negru şi crem în spatele acesteia, care prezenta piaţa aşa cum arătase ea odinioară. Femei cu crinoline şi bărbaţi cu jobene forfoteau pretutindeni; un cupeu tras de un singur cal era oprit în faţa unui magazin pe care se citea limpede Mollison and Lowe şi, alături, era micuţa cafenea IBRICUL DE ARAMĂ. Artistul improvizase o pompă de apă ornamentală în locul Monumentului Eroilor.

Andrew şi Sukhvinder se pomeniră lăsaţi de izbelişte, jenaţi şi oarecum rivali unul faţă de celălalt.

— Da? Cu ce vă pot ajuta?

O femeie gârbovită cu un păr tapat, negru ca pana corbului, ieşise dintr-o încăpere din spate. Andrew şi Sukhvinder bâiguiră că aşteptau pe cineva, moment în care Howard şi Gaia reapărură în arcadă. Când o văzu pe Maureen, Howard îşi luă mâna de pe braţul fetei, pe care-l ţinuse distrat cât timp îi explicase în ce constau îndatoririle unei chelneriţe.

— Cred că ne-am găsit un ajutor pentru Ibric, Mo, spuse el.

— Oh, da? făcu Maureen, mutându-şi privirea avidă spre Gaia. Ai ceva experienţă?

Dar Howard o acoperi cu totul, povestindu-i fetei despre delicatese şi cum îi plăcea lui să creadă că era cumva un fel de instituţie a Pagfordului, un punct de reper.

— De 35 de ani asta este, spuse Howard cu mândrie maiestuoasă faţă de propriul mozaic mural. Domnişoara e sosită de curând în oraş, Mo.

— Şi voi doi tot după slujbe aţi venit? îi întrebă Maureen pe Sukhvinder şi Andrew.

Sukhvinder negă printr-o mişcare a capului; Andrew ridică din umeri cu un gest echivoc. Dar Gaia interveni, uitându-se la fată:

— Haide, zi. Ai spus că ai vrea.

Howard o cântări din priviri pe Sukhvinder, pe care cu siguranţă nu ar fi avantajat-o o rochiţă neagră mulată şi un şorţ dantelat; dar mintea lui fertilă şi flexibilă sonda deja în toate direcţiile. Un compliment adresat tatălui — ceva cu care s-o aibă la mână pe maică-sa — un favor nesolicitat, dar acordat; erau chestiuni care depăşeau raţiunile pur estetice şi care poate trebuiau luate în considerare aici.

— Ei bine, dacă vom avea vânzările pe care le estimăm, am putea să angajăm chiar două, spuse el, scărpinându-şi guşa cu ochii la Sukhvinder, care roşise într-un mod neatractiv.

— Eu nu..., dădu ea să spună, dar Gaia o încurajă.

— Haide. Împreună.

Sukhvinder era roşie la faţă şi avea ochii plini de lacrimi.

— Ăă...

— Haide, îi şopti Gaia.

— Ăă... bine.

— Atunci, o să aveţi o perioadă de probă, domnişoară Jawanda, spuse Howard.

Sukhvinder, pe care o treceau toate transpiraţiile, abia mai putea să respire. Ce-o să zică maică-sa?

— Şi tu presupun că vrei să fii picolo, zise Howard către Andrew cu glasul lui tunător.

Picolo?

— Avem nevoie de nişte braţe zdravene, prietene, spuse Howard, în vreme ce Andrew clipea către el consternat: nu citise decât ce scria cu litere mari în partea de sus a afişului. Paleţii de dus în magazie, lăzile cu lapte de adus din pivniţă şi sacii de gunoi duşi în spate. Muncă fizică propriu-zisă. Crezi că poţi să faci faţă la aşa ceva?

— Mda, zise Andrew.

Pentru el nu conta decât să fie într-un loc unde era şi Gaia.

— O să avem nevoie de tine devreme. La ora 8, probabil. Începem cu programul de la 8 la 15 şi vedem cum merge. Perioadă de probă de două săptămâni.

— Da, e bine, spuse Andrew.

— Cum te cheamă?

Când îi auzi numele, Howard ridică sprâncenele.

— Tatăl tău e cumva Simon? Simon Price?

— Mda.

Andrew era neliniştit. De regulă, nimeni nu ştia cine e tatăl lui.

Howard le spuse celor două fete să se întoarcă duminică după-amiază, după ce se livrau încasările, iar el va avea libertatea să le instruiască; apoi, deşi voia să o mai țină de vorbă pe Gaia, intră un client, iar adolescenții profitară de şansă ca să iasă din magazin.

Lui Andrew nu-i veni în minte nimic de spus după ce se aflară de cealaltă parte a uşii din sticlă cu clopoțel; dar, înainte de a-şi putea ordona gândurile, Gaia îi aruncă un „pa" indiferent şi plecă împreună cu Sukhvinder. Andrew îşi aprinse a doua dintre țigările primite de la Fats (nu era acum momentul pentru chiştocul pe jumătate fumat), ceea ce-i oferi un pretext ca să rămână pe loc în timp ce le privea îndepărtându-se cu umbrele lor alungite.

— De ce i se spune „Peanut" băiatului ăluia? o întrebă Gaia pe Sukhvinder, după ce se asigură că nu mai puteau fi auzite de Andrew.

— E alergic, explică Sukhvinder.

Perspectiva de a-i spune mamei sale ce făcuse o îngrozea. Vocea ei părea a fi a altcuiva.

— Era să moară la St Thomas; cineva i-a dat o arahidă într-o bezea.

— Aha, spuse Gaia. Eu credeam că i se zice aşa fiindcă are puța mică.

Râse, şi la fel făcu şi Sukhvinder, forțându-se, de parcă toată ziua nu auzea altceva decât glume despre penisuri.

Andrew le văzu pe amândouă uitându-se în spate la el; râdeau şi îşi dădu seama că vorbeau despre el. Râsul se putea să fie un semn dătător de speranțe; atâta lucru știa și el despre fete, în orice caz. Rânjind la nimic altceva decât la aerul care se răcea, o luă și el din loc, cu rucsacul pe umăr, țigara în mână, traversând spre Church Row și de acolo spre urcușul abrupt de 40 de minute la ieșirea din oraș spre Hilltop House.

Gardurile vii aveau o paloare fantomatică de la florile albe în lumina amurgului; tufele de porumbar înfloreau de o parte și alta a drumului, iar rostopasca mărginea aleea cu frunze micuțe și lucioase, în formă de inimă. Mirosul florilor, plăcerea intensă oferită de țigară și promisiunea unor weekenduri cu Gaia; totul se combina într-o splendidă simfonie de exaltare și frumusețe, în timp ce Andrew urca dealul pufăind. Data viitoare când Simon va întreba „Ți-ai găsit de muncă, bubosule?", va putea să-i spună „Da". Urma să fie colegul de serviciu al Gaiei Bawden.

Și, cireașa de pe tort, știa în sfârșit exact cum ar putea să-i înfigă un pumnal anonim între omoplați tatălui său.

VII

După ce efectul primului impuls de răutate se domoli, Samantha ajunse să regrete amarnic faptul că-i invitase la cină pe Gavin și Kay. Petrecuse dimineața zilei de duminică glumind cu asistenta ei despre seara oribilă pe care urma s-o aibă, dar starea psihică i se prăbuși de îndată ce o lăsă pe Carly să aibă grijă de Over the Shoulder Boulder Holders (un nume care l-a făcut pe Howard să râdă atât de tare când l-a auzit prima oară, încât i-a provocat o criză de astm, motiv pentru care Shirley se încrunta ori de câte ori era rostit în prezența ei). Întorcându-se în Pagford înaintea orei de vârf, ca să aibă timp să cumpere ingredientele şi să se apuce de gătit, Samantha încercă să se înveselească gândindu-se la ce întrebări jenante i-ar putea pune lui Gavin. Poate că l-ar putea întreba cu glas tare de ce Kay nu se mutase cu el: asta ar fi fost o întrebare bună.

Plecând din piață spre casă, cu sacoşe mari de cumpărături de la Mollison and Lowe, se întâlni cu Mary Fairbrother lângă bancomatul montat în zidul băncii unde lucrase Barry.

— Mary, bună... ce faci?

Mary era slăbită şi palidă, cu pungi cenuşii în jurul ochilor. Avură o conversație poticnită şi ciudată. Nu mai vorbiseră de la drumul în ambulanță, exceptând condoleanțele scurte şi stângace la înmormântare.

— Am vrut să trec pe la voi, spuse Mary, ați fost atât de cumsecade... şi voiam să-i mulțumesc lui Miles...

— Nu-i nevoie, spuse Samantha încurcată.

— Oh, dar aş vrea...

— Ei, păi atunci, te rog, vino...

După ce Mary plecă, Samantha avu sentimentul îngrozitor că ar fi putut să dea impresia că în seara aceea era momentul perfect ca Mary să vină la ei.

Ajunsă acasă, lăsă sacoşele în hol şi-l sună pe Miles la serviciu, ca să-i spună ce făcuse, dar acesta afişă aceeaşi indiferență enervantă vizavi de perspectiva de a o adăuga la grupul lor de patru pe femeia de curând rămasă văduvă.

— Nu văd care e problema, de fapt. E bine pentru Mary să mai iasă din casă.

— Dar nu i-am spus că îi avem invitați şi pe Gavin şi Kay...

— Mary îl place pe Gavin, spuse Miles. Nu m-aş îngrijora în privința asta.

Samantha se gândi că Miles se făcea intenționat că pricepe greu, fără îndoială drept răzbunare pentru refuzul ei de a merge la Sweetlove House. După ce încheie convorbirea, se întrebă dacă să-i telefoneze lui Mary şi să-i spună să nu vină în seara aceea, dar se temea să nu pară lipsită de maniere; se mulțumi să spere că Mary se va simți, până la urmă, incapabilă să ajungă.

Intrând în camera de zi, puse DVD-ul lui Libby cu trupa de băieți la volum maxim, astfel încât să-l audă din bucătărie, apoi duse sacoşele şi se apucă să pregătească mâncarea şi delicioasa ei budincă, tortul de ciocolată Mississippi. Ar fi preferat să cumpere unul dintre torturile de la Mollison and Lowe ca să mai scutească din muncă, dar asta ar fi ajuns imediat la Shirley, care lăsa să se înțeleagă adesea că Samantha se bizuia excesiv pe mâncarea congelată şi semipreparată.

Samantha cunoştea DVD-ul atât de bine de-acum, încât era în stare să vizualizeze imaginile aferente muzicii care ajungea până-n bucătărie. De mai multe ori în timpul săptămânii, când Miles era la etaj, în biroul lui de acasă, ca să vorbească la telefon cu Howard, ea punea DVD-ul. Când auzi primele note ale piesei în care băiatul musculos se plimba cu cămaşa desfăcută pe plajă, se duse să-l vadă îmbrăcată cu șorțul de bucătărie, sugându-şi distrată degetele pline de ciocolată.

Plănuise să facă un duş prelungit cât timp Miles aşeza masa, uitând că acesta urma să ajungă târziu acasă, deoarece trebuia să se ducă la Yarvil să le aducă pe fete de la St Anne. Când îşi dădu seama de ce nu se întorsese încă şi că, atunci când va ajunge, le va aduce şi pe fete, se văzu nevoită să zboare de colo-colo ca să organizeze singură sufrageria, apoi să găsească ceva de mâncare pentru Lexie şi Libby înainte de sosirea musafirilor. Miles o găsi pe soția lui în haine de lucru la 19:30, transpirată, iritată şi gata să-l învinuiască pentru o idee care de fapt fusese a ei.

Libby, în vârstă de 14 ani, intră în camera de zi fără să o salute pe Samantha şi scoase discul din DVD-player.

— Aa, ce bine, tocmai mă-ntrebam ce-oi fi făcut cu ăsta, zise ea. De ce e televizorul aprins? Te-ai uitat cumva la DVD?

Uneori, Samanthei i se părea că fiica ei mai mică are aerul unei Shirley.

— Mă uitam la ştiri, Libby. N-am avut timp să mă uit la DVD-uri. Hai să mâncați, pizza voastră e gata. Avem invitați la cină în seara asta.

— *Iar* pizza congelată?

— Miles! Trebuie să mă îmbrac şi eu. Vrei tu să faci piureul de cartofi? Miles?

Dar acesta dispăruse la etaj, aşa că Samantha pisă singură cartofii, în vreme ce fetele ei mâncau pe blatul din mijlocul bucătăriei. Libby sprijinise DVD-ul de paharul ei de Diet Pepsi şi se zgâia la el.

— E mişto Mikey ăsta, spuse ea cu un geamăt carnal care o luă prin surprindere pe Samantha.

Dar pe băiatul musculos îl chema Jake. Samantha se bucura că nu le plăcea acelaşi bărbat.

Cu glas tare şi plină de încredere în sine, Lexie trăncănea despre şcoală; un torent mitraliat de informații despre fete pe care Samantha nu le cunoştea şi cu ale căror pozne, certuri şi regrupări nu putea să țină pasul.

— În regulă, trebuie să mă schimb. Strângeți masa când terminați, bine?

Dădu focul mic la mâncare şi se grăbi la etaj. Miles se încheia la cămaşă în dormitor, privindu-se în oglinda şifonierului. Întreaga cameră mirosea a săpun şi aftershave.

— Totul e sub control, iubito?

— Da, mersi. Ce mă bucur c-ai avut timp să faci duş, se răsti la el Samantha, scoțând din şifonier fusta lungă şi bluza preferată, şi trântind apoi uşile.

— Da' poți să faci şi tu unul acum.

— Oamenii ăia ajung în zece minute; n-o să am timp să-mi usuc părul şi să mă şi machiez.

Îşi descălță pantofii; unul dintre ei lovi caloriferul cu un zăngănit puternic.

— Când termini să te dichiseşti, vrei tu să fii atât de drăguț să te duci jos să pregăteşti băuturile?

După ce Miles ieşi din dormitor, încercă să-şi descâlcească părul des şi să-şi repare machiajul. Arăta oribil. Abia când se schimbă îşi dădu seama că avea un sutien neadecvat pentru bluza mulată. După o căutare înfrigurată, îşi aminti că sutienul potrivit era pus la uscat. Ieşi grăbită pe palier, dar sună soneria. Înjurând, se înapoie repede în dormitor. Muzica trupei băiatului chipeş trâmbița din camera lui Libby.

Gavin şi Kay au sosit fix la ora 20 pentru că el se temea ca nu cumva Samantha să spună că au venit târziu. Şi-o putea imagina sugerând că pierduseră măsura timpului pentru că şi-o trăseseră sau avuseseră o ceartă serioasă. Părea să considere că unul dintre privilegiile căsătoriei era că îți dădea dreptul de a comenta şi a-ți băga nasul în viețile celibatarilor. De asemenea, Samantha credea că stilul ei de a vorbi direct, neinhibat, mai ales după ce trăgea la măsea, era de un umor muşcător.

— Salut-salut, spuse Miles, dându-se înapoi ca să-i lase pe Gavin şi Kay să intre. Intraţi, intraţi, vă rog. Bun-venit în casa Mollison!

O sărută pe Kay pe amândoi obrajii şi o eliberă de bomboanele de ciocolată pe care le ţinea în mână.

— Pentru noi? Mulţumesc foarte mult. Îmi pare bine să te cunosc cum se cuvine, în sfârşit. Gav te ţine de prea multă vreme ascunsă.

Miles luă sticla de vin din mâna lui Gavin, apoi îl bătu pe spate, ceea ce acestuia nu-i plăcea deloc.

— Haideţi, Sam o să coboare din clipă-n clipă. Ce vreţi să beţi?

În mod normal, Kay l-ar fi găsit pe Miles mai degrabă agreabil şi excesiv de familiar, dar era hotărâtă să suspende judecăţile. Cuplurile trebuie să se amestece fiecare în cercurile celuilalt şi să reuşească să se înţeleagă în cadrul acestor cercuri. Seara asta reprezenta un progres important în încercarea ei de a se infiltra în acele straturi ale vieţii lui Gavin în care el n-o primise niciodată, iar ea voia să îi demonstreze că se simţea în largul ei în casa mare şi elegantă, că nu era nevoie s-o mai excludă. Aşa că îi zâmbi lui Miles, ceru un pahar cu vin roşu şi admiră camera spaţioasă cu duşumeaua goală din lemn de pin, sofaua excesiv capitonată şi tipăriturile înrămate.

— Stăm aici de... ăăă... mergem pe 14 ani, spuse Miles, ocupat cu tirbuşonul. Locuieşti pe Hope Street, nu-i aşa? Nişte căsuţe drăguţe, unele pot fi cumpărate la preţ avantajos şi revândute cu profit după reparaţii consistente.

Samantha apăru zâmbind fără căldură. Kay, care o văzuse înainte doar în pardesiu, observă cât de strâmtă era bluza oranj mulată, sub care toate detaliile sutienului ei de dantelă erau clar vizibile. Avea fața chiar mai bronzată decât pieptul cu aspect de piele tăbăcită. Machiajul ochilor era excesiv şi nemăgulitor, iar cerceii de aur zăngănitori împreună cu pantofii auriți cu toc înalt erau, în opinia lui Kay, cam de femeie uşoară. Samantha îi lăsa impresia genului de femeie care ar fi chefuit gălăgios cu „fetele" în oraş, căreia programele de striptease i se păreau amuzante şi care flirta la petreceri, după ce se îmbăta, cu oricare dintre partenerii celorlalte femei.

— Bună, spuse Samantha.

Îl sărută pe Gavin şi îi zâmbi lui Kay.

— Minunat, văd că aveți băuturi. Miles, pune-mi şi mie un pahar din ce bea Kay.

Se întoarse ca să se aşeze, după ce evaluase înfățişarea celeilalte femei: Kay avea sânii mici şi şoldurile late, şi de bună seamă că alesese pantalonii negri ca să-i atenueze mărimea posteriorului. După părerea Samanthei, i-ar fi stat mai bine dacă ar fi purtat tocuri, dat fiind că avea picioarele scurte. Avea chipul destul de atractiv, cu ten măsliniu uniform, ochi mari şi negri şi o gură senzuală. Dar părul tuns scurt, băieţeşte, şi pantofii fără toc erau fără doar şi poate indicii către anumite convingeri sacrosancte. Gavin o zbârcise din nou: alesese iar o femeie lipsită de umor, dominatoare, care o să-i facă viața un iad.

— Deci, spuse cu voioşie Samantha, ridicând paharul. Gavin şi Kay!

Observă cu satisfacție zâmbetul chinuit şi abătut al lui Gavin; dar înainte să-l pună într-o situație jenantă sau să afle de la ei informații intime cu care să le facă în necaz celor două cotoroanțe, Shirley şi Maureen, soneria de la uşă se auzi din nou.

Mary apăru, fragilă şi costelivă, mai ales pe lângă Miles, care o conducea în încăpere. Tricoul îi atârna pe claviculele ieşite în evidenţă.

— Oh, zise ea, oprindu-se surprinsă în prag. N-am ştiut că aveţi...

— Gavin şi Kay tocmai au sosit, spuse Samantha cu o voioşie uşor exagerată. Intră, Mary, te rog... bea ceva cu noi...

— Mary, ea e Kay, spuse Miles. Kay, ea este Mary Fairbrother.

— Oh, zise Kay, surprinsă; crezuse că vor fi doar ei patru. Da, bună.

Gavin, care-şi dădea seama că Mary nu avusese intenţia să vină la o cină formală şi era pe punctul să iasă imediat afară, bătu cu palma sofaua de lângă el. Mary se aşeză cu un zâmbet fără vlagă. Gavin era bucuros peste măsură să o vadă. Mary putea să joace rolul de tampon pentru el; chiar şi Samantha trebuia să realizeze că genul ei particular de lascivitate ar fi neadecvat în faţa unei femei îndurerate. Plus că simetria constrângătoare a grupului de patru fusese stricată.

— Ce mai faci? spuse el cu glas scăzut. Urma să te sun, de fapt... s-au întâmplat lucruri noi în legătură cu asigurarea...

— Sam, n-avem şi noi ceva de ronţăit? întrebă Miles.

Samantha ieşi din cameră, fierbând de mânie împotriva lui Miles. Când deschise uşa bucătăriei, fu izbită de mirosul de carne carbonizată.

— Of, fir-ar al dracului să fie!

Uitase cu desăvârşire de mâncare, care se arsese. Bucăţi deshidratate de carne şi legume stăteau, ca nişte supravieţuitori oropsiţi ai catastrofei, pe fundul pârjolit al cratiţei. Samantha aruncă repede în cratiţă nişte vin şi bulion, desprinzând cu lingura bucăţile lipite şi amestecând viguros; transpira abundent. Râsul ascuţit al lui Miles răsuna din camera de zi. Samantha puse la aburi nişte broccoli cu codiţe lungi, îşi goli paharul de vin, rupse o pungă de chipsuri de tortilla şi o cutie cu hummus şi le goli în castroane.

Mary şi Gavin continuau să discute discret pe canapea când Samantha se întoarse în camera de zi, în vreme ce Miles îi arăta lui Kay o fotografie aeriană a Pagfordului, dându-i totodată şi o lecţie de istorie a oraşului. Aşeză castroanele pe măsuţa de cafea, îşi mai turnă un pahar şi se aşeză în fotoliu, fără să facă vreun efort să se alăture vreuneia dintre conversaţii. Era teribil de incomod să o aibă pe Mary acolo; cu suferinţa ei atârnând atât de greu putea foarte bine să fi intrat acolo având pe ea un linţoliu. Cu siguranţă, totuşi, că va pleca înainte de cină.

Gavin în schimb era hotărât ca Mary să rămână. În timp ce discutau ultimele evoluţii din bătălia lor în desfăşurare cu compania de asigurări, el se simţea mai relaxat şi mai stăpân pe situaţie decât i se întâmpla de obicei în prezenţa lui Miles şi a Samanthei. Nimeni nu-l ironiza, nimeni nu-l trata de sus, iar Miles îl absolvise temporar de întreaga responsabilitate în privinţa lui Kay.

— ... iar aici, exact de unde începe să nu se mai vadă, spunea Miles, arătând spre un punct aflat la cinci centimetri de rama fotografiei, avem Sweetlove House, locuinţa familiei Fawley. O vilă mare în stil Queen Anne, cu lucarne, bosaje din piatră... e impresionant, ar trebui să o vizitezi, e deschisă pentru public duminica, în timpul verii. Fawley e o familie importantă pe plan local.

Bosaje din piatră? Familie importantă pe plan local? Doamne, ce nemernic poţi să fii, Miles.

Samantha se ridică din fotoliu şi se întoarse în bucătărie. Deşi mâncarea îşi recăpătase aspectul lichid, mirosul de ars era puternic. Broccoliul era fleşcăit şi fără gust; piureul de cartofi se răcise şi se întărise. Fiindcă trecuse de etapa când i-ar mai fi păsat, vărsă tot conținutul în farfurii şi le trânti pe masa rotundă din sufragerie.

— Cina e gata! strigă ea către uşa camerei de zi.

— Oh, trebuie să plec, spuse Mary, ridicându-se brusc în picioare. N-am vrut să...

— Nu, nu, nu! insistă Gavin pe un ton pe care Kay nu-l mai auzise la el niciodată: blând şi mieros. O să-ți facă bine să mănânci ceva... iar copiii n-o să pățească nimic dacă mai stai o oră.

Miles veni şi el în sprijinul lui Gavin, iar Mary se uită nesigură la Samantha, care se văzu nevoită să-şi alăture vocea celorlalți, după care se duse repede în sufragerie să mai aranjeze ceva pe masă.

O invită pe Mary să stea între Gavin şi Miles, pentru că, dacă ar fi aşezat-o lângă o femeie, ar fi ieşit în evidență absența soțului ei. Kay şi Miles trecuseră la activitatea socială.

— Nu te invidiez, spuse el, servindu-i lui Kay un polonic mare plin cu mâncarea gătită de Samantha, care putea să vadă fulgii negri, arşi, în sosul care se întindea în farfuria albă. O slujbă al naibii de dificilă.

— Păi da, pentru că suntem în permanență în lipsă de fonduri, spuse Kay, dar poate să-ți dea şi satisfacții, mai ales când simți că ai realizat ceva semnificativ.

Şi se gândi la cei din familia Weedon. Testul probei de urină a lui Terri ieşise negativ ieri la clinică, iar Robbie fusese o săptămână întreagă la creşă. Amintirea reuşi s-o înviooreze, contrabalansând uşoara iritare provocată de faptul că atenția lui Gavin continua să fie concentrată cu totul asupra lui Mary şi că acesta nu făcea nimic ca să-i înlesnească discuțiile cu prietenii lui.

— Ai o fată, nu-i aşa, Kay?

— Exact: o cheamă Gaia. Are 16 ani.

— Eşti divorţată? întrebă Samantha cu delicateţe.

— Nu, spuse Kay. Nu eram căsătoriţi. Tatăl era un prieten din facultate şi ne-am despărţit la scurt timp după ce s-a născut fetiţa.

— Mda, şi noi doi abia terminaserăm facultatea, spuse Samantha.

Kay nu ştia dacă Samantha dorise să facă o distincţie între ea însăşi, care se măritase cu tatăl cel corpolent şi infatuat al copiilor ei, şi Kay, care fusese părăsită... chiar dacă n-ar fi avut de unde să ştie că Brendan o părăsise...

— De fapt, Gaia şi-a luat o slujbă de duminică la tatăl tău, îi spuse Kay lui Miles. La noua cafenea.

Miles se arătă încântat. Îi plăcea enorm ideea că el şi Howard erau atât de prezenţi în textura locului, încât toată lumea din Pagford era conectată cu ei, ca prieten, client, cumpărător sau angajat. Gavin, care nu mai termina de mestecat o bucată elastică de carne ce refuza să cedeze dinţilor lui, simţi o nouă greutate lăsându-i-se în stomac. Era ceva nou pentru el că Gaia se angajase la tatăl lui Miles. Cumva uitase că prietena lui, Kay, avea în Gaia un alt dispozitiv puternic pentru a se ancora în Pagford. Când nu se afla în vecinătatea imediată a uşilor trântite de ea, a privirilor veninoase şi a remarcilor caustice, Gavin tindea să uite că Gaia are o existenţă independentă; că nu făcea pur şi simplu parte din fundalul incomod al aşternuturilor neschimbate, al mâncărurilor prost gătite sau al nemulţumirilor chinuitoare pe care se clătina relaţia lui cu Kay.

— Îi place în Pagford fetei tale? întrebă Samantha.

— Păi, e puţin cam liniştit prin comparaţie cu Hackney, spuse Kay, dar se adaptează bine.

Luă o gură mare de vin ca să-şi spele gura după ce rostise o minciună aşa de mare. În seara aceea, ele două avuseseră o nouă ceartă.

(— Ce se întâmplă cu tine? o întrebase Kay, în vreme ce Gaia stătea la masa din bucătărie, aplecată deasupra laptopului, purtând un capot peste haine. Pe ecran avea deschise patru–cinci casete de dialog. Kay ştia că Gaia comunica online cu prietenii pe care-i lăsase în urmă în Hackney, prieteni pe care-i avea, în majoritatea lor, încă din şcoala primară.

— Gaia?

Refuzul de a-i răspunde era ceva nou şi periculos. Kay era obişnuită cu izbucnirile de iritabilitate şi de furie ale fetei împotriva ei şi, îndeosebi, a lui Gavin.

— Gaia, cu tine vorbesc.

— Ştiu, te aud.

— Atunci, te rog să ai amabilitatea să-mi răspunzi.

Linii negre de text urcau poticnit în casetele de pe ecran, cu emoticonuri amuzante, clipind şi bâţâindu-se.

— Gaia, te rog, vrei să-mi răspunzi?

— Ce e? Ce vrei?

— Încerc să te întreb ce fel de zi ai avut.

— Am avut o zi de căcat. Ieri a fost de căcat. Mâine va fi la fel.

— Când ai ajuns acasă?

— La aceeaşi oră la care ajung mereu acasă.

Uneori, chiar şi după toţi aceşti ani, Gaia îşi arăta resentimentul că era nevoită să intre singură în casă, că mama ei nu o aştepta acasă precum o mamă din cartea de poveşti.

— Vrei să-mi spui de ce zici c-ai avut o zi de căcat?

— Pentru că m-ai târât să trăiesc într-o latrină.

Kay îşi impuse să nu ţipe. În ultima vreme avuseseră loc câteva meciuri cu ţipete pe care era sigură că le auzise toată strada.

— Ştii că o să ies în oraş cu Gavin în seara asta?

Gaia bombăni ceva ce Kay nu pricepu.

— Ce zici?

— Am spus că nu cred că îi place să te scoată în oraş.

— Ce vrea să însemne asta?

Dar Gaia nu-i mai răspunse; tastă în schimb un răspuns într-una dintre conversaţiile care se derulau pe ecran. Kay ezită, vrând să o preseze să-i spună, dar temându-se totodată de ceea ce ar putea să audă.

— Cred c-o să ne întoarcem pe la miezul nopţii.

Gaia nu-i răspunse şi Kay se duse să-l aştepte pe Gavin în hol.)

— Gaia s-a împrietenit, îi spuse Kay lui Miles, cu o fată care locuieşte pe strada asta; cum o cheamă... Narinder?

— Sukhvinder, ziseră împreună Miles şi Samantha.

— E o fată tare drăguţă, spuse Mary.

— L-ai cunoscut pe tatăl ei? o întrebă Samantha pe Kay.

— Nu, răspunse aceasta.

— E chirurg cardiolog, zise Samantha, ajunsă la al patrulea pahar de vin. E un tip absolut splendid.

— Oh, făcu Kay.

— E ca o vedetă de la Bollywood.

Niciunul dintre ei, reflectă Samantha, nu se deranjase să-i spună că cina a fost gustoasă, ceea ce ar fi fost un gest de politeţe, chiar dacă fusese oribilă. Dacă nu i se permisese să-l chinuie pe Gavin, trebuia cel puţin să fie în stare să-l înţepe pe Miles.

— Vikram e singurul lucru bun legat de viața în acest orășel uitat de Dumnezeu, asta pot să ți-o spun cu certitudine, zise Samantha. Sex ambulant.

— Iar soția lui e medic generalist în oraș, spuse Miles, și consilier parohial. Tu ești angajată de Consiliul Districtual Yarvil, nu?

— Exact, spuse Kay. Dar majoritatea timpului mi-o petrec în Fields. Formal, am înțeles că fac parte din parohia Pagford, nu-i așa?

Nu Fields, își zise Samantha. *Of, nu pomeni de nenorocitul de Fields.*

— Ah, zise Miles cu un surâs încărcat de semnificații. Ei da, Fields aparține de Pagford, *formal*. Așa este, din punct de vedere formal. E un subiect dureros, Kay.

— Serios? De ce? întrebă Kay, sperând să generalizeze discuția, deoarece Gavin continua să vorbească pe un ton scăzut cu văduva.

— Păi, vezi tu... trebuie să ne întoarcem în anii 1950.

Miles părea să se angajeze într-un discurs îndelung repetat.

— Yarvil a vrut să extindă Cantermill Estate și, în loc să construiască spre vest, unde e acum șoseaua de centură...

— Gavin? Mary? Mai vreți vin? strigă Samantha peste vocea lui Miles.

— ... au fost un pic cam duplicitari. Terenul a fost cumpărat fără să spună clar pentru ce-l voiau, după care s-au apucat să extindă proprietatea peste granița parohiei Pagford.

— De ce nu zici nimic și despre bătrânul Aubrey Fawley, Miles? întrebă Samantha.

Ajunsese la acel punct delicios al stării de ebrietate în care limba îi devenea veninoasă, iar ea reușea să scape de teama de consecințe, dornică să provoace și să irite, nevrând altceva decât să se amuze.

— Adevărul e că bătrânul Aubrey Fawley, care avea în proprietate toate acele minunate bosaje de nu știu care, alea de care ți-a povestit Miles, a făcut un târg pe la spatele tuturor...

— Asta nu-i corect, Sam, interveni Miles, dar ea vorbi din nou peste el.

— ... a vândut terenul pe care e construit acum Fields, a băgat la teșcherea, nu știu, trebuie să fi fost vreun sfert de milion sau ceva de genul...

— Nu vorbi prostii, Sam, suma asta, în anii 1950?...

— ... dar pe urmă, când și-a dat seama că toți erau supărați pe el, a pretins că nu știuse că va provoca necazuri. Un gogoman din clasa de sus. Și un bețiv, adăugă Samantha.

— *Pur și simplu* neadevărat, mă tem, spuse cu fermitate Miles. Ca să înțelegi problema în ansamblu, Kay, trebuie să îți faci o idee despre istoria locală.

Samantha, care-și ținea bărbia în palmă, se făcu că-i alunecă, de plictis, cotul de pe masă. Deși n-avea cum s-o placă pe Samantha, Kay râse, iar Gavin și Mary își întrerupseră conversația liniștită.

— Vorbeam despre Fields, spuse Kay, pe un ton menit să-i amintească lui Gavin că era și ea pe-acolo; că ar trebui să-i acorde sprijin moral.

Miles, Samantha și Gavin realizară simultan că Fields era un subiect a cărui aducere în discuție față de Mary însemna o totală lipsă de tact, ținând cont că fusese un adevărat măr al discordiei între Barry și Howard.

— Se pare că, pe plan local, Fields e un subiect dureros, zise Kay, dorind să-l forțeze pe Gavin să-și exprime o opinie, să-l atragă în discuție.

— Mmm, replică el şi, întorcându-se spre Mary, spuse: Şi cum se descurcă Declan la fotbal?

Un puternic acces de furie puse stăpânire pe Kay: se poate ca Mary să fi suferit de curând o pierdere, dar solicitudinea lui Gavin părea inutil de concentrată. Îşi imaginase cu totul altfel seara: o reuniune în patru, în cursul căreia Gavin trebuia să recunoască faptul că ei doi alcătuiau un cuplu. Şi cu toate acestea, cineva care ar fi observat scena nu şi-ar fi imaginat că ei doi au o relație mai apropiată decât cea de simple cunoştințe. În plus, mâncarea era oribilă. Kay aşeză laolaltă pe masă cuțitul şi furculița, lăsând neatinsă cam trei sferturi din porție — amănunt care nu-i scăpă Samanthei — şi i se adresă din nou lui Miles.

— Ai copilărit şi ai crescut în Pagford?

— Mă tem că da, răspunse Miles, zâmbind cu un aer satisfăcut. M-am născut în vechiul spital Kelland, de pe şosea. L-au închis în anii 1980.

— Şi tu?..., o întrebă ea pe Samantha, care stătea în fața ei.

— Oh, Doamne, nu. Am ajuns aici printr-o întâmplare.

— Scuze, nu ştiu, Samantha, tu cu ce te ocupi? întrebă Kay.

— Am afacerea m...

— Vinde sutiene pentru mărimi excepționale, spuse Miles.

Samantha se ridică brusc şi se duse să mai ia o sticlă de vin. Când se întoarse la masă, Miles îi spunea lui Kay o anecdotă amuzantă, fără îndoială menită să ilustreze cum toată lumea cunoştea pe toată lumea în Pagford sau cum fusese el tras pe dreapta într-o seară de un polițist, care s-a dovedit a fi un prieten din şcoala primară. Reconstituirea secvență după secvență a tachinărilor dintre el şi Steve Edward îi era plicticos de familiară Samanthei. În timp ce făcea turul mesei ca să umple paharele, urmări expresia austeră a lui Kay. Era evident că nu i se părea deloc amuzant să conduci în stare de ebrietate.

— ... deci Steve ține fiola în care eu mă pregătesc să suflu şi, ca din senin, pe amândoi ne buşeşte râsul. Partenerul lui habar n-are ce naiba se întâmplă. Face aşa — Miles imită un tip care îşi mută uluit privirea de la un ins la altul —, iar Steve râde de se prăpădeşte, face pe el de-atâta râs, pentru că amândoi ne aducem aminte că ultima oară când el a ținut un obiect în care să suflu, în urmă cu aproape 20 de ani, şi...

— Era o păpuşă gonflabilă, spuse Samantha, fără să zâmbească, lăsându-se greu pe scaunul de lângă Miles. Miles şi Steve au pus-o în patul părinților prietenului lor, Ian, la petrecerea organizată când Ian a împlinit 18 ani. În tot cazul, la final Miles a fost amendat cu o mie de lire şi a încasat trei puncte de penalizare pentru că era a doua oară când era prins cu viteză peste limita legală. Ei, asta a fost de un comic nebun.

Zâmbetul larg al lui Miles rămase prosteşte la locul lui, ca un balon dezumflat uitat după o petrecere. Un mic fior rece păru să sufle prin încăperea acum tăcută. Cu toate că Miles îi făcuse impresia unui ins extrem de plicticos, Kay era de partea lui: era singurul de la masa aia care părea dispus să-i înlesnească intrarea în viața socială din Pagford.

— Trebuie să spun că în Fields situația e destul de urâtă, spuse ea, revenind la un subiect cu care Miles părea să fie în largul lui şi continuând să ignore că, în prezența lui Mary, respectivul subiect era totalmente nefericit ales. Am lucrat în oraşe mari, dar nu m-am aşteptat să găsesc lipsuri în halul ăsta într-o zonă rurală, care nu e aşa de diferită de cea din Londra. Amalgamul etnic e mai redus, fireşte.

— Oh, da, avem şi noi partea noastră de dependenți de droguri şi de distrugători, spuse Miles. Cred că nu pot să mănânc mai mult, Sam, adăugă el, dându-şi farfuria la o parte când încă mai era destulă mâncare în ea.

Samantha începu să strângă masa. Mary se ridică s-o ajute.

— Nu, nu, nu e nevoie, Mary, stai liniştită, spuse Samantha.

Spre iritarea lui Kay, Gavin sări şi el în picioare, insistând galant ca Mary să se aşeze la loc, dar şi aceasta insistă.

— A fost minunat, Sam, zise Mary în bucătărie, în timp ce aruncau cea mai mare parte din mâncare în coşul de gunoi.

— Nu, n-a fost, a fost oribil, replică Samantha, care abia acum, când stătea în picioare, putea să aprecieze cât era de beată. Ce părere ai de Kay?

— Nu ştiu. Nu la aşa ceva m-am aşteptat, răspunse Mary.

— Ba exact la aşa ceva m-am aşteptat, scoțând farfuriile pentru budincă. E o altă Lisa, dacă mă întrebi pe mine.

— Oh, nu, nu spune asta, zise Mary. Ar merita pe cineva mai cumsecade de data asta.

Era un punct de vedere cu totul nou pentru Samantha, care era de părere că blegeala lui Gavin merita să fie pedepsită neîntrerupt.

Se întoarseră în sufragerie unde dădură peste o discuție animată între Miles şi Kay, în vreme ce Gavin asista tăcut.

— ... scape de responsabilitatea pentru ei, ceea ce mi se pare o atitudine egocentrică şi plină de aroganță...

— Păi, cred că e interesant că ai folosit cuvântul „responsabilitate“, spuse Miles, deoarece eu cred că atinge chiar esența problemei, nu-i aşa? Problema e, unde anume trasăm linia de demarcație?

— Dincolo de Fields, se pare, zise Kay, râzând cu condescendență. Vrei să trasezi o linie de demarcație clară între clasa de mijloc, proprietarii de locuințe, adică, și clasa de jos...

— În Pagford sunt o mulțime de oameni din clasa muncitoare, Kay. Diferența e că majoritatea chiar *lucrează*. Știi câți dintre locuitorii din Fields trăiesc din ajutoare? Responsabilitate, zici: dar ce s-a întâmplat cu responsabilitatea personală? Îi avem în școala locală de ani de zile: copii care n-au nici măcar un singur membru al familiei angajat; ideea de a-și câștiga existența le este complet străină; generații de nelucrători așteaptă din partea noastră să-i subvenționăm...

— Deci soluția ta ar fi să expediezi problema spre Yarvil, spuse Kay, nu să te angajezi în vreuna dintre...

— Tort de ciocolată Mississippi? întrebă Samantha.

Gavin și Mary își luară feliile mulțumindu-i; Kay, spre furia Samanthei, nu făcu decât să întindă farfuria, de parcă Samantha ar fi fost o chelneriță, atenția fiindu-i îndreptată spre Miles.

— ... clinica de dezintoxicare, care este de o importanță crucială, și pe care, după toate aparențele, unii încearcă să o închidă...

— Ei bine, dacă vorbești despre Bellchapel, spuse Miles clătinând din cap și zâmbind superior, sper că ai remarcat ce rată de succes are, Kay. Jalnică, sincer, absolut jalnică. Am văzut cifrele, chiar în dimineața asta le-am cercetat, și n-am să te mint, dar cu cât mai repede o vor...

— Și cifrele despre care vorbești sunt...?

— Ratele de reușită, Kay, exact ce-am spus: numărul de oameni care au încetat efectiv să mai ia droguri, care s-au vindecat...

— Îmi pare rău, dar ăsta mi se pare un punct de vedere foarte naiv; dacă vrei să judeci reuşita doar după...

— Dar cum naiba ar trebui să judecăm succesul unei clinici de dezintoxicare? întrebă neîncrezător Miles. Din câte pot eu să-mi dau seama, tot ce se face la Bellchapel e să se distribuie cu țârâita metadonă, pe care jumătate din pacienți oricum o consumă împreună cu heroina.

— Problema dependenței de droguri este per ansamblu extrem de complicată, spuse Kay, şi este naiv şi simplist să vorbim doar în termeni de consumatori şi ne...

Dar Miles clătina din cap zâmbind. Kay, căreia până atunci îi plăcuse duelul verbal cu acest avocat mulțumit de sine, deveni dintr-odată mânioasă.

— Ei bine, pot să-ți dau un exemplu foarte concret despre ce fac cei de la Bellchapel: o familie cu care lucrez — mama, fiica adolescentă şi un băiețel — dacă mama n-ar lua metadonă, ar fi pe străzi încercând să-şi plătească viciul; copiii sunt mai bine aşa...

— După cum se pare, ar fi mai bine dacă ar fi luați de lângă mamă.

— Şi unde anume ai propune tu să fie duşi?

— O casă cu părinți adoptivi decentă ar fi un bun început.

— Ştii câte case din acestea există, raportat la numărul de copii care au nevoie de ele?

— Cea mai bună soluție ar fi fost să-i lăsăm să fie adoptați la naştere...

— Fabulos! Uite-acum o să sar în maşina timpului, ripostă Kay.

— Păi, noi ştim un cuplu care era disperat să adopte, spuse Samantha, sărind, în mod neaşteptat, în sprijinul lui Miles.

Nu putea s-o ierte pe Kay pentru grosolănia cu farfuria întinsă. Individa era recalcitrantă şi avea o atitudine de superioritate, exact ca Lisa, care monopoliza orice întâlnire cu opiniile politice şi cu jobul ei specializat în dreptul familiei, dispreţuind-o pe Samantha pentru că deţinea un magazin de sutiene.

— Adam şi Janice, adăugă ea pentru Miles, care încuviinţă; n-au reuşit să adopte un bebeluş pentru nimic în lume, nu-i aşa?

— Da, *un bebeluş*, spuse Kay, dându-şi ochii peste cap, toată lumea vrea *un bebeluş*. Robbie are aproape patru ani. Nu ştie să facă la oliţă, e rămas în urmă cu dezvoltarea pentru vârsta lui şi aproape sigur a fost expus abuziv la comportament sexual. Oare prietenii voştri ar dori să-l adopte *pe el?*

— Păi tocmai, ideea e că dacă ar fi fost luat de la mama lui la naştere...

— Nu lua droguri când l-a născut şi făcea progrese însemnate, spuse Kay. Îl iubea şi voia să-l păstreze şi în acel moment îi putea satisface nevoile. Deja o crescuse pe Krystal, cu ceva sprijin din partea familiei...

— Krystal! ţipă Samantha. Oh, Doamne, noi vorbim aici despre familia *Weedon*?

Kay era îngrozită că folosise nume adevărate. La Londra nu contase niciodată, dar în Pagford, toată lumea cunoştea pe toată lumea, se pare.

— N-ar fi trebuit să...

Dar Miles şi Samantha râdeau, iar Mary părea încordată. Kay, care nu se atinsese de tort şi reuşise să mănânce prea puţin din primul fel, îşi dădu seama că băuse prea mult; băuse încontinuu de nervi, iar acum comisese o indiscreţie majoră. Şi totuşi, nu mai putea să repare ce făcuse; mânia depăşea orice altă consideraţie.

— Krystal Weedon nu e o reclamă prea bună pentru aptitudinile materne ale acelei femei, spuse Miles.

— Krystal se străduieşte din răsputeri să-şi țină laolaltă familia, spuse Kay. Îl iubeşte foarte mult pe frățiorul ei; ideea că i-ar putea fi luat o îngrozeşte...

— N-aş lăsa-o pe Krystal Weedon să aibă grijă nici măcar de un ou pus la fiert, spuse Miles, şi Samantha râse din nou. Ei da, e meritul ei că-şi iubeşte fratele, dar nu e o jucărie de luat în brațe...

— Da, ştiu asta, replică iritată Kay, amintindu-şi de fundulețul lui Robbie, acoperit de o crustă de rahat, dar totuşi e un copil iubit.

— Krystal a lovit-o pe fata noastră, Lexie, spuse Samantha, noi îi cunoaştem o altă latură față de cea pe care sunt sigură că ți-o arată.

— Uite, cu toții ştim că fata asta, Krystal, a avut o soartă dură, spuse Miles, nimeni nu neagă acest lucru. Eu cu mama ei dependentă de droguri am o problemă.

— La drept vorbind, în momentul de față ea se comportă foarte bine în cadrul programului de la Bellchapel.

— Dar, cu *istoricul* ei, spuse Miles, nu trebuie să fii *mare savant*, nu-i aşa, ca să ghiceşti c-o să recidiveze?

— Dacă aplici aceeaşi regulă tuturor, nici tu n-ar trebui să mai ai permis de conducere, deoarece, cu *istoricul* tău, în mod cert iar o să bei şi-o să te sui la volan.

Miles rămase câteva clipe fără replică, dar Samantha spuse cu răceală:

— Cred că asta e cu totul altceva.

— Crezi? spuse Kay. E acelaşi principiu.

— Da, bine, dacă mă întrebi pe mine, uneori tocmai principiile creează probleme, spuse Miles. Adesea e nevoie de puțin bun-simț.

— Acesta fiind numele pe care oamenii-l dau de obicei propriilor prejudecăți, ripostă Kay.

— După cum spune Nietzsche, rosti o voce tăioasă, care-i făcu pe toți să tresară, filosofia este biografia filosofului.

O Samantha în miniatură stătea la ușa dinspre hol, o fată pieptoasă în jur de 16 ani, în blugi strâmți și tricou; mânca dintr-un ciorchine de struguri și arăta foarte încântată de ea însăși.

— Faceți cunoștință cu Lexie, spuse cu mândrie Miles. Mulțumesc pentru asta, geniule.

— Cu plăcere, zise Lexie cu impertinență și o zbughi pe scări în sus.

O liniște grea se așternu în încăpere. Fără să știe cu adevărat de ce, Samantha, Miles și Kay se uitară cu toții la Mary, care părea să fie pe cale să izbucnească în plâns.

— Cafea, spuse Samantha, ridicându-se greoi în picioare.

Mary dispăru în baie.

— Hai să mergem să ne așezăm, spuse Miles, conștient că atmosfera era oarecum încărcată, dar încrezător că va putea, cu câteva glume și obișnuita-i bonomie, să îi readucă pe toți la sentimente mai caritabile față de ceilalți. Luați-vă paharele.

Certitudinile sale nu avuseseră de suferit ca urmare a argumentelor lui Kay mai mult decât un vânticel ar fi mișcat un bolovan. Și totuși, nu avea față de ea sentimente rele, ci mai degrabă de compătimire. Reumplerea continuă a paharelor îl afectase cel mai puțin, dar când ajunse în camera de zi, își dădu seama cât de plină îi era vezica.

— Pune niște muzică, Gav, am să mă duc după bomboanele de ciocolată.

Dar Gavin nu schiță nicio mișcare spre teancurile de CD-uri aranjate în elegantele suporturi din Perspex. Părea să aștepte să fie luat la rost de Kay. Și, bineînțeles, de îndată ce Miles dispăru din vedere, Kay spuse:

— Ei bine, mulțumesc foarte mult, Gav. Mulțumesc pentru tot sprijinul.

Gavin băuse cu şi mai multă lăcomie decât Kay pe toată durata cinei, savurându-şi propria celebrare a faptului că, până la urmă, nu mai fusese oferit drept sacrificiu asalturilor de gladiator ale Samanthei. Se uită direct la Kay, plin de un curaj născut nu doar din vin, ci şi pentru că fusese tratat o oră ca o persoană importantă, informată şi capabilă să ofere sprijin, de către Mary.

— Dar mi s-a părut că te descurci de minune şi singură.

Într-adevăr, puținul pe care şi-l îngăduise să-l audă din conflictul dintre Kay şi Miles îi dăduse un pronunțat sentiment de déjà-vu. Dacă n-ar fi fost Mary care să-i distragă atenția, s-ar fi putut închipui din nou în acea celebră seară, în aceeaşi sufragerie, când Lisa i-a spus lui Miles că personifica tot ce era greşit în societate, iar el îi râsese în față, ceea ce o făcuse pe ea să-şi piardă cumpătul şi să refuze să rămână la cafea. N-a mai trecut mult şi Lisa a recunoscut că îl înşela cu un asociat de la firmă şi l-a sfătuit pe Gavin să facă analize pentru Chlamydia.

— Nu-i cunosc deloc pe oamenii ăştia, spuse Kay, iar tu n-ai făcut nici cel mai mic efort ca să-mi uşurezi situația, nu?

— Dar ce voiai să fac?

Era minunat de calm, ocrotit de iminenta întoarcere a soților Mollison şi a lui Mary, ca şi de copioasele cantități de Chianti pe care le consumase.

— N-am vrut o ceartă despre Fields. Mi se rupe mie de Fields. În plus, e un subiect sensibil în preajma lui Mary. Barry se lupta în Consiliul Parohial să păstreze Fields ca parte a Pagfordului.

— Păi, nu puteai să-mi zici... să-mi faci un semn, ceva?

El râse, exact la fel cum râsese Miles de ea. Înainte ca ea să poată riposta, ceilalți se întoarseră precum magii purtând daruri: Samantha, cu tava cu cești de cafea, urmată de Mary, care aducea cafetiera, și Miles, cu bomboanele lui Kay. Aceasta văzu panglica aurie extravagantă de pe cutie și-și aminti cât de optimistă fusese ea în privința acestei seri atunci când le cumpărase. Își întoarse fața într-o parte, încercând să-și ascundă mânia, arzând de dorința de a urla la Gavin și având de asemenea un impuls subit și șocant de a plânge.

— A fost atât de plăcut, o auzi pe Mary spunând, cu o voce gâtuită care sugera că și ea se poate să fi plâns, dar n-am să rămân la cafea, nu vreau să întârzii mai mult. Declan e un pic... un pic agitat zilele astea. Vă mulțumesc mult, Sam, Miles, mi-a făcut bine să... știți... să mai ies un pic...

— Te conduc eu până... începu Miles, dar Gavin îl întrerupse ferm.

— Tu rămâi aici, Miles, o conduc eu pe Mary. Te însoțesc puțin, Mary. N-o să-mi ia mai mult de cinci minute. E întuneric acolo, sus.

Kay abia mai respira. Toată ființa ei era concentrată să-i urască pe Miles, cel mulțumit de sine, pe Samantha, curviștina, și pe fragila și sleita Mary, dar cel mai mult pe Gavin însuși.

— Oh, da, se auzi ea spunând, căci toți ceilalți păreau să se uite la ea pentru aprobare. Da, Gav, condu-o pe Mary acasă.

Auzi ușa de la intrare deschizându-se și Gavin plecă. Miles îi mai punea niște cafea lui Kay. Aceasta privi cum curge șuvoiul de lichid negru și fierbinte și resimți deodată dureros de viu cât de mult riscase dându-și viața peste cap pentru bărbatul care tocmai plecase în noapte cu o altă femeie.

VIII

Colin Wall îi zări pe Gavin şi Mary trecând pe sub fereastra biroului lui. Recunoscu dintr-odată silueta lui Mary, dar trebui să se uite mai bine ca să-l identifice pe bărbatul vânos de lângă ea, înainte să iasă din cercul de lumină aruncată de felinarul stradal. Aplecat în faţă, pe jumătate ridicat în scaunul său de birou, Colin căscă gura după siluetele care dispăreau în întuneric.

Era extrem de şocat, după ce crezuse că Mary se află într-un fel de sanctuar; că primea doar femei în vizită, printre ele numărându-se şi Tessa, care continua să o viziteze cu regularitate. Nicio clipă nu i-ar fi trecut prin minte că Mary ar putea să socializeze după lăsarea întunericului, cu atât mai puţin cu un bărbat neînsurat. Se simţea trădat personal; de parcă Mary, la un nivel spiritual, îi punea coarne.

Îi permisese Mary lui Gavin să vadă cadavrul lui Barry? Îşi petrecea Gavin serile în fotoliul preferat al lui Barry de lângă şemineu? Erau Gavin şi Mary... să fie posibil ca ei doi... ? În definitiv, astfel de lucruri se întâmplau în fiecare zi. Poate... poate chiar înainte ca Barry să moară...?

Colin nu înceta să fie îngrozit de starea jalnică a moralităţii oamenilor. Încerca să se apere de şocuri impunându-şi să-şi imagineze ce putea fi mai rău; evocând viziuni îngrozitoare de depravare şi trădare, în loc să aştepte ca adevărul să se desfacă precum o cochilie printre amăgirile lui inocente. Pentru Colin, viaţa era o lungă încordare a puterilor împotriva suferinţei şi a dezamăgirii, şi toată lumea, în afară de soţia lui, îi era duşman, până când nu se dovedea contrariul.

Mai-mai că simţea nevoia să dea fuga la parter ca să-i spună Tessei ceea ce tocmai văzuse, pentru că ea ar fi putut să-i dea o explicație inofensivă cu privire la plimbarea nocturnă a lui Mary şi să-l liniştească spunându-i că văduva celui mai bun prieten al său îi fusese şi încă îi era credincioasă soțului ei. Cu toate acestea, rezistă imboldului, pentru că era supărat pe Tessa.

De ce manifesta ea o lipsă de interes atât de hotărâtă față de anunțata lui candidatură pentru consiliu? Chiar nu-şi dădea seama cât de tare-l sugruma anxietatea de când trimisese formularul de înscriere? Deşi se aşteptase să se simtă astfel, anticiparea nu reuşise să-i diminueze durerea, la fel cum faptul că vezi trenul apropiindu-se pe şine nu reduce cu nimic dezastrul pe care l-ar produce ciocnirea cu acesta. Colin nu făcea decât să sufere de două ori: în aşteptarea suferinței şi în transformarea ei în realitate.

Noile lui fantezii coşmareşti se învârteau în jurul clanului Mollison şi a modalităților în care era probabil ca aceştia să-l atace. Contraargumente, explicații şi extenuări se derulau permanent prin mintea lui. Se vedea deja asediat, luptând pentru reputația sa. Înclinația spre paranoia, mereu prezentă în interacțiunile lui cu lumea, devenea şi mai pronunțată. Şi în tot acest timp, Tessa se comporta ca şi cum nu-şi dădea seama de ceea ce se întâmplă, nefăcând nimic care să ajute la atenuarea acestei tensiuni groaznice şi zdrobitoare.

Ştia că ea credea că n-ar trebui să candideze. Poate că şi ea era înfricoşată de posibilitatea ca Howard Mollison să sfâşie pântecele umflat al trecutului lor şi să-i împrăştie secretele înfiorătoare, astfel ca toți vulturii din Pagford să aibă din ce alege.

Colin dăduse deja câteva telefoane celor pe sprijinul cărora se bizuise Barry. Fusese plăcut surprins să constate că niciunul nu-i pusese la îndoială legitimitatea şi nici nu-i adresase întrebări incomode. Fără excepție, aceştia îşi exprimaseră profundul regret față de dispariția lui Barry şi antipatia puternică față de Howard Mollison sau „marele ticălos înfumurat", cum l-a numit unul dintre votanții mai slobozi la gură. „Vrea să ni-l bage pe gât pe fi-su. Abia dacă putea să s-abțină să nu rânjască cân' a auzit că Barry e mort." Colin, care alcătuise o listă de subiecte de discuție pro-Fields, nu avusese nevoie să se uite pe lista aceea nici măcar o dată. Până acum, principalul său avantaj în calitate de candidat părea să fie acela că era prietenul lui Barry şi că nu îl chema Mollison.

Chipul lui miniatural, în alb-negru, îi zâmbea de pe ecranul computerului. Stătuse acolo toată seara, încercând să-şi compună un manifest electoral, pentru care hotărâse să folosească aceeaşi poză care apărea şi pe site-ul şcolii Winterdown: fața i se vedea în întregime, cu un zâmbet larg, uşor anodin, fruntea înaltă şi lucioasă. Imaginea avea avea avantajul că fusese deja supusă atenției publicului, nu fusese ridiculizat pentru ea şi nici nu-l distrusese; iar asta constituia o recomandare puternică. Dar sub fotografie, unde ar fi trebuit să se afle informațiile personale, erau doar una sau două fraze şovăielnice. Colin petrecuse cea mai mare parte a ultimelor două ore compunând şi apoi ştergând cuvintele. La un moment dat, reuşise să completeze un paragraf întreg, pe care însă-l distrusese, apăsând repetat tasta Backspace cu un deget arătător nervos şi violent.

Incapabil să suporte indecizia şi singurătatea, se ridică şi se duse la parter. Tessa stătea întinsă pe sofaua din camera de zi, părând să moțăie cu televizorul pornit în fundal.

— Cum merge? întrebă ea somnoroasă, deschizând ochii.

— Mary tocmai a trecut prin fața casei noastre. Mergea pe stradă cu Gavin Hughes.

— Oh, spuse Tessa. A zis ceva că se duce la Miles şi Samantha, mai devreme. Poate că Gavin a fost şi el acolo. Probabil că o conduce până acasă.

Colin era oripilat. Mary în vizită la Miles, omul care căuta să-i ia scaunul soțului ei, care se afla în opoziție cu toate lucrurile pentru care a luptat Barry?

— Ce mama naibii căuta ea acasă la soții Mollison?

— Au însoțit-o la spital, ştii doar, spuse Tessa, ridicându-se în capul oaselor cu un mic geamăt şi întinzându-şi picioarele scurte. De atunci, n-a mai stat de vorbă cu ei cum se cuvine. Voia să le mulțumească. Ți-ai terminat manifestul?

— Mai am puțin. Ascultă, cu informațiile... adică, în privința informațiilor personale... să trec şi posturile vechi? Sau să mă limitez la Winterdown?

— Nu cred că e nevoie să spui mai mult decât unde lucrezi acum. Dar de ce n-o întrebi pe Minda? Ea... (Tessa căscă) ... şi l-a făcut singură.

— Da, spuse Colin.

Aşteptă, stând în picioare, dar Tessa nu se oferi să-l ajute, nici măcar să citească ceea ce scrisese până atunci.

— Da, e o idee bună, spuse el mai tare. O s-o rog pe Minda să se uite peste el.

Ea gemu, masându-şi gleznele, iar Colin ieşi din cameră, cu mândria rănită. Soția lui nu putea să înțeleagă în ce stare era el, cât de puțin reuşea să doarmă sau cum îl rodea întruna stomacul.

Tessa doar se prefăcuse că doarme. Paşii lui Mary şi Gavin o treziseră cu zece minute mai devreme.

Abia dacă-l cunoştea pe Gavin. Era cu 15 ani mai tânăr decât ea şi Colin, dar principala barieră spre intimitate era tendința lui Colin de a fi gelos pe oricare alt prieten al lui Barry.

— A fost extraordinar în privința asigurării, îi spusese Mary la telefon mai devreme. Vorbeşte cu ei la telefon zilnic, din câte-am înțeles, şi îmi spune întruna să nu-mi fac griji în privința onorariului. Oh, Doamne, Tessa, dacă ăia nu plătesc...

— Gavin o să rezolve pentru tine, spusese Tessa. Sunt sigură că va reuşi.

Ar fi fost drăguț, se gândi Tessa, țeapănă şi însetată pe sofa, dacă ea şi Colin ar fi putut s-o invite pe Mary, să-i ofere o schimbare de decor şi să se asigure că mânca, dar exista o barieră de netrecut: Mary îl găsea pe Colin dificil. Acest adevăr incomod şi până atunci ascuns, ieşise la iveală lent, după moartea lui Barry, ca rămăşițele lăsate în urmă de fluxul retras. Era limpede că Mary o voia doar pe Tessa; evita sugestiile potrivit cărora Colin ar putea fi de folos cu ceva şi se ferea să vorbească prea mult la telefon cu el. De-a lungul anilor, se întâlniseră de-atâtea ori toți patru, şi antipatia lui Mary nu răzbătuse niciodată: probabil că jovialitatea lui Barry o ascunsese.

Tessa trebuia să manevreze noua stare de lucruri cu mare delicatețe. Reuşise să-l convingă pe Colin că Mary se simțea cel mai bine în compania altor femei. Înmormântarea fusese singurul ei eşec, deoarece Colin o abordase direct pe Mary în timp ce plecau de la St Michael şi încercase să-i explice, printre sughițurile violente, că avea de gând să candideze pentru locul lui Barry din consiliu, să ducă mai departe munca lui Barry, să se asigure că Barry va triumfa postum. Tessa văzuse expresia şocată şi ofensată a lui Mary şi îl trăsese de-acolo.

O dată sau de două ori de atunci, Colin îşi anunțase intenția de a merge la Mary ca să-i arate materialele lui electorale, s-o întrebe dacă Barry ar fi fost de acord cu ele; ba chiar şi-a anunţat intenţia de a-i cere lui Mary sfaturi despre cum ar fi procedat Barry ca să adune cât mai multe voturi. În final, Tessa i-a spus ferm că nu mai trebuie s-o sâcâie pe Mary cu privire la Consiliul Parohial. Motiv pentru care Colin a devenit ţâfnos, dar era mai bine să fie supărat pe ea decât să devină un stres suplimentar pentru Mary sau s-o provoace să-l refuze, cum se întâmplase când ceruse să vadă cadavrul lui Barry.

— Şi totuşi, cu soţii Mollison! spuse Colin, reintrând în cameră cu o ceaşcă de ceai. Dintre toţi oamenii cu care putea să ia cina! Ei au fost împotriva a tot ceea ce reprezenta Barry!

Nu-i oferi şi Tessei una; era adesea egoist în lucrurile astea mărunte, prea ocupat cu propriile griji ca să bage de seamă.

— Asta e un pic melodramatic, Col, spuse Tessa. În tot cazul, Mary n-a fost niciodată la fel de interesată de Fields ca Barry.

Dar Colin nu putea să înţeleagă iubirea decât ca pe o loialitate fără margini, o toleranţă fără limite: Mary scăzuse ireparabil în ochii lui.

IX

— Şi unde zici că mergi? întrebă Simon, plantându-se de-a curmezişul holului îngust.

Uşa de la intrare era deschisă, iar veranda de sticlă din spatele lui, plină de încălţăminte şi haine, era orbitoare în lumina puternică a soarelui de duminică dimineaţă, preschimbându-l pe Simon într-o siluetă. Umbra lui se prelingea în sus pe trepte, abia atingând-o pe cea pe care se afla Andrew.

— În oraş, cu Fats.

— Temele ți le-ai făcut?

— Da.

Era o minciună, dar Simon nu se ostenea să verifice.

— Ruth? *Ruth!*

Femeia apăru în uşa bucătăriei, purtând un şorț, roşie la față, cu mâinile pline de făină.

— Ce e?

— Avem nevoie de ceva din oraş?

— Ce? Nu, nu cred.

— Iei bicicleta mea, da? îl întrebă Simon pe Andrew autoritar.

— Da, voiam să...

— O laşi la Fats acasă?

— Da.

— La ce oră vrem să se întoarcă acasă? întrebă Simon, întorcându-se iar spre Ruth.

— Ei, nu ştiu, Si, spuse Ruth nerăbdătoare.

Gradul cel mai ridicat de iritare pe care îndrăznise vreodată să-l manifeste față de soțul ei era în ocaziile când Simon, deşi în esență binedispus, începea să le explice celor din jur ce trebuie să facă, aşa, de distracție. Andrew şi Fats plecau des în oraş împreună, cu înțelegerea vagă că Andrew urma să se întoarcă înainte de a se întuneca.

— La ora 17, atunci, spuse Simon pe un ton dictatorial. Dacă întârzii, eşti consemnat în casă.

— Bine, replică Andrew.

Îşi ținea mâna dreaptă în buzunarul hainei, strânsă peste o hârtie împăturită, simțindu-i intens prezența, de parcă ar fi fost o grenadă cu temporizare. Teama de a pierde această foaie de hârtie, pe care se putea citi un rând cu un cod scris cu meticulozitate, alături de un număr de propoziţii îndelung redactate, cu cuvinte tăiate şi reformulate, îl rodea de o săptămână. O păstrase asupra lui tot timpul şi dormea cu ea ascunsă în faţa de pernă.

Simon abia catadicsi să se mişte într-o parte, astfel încât Andrew se văzu nevoit să se înghesuie pe lângă el ca să ajungă pe verandă, cu degetele încleştate pe hârtie. Era îngrozit că Simon ar putea să-i ceară să-şi întoarcă buzunarele pe dos, chipurile, în căutare de ţigări.

— La revedere, atunci.

Simon nu-i răspunse. Andrew se duse în garaj, unde scoase foaia de hârtie, o despături şi o citi. Ştia că era ceva iraţional, că simpla apropiere de Simon n-ar fi putut să schimbe hârtiile în mod magic, dar totuşi simţea nevoia să se asigure. Mulţumit că totul era în regulă, o reîmpături, o vârî mai adânc în buzunar, pe care-l prinse cu o capsă, apoi scoase bicicleta din garaj şi ieşi pe poartă, ajungând pe alee. Simţea că tatăl lui îl urmărea prin uşa de sticlă a verandei, sperând, Andrew era sigur de asta, să-l vadă căzând sau stricându-i bicicleta.

Pagford se întindea la picioarele lui, învăluit într-o ceaţă uşoară în soarele rece de primăvară, aerul fiind proaspăt şi friguros. Andrew simţi că ajunsese în punctul în care ochii lui Simon nu-l mai puteau urmări; era ca şi cum i s-ar fi luat o greutate de pe umeri.

Coborând dealul spre Pagford, goni cât putu de repede, fără să atingă frânele, apoi o coti pe Church Row. Cam pe la jumătatea străzii, încetini şi pedală pe aleea casei în care locuia familia Wall, având grijă să ocolească maşina lui Cubby.

— Bună, Andy, spuse Tessa, deschizându-i uşa de la intrare.

— Bună ziua, doamnă Wall.

Andrew accepta convenția potrivit căreia părinții lui Fats erau caraghioşi. Tessa era durdulie şi urâțică, pieptănătura ei era ciudată, iar simțul vestimentar, de-a dreptul jenant, în vreme ce Cubby era crispat până la a fi comic. Şi totuşi, Andrew nu se putea să suspecteze că, dacă soții Wall ar fi fost părinții lui, ar fi putut să fie tentat să-i placă. Erau tare civilizați şi politicoşi. La ei în casă n-aveai niciodată senzația că podeaua ar putea să cedeze brusc şi să te pomeneşti plonjând în haos.

Fats şedea pe treapta de jos, punându-şi adidaşii. Un pachet de tutun era clar vizibil, ițindu-se din buzunarul de la piept al hainei.

— Arf.

— Fats.

— Vrei să laşi bicicleta tatălui tău în garaj, Andy?

— Da, mulțumesc, doamnă Wall.

(Reflectă la faptul că Tessa spunea de fiecare dată „tatăl tău", niciodată „taică-tu". Andrew ştia că îl detesta pe Simon; era unul dintre motivele care-l determinau să treacă încântat cu vederea peste hainele groaznice şi lălâi pe care le purta şi bretonul tăiat cu stângăcie, care n-o avantaja deloc.

Antipatia era veche de ani şi ani, de la acea întâmplare oribilă, care făcuse epocă şi în care Fats, în vârstă de şase ani, venise să-şi petreacă pentru prima oară după-amiaza zilei de sâmbătă la Hilltop House. Urcați într-un echilibru precar pe o ladă din garaj, în încercarea de a recupera două rachete vechi de badminton, cei doi băieți au răsturnat din greşeală conținutul unui raft dărăpănat.

Andrew îşi aminti cum căzuse cutia din tablă cu creozot, lovindu-se de acoperişul maşinii şi deschizându-se, şi teroarea care l-a cuprins, precum şi incapacitatea de a-i comunica prietenului său zgâlțâit de râs ce nenorocire abătuseră asupra lor.

Simon auzise hărmălaia. A venit în fugă la garaj și s-a apropiat de ei cu falca încleștată, scoțând gemetele alea joase, animalice, înainte de a începe să profereze amenințări cu pedepse fizice înfiorătoare, ținându-și pumnii strânși la câțiva centimetri de fețișoarele lor ridicate în sus.

Fats a făcut pe el. Un șuvoi de urină se prelingea pe interiorul pantalonilor scurți și pe podeaua garajului. Ruth, care auzise țipetele din bucătărie, dăduse fuga din casă ca să intervină:

— Nu, Si... Si, nu... a fost un accident!

Fats era alb la față și tremura. Voia să plece acasă imediat. O voia pe mami a lui.

Tessa a sosit, iar Fats a alergat la ea în pantalonașii lui uzi, suspinând. A fost singura dată în viață când Andrew l-a văzut pe tatăl lui fără replică, dând înapoi. Cumva, Tessa a reușit să-i transmită o furie aprigă fără să ridice vocea, fără să amenințe, fără să lovească. A semnat un cec pe care i l-a vârât cu forța în mână lui Simon, în vreme ce Ruth zicea: *Nu, nu, nu-i nevoie, nu-i nevoie*. Simon s-a dus după ea la mașină, încercând să o dea pe glumă. Dar Tessa i-a aruncat o privire disprețuitoare în timp ce-l urca pe Fats, care nu se oprise din plâns, pe scaunul pasagerului, și a trântit portiera în fața zâmbitoare a lui Simon. Andrew a văzut expresiile părinților săi: Tessa luase cu ea, coborând dealul spre oraș, ceva care de obicei rămânea ascuns în casa de pe culmea dealului.)

Zilele astea, Fats îl curta pe Simon. Ori de câte ori venea la Hilltop House, se dădea peste cap ca să-l facă să râdă. Și, în revanșă, Simon întâmpina cu bucurie vizitele lui Fats, se amuza la poantele lui cele mai deocheate, asculta încântat relatările despre isprăvile lui. Totuşi, când rămânea singur cu Andrew, Fats era de acord fără rezerve că Simon era o pulă de primă clasă, de 24 de carate.

— Eu cred că e lesbi, spuse Fats, pe când treceau pe lângă Vechiul Vicariat, întunecat în umbra pinilor scoţieni, cu faţada acoperită de iederă.

— Mama ta? întrebă Andrew, abia ascultând, pierdut în propriile gânduri.

— Ce? ţipă Fats şi Andrew observă că era sincer revoltat. Du-te-ncolo! Sukhvinder Jawanda.

— Oh, da. Aşa e.

Andrew râse şi la fel făcu, o secundă mai târziu, şi Fats.

Autobuzul pentru Yarvil era aglomerat; Andrew şi Fats se văzură nevoiţi să stea unul lângă celălalt, în loc să ocupe câte două scaune, cum făceau de obicei. Când trecură pe lângă Hope Street, Andrew aruncă o privire în lungul ei, dar era pustie. Nu se mai întâlnise cu Gaia în afara şcolii din după-amiaza în care îşi luaseră amândoi slujbe la IBRICUL DE ARAMĂ. Cafeneaua urma să se deschidă în weekendul următor, iar Andrew era asaltat de valuri de euforie de câte ori se gândea la asta.

— Campania electorală a lui Si-Pie e în plin avânt, nu? întrebă Fats, ocupat cu rularea ţigărilor.

Ţinea un picior lung întins pe culoarul autobuzului; pasagerii preferau să păşească peste el decât să-i ceară să-l mute.

— Cubby se cacă pe el deja şi abia îşi scrie fluturaşul electoral.

— Mda, e ocupat, spuse Andrew şi suportă fără să clipească o erupţie tăcută de panică în capul pieptului.

Se gândi la părinţii lui aşezaţi la masa din bucătărie, cum stătuseră seară de seară în ultima săptămână;

la cutia cu afişe stupide pe care Simon le tipărise la serviciu; la lista cu punctele de discuție pe care Ruth îl ajutase pe Simon s-o alcătuiască şi pe care acesta o folosea când dădea telefoane în fiecare seară fiecărei persoane pe care o cunoştea în interiorul granițelor electorale. Simon făcea toate acestea cu aerul unui imens efort. Era extrem de încordat acasă, manifestând o agresivitate sporită față de băieți; ai fi zis că e nevoit să poarte pe umeri o povară de la care cei doi se sustrăseseră. La masă nu se discuta decât despre alegeri, Simon şi Ruth făcând speculații cu privire la forțele coalizate împotriva lui. Luau foarte personal că şi alții candidau pentru postul lui Barry Fairbrother şi păreau să presupună că Miles Mollison şi Colin Wall îşi petreceau cea mai mare parte a timpului complotând împreună, uitându-se în sus la Hilltop House şi concentrându-se exclusiv pe înfrângerea omului care locuia acolo.

Andrew verifică încă o dată în buzunar prezența foii de hârtie. Nu-i spusese lui Fats ce intenționa să facă. Îi era teamă că Fats putea să transmită mai departe; Andrew nu ştia cum să-i impună prietenului său necesitatea păstrării secretului absolut, cum să-i amintească lui Fats că maniacul care-i făcuse pe băiețel să se pişe pe ei era încă viu şi în putere, şi trăia în casa lui Andrew.

— Cubby nu e prea îngrijorat în privința lui Si-Pie, spuse Fats. Cred că marele lui concurent e Miles Mollison.

— Mda, replică Andrew.

Îi auzise pe părinții săi discutând problema. Amândoi lăsau să se înțeleagă că Shirley îi trădase; că ea ar fi trebuit să-i interzică fiului ei să candideze împotriva lui Simon.

— Ştii, pentru Cubby asta-i o nenorocită de cruciadă sfântă, spuse Fats, rulând o țigară între arătător şi degetul mare. Vrea să preia drapelul regimentului pentru camaradul lui căzut la datorie. Bătrânul Barry Fairbrother.

Împinse cu un băț de chibrit firele de tutun în capătul țigării rulate.

— Soția lui Miles Mollison are nişte țâțe uriaşe, spuse Fats.

O bătrânică aşezată în fața lor întoarse capul ca să se uite dojenitor la Fats. Andrew începu din nou să râdă.

— Balcoane enorme şi săltărețe, spuse cu glas tare Fats, drept către fața încruntată şi zbârcită. Mamele babane, suculente, de mărimea dublu F.

Femeia îşi întoarse din nou chipul roşu spre partea din față a autobuzului. Andrew abia mai putea să respire.

Se dădură jos în centrul Yarvilului, aproape de zona comercială şi de principala arteră pietonală destinată cumpărăturilor, şi îşi croiră drum prin mulțime, fumând din țigările rulate de Fats. Andrew nu mai avea practic niciun sfanț: banii de la Howard Mollison aveau să fie bineveniți.

Afişul portocaliu strident al internet-cafeului părea să lumineze pentru Andrew de la distanță, chemându-l. Nu se putea concentra la ce spunea Fats. *Ai s-o faci?* se tot întreba. *Ai s-o faci?*

Nu ştia. Picioarele continuau să i se mişte, iar firma creştea tot mai mult în dimensiuni, ademenindu-l, privindu-l pofticios.

Dacă aud c-ai suflat un cuvințel despre ce se întâmplă în casa asta, te jupoi de viu.

Dar alternativa... umilința de a-l vedea pe Simon arătând lumii cum este el cu adevărat; prețul pe care-l va avea de plătit familia când, după săptămâni de aşteptare şi idioțenie, va fi înfrânt, aşa cum şi trebuia. Apoi vor veni furia şi veninul, însoțite de hotărârea de a-i face pe toți ceilalți să plătească pentru propriile lui decizii nebuneşti. Cu o seară înainte, Ruth spusese cu voioşie: „Băieţii o să se ducă prin Pagford şi-o să lipească afişele pentru tine". Andrew văzuse cu coada ochiului expresia de groază a lui Paul şi încercarea lui de a stabili contact vizual cu fratele său.

— Vreau să intru aici, mormăi Andrew, întorcându-se la dreapta.

Cumpărară bilete cu coduri pe ele şi se aşezară la computere diferite, despărţiţi de două scaune ocupate. Bărbatul de vârstă mijlocie din dreapta lui Andrew puţea a transpiraţie şi a ţigări vechi şi îşi tot trăgea nasul.

Andrew se logă la internet şi tastă numele site-ului: Consiliul... Parohial... Pagford... punct... co... punct... uk...

Pagina iniţială purta blazonul consiliului în culori albastru şi alb şi o fotografie a Pagfordului care fusese făcută dintr-un punct apropiat de Hilltop House, cu mănăstirea Pargetter profilându-se pe fundalul cerului. Site-ul, după cum Andrew ştia deja, uitându-se la el de pe un computer de la şcoală, nu era actualizat şi părea făcut de un amator. Nu îndrăznise să se apropie de el de pe propriul laptop; poate că tatăl lui manifesta o ignoranţă imensă vizavi de internet, dar Andrew nu excludea posibilitatea ca Simon să găsească pe cineva la serviciu care să-l ajute să cerceteze, după ce ar fi făcut lucrul acela...

Chiar şi în acest loc aglomerat şi anonim, nu se putea face abstracţie de faptul că data de azi va figura pe postarea de pe site, şi nici să pretindă că nu fusese în Yarvil când s-a întâmplat. Dar Simon nu vizitase în viaţa lui un internet-cafe şi s-ar putea să nu ştie că există aşa ceva.

Inima îi bătea dureros în piept. Iute, derulă mesajele de pe forum, care nu părea să se bucure de prea mult trafic. Erau fire de discuţii intitulate: colectare de deşeuri — o întrebare şi zonele de acoperire şcolară din Crampton şi

Little manning? Cam la fiecare a zecea intrare era câte-o postare din partea Administratorului, care ataşa minute de la Ultima Şedinţă de Consiliu. Chiar în josul paginii era un fir de discuţii intitulat: Moartea consilierului Barry Fairbrother. Postarea cu pricina fusese vizionată de 152 de ori şi primise 43 de răspunsuri. Apoi, pe a doua pagină a forumului, găsi ceea ce spera să găsească: o postare de la cel decedat.

Cu două luni în urmă, laboratorul de calculatoare al lui Andrew fusese supravegheat de un tânăr profesor suplinitor. Tipul încercase să fie popular, să atragă clasa de partea sa. N-ar fi trebuit să pomenească deloc despre injecţiile SQL, iar Andrew era cât se poate de sigur că nu fusese singurul care se dusese direct acasă şi căutase semnificaţia termenului. Scoase foaia de hârtie pe care scrisese codul găsit în diferite momente la şcoală şi aduse pe ecran pagina de log-in a site-ului consiliului. Totul se baza pe premisa că site-ul fusese conceput şi implementat de un amator cu mult timp în urmă şi că nu fusese protejat niciodată faţă de cel mai simplu dintre atacurile clasice.

Cu mare băgare de seamă, folosindu-şi doar degetul arătător, introduse linia magică de caractere.

Le citi de două ori, asigurându-se că fiecare apostrof era la locul lui, ezitând pentru o secundă la limită, abia mai respirând, apoi apăsă tasta Enter.

Icni, bucuros ca un copil, şi trebui să se împotrivească imboldului de a urla sau de a lovi cu pumnul în aer. Penetrase de la prima încercare site-ul insignifiant. Acolo, pe ecranul din faţa lui, se aflau detaliile utilizatorului Barry Fairbrother: numele, parola şi întregul profil.

Andrew îşi netezi hârtia magică pe care o ţinuse sub pernă o săptămână şi se puse pe treabă. Tastarea următorului paragraf, cu numeroasele lui tăieturi şi reformulări, se dovedi un proces mult mai laborios.

Încercase să găsească un stil cât mai impersonal şi mai impenetrabil posibil; tonul imparțial al unui jurnalist de la un ziar de format mare.

Domnul Simon Price, aspirant la postul de consilier parohial, speră să candideze pe o platformă de reducere a cheltuielilor inutile ale consiliului. Fără doar şi poate că domnul Price nu e străin de menținerea costurilor la un nivel scăzut şi ar putea să ofere consiliului beneficiul numeroaselor lui relații. Astfel, el economiseşte bani acasă achiziționând bunuri furate — cel mai recent fiind un calculator — şi este omul la care poți să te duci pentru orice manoperă tipografică ce trebuie efectuată la un preț redus, dar cu bani gheață, imediat ce conducerea superioară a plecat acasă, la Tipografia Harcourt-Walsh.

Andrew citi tot mesajul de două ori. Îl repetase de atâtea ori în minte. Erau multe acuzații pe care le-ar fi putut formula împotriva lui Simon, dar nu exista tribunal în care Andrew să fi putut aduce adevăratele acuzații împotriva tatălui său, în care ar fi putut să prezinte drept dovezi amintirile legate de teroarea fizică şi de umilințele rituale. Tot ce avea erau măruntele încălcări ale legii cu care-l auzise pe Simon lăudându-se şi selectase aceste două exemple — calculatorul furat şi tipăriturile lucrate pe şest în afara orelor de program — deoarece ambele erau strâns legate de locul de muncă. Angajații tipografiei ştiau că Simon făcea lucrurile astea şi ar fi putut să vorbească cu oricine: prietenii sau familiile lor.

Simţea o agitaţie în măruntaie asemănătoare celei din momentele când Simon chiar îşi pierdea controlul ş lovea pe oricine-i ieşea în cale. Vederea propriei trădări în alb-negru pe ecran era înfricoşătoare.

— Ce mama dracului faci aici? întrebă Fats cu o voce scăzută, în urechea lui.

Bărbatul împuţit de vârstă mijlocie dispăruse; Fats se mutase lângă el şi tocmai citea ce scrisese Andrew.

— Futu-i mama mă-sii!! zise Fats.

Andrew avea gura uscată. Mâna îi şedea liniştită pe mouse.

— Cum ai intrat? întrebă Fats în şoaptă.

— Injecţie SQL, spuse Andrew. E peste tot pe net. Ăştia-s la pământ cu securitatea.

Fats părea entuziasmat şi teribil de impresionat. Andrew era pe jumătate încântat, pe jumătate speriat de reacţia lui.

— Trebuie să ţii asta în…

— Lasă-mă să-i fac şi eu una lui Cubby!

— Nu!

Mâna lui Andrew de pe mouse se îndepărtă rapid de degetele întinse de Fats. Acest gest urât de lipsă de loialitate filială izvorâse din supa primordială de mânie, frustrare şi teamă care băltise înăuntrul lui toată viaţa sa raţională, dar nu ştiu cum să-i transmită asta mai bine lui Fats decât zicându-i:

— Eu nu mă amuz aici.

Citi mesajul în întregime pentru a treia oară, apoi îi adăugă şi un titlu. Simţea cum lângă el Fats freamătă, de parcă s-ar fi uitat la o nouă şedinţă porno online. Andrew se văzu cuprins de dorinţa de a-l impresiona şi mai mult:

— Uite, spuse el şi schimbă numele de utilizator al lui Barry în Fantoma_lui_Barry_Fairbrother.

Fats râse în hohote. Degetele lui Andrew tresăriră pe mouse. Îl mişcă în lateral. N-avea să ştie niciodată dacă ar mai fi mers până la capăt, în cazul în care Fats nu ar fi văzut ce face. Cu un singur clic, un nou subiect de discuţie apăru în partea de sus a forumului Consiliului Parohial din Pagford: *Simon Price nu e demn să candideze pentru Consiliu.*

Afară, pe trotuar, cei doi se opriră un moment faţă în faţă, uşor copleşiţi de ceea ce tocmai se întâmplase. Apoi Andrew luă de la Fats chibriturile, aprinse foaia de hârtie pe care scrisese mesajul şi o privi cum se dezintegrează în fulgi negri şi fragili, care planară spre trotuarul murdar şi dispărură sub picioarele trecătorilor.

X

Andrew plecă din Yarvil la 15:30, ca să fie sigur că ajunge la Hilltop House înainte de 17. Fats îl însoţi la staţia de autobuz şi apoi, aparent în treacăt, îi spuse c-o să mai rămână un pic în oraş.

Fats aranjase în principiu să se întâlnească cu Krystal în centrul comercial. Se întoarse în direcţia magazinelor, gândindu-se la ce făcuse Andrew la internet-cafe şi încercând să-şi desluşească propriile reacţii.

Se văzu nevoit să admită că era impresionat; de fapt, se simţea cumva pus în inferioritate. Andrew concepuse treaba asta de la un cap la altul, păstrând secretul şi o executase în mod eficient: toate acestea erau admirabile. Fats simţi un junghi de invidie că Andrew formulase planul fără să-i spună niciun cuvânt şi se întrebă dacă n-ar trebui poate să deplângă natura subversivă a atacului împotriva tatălui său. Dacă nu cumva toată acțiunea avea ceva viclean şi excesiv de sofisticat; n-ar fi fost mai autentic să-l amenințe pe Simon în față sau să-i ardă una-n meclă?

Da, Simon era un nemernic, dar era fără doar şi poate un nemernic autentic. Făcea ce voia, când voia, fără să se supună constrângerilor sociale sau moralității convenționale. Fats se întrebă dacă nu cumva ar trebui să simpatizeze cu Simon, pe care îi plăcea să-l distreze cu un umor grosolan, cras, concentrat mai ales pe oameni care se făceau de râs singuri sau sufereau accidente de un umor ieftin. Fats îşi spunea adesea că l-ar fi preferat pe Simon, cu caracterul lui schimbător, cu declanşarea imprevizibilă a certurilor — ca opozant vrednic, un adversar implicat — decât pe Cubby.

Pe de altă parte, Fats nu uitase episodul cu acea cutie de creozot, fața de brută şi pumnii lui Simon, zgomotul înfricoşător pe care-l făcuse, senzația dată de curgerea pe picioare a pişatului fierbinte şi (probabil amănuntul cel mai ruşinos dintre toate) chemarea lui disperată, rostită din toată inima, ca Tessa să vină şi să-l ducă în siguranța căminului său. Fats nu era încă atât de invulnerabil încât să fie imun la dorința de răzbunare a lui Andrew.

Aşa încât Fats parcurse cercul complet: Andrew făcuse ceva îndrăzneț, ingenios şi potențial exploziv prin consecințe. Din nou, Fats simți o mică înțepătură de tristețe că nu el pusese totul la cale. Încerca să se dezbare de acea încredere în cuvinte dobândită, tipică pentru clasa mijlocie, dar era dificil să renunțe la un sport în care excelase şi, în timp ce păşea pe plăcile de gresie lustruite ale centrului comercial, se pomeni formulând fraze care ar fi aruncat în aer pretențiile înfumurate şi l-ar fi lăsat în pielea goală în fața unui public batjocoritor...

O zări pe Krystal într-un grup restrâns de copii din Fields, adunați în jurul băncilor din mijlocul aleii dintre magazine. Nikki, Leanne şi Dane Tully se aflau printre ei. Fats nu ezită şi nici nu păru să-şi piardă cumpătul câtuşi de puțin, continuă să se deplaseze cu aceeaşi viteză, cu mâinile în buzunare, sub privirile critice ale ochilor curioşi care-l cercetau din cap până-n picioare.

— Bune toate, Fatboy? strigă Leanne.

— Da, la tine?

Leanne murmură ceva către Nikki, care chicoti. Krystal mesteca energic gumă, obrajii colorându-i-se brusc, şi îşi aruncă părul pe spate, astfel încât cerceii i se legănară, ridicându-şi totodată pantalonii de trening.

— Toate bune? i se adresă el lui Krystal.

— Da, spuse ea.

— Maică-ta ştie c-ai ieşit în oraş, Fats? întrebă Nikki.

— Da, ea m-a adus aici, spuse calm Fats, în tăcerea avidă. Mă aşteaptă afară, în maşină. Mi-a şi zis că am timp să trag un număr scurt înainte să mergem acasă pentru ceai.

Toți izbucniră în râs, în afară de Krystal, care protestă:

— Dă-te-ncolo de nemernic tupeist! zise, dar părea încântată.

— Fumezi d-alea rulate? întrebă Dane Tully, cu ochii la buzunarul de la piept al lui Fats.

Avea o crustă mare şi neagră pe buză.

— Mda, zise Fats.

— Unchi-miu fumează d-astea, spuse Dane. Şi-a făcut plămânii pulbere.

Trăgea într-o doară de crustă.

— Şi unde vă duceţi voi doi? întrebă Leanne, privind când la Fats, când la Krystal.

— Nu'ş, zise Krystal, mestecând gumă şi aruncând o privire înspre Fats.

El nu se obosi să o lămurească pe vreuna dintre ele, ci indică ieşirea din centrul comercial cu un gest al degetului mare.

— Pe mai târziu, zise Krystal tare către ceilalţi.

Fats le făcu neglijent cu mâna în semn de rămas-bun şi porni cu Krystal lângă el. Auzi alte hohote de râs în urma lor, dar nu-i păsa. Ştia că se comportase corespunzător.

— Unde mergem? întrebă Krystal.

— Nu'ş, zise Fats. Tu unde mergi, de obicei?

Ea ridică din umeri, mestecând gumă. Ieşiră din centrul comercial şi o luară pe strada principală. Erau la o distanţă oarecare de terenul de distracţii, unde se duseseră data trecută ca să-şi găsească un locşor ferit.

— Şi chiar te-a adus maică-ta? întrebă Krystal.

— Fireşte că nu m-a adus, ce naiba. Am venit cu autobuzul, ce crezi?

Krystal aşteptă calmă mustrarea, privind în vitrinele magazinelor la reflexiile lor pereche. Vânos şi ciudat, Fats era o celebritate a şcolii. Chiar şi lui Dane i se părea că e haios.

— Doar se foloseş'e de tine, vacă proastă, îi aruncase Ashlee Mellor cu trei zile în urmă, în colţ pe Foley Road, pentru că eşti o târfă nenorocită, ca mă-ta.

Ashlee făcuse parte din gaşca lui Krystal până când cele două s-au încăierat din pricina unui băiat. Toată lumea ştia că Ashlee nu era zdravănă la cap; era predispusă la izbucniri de furie şi de plâns şi cea mai mare parte a timpului cât se afla la Winterdown şi-o împărţea între sprijin educaţional şi consiliere. Dacă mai era nevoie de o dovadă privind incapacitatea de a se gândi la consecințe, a provocat-o la bătaie pe Krystal taman pe terenul ei, unde aceasta avea şi susținători, iar ea n-avea pe nimeni. Nikki, Jemma şi Leanne o ajutaseră s-o încolțească şi s-o imobilizeze pe Ashlee, iar Krystal îi cărase la pumni şi la palme peste tot până când degetele i se umpluseră de sânge de la gura celeilalte fete.

Krystal nu era îngrijorată de repercusiuni.

— Moale ca un căcat şi de două ori mai plângăcioasă, a spus ea despre Ashlee şi familia ei.

Dar vorbele lui Ashlee atinseseră un loc sensibil şi infectat în psihicul lui Krystal, aşa că fusese balsam faptul că Fats o căutase la şcoală a doua zi şi îi ceruse pentru prima oară să se întâlnească în weekend. Imediat le-a anunțat pe Nikki şi Leanne că urma să iasă cu Fats Wall sâmbătă şi fusese încântată de privirile lor surprinse. Şi, ca o încununare la toate, el şi-a făcut apariția atunci când promisese c-o să apară (sau în decurs de o jumătate de oră) exact în fața tuturor amicilor ei, după care au plecat împreună. Era ca şi cum ieşeau în oraş aşa cum se cuvine.

— Şi ce-ai mai făcut? întrebă Fats, după ce parcurseră 50 de metri în tăcere, trecând pe lângă internet-cafe.

Simțea o nevoie convențională de a păstra o formă de comunicare, chiar în timp ce se întreba dacă vor găsi vreun loc retras, înainte de terenul de recreere, aflat la o jumătate de oră de mers. Voia să i-o tragă în timp ce amândoi ar fi fost drogați; era curios să vadă cum era.

— Am fo' s-o văd pe Nana la spital azi-dimineață, a avut un atac, spuse Krystal.

Nana Cath nu încercase să mai vorbească de data asta, dar Krystal se gândi că ştiuse că ea fusese acolo. După cum se aşteptase, Terri a refuzat să meargă, aşa încât Krystal a stat singură lângă patul bătrânei, până cu o oră înainte să se facă timpul să plece în zona comercială.

Fats era curios să afle amănunte din viața lui Krystal; dar numai în măsura în care acestea constituiau un punct de intrare în viața adevărată din Fields. Particularități precum vizitele la spital nu prezentau niciun interes pentru el.

— Şi, adăugă Krystal cu un accent irepresibil de mândrie, am dat un interviu la ziar.

— Ce? spuse Fats, surprins. De ce?

— Doar despre Fields, răspunse Krystal. Cum a fost să cresc acolo.

(Jurnalista o găsise în cele din urmă acasă, iar după ce Terri i-a dat morocănoasă permisiunea, a dus-o la o cafenea să discute. O tot întreba dacă faptul că fusese la St Thomas o ajutase pe Krystal, dacă îi schimbase viața în vreun fel. Răspunsurile lui Krystal păruseră să o facă uşor nerăbdătoare şi puțin frustrată.

— Ce note ai avut la şcoală? a întrebat-o ea, iar Krystal îi răspunsese evaziv şi defensiv.

— Domnul Fairbrother zicea că, după părerea lui, asta îți lărgeşte orizonturile.

Krystal nu ştia ce să spună despre orizonturi. Când se gândea la St Thomas, îşi amintea de încântarea pe care i-o provoca terenul de joacă cu castanul uriaş din care, în fiecare an, ploua peste ei cu castane lucioase. Nu mai văzuse niciodată castane până să meargă la St Thomas. La început, îi plăcuse uniforma, îi plăcuse să arate la fel ca toți ceilalți. Fusese entuziasmată să vadă numele străbunicului ei pe monumentul din mijlocul pieței: *Sold. Samuel Weedon.* Doar un singur alt băiat mai avea numele de familie pe monument, iar ăla era un fiu de fermier, care fusese în stare să conducă un tractor la nouă ani şi o dată a adus în clasă un miel, la ora de „Arată şi explică". Krystal n-a uitat niciodată senzația pe care o avusese când pipăise blănița mielului. Când i-a povestit Nanei Cath despre asta, aceasta i-a spus că strămoşii lor fuseseră cândva muncitori la fermă.

Krystal îndrăgise râul verde şi luxuriant unde se duceau să se plimbe. Cel mai mult îi plăcuse la jocul de *rounders* şi la atletism. Era întotdeauna prima aleasă pentru orice fel de echipă sportivă şi o încântau murmurele de invidie ale echipei adverse ori de câte ori era aleasă. Şi uneori se gândea la profesorii deosebiți pe care-i avusese, mai ales domnişoara Jameson, tânără şi modernă, cu părul ei blond şi lung. Krystal şi-o imaginase întotdeauna pe Anne-Marie ca semănând puțin cu domnişoara Jameson.

Apoi mai erau fragmentele de informații pe care Krystal le reținuse cu detalii vii, exacte. Vulcanii: erau creați de plăcile care se mişcau în pământ; făcuseră nişte machete pe care le umpluseră cu bicarbonat de sodiu şi detergent lichid, iar aceştia erupseseră pe tăvi de plastic. Lui Krystal îi plăcuse la nebunie experimentul. Ştia şi despre vikingi: aceştia aveau corăbii lungi şi coifuri cu coarne, deşi uitase când ajunseseră în Britania şi de ce.

Dar alte amintiri de la St Thomas includeau comentarii murmurate pe seama ei de fetițele din clasă, dintre care pe una sau două le pocnise. Când Serviciile Sociale îi permiseseră să se întoarcă la mama ei, uniforma îi rămăsese atât de strâmtă, scurtă şi şleampătă încât s-au trimis scrisori de la şcoală, iar Nana Cath şi Terri au tras o ceartă zdravănă. Celelalte fete de la şcoală n-o doreau în grupurile lor, exceptând echipele de *rounders*. Încă şi-o amintea pe Lexie Mollison dându-le tuturor colegilor câte un pliculeț roz conținând o invitație la petrecere şi trecând pe lângă ea cu nasul pe sus.

Doar doi oameni o invitaseră la petreceri. Se întrebă dacă Fats sau mama lui îşi mai aminteau că odată participase la o petrecere aniversară la ei acasă. Fusese invitată toată clasa, iar Nana Cath îi cumpărase o rochie pentru ocazii. Aşa încât ştia că grădina uriaşă din spatele casei lui Fats avea un iaz şi un leagăn şi un măr. Mâncaseră jeleu şi organizaseră curse de alergare în saci. Tessa îi spusese lui Krystal să iasă din competiţie deoarece, încercând cu înverşunare să câştige o medalie de plastic, îi împinsese pe ceilalţi copii din calea ei. Unuia dintre aceştia începuse să-i curgă sânge din nas.

— Ţi-a plăcut la St Thomas, totuşi, nu-i aşa? o întrebase jurnalista.

— Da, spusese Krystal, dar ştia că nu transmisese ceea ce domnul Fairbrother ar fi dorit ca ea să transmită şi îşi dori ca el să fi fost acolo s-o ajute. Mda, mi-a plăcut.)

— Cum se face că au vrut să discute cu tine despre Fields? întrebă Fats.

— A fost ideea domnului Fairbrother, spuse Krystal.

După alte câteva minute, Fats întrebă:

— Tu fumezi?

— Ce, jointuri? Mda, am făcut asta, cu Dane.

— Am ceva la mine.

— Le-ai luat de la Skye Kirby, aşa-i?

Fats se întrebă dacă îşi imaginase doar că auzise o urmă de amuzament în glasul ei. Pentru că Skye era alegerea mai cuminte şi mai sigură, locul unde se duceau copiii din clasa mijlocie. Dacă aşa stăteau lucrurile, lui Fats îi plăcu băşcălia ei autentică.

— Păi, tu de unde ţi le-ai luat? întrebă el, de-acum interesat.

— Nu'ş, erau ale lui Dane.

— De la Obbo?

— Labagiu' ăla.

— Ce nu-i în regulă cu el?

Dar Krystal n-avea cuvinte pentru ce nu era în regulă cu Obbo; şi chiar de-ar fi avut, n-ar fi vrut să discute despre el acum. Obbo îi făcea pielea să se încreţească; uneori, venea pe la ele şi se droga împreună cu Terri; alteori, o regula, iar Krystal se întâlnea cu el pe scări, trăgându-şi fermoarul jegos şi rânjind la ea prin ochelarii ca nişte funduri de sticlă. Adesea, Obbo îi oferea lui Terri mici joburi, cum ar fi să ascundă nişte computere să le ofere străinilor un loc de dormit peste noapte sau să accepte să ofere servicii despre a căror natură Krystal nu ştia nimic, dar care o scoteau pe mama ei din oraş cu orele.

Krystal avusese un coşmar nu cu mult timp în urmă, în care mama ei era întinsă, răstignită şi legată pe un soi de cadru; era, în cea mai mare parte, o gaură căscată imensă, ca un pui de găină uriaş, jumulit şi jupuit; iar în vis, Obbo intra şi ieşea din acest interior cavernos şi-şi tot făcea de lucru cu chestiile, dinăuntru, în vreme ce capul micuţ al lui Terri era înspăimântat şi fioros. Krystal se trezise îngreţoşată, mânioasă şi scârbită.

— I-un căcănar, spuse Krystal.

— E cumva un tip înalt, cu capul ras şi tatuaje până sus, pe ceafă? întrebă Fats, care chiulise pentru a doua oară săptămâna aceea şi stătuse pe un zid timp de o oră în Fields, privind. Cheliosul îl interesase, urmărindu-l în timp ce meşterea ceva în spatele unei dube albe vechi.

— Noo, ăla-i Pikey Pritchard, spuse Krystal, dacă l-ai văz't pe Tarpen Road.

— Cu ce se ocupă?

— Nu'ş, spuse Krystal. Întreabă-l pe Dane, e prieten cu fratele lui Pikey.

Dar ei îi plăcea interesul lui sincer; niciodată nu păruse atât de dornic să stea de vorbă cu ea.

— Pikey e sub supraveghere.

— De ce?

— A tăiat cu sticla un tip pe Cross Keys.

— De ce?

— De unde dracu' să știu? N-am fo' acolo, spuse Krystal.

Era fericită, ceea ce întotdeauna o făcea să fie obraznică. Lăsând la o parte grijile legate de Nana Cath (care era, în definitiv, încă vie, aşa că era posibil să-şi revină), ultimele două săptămâni fuseseră bune. Terri reluase tratamentul la Bellchapel, iar Krystal avea grijă ca Robbie să meargă la creşă. Funduleţul lui se vindecase în cea mai mare parte. Asistenta socială era cât se poate de încântată. Şi Krystal se dusese la şcoală în fiecare zi, cu toate că lipsise la şedinţele de consiliere cu Tessa, luni şi miercuri dimineaţă. Nu ştia de ce. Uneori, ieşi din rutină.

Se uită din nou cu coada ochiului la Fats. Niciodată nu se gândise c-o să-l placă; asta până când o „ochise" la discoteca din sala de teatru. Toată lumea îl ştia pe Fats. Unele dintre glumele lui erau transmise de la unul la altul precum chestiile amuzante de la televizor. (Krystal pretindea faţă de oricine că avea televizor acasă. Vedea destul la prietene sau la Nana Cath ca să fie capabilă să blufeze şi să iasă din încurcătură. „Mda, a fost mişto, nu?" „Ştiu, mai-mai să fac pe mine de râs", spunea ea, când ceilalţi vorbeau despre programele pe care le urmăriseră.)

Fats îşi imagina cum era să fii tăiat cu sticla, cum ar fi sfâşiat ciobul crestat pielea gingaşă a feţei sale; simţea nervii dogoritori şi înţepătura aerului pe pielea sfâşiată; umezeala caldă a sângelui ţâşnind. Simţi o hipersensibilitate iritantă a pielii din jurul gurii, de parcă ar fi fost deja tăiat.

— Dane mai poartă la el cuțit? întrebă el.
— De unde știi că are cuțit?
— Pentru că l-a amenințat pe Kevin Cooper cu el.
— Ah, da, admise Krystal. Cooper e o labă tristă, nu-i așa?
— Da, este.
— Dane are ăla la el numa' din cauza fraților Riordon, spuse Krystal.

Lui Fats îi plăcea pragmatismul din tonul lui Krystal; faptul că accepta necesitatea unui cuțit, din cauza unei dușmănii care putea să ducă la violențe. Asta era realitatea crudă a vieții; astea erau lucrurile care contau cu adevărat... înainte ca Arf să ajungă la ei, Cubby o tot bătuse la cap pe Tessa să-i spună dacă i se pare că fluturașii lui electorali ar trebui tipăriți pe hârtie galbenă sau albă.

— Ce-ai zice să intrăm aici? sugeră Fats, după o vreme.

La dreapta lor era un zid lung din piatră, iar prin porțile deschise se întrezăreau verdele ierbii și cenușiul pietrelor.

— Mda, bine, spuse Krystal.

Mai fusese o dată în cimitir, cu Nikki și Leanne. S-au așezat pe un mormânt și-au făcut poștă două cutii cu bere, conștiente de faptul că nu era tocmai în regulă ceea ce făceau, până când o femeie a strigat la ele și-a început să le facă în toate felurile. Leanne a aruncat o cutie goală spre femeie în timp ce plecau.

Dar era prea expus, își zise Fats, în timp ce el și Krystal mergeau pe aleea largă betonată dintre morminte: verzi și plate, pietrele de mormânt nu ofereau practic niciun fel de acoperire. Apoi zări tufișurile de dracilă de-a lungul zidului de pe partea îndepărtată. O tăie de-a curmezișul cimitirului, iar Krystal îl urmă, cu mâinile în buzunare, în timp ce își croiau calea printre paturile dreptunghiulare din pietriș, cu pietre de mormânt crăpate și ilizibile. Era un cimitir mare şi bine îngrijit. Treptat, ajunseră la morminte mai noi, din marmură neagră lustruită, cu litere aurii, locuri în care fuseseră lăsate de curând flori proaspete pentru cei dispăruți.

Pentru Lindsey Kyle, 15 septembrie 1960–26 martie 2008, dormi în pace, mămico.

— Mda, cu toții o să ajungem, acolo, spuse Fats, ochind un spațiu întunecat între tufişurile cu ghimpi şi flori galbene şi zidul cimitirului.

Se târâră în întunericul umed, pe pământ, cu spatele lipit de zidul rece. Pietrele de mormânt mărşăluiau departe de ei, printre trunchiurile tufişurilor, dar nu se zărea nicio siluetă printre ele. Fats rulă cu gesturi experte un joint cu canabis, sperând că fata îl urmărea şi era impresionată.

Dar ea se uita afară, sub plafonul de frunze întunecate şi lucioase, gândindu-se la Anne-Marie, care (aşa-i spusese mătuşa Cheryl) venise în vizită la Nana Cath joi. Dacă ar fi ştiut, ar fi chiulit şi s-ar fi dus la spital în acelaşi timp, în felul acesta ar fi putut s-o întâlnească, în sfârşit. Fantazase de multe ori despre cum o va întâlni pe Anne-Marie şi îi va spune: „Sunt sor-ta". Anne-Marie, în fanteziile ei, era de fiecare dată încântată, şi după aceea se vedeau tot timpul, iar în cele din urmă Anne-Marie sugera să se mute cu ea. Imaginara Anne-Marie avea o casă ca a Nanei Cath, ordonată şi curată, exceptând faptul că era mult mai modernă. Ulterior, în fanteziile ei, Krystal adăugase şi un bebeluş roz într-un leagăn cu volănaşe.

— Gata, spuse Fats, întinzându-i fetei jointul.

Ea inhală, ținu fumul în plămâni câteva secunde, iar expresia i se înmuie, devenind visătoare, când canabisul își făcu efectul magic.

— Tu n-ai frați și surori, nu? întrebă ea.

— Nu, spuse Fats, verificând în buzunar prezervativele.

Krystal îi înapoie jointul, simțea deja o amețeală plăcută. Fats trase un fum enorm și suflă cercuri de fum.

— Am fost adoptat, spuse el, după o vreme.

Krystal făcu ochii mari.

— Adică, ești adoptat?

Cu simțurile un pic estompate și amorțite, confidențele se făceau cu ușurință, totul devenea mai simplu.

— Sora mea a fo't adoptată, spuse Krystal, minunându-se de coincidență, încântată să vorbească despre Anne-Marie.

— Mda, probabil că vin dintr-o familie ca a ta, spuse Fats.

Dar Krystal nu-l asculta; voia să vorbească.

— Am o soră mai mare și un frate mai mare, Liam, dar ei au fo' loați înainte să mă nasc io.

— De ce? întrebă Fats.

Dintr-odată devenise atent.

— Maică-mea era pe atunci cu Ritchie Adams, spuse Krystal.

Trase cu sete din joint și suflă fumul într-un jet lung și subțire.

— Ăla era un psiho în toată regula. E-nchis pe viață. A omorât un tip. Violent cu mama și copiii și p-ormă John și Sue au venit și i-au loat, iar socialu' s-a băgat pe fir și în final John și Sue i-au păstrat.

Trase iar din joint, reflectând la perioada anterioară venirii ei pe lume, care era înecată în sânge, furie și întuneric. Auzise lucruri despre Ritchie Adams, mai ales de la mătuşa Cheryl. Stinsese ţigări pe braţele lui Anne-Marie, pe atunci în vârstă de un an, şi o lovise cu piciorul până îi plesniseră coastele. Lui Terri îi spărsese faţa; obrazul ei stâng era şi acum retras, în comparaţie cu dreptul. Dependenţa de droguri a lui Terri urcase într-o spirală catastrofală. Mătuşa Cheryl vorbea foarte prozaic despre decizia de a-i lua din casa părinţilor pe cei doi copii brutalizaţi şi neglijaţi.

— Trebuia să se întâmple, spunea Cheryl.

John şi Sue erau nişte rude îndepărtate, fără copii. Krystal n-a ştiut niciodată unde şi cum se încadrau ei în complicatul arbore genealogic al familiei sau cum reuşiseră să efectueze ceea ce Terri numea o răpire. După multe frecuşuri cu autorităţile, li se permisese să adopte copiii. Terri, care a rămas cu Ritchie până când a fost arestat, nu i-a mai văzut niciodată pe Anne-Marie sau Liam, din motive pe care Krystal nu le-a înţeles pe deplin; întreaga poveste era complicată şi plină de ură şi lucruri de neiertat care fuseseră rostite sau aruncate în chip de ameninţare, ordine de restricţie şi foarte mulţi asistenţi sociali.

— Şi-atunci, cine e taică-tu? întrebă Fats.

— Banger, spuse Krystal.

Se chinui să-şi amintească numele adevărat.

— Barry, bâigui ea, deşi avea o bănuială că nu aşa-l chema. Barry Coates. Doar că eu folosesc numele mamei, Weedon.

Amintirea tânărului găsit mort în baia lui Terri în urma unei supradoze pluti înapoi prin fumul dulce şi greu. Îi dădu iar jointul lui Fats şi se rezemă de zidul de piatră, uitându-se la felia de cer pătată de frunzele întunecate.

Fats se gândea la Ritchie Adams, care ucisese un om, şi reflecta la posibilitatea ca propriul său tată biologic să fie şi el undeva în închisoare; tatuat, ca Pikey, uscăţiv şi musculos.

Îl compara în minte pe Cubby cu acest bărbat puternic şi autentic. Fats ştia că fusese despărțit de mama lui biologică de foarte, foarte mic, pentru că erau poze în care Tessa îl ținea în brațe, firav, cu membre ca de pasăre, cu o scufiță albă din lână pe cap. Se născuse prematur. Tessa îi spusese unele lucruri, deşi el nu o întrebase niciodată. Adevărata lui mamă fusese foarte tânără când îl născuse, asta ştia. Poate că fusese precum Krystal; ca o „bicicletă" pe care o călărea oricine...

Acum se simțea drogat de-a binelea. Îşi duse mâna la ceafa lui Krystal şi o trase spre el, sărutând-o, băgându-i limba în gură. Cu cealaltă mână îi căută sânii. Avea creierul năclăit şi membrele grele; până şi simțul pipăitului îi era afectat. Bâjbâi un pic până să-şi bage mâna pe sub tricoul ei şi apoi sub sutien. Gura ei era fierbinte şi mirosea a tutun şi drog; buzele îi erau uscate şi crăpate. Excitația lui era uşor atenuată; părea să primească toată informația senzorială printr-o pătură invizibilă. Îi luă mai mult ca data trecută să-i desprindă hainele de corp, iar punerea prezervativului se dovedi dificilă, deoarece degetele îi înțepeniseră şi deveniseră lente. Apoi îşi aşeză din greşeală cotul cu toată greutatea pe subsuoara moale şi cărnoasă, iar ea țipă de durere.

Fata fu mai uscată ca data trecută; Fats îşi forță penetrarea, hotărât să înfăptuiască lucrul pentru care venise, în fond. Timpul era cleios şi lent, dar îşi putea auzi respirația rapidă şi asta îl făcu iritabil, căci și-l imagina pe un altul, ghemuit în spațiul întunecos împreună cu ei, privindu-i şi gâfâind în urechea lui. Krystal gemu uşor. Cu capul lăsat pe spate, nasul ei se lăți şi semăna cu un rât. Îi ridică tricoul ca să se uite la sânii albi şi netezi, care tremurară un pic, sub strânsoarea nu foarte puternică a sutienului desfăcut. Îşi dădu drumul pe neaşteptate, iar propriul geamăt de satisfacţie păru să-i aparţină martorului lor ghemuit.

Se dădu jos de pe ea, îşi scoase prezervativul şi-l aruncă într-o parte, apoi îşi trase fermoarul, nervos, uitându-se în jur să se convingă că erau într-adevăr singuri. Krystal îşi ridica şi ea chiloţii cu o mână, trăgând de tricou în jos cu cealaltă, întinzând apoi mâinile în spate ca să-şi prindă sutienul.

Se înnorase şi se întunecase cât stătuseră în spatele tufişurilor. Fats auzea în urechi un bâzâit îndepărtat; îi era foarte foame; creierul îi funcţiona încet, în vreme ce urechile îi erau hipersensibile. Teama că fuseseră urmăriţi, poate pe deasupra zidului din spatele lor, nu îl părăsea. Voia să plece.

— Hai să..., bâigui el şi, fără s-o mai aştepte, se târî afară dintre tufişuri şi se ridică în picioare, ştergându-se.

La o sută de paşi mai încolo era un cuplu de vârstnici aplecaţi lângă un mormânt. Voia să plece de îndată de lângă ochii fantomatici care îl văzuseră, sau nu-l văzuseră când i-o trăsese lui Krystal Weedon. Dar în acelaşi timp, găsirea staţiei şi urcatul în autobuz părea un proces aproape insuportabil de împovărător. Îşi dorea să poată fi pur şi simplu transportat în acea clipă direct în dormitorul lui de la mansardă.

Krystal se împleticea în spatele lui. Îşi trăgea în jos poalele tricoului şi se uita în jur la terenul acoperit de iarbă.

— Draci!

— Ce e? spuse Fats. Hai, să mergem!

— E domnul Fairbrother, spuse ea fără să se mişte.

— Ce?

Fata arătă spre movila din faţa lor. Încă nu avea piatră de mormânt, dar de-a lungul ei erau flori proaspete.

— Vezi? spuse Krystal, lăsându-se pe vine şi arătând spre cartolinele prinse de celofan. Pe aia zice Fairbrother.

Recunoştea cu uşurinţă numele de pe toate acele scrisori trimise de la şcoală în care i se cerea mamei sale să-i dea voie să meargă cu microbuzul.

— „Lu' Barry", citi ea cu atenţie. Iar aci zice „Lu' tati", rosti ea încet cuvintele, „de la..."

Dar nu reuşi să desluşească numele lui Niamh şi Siobhan.

— Şi? întrebă Fats, dar, de fapt, vestea îi dădu fiori.

Sicriul din răchită stătea îngropat sub ei, iar înăuntrul lui, trupul scund şi faţa veselă a celui mai bun prieten al lui Cubby, atât de des văzută în casa lor, care acum putrezea în pământ. *Fantoma lui Barry Fairbrother...* se simţea descurajat. Părea un fel de răzbunare a cerului.

— Haide, zise, dar Krystal nu se mişcă. Care-i problema?

— Am vâslit pentru el, nu? se răsti Krystal.

— Ah, da.

Fats se foia ca un cal nărăvaş care dă înapoi.

Krystal se uită în jos la movilă, cuprinzându-şi trupul cu braţele. Se simţea pustiită, tristă şi murdară. Îşi dorea să nu fi făcut-o acolo, atât de aproape de domnul Fairbrother. Îi era frig. Spre deosebire de Fats, n-avea geacă.

— Haide, spuse Fats din nou.

Ea îl urmă la ieşirea din cimitir şi nu-şi mai vorbiră deloc. Krystal se gândea la domnul Fairbrother. Întotdeauna îi spunea Krys, cum nimeni n-o mai făcuse vreodată. Îi plăcea să fie Krys. Fusese un om vesel. Îi venea să plângă.

Fats se gândea la cum ar putea să transforme întâmplarea într-o chestie amuzantă pentru Andrew, despre cum s-a drogat şi cum i-a tras-o lui Krystal şi cum l-a lovit paranoia şi credea că sunt urmăriți şi apoi cum s-a târât afară şi-a nimerit aproape direct peste mormântul bătrânului Barry Fairbrother. Dar încă nu i se părea amuzant; încă nu.

Partea a treia

Duplicitate

7.25 O rezoluție nu trebuie să se ocupe decât de un singur subiect... Nesocotirea acestei reguli duce de obicei la discuții confuze și poate determina acțiuni confuze...

Charles Arnold-Baker
Administrația consiliilor locale
Ediția a șaptea

I

— … a fugit de-aici, zbierând ca din gură de şarpe, făcând-o japiţă pakistaneză — iar acum au sunat de la ziar pentru o declaraţie, fiindcă…

Parminder auzi vocea recepţionerei, doar puţin mai tare ca o şoaptă, în momentul în care trecu pe lângă uşa sălii de şedinţe care era întredeschisă. Un pas iute şi Parminder deschise uşa, văzându-le pe una dintre recepţionere şi pe asistenta stagiară foarte apropiate. Amândouă tresăriră şi se întoarseră spre uşă.

— Doctor Jawan…

— Ai înţeles termenii contractului de confidenţialitate pe care l-ai semnat când te-ai angajat aici, nu-i aşa, Karen?

Pe chipul recepţionerei se citea spaima.

— Da, eu… n-am… Laura deja… tocmai veneam să vă aduc această înştiinţare. Au sunat cei de la *Yarvil and District Gazette*. Doamna Weedon a murit şi una dintre nepoatele ei zice…

— Şi alea-s pentru mine? întrebă Parminder cu răceală, arătând spre dosarele pacienţilor din mâna lui Karen.

— Oh… da, spuse Karen, fâstâcită. Voia să-l vadă pe dr. Crawford, dar…

— Fă bine şi întoarce-te la birou.

Parminder luă dosarele şi se înapoie la recepţie, furioasă. Ajunsă acolo, faţă în faţă cu pacienţii, îşi dădu seama că nu ştie pe cine să cheme. Se uită în jos la dosarul din mână.

— Domnul... domnul Mollison.

Howard se ridică cu greutate, zâmbitor, şi se apropie cu mersul lui legănat familiar. Repulsia urcă în gâtul lui Parminder precum un gust amar. Se întoarse şi se îndreptă spre cabinet cu Howard în urma ei.

— Toate bune cu Parminder? întrebă el în timp ce închidea uşa şi se aşeza, fără să fie invitat, pe scaunul pacientului.

Era salutul lui obişnuit, dar astăzi suna ca un afront.

— Care e problema? întrebă ea răstit.

— O mică iritaţie. Uite-aici. Am nevoie de-o cremă sau ceva...

Îşi scoase cămaşa din pantaloni şi-o ridică vreo câţiva centimetri. Parminder văzu o porţiune de piele inflamată şi roşie la marginea pliului, în locul unde burta i se revărsa peste coapse.

— Trebuie să-ţi dai jos cămaşa, spuse ea.

— Păi, doar aici mă mănâncă.

— Trebuie să văd toată zona.

El oftă şi se ridică în picioare. În timp ce-şi descheia cămaşa, spuse:

— Ai primit ordinea de zi pe care am trimis-o de dimineaţă?

— Nu, nu mi-am verificat azi e-mailul.

Era o minciună. Parminder citise ordinea de zi şi era furioasă din pricina ei, dar nu era momentul să-i vorbească despre asta. Detesta încercarea lui de a-i aduce problemele consiliului în cabinet, acesta fiind modul lui de a-i aminti că exista un loc unde îi era subordonată, chiar dacă aici, în această încăpere, ea putea să-i ordone să se dezbrace.

— Ai putea, te rog... trebuie să mă uit sub...

Howard își săltă marele șorț de carne; partea de sus a cracilor pantalonilor ieși la iveală și, în sfârșit, și betelia. Cu brațele încărcate de propria grăsime, el îi zâmbi. Parminder își trase scaunul mai aproape, având capul la nivelul curelei lui.

O iritație urâtă și solzoasă se răspândise în pliul ascuns al burții lui Howard: de un roșu opărit și aprins, se întindea de-a curmezișul burții ca un zâmbet uriaș și mânjit. Un damf de carne putredă ajunse la nările ei.

— Intertrigo, spuse ea, și neurodermatoză acolo unde te-ai scărpinat. În regulă, poți să-ți îmbraci cămașa la loc.

Howard își lăsă burta să cadă și se întinse să-și ia cămașa, netulburat.

— Ai să vezi c-am pus pe ordinea de zi clădirea Bellchapel. În momentul de față, generează ceva interes din partea presei.

Ea tasta ceva la computer și nu-i răspunse.

— *Yarvil and District Gazette*, spuse Howard. Scriu un articol pentru ei. Ambele laturi, spuse, în timp ce-și încheia nasturii, ale problemei.

Încerca să nu-l asculte, dar numele ziarului îi strânse și mai tare nodul din stomac.

— Când ți-ai luat ultima oară tensiunea, Howard? Nu văd niciun test în ultimele șase luni.

— Lasă că e bună. Iau medicamente pentru ea.

— Hai, totuși, s-o controlăm, că tot ești aici.

El oftă din nou și își suflecă mâneca cu gesturi laborioase.

— Vor publica articolul lui Barry înaintea celui scris de mine, spuse el. Știi că le-a trimis un articol? Despre Fields.

— Da, spuse ea, știind că n-ar fi trebuit să recunoască.

— N-ai cumva o copie? Ca să nu vorbesc despre aceleași lucruri ca și el?

Degetele ei tremurară un pic pe manșonul care nu reușea să cuprindă brațul lui Howard. Îl desfăcu și se duse să aducă un manșon mai mare.

— Nu, îi zise, cu spatele la el. Nu l-am văzut.

Howard o urmări în timp ce acționa pompa și privi la manometru cu zâmbetul indulgent al cuiva care observă un ritual păgân.

— E prea mare, îi spuse Parminder, când acul înregistră 17 cu 10.

— Iau pastile pentru asta, spuse el, scărpinându-se în locul unde fusese manșonul și lăsându-și mâneca în jos. Dr. Crawford pare mulțumit.

Ea trecu în revistă lista medicamentelor lui Howard de pe ecran.

— Iei amlodipină și bendroflumetiazidă pentru tensiunea arterială, așa e? Și simvastatină pentru inimă... fără betablocante...

— Din cauză că am astm, spuse Howard, îndreptându-și mâneca.

— ... bun... și aspirină.

Se întoarse cu fața la el.

— Howard, greutatea e singura cauză majoră a tuturor problemelor tale de sănătate. Ai consultat vreodată un nutriționist?

— Am un magazin de delicatese de 35 de ani, spuse el, continuând să zâmbească. N-am nevoie să mă învețe nimeni nimic despre mâncare.

— Câteva schimbări ale stilului de viață ar putea avea rezultate spectaculoase. Dacă ai reuși să scazi...

Cu o umbră de zâmbet, el zise foarte relaxat:

— Nu complica lucrurile. N-am nevoie decât de o cremă pentru mâncărime.

Vărsându-şi furia pe tastatură, Parminder scrise rețetele pentru cremele antifungice şi cu steroizi, iar după ce le printă, i le înmână lui Howard fără vreun alt cuvânt.

— Mulțumesc frumos, zise el în timp ce se ridica greoi din scaun, şi-ți urez o zi excelentă.

II

— Ce vrei?

Trupul pipernicit al lui Terri Weedon părea şi mai mic în cadrul uşii. Se prinse cu mâinile ca nişte gheare de ambele laturi ale tocului, încercând să se facă mai impunătoare, interzicând intrarea. Era 8 dimineața; Krystal tocmai plecase cu Robbie.

— Vreau să vorbesc cu tine, spuse sora ei.

Masivă şi bărbătoasă în vesta albă şi pantalonii de trening, Cheryl trase din țigară şi se uită chiorâş la Terri prin fum:

— Nana Cath a murit.

— Ce?

— Nana Cath a murit, repetă mai tare Cheryl. De parcă ți-ar păsa, la dracu'.

Dar Terri auzise de prima oară. Vestea o lovise atât de năprasnic în măruntaie, încât ceruse să o mai audă o dată, pentru că se simțea confuză.

— Te-ai drogat, ce dracu' ai? o întrebă imperativ Cheryl, uitându-se crunt la fața încordată şi pustiită.

— Du-te dracului. Nu, nu m-am drogat.

Ăsta era adevărul. Terri nu se drogase în dimineața aceea; de fapt, nu se mai drogase de trei săptămâni. Nu se mândrea cu asta; nu avea niciun grafic cu steluțe în bucătărie; reuşise şi mai mult înainte, uneori chiar şi luni de-a rândul. Obbo era plecat de vreo jumătate de lună, aşa că fusese mai uşor. Dar ustensilele erau tot în vechea cutie din tablă pentru biscuiți, şi nevoia ardea precum o flacără eternă în corpul ei fragil.

— A murit ieri. Danielle s-a deranjat să mă anunțe abia-n dimineața asta, spuse Cheryl. Iar io mă pregăteam să merg la spital s-o văd din nou azi. Danielle vrea casa. Casa Nanei Cath. O japiță nesătulă.

Terri nu mai fusese de multă vreme în căsuța terasată de pe Hope Street, dar când Cheryl vorbi despre ea, văzu foarte clar bibelourile şi mărunțişurile de pe bufet şi perdelele din plasă. Şi-o imagină pe Danielle acolo, şterpelind lucruri, scotocind prin dulapuri.

— Funeraliile sunt marți, la 9, la crematoriu.

— Bine.

— Casa aia e şi-a noastră tot atât cât e şi-a lui Danielle. O să-i zic că vrem partea noastră. Să-i zic?

— Da.

Se uită după ea până când părul blond şi tatuajele lui Cheryl dispărură după colț, apoi se retrase în casă.

Nana Cath moartă. Nu mai vorbiseră de multă vreme. *M-am spălat pe mâini de tine. M-am săturat, Terri, până-n gât.* Totuşi, nu încetase nicio clipă să se vadă cu Krystal. Aceasta devenise „fetița ei cu ochi albaştri". Fusese s-o vadă pe Krystal vâslind la cursele alea stupide de canotaj. Pe patul de moarte rostise numele lui Krystal, nu al lui Terri.

Bine, atunci, scorpie bătrână. De parcă mi-ar păsa. E prea târziu acum.

Încordată şi tremurând, Terri începu să-şi caute prin bucătăria murdară ţigările, tânjind de fapt după linguriță, flacără şi ac.

Prea târziu acum să-i mai spună bătrânei ceea ce ar fi trebuit să-i spună. Prea târziu acum să redevină Terri-Baby. *Fetele mari nu plâng... fetele mari nu plâng...* Au trecut ani până când ea şi-a dat seama că melodia pe care i-o cântase Nana Cath cu vocea ei aspră de fumătoare era de fapt *Sherry Baby.*

Mâinile lui Terri fojgăiau ca nişte mici rozătoare prin mizeria de pe blaturile din bucătărie, căutând pachetele de ţigări, rupându-le şi găsindu-le pe toate goale. Krystal le fumase pesemne pe ultimele; era o vacă mică şi lacomă, la fel ca Danielle, care scotocea prin lucruşoarele Nanei Cath, încercând să le ascundă celorlalți moartea bătrânei.

Pe o farfurie soioasă găsi un chiştoc mai lung. Terri îl şterse pe tricou şi îl aprinse de la aragaz. În cap își auzea propria voce de la 11 ani.

Aş vrea ca tu să fi fost mămica mea.

Nu voia să-şi amintească. Se rezemă de chiuvetă, fumând, încercând să privească în viitor, să-şi imagineze ciocnirea care urma între surorile mai mari. Nimeni nu îndrăznea să-i calce pe coadă pe Cheryl şi Shane: amândoi se pricepeau de minune să-şi folosească pumnii, iar Shane dăduse foc la nişte cârpe pe care le băgase în cutia poştală a unui nenorocit nu cu mult timp în urmă. Pentru asta făcuse puşcărie ultima oară şi ar mai fi fost şi-acum la pârnaie dacă în momentul incendierii casa n-ar fi fost goală. Dar Danielle dispunea de arme pe care Cheryl nu le avea: bani, o locuință proprie şi telefon fix. Cunoştea oficialităţi şi ştia cum să discute cu ele. Era genul care avea chei de rezervă şi tot felul de acte misterioase.

Şi totuşi, Terri se îndoia că Danielle va obţine casa, cu toate armele ei secrete. Căci nu erau doar ele trei; Nana Cath avea o groază de nepoţi şi de strănepoţi. După ce Terri fusese preluată în îngrijire, tatăl ei avusese şi alţi copii. În total nouă, după socotelile lui Terri, cu cinci mame diferite. Terri nu-şi cunoscuse niciodată fraţii vitregi, dar Krystal îi spusese că Nana Cath se vedea cu ei.

— Ah, da? replicase ea înţepată. Păi, sper s-o jefuiască de tot pe scârba aia proastă şi bătrână.

Deci se vedea cu restul familiei, dar ăia nu erau tocmai îngeraşi, din câte auzise Terri. Doar ea fusese cândva Terri-Baby, de care Nana Cath se rupsese pentru totdeauna.

Când nu te droghezi, gândurile şi amintirile rele apar revărsându-se din întunericul care domneşte în sinea ta; ca nişte muşte negre bâzâitoare ce ţi se agaţă de interiorul craniului.

Aş vrea ca tu să fi fost mămica mea.

În maioul pe care Terri îl purta azi, braţul ei cu cicatrici, gâtul şi partea de sus a spatelui erau complet expuse, învolburate în pliuri şi cute nefireşti, asemenea unei îngheţate topite. Când avea 11 ani, fusese internată şase săptămâni la unitatea pentru arşi de la South West General.

(— Cum s-a întâmplat, iubita mea? a întrebat mama copilului din patul de alături.

Tatăl ei aruncase în ea cu o tigaie cu grăsime încinsă. Tricoul ei Human League luase foc.

— 'naccident, bâiguise Terri.

Asta le spusese tuturor, inclusiv asistentei sociale şi infirmierelor de la spital. Mai bine se lăsa arsă de vie decât să-l dea în gât pe tatăl ei.

Mama ei plecase de-acasă la puțin timp după ce Terri a împlinise 11 ani, părăsindu-le pe toate cele trei fete. Danielle şi Cheryl se mutaseră de câteva zile la familiile prietenilor lor. Terri era singura rămasă acasă şi încerca să-i facă nişte cartofi prăjiți tatălui ei, agățându-se de speranța că maică-sa o să se întoarcă. Cu toată suferința şi groaza din primele zile şi nopți petrecute la spital, ea se bucurase că se întâmplase aşa, pentru că era sigură că mămica ei va auzi de întâmplare şi va veni s-o ia. Ori de câte ori era mişcare la capătul salonului, lui Terri îi tresărea inima.

Dar în cele şase săptămâni lungi de chin şi singurătate, unicul ei vizitator a fost Nana Cath. În după-amiezile şi serile liniştite, Nana Cath venea să stea lângă nepoata ei, amintindu-i să le spună mulțumesc asistentelor, cu fața rigidă şi severă, şi totuşi lăsând să se simtă o neaşteptată tandrețe.

I-a adus lui Terri o păpuşă ieftină din plastic îmbrăcată cu un impermeabil negru lucios, dar când o dezbrăcă, Terri văzu că n-avea nimic pe dedesubt.

— N-are chiloți, Nana.

Iar Nana Cath a chicotit. Nana Cath nu chicotea niciodată.

Aş vrea ca tu să fi fost mămica mea.

A vrut ca Nana Cath s-o ia acasă. A rugat-o şi Nana Cath a fost de acord. Uneori, Terri se gândea că săptămânile alea petrecute în spital au fost cele mai fericite din viața ei, cu toată suferința. Se simțise atât de protejată, iar oamenii se purtaseră frumos cu ea şi o îngrijiseră. Crezuse c-o să meargă acasă cu Nana Cath, la casa cu perdelele de plasă frumoase, şi nu înapoi la tatăl ei; nu înapoi la uşa dormitorului deschizându-se brusc noaptea, trântindu-se de posterul cu David Essex lăsat de Cheryl pe perete, şi tatăl ei cu mâna la fermoar, apropiindu-se de patul din care ea îl implora să nu...)

Adulta Terri aruncă filtrul fumegând al ţigării pe podeaua bucătăriei şi se duse la uşa de la intrare. Avea nevoie de ceva mai tare ca nicotina. Porni cu pas hotărât pe alee şi apoi pe stradă, în aceeaşi direcţie ca şi Cheryl. Cu coada ochiului zări doi vecini stând la taclale pe trotuar, privind-o cum pleacă. *Vă uitaţi ca la film, nu? Dracu' să vă ia! O să dureze mai mult.* Terri ştia că e un subiect de bârfă perpetuu. Ştia ce spuneau despre ea. Uneori chiar o strigau în gura mare. Japiţa aia îngâmfată de lângă ea se plângea mereu la consiliu de starea grădinii lui Terri. *Să-i fut, să-i fut, să-i fut...*

Alerga acum, încercând să lase în urmă amintirile.

Nici măcar nu ştii cine e tatăl, aşa-i? Târfă ce eşti! M-am spălat pe mâini de tine. M-am săturat, Terri, până-n gât.

Asta fusese ultima oară când vorbiseră, iar Nana Cath îi spusese la fel cum îi spuneau toţi ceilalţi, făcând-o pe Terri să-i răspundă cu aceeaşi monedă.

Să te ia dracu' de vacă bătrână şi nenorocită, să te ia dracu'!

Nu-i spusese niciodată „M-ai dezamăgit, Nana Cath". Niciodată nu-i spusese: „De ce nu m-ai ţinut la tine?" Niciodată nu-i spusese: „Te-am iubit mai mult ca pe oricine, Nana Cath".

Spera ca Zeul Obbo să se fi întors. Ar fi trebuit să se întoarcă azi; azi sau mâine. Trebuia să ia ceva. Trebuia.

— Toate bune, Terri?

— L-ai văz't pe Obbo? îl întrebă ea pe băiatul care fuma şi bea pe zidul de lângă magazinul cu băuturi pentru acasă.

Simţea cicatricile de pe spate ca şi cum i-ar fi luat foc din nou.

Băiatul clătină din cap, mestecând, uitându-se chiorâş la ea. Terri se grăbi să plece mai departe. Gânduri sâcâitoare legate de asistenta socială, de Krystal, de Robbie: alte muşte bâzâitoare, dar erau ca vecinii care se holbau, judecători cu toții; nu înțelegeau cât de presantă era nevoia ei.

(Nana Cath o luase de la spital şi o dusese în camera pentru oaspeți. Era cea mai curată şi mai frumoasă cameră în care Terri dormise vreodată. În fiecare din cele trei nopți pe care le-a petrecut acolo, se ridica în capul oaselor după ce Nana Cath o săruta de noapte bună şi rearanja ornamentele de pe pervazul ferestrei de lângă ea. Erau un buchet de flori de sticlă care zornăiau într-o vază de sticlă, un prespapier din plastic roz cu o scoică înăuntru şi, preferatul lui Terri, un căluț din ceramică ridicat pe picioarele dinapoi, cu un zâmbet caraghios pe față.

— Îmi plac caii, i-a spus ea Nanei Cath.

În zilele de dinaintea plecării mamei, la şcoală se organizase o excursie la un târg agricol. Clasa a văzut un cal Shire uriaş, negru, acoperit cu ornamente din bronz. A fost singura care a avut curajul să-l mângâie. Mirosul animalului o îmbătase. Îi îmbrățişase piciorul gros ca o coloană, ce se sfârşea cu o copită albă masivă, împodobită cu pene, şi-i simțea carnea vie de sub păr, în vreme ce învățătoarea îi spunea, „Ai grijă, Terri, ai grijă!", iar bătrânul care venise cu calul i-a zâmbit şi i-a spus că nu e niciun pericol, Samson n-ar face rău unei fetițe drăguțe ca ea.

Calul din ceramică avea altă culoare: galben, cu coama şi coada negre.

— Poți să-l iei, i-a spus Nana Cath, iar Terri a cunoscut adevăratul extaz.

Dar în a patra dimineață a sosit tatăl ei.

— Tu vii acasă, a spus el şi privirea de pe chipul lui a îngrozit-o. N-ai să rămâi aici cu nenorocita aia de vacă bătrână. Nu, nici vorbă. Nu, nici vorbă, târfuliţă ce eşti.

Nana Cath era la fel de speriată ca Terri.

— Miki, nu, spunea ea pe un ton plângăreţ.

Câţiva vecini se zgâiau pe la geamuri. Nana Cath o ţinea pe Terri de un braţ, iar tatăl ei, de celălalt.

— Tu vii acasă cu mine!

I-a ars una Nanei Cath de i-a înnegrit ochiul. Pe Terri a târât-o în maşină. Când a ajuns cu ea acasă, a bătut-o şi-a lovit-o cu piciorul în fiecare părticică din corpul ei la care a putut să ajungă.)

— L-ai văzut pe Obbo? strigă Terri la vecina lui Obbo, de la cincizeci de metri depărtare. S-a întors?

— Nu ş', spuse femeia, întorcându-se cu spatele.

(Când nu o bătea, Michael îi făcea lui Terri celelalte lucruri, alea despre care nu putea să vorbească. Nana Cath n-a mai venit la ea. Terri a fugit de-acasă la 13 ani, dar nu acasă la Nana Cath; nu mai voia ca tatăl ei s-o găsească. Au prins-o până la urmă şi au dat-o în îngrijire.)

Terri bătu la uşa lui Obbo şi aşteptă. Încercă din nou, dar nu veni nimeni la uşă. Se lăsă pe prag, tremurând, şi începu să plângă.

Două fete de la Winterdown, care trăgeau chiulul şi care treceau pe acolo, se uitară la ea.

— Aia-i mama lui Krystal Weedon, spuse tare una dintre ele.

— Prostituata? replică cealaltă cât de tare putu.

Terri nu avu tăria să le ocărască, pentru că plângea în hohote. Pufnind şi chicotind, fetele se făcură nevăzute.

— Curvo! strigă una dintre ele din capul străzii.

III

Gavin ar fi putut s-o invite pe Mary la biroul lui ca s discute cel mai recent schimb de scrisori cu compania d asigurări, dar decise că era mai bine să o viziteze la ea acasă Nu-şi programase nicio întâlnire pentru sfârşitul după-amiezii, pentru eventualitatea puţin probabilă că ea l-ar fi invitat să rămână să mănânce ceva; era o gospodină fantastică.

Întâlnirile regulate reuşiseră să-i risipească teama care-l făcuse să se ferească de durerea ei brută. Întotdeauna o plăcuse pe Mary, dar Barry o eclipsa de câte ori era în preajmă. Nu că ar fi dat semne vreodată că-i displace rolul secundar; dimpotrivă, părea încântată să înfrumuseţeze fundalul, râzând fericită la glumele lui Barry, fericită pur şi simplu să fie cu el.

Gavin se îndoia că, vreodată în viaţa ei, Kay se mulţumise să joace rolul de vioara a doua. Schimbând vitezele în timp ce urca pe Church Row, se gândea că ea, Kay, ar fi fost revoltată dacă i-ar fi sugerat cineva să-şi schimbe comportamentul sau să-şi reprime opiniile doar pentru plăcerea partenerului ei, pentru fericirea sau pentru stima lui de sine.

Nu credea că mai fusese vreodată la fel de nefericit într-o relaţie decât era acum. Chiar şi în chinurile sfârşitului de relaţie cu Lisa fuseseră armistiţii temporare, râsete, amintiri subite şi acute ale unor vremuri mai bune. Cu Kay, situaţia era permanent ca la război. Uneori i se întâmpla să uite că între ei ar fi trebuit să existe un pic de afecţiune; oare ea îl plăcea cât de cât?

Avuseseră cea mai violentă ceartă la telefon în dimineaţa de după cina la Miles şi Samantha. În cele din urmă, Kay îi trântise telefonul, tăindu-i macaroana. Timp de 24 de ore bătute pe muchie, el crezuse că relația lor luase sfârşit şi, cu toate că asta îşi dorise, simțise mai mult teamă decât uşurare. În fanteziile lui, Kay dispărea pur şi simplu înapoi la Londra, dar în realitate se legase de Pagford cu o slujbă şi cu fiica transferată la Winterdown. Îl aştepta perspectiva de a se ciocni de ea ori de câte ori ieşea în micul oraş. Poate că deja otrăvea izvorul de bârfe împotriva lui; şi-o imagină repetându-i Samanthei unele dintre lucrurile pe care i le spusese la telefon, sau babetei ăleia băgărețe de la magazinul de delicatese, care-i făcea pielea ca de găină.

Mi-am dezrădăcinat copilul, mi-am lăsat slujba şi mi-am vândut şi casa pentru tine, iar tu mă tratezi ca pe o târfă pe care nu vrei s-o plăteşti.

Oamenii ar fi spus că el se purtase urât. Poate că într-adevăr se purtase urât. Trebuie să fi existat un punct crucial în care ar fi trebuit să se retragă, dar el nu-l văzuse.

Gavin petrecu întreg weekendul gândindu-se cum s-ar simți dacă ar fi văzut ca un personaj negativ. Niciodată nu mai fusese într-o astfel de poziție. După ce Lisa l-a părăsit, toți s-au purtat cu el cu blândețe şi compasiune, mai ales soții Fairbrother. Vinovăția şi groaza l-au apăsat până când, duminică seara, a cedat şi a sunat-o pe Kay ca să-şi ceară scuze. Acum se întorsese într-un punct unde nu voia să fie şi o ura pe Kay din acest motiv.

După ce-şi parcă maşina pe aleea familiei Fairbrother, aşa cum făcuse de-atâtea ori când Barry trăia, se îndreptă spre intrare, observând că gazonul fusese tuns de la ultima lui vizită. Mary răspunse la sonerie aproape imediat.

— Bună, ce... Mary, ce-ai pățit?

Mary avea toată fața udă, ochii plini de lacrimi îi scânteiau ca diamantele. Suspină o dată sau de două ori, scutură din cap şi apoi, fără să ştie prea bine ce face, Gavin se pomeni ținând-o în brațe în pragul uşii.

— Mary? S-a întâmplat ceva?

O simți cum dă din cap. Conştientizând acut poziția lor vulnerabilă, Gavin o conduse înăuntru. Era mică şi fragilă în brațele sale: se prinsese cu degetele de el şi-ți ținea fața apăsată în pardesiul lui. Se descotorosi de servietă cu mişcări cât mai blânde cu putință, dar bufnitura acesteia pe podea o făcu să se retragă, cu respirația întretăiată în timp ce-şi acoperea gura cu palmele.

— Îmi pare rău... îmi pare rău... o, *Doamne*, Gav...

— Ce s-a întâmplat?

Vocea lui suna altfel decât de obicei: puternică, autoritară, semănând mai mult cu vocea lui Miles la serviciu, în timpul unei crize.

— Cineva a pus... Eu nu... cineva a pus în numele lui Barry...

Îi făcu semn să vină în biroul înghesuit, neîngrijit, dar primitor, având pe rafturi vechile trofee de canotaj ale lui Barry, iar pe perete o mare fotografie înrămată înfățişând opt adolescente lovind aerul cu pumnii, cu medalii atârnate la gât. Mary arătă cu degetul tremurător spre ecranul computerului. Tot în pardesiu, Gavin se lăsă în scaun şi se uită la mesajele de pe forumul Consiliului Parohial Pagford.

— Eram î-în magazinul de delicatese azi-dimineață, iar Maureen Lowe mi-a spus că o m-mulțime de oameni au postat pe site mesaje de condoleanțe... aşa că aveam de gând să p-postez un mesaj de m-mulțumire. Şi... uite...

El zări textul cu pricina în timp ce ea vorbea: *Simon Price nu e demn să candideze pentru Consiliu* postat *de Fantoma lui Barry Fairbrother.*

— Iisuse Cristoase! exclamă dezgustat Gavin.

Mary izbucni iar în lacrimi. Din nou, Gavin vru să o ia în brațe, dar se temu s-o facă, mai ales aici, în această încăpere mică, dar confortabilă, atât de plină de Barry. Alese compromisul, luând-o de încheietura mâinii şi conducând-o prin hol în bucătărie.

— Ai nevoie să bei ceva, îi spuse el, cu acel glas neobişnuit de puternic şi de poruncitor. Las-o-ncolo de cafea. Unde-s băuturile adevărate?

Dar îşi aminti înainte ca ea să răspundă; îl văzuse de-atâtea ori pe Barry scoțând sticlele din bufet, aşa că-i prepară un gin tonic, aceasta fiind singura băutură pe care o văzuse bând-o vreodată înainte de cină.

— Gav, e 4 după-amiază.

— Cui îi pasă? spuse Gavin cu vocea lui cea nouă. Bea paharul ăla.

Un râs dezechilibrat îi întrerupse suspinele; acceptă paharul şi sorbi. El luă rola cu șervete de hârtie din bucătărie şi o şterse pe față şi pe ochi, tamponând-o uşor.

— Eşti atât de bun, Gav. Nu vrei nimic? Cafea sau... sau bere? îl întrebă ea, râzând sfios.

El îşi luă o sticlă din frigider, îşi dezbrăcă pardesiul şi se aşeză în fața ei, la blatul din mijlocul bucătăriei. După ce Mary bău aproape tot ginul, deveni din nou calmă şi liniştită, aşa cum o ştiuse dintotdeauna.

— Cine crezi c-a făcut-o? îl întrebă ea.

— Un nemernic desăvârşit.

— Toți se bat acum pentru locul ăsta din consiliu. Ciondănindu-se pe subiectul Fields, ca de obicei. Iar el e tot acolo, aducându-şi umila contribuție. Fantoma lui Barry Fairbrother. O fi chiar el, cel care postează pe forum?

Gavin nu ştiu dacă asta se dorea o glumă şi se hotărî pentru un zâmbet uşor, care putea fi repede îndepărtat.

— Ştii, mi-ar plăcea să cred că îşi face griji pentru noi, oriunde ar fi; pentru mine şi copii. Dar mă îndoiesc. Pariez că cel mai mult e îngrijorat pentru Krystal Weedon. Ştii ce mi-ar spune, probabil, dacă ar fi aici?

Mary dădu peste cap paharul. Gavin nu credea că pusese prea mult gin în amestec, dar în obrajii ei se vedeau pete de culoare aprinsă.

— Nu, spuse el cu prudenţă.

— Mi-ar spune că am sprijin, zise Mary şi, spre uimirea lui Gavin, sesiză mânie în vocea pe care întotdeauna o crezuse blândă. Mda, probabil c-ar spune: „Pe tine te consolează întreaga familie, prietenii noştri şi copiii, dar Krystal..."

Mary ridică vocea şi mai mult:

— „Krystal n-are pe nimeni să-i poarte de grijă." Ştii ce-a făcut el în ziua aniversării nunţii noastre?

— Nu, spuse Gavin din nou.

— A scris un articol pentru ziarul local, despre Krystal. Despre Krystal şi Fields. Nenorocitul de Fields. Chiar dacă n-aş mai auzi niciodată pomenindu-se despre ei, şi tot ar fi prea curând. Mai vreau un gin. Nu beau destul.

Gavin îi luă paharul cu un gest automat şi se duse la bufetul cu băuturi, uluit. Întotdeauna considerase căsătoria dintre ea şi Barry ca fiind literalmente perfectă. Niciodată nu i-ar fi trecut prin cap că Mary ar putea fi altfel decât sută la sută de acord cu fiecare întreprindere şi cruciadă de care era acaparat mereu ocupatul Barry.

— Antrenamente de canotaj serile, du-le la curse în weekenduri, spuse ea, acoperind clinchetul cuburilor de gheaţă pe care le punea în pahar, şi majoritatea serilor la computer, încercând să-i convingă pe oameni să-l sprijine în privinţa Fieldsului şi obţinând materiale pentru ordinea de zi a şedinţelor de consiliu. Şi toată lumea spunea mereu: „Ce *minunat* e Barry, cum le face el pe toate, cum se oferă el voluntar, e atât de implicat în viața comunității".

Luă o duşcă zdravănă de gin tonic.

— Da, minunat. Absolut minunat. Până l-a ucis. De aniversarea nunții noastre, cât a fost ziulica de lungă, străduindu-se respecte acel stupid termen-limită. Şi nici măcar nu l-au tipărit încă.

Gavin nu-şi mai putea dezlipi ochii de la ea. Mânia şi alcoolul îi readuseseră culoarea în obraji. Şedea dreaptă de spate, în locul poziției umile şi gârbovite pe care o avusese de curând.

— Asta l-a ucis, spuse ea clar, iar vocea avu un mic ecou în bucătărie. El a dăruit totul tuturor. Numai mie nu.

Încă de la înmormântarea lui Barry, Gavin reflectase, ştiind că e nepotrivit să o facă, la golul mic prin comparație pe care l-ar fi lăsat în urmă în cadrul comunității dacă ar fi murit. Uitându-se la Mary, se întrebă dacă nu era mai bine să lase un gol imens în inima unei singure persoane. Oare Barry nu-şi dăduse seama ce simțea Mary? Nu-şi dăduse seama cât de norocos fusese?

Uşa de la intrare se deschise cu un zăngănit puternic şi auzi gălăgia făcută de sosirea celor patru copii: voci şi paşi şi bufnetele pantofilor şi rucsacurilor.

— Bună, Gav, spuse Fergus, băiatul de 18 ani, sărutându-şi mama în creştetul capului. Ce faci, mamă, *bei*?

— Eu am greşit, spuse Gavin. Pe mine să dați vina.

Erau nişte copii tare drăguți copiii din familia Fairbrother. Lui Gavin îi plăcea felul cum vorbeau cu mama lor, cum o îmbrățişau, cum discutau unii cu alții şi cu el. Erau deschişi, politicoşi şi amuzanți. Se gândi la Gaia, cu apropourile ei răutăcioase, tăcerile tăioase ca sticla spartă, felul agresiv în care i se adresa.

— Gav, dar noi nici măcar n-am vorbit despre asigurare, spuse Mary, în timp ce copiii alergau prin bucătărie, găsindu-şi singuri de băut şi de ronţăit.

— Nu contează, spuse Gavin, fără să se gândească, înainte de a se corecta grăbit. Mergem în camera de zi sau...?

— Da, să mergem.

Ea se clătină un pic când se dădu jos de pe taburetul înalt de bucătărie aşa că el îi prinse din nou braţul.

— Rămâi cu noi la cină, Gav? strigă Fergus.

— Rămâi, dacă vrei, spuse Mary.

Gavin se simţi inundat de un val de căldură.

— Mi-ar plăcea, spuse el. Mulţumesc.

IV

— Foarte trist, spuse Howard Mollison, legănându-se un pic pe vârfurile picioarelor, în faţa şemineului. Foarte trist, într-adevăr.

Maureen tocmai le spusese tot ce ştia despre moartea lui Catherine Weedon; auzise toate detaliile în seara aceea, de la prietena ei, Karen, recepţionera de la spital. Inclusiv despre reclamaţia făcută de nepoata lui Cath Weedon. O expresie de dezaprobare încântată îi încreţea faţa; Samantha, aflată într-o dispoziţie foarte proastă, se gândi că seamănă cu o arahidă. Miles scotea sunetele convenţionale de surprindere şi compasiune, dar Shirley se uita la tavan cu o privire blândă. O călca pe nervi când Maureen punea stăpânire pe centrul scenei cu veşti pe care Shirley ar fi trebuit să le audă prima.

— Maică-mea cunoştea familia de pe vremuri, spuse Howard către Samantha, care deja ştia lucrul ăsta. Vecini pe Hope Street. În felul ei, Cath era destul de cumsecade, ştiţi. Casa era întotdeauna curată-lacrimă, iar ea a lucrat până la 60 de ani. Oh, da, a fost una dintre marile truditoare ale lumii, Cath Weedon, orice ar fi devenit restul familiei.

Lui Howard îi plăcea să recunoască meritele cuiva, atunci când era cazul.

— Soţul ei şi-a pierdut slujba când au închis oţelăria. Bea de stingea. Nu, viaţa n-a fost întotdeauna uşoară pentru Cath.

Samantha abia dacă reuşea să se arate interesată, dar din fericire Maureen interveni.

— Iar cei de la *Gazette* sunt pe capul doctoriţei Jawanda! cârâi ea. Imaginaţi-vă cum trebuie să se simtă acum, când ziarul a aflat! Familia a făcut reclamaţie — mă rog, e de înţeles, a zăcut singură în casa aia timp de trei zile. O cunoşti, Howard? Care din ele e Danielle Fowler?

Shirley se ridică şi ieşi din cameră cu şorţul pe ea. Samantha mai luă o gură de vin, zâmbind.

— Hai să ne gândim, să ne gândim, spuse Howard. Se mândrea că-i cunoaşte aproape pe toţi cei din Pagford, dar ultimele generaţii ale familiei Weedon ţineau mai mult de Yarvil. Nu poate fi una dintre fiice, a avut patru băieţi Cath. O nepoată, cred.

— Şi a cerut o anchetă, spuse Maureen. Ei, era de aşteptat să se ajungă aici. Era scris în cărţi. Sunt doar surprinsă că a durat atât. Dr. Jawanda n-a vrut să-i prescrie băiatului familiei Hubbard antibiotice şi copilul a sfârşit spitalizat pentru astm. Ştii cumva, a făcut facultatea în India sau...?

Shirley, care asculta din bucătărie în timp ce amesteca sosul, se simţea iritată, ca întotdeauna, că Maureen monopoliza conversația. Cel puțin așa își spunea Shirley. Hotărâtă să nu mai revină în cameră până când Maureen nu termina de vorbit, Shirley se duse în birou și verifică dacă se scuzase cineva de la viitoarea ședință a Consiliului Parohial. Ca secretară, deja se ocupa cu alcătuirea ordinii de zi.

— Howard, Miles, veniți să vedeți și voi!

Vocea lui Shirley își pierduse tonalitatea caldă, ca de flaut, căpătând accente stridente.

Howard ieși bălăbănindu-se din camera de zi, urmat de Miles, care nu se schimbase încă de costumul pe care-l purtase toată ziua la muncă. Ochii lăsați, injectați și rimelați din abundență ai lui Maureen erau fixați pe cadrul gol al ușii ca ai unui copoi. Lăcomia ei de a ști ce anume găsise sau văzuse Shirley era aproape palpabilă. Degetele lui Maureen, un mănunchi de noduri umflate acoperite cu o piele translucidă cu pete ca de leopard, făceau să alunece crucifixul și verigheta în susul și în josul lanțului din jurul gâtului. Ridurile adânci care porneau din colțurile gurii spre bărbie îi aminteau mereu Samanthei de păpușa unui ventriloc.

De ce ești mereu aici? o întrebă în gând Samantha pe femeia în vârstă. *N-am să ajung niciodată să mă simt atât de singură încât să n-am altceva mai bun de făcut decât să-mi petrec timpul cu Howard și Shirley.*

Dezgustul se înălță în Samantha precum voma. Dorea să apuce camera îngrămădită și supraîncălzită și s-o zdrobească în mâinile ei, până când porțelanul regal și șemineul pe gaz și fotografiile cu rame aurii ale lui Miles se făceau fărâme. Apoi, cu Maureen cea zbârcită și boită prinsă în capcană și agitându-se în interiorul dezastrului, ar fi vrut să azvârle totul, ca un aruncător de greutate celest, departe, în soarele de la apus. Încăperea zdrobită şi babornița condamnată se înălțau în imaginația ei spre ceruri, plonjând în oceanul nemărginit, lăsând-o pe Samantha singură în liniştea nesfârşită a universului.

Avusese o după-amiază groaznică, cu încă o discuție înspăimântătoare cu contabilul ei. Nu-şi mai amintea cine ştie ce din drumul de întoarcere din Yarvil. I-ar fi plăcut să i se confeseze lui Miles, dar acesta, după ce-şi lăsase servieta şi-şi scosese cravata în hol, spusese:

— Cred că nu te-ai apucat încă să pregăteşti cina, nu?

Mirosi ostentativ aerul, apoi îşi răspunse singur:

— Nu, nu te-ai apucat. Păi, e bine pentru că mama şi tata ne-au invitat pe la ei.

Şi, înainte ca ea să poată protesta, el adăugase tăios:

— Nu are nimic de a face cu Consiliul. Trebuie să discutăm aranjamentele pentru a 65-a aniversare a tatei.

Mânia a fost aproape o uşurare, pentru că i-a eclipsat anxietatea, teama. Îl urmase pe Miles, la maşină, reprimându-şi senzația că nu este tratată cum se cuvine. Când el a întrebat-o, în sfârşit, la intersecția cu Evertree Crescent, „Cum ți-a fost ziua?", ea i-a răspuns: „Absolut fantastică".

— Mă-ntreb ce s-o fi întâmplat, zise Maureen, destrămând liniştea din camera de zi.

Samantha ridică din umeri. Era tipic pentru Shirley că-şi convocase bărbații din familie, neglijându-le pe femei. Numai că n-avea de gând să-i dea soacrei satisfacția de a manifesta vreun interes.

Paşii de elefant ai lui Howard făceau să scârțâie scândurile podelei acoperite de covor. Nerăbdarea o făcuse pe Maureen să caşte uşor gura.

— Ei, ei, ei, tună Howard, întorcându-se în cameră.

— Tocmai verificam site-ul consiliului să văd cum stăm cu prezența, zise Shirley, gâfâind ușor în urma lui. Pentru viitoarea ședință...

— Cineva a postat acuzații împotriva lui Simon Price, îi spuse Miles Samanthei, uzurpând rolul de vestitor.

— Ce fel de acuzații? întrebă Samantha.

— Primirea de bunuri furate, spuse Howard, revendicând cu fermitate lumina reflectoarelor, și tragerea pe sfoară a șefilor lui de la tipografie.

Samantha era încântată să constate că veștile n-o mișcau deloc. Auzise doar foarte vag cine era Simon Price.

— Au postat sub pseudonim, continuă Howard, și nici ăla nu e prea elegant.

— Adică, e grosolan? se interesă Samantha. Ceva de genul Sculă-Mare-și-Groasă?

Hohotele de râs ale lui Howard bubuiră prin încăpere, Maureen scoase un țipăt de groază afectat, Miles se uită urât, iar Shirley se arătă furioasă.

— Nu *chiar* așa, Sammy, nu, zise Howard. Nu, și-au zis „Fantoma lui Barry Fairbrother".

— Oh, făcu Samantha, rânjetul evaporându-i-se.

Nu-i plăcea asta. La urma urmelor, se aflase în ambulanță în timp ce paramedicii băgau cu forța ace și tuburi în trupul prăbușit al lui Barry; îl văzuse muribund sub masca de plastic; o văzuse pe Mary strângându-l de mână, printre gemete și sughițuri de plâns.

— Oh, asta nu-i frumos, spuse Maureen, cu încântare în glasul ei de broască-râioasă. Nu, asta-i urât de tot. Să pui vorbe în gura unui mort. Să-i iei numele în van. Nu e corect.

— Nu, admise Howard.

Aproape fără să fie atent la ce face, traversă încăperea, luă sticla de vin şi se întoarse să umple paharul gol al Samanthei.

— Dar se pare că există cineva căruia nu-i pasă de bunul-simț, dacă în felul ăsta pot să-l elimine pe Simon Price din cursă.

— Dacă te gândeşti la ce cred eu că te gândeşti, tată, spuse Miles, n-ar fi fost mai normal să mă atace pe mine decât pe Price?

— De unde ştii că n-au făcut-o, Miles?

— Adică? întrebă iute Miles.

— Adică, spuse Howard, fericit că se află în centrul atenției tuturor, am primit o scrisoare anonimă despre tine cu vreo două săptămâni în urmă. Se spunea acolo că nu ești potrivit să-i iei locul lui Fairbrother. Aş fi foarte surprins dacă scrisoarea nu ar proveni din aceeaşi sursă ca postarea online. Nu vedeți? Tema Fairbrother e comună!

Samantha înclină paharul cu un entuziasm un pic cam exagerat, astfel încât vinul se prelinse pe părțile bărbiei, exact acolo unde îi vor apărea în timp, fără doar şi poate, ridurile de păpuşă de ventriloc. Îşi şterse fața cu mâneca.

— Unde e scrisoarea? întrebă Miles, străduindu-se să nu se arate prea tulburat.

— Am distrus-o. Era anonimă; nu conta.

— N-am vrut să te supărăm, dragule, spuse Shirley şi-l bătu pe Miles pe braț.

— În tot cazul, nu se poate să te aibă cu ceva la mână, îşi linişti Howard fiul, pentru că altfel ar fi dat deja pe goarnă, cum au făcut cu Price.

— Soția lui Simon Price e o fată minunată, îşi exprimă Shirley regretul cu blândețe. Nu pot să cred că Ruth ştie ceva despre povestea asta, dacă soțul ei s-a ocupat de potlogării.

Ne-am împrietenit la spital, îi explică Shirley lui Maureen. E asistentă angajată prin agenție.

— N-ar fi prima soție care nu vede ce se-ntâmplă sub nasul ei, ripostă Maureen, aruncând în joc cunoștințe de om bine informat cu înțelepciunea cuiva cu experiență de viață.

— E de o neobrăzare absolută să folosești numele lui Barry Fairbrother, spuse Shirley, prefăcându-se că n-o auzise pe Maureen. Nici nu s-au gândit la văduvă, la familie. Nu contează decât să-și atingă scopurile; sunt în stare să sacrifice orice pentru asta.

— Ceea ce ne arată cu ce avem de-a face, spuse Howard.

Își scărpină faldurile burții, gândindu-se.

— Din punct de vedere strategic, e o mișcare inteligentă. Mi-am dat seama de la început că Price urma să divizeze voturile pro-Fields. Iar Bends-Your-Ear n-a stat prea mult pe gânduri; și-a dat și ea seama de acest pericol și vrea să-l elimine.

— Dar, spuse Samantha, s-ar putea să n-aibă nicio legătură cu Parminder și cu clica lor. Ar putea veni de la cineva pe care nu-l cunoaștem, cineva care-i poartă pică lui Simon Price.

— Oh, Sam, spuse Shirley, cu un râs sonor și clătinând din cap. Se vede de la o poștă că ești nouă în politică.

Oh, ia mai du-te dracului, Shirley.

— Și-atunci, de ce au folosit numele lui Barry Fairbrother? întrebă Miles, atacând-o pe soția lui.

— Păi, e pe site, nu? E locul lui rămas vacant.

— Și cine stă să scotocească site-ul consiliului pentru genul ăsta de informație? Nu, spuse el cu gravitate, e o persoană din interior.

O persoană din interior... Libby îi spusese cândva Samanthei că într-o picătură de apă din iaz pot să existe mii de vietăți microscopice. Ceea ce o făcu să constate că erau cu toții ridicoli, cum ședeau în fața plăcuțelor comemorative ale lui Shirley, de parcă s-ar fi aflat în Cabinetul din Downing Street, de parcă un pic de flecăreală pe site-ul Consiliului Parohial ar constitui o campanie organizată, de parcă orice din toate astea ar fi contat.

Conștientă și sfidătoare, Samantha își abătu atenția de la toți ceilalți. Își fixă ochii pe fereastră și pe cerul senin de seară gândindu-se la Jake, băiatul musculos din trupa favorită a lui Libby. Azi, la prânz, Samantha ieșise să cumpere niște sendvișuri și se întorsese cu o revistă de muzică în care Jake și colegii de trupă erau intervievați. Erau o mulțime de fotografii.

— E pentru Libby, i-a explicat Samantha fetei care o ajuta la magazin.

— Oo, ia uite la ăsta. Nu l-aș lăsa să se dea jos din pat să-mi aducă pâine prăjită, răspunse Carly, arătând spre Jake, gol de la mijloc în sus, cu capul lăsat pe spate ca să-și scoată la iveală gâtul acela puternic. A, dar n-are decât 21 de ani, așa scrie aici. Nu mă-ncurc cu bebelușii.

Carly avea 26. Samantha nu s-a ostenit să scadă vârsta lui Jake dintr-a ei. Și-a mâncat sendvișul, a citit interviul, a cercetat toate pozele. Jake cu mâna pe o bară de deasupra capului, cu bicepșii umflați sub un tricou negru; Jake cu cămașa albă descheiată, mușchii abdominali dăltuiți deasupra beteliei lărguțe a blugilor.

Samantha bău vinul lui Howard și privi afară la cerul de deasupra gardului viu de mălin negru, care avea o tentă delicată de roz; exact nuanța pe care o avuseseră mameloanele ei, înainte ca sarcina și alăptatul să le fi închis la culoare și dilatat. Se imagină pe sine la 19 ani, față de cei 21 ai lui Jake, suplă, cu pielea întinsă pe curbele aflate la locul potrivit şi stomacul plat, cuprins fără probleme de pantalonii scurți, mărimea 38. Îşi amintea cu însuflețire cum era să stai în poala unui bărbat tânăr îmbrăcată în pantalonii aceia scurți, să simți sub coapsele goale fierbințeala şi asprimea materialului de blugi încălzit de soare şi nişte mâini zdravene care să-ți cuprindă mijlocul suplu. Îşi imagină respirația lui Jake pe gâtul ei; îşi imagină cum se întoarce să se uite în ochii lui albaştri, aproape de pomeții lui proeminenți şi de gura aia fermă, sculptată...

— ... la casa parohială, iar cateringul va fi asigurat de Bucknoles, spuse Howard. I-am invitat pe toți: Aubrey şi Julia... pe toată lumea. Cu puțin noroc, va fi o dublă celebrare, tu în consiliu, eu, încă un an de tinerețe...

Samantha se simțea cherchelită şi excitată. Oare când o să mănânce? Realiză că Shirley ieşise din cameră, probabil ca să aşeze mâncarea pe masă.

Telefonul sună lângă cotul Samanthei, care tresări. Înainte ca vreunul dintre ei să facă vreo mişcare, Shirley se întoarse fuga-fuga în cameră. Avea o mână într-o mănuşă de cuptor înflorată, iar cu cealaltă ridică receptorul.

— Doi-doi-cinci-nouă? cântă Shirley cu o tonalitate crescândă. Ah... bună, Ruth, draga mea!

Howard, Miles şi Maureen deveniră atenți şi crispați. Shirley se întoarse să se uite la soțul ei cu intensitate, de parcă ar fi vrut să transmită vorbele lui Ruth în mintea lui Howard prin intermediul ochilor.

— Da, ciripi Shirley. Da...

Samantha, care stătea cel mai aproape de telefon, putea să audă vocea celeilalte femei, dar fără să desluşească ce spunea.

— Oh, serios...?

Gura lui Maureen rămăsese iar căscată. Era ca puiul unei păsări din vechime sau poate un pterodactil înfometat după veşti regurgitate.

— Da, draga mea, înțeleg... ah, asta n-ar trebui să fie o problemă... nu, nu, o să-i explic lui Howard. Nu, absolut niciun deranj.

Ochii mici şi căprui ai lui Shirley nu se dezlipiră de ochii albaştri mari şi umflați ai lui Howard.

— Ruth, dragă, spuse Shirley, Ruth, n-aş vrea să te îngrijorez, dar ai vizitat cumva astăzi site-ul consiliului?... Păi... nu e ceva prea plăcut, dar cred că trebuie să ştii... cineva a postat o chestie urâtă despre Simon... păi, cred c-ar fi mai bine să citeşti singură, n-aş vrea să... bine, dragă. Bine. Ne vedem miercuri, sper. Da. Pa, pa.

Shirley aşeză receptorul jos.

— Nu ştia, constată Miles.

Shirley clătină din cap.

— De ce-a sunat?

— Băiatul ei, îi zise ea lui Howard. Noul tău picolo. Are alergie la arahide.

— Asta e foarte util, într-un magazin de delicatese, spuse Howard.

— Voia să întrebe dacă ai putea să ții pentru el în frigider o seringă cu adrenalină, pentru orice eventualitate, spuse Shirley.

Maureen pufni.

— Toți copiii din ziua de azi au alergii.

Mâna neînmănuşată a lui Shirley rămăsese încleştată pe receptor. Inconştient, spera să simtă frisoane venind pe circuit dinspre Hilltop House.

V

Ruth stătea singură în camera ei de zi luminată de o veioză, continuând să țină mâna pe receptorul pe care tocmai îl așezase în furcă.

Hilltop House era mică şi compactă. Întotdeauna era uşor să ştii unde se afla oricare dintre cei patru membri ai familiei, pentru că vocile, paşii şi sunetele uşilor deschise şi închise se transmiteau cu mare uşurință în casa veche. Ruth ştia că soțul ei se află încă la duş, pentru că auzea boilerul şuierând. Aşteptase ca Simon să dea drumul la apă înainte să-i telefoneze lui Shirley, temându-se ca nu cumva el să considere că solicitarea cu privire la EpiPen însemna fraternizarea cu inamicul.

Calculatorul familiei era instalat în colțul camerei de zi, unde Simon putea să stea cu ochii pe el, ca nu cumva cineva să-l încarce pe la spate cu facturi uriaşe. Ruth dădu drumul receptorului şi se repezi la tastatură.

I se păru că durează foarte mult până apăru pe ecran pagina Consiliului Pagford. Ruth îşi împinse ochelarii de citit spre rădăcina nasului cu o mână tremurătoare în timp ce scana diferitele pagini. În sfârşit, găsi forumul. Numele soțului ei îți sărea în ochi într-un alb-negru înspăimântător: *Simon Price nu e demn să candideze pentru Consiliu.*

Făcu dublu clic pe titlu şi pe ecran apăru tot paragraful, pe care începu să-l citească. Totul în jurul ei începu să se clatine şi să se-nvârtească.

— Oh, Doamne, şopti ea.

Boilerul încetă să mai șuiere. Simon urma să-şi pună pijamaua pe care o încălzise pe radiator. Trăsese deja draperiile din camera de zi, aprinsese lampadarele laterale şi aprinsese şemineul, astfel încât să poată coborî la parter, să se întindă pe sofa şi să urmărească ştirile la televizor.

Ruth ştia că va trebui să-i spună. Să nu facă asta şi să-l lase să afle singur pur şi simplu nu era o opţiune: ar fi fost incapabilă să păstreze doar pentru ea secretul. Se simţea îngrozită şi vinovată, deşi nu ştia de ce.

Îl auzi coborând în grabă scările şi apoi apărând în uşă, în pijamaua lui albastră din bumbac.

— Si, şopti ea.

— Ce s-a-ntâmplat? spuse el, imediat iritat.

Ştia că ceva se întâmplase; că programul lui de lăfăit pe sofa la focul din şemineu şi la ştiri era pe cale să fie dat peste cap.

Ea arătă spre monitorul calculatorului, cu o mână lipită prosteşte peste gură, ca o fetiţă. Groaza ei îl molipsi. Se duse la calculator şi se uită încruntat la ecran. Nu era un cititor rapid. Citi fiecare cuvânt, fiecare rând, cu osteneală şi cu băgare de seamă.

Când termină, rămase nemişcat, trecând mental în revistă toţi potenţialii ciripitori. Se gândi la tipul de pe motostivuitor care mânca gumă şi pe care-l lăsase baltă în Fields când se duseseră să ia noul computer. Se gândi la Jim şi Tommy, care mai făceau cu el trebuşoare pe şest la tipografie. Cineva de la serviciu trebuie să fi vorbit. Ura şi teama se ciocniră în sinea lui şi declanşară o reacţie de combustie.

Se duse la baza scării şi strigă:

— Voi doi! Veniţi aici IMEDIAT!

Ruth rămăsese cu mâna la gură. El avu un imbold sadic să-i ardă una peste mâna aia, să-i spună să-şi vină dracului în fire, pentru că el era în căcat, nu ea.

Andrew intră în cameră primul, urmat de Paul. Andrew văzu pe ecran blazonul Consiliului Parohial din Pagford şi pe maică-sa cu mâna la gură. Mergând desculţ pe covorul vechi, avu senzaţia unei căderi bruşte prin aer, într-un lift stricat.

— Cineva, spuse Simon cu o uitătură cruntă către băieţii lui, a vorbit despre lucruri pe care le-am pomenit în această casă.

Paul adusese jos cu el culegerea de exerciţii de chimie; o strângea ca pe o carte de cântece religioase. Andrew îşi ţinea privirea fixată pe tatăl său, încercând să proiecteze o expresie de confuzie şi curiozitate amestecate.

— Cine le-a spus altor oameni că avem în casă un computer furat? întrebă Simon.

— Eu n-am spus, zise Andrew.

Paul se uită fără expresie la tatăl său, încercând să prelucreze întrebarea. Andrew îl îndemnă în gând pe frăţiorul lui să vorbească. De ce trebuia să fie atât de încet?

— Ei? se răsti Simon la Paul.

— Nu cred că...

— Nu *crezi*? Nu *crezi* că ai spus cuiva?

— Nu, nu cred c-am spus cu...

— Aha, interesant, spuse Simon, plimbându-se încolo şi-ncoace prin faţa lui Paul. Foarte interesant.

Cu o palmă, cartea de exerciţii a lui Paul zbură din mâinile lui.

— Încearcă să-ţi aminteşti, căcat cu ochi! urlă Simon. Încearcă să-ţi aminteşti. Ai spus cuiva că avem un computer furat?

— Nu furat, spuse Paul. N-am spus nimănui... nu cred nici că am spus cuiva că avem unul nou.

— Înţeleg, zise Simon. Aşadar, vestea a ieşit la iveală printr-o minune, nu-i aşa?

Arăta spre ecranul computerului.

— *Cineva* a vorbit! zbieră el. Pentru că a ajuns pe afurisitu' ăsta de internet! Şi-am să fiu al dracului de norocos dacă... n-o... să-mi... pierd... slujba!

La fiecare dintre ultimele cinci cuvinte, îl lovi pe Paul în cap cu pumnul. Paul se făcu mic, încercând să se ferească; un lichid negru i se prelingea din nara stângă; de câteva ori pe săptămână avea sângerări nazale.

— Şi *tu*? urlă Simon la soţia lui, care rămăsese încremenită la computer, cu ochii măriţi îndărătul ochelarilor, cu mâna încleştată ca un căluş peste gură. *Tu* ai bârfit?

Ruth îşi luă căluşul de la gură.

— Nu, Si, şopti ea. Adică, singura persoană căreia i-am spus că avem un computer nou a fost Shirley... dar ea n-ar face...

Femeie proastă, fir-ai tu să fii de femeie proastă, de ce dracu' trebuia să-i spui?

— Ce-ai făcut? întrebă Simon cu glas liniştit.

— I-am spus lui Shirley, scânci Ruth. Dar să ştii că n-am spus c-a fost furat, Simon. Am spus doar că urmează să-l aduci acasă...

— Ei, păi atunci aşa se explică, nu? urlă Simon; glasul i se preschimbase în zbieret. Fiul ei candidează la alegeri, futu-i mama mă-sii, normal că vrea să afle lucruri cu care să mă bage-n cofă!

— Dar tocmai ea e cea care mi-a zis, Si, adineauri, n-ar fi putut...

Simon se repezi la Ruth şi o pocni în faţă, exact aşa cum voise să facă atunci când îi văzuse prima oară expresia înspăimântată; ochelarii femeii se rotiră în aer şi se zdrobiră de raftul cu cărţi. O lovi din nou, iar ea se prăbuşi peste masa de calculator pe care o cumpărase atât de mândră din primul ei salariu de la South West General.

Andrew îşi făcuse o promisiune: părea să se mişte cu încetinitorul şi totul era rece şi jilav şi uşor ireal.

— N-o mai lovi! spuse el, intervenind între părinţii lui. Nu...

Buza îi fu strivită de dinţii din faţă, sub pumnul lui Simon, iar Andrew căzu pe spate peste maică-sa, care stătea aplecată peste tastatură; Simon îl izbi din nou, în braţele cu care încerca să-şi protejeze faţa. Andrew se străduia să se ridice de pe mama lui prăbuşită, care se zvârcolea, iar Simon era cuprins de o violenţă frenetică, lovindu-i pe amândoi unde se nimerea...

— Să nu-ndrăzneşti să-mi spui ce să fac... să nu-ndrăzneşti, căcăcios laş ce eşti, jet de pişat...

Andrew se lăsă în genunchi ca să încerce să scape, iar Simon îl lovi cu piciorul în coaste. Andrew îl auzi pe Paul zicând cu un glas jalnic „Opreşte-te!“ Piciorul lui Simon dădu să-l lovească iar în coaste pe Andrew, dar acesta se feri, astfel că degetele lui Simon se ciocniră de şemineul din cărămidă, făcându-l să urle brusc de durere — scena părea absurdă.

Târându-se, Andrew reuşi să scape din calea lui; Simon se ţinea de laba piciorului, sărind pe loc şi înjurând cu glas ascuţit, iar Ruth se prăbuşise în scaunul pivotant, suspinând cu faţa ascunsă în palme. Andrew se ridică în picioare; îşi simţea gustul propriului sânge.

— Putea să vorbească oricine despre computerul ăla, spuse el gâfâind, pregătit pentru alte manifestări de violenţă; se simţea mai curajos acum, că lupta începuse; aşteptarea îl exaspera, privind cum falca lui Simon se proiecta în afară şi auzind cum se acumulează în glasul lui dorinţa de violenţă.

— Tu ne-ai zis că un paznic a fost bătut. Oricine-ar fi putut să vorbească. Nu noi suntem de vină...

— Să nu... căcat cu ochi... mi-am rupt degetul, fir-ar al dracu'!

Cu un geamăt, Simon se lăsă într-un fotoliu, continuând să-şi frece piciorul. Părea să aştepte să fie consolat.

Andrew se închipui luând un pistol şi împuşcându-l pe Simon drept în faţă, privind cum trăsăturile feţei i se dezintegrează şi creierii i se împrăştie prin cameră.

— Lui Pauline i-a venit iar afurisitu' de ciclu'! ţipă Simon la Paul, care încerca să-şi oprească sângele ce îi curgea din nas printre degete. Mişcă-te de pe covor! Mişcă-te dracului de pe covor, fătălău ce eşti!

Paul ieşi fugind din cameră. Andrew îşi apăsă poala tricoului pe buza care-l ustura.

— Şi cum rămâne cu ciubucurile de la tipografie? zise printre suspine Ruth, cu obrazul iritat de la pumnul primit şi cu lacrimile prelingându-i-se pe bărbie.

Andrew detesta s-o vadă jalnică şi umilită în halul ăsta, dar aproape c-o detesta şi pe ea pentru că singură se băgase în nebunia asta, când orice tâmpit ar fi putut să vadă...

— Zice acolo despre ciubucuri. Shirley nu ştie despre ele, de unde să ştie? Cineva de la tipografie a postat chestia aia acolo. Ţi-am spus, Si, ţi-am spus să nu mai faci lucrurile astea, întotdeauna m-au îngrozit...

— Taci dracului din gură, vacă plângăreaţă! Da' să cheltuieşti banii nu te-a deranjat! urlă Simon, cu falca ieşită iar în faţă.

Lui Andrew îi venea să ţipe la maică-sa să tacă din gură: trăncănea când orice tâmpit ar fi putut să-i spună că trebuie să-şi ţină gura şi tăcea când ar fi trebuit să vorbească. Nu învăţa niciodată, nu simţea niciodată când se apropia scandalul.

Timp de câteva minute nimeni nu spuse nimic. Ruth își ștergea ochii cu dosul palmei și se smiorcăia. Simon își ținea strâns degetul de la picior, cu dinții încleștați, respirând zgomotos. Andrew își lingea sângele de pe buza spartă, pe care o simțea cum se umflă.

— Asta o să mă coste slujba, spuse Simon, privind cu ochi rătăciți prin încăpere, de parcă acolo s-ar mai fi aflat cineva pe care uitase să-l lovească. Deja spun că au oameni în plus, la dracu'. Asta o să-mi pună capac. Asta o să...

Lovi cu palma veioza de la capătul mesei, dar aceasta nu se sparse, ci doar se rostogoli pe podea. O ridică de jos, scoase ștecherul din priză, o ridică deasupra capului și-o aruncă înspre Andrew, care se feri.

— Cine mama dracului a vorbit? zbieră Simon, când piciorul veiozei se lovi de perete. Cineva a vorbit, fir-ar al dracu' să fie!

— E vreun nemernic de la tipografie, nu-i așa? strigă Andrew drept răspuns.

Buza i se umflase și zvâcnea; îi dădea senzația unei felii de mandarină.

— Tu crezi c-am fi... crezi că n-am învățat pân-acum să ne ținem gura?

Era ca și cum ai fi încercat să citești mintea unui animal sălbatic. Vedea cum se contractă mușchii din falca tatălui său, dar își dădea seama că Simon reflecta la vorbele lui.

— Când a fost postat mesajul ăla? urlă el către Ruth. Uită-te! Ce dată are?

Continuând să suspine, Ruth se chiorî la ecran; fără ochelari, trebui să-și apropie nasul la cinci centimetri de ecran.

— Pe 15, șopti ea.

— 15... duminică, spuse Simon. Duminică, nu?

Nici Andrew, nici Ruth nu-l corectară. Lui Andrew nu-i venea să creadă ce noroc avea; dar nici nu credea c-o să dureze.

— Duminică, spuse Simon, aşa că oricine ar fi putut... aoleu, degetul meu! țipă el când se ridică şi se apropie de Ruth şchiopătând exagerat. Dă-te la o parte!

Ea se ridică grăbită din scaun şi-l privi cum citeşte iar paragraful. Fornăia întruna, ca un animal, ca să-şi curețe căile respiratorii. Andrew se gândi că ar fi putut să-şi sugrume tatăl, cum stătea acolo, doar să fi avut la îndemână o sârmă.

— Cineva a aflat toate astea de la serviciu, zise Simon, ca şi cum tocmai ajunsese singur la concluzia cu pricina şi nu-i auzise pe soția sau pe fiul lui când îi sugeraseră aceeaşi ipoteză.

Îşi aşeză mâinile pe tastatură şi se întoarse spre Andrew:

— Cum scap de drăcia asta?

— De ce?

— Tu faci informatică! Cum scap de drăcia asta de-aici?

— Nu poți să... nu poți, spuse Andrew. Trebuie să fii administrator.

— Atunci, fă-te administrator, zise Simon, sărind în picioare şi arătându-i lui Andrew să se aşeze pe scaunul rotativ.

— Nu pot să mă fac administrator, răspunse Andrew, temându-se că Simon se apropia de al doilea acces de violență. Trebuie să introduci numele de utilizator şi parola corecte.

— Chiar că nu eşti bun de nimic, aşa-i?

Simon îl împinse pe Andrew în piept în timp ce trecea pe lângă el, lovindu-l cu spatele de şemineu.

— Dă-mi telefonul! urlă Simon la nevasta lui în timp ce se aşeza iar în fotoliu.

Ruth luă telefonul şi i-l întinse. Simon i-l smulse din mână şi formă un număr.

Andrew şi Ruth aşteptară în tăcere cât timp Simon îi sună mai întâi pe Jim, apoi pe Tommy, oamenii cu care făcuse ciubucurile de după program, la tipografie. Furia lui Simon, bănuielile cu privire la complicii lui erau transmise prin telefon în fraze scurte şi răstite, pline de înjurături.

Paul nu se întorsese. Probabil că încă mai încerca să-şi oprească sângele care-i curgea din nas, dar cel mai probabil era că se speriase foarte tare. Andrew nu considera că procedase bine. Cel mai sigur era să pleci doar după ce Simon îţi dădea voie.

După ce termină de vorbit, Simon îi întinse telefonul lui Ruth, fără o vorbă. Ea îl luă şi îl duse la loc.

Simon rămase pe gânduri, în vreme ce degetul fracturat îi zvâcnea; asudând în căldura şemineului, inundat de o furie neputincioasă. Bătăile administrate soţiei şi fiului nu însemnau nimic; nu le acorda nici măcar un gând. Un lucru îngrozitor i se întâmplase şi, în mod firesc, furia lui se revărsase asupra celor aflaţi mai aproape; aşa funcţiona viaţa. În orice caz, proasta de Ruth mărturisise că-i spusese lui Shirley...

Simon îşi construia propriul fir logic, aşa cum credea el că se petrecuseră lucrurile. Vreun cretin (şi-l bănuia pe tipul ăla de pe motostivuitor, care mesteca gumă şi care fusese foarte revoltat când Simon l-a lăsat baltă în Fields) vorbise despre el cu Mollisonii (cumva, în mod ilogic, mărturisirea lui Ruth că îi spusese lui Shirley despre computer făcea această ipoteză mai credibilă), şi ăia (Mollisonii, establishmentul, lunecoşii şi prefăcuţii, care-şi protejau accesul la putere) postaseră acest mesaj pe site (Shirley, vaca aia bătrână, administra site-ul, ceea ce valida teoria).

— E vaca aia de prietenă a ta! îi spuse Simon soției lui, care avea fața udă de lacrimi și îl privea cu buza tremurătoare. E vaca de Shirley. Ea a făcut asta. A aflat ceva rău despre mine ca să nu mai concurez cu fiu-su. Aia e vinovata.

— Dar, Si...

Taci, taci, vacă proastă ce ești! îi zise Andrew maică-sii în gând.

— Tot îi mai ții partea? urlă Simon, dând să se ridice iar.

— Nu! scânci Ruth, iar el se lăsă din nou în fotoliu, bucuros să-și ia greutatea de pe piciorul rănit.

Simon se gândi că șefii de la Harcourt-Walsh nu vor fi încântați de ciubucurile alea de după program. Nu era exclusă nici posibilitatea ca poliția să vină să cerceteze treaba cu computerul. Se simți cuprins de nevoia urgentă de acțiune.

— Tu, spuse el, arătând cu degetul spre Andrew. Scoate computerul din priză. Tot ce trebuie, toate firele. Pe urmă, vii cu mine.

VI

Lucruri negate, lucruri nespuse, lucruri ascunse și mascate.

Apele noroioase ale râului Orr curgeau peste resturile computerului furat, aruncat la miezul nopții de pe vechiul pod de piatră. Simon s-a dus la muncă șchiopătând din cauza degetului fracturat, spunând la toată lumea că alunecase pe cărarea din grădină. Ruth își ținea gheață pe vânătăi și le ascundea fără pricepere sub un strat de fond de ten vechi. Buza lui Andrew prinsese crustă, la fel ca a lui Dane

Tully, iar lui Paul i-a curs iar sânge din nas în autobuz, fiind nevoit să se ducă direct la cabinetul medical când au ajuns la şcoală.

Shirley Mollison, care fusese la cumpărături în Yarvil, nu răspunse la apelurile repetate ale lui Ruth până spre sfârşitul după-amiezii, moment în care băieții acesteia sosiseră deja de la şcoală. Andrew ascultă de pe scări conversația îndreptată într-o singură direcție. Ştia că Ruth încerca să rezolve problema înainte ca Simon să ajungă acasă, pentru că era mai mult decât capabil să-i smulgă telefonul din mână şi să înceapă să urle şi s-o înjure pe prietena ei.

— ... doar nişte minciuni stupide, îi spunea ea cu voioşie, dar ți-am fi foarte recunoscători dacă l-ai şterge, Shirley.

Andrew se încruntă şi tăietura de pe buza umflată amenința să plesnească din nou. Îi displăcea profund s-o audă pe maică-sa cerându-i acelei femei un favor. În clipa aceea, era stăpânit de o nervozitate irațională, provocată de faptul că postarea nu fusese încă ştearsă. Apoi îşi aminti că el o scrisese, el provocase totul: fața plină de vânătăi a mamei sale, buza lui crăpată şi atmosfera de groază care domnea în casă la perspectiva întoarcerii lui Simon.

— Îmi dau seama că ai o grămadă de lucruri pe cap..., spunea ea temătoare, dar îți dai seama ce rău i-ar provoca lui Simon, dacă oamenii ar crede...

Andrew se gândi că aşa îi vorbea Ruth lui Simon în rarele ocazii când se simțea obligată să-i țină piept: servilă, parcă cerându-şi scuze, ezitantă. De ce oare mama lui nu îi cerea pur şi simplu femeii aceleia să elimine postarea imediat? De ce era mereu atât de umilă, de supusă? *De ce nu-l părăsea pe tatăl lui?*

Întotdeauna o văzuse pe Ruth ca pe o entitate separată, bună şi nepătată. Când era copil, părinții i se înfățişau contrastant, alb şi negru, unul rău şi înspăimântător, celălalt bun şi blând. Şi totuşi, pe măsură ce creştea, începea să privească tot mai aspru orbirea voluntară a mamei sale, umilința permanentă față de tatăl lui, loialitatea de neclintit față de idolul ei fals.

Andrew o auzi punând receptorul jos şi continuă să coboare zgomotos treptele; se întâlni cu Ruth când aceasta ieşea din cameră.

— Ai sunat-o pe femeia cu site-ul?

— Da, răspunse Ruth, cu oboseală în glas. O să scoată lucrurile alea despre tatăl tău de pe site, să sperăm că se va sfârşi toată povestea.

Andrew ştia că mama lui e o persoană inteligentă şi mult mai îndemânatică la treburile casnice decât tatăl lui cel greoi şi stângaci. Era în stare să-şi câştige singură existența.

— De ce n-a şters postarea imediat, dacă zici că sunteți prietene? întrebă el, urmând-o în bucătărie.

Pentru prima oară în viața lui, mila pentru Ruth era amestecată cu un sentiment de frustrare care se învecina cu mânia.

— A fost ocupată, îi răspunse Ruth, cu glas răstit.

Avea un ochi injectat, de la pumnul lui Simon.

— I-ai spus că ar putea să aibă necazuri fiindcă a lăsat pe site lucruri calomnioase, dacă ea e administratorul site-ului? Am făcut asta la orele de infor...

— Ți-am spus, Andrew, că o să-l şteargă, replică supărată Ruth.

Nu se temea să-şi manifeste nervii față de copiii ei. Era oare pentru că ei n-o loveau sau din alt motiv? Andrew ştia că şi pe ea o durea fața la fel de rău ca pe el.

— Şi cine crezi c-a scris chestiile alea despre tata? întrebă el pe un ton recalcitrant.

Ruth se întoarse cu o expresie de furie pe chip.

— *Nu* ştiu, spuse ea, dar oricine ar fi, a fost un gest abject şi laş. *Toată lumea* are ceva de ascuns. Cum ar fi dacă taică-tu ar posta pe internet lucrurile pe care *el* le ştie despre alţi oameni? Dar el n-ar face-o.

— Pentru că asta ar fi împotriva codului său moral, nu-i aşa? spuse Andrew.

— Nu-ţi cunoşti tatăl aşa de bine cum crezi! strigă Ruth cu lacrimi în ochi. Ieşi afară — du-te şi fă-ţi temele — nu-mi pasă — doar ieşi de-aici!

Andrew se întoarse în dormitor flămând, pentru că se dusese în bucătărie să-şi ia ceva de mâncare, şi stătu multă vreme întins în pat, întrebându-se dacă nu cumva postarea fusese o greşeală oribilă; în acelaşi timp, se gândea şi cât de rău ar trebui Simon să rănească pe cineva din familie înainte ca maică-sa să-şi dea seama că el nu recunoştea niciun cod moral.

Între timp, în biroul din casa ei, la un kilometru şi jumătate de Hilltop House, Shirley Mollison încerca să-şi aducă aminte cum se şterge o postare de pe forum. Postările erau atât de rare, încât de regulă le lăsa acolo şi trei ani. În cele din urmă, scoase din dulapul cu dosare din colţul camerei ghidul simplu de administrare a site-ului pe care şi-l alcătuise singură şi reuşi, după mai multe tentative eşuate, să scoată acuzaţiile împotriva lui Simon. Făcu asta doar pentru că Ruth, pe care o plăcea, o rugase. Nu simţea niciun fel de responsabilitate personală în această chestiune.

Totuşi, ştergerea postării nu reuşi să-i şteargă conţinutul din conştiinţa celor care urmăreau cu aviditate competiţia viitoare pentru locul lui Barry. Parminder Jawanda copiase mesajul despre Simon Price pe computerul ei şi îl tot deschidea, supunând fiecare frază unei analize de criminalist care examinează fibrele de pe un cadavru, căutând urme din ADN-ul lingvistic al lui Howard Mollison. Acesta ar fi făcut tot posibilul ca să-şi ascundă frazeologia distinctivă, dar ea era sigură că îi recunoştea preţiozitatea într-o formulare precum „Fără doar şi poate că domnul Price nu e străin de menţinerea costurilor la un nivel scăzut" şi în „beneficiul numeroaselor lui relaţii".

— Minda, tu nu-l cunoşti pe Simon Price, spuse Tessa Wall.

Ea şi Colin luau cina cu soţii Jawanda în bucătăria din Vechiul Vicariat, iar Parminder adusese în discuţie subiectul postării de pe site din clipa în care le trecuseră pragul.

— E un individ foarte nesuferit şi ar fi putut să supere destui oameni. Sincer, nu cred că e vorba de Howard Mollison. Nu-l văd făcând ceva atât de străveziu.

— Nu te amăgi, Tessa, spuse Parminder. Howard ar face orice ca să se asigure că Miles este ales. Bagă de seamă. Următorul pe listă o să fie Colin.

Tessa observă cum lui Colin i se albiseră degetele pe mânerul furculiţei şi-şi dori ca Parminder să mai şi gândească înainte să deschidă gura. Ea, dintre toţi, ştia cel mai bine cum era Colin; doar ea îi prescria Prozac.

Vikram şedea în capătul mesei în tăcere. Pe chipul lui frumos apăru în mod firesc un zâmbet sardonic. Tessa fusese întotdeauna intimidată de chirurg, aşa cum o intimidau toţi bărbaţii arătoşi. Deşi Parminder era una dintre cele mai bune prietene ale ei, Tessa abia dacă-l cunoştea pe Vikram, care lucra mult după orele de program şi se implica mult mai puţin în chestiunile Pagfordului decât soţia lui.

— Ţi-am spus de ordinea de zi, nu? continua să trăncănească Parminder. Pentru următoarea şedinţă? Individul propune o moţiune pe tema Fields, pe care noi s-o transmitem comitetului din Yarvil, pentru revizuirea granițelor, *și* o rezoluție privind scoaterea cu forța a clinicii de dezintoxicare din actualul sediu. Încearcă să grăbească lucrurile cât locul lui Barry e încă liber.

Se ridica des de la masă ca să aducă una, alta, deschizând mai multe uşi de bufet decât era nevoie, distrată şi fără să se poată concentra. De două ori uită de ce se ridicase şi se aşeză la loc, cu mâinile goale. Vikram o urmărea, peste tot pe unde se ducea, pe sub genele lui dese.

— L-am sunat pe Howard aseară, zise Parminder, şi i-am spus că trebuie să aşteptăm să revenim la componența completă înainte de a decide asupra unor probleme atât de importante. Mi-a râs în nas: cică nu mai putem aştepta. Oamenii din Yarvil vor să ne audă părerea, zice, având în vedere apropiata revizuire a granițelor. Ce-l sperie cel mai tare e ca nu cumva locul lui Barry să fie câştigat de Colin, pentru că nu i-ar mai fi atât de uşor să ne bage toate astea pe gât. Am trimis e-mailuri tuturor celor despre care cred că vor vota pentru noi, să văd dacă nu pot să pună presiune pe el să întârzie voturile, măcar pentru şedința asta... „Fantoma lui Barry Fairbrother", adăugă pe nerăsuflate Parminder. *Ticălosul.* N-o să folosească moartea lui Barry ca să-l învingă. Nu şi dacă pot să mă împotrivesc.

Tessei i se păru că vede buzele lui Vikram tresărind. Vechiul Pagford, condus de Howard Mollison, îi ierta în general lui Vikram crimele care nu-i puteau fi trecute cu vederea soției sale: pielea închisă la culoare, inteligența şi averea (toate acestea având, pentru nările lui Shirley Mollison, iz de satisfacție malițioasă). Tessa considera că era groaznic de nedrept — Parminder lucra din greu la fiecare aspect al vieții sale din Pagford: serbările şcolare şi adunările sociale sponsorizate, cabinetul medical şi Consiliul

Parohial, iar drept răsplată primea aversiunea implacabilă a vechii gărzi din Pagford; în schimb, Vikram, care rareori se alătura sau participa la ceva, era linguşit, flatat şi se discuta despre el cu aprobare tacită.

— Mollison e un megaloman, spuse Parminder, împingându-şi nervoasă mâncarea în farfurie. Un fanfaron şi-un megaloman.

Vikram lăsă jos cuțitul şi furculița şi se rezemă de spătarul scaunului.

— Atunci, întrebă el, de ce se mulțumeşte cu preşedinția Consiliului Parohial? De ce nu încearcă să ajungă în Consiliul Districtual?

— Pentru că, în opinia lui, Pagford e centrul universului, replică iritată Parminder. Nu înțelegi: n-ar schimba preşedinția Consiliului Parohial Pagford nici pentru postul de prim-ministru. În orice caz, *nu are nevoie* să ajungă în consiliul din Yarvil, pentru că-l are deja acolo pe Aubrey Fawler, cu care-şi promovează marile planuri. Totul e pregătit pentru revizuirea granițelor. Ăştia doi lucrează împreună.

Parminder simțea absența lui Barry ca pe o fantomă la masă. I-ar fi explicat toate acestea lui Vikram şi l-ar mai fi făcut şi să râdă pe deasupra; Barry fusese un superb imitator al ticurilor oratorice ale lui Howard, al mersului legănat precum şi al tulburărilor gastrointestinale ale acestuia.

— Îi spun mereu că se frământă prea tare, îi zise Vikram Tessei, care constată oripilată că roşeşte uşor, simțindu-i ochii negri ațintiți asupra ei. Ştii despre reclamația aia stupidă... bătrâna cu emfizem?

— Da, Tessa ştie. Toată lumea ştie. Chiar trebuie să discutăm despre asta la masă? se răsti Parminder şi sări în picioare ca să strângă farfuriile.

Tessa încercă să dea o mână de ajutor, dar Parminder îi spuse iritată să rămână pe loc. Vikram îi oferi Tessei un zâmbet de solidaritate, care o făcu să simtă fiori în stomac. Nu putu să nu-şi amintească, în timp ce Parminder se agita în jurul mesei, că Vikram şi Parminder aveau o căsătorie aranjată.

(„E doar o introducere în familie", îi explicase Parminder, în primele zile ale prieteniei lor, pe un ton defensiv, deranjată de o reacţie pe care o sesizase pe chipul Tessei. „Nimeni nu *te face* să te măriţi, ştii."

Dar, alteori, îi vorbise despre presiunile imense exercitate de mama ei să-şi găsească un soţ:

„Toţi părinţii Sikh vor să-şi vadă copiii căsătoriţi. E o obsesie".)

Colin văzu fără regret cum farfuria îi dispare din faţă. Greaţa care-i fierbea în stomac era şi mai rea decât atunci când el şi Tessa sosiseră. Ai fi zis că e izolat într-un balon din sticlă groasă, atât de izolat se simţea de cei trei tovarăşi de cină. Era o senzaţie cu care se obişnuise de mult, aceea de a umbla într-o sferă uriaşă de îngrijorare, închis în ea, urmărind cum propriile terori se desfăşurau în faţa lui, ascunzând lumea din exterior.

Tessa nu-i era de ajutor: era în mod deliberat detaşată şi lipsită de compasiune vizavi de campania lui pentru locul lui Barry. Întregul rost al acestei cine era ca el să o poată consulta pe Parminder cu privire la micile afişe electorale pe care le realizase şi în care îşi promova candidatura. Tessa refuza să se implice, blocând discuţia despre teama care-l cuprindea încet. Îi refuza un debuşeu.

Încercând să-i imite detaşarea, prefăcându-se că, la urma urmelor, nu se prăbuşea sub povara presiunii autoimpuse, nu-i spusese despre telefonul primit de la *Yarvil and*

District Gazette la şcoală, în acea zi. Jurnalista de la celălalt capăt al firului voia să vorbească despre Krystal Weedon.

O atinsese?

Colin îi răspunsese că nu era posibil ca şcoala să discute despre unul dintre elevi şi, prin urmare, Krystal trebuia abordată prin părinţii ei.

— Am vorbit deja cu Krystal, replicase femeia. Voiam doar să aflu părerea...

Dar el pusese receptorul în furcă, iar teroarea estompase totul.

De ce voiau să vorbească despre Krystal? De ce îl sunaseră? Făcuse el ceva? O atinsese? Se plânsese?

Psihologul îl învăţase să nu încerce să confirme sau să dezaprobe conţinutul unor astfel de gânduri. Trebuia să le accepte existenţa, apoi să se poarte normal, dar era ca şi cum ai fi încercat să nu te scarpini la cea mai rea mâncărime pe care ai cunoscut-o vreodată. Dezvăluirea publică a secretelor lui Simon Price pe site-ul consiliului îl înmărmurise: groaza de a fi expus, care dominase o parte atât de mare a vieţii lui Colin purta acum o faţă, trăsăturile ei fiind cele ale unui heruvim bătrân, cu un creier demonic clocotind sub şapca acoperindu-i buclele încărunţite, în spatele unor ochi iscoditori şi bulbucaţi. Îşi tot amintea de poveştile lui Barry privind creierul cu virtuţi strategice formidabile al proprietarului magazinului de delicatese şi despre complicata reţea de alianţe care-i lega pe cei 16 membri ai Consiliului Parohial din Pagford.

Colin îşi imaginase adesea cum va afla că jocul începuse: un articol precaut în ziar; feţe întoarse când intra la Mollison şi Lowe; directoarea chemându-l în birou pentru o discuţie între patru ochi. Îşi vizualizase prăbuşirea de mii de ori: ruşinea expusă şi atârnată de gâtul lui precum clopoțelul unui lepros, astfel încât nicio disimulare să nu mai fie posibilă vreodată. Urma să fie concediat. Ar putea chiar să ajungă şi la puşcărie.

— Colin, îl atenționă Tessa cu glas scăzut.

Vikram îi oferea vin.

Ea ştia ce se întâmplă în spatele acelei mari frunți boltite; nu detaliile, dar tema anxietății sale rămăsese constantă de ani de zile. Ştia că bietul Colin nu avea încotro, aşa era el făcut. Cu mulți ani în urmă, citise şi le recunoscuse ca fiind adevărate cuvintele lui W.B. Yeats: „O milă fără margini se ascunde în inima oricărei iubiri". Zâmbise când citise poemul şi mângâiase pagina, căci ştia atât că-l iubea pe Colin, dar şi că o imensă parte din iubirea ei o constituia compasiunea.

Uneori, totuşi, simțea că-şi pierde răbdarea. Uneori, şi ea dorea puțină grijă şi asigurări verbale. Colin izbucnise într-un acces previzibil de panică atunci când ea îl anunțase că primise un diagnostic clar de diabet de tip 2, dar de îndată ce l-a convins că nu se afla în pericol de moarte iminent, a fost uluită de repeziciunea cu care a abandonat subiectul, lăsându-se din nou absorbit de planurile lui legate de alegeri.

(În dimineața aceea, la micul-dejun, îşi testase pentru prima oară glicemia cu glucometrul, după care scosese seringa şi şi-o înfipsese în burtă. O duruse mult mai mult decât atunci când de injecție se ocupase îndemânatica Parminder.

Fats îşi luase castronul cu cereale şi se întorsese să n-o mai vadă, vărsând lapte pe masă, pe mânecă şi pe podeaua bucătăriei. Colin lăsă să-i scape un strigăt de iritare când Fats scuipă înapoi în castron o gură de fulgi de porumb, spunându-i cu reproş mamei sale:

— Chiar trebuia să faci asta la masă?

— Nu fi atât de obraznic şi de scârbos! strigă Colin. Stai în scaun cum se cuvine! Şterge mizeria aia! Cum îndrăzneşti să vorbeşti aşa cu maică-ta? Cere-ţi scuze, imediat!

Tessa scoase acul prea repede; îşi provocă o sângerare.

— Te rog să mă scuzi că injecţia ta de la micul-dejun mă face să borăsc, Tess, spuse Fats de sub masă, unde ştergea podeaua cu şerveţele.

— Mama ta nu-şi face injecţii de plăcere, ci pentru că suferă de o boală! strigă Colin. Şi nu-i mai zice Tess!

— Ştiu că nu-ţi plac acele, Stu, zise Tessa, dar simţea că o usturǎ ochii; se rănise şi se simţea zdruncinată şi supărată pe amândoi, sentimente care n-o părăsiseră nici în seara asta.)

Tessa se întrebă de ce Parminder nu aprecia grija lui Vikram faţă de ea. Colin nu observa niciodată când *ea* era stresată. *Poate*, gândi Tessa mânioasă, *e ceva în treaba asta cu căsătoria aranjată... cu siguranţă maică-mea nu l-ar fi ales pe Colin pentru mine...*

Parminder aşeza pe masă castroane cu fructe tăiate pentru budincă. Tessa se întrebă uşor ofensată ce i-ar fi oferit ea unui musafir care nu era diabetic şi se linişti cu ideea unei tablete de ciocolată acasă în frigider.

Parminder, care vorbise de cinci ori mai mult decât oricine altcineva de la masă, începu să trăncănească despre fiica ei, Sukhvinder. Deja îi povestise la telefon Tessei de trădarea fetei; începu din nou să vorbească despre asta la masă.

— Să facă pe chelneriţa la Howard Mollison. Nu ştiu, chiar nu ştiu ce-o fi în capul ei. Dar lui Vikram...

— Păi, tocmai asta e, Minda, că nu e nimic în capul lor, proclamă Colin, punând capăt îndelungatei lui tăceri. Sunt adolescenţi. Nu le pasă. Toţi sunt la fel.

— Colin, ce prostii vorbeşti? se răsti Tessa. Nu sunt deloc toţi la fel. Am fi încântaţi dacă Stu s-ar duce şi şi-ar găsi o slujbă de duminică... nu că ar exista măcar cea mai mică şansă în sensul ăsta.

— ... dar lui Vikram nu-i pasă, continuă Parminder, ignorând întreruperea. Nu vede nimic rău în asta, nu?

Vikram răspunse pe un ton relaxat:

— E o experienţă de muncă. Probabil că n-o să reuşească la universitate. Nu e nicio ruşine în asta. Nu e pentru toată lumea. O văd pe Jolly măritată devreme, foarte fericită.

— *Chelneriţă*...

— Păi, nu pot să fie toţi absolvenţi de universitate, nu?

— Nu, cu siguranţă că nu e o absolventă, spuse Parminder, care aproape că tremura de mânie şi tensiune. Notele ei sunt absolut groaznice — nicio aspiraţie, nicio ambiţie — *chelneriţă* — „să fim realişti, n-am să ajung la universitate" — nu, cu siguranţă n-ai să ajungi, cu atitudinea asta — la *Howard Mollison*... oh, cred că i-a plăcut la nebunie — fiica mea ducându-se la el şi căciulindu-se pentru o slujbă. *Ce-o fi fost în mintea ei*... ce-o fi fost?

— Nu ţi-ar conveni dacă Stu şi-ar găsi de lucru la cineva ca Mollison, îi spuse Colin Tessei.

— Nu mi-ar păsa, replică Tessa. Aş fi încântată să văd că manifestă vreun fel de etică a muncii. Din câte-mi pot da seama, singurul lucru de care-i pasă sunt jocurile pe computer şi...

Dar Colin nu ştia că Stu fumează; Tessa se opri şi Colin spuse:

— La drept vorbind, e exact genul de lucruri pe care Stuart l-ar face. Să se apropie de cineva despre care ştie că nu ne place, ca să ne calce pe nervi. Asta l-ar încânta la nebunie.

— Pentru Dumnezeu, Colin, Sukhvinder nu încearcă să o calce pe nervi pe Minda, spuse Tessa.

— Deci, tu crezi că sunt iraţională? o săgetă Parminder pe Tessa.

— Nu, nu, spuse Tessa, oripilată de repeziciunea cu care fuseseră atraşi într-o dispută familială. Vreau să spun că nu prea există multe locuri în Pagford unde copiii să poată lucra, nu?

— Şi de ce trebuie să lucreze, până la urmă? făcu Parminder, ridicându-şi mâinile într-un gest de exasperare furioasă. Nu-i dăm bani destui?

— Banii pe care ţi-i câştigi singur sunt întotdeauna altfel, ştii bine, spuse Tessa.

Scaunul Tessei era orientat spre un perete acoperit cu pozele copiilor familiei Jawanda. Stătuse acolo în multe dăţi şi numărase de câte ori apărea fiecare dintre copii: Jaswant, de 18 ori; Rajpal, de 19 ori; iar Sukhvinder, de 9 ori. Doar una dintre pozele de pe perete celebra realizările personale ale lui Sukhvinder: imaginea cu echipa de canotaj de la Winterdown, în ziua în care le învinseseră pe cele de la St Anne. Barry le dăduse tuturor părinţilor câte o copie mărită a acestei poze, în care Sukhvinder şi Krystal Weedon erau la mijlocul şirului de opt, cu braţele petrecute pe după umerii celorlalte fete, zâmbind larg şi ţopăind, astfel încât imaginile amândurora erau uşor înceţoşate.

Barry ar fi ajutat-o pe Parminder să vadă lucrurile aşa cum trebuie. El fusese o punte între mamă şi fiică şi amândouă îl adoraseră.

Nu pentru prima oară, Tessa se întrebă cât de important era că nu dăduse naştere fiului ei. Îi venea mai uşor să-l accepte ca individ separat decât dacă ar fi fost conceput din carnea şi sângele ei? Sângele ei doldora de glucoză...

Fats încetase de curând să-i mai zică mamă. Ea se prefăcuse că nu-i pasă, pentru că asta-l supăra pe Colin foarte tare; dar, ori de câte ori Fats îi spunea Tessa, era ca un ac înfipt în inimă.

Cei patru îşi terminară fructele reci în tăcere.

VII

Sus, în căsuța albă aflată pe dealul ce domina oraşul, Simon Price era neliniştit şi avea gânduri negre. Zilele treceau. Postarea incriminantă dispăruse de pe forum, dar Simon nu ştia ce să facă. Dacă şi-ar fi retras candidatura, ar fi părut că-şi recunoaşte vina. Poliția nu venise să-i bată la uşă pentru computer. Acum aproape că regreta că-l aruncase în râu. Pe de altă parte, nu se putea decide dacă doar îşi imaginase un rânjet cunoscător al omului din spatele casei de marcat când i-a dat cardul de credit la service-ul de la poalele dealului. La serviciu, se discuta mult despre disponibilizări, iar Simon încă se temea că, dacă ceea ce scria în postarea aia ajungea la urechile şefilor, aceştia ar putea să economisească salariile compensatorii concediindu-i pe el, pe Jim şi pe Tommy.

Andrew privea şi aştepta, pierzându-şi speranța cu fiecare zi. Încercase să arate lumii cum era tatăl său, iar lumea, după cum se părea, abia dacă dăduse din umeri. Andrew îşi imaginase că cineva de la tipografie sau din consiliu se va ridica şi-i va spune ferm lui Simon „nu"; că nu era demn să intre în competiție cu alți oameni, că era nepotrivit şi nu îndeplinea standardele şi că nu trebuia să se expună pe el sau familia lui ruşinii publice. Şi totuşi, nimic nu s-a întâmplat, în afară de faptul că Simon a încetat să mai vorbească despre consiliu sau să mai dea telefoane cu speranța de a aduna voturi, iar fluturaşii pe care-i tipărise după orele de program la serviciu au rămas neatinși într-o cutie pe verandă.

Apoi, fără avertisment şi fără tam-tam, a venit victoria. Vineri seara, coborând treptele întunecate cu intenția de a-și lua ceva de mâncare, Andrew îl auzi pe Simon vorbind bățos la telefonul din camera de zi, aşa că se opri să-l asculte.

— ... retrag candidatura, spunea el. Da. Ei bine, circumstanțele personale s-au schimbat. Da. Da. Mda, aşa e. OK. Mulțumesc.

Andrew îl auzi pe Simon aşezând receptorul la locul lui.

— Păi, cam asta a fost, îi zise Simon lui Ruth. Am ieşit cu totul din joc, dacă ăsta-i genul de căcaturi pe care-l aruncă în jur.

O auzi pe maică-sa dându-i o replică înăbuşită de aprobare şi, înainte ca Andrew să aibă timp să se mişte, Simon ieşi în holul de jos, trase aer în plămâni şi zbieră prima silabă a numelui lui Andrew, înainte să-şi dea seama că fiul lui era chiar în fața sa.

— Ce faci aici?

Fața lui Simon era pe jumătate în umbră, pe jumătate în bătaia luminii ce răzbătea din camera de zi.

— Voiam ceva de băut, minți Andrew, pentru că tatălui său nu-i plăcea ca băieții să-și ia singuri mâncare.

— O să începi să lucrezi la Mollison în weekendul ăsta, aşa-i?

— Da.

— Bun. Atunci, ascultă la mine. Vreau să aflu tot ce poți despre nemernicul ăla, m-ai înțeles? Toată mizeria pe care o poți aduna. Și despre fiul lui, dacă auzi ceva.

— Bine, spuse Andrew.

— Și-am să le postez pe jegul ăla de site, să se bucure și ei, spuse Simon și se întoarse în camera de zi. *Căcatu' fantomei lu' Barry Fairbrother.*

În timp ce încerca să găsească ceva comestibil, un gând triumfător îi trecu prin minte lui Andrew: *Te-am oprit, ticălosule! Te-am oprit.*

Făcuse exact ceea ce își propusese: Simon habar n-avea cine-i spulberase ambițiile. Și mai mult, nătărăul caraghios îi cerea lui Andrew ajutorul în încercarea de a se răzbuna; o întoarcere de 180 de grade, pentru că atunci când Andrew le-a spus prima oară părinților săi că se angajează la magazinul de delicatese, Simon fusese furios.

— Puțoi prost ce ești! Și cum ai să faci cu alergia ta nenorocită?

— Mă gândeam să încerc să nu mănânc nicio alună, spuse Andrew.

— Nu face pe deșteptul cu mine, bubosule. Ce faci dacă mănânci una din greșeală, cum ai pățit la St Thomas? Crezi că mai avem chef să trecem iar prin toată nebunia aia?

Dar Ruth îl susținuse pe Andrew, spunându-i lui Simon că băiatul era îndeajuns de mare ca să fie atent și să-și poarte de grijă. După ce Simon ieșise din cameră, ea încercase să-i spună lui Andrew că tatăl lui doar își făcea griji.

— Singurul lucru de care e îngrijorat e că ar rata tâmpenia aia de *Meciul zilei* ca să mă ducă la spital.

Andrew se întoarse în dormitorul lui, unde se apucă să mănânce cu o mână, iar cu cealaltă să-i scrie un SMS lui Fats.

Credea că totul s-a terminat, definitiv şi irevocabil. Andrew încă nu avusese vreodată motive să observe prima bulă minusculă de drojdie, care conţinea o inevitabilă transformare alchimică.

VIII

Pentru Gaia Bawden, mutarea la Pagford a fost cel mai rău lucru care i s-a întâmplat vreodată. Exceptând vizitele ocazionale făcute tatălui său la Reading, Londra era tot ce cunoscuse vreodată. Atât de neîncrezătoare fusese când Kay îi spusese că voia să se mute într-un orăşel din West Country, încât a fost nevoie de câteva săptămâni ca să ia ameninţarea în serios. Crezuse că e una dintre ideile nebuneşti ale mamei sale, ca atunci când cumpărase două găini pentru micuţa lor grădină din spatele casei din Hackney (omorâte de o vulpe la o săptămână după cumpărare) sau decizia de a-şi distruge jumătate din cratiţe, alegându-se cu o cicatrice permanentă la mână, făcând marmeladă, când, de fapt, Kay nu gătea aproape niciodată.

Smulsă dintre prietenii pe care-i avusese din şcoala primară, de casa pe care o ştia de când avea opt ani, de la weekendurile care însemnau, tot mai mult, toate tipurile de distracţie urbană, Gaia s-a pomenit aruncată, împotriva rugăminţilor, ameninţărilor şi protestelor ei, într-o viaţă despre care nici nu ştiuse vreodată că există. Străzi cu caldarâm şi niciun magazin deschis după 6 seara, o viaţă comunală care părea să se învârtească în jurul bisericii şi un loc unde puteai adesea să auzi ciripitul păsărelelor şi nimic altceva:

Gaia avea senzația că se prăbușise printr-un portal într-un ținut pierdut în timp.

De când se știa Gaia, ea și Kay se agățaseră strâns una de cealaltă (căci tatăl său nu locuise niciodată cu ele, iar cele două relații succesive ale lui Kay nu fuseseră niciodată oficializate), ciondănindu-se, compătimindu-se și devenind, cu trecerea anilor, tot mai mult niște colege de apartament. Acum, totuși, Gaia nu vedea decât un dușman când se uita peste masa din bucătărie. Singura ei ambiție era să se întoarcă la Londra prin orice mijloc posibil și s-o facă pe Kay cât mai nefericită cu putință, drept răzbunare. Nu se putea decide dacă pedeapsa pentru Kay ar fi fost mai mare în cazul în care pica la toate testele GCSE sau le trecea pe toate, încercând apoi să-l convingă pe taică-su s-o primească în gazdă, cât timp se înscria la un colegiu pentru clasa a VI-a din Londra. Între timp, trebuia să-și ducă existența într-un teritoriu străin, unde înfățișarea și accentul ei, cândva adevărate pașapoarte spre cercurile sociale cele mai selecte, deveniseră monedă străină.

Gaia n-avea niciun chef să devină una dintre elevele populare din Winterdown: după părerea ei, erau jenanți cu accentul lor de West Country și ideile lor jalnice despre ceea ce însemna distracția. Faptul că se ținuse cu hotărâre după Sukhvinder Jawanda era parțial o cale de a le demonstra copiilor că îi considera ridicoli și, parțial, motivația de a se afla într-o dispoziție în care se simțea înrudită cu oricine părea să aibă statut de outsider.

Faptul că Sukhvinder acceptase să împărtășească cu ea experiența de chelneriță ridicase prietenia lor la un alt nivel. La următoarea oră dublă de biologie, Gaia se destinse mai mult decât înainte, iar Sukhvinder întrezări în sfârşit o parte din motivul misterios pentru care această nou-venită frumoasă şi cool o alesese drept prietenă. În timp ce regla focalizarea la microscopul lor comun, Gaia murmură:

— E atât de al naibii de *alb* aici, nu-i aşa?

Sukhvinder se auzi zicând „da" înainte să reflecteze cum se cuvine la întrebare. Gaia continua să vorbească, dar Sukhvinder o asculta doar pe jumătate. „Atât de al naibii de alb."

La St Thomas o puseseră să se ridice în picioare, fiind singurul copil cu pielea închisă la culoare din clasă, şi să vorbească despre religia sikh. Se dusese supusă în fața clasei şi le spusese povestea fondatorului religiei sikh, Guru Nanak, care a dispărut într-un râu şi toată lumea a crezut că s-a înecat, dar a reapărut după trei zile petrecute sub apă ca să anunțe: „Nu există hinduşi, nu există musulmani".

Ceilalți copii au chicotit la ideea că ar putea cineva să supraviețuiască sub apă trei zile. Sukhvinder n-a avut curajul să le amintească faptul că Iisus murise şi apoi se trezise la viață. A scurtat cât a putut povestea lui Guru Nanak, din nevoia acută de a ajunge din nou în bancă. Vizitase o *gurdwara* doar de câteva ori în viață; în Pagford nu era niciuna, iar cea din Yarvil era micuță şi dominată, după cum îi spuseseră părinții ei, de chamari, o castă diferită de a lor. Sukhvinder nici măcar nu înțelegea de ce contează acest lucru, deoarece ştia că Guru Nanak interzicea în mod explicit distincțiile între caste. Totul era foarte derutant, astfel încât a continuat să se bucure de ouăle de Paşte şi de împodobirea pomului de Crăciun, găsind totodată cărțile pe care Parminder le impunea copiilor, în care erau explicate viețile diverşilor guru şi învățăturile Khalsa, extrem de dificil de citit.

Vizitele la rudele mamei din Birmingham, pe străzile unde aproape toată lumea avea pielea închisă la culoare şi cu magazinele pline de sariuri şi mirodenii indiene o făceau pe Sukhvinder să simtă că locul ei nu era acolo. Verii ei vorbeau punjabi, dar şi engleza; duceau o viaţă modernă; verişoarele ei erau bine făcute şi cochete. Râdeau de felul cum îl pronunţa ea pe „r", specific regiunii West Country şi de lipsa oricărui simţ vestimentar, iar lui Sukhvinder îi displăcea profund să se râdă de ea. Înainte ca Fats Wall să-şi înceapă regimul de tortură cotidiană, înainte ca anul lor să fie divizat în grupe şi să ajungă să intre zi de zi în contact cu Dane Tully, întotdeauna îi plăcuse să se întoarcă în Pagford. Pe atunci i se părea un refugiu.

În vreme ce se jucau cu lamele de microscop, ţinându-şi capetele aplecate ca să nu le observe domnişoara Knight, Gaia îi povesti lui Sukhvinder mai multe ca niciodată despre viaţa ei la Gravener Secondary din Hackney. Cuvintele se revărsau într-un şuvoi uşor nervos. Le-a descris pe prietenele ei lăsate acolo; una dintre ele, Harpreet, avea acelaşi nume ca verişoara cea mai mare a lui Sukhvinder. I-a vorbit de Sherelle, care era negresă şi cea mai deşteaptă fată din gaşca lor; despre Jen, al cărei frate fusese primul prieten al Gaiei.

Deşi extrem de interesată de cele povestite de Gaia, gândurile lui Sukhvinder rătăceau, imaginându-şi o adunare a şcolii în care ochii privitorului desluşeau cu dificultate componentele individuale ale unui caleidoscop compus din toate nuanţele de tenuri, de la culoarea terciului de ovăz până la cea a lemnului de mahon. Aici, la Winterdown, părul negru-albăstrui al copiilor asiatici ieşea clar în evidenţă în marea de castaniu-cenuşiu. Într-un loc precum

Gravener, cei de teapa lui Fats Wall şi Dane Tully ar fi putut fi în minoritate.

Sukhvinder puse timid o întrebare.

— De ce v-aţi mutat aici?

— Pentru că maică-mea a vrut să fie aproape de fătălăul ăla de prieten al ei, bombăni Gaia. Gavin Hughes, îl cunoşti?

Sukhvinder clătină din cap.

— Probabil că i-ai auzit când şi-o trăgeau, spuse Gaia. Toată strada îi aude când sunt pe aparate. N-ai decât să stai cu fereastra deschisă într-una dintre nopţi.

Sukhvinder încercă să nu se arate şocată, dar ideea de a-şi auzi părinţii, părinţii ei căsătoriţi, făcând sex era şi-aşa destul de groaznică. Gaia era roşie la faţă; dar Sukhvinder îşi dădu seama că nu de ruşine, ci de mânie.

— O să-i dea papucii. E atât de naivă. Abia aşteaptă să se care de-acolo după ce i-o trage.

Sukhvinder n-ar fi vorbit niciodată aşa despre maică-sa, şi nici gemenele Fairbrother (rămase, teoretic, prietenele ei cele mai bune). Niamh şi Siobhan lucrau împreună la un microscop situat nu departe de ea. De la moartea tatălui lor, păreau să se fi închis în ele, preferând fiecare compania celeilalte şi îndepărtându-se de Sukhvinder.

Andrew Price se zgâia aproape permanent la Gaia printr-un interval între feţele albe din jurul lor. Sukhvinder, care observase, credea că Gaia nu băgase de seamă, dar se înşela. Gaia pur şi simplu nu se ostenea să-i întoarcă privirea sau să se umfle în pene pentru că era obişnuită ca băieţii să caşte gura la ea; i se întâmpla asta de când avea 12 ani. Doi băieţi din primul an al clasei a şasea tot apăreau pe coridoare când ea se muta de la o sală de clasă la alta, mult mai des decât ar fi dictat legea probabilităţii, şi amândoi arătau mai bine decât Andrew. Totuşi, niciunul dintre ei nu se compara cu băiatul căruia Gaia îi dăruise fecioria, cu puțin înainte de a se muta la Pagford.

Gaia suporta cu greu faptul că Marco de Luca era încă viu fizic în univers și despărțit de ea de vreo 200 de kilometri de spațiu dureros și inutil.

— Are 18 ani, îi spuse ea lui Sukhvinder. E pe jumătate italian. Joacă fotbal foarte bine. Urma să dea o probă pentru echipa de juniori a lui Arsenal.

Gaia făcuse sex cu Marco de patru ori înainte să plece din Hackney, de fiecare dată furând prezervative din sertarul noptierei lui Kay. Într-un fel, ar fi vrut ca mama ei să știe până la ce gesturi fusese împinsă, ajungând să încerce să se graveze în memoria lui Marco fiindcă fusese forțată să-l părăsească.

Sukhvinder asculta fascinată, dar fără să recunoască față de Gaia că deja îl văzuse pe Marco pe pagina de Facebook a noii sale prietene. Oricât ai fi căutat în Winterdown, nu găseai unul ca el: semăna cu Johnny Depp.

Gaia stătea rezemată de pupitru, jucându-se distrată cu obiectivul microscopului, iar în cealaltă parte a încăperii, Andrew Price continua să se zgâiască la ea ori de câte ori credea că Fats nu bagă de seamă.

— Poate c-o să-mi fie credincios. Sherelle dă o petrecere sâmbătă noaptea. L-a invitat și pe el. Mi-a jurat că n-o să-l lase să facă vreo prostie. Dar, la naiba, aș fi vrut...

Se uită fix la pupitru cu ochii ei cu irizații, înnegurați, iar Sukhvinder o privi cu umilință, minunându-se de cât de bine arată, pierdută în admirație pentru viața ei. Ideea de a avea o altă lume căreia îi aparții în întregime, unde ai un iubit fotbalist și o gașcă de prieteni mișto și devotați i se părea o stare de lucruri demnă de a fi admirată și invidiată, chiar dacă ai fost scos cu forța din ea.

În pauza de prânz, se duseră să se plimbe prin magazine, un lucru pe care Sukhvinder nu-l mai făcuse niciodată. De regulă, ea şi gemenele Fairbrother mâncau la cantină.

În timp ce stăteau pe trotuar lângă chioşcul de presă de unde-şi cumpăraseră sendvişurile, auziră nişte cuvinte pronunţate pe un ton ascuţit.

— Maică-ta a omorât-o pe Nana mea!

Toţi elevii de la Winterdown adunaţi lângă chioşcul de ziare se uitară în jur după sursa ţipătului, nedumeriţi, iar Sukhvinder îi imită, la fel de derutată ca şi ei. Atunci o zări pe Krystal Weedon, care stătea pe cealaltă parte a drumului, arătând cu un deget bont spre ea, întins ca un pistol. Era însoţită de alte patru fete, toate aliniate pe trotuar, ţinute pe loc de trafic.

— Maică-ta a omorât-o pe Nana mea! O să plătească pentru asta şi-o să plăteşti şi tu!

Sukhvinder simţi cum i se taie picioarele. Oamenii se holbau la ea. Două fete din anul al treilea îşi luară rapid tălpăşiţa. Sukhvinder simţi cum mulţimea de gură-cască din apropiere se transformă într-o haită la pândă, nerăbdătoare. Krystal şi gaşca ei dansau pe vârfuri, aşteptând să se întrerupă şirul de maşini.

— Despre ce vorbeşte fata aia? o întrebă Gaia pe Sukhvinder, căreia i se uscase gura atât de tare încât nu mai putea să zică nimic.

N-avea niciun rost să fugă. N-ar fi reuşit să scape. Leanne Carter era cea mai rapidă fată din anul lor. Singurul lucru ce părea să se mişte în lumea din jur erau maşinile, care-i mai acordau câteva secunde de siguranţă.

Şi deodată apăru Jaswant, însoţită de câtiva băieţi din anul şase.

— Toate bune, Jolly? Ce s-a întâmplat?

Jaswant n-o auzise pe Krystal; doar printr-un noroc se abătuse pe-aici împreună cu suita sa. Peste drum, Krystal şi prietenele ei se adunaseră să se sfătuiască.

— Nu-i mare lucru, spuse Sukhvinder, ameţită de uşurarea oferită de această păsuire temporară.

Nu-i putea spune lui Jaz ce se întâmplase în faţa băieţilor. Doi dintre aceştia aveau aproape 1,8 m înălţime. Toţi se holbau la Gaia.

Jaz şi prietenii ei se duseră spre uşa chioşcului de ziare, iar Sukhvinder, îndemnând-o din priviri pe Gaia, îi urmă. Ea şi Gaia văzură pe fereastră cum Krystal şi gaşca ei pleacă, uitându-se înapoi la fiecare câţiva paşi.

— Ce-a fost asta? întrebă Gaia.

— Străbunica ei a fost pacienta mamei mele şi a murit, spuse Sukhvinder.

Îi venea atât de tare să plângă, încât muşchii gâtului deveniseră dureroşi.

— Ce proastă! spuse Gaia.

Dar suspinele înăbuşite ale lui Sukhvinder nu se născuseră doar din frică. O plăcuse pe Krystal foarte mult; ştia că şi Krystal o plăcuse pe ea. Toate acele după-amiezi petrecute pe canal, toate acele excursii cu microbuzul; cunoştea anatomia spatelui şi a umerilor lui Krystal mai bine decât şi-o cunoştea pe a ei.

Se întoarseră la şcoală împreună cu Jaswant şi prietenii acesteia. Cel mai frumos dintre băieţi începu o conversaţie cu Gaia. Până să ajungă la poartă, o tachina deja cu privire la accentul ei londonez. Sukhvinder n-o vedea pe Krystal nicăieri, dar îl zări pe Fats Wall în depărtare, mergând săltat împreună cu Andrew Price. I-ar fi cunoscut silueta şi mersul oriunde, aşa cum ceva ancestral din tine te ajută să recunoşti un păianjen care se deplasează pe o podea întunecată.

Valuri de greață o străbăteau în timp ce se apropia de clădirea şcolii. Urmau să fie doi de-acum înainte: Fats şi Krystal, împreună. Toată lumea ştia că cei doi se vedeau. Iar în mintea lui Sukhvinder prinse contur o imagine viu colorată în care ea sângera la podea, iar Krystal şi gaşca ei o loveau cu picioarele, sub privirile lui Fats Wall, care râdea.

— Tre' să merg la toaletă, îi spuse ea Gaiei. Ne vedem în clasă.

Se duse în prima toaletă pentru fete din drum, se încuie într-un compartiment şi se aşeză pe capacul lăsat. Dacă ar fi putut să moară... să dispară pentru totdeauna... dar suprafața solidă a lucrurilor refuza să se dizolve în jurul ei, iar corpul ei, trupul ei detestabil de hermafrodit continua, în felul lui încăpățânat şi stupid, să trăiască...

Auzi soneria care anunța începutul orelor de după-amiază, sări şi se grăbi să iasă din toaletă. Pe coridoare se formau cozi. Se întoarse cu spatele la toți şi ieşi din clădire.

Şi alții chiuleau. Krystal o făcuse; Fats Wall la fel. Dacă ar fi putut să scape şi să stea departe în după-amiaza asta, poate că ar fi în stare să se gândească la ceva care s-o protejeze înainte de a trebui să se întoarcă. Sau ar putea să iasă în fața unei maşini. Îşi imagină vehiculul izbindu-i corpul şi sfărâmându-i oasele. Cât de repede ar muri aşa, zdrobită în drum? Totuşi, prefera ideea înecării, a apei curate şi reci care o adormea pentru totdeauna: un somn fără vise...

— Sukhvinder? *Sukhvinder!*

Stomacul i se întoarse pe dos. Tessa Wall traversa parcarea, grăbindu-se să ajungă la ea. Preț de o clipă nebunească, Sukhvinder se gândi s-o rupă la fugă, dar apoi inutilitatea gestului o copleşi şi rămase pe loc, aşteptând ca Tessa să ajungă la ea, detestând-o pentru fața ei urâtă şi stupidă şi pentru fiul ei cel diabolic.

— Sukhvinder, ce faci? Unde te duci?

Nici măcar nu se putea gândi la o minciună. Cu un gest deznădăjduit al umerilor, capitulă.

Tessa nu avea nicio şedinţă programată până la ora 15. Ar fi trebuit s-o ducă pe Sukhvinder la cancelarie şi să o raporteze pentru încercarea de a fugi de la ore; în schimb, o duse pe fată la etaj, în cabinetul ei de consiliere, cu tapiseria nepaleză de pe perete şi afişele cu Linia Telefonică a Copilului. Sukhvinder nu mai fusese niciodată aici.

Tessa vorbi, făcând pauze mici prin care o invita pe fată să discute, dar Sukhvinder stătea cu palmele transpirate şi privirea fixată pe vârfurile pantofilor. Tessa o cunoştea pe maică-sa — i-ar fi spus lui Parminder că încercase să chiulească — dar i-ar fi explicat de ce? Ar fi fost dispusă, ar fi putut Tessa să intervină? Nu faţă de fiul ei; nu-l putea controla pe Fats, asta ştia toată lumea. Dar în privinţa lui Krystal? Krystal venea la consiliere...

Cât de rău ar fi bătut-o dacă îi spunea? Dar oricum ar bate-o şi dacă nu i-ar spune. Krystal oricum era gata să asmută întreaga gaşcă asupra ei...

— ... s-a întâmplat ceva, Sukhvinder?

Fata încuviinţă din cap. Tessa o încurajă:

— Poţi să-mi spui despre ce-a fost vorba?

Şi Sukhvinder îi spuse.

Fu sigură că putu să desluşească, în contractarea infimă a frunţii Tessei în timp ce o asculta, şi altceva în afară de compasiune. Poate că Tessa se gândea la cum ar reacţiona Parminder dacă ar afla că se urla în gura mare pe stradă cum o tratase ea pe doamna Catherine Weedon. Sukhvinder îşi făcuse griji în privinţa asta în timp ce stătea în toaletă, dorindu-şi să moară. Sau poate că expresia de disconfort de pe chipul Tessei arăta că nu vrea să o abordeze pe Krystal Weedon. Fără doar şi poate, Krystal era şi preferata ei, aşa cum fusese şi a domnului Fairbrother.

Un sentiment cumplit de nedreptate acută îşi făcu loc printre nenorocirea, teama şi dispreţul de sine care o stăpâneau deja pe Sukhvinder; mătură într-o parte acea încâlceală de griji şi spaime care o învăluiau zilnic. Se gândi la Krystal şi la amicele ei, aşteptând să atace. Se gândi la Fats, şoptind vorbe otrăvite din spatele ei la fiecare lecţie de matematică şi la mesajul pe care îl ştersese de pe pagina ei de Facebook în seara precedentă:

Les-bi-a-nism s.n. Atracţie erotică patologică şi satisfacere sexuală între femei; safism; ginecofilie.

— Nu ştiu de unde ştie, spuse Sukhvinder, cu sângele bubuindu-i în urechi.

— Ştie...? întrebă Tessa, cu expresia încă tulburată.

— Că a fost o reclamaţie despre mama şi străbunica ei. Krystal şi mama ei nu vorbesc cu restul familiei. Poate, zise Sukhvinder, i-o fi spus Fats?

— Fats? repetă Tessa fără să înţeleagă.

— Ştii, pentru că sunt prieteni, zise Sukhvinder. El şi Krystal? Ies împreună? Mă gândeam că poate el i-a spus.

Avu o satisfacţie amară să vadă cum de pe faţa Tessei dispare orice urmă de calm profesional.

IX

Kay Bowden nu mai voia să pună niciodată piciorul în casa lui Miles şi a Samanthei. Nu-i putea ierta pentru că fuseseră martorii paradei de indiferenţă a lui Gavin, cum nu putea uita râsul superior al lui Miles, atitudinea faţă de

Bellchapel a acestuia sau felul batjocoritor în care Samantha vorbise despre Krystal Weedon.

În pofida scuzelor lui Gavin şi a asigurărilor lui de afecţiune lipsite de entuziasm, Kay nu se putea abţine să nu şi-l imagineze stând nas în nas cu Mary pe sofa; sărind s-o ajute cu farfuriile; conducând-o acasă pe întuneric. Când Gavin i-a spus câteva zile mai târziu că luase cina la Mary acasă, trebui să-şi înăbuşe o reacţie de furie, pentru că în casa ei din Hope Street el nu mâncase niciodată altceva decât pâine prăjită.

Poate că nu avea voie să spună nimic rău despre Văduvă, despre care Gavin vorbea de parc-ar fi fost Maica Precistă, dar cu soţii Mollison lucrurile stăteau altfel.

— N-aş putea spune că mor de dragul lui Miles.

— Nu e chiar prietenul meu cel mai bun.

— Dacă mă întrebi pe mine, ar fi o catastrofă pentru clinica de dezintoxicare dacă ar fi ales.

— Mă îndoiesc că ar avea vreo importanţă.

Apatia lui Gavin, indiferenţa lui faţă de suferinţa altor oameni o înfuriau mereu pe Kay.

— E cineva care ar susţine cauza clinicii Bellchapel?

— Colin Wall, cred, zise Gavin.

Aşa încât la ora 20, luni seara, Kay urca aleea familiei Wall şi suna la uşă. De pe treapta de la intrare, putea să distingă maşina Ford Fiesta roşie, parcată pe alee, la trei case mai încolo. Imaginea adăugă un pic de avânt dorinţei ei de confruntare.

Uşa casei Wall se deschise şi în prag apăru o femeie bondoacă şi urâţică, într-o fustă în culori vii.

— Bună seara, spuse Kay. Mă numesc Kay Bawden şi mă întrebam dacă aş putea să vorbesc cu Colin Wall.

Pentru o fracţiune de secundă, Tessa rămase cu gura căscată la tânăra atrăgătoare din prag pe care n-o mai văzuse niciodată. Prin minte îi trecu cea mai ciudată dintre idei: că soțul ei, Colin, avea o aventură și că iubita lui venise să-i spună acest lucru.

— Oh... da... poftim. Eu sunt Tessa.

Kay se șterse conștiincios pe tălpi pe covorașul din fața ușii și o urmă pe Tessa în camera de zi, care era mai mică, mai neîngrijită, dar mai plăcută decât cea a Mollisonilor. Un bărbat înalt, cu chelie și frunte înaltă ședea într-un fotoliu, cu un blocnotes în poală și un pix în mână.

— Colin, dânsa e Kay Bawden. Ar dori să vorbească cu tine.

Tessa văzu expresia surprinsă și precaută a lui Colin și știu dintr-odată că femeia îi e străină. *Acum chiar așa, se gândi ea rușinată, ce naiba ți-ai închipuit?*

— Îmi cer scuze că am dat buzna așa, neanunțată, spuse Kay, când Colin se ridică să-i strângă mâna. Aș fi telefonat, dar sunteți...

— Nu suntem în cartea de telefon, așa e, spuse Colin.

Colin o domina pe Kay, cu ochii mici îndărătul lentilelor ochelarilor.

— Te rog, ia loc.

— Mulțumesc. E vorba de alegeri, spuse Kay. Pentru Consiliul Parohial. Candidați, nu-i așa, împotriva lui Miles Mollison?

— Exact, aprobă Colin neliniștit.

Știa cine era femeia asta: reportera care voia să discute cu Krystal. Îl găsise — Tessa n-ar fi trebuit s-o lase în casă.

— Mă întrebam dacă aș putea să vă ajut cu ceva, spuse Kay. Sunt asistentă socială, lucrez în cea mai mare parte a timpului în Fields. Sunt unele fapte și cifre pe care aș putea să vi le dau despre Clinica de Dezintoxicare Bellchapel, pe care Mollison pare foarte pornit s-o închidă. Mi s-a spus că sunteți în favoarea clinicii. Că ați dori s-o păstrați în funcțiune?

Valul de uşurare şi plăcere aproape că îl ameţi.

— Oh, da, spuse Colin, da, aş dori. Da, asta e ceea ce predecesorul meu — mai exact, deţinătorul anterior al locului — Barry Fairbrother — cu siguranţă a făcut: s-a opus închiderii clinicii. Ceea ce am să fac şi eu.

— Ei bine, am avut o discuţie cu Miles Mollison, care mi-a spus foarte clar că, după părerea lui, clinica nu merită ţinută deschisă. Sincer, eu cred că e de-a dreptul ignorant şi naiv vizavi de cauzele şi tratamentul dependenţei de droguri, precum şi în privinţa rolului important pe care îl joacă Bellchapel. Dacă Parohia refuză să înnoiască contractul de închiriere a clădirii, iar Districtul taie finanţarea, există pericolul ca nişte oameni foarte vulnerabili să fie lăsaţi fără niciun sprijin.

— Da, da, înţeleg, spuse Colin. Oh, da, sunt de acord.

Era uluit şi flatat că această femeie tânără şi atrăgătoare umblase seara pe străzi ca să-l găsească şi să-i ofere sprijinul ca aliat.

— Vrei o ceaşcă de ceai sau de cafea, Kay? întrebă Tessa.

— Oh, mulţumesc foarte mult, spuse Kay. Ceai, te rog, Tessa. Fără zahăr.

Fats era în bucătărie, servindu-se direct din frigider. Mânca încontinuu, dar rămânea costeliv, fără să ia niciodată nici măcar un gram în greutate. În pofida dezgustului declarat faţă de ele, părea neafectat de pachetul de seringi gata umplute ale Tessei, care stătea într-o cutie de un alb imaculat, lângă brânză.

Tessa se duse la ceainic şi gândurile ei reveniră la subiectul care o rodea de când Sukhvinder făcuse acea sugestie mai devreme: că Fats şi Krystal „se văd unul cu celălalt". Nu-l întrebase pe Fats, nici nu-i spusese lui Colin.

Cu cât se gândea mai mult la asta, cu atât mai sigură era că nu poate fi adevărat. Ştia cu certitudine că Fats avea o părere atât de bună despre el însuşi, încât nicio fată n-ar fi fost îndeajuns de bună, mai ales una de teapa lui Krystal. Sigur el nu s-ar...

Nu s-ar înjosi? Asta e? La asta te-ai gândit?

— Cine-a venit? o întrebă Fats pe Tessa, cu gura plină de pui rece, în timp ce ea punea ceainicul pe aragaz.

— O femeie care vrea să-l ajute pe tata să fie ales în consiliu, replică Tessa, căutând în bufet biscuiţi.

— De ce? Îi place de el?

— Stu, maturizează-te! spuse Tessa iritată.

Fats luă mai multe felii subţiri de şuncă dintr-un pachet deschis şi le vârî una câte una în gura deja plină, ca un magician care bagă în propriul pumn batiste de mătase. Uneori, Fats stătea şi câte zece minute în faţa frigiderului deschis, sfâşiind ambalajele şi rupând pachetele, băgând bucăţi de mâncare direct în gură. Era un obicei pe care Colin îl critica aspru, aşa cum făcea cu orice alt aspect al comportamentului lui Fats.

— Dar, serios, de ce vrea să-l ajute? întrebă Fats, după ce înghiţi ce băgase în gură.

— Ca să nu se închidă Clinica de Dezintoxicare Bellchapel.

— Dar ce, e vreo drogată?

— Nu, nu e o drogată, spuse Tessa, observând cu neplăcere că Fats terminase ultimii trei biscuiţi cu ciocolată şi lăsase ambalajul gol pe raft. E asistentă socială şi crede că această clinică face o treabă bună. Tata vrea s-o ţină deschisă, dar Miles Mollison nu crede că e foarte eficientă.

— Clinica nu face o treabă prea bună. În Fields vezi o mulţime de aurolaci şi cocainomani.

Tessa ştia că, dacă ar fi zis că dorinţa lui Colin e să închidă clinica, Fats ar fi găsit imediat un argument pentru menţinerea ei în funcţiune.

— Ar trebui să te faci avocat, Stu, spuse ea când ceainicul începu să şuiere.

Când se întoarse în camera de zi, Tessa o găsi pe Kay discutând cu Colin pe baza unui teanc de foi printate pe care-l scosese din geantă.

— ... doi asistenţi, plătiţi parţial de consiliu şi parţial de Action and Addiction, care e o organizaţie caritabilă foarte eficientă. Pe urmă, mai e asistenta socială care e ataşată de clinică, Nina, cea care mi-a dat toate datele astea — oh, mulţumesc foarte mult, spuse Kay, zâmbindu-i larg Tessei, care pusese o cană de ceai pe masă, lângă ea.

În câteva secunde, Kay căpătase o simpatie pentru soţii Wall, aşa cum nu i se mai întâmplase cu nimeni în Pagford. Tessa n-o măsurase cu privirea din creştet până-n tălpi la sosire, nici nu-i evaluase cu o uitătură sfredelitoare imperfecţiunile fizice şi simţul vestimentar. Soţul ei, deşi cam agitat, părea cumsecade şi ferm hotărât să lupte pentru ca Fields să nu fie lăsat de izbelişte.

— Accentul tău e londonez, Kay? întrebă Tessa, înmuind un biscuit simplu în ceai.

Kay dădu din cap aprobator.

— Ce vânt te-aduce la Pagford?

— O relaţie, spuse Kay.

Nu-i făcea nicio plăcere s-o spună, chiar dacă, oficial, ea şi Gavin erau împăcaţi. Se întoarse spre Colin.

— Nu prea înţeleg situaţia legată de Consiliul Parohial şi clinică.

— Ah, păi clădirea este proprietatea consiliului, spuse Colin. Este o biserică veche. Contractul de închiriere trebuie reînnoit.

— Deci asta ar fi o cale uşoară de a-i forţa să plece.

— Exact. Când ziceai că ai vorbit cu Miles Mollison? întrebă Colin, sperând, dar totodată şi temându-se că Miles pomenise numele lui.

— Am fost la cină vineri, explică Kay, Gavin şi cu mine...

— Aa, tu eşti prietena lui Gavin! interveni Tessa.

— Da. Şi lumea a început să discute despre Fields...

— Cum era şi normal, spuse Tessa.

— ... iar Miles a pomenit de Bellchapel, iar eu am fost de-a dreptul... *consternată* de felul cum vorbea despre problemele de acolo. I-am spus că mă ocup în prezent de o familie — Kay îşi aminti cum făcuse indiscreția de a pomeni numele Weedon şi continuă cu băgare de seamă — şi că dacă mama ar fi lipsită de metadonă, aproape sigur s-ar întoarce la vechile obiceiuri.

— Seamănă cu familia Weedon, spuse Tessa, cu o senzație de neputință.

— Păi... da, de fapt, despre familia Weedon vorbesc, admise Kay.

Tessa întinse mâna după încă un biscuit.

— Eu sunt consiliera lui Krystal. Asta trebuie să fie a doua oară când mama ei trece pe la Bellchapel, aşa-i?

— A treia, spuse Kay.

— O cunoaştem pe Krystal de când avea cinci ani: a fost în clasă cu băiatul nostru încă din şcoala primară, zise Tessa. A avut o viață groaznică, zău aşa.

— Absolut, spuse Kay. Este uluitor cât de drăguță e, la drept vorbind.

— Oh, da, ai dreptate, încuviință Colin cu entuziasm.

Amintindu-şi cu câtă înverşunare refuzase Colin să-i anuleze detenția lui Krystal după incidentul de la adunarea generală, Tessa ridică din sprâncene. Apoi se întrebă, simțind un tremur de silă în stomac, ce ar spune Colin dacă s-ar dovedi că Sukhvinder nici n-a mințit, nici nu s-a înşelat. Dar cu siguranță că Sukhvinder se înşela. Era o fată timidă şi naivă. Probabil că a înțeles greşit...

— Ideea e că, din câte mi-am dat seama, cam singurul lucru care o motivează pe Terri este frica să nu-şi piardă copiii, spuse Kay. În momentul de față, e pe drumul cel bun. Asistenta care se ocupă de ea la clinică zice că simte o mică transformare în atitudinea lui Terri. Dacă Bellchapel se închide, totul se duce de râpă şi Dumnezeu ştie ce-o să se întâmple cu familia.

— Toate astea-s foarte utile, spuse Colin, încuviințând cu importanță şi începând să-şi noteze ceva pe o pagină curată a blocnotesului. Foarte utile, într-adevăr. Ziceai că ai statistici cu oamenii care s-au vindecat de dependență?

Kay frunzări paginile printate, căutând informația. Tessa avu impresia că soțul ei vrea să acapareze doar pentru el atenția lui Kay. Întotdeauna fusese sensibil la persoanele care arătau bine şi la o purtare plină de compasiune.

Tessa ronțăi încă un biscuit, cu gândul tot la Krystal. Ultimele şedințe de consiliere nu fuseseră prea satisfăcătoare. Krystal fusese rezervată. Nici astăzi nu observase nimic diferit. Îi smulsese promisiunea că n-o va urmări sau hărțui pe Sukhvinder, dar purtarea lui Krystal lăsa să se înțeleagă că Tessa o dezamăgise, că încrederea se destrămase. Probabil că de vină era detenția aplicată de Colin. Tessa crezuse că ea şi Krystal construiseră o legătură îndeajuns de puternică pentru a rezista acelei încercări, cu toate că nu fusese niciodată la fel de puternică precum cea pe care Krystal o avusese cu Barry.

(Tessa fusese acolo, la fața locului, în ziua când Barry a venit la şcoală cu un simulator de vâslit, căutând recruți pentru echipajul pe care voia să-l înfiinţeze. Fusese convocată de la cancelarie la sala de sport, deoarece profesoara de educaţie fizică era în concediu medical, şi singurul suplinitor pe care-l putuseră găsi într-un timp atât de scurt era bărbat.

Fetele din anul patru, în şorturi şi maiouri Aertex, au început să chicotească la sosirea în sala de sport, când au constatat că domnişoara Jarvis lipsea, fiind înlocuită de doi bărbaţi necunoscuţi. Tessa se văzu nevoită să le certe pe Krystal, Nikki şi Leanne, care ieşiseră în faţa clasei şi făceau remarci indecente legate de profesorul suplinitor; era un tânăr arătos, cu o nefericită tendinţă de a roşi.

Barry, scund, cu părul brun-roşcat şi barbă, purta un trening. Îşi luase liber tocmai în acel scop. Toată lumea era de părere că e o idee stranie şi nerealistă: şcoli ca Winterdown nu aveau echipaje de opt. Niamh şi Siobhan păreau pe jumătate amuzate, pe jumătate ruşinate de prezenţa tatălui lor.

Barry începu să le explice ce încearcă să facă: să alcătuiască echipaje. Aranjase să se poată folosi vechiul adăpost pentru ambarcaţiuni din josul canalului, la Yarvil. Era un sport fabulos, o oportunitate să strălucească, pentru ele însele, pentru şcoală. Tessa se postase chiar la dreapta lui Krystal şi a prietenelor sale, ca să le poată ţine în frâu. Chicotelile lor se domoliseră, dar nu încetaseră de tot.

Barry le făcu o demonstraţie cu aparatul de vâslit şi ceru voluntari. Nimeni nu ieşi în faţă.

— Krystal Weedon, zise Barry, arătând spre ea. Te-am văzut atârnată de barele pentru exerciţii din parc. Ai putere în partea de sus a corpului. Vino aici să faci o încercare.

Krystal era cât se poate de fericită să se afle în centrul atenţiei; se căţără pe aparat şi se aşeză. Deşi Tessa era prezentă, Nikki şi Leanne izbucniră în hohote de râs şi restul clasei li se alătură.

Barry îi arătă fetei ce trebuie să facă. Profesorul suplinitor privea alarmat cum Barry îi poziționa mâinile pe mânerul de lemn.

Krystal trase de mâner, făcând o grimasă stupidă spre Nikki şi Leanne, şi toată lumea râse din nou.

— Ia uitați-vă la ea, spuse Barry zâmbind larg. E o canotoare înnăscută.

Era Krystal cu adevărat o canotoare înnăscută? Tessa nu ştia nimic despre sportul ăsta, aşa că nu putea să-şi dea seama.

— Îndreaptă-ți spatele, îi spuse Barry lui Krystal, altfel ai să-l răneşti. Aşa. Trage... trage... ia uitați-vă ce tehnică are... ai mai făcut asta înainte?

Apoi Krystal îşi îndreptă spatele şi chiar începu să se mişte corect. Încetă să se mai uite la Nikki şi Leanne. Intrase în ritm.

— Excelent, spuse Barry. Ia priviți... *excelent*. Aşa trebuie făcut! Bravo, fetițo! Şi iar. Şi iar. Şi..

— Doareee! strigă Krystal.

— Ştiu că doare. Aşa ajungi să ai brațele ca ale lui Jennifer Aniston — făcând asta, spuse Barry.

Se auzi un murmur de râsete, dar de data asta râseră cu el. Ce avea Barry, de fapt? Căci de fiecare dată era atât de prezent, de firesc, atât de lipsit de stângăcie. Adulții, Tessa ştia, erau sfâşiați de teama de ridicol. Cei care nu se temeau de asta, şi erau foarte puțini printre adulți, dețineau o autoritate naturală în rândul tinerilor; ar trebui obligați să fie profesori.

— Şi ne oprim! spuse Barry.

Krystal se opri, epuizată, roşie la faţă şi frecându-şi braţele.

— Va trebui să renunţi la ţigări, Krystal, spuse Barry, iar de data asta primi un hohot răsunător de râs. OK, mai vrea să încerce cineva?

Când Krystal se întoarse la colegii de clasă, nu mai râdea. Se uita cu gelozie la fiecare nou vâslaş, ochii ei alunecând permanent la faţa bărboasă a lui Barry ca să vadă ce credea acesta despre ei. Când Carmen Lewis se încurcă complet, Barry zise:

— Ia arată-le, Krystal, cum să facă!

Iar Krystal se lumină la faţă când se întoarse la aparat.

Dar la finalul demonstraţiei, când Barry îi rugă să ridice mâna pe cei care ar fi fost interesaţi să dea probe, Krystal rămase cu braţele încrucişate. Tessa o văzu cum dă din cap, rânjind zeflemitor în timp ce Nikki îi zicea ceva. Barry îşi notă atent numele fetelor interesate, apoi ridică privirea:

— Şi *tu*, Krystal Weedon, spuse el arătând-o cu degetul. Vii şi tu. Nu clătina din cap la mine. O să fiu foarte supărat dacă nu te văd acolo. Ai un talent înnăscut. Nu-mi place să văd cum se irosesc talentele naturale. Krys-tal, spuse el cu glas tare, scriindu-i numele. Wee-*don*.

Se gândise oare Krystal la talentul ei înnăscut în timp ce făcea duş, după terminarea orei? Purtase oare cu ea toată ziua gândul despre noua ei aptitudine, ca pe un cadou neaşteptat? Tessa nu ştia; dar, spre uimirea tuturor, poate cu excepţia lui Barry, Krystal a venit la probe.)

Colin încuviinţa viguros în timp ce Kay îi prezenta ratele de recidive de la Bellchapel.

— Parminder ar trebui să vadă asta, spuse el. O să am grijă să-i fac o copie. Da, da, foarte utile, într-adevăr.

Cu o uşoară senzaţie de greaţă, Tessa luă al patrulea biscuit.

X

În serile de luni, Parminder lucra până târziu şi, întrucât Vikram era de obicei la spital, cei trei copii ai familiei Jawanda îşi aşezau masa şi îşi făceau singuri de mâncare. Uneori se ciondăneau; câteodată mai şi râdeau; dar astăzi fiecare era absorbit de propriile gânduri, aşa că terminară ce aveau de făcut cu o neobişnuită eficienţă, aproape în linişte.

Sukhvinder nu le-a spus fratelui sau surorii ei că încercase să chiulească, nici despre ameninţările cu bătaia ale lui Krystal Weedon. Obişnuinţa de a păstra secretul devenise foarte puternică la ea în aceste zile. Era de-a dreptul înspăimântată de ideea de a face confidenţe, temându-se să nu-şi trădeze lumea de bizarerii dinăuntrul ei, lumea pe care Fats Wall părea capabil s-o penetreze cu o uşurinţă de-a dreptul terifiantă. Cu toate acestea, ştia că evenimentele zilei nu puteau fi ţinute sub tăcere la nesfârşit. Tessa îi spusese că are de gând să-i dea un telefon lui Parminder.

— Am s-o sun pe mama ta, Sukhvinder, e lucrul pe care-l facem de fiecare dată, dar am să-i explic de ce ai acţionat aşa.

Sukhvinder aproape că simţise căldură faţă de Tessa, chiar dacă era mama lui Fats Wall. Deşi se temea de reacţia mamei sale, o mică scânteie de speranţă se aprinsese în sufletul ei la gândul că Tessa va interveni în favoarea ei. Oare înțelegerea disperării lui Sukhvinder ar putea în sfârşit să ducă la o fisurare a implacabilei dezaprobări a mamei sale, a dezamăgirii ei, a nesfârşitei atitudini critice neînduplecate?

Când uşa de la intrare se deschise în sfârşit, o auzi pe maică-sa vorbind în punjabi.

— Oh, nu, iar vorbeşte despre tâmpenia aia de fermă, oftă zgomotos Jaswant, care ciulise urechea către uşă.

Familia Jawanda deținea din strămoşi un petic de pământ în Punjab, pe care Parminder, cea mai mare dintre copile, îl moştenise de la tatăl lor, dat fiind că acesta nu avusese băieți. Ferma ocupa un loc în conştiința familiei despre care Jaswant şi Sukhvinder discutau uneori. Spre uimirea lor uşor amuzată, câteva dintre rudele lor mai vârstnice păreau să trăiască cu speranța că întreaga familie avea să se întoarcă acolo cândva. Tatăl lui Parminder trimisese bani la fermă toată viața lui. Era arendată şi lucrată de veri de gradul al doilea, care păreau posomorâți şi înrăiți. Ferma provoca permanent certuri între rudele mamei sale.

— Nani s-a pornit din nou, traduse Jaswant, pe măsură ce vocea înăbuşită a lui Parminder pătrundea prin uşă.

Parminder o învățase pe fiica ei cea mai mare ceva punjabi, iar Jaz prinsese mai multe de la verii ei. Dislexia lui Sukhvinder fusese prea gravă ca să-i permită să învețe două limbi, iar tentativa fusese abandonată.

— ... Harpreet încă vrea să vândă peticul ăla pentru drum...

Sukhvinder o auzi pe Parminder descălțându-şi pantofii. Îşi dori ca mama ei să nu fie iritată din pricina fermei tocmai în seara asta; niciodată subiectul acesta n-o binedispunea; iar când Parminder deschise uşa bucătăriei, şi

Sukhvinder văzu fața rigidă precum o mască a mamei sale, curajul o părăsi cu desăvârşire.

Parminder îi salută pe Jaswant şi Rajpal cu o uşoară fluturare a mâinii, dar o țintui cu degetul pe Sukhvinder, arătând apoi spre scaunul de bucătărie şi dându-i de înțeles să stea jos şi să aştepte terminarea convorbirii.

Jaswant şi Rajpal o şterseră pe scară la etaj. Sukhvinder aşteptă lângă peretele cu fotografii, în care discrepanța dintre ea şi ceilalți era afişată în văzul întregii lumi, țintuită pe scaun de comanda tăcută a mamei sale. Convorbirea se prelungi la nesfârşit, până când Parminder îşi luă rămas-bun şi închise.

Când se întoarse să se uite la fiica ei, Sukhvinder ştiu instantaneu, înainte să fie rostit vreun cuvânt, că greşise când sperase.

— Deci, zise Parminder. Am primit un telefon de la Tessa când eram la muncă. Cred că ştii despre ce e vorba.

Sukhvinder încuviință din cap. Ai fi zis că gura i se umpluse de vată.

Furia lui Parminder o lovi asemenea unui val mareic, târând-o pe Sukhvinder cu el, astfel încât îi era imposibil să se opună sau să stea drept.

— De ce? *De ce?* Iar o copiezi pe fata aia din Londra... vrei s-o impresionezi? Jaz şi Raj nu s-au purtat niciodată aşa, niciodată... de ce tu? Ce se întâmplă cu tine? Te mândreşti că eşti leneşă şi neglijentă? Crezi că e în regulă să te porți ca o delincventă? Cum crezi că m-am simțit când mi-a spus Tessa? M-a sunat la serviciu — n-am fost niciodată aşa de ruşinată — sunt dezgustată de tine, mă auzi? Nu-ți oferim tot ce ai nevoie? Nu te ajutăm destul? *Ce se întâmplă cu tine, Sukhvinder?*

Cuprinsă de disperare, Sukhvinder încercă să întrerupă tirada mamei şi pomeni numele lui Krystal Weedon.

— Krystal Weedon! strigă Parminder. Proasta aia! De ce dai tu atenție la orice spune? I-ai zis că am încercat s-o țin în viață pe nenorocita aia de bunică-sa? I-ai spus asta?

— Păi... nu...

— Dacă o să-ți pese de ceea ce spun oameni precum Krystal Weedon, atunci nu mai e nicio speranță pentru tine! Poate că ăsta ți-e nivelul natural, nu-i aşa, Sukhvinder? Vrei să chiuleşti şi să lucrezi într-o cafenea şi să-ți iroseşti toate ocaziile de a-ți completa educația, pentru că e mai uşor aşa? Asta te-a învățat faptul că ai fost în aceeaşi echipă cu Krystal Weedon — să te cobori la nivelul ei?

Sukhvinder se gândi la Krystal şi gaşca ei, gata să treacă pe trotuarul celălalt, la primul culoar gol în şirul de maşini. Oare de ce ar fi nevoie ca s-o facă pe maică-sa să înțeleagă? Cu o oră mai devreme proiectase cea mai timidă fantezie în care putea să aibă, în sfârşit, încredere în maică-sa, vorbindu-i despre Fats Wall...

— Ieşi de-aici, să nu te mai văd! Pleacă! Am să vorbesc cu tatăl tău când o să vină... pleacă!

Sukhvinder se duse la etaj. Jaswant strigă din dormitorul ei:

— Ce-a fost cu urletele alea?

Sukhvinder nu-i răspunse. Se duse în camera ei, unde închise uşa şi se aşeză pe marginea patului.

Ce se întâmplă cu tine, Sukhvinder?

Mă dezguşti.

Te mândreşti că eşti leneşă şi neglijentă?

La ce se aşteptase? O îmbrățişare caldă şi consolare? Când fusese ea îmbrățişată şi ținută în brațe de Parminder? Putea să se aştepte la mai multă mângâiere de la lama de ras ascunsă în iepuraşul ei de pluş; dar dorinţa care se transforma în nevoie de a se tăia şi a sângera nu putea fi satisfăcută ziua, cu familia trează şi tatăl pe drum.

Hăul întunecat al disperării şi durerii care trăia în Sukhvinder şi tânjea după eliberare era cuprins de flăcări, de parcă ar fi fost din păcură.

Ia să vadă şi ea cum e.

Se ridică, traversă dormitorul din câţiva paşi şi, lăsându-se pe scaunul rotativ de la birou, începu să scrie la tastatura computerului.

Sukhvinder fusese la fel de interesată ca Andrew Price când profesorul suplinitor cel stupid încercase să-i impresioneze cu priceperea lui la computere. Spre deosebire de Andrew şi alţi câţiva băieţi, Sukhvinder nu tăbărâse pe profesor cu întrebări despre hacking; se dusese tăcută acasă şi căutase toate informaţiile online. Aproape orice site modern era apărat împotriva unei injecţii SQL clasice, dar când Sukhvinder o auzi pe mama ei discutând despre atacul anonim asupra site-ului Consiliului Parohial Pagford, şi-a dat seama că, probabil, măsurile de securitate ale site-ului ăluia vechi erau minime.

Lui Sukhvinder întotdeauna i s-a părut mai uşor să tasteze decât să scrie, iar codurile de computer, mai uşor de citit decât şirurile lungi de cuvinte. Nu îi trebui mult ca să găsească un site ce oferea instrucţiuni explicite pentru cea mai simplă formă de injecţie SQL. După care afişă pe ecran site-ul Consiliului Parohial.

Dură cinci minute să spargă site-ul, şi asta doar pentru că prima oară copiase greşit codul. Spre uimirea ei, descoperi că administratorul site-ului nu ştersese din baza de date detaliile utilizatorului Fantoma_lui_Barry_Fairbrother, ci doar postarea. Prin urmare, era joacă de copil să posteze sub acelaşi nume.

Lui Sukhvinder îi luă mult mai mult să compună mesajul decât să intre clandestin în site. Purtase în minte acuzația secretă timp de patru luni, încă din Ajunul Anului Nou, când observase cu uimire chipul mamei sale, de la ora 22 la miezul nopții, din colțul unde stătea ascunsă în timpul petrecerii. Tastă încet. Funcția de autocorectare o ajută la ortografiere.

Nu-i era teamă că Parminder va controla istoria computerului său. Mama ei ştia atât de puține lucruri despre ea şi despre ceea ce se petrecea în acest dormitor, că niciodată n-o va bănui pe fiica ei cea leneşă, proastă şi neglijentă.

Sukhvinder apăsă pe mouse ca pe un trăgaci.

XI

Marți dimineață, Krystal nu-l mai duse pe Robbie la creşă, ci îl îmbrăcă pentru înmormântarea Nanei Cath. În timp ce-i trăgea pantalonaşii cu cele mai puține găuri şi care erau cu vreo cinci centimetri mai scurți decât ar fi trebuit, încerca să-i explice cine fusese Nana Cath, dar îşi dădu seama că îşi răcea gura de pomană. Robbie n-avea niciun fel de amintire despre Nana Cath; habar n-avea ce înseamnă Nana; nicio idee despre vreo altă rudă în afară de mama şi de sora lui. În pofida indiciilor şi a poveştilor schimbătoare, Krystal ştia că Terri habar n-avea cine era tatăl lui.

Krystal auzi paşii mamei sale pe trepte.

— Las-o acolo, se răsti ea la Robbie, care se întinsese după o cutie de bere goală de sub fotoliul ocupat de obicei de Terri. Vin' aici.

Îl trase pe Robbie de mână în hol. Terri nu se dezbrăcase de izmenele de pijama şi tricoul jegos în care-şi petrecuse noaptea şi umbla desculță.

— De ce nu te-ai schimbat? o întrebă Krystal cu glas autoritar.

— Ete că nu merg, zise Terri, făcându-şi loc pe lângă băiatul şi fata ei, ca să intre în bucătărie.

— De ce?

— Nu vreau, spuse Terri, aprinzându-și o țigară de la ochiul aragazului. Nu mă obligă nimeni, ce mama dracului!

Krystal îl ținea pe Robbie de mână, care se zbătea şi se legăna.

— Merg toți, zise Krystal. Cheryl şi Shane şi toți.

— Şi? replică Terri cu agresivitate.

Krystal se temuse că maică-sa o să dea înapoi în ultima clipă. Înmormântarea ar fi adus-o față în față cu Danielle, sora care pretindea că Terri nu există, fără a le mai pomeni pe toate celelalte rude care se deziseseră de ea. Anne-Marie s-ar putea să fie acolo. Krystal păstrase în suflet speranța asta, ca pe un felinar în întuneric, în nopțile în care plânsese pentru Nana Cath şi domnul Fairbrother.

— Treb'e să vii, zise Krystal.

— Ba nu.

— Nana Cath — din cauza ei, nu? insistă Krystal.

— Şi?

— A făcut multe pentru noi.

— Nu, n-a făcut, ripostă Terri.

— Ba da, insistă Krystal cu fața înfierbântată şi ținându-l strâns de mână pe Robbie.

— O fi făc't, pen' tine, spuse Terri. Pen' mine a făcut fix un căcat. N-ai decât să te duci să jeleşti pe mormântu' ei, dacă vrei. Io aştept aici.

— De ce? spuse Krystal.

— Treaba mea, ce vrei?

Krystal se întunecă.

— Vine Obbo p-aci, aşa-i?

— Treaba mea, repetă Terri cu demnitatea ei jalnică.

— Vino la înmormântare, spuse Krystal ridicând tonul.

— Du-te tu.

— Să nu dea dracu' să te droghezi, spuse Krystal, aproape țipând.

— N-am s-o fac, zise Terri, dar se întoarse într-o parte, uitându-se afară pe fereastra din spate a casei, spre peticul de iarbă crescut în neorânduială şi plin de gunoaie pe care-l numeau grădina din spate.

Robbie îşi trase mâna dintr-a lui Krystal şi dispăru în camera de zi. Cu pumnii vârâți adânc în buzunarele pantalonilor de trening, cu umerii drepți, Krystal încercă să decidă ce să facă. Îi venea să plângă la gândul că nu va merge la înmormântare, dar nefericirea ei era diminuată de uşurarea că nu va fi nevoită să facă fața batalionului de ochi ostili pe care-i întâlnise uneori acasă la Nana Cath. Era supărată pe Terri şi totuşi se simțea în mod straniu de partea ei. *Nici măcar nu ştii cine e tatăl, aşa-i? Târfă ce eşti!* Ar fi vrut s-o întâlnească pe Anne-Marie, dar era speriată.

— Bine, atunci rămân şi io.

— Nu treb'e. Du-te, dacă vrei. Mie mi se rupe.

Dar Krystal, sigură că Obbo o să-şi facă apariția, rămase. Obbo fusese plecat de mai bine de o săptămână, pentru cine ştie ce scop abject de-al lui. Krystal îşi dorea ca el să fi murit, să nu se mai întoarcă niciodată.

Ca să-şi găsească ceva de făcut, începu să pună lucrurile în ordine prin casă, în timp ce fuma una din ţigările rulate pe care i le dăduse Fats Wall. Nu-i plăceau, dar îi plăcea că el i le dăduse. Le ţinuse în cutia de bijuterii din plastic a lui Nikki, împreună cu ceasul Tessei.

Crezuse că n-o să se mai vadă cu Fats, după ultima lor partidă de sex din cimitir, pentru că atunci el fusese aproape cu desăvârşire tăcut şi plecase fără să-şi ia măcar la revedere, dar de atunci se mai întâlniseră o dată pe terenul de agrement. Şi-a dat seama că, de data asta, lui îi plăcuse mai mult ca ultima oară; nu se mai drogaseră şi el reuşise să se ţină mai mult. A stat lângă ea în iarba de sub tufiş, fumând, iar când ea i-a spus că Nana Cath e pe moarte, el i-a zis că mama lui Sukhvinder Jawanda îi dăduse Nanei Cath nişte medicamente greşite sau ceva de genul; nu-i era nici lui prea clar ce se întâmplase.

Krystal fusese îngrozită. Aşadar, Nana Cath nu ar fi trebuit să moară; ar fi putut să trăiască încă în căsuţa frumos aranjată de pe Hope Street, în cazul în care Krystal ar fi avut nevoie de ea, oferindu-i un refugiu sub forma unui pat cu aşternuturi curate, a bucătăriei pline de mâncare şi a porţelanurilor desperecheate, precum şi a micului televizor din colţul camerei de zi: *Nu vreau să mă uit la porcării, Krystal, închide drăcia aia.*

Krystal o plăcea pe Sukhvinder, dar mama lui Sukhvinder o ucisese pe Nana Cath. Nu se fac diferenţieri între membrii unui clan inamic. Fusese intenţia declarată a lui Krystal s-o pulverizeze pe Sukhvinder. Dar pe urmă a intervenit Tessa Wall. Krystal nu-şi mai amintea detaliile celor spuse de Tessa; dar se părea că Fats înţelesese greşit povestea sau, cel puţin, nu întru totul exact. Fără tragere de inimă, îi promisese Tessei că n-o va mai hărţui pe Sukhvinder, dar în lumea frenetică şi veşnic schimbătoare a lui Krystal, astfel de promisiuni nu puteau fi decât nişte măsuri provizorii.

— Las-o jos! strigă Krystal la Robbie, pentru că acesta încerca să desprindă capacul cutiei de biscuiți în care îşi ținea Terri ustensilele.

Krystal smulse cutia din strânsoarea lui Robbie şi o ținu în palme ca pe o creatură vie, ceva pentru care ar lupta ca să rămână în viață şi a cărei distrugere ar fi avut consecințe devastatoare. Pe capac era o imagine zgâriată: o trăsură înțesată cu bagaje până la acoperiş, trasă prin omăt de patru cai, cu un vizitiu ce ținea în mână o trompetă din piele. Duse cutia la etaj, în timp ce Terri fuma în bucătărie, şi o ascunse în dormitorul ei. Robbie se ținu după ea.

— Vreau s' merg joacă parc.

Uneori îl ducea în parc şi-l dădea în leagăn.

— Nu astăzi, Robbie.

Băiatul începu să scâncească până când Krystal țipă la el să se potolească.

Mai târziu, când se întunecă — după ce Krystal îi pregăti lui Robbie cina din inele de spaghetti şi-i făcu baie, asta după ce înmormântarea se terminase de mult — Obbo bătu la uşa din față. Krystal îl văzu de la geamul dormitorului lui Robbie şi încercă să ajungă prima la uşă, dar Terri o întrecu.

— Toate bune, Ter? întrebă el din prag, înainte să-l invite cineva. Am auz't că m-ai căutat săptămâna trecută.

Deşi îi spusese să stea locului, Robbie venise după Krystal pe scări. Îi simțea mirosul părului şamponat peste duhoarea de transpirație stătută şi mahoarcă pe care o răspândea Obbo, îmbrăcat în geaca lui străveche din piele. Obbo trăsese la măsea; când îi aruncă o uitătură răutăcioasă, damful de bere ajunse până la ea.

— Toate bune, Obbo? spuse Terri, cu o tonalitate pe care Krystal n-o mai auzise până atunci.

Era conciliantă, prevenitoare; recunoştea cumva că omul avea drepturi la ele în casă.

— Şi unde zici c-ai fost, atunci?

— La Bristol, spuse el. Ție cum ți-e, Ter?

— Nu vrea ni'ca, interveni Krystal.

El clipi prin ochelarii groşi. Robbie se prinsese atât de strâns de piciorul lui Krystal, încât îi simțea unghiile înfipte în piele.

— Asta cine-i, Ter? întrebă Obbo. Maică-ta?

Terri râse. Krystal se uită urât la el, cu Robbie ținându-se strâns de ea. Privirea încețoşată a lui Obbo coborî asupra copilului.

— Şi ce mai face băiatu' meu?

— Nu-i băiatu' tău, zise Krystal.

— De unde ştii? întrebă Obbo calm, rânjind.

— Du-te dracului. Nu vrea ni'ca. Spune-i, aproape că strigă Krystal la maică-sa. Spune-i că nu vrei ni'ca.

Descurajată, prinsă între două voințe cu mult mai puternice decât a ei, Terri spuse:

— Păi, a venit aici doar ca să mă v...

— Nu-i adevărat, spuse Krystal. Al dracu' să fie dac-a venit doar pentru-atât! Spune-i! Nu vrea ni'ca, spuse ea cu înverşunare spre fața rânjită a lui Obbo. S-a lăsat de câteva săptămâni.

— Aşa e, Terri? spuse Obbo, continuând să zâmbească.

— Da, este, răspunse Krystal, văzând că Terri nu răspunde. E încă la Bellchapel.

— Păi, n-o să mai fie mult, zise Obbo.

— Du-te dracului! zise Krystal revoltată.

— Se închide, spuse Obbo.

— Serios? zise Terri, cuprinsă subit de panică. N-o închid, aşa-i?

— Ba bine-nţeles că o-nchid, spuse Obbo. Să facă economii, nu?

— Habar n-ai de nimic, îi zise Krystal lui Obbo. Vorbeşte tâmpenii, îi spuse mamei sale. Doar nu ţi-au zis nimic, nu?

— Economii, repetă Obbo, pipăindu-şi buzunarele umflate în căutare de ţigări.

— Am obţinut revizuirea cazului, îi aminti Krystal lui Terri. Nu poţi să te droghezi acum. Nu poţi.

— Ce-i asta? întrebă Obbo, jucându-se cu bricheta, dar niciuna dintre femei nu-l lămuri.

Terri întâlni privirea fiicei sale preţ de două secunde; ochii îi căzură fără voia ei asupra lui Robbie îmbrăcat în pijamale, încă agăţat strâns de piciorul lui Krystal.

— Da, tocmai mă duceam la culcare, Obbo, bâigui ea, fără să-l privească. Poate ne vedem al'dată.

— Am auzit că Nana ta a murit. Cheryl mi-a zis.

Durerea îi schimonosi faţa lui Terri; arăta la fel de bătrână ca Nana însăşi.

— Mda, eu mă duc la culcare. Hai, Robbie. Vin' cu mine, Robbie.

Robbie nu voia să dea drumul piciorului lui Krystal cât timp Obbo se afla acolo. Terri îi întinse mâna ca o gheară.

— Da, du-te, Robbie, îl îndemnă Krystal.

În anumite dispoziţii, Terri se agăţa de băiatul ei ca de un ursuleţ de pluş; mai bine Robbie decât drogurile.

— Hai, du-te. Du-te cu mami.

Ceva din glasul surorii lui îl linişti pe copil, ceea ce-i permise lui Terri să-l ducă la etaj.

— Hai, pa, zise Krystal, fără să se uite la Obbo şi plecă de lângă el în bucătărie.

Scoase din buzunar ultima ţigară de la Fats Wall şi se aplecă ca s-o aprindă de la aragaz. Auzi uşa de la intrare închizându-se şi avu o senzaţie de triumf. *Futu-l în gât.*

— Ce cur drăguţ ai, Krystal.

Ea tresări atât de violent, că o farfurie căzu din teancul de pe blat şi se sparse de podeaua jegoasă. Nu plecase, ci venise după ea. Se zgâia la sânii ei acoperiţi de tricoul strâmt.

— Du-te dracului d-aici, zise Krystal.

— Te-ai făcut fată mare, ai?

— Du-te dracului!

— Am auzit c-o dai pe gratis, spuse Obbo, apropiindu-se. Ai putea să faci bani mai frumoşi ca mă-ta.

— Du-te...

Obbo puse mâna pe sânul ei stâng. Fata încercă să o dea la o parte; el îi apucă încheietura cu cealaltă mână. Ţigara ei aprinsă îi şterse faţa, iar el o lovi cu pumnul de două ori în partea laterală a capului; alte farfurii se sparseră de podeaua murdară şi, deodată, în timp ce se luptau, ea alunecă şi căzu; se lovi cu capul de podea, iar el ajunse deasupra ei. Îi simţea mâinile la betelia pantalonilor de trening, trăgând.

— Nu... lua-te-ar dracu', nu!

Obbo îşi propti degetele în burta ei în timp ce-şi desfăcea fermoarul — Krystal încercă să ţipe, iar el o plesni cu palma peste faţă; îi simţea duhoarea grea în nări în timp ce-i mârâia în urechi:

— Ţipă tu, fir-ai a dracu', şi să vezi cum te tai.

O pătrunse şi ea simţi c-o doare; auzea în acelaşi timp mârâielile lui şi propriile-i scâncete firave; era ruşinată de zgomotele pe care le scotea, atât de înspăimântate şi de slabe.

Obbo îşi dădu drumul şi se ridică de pe ea. Imediat, fata îşi trase pantalonii de trening şi sări în picioare ca să-l înfrunte, cu lacrimile curgându-i şiroaie, în timp ce el o privea pofticios.

— O să te spun lu' domnu' Fairbrother, se auzi ea rostind printre sughiţuri.

Nu ştia de unde-i venise. Era o prostie.

— Cine mă-sa mai e şi ăsta?

Obbo îşi trase fermoarul, aprinse o ţigară fără să se grăbească, blocându-i ieşirea.

— Şi cu el te fuţi, ai? Târfuliţo ce eşti!

O luă pe hol şi plecă.

Krystal tremura cum nu mai tremurase niciodată în viaţa ei. Se gândi c-o să i se facă rău; îi simţea duhoarea pe tot trupul. Partea din spate a capului îi zvâcnea; simţea durere înăuntru, iar ceva umed i se prelingea în pantaloni. Intră în camera de zi şi rămase acolo, tremurând, cuprinzându-şi corpul cu braţele; apoi se îngrozi la gândul că el s-ar putea întoarce, şi se grăbi la uşă, s-o încuie.

Revenind în camera de zi, găsi un chiştoc lung în scrumieră şi-l aprinse. Fumând, tremurând şi suspinând, se lăsă în fotoliul în care de obicei şedea Terri, apoi tresări fiindcă auzi paşi pe scări: Terri reapăru, confuză şi precaută.

— Ce s-a-ntâmplat cu tine?

Krystal se îneca la fiecare cuvânt.

— Toc... tocma' ce m-a futut.

— Cee?! spuse Terri.

— Obbo... toc...

— N-ar face aşa ceva.

Era negarea instinctivă cu care Terri se întâlnise toată viaţa ei: *n-ar face aşa ceva, nu, eu niciodată, nu, n-am făcut.*

Krystal se repezi la ea şi-o împinse; slăbită cum era, Terri se prăbuşi pe spate în hol, ţipând şi înjurând. Krystal alergă la uşa pe care tocmai o încuiase, trase zăvorul şi o deschise.

Încă suspinând, făcuse 20 de paşi pe strada întunecată până să-şi dea seama că s-ar putea ca Obbo s-o aştepte acolo, urmărind-o. O rupse la fugă prin grădina unui vecin şi o luă pe un traseu ocolit spre casa lui Nikki, simţea lichidul împrăştiindu-se în pantalonii ei şi aproape că-i veni să vomite.

Krystal ştia că fapta lui Obbo se numea viol. Aşa păţise sora mai mare a lui Leanne în parcarea unui club de noapte din Bristol. Unii oameni s-ar duce la poliţie, ştia asta. Dar nu chemai poliţia la tine în viaţă când maică-ta e Terri Weedon.

O să te spun lu' domnu' Fairbrother.

Suspinele se înteţiră. Ar fi putut să-i spună domnului Fairbrother. El ştiuse ce-nseamnă viaţa reală. Unul dintre fraţii lui fusese la pârnaie. Îi povestise lui Krystal întâmplări din tinereţea lui. Nu fusese precum copilăria ei — nimeni nu se afla la fel de jos ca ea, ştia asta — dar semănase cu a lui Nikki, a lui Leanne. Rămăseseră fără bani; maică-sa cumpărase locuinţa socială de la consiliu, dar nu fusese în stare să plătească ratele; o vreme au locuit într-o rulotă închiriată de un unchi.

Domnul Fairbrother avea grijă de lucruri; el le rezolva. Venise acasă la ei şi discutase cu Terri despre Krystal şi canotaj, pentru că avusese loc o ceartă şi Terri refuza să semneze formularele pentru ca fiica ei să se poată duce cu echipa. El nu fusese dezgustat sau nu o arătase, ceea ce însemna acelaşi lucru. Până şi Terri, care nu agrea şi nu avea încredere în nimeni, spusese: „Pare un tip de treabă", şi semnase hârtiile.

Domnul Fairbrother i-a spus odată: „O să fie mai greu pentru tine decât pentru celelalte, Krys, aşa cum şi pentru mine a fost mai greu. Dar tu poți să ajungi mai bine. Nu trebuie să mergi pe același drum".

Voia să spună că trebuia să muncească mai mult la școală și chestii din astea, dar era prea târziu acum pentru asta și, oricum, toate erau tâmpenii. Cum ar fi putut s-o ajute acum dacă ar fi știut să citească?

Și ce mai face băiatu' meu?

Nu-i băiatu' tău.

De unde știi?

Sora lui Leanne trebuise să ia pastila de a doua zi. Krystal avea de gând s-o întrebe de pastilă pe Leanne și să se ducă s-o cumpere. Nu putea să aibă copilul lui Obbo. Numai gândul la una ca asta o făcea să borască.

Trebuie să plec de-aici.

Se gândi în treacăt și la Kay, apoi renunță la ea: să-i spună unei asistente sociale că Obbo intrase în casa lor, violase pe cineva și după aia se cărase de-acolo era la fel de rău ca și cum ar fi anunțat poliția. Dacă ar fi aflat ce s-a întâmplat, l-ar fi luat pe Robbie de-acolo fără doar și poate.

O voce clară și lucidă în capul lui Krystal vorbea cu domnul Fairbrother, care era singura persoană adultă care i se adresase vreodată așa cum simțise ea nevoia, spre deosebire de doamna Wall, atât de bine intenționată și atât de orbită, sau de Nana Cath, care refuza să audă întregul adevăr.

„Trebuie să-l scot pe Robbie de-aici. Cum aș putea să scap? Trebuie să scap de-aici."

Singurul ei refugiu, căsuța de pe Hope Street, era deja înșfăcată de rudele certărețe...

Se grăbi să dea colțul pe sub un stâlp de iluminat, uitându-se peste umăr să vadă dacă nu o urmărea cineva.

Şi deodată găsi răspunsul, de parcă domnul Fairbrother îi arătase calea.

Dacă rămânea gravidă cu Fats Wall, va ajunge să capete o locuință proprie de la consiliu. Va putea să-l ia pe Robbie să trăiască cu ea şi bebeluşul, dacă Terri începea din nou să se drogheze. Iar Obbo nu va intra niciodată în casa ei, niciodată! Îşi va monta la uşă lanțuri, încuietori şi lacăte, iar casa ei va fi curată, întotdeauna curată, aşa cum fusese casa Nanei Cath.

Aproape că o luă la fugă pe strada întunecată, suspinând tot mai rar.

Probabil că soții Wall îi vor da bani. Aşa făceau cei ca ei. Îşi imagina fața urâțică şi preocupată a Tessei, aplecată deasupra pătuțului. Krystal avea să le nască un nepoțel.

Rămânând gravidă, îl va pierde pe Fats. Din clipa în care rămâneai, băieții plecau mereu. Văzuse întâmplându-se asta de fiecare dată în Fields. Dar poate că el va fi interesat; era atât de ciudat. Oricum ar fi fost, nu prea avea importanță pentru ea. Interesul ei pentru el, exceptând faptul că era o componentă esențială a planului, scăzuse până aproape de zero. Îi plăceau copilaşii; întotdeauna îl iubise pe Robbie. Îi va ține pe cei doi în siguranță, împreună; va fi pentru familia ei ca o Nana Cath mai bună, mai blândă şi mai tânără.

Anne-Marie ar putea să vină în vizită, după ce Krystal pleca de lângă Terri. Copiii lor vor fi verişori. În minte îi apăru o imagine vie a ei şi a lui Anne-Marie; stăteau la porțile şcolii St Thomas din Pagford, făcând cu mâna celor două fetițe în rochițe bleu şi şosete albe.

Luminile erau aprinse acasă la Nikki, ca de fiecare dată. Krystal o rupse la fugă.

Partea a patra

Alienare mintală

5.11 În dreptul cutumiar, idioții sunt supuşi unei incapacități legale permanente de a vota, dar persoanele cu pierderi temporare de luciditate pot vota când au mintea limpede.

Charles Arnold-Baker
Administrația consiliilor locale
Ediția a şaptea

I

Samantha Mollison îşi cumpărase toate cele trei DVD-uri lansate de trupa de băieți preferată de Libby. Le ținea ascunse în sertarul ei cu ciorapi şi colanți, alături de diafragmă. Dacă le-ar fi găsit Miles, avea povestea pregătită: erau un cadou pentru Libby. Uneori, la serviciu, când activitatea în magazin era mai slabă ca oricând, căuta pe internet poze cu Jake. În cursul uneia dintre aceste sesiuni de căutare — Jake în costum, dar fără cămaşă, Jake în blugi şi vestă albă — ea descoperi că trupa urma să concerteze pe Wembley peste două săptămâni.

Avea un prieten din facultate care locuia în West Ealing. Putea să rămână la el peste noapte, să i-o „vândă" lui Libby ca pe un cadou, ca pe o şansă de a petrece puțin timp împreună. Cu un entuziasm adevărat, aşa cum nu mai simțise de mult, Samantha reuşi să cumpere două bilete foarte scumpe pentru concert. În seara aceea, când intră în casă, radia la gândul secretului incitant, aproape ca şi cum s-ar fi întors acasă de la o întâlnire.

Miles era deja în bucătărie, tot în costumul de serviciu, cu telefonul în mână. Se uită lung la ea când intră, având pe chip o expresie stranie, dificil de citit.

— Ce e? întrebă Samantha, adoptând o atitudine uşor precaută.

— Nu pot să-l prind pe tata, zise Miles. Are telefonul ocupat. A mai apărut o postare.

Iar când Samantha se arătă nedumerită, el spuse uşor exasperat:

— Fantoma lui Barry Fairbrother! Un alt mesaj! Pe site-ul consiliului!

— Aa, spuse Samantha, desfăcându-şi eşarfa. Aşa e.

— Mda, m-am întâlnit cu Betty Rossiter chiar acum, pe stradă; nu-ţi spun ce era la gura ei. Am verificat forumul, dar nu dau de el. L-o fi scos deja mama — şi sper s-o fi făcut, pentru că riscă să ajungă în faţa plutonului de execuţie dacă Bends-Your-Ear îşi ia un avocat.

— Despre Parminder Jawanda era postarea? întrebă Samantha, cu un ton deliberat nepăsător.

Nu întrebă ce acuzaţie i se aducea, mai întâi pentru că era hotărâtă să nu ajungă o hoaşcă băgăreaţă şi bârfitoare precum Shirley şi Maureen, iar în al doilea rând, deoarece avea impresia că ştie deja: Parminder era acuzată că provocase moartea bătrânei Cath Weedon. După câteva momente, întrebă, părând vag amuzată:

— Ai spus că mama ta ar putea ajunge în faţa plutonului de execuţie?

— Păi, pentru că ea e administratorul site-ului, tot ea răspunde dacă nu scoate repede afirmaţiile calomnioase sau potenţial calomnioase. Nu sunt sigur că ea şi tata înţeleg cât de serioasă poate fi treaba asta.

— Ai putea să fii apărătorul maică-tii, i-ar plăcea asta.

Dar Miles n-o auzise; apăsa butonul de reapelare şi stătea încruntat deoarece mobilul tatălui său era în continuare ocupat.

— Chestia devine gravă, spuse el.

— Erați cu toții cât se poate de fericiți când Simon Price a fost cel atacat. De ce acum e altfel?

— Dacă e o campanie împotriva oricărui membru al consiliului sau a cuiva care candidează pentru consiliu...

Samantha se întoarse ca să-şi ascundă rânjetul. În definitiv, Miles nu era preocupat de Shirley.

— Dar de ce să se apuce cineva să scrie lucruri despre tine? întrebă ea cu inocență. Doar n-ai niciun secret vinovat.

Ai deveni mult mai interesant dacă ai avea.

— Păi, cum rămâne cu scrisoarea?

— Care scrisoare?

— Dumnezeule... mama şi tata au zis că a existat o scrisoare, o anonimă despre mine! Care spunea că nu sunt demn să-i iau locul lui Barry Fairbrother!

Samantha deschise frigiderul şi se uită la conținutul neapetisant, conştientă că Miles nu mai putea să-i vadă expresia.

— Doar nu crezi că te are cineva cu ceva la mână, nu? întrebă ea.

— Nu... dar sunt avocat, nu-i aşa? S-ar putea să fie oameni care să-mi poarte pică. Nu cred că acest gen de materiale anonime... adică, până acum a fost vorba doar de cealaltă tabără, dar ar putea fi represalii... nu-mi place spre ce se îndreaptă povestea asta.

— Ei, aşa e în politică, Miles, spuse Samantha, arătându-şi amuzamentul. Treburi murdare.

Miles ieşi din cameră, dar ei nu-i păsa. Gândurile i se întorseseră deja la obrajii dăltuiți, sprâncenele arcuite şi muşchii abdominali încordați. Acum putea să fredoneze aproape toate cântecele. Îşi va cumpăra un tricou al formației pe care să-l poarte... şi unul pentru Libby. Jake îşi va undui trupul la doar câțiva pași de ea. Se va distra mai bine decât o făcuse de ani buni.

Între timp, Howard pășea încolo și-ncoace prin prăvălia de delicatese închisă, ținând mobilul lipit de ureche. Storurile erau trase, luminile aprinse, iar prin arcada din perete puteai să le vezi pe Shirley și Maureen, ocupate să despacheteze porțelanurile și paharele pentru cafeneaua ce urma să se deschidă în curând, discutând cu glas scăzut, dar vioi și trăgând cu urechea la contribuțiile aproape monosilabice ale lui Howard la convorbirea telefonică.

— Da... mm, hmmm... da...

— A țipat la mine, spuse Shirley. A țipat *și* a vorbit urât. „Scoate-l *dracului* odată!" a spus. Da' i-am răspuns și eu: „Îl scot, dr. Jawanda, și ți-aș fi recunoscătoare dacă nu mi-ai vorbi urât".

— Eu l-aș fi lăsat acolo încă vreo două ore dacă mi-ar fi vorbit așa, spuse Maureen.

Shirley zâmbi. Lucrurile se întâmplaseră așa: ea se dusese să-și facă o ceașcă de cafea, lăsând postarea anonimă despre Parminder pe site încă 45 de minute înainte de a o scoate. Ea și Maureen deja dezbătuseră subiectul postării până-l epuizaseră; mai rămăsese destul și pentru viitoarele disecții, dar nevoia imediată fusese satisfăcută. În schimb, Shirley anticipa cu lăcomie reacția lui Parminder provocată de dezvăluirea publică a secretului ei.

— Nu putea fi ea cea care a postat chestia aia despre Simon Price, la urma urmelor, spuse Maureen.

— Nu, evident că nu, zise Shirley în timp ce ștergea frumoasele porțelanuri cu alb și albastru pe care le alesese, trecând peste preferința pentru roz a lui Maureen.

Uneori, deşi nu se implica direct în afacere, Shirley se simţea bine să-i amintească lui Maureen că încă mai avea o influenţă uriaşă, în calitate de soţie a lui Howard.

— Da, spuse Howard la telefon. Dar n-ar fi mai bine să...? Mm, hmm...

— Deci, cine crezi că ar putea fi? întrebă Maureen.

— Chiar că nu ştiu, spuse Shirley cu un ton pretins rafinat, ca şi cum cunoaşterea sau bănuirea unui asemenea fapt ar fi fost mai prejos de ea.

— Cineva care-i cunoaşte şi pe soţii Price, şi pe Jawanda, sugeră Maureen.

— Evident, încuviinţă Shirley.

Într-un sfârşit, Howard închise telefonul.

— Aubrey e de acord, le spuse el celor două femei, intrând în cafenea.

Ţinea în mână ediţia din acea zi a publicaţiei *Yarvil and District Gazette.*

— Foarte slab articolul. Foarte slab, într-adevăr.

Cele două femei avură nevoie de câteva secunde ca să-şi amintească faptul că trebuiau să fie interesate de articolul lui Barry Fairbrother publicat postum în ziarul local. Fantoma lui era mult mai interesantă.

— Oh, da; păi, şi mie mi s-a părut foarte slab când l-am citit, spuse Shirley, prinzându-se rapid despre ce e vorba.

— Interviul cu Krystal Weedon a fost amuzant, râse în hohote Maureen. Să inventeze că îi plăceau artele frumoase. Probabil că aşa se cheamă ceea ce face ea când scrijeleşte pupitrele la şcoală.

Howard râse. Ca un pretext pentru faptul că se întorsese cu spatele, Shirley luă de pe tejghea EpiPen-ul lui Andrew Price, pe care Ruth îl lăsase la magazin de dimineaţă. Shirley căutase informaţii despre EpiPen pe site-ul ei medical favorit şi se simţea pe deplin competentă să le explice tuturor cum funcţiona adrenalina. Dar, întrucât nimeni nu se arătă interesat, puse micul tub alb în dulăpior şi închise uşa cât mai zgomotos cu putinţă, încercând să întrerupă alte remarci spirituale ale lui Maureen.

Telefonul din mâna uriaşă a lui Howard sună.

— Da, alo? Oh, Miles, da... da, ştim cu toţii despre el... Mama l-a văzut azi-dimineaţă...

Râse.

— Da, l-a scos... Nu ştiu... Cred c-a fost postat ieri... Oh, n-aş spune că... de ani de zile ştim cu toţii despre Bends-Your-Ear...

Dar lui Howard îi pieri cheful de glumă în timp ce-l asculta pe Miles. După o vreme, spuse:

— Ah... da, pricep. Da. Nu, nu m-am gândit la asta din... poate că ar trebui să punem pe cineva să vadă cum stăm cu securitatea site-ului...

Zgomotul unei maşini în piaţa peste care se lăsa întunericul practic nu fusese remarcat de către cei trei aflaţi în magazin, dar şoferul acesteia observă umbra enormă a lui Howard Mollison mişcându-se în spatele storurilor crem. Gavin apăsă pedala acceleraţiei, nerăbdător să ajungă la Mary, care părea disperată când vorbise cu el la telefon.

— Cine face asta? Cine o face? Cine mă urăşte atât de mult?

— Nimeni nu te urăşte. Cine-ar putea să te urască? Stai pe loc... vin eu la tine.

Parcă în faţa casei, trânti portiera şi se grăbi pe alee. Mary îi deschise uşa înainte ca el să fi bătut. Avea ochii umflaţi de lacrimi din nou şi purta un capot lung până-n podea, care o făcea şi mai mică. Nu era câtuşi de puţin seducător; era chiar opusul chimonoului stacojiu al lui Kay, dar lipsa lui de rafinament, chiar aspectul lui ponosit, reprezenta un nou nivel de intimitate.

Cei patru copii ai lui Mary se aflau cu toții în camera de zi. Ea îi făcu semn să meargă în bucătărie.

— Ei știu? o întrebă.

— Doar Fergus. Cineva de la școală i-a spus. L-am rugat să nu le spună și celorlalți. Sincer, Gavin... am cam ajuns la capătul răbdării. Dușmănia...

— Nu-i adevărat, o întrerupse el, și apoi, nemaiputând să-și înfrâneze curiozitatea: Nu-i așa?

— Nu! strigă ea revoltată. Adică... nu știu... n-o cunosc cu adevărat. Dar să-l faci pe el să *vorbească* așa... să-i pui cuvinte în gură... chiar nu le *pasă* ce-o fi în sufletul meu?

Lacrimile o copleșiră din nou. Gavin simți că n-ar fi indicat să o îmbrățișeze atâta timp cât era îmbrăcată în capot și se bucură că n-o făcuse când băiatul ei de 18 ani, Fergus, intră în bucătărie o clipă mai târziu.

— Salut, Gav.

Băiatul părea obosit — arăta matur pentru vârsta lui. Gavin îl văzu cum o cuprinde cu brațul pe Mary, iar ea își rezemă capul pe umărul lui, ștergându-și ochii cu mâneca largă, ca un copil.

— Nu cred c-a fost aceeași persoană, le spuse Fergus, fără niciun fel de introducere. L-am studiat din nou. Stilul mesajului e diferit.

Îl avea pe telefonul mobil și începu să-l citească cu glas tare:

— „Dr. Parminder Jawanda, membră a Consiliului Parohial, care pretinde că e atât de dornică să aibă grijă de săracii și nevoiașii din zonă, a avut întotdeauna un motiv secret. Până să mor..."

— Fergus, încetează, spuse Mary, prăbuşindu-se la masa din bucătărie. Nu mai suport. Sincer, nu mai suport. Şi articolul lui, publicat în ziarul de azi...

În timp ce ea îşi acoperea faţa cu palmele şi suspina în tăcere, Gavin remarcă exemplarul din *Yarvil and District Gazette* lăsat pe masă. Nu-l citise. Fără să întrebe sau să se ofere, se duse la bufet ca să-i pregătească ceva de băut.

— Mulţumesc, Gav, spuse ea cu glas răguşit, când îi dădu un pahar.

— S-ar putea să fie Howard Mollison, sugeră Gavin, aşezându-se lângă ea. Din ce spunea Barry despre el.

— Nu cred, spuse Mary, ştergându-se la ochi. Chestiile astea-s aşa de grosolane. Omul ăsta n-a făcut niciodată ceva de genul ăsta când Barry era — sughiţă — viu.

Apoi se răsti la fiul ei:

— Aruncă ziarul ăla, Fergus.

Băiatul părea confuz şi rănit.

— Dar are articolul...

— Aruncă-l! spuse Mary, cu o undă de isterie în glas. Pot să-l citesc de pe computer dacă vreau, e ultimul lucru pe care l-a făcut... în ziua aniversării noastre!

Fergus luă ziarul de pe masă şi rămase o clipă cu ochii la maică-sa, care-şi îngropase din nou faţa în palme. Apoi, aruncându-i o privire lui Gavin, ieşi din cameră ţinând în mână ziarul.

După o vreme, când Gavin aprecie că Fergus nu se va mai întoarce, întinse mâna şi o mângâie pe Mary pe braţ, cu un gest consolator. Rămaseră în tăcere o vreme, iar Gavin se simţi mult mai fericit fără ziarul acela pe masă.

II

Parminder nu trebuia să meargă la cabinet a doua zi de dimineață, dar avea o întrunire la Yarvil. După ce copiii plecară la şcoală, ea se învârti o vreme prin casă, asigurându-se că avea tot ceea ce-i trebuie, dar când telefonul sună, tresări atât de tare că scăpă geanta din mână.

— Da? țipă ea, părând aproape înspăimântată.

La celălalt capăt al firului, Tessa se arătă surprinsă.

— Minda, eu sunt... ai pățit ceva?

— Da... da... telefonul m-a luat prin surprindere, spuse Parminder, uitându-se la podeaua bucătăriei plină acum cu chei, hârtii, mărunțiş şi tampoane. Ce este?

— Nimic, de fapt, spuse Tessa. Te sunasem doar să mai vorbim. Să văd ce mai faci.

Subiectul postării anonime stătea suspendat între ele ca un monstru răutăcios, bălăbănindu-se atârnat de firul telefonic. Parminder abia dacă-i îngăduise Tessei să pomenească de el în timpul convorbirii din ziua precedentă. Strigase: *E o minciună, o minciună murdară, şi să nu-mi spui că n-a făcut-o Howard Mollison!*

Tessa nu îndrăznise să insiste asupra subiectului.

— Nu pot să vorbesc, spuse Parminder. Am o şedință la Yarvil. O revizuire de caz pentru un băiețel la registrul pentru copii expuşi riscului.

— Ah, bun. Scuze. Poate mai târziu?

— Da, spuse Parminder. Perfect. Pa, pa.

Adună de pe jos conținutul genții şi se grăbi să iasă din casă, întorcându-se în fugă de la poarta grădinii ca să verifice dacă încuiase uşa din față.

Din când în când, în timp ce conducea, îşi dădea seama că nu îşi amintea deloc ultimii kilometri parcurşi şi îşi repeta cu încrâncenare să se concentreze. Dar cuvintele malițioase ale postării anonime îi tot reveneau în minte. Deja le ştia pe dinafară.

> Dr. Parminder Jawanda, membră a Consiliului Parohial, care pretinde că e atât de dornică să aibă grijă de săracii şi nevoiaşii din zonă, a avut întotdeauna un motiv secret. Până să mor, a fost îndrăgostită de mine, lucru pe care abia-l mai putea ascunde ori de câte ori punea ochii pe mine, şi vota mereu aşa cum îi spuneam eu, la orice şedință de consiliu. Acum că am dispărut, ea va fi inutilă în postul de consilier, pentru că şi-a pierdut mințile.

Prima oară îl citise în dimineața zilei precedente, când deschisese site-ul consiliului ca să verifice rapoartele ultimei şedințe. Şocul fusese aproape fizic. Respirația i se tăie, aşa cum i se mai întâmplase în cele mai dureroase părți ale naşterilor, când încerca să se ridice deasupra durerii, să se detaşeze de prezentul chinuitor.

Toată lumea va şti de-acum. Nu va mai avea unde să se ascundă.

Cele mai stranii gânduri îi tot veneau în minte. De exemplu, ce-ar fi spus bunica ei dacă ar fi ştiut că Parminder fusese acuzată pe un forum public că-l iubeşte pe soțul altei femei, un *gora* pe deasupra. Aproape c-o putea vedea pe *bebe* acoperindu-şi fața cu un fald al sariului, clătinând capul şi legănându-se înainte şi-napoi, aşa cum făcea mereu când o lovitură grea se abătea asupra familiei.

— S-ar putea ca unii soți, îi spusese Vikram noaptea trecută, târziu, cu o nuanță nouă și stranie a surâsului său sardonic, să vrea să știe dacă a fost adevărat.

— Bineînțeles că nu-i adevărat! replicase Parminder, ținându-și mâna tremurătoare peste gură. Cum poți să mă întrebi așa ceva? Bineînțeles că nu e! L-ai cunoscut, doar! A fost prietenul meu... doar un prieten!

Lăsase în urmă Clinica de Dezintoxicare Bellchapel. Cum de ajunsese atât de departe, fără să-și dea seama? Devenea un șofer periculos. Nu mai era atentă la drum.

Își aminti de seara în care ea și Vikram se duseseră la restaurant, cu aproape 20 de ani în urmă, seara în care conveniseră să se căsătorească. Parminder îi povestise de toată agitația stârnită în familie când ea ajunsese acasă însoțită de Stephen Hoyle, iar el admisese că fusese o întâmplare tare caraghioasă. Atunci înțelesese. Dar uite că nu mai înțelegea când cel care o acuza era Howard Mollison, în locul rudelor ei înguste la minte. Se pare că el nu-și dădea seama că și *gora* puteau să fie obtuzi, mincinoși, plini de răutate...

Ratase cotitura. Trebuia să se concentreze. Trebuia să fie atentă.

— Am întârziat? strigă ea, în timp ce traversa grăbită parcarea, către Kay Bawden.

Se mai întâlnise cu asistenta socială o dată, când venise la cabinet să-și reînnoiască rețeta pentru pilulă.

— Deloc, spuse Kay. M-am gândit să te conduc până la birou, pentru că aici e ca-ntr-un bârlog de iepuri...

Clădirea care adăpostea Serviciile Sociale din Yarvil era un bloc urât de birouri din anii 1970. În timp ce urcau cu liftul, Parminder se întrebă dacă asistenta socială știa despre postarea anonimă de pe site-ul consiliului sau despre acuzațiile aduse împotriva ei de rudele lui Catherine Weedon. Își imagină cum ușile liftului se deschideau, lăsând să apară în fața lor un șir de oameni îmbrăcați în costum, așteptând s-o acuze și s-o condamne. Ce-ar fi dacă toată această analiză a situației minorului Robbie Weedon nu era decât un șiretlic și, de fapt, ea se îndrepta acum spre propriul tribunal...

Kay o conduse de-a lungul unui coridor vechi și pustiu, până într-o sală de ședințe. Trei femei așteptau deja acolo și o întâmpinară pe Parminder cu zâmbetul pe buze.

— Ea este Nina, care se ocupă de mama lui Robbie la Bellchapel, spuse Kay, așezându-se cu spatele la ferestrele cu storuri venețiene. Iar ea este șefa mea, Gillian, și ea e Louise Harper, care conduce creșa Anchor Road. Dr. Parminder Jawanda, medicul lui Robbie, adăugă Kay.

Parminder acceptă o ceașcă de cafea. Celelalte patru femei începură să vorbească, fără s-o implice și pe ea în discuție.

(Dr. Parminder Jawanda, membră a Consiliului Parohial, care pretinde că e atât de dornică să aibă grijă de săracii și nevoiașii din zonă...

Care *pretinde* că e atât de dornică. Howard Mollison, ticălosule. Dar el întotdeauna o văzuse ca pe o ipocrită; așa îi spusese Barry.

— El crede că, întrucât provin din Fields, vreau ca Pagfordul să fie condus de cei din Yarvil. Dar tu faci parte din clasa profesioniștilor, așadar el consideră că nu ai avea vreun drept să te situezi de partea celor din Fields. Crede că ori ești ipocrită, ori faci necazuri de dragul distracției.)

— ... înțeleg de ce familia e înscrisă la un medic din Pagford? spuse una dintre cele trei asistente sociale necunoscute, ale căror nume Parminder deja le uitase.

— Mai multe familii din Fields sunt înscrise la noi, răspunse Parminder imediat. Dar n-au fost nişte probleme cu membrii familiei Weedon şi medicii de dinainte?...

— Da, cei de la cabinetul Cantermill i-au dat afară, spuse Kay, în fața căreia stătea un teanc de foi mai gros decât cel al colegelor ei. Terri a sărit s-o bată pe o asistentă de acolo. Aşa că s-au înscris la tine... de cât timp?

— De aproape cinci ani, spuse Parminder, care căutase toate aceste amănunte în cabinetul ei.

(Îl văzuse pe Howard în biserică, la înmormântarea lui Barry, prefăcându-se că se roagă, cu mâinile lui mari şi grase împreunate în față, iar pe soții Fawley îngenunchind lângă el. Parminder ştia în ce ar fi trebuit să creadă creştinii. *Iubeşte-ți aproapele ca pe tine însuți*... Dacă Howard ar fi fost mai onest, s-ar fi întors într-o parte şi s-ar fi rugat la Aubrey...

Până să mor, a fost îndrăgostită de mine, lucru pe care abia-l mai putea ascunde ori de câte ori punea ochii pe mine...

Oare chiar nu fusese în stare să ascundă acest lucru?)

— ... văzut ultima oară, Parminder? întrebă Kay.

— Când l-a adus sora lui să-i dau antibiotice pentru o infecție la ureche, spuse Parminder. Cam cu opt săptămâni în urmă.

— Şi care era starea lui fizică de-atunci? întrebă una dintre celelalte femei.

— Păi, e dezvoltat destul de bine, spuse Parminder, scoțând din geantă un teanc subțire de note fotocopiate. I-am făcut un control destul de amănunțit, pentru că... ei bine, cunosc istoricul familiei. Are o greutate normală, chiar dacă mă îndoiesc că alimentația lui merită vreun premiu pentru calitate. Nu avea păduchi, lindini sau ceva din categoria asta. Avea funduletul un pic cam inflamat, şi-mi amintesc că sora lui zicea că încă mai face pe el uneori.

— Îl tot țin în scutece, zise Kay.

— Dar, întrebă femeia care o chestionase prima oară pe Parminder, nu aveți îngrijorări majore în privința sănătății lui?

— Nu existau semne de abuz, răspunse Parminder. Îmi amintesc că i-am scos vesta să verific şi nu am găsit vânătăi sau alte răni.

— Nu e niciun bărbat în casă, interveni Kay.

— Şi infecția aia la ureche? o întrebă pe Parminder şefa lui Kay.

— A fost o infecție bacteriană banală, produsă după o infecție virală, un virus. Nimic neobişnuit. Tipică pentru copiii de vârsta lui.

— Deci, una peste alta...

— Am văzut cazuri mult mai rele, o întrerupse Parminder.

— Ai spus că sora lui a fost cea care l-a adus la cabinet, nu maică-sa? Eşti şi doctorița lui Terri?

— Nu cred c-am văzut-o pe Terri de cinci ani, răspunse Parminder, iar şefa se întoarse spre Nina.

— Cum reacționează la metadonă?

(Până să mor, a fost îndrăgostită de mine...

Parminder îşi zise: *Poate că Shirley sau Maureen e fantoma, nu Howard — erau mult mai înclinate să o urmărească atunci când era cu Barry, sperând să vadă ceva cu mințile lor perverse de muieri bătrâne...)*

— ... cea mai lungă perioadă în care a rezistat în program, până acum, spuse Nina. A pomenit de mai multe ori de revizuirea de caz. Am sentimentul că ştie că e un moment hotărâtor, că i se termină şansele. Nu vrea să-l piardă pe Robbie. A spus-o de câteva ori. Trebuie să recunosc că ai reuşit să pătrunzi în sufletul ei, Kay. Chiar o văd că-şi asumă o anumită responsabilitatea pentru situație, pentru prima oară de când o cunosc.

— Mulțumesc, dar n-am să mă entuziasmez mai mult decât e cazul. Situația e destul de precară.

Vorbele ei rostite cu scopul de a tempera entuziasmul erau în contradicție cu micul, dar irepresibilul său zâmbet de satisfacție.

— Cum merg lucrurile la creşă, Louise?

— Ei bine, s-a întors, spuse a patra asistentă socială. A avut prezență sută la sută în ultimele patru săptămâni, ceea ce reprezintă o schimbare spectaculoasă. Sora lui adolescentă îl aduce. Are hainele prea mici şi de regulă murdare, dar povesteşte despre ce mănâncă şi că acasă face baie.

— Şi comportamental?

— E întârziat în privința dezvoltării. Stă foarte prost cu vorbitul. Nu-i place să vadă bărbați intrând în creşă. Când vin tații, nu se apropie de ei. Stă pe lângă personalul creşei şi devine foarte anxios. Şi o dată sau de două ori, spuse ea întorcând o pagină din însemnările ei, a mimat ceea ce sunt clar nişte acte sexuale asupra sau în preajma unor fetițe.

— Nu cred, oricare ar fi decizia pe care am lua-o, că se poate pune problema să-l scoatem din evidența copiilor cu risc, spuse Kay, întâmpinată cu un murmur aprobativ.

— Se pare că lucrul cel mai important e ca Terri să rămână în programul tău, îi spuse şefa Ninei, şi să renunțe la droguri.

— Asta e cheia, cu siguranță, admise Kay, dar mă tem că, nici atunci când nu ia heroină, nu poate să-i ofere cine ştie ce grijă maternă lui Robbie. Krystal pare să-l crească, iar fata are şaisprezece ani şi are destule probleme specifice vârstei…

(Parminder îşi aminti ce-i spusese lui Sukhvinder cu două seri înainte.

Krystal Weedon! Proasta aia! Asta te-a învățat faptul că ai fost în aceeaşi echipă cu Krystal Weedon — să te cobori la nivelul ei?

Barry o plăcuse pe Krystal. Văzuse la ea lucruri care pentru ochii celorlalți oameni erau invizibile.

Odată, cu mult timp în urmă, Parminder îi spusese lui Barry povestea lui Bhai Kanhaiya, eroul sikh care se îngrijea de nevoile celor răniți în luptă, indiferent că erau prieteni sau duşmani. Întrebat fiind de ce acorda ajutor fără discriminare, Bhai Kanhaiya a replicat că lumina lui Dumnezeu străluceşte din fiecare suflet şi că el fusese incapabil să distingă între ele.

Lumina lui Dumnezeu străluceşte din fiecare suflet.

O făcuse proastă pe Krystal Weedon, dând de înțeles că era o creatură de joasă speță.

Barry n-ar fi spus niciodată aşa ceva.

Se simțea ruşinată.)

— ... când trăia o bunică la care apelau în caz de urgență, dar...

— A murit, zise Parminder, grăbindu-se s-o spună înainte s-o poată face oricine altcineva. Emfizem şi accident vascular cerebral.

— Mda, aprobă Kay, uitându-se la însemnările ei. Aşa că ne întoarcem la Terri. Ea singură a cerut să îngrijească copilul. A participat vreodată la cursurile pentru părinți?

— Noi le oferim, dar ea n-a fost niciodată într-o stare potrivită pentru a participa, spuse femeia de la creşă.

— Dacă ar fi de acord să le urmeze şi chiar ar veni să ia parte, ar fi un pas înainte uriaş, observă Kay.

— Dacă ne închid clinica, oftă Nina de la Bellchapel, adresându-i-se lui Parminder, presupun că va trebui să vină la tine pentru metadonă.

— Pe mine mă-ngrijorează ideea că n-o s-o facă, zise Kay, înainte ca Parminder să poată răspunde.

— Ce vrei să spui cu asta? întrebă mânioasă Parminder.

Celelalte femei se uitară lung la ea.

— Să prindă autobuzele şi să țină minte programările la doctor nu sunt punctele forte ale lui Terri, spuse Kay. Ca să ajungă la Bellchapel nu trebuie decât să meargă câțiva paşi

— Oh, făcu Parminder ruşinată. Da. Scuze. Da, probabil că ai dreptate.

(Crezuse că asistenta socială face o aluzie la reclamația legată de moartea lui Catherine Weedon; cu alte cuvinte, insinuând că Terri Weedon nu va avea încredere în ea. *Concentrează-te pe ceea ce se vorbeşte. Ce se-ntâmplă cu tine?*)

— Aşadar, imaginea de ansamblu, spuse şefa lui Kay, uitându-se la propriile însemnări. Avem o neglijare a îndatoririlor parentale, punctată cu perioade de îngrijire corespunzătoare.

Oftă, dar în sunetul acela se simțea mai mult exasperare decât tristețe.

— Criza imediată a trecut — a încetat să se mai drogheze — Robbie s-a întors la creşă, unde putem să-l ținem sub supraveghere — şi nu sunt motive imediate de preocupare pentru siguranța lui. Aşa cum spune Kay, rămâne în evidența registrului pentru copii cu risc... Sunt convinsă că peste patru săptămâni vom avea nevoie de o nouă şedință.

Mai trecură 40 de minute până la încheierea şedinței. Kay o conduse pe Parminder până în parcare.

— A fost foarte bine că ai venit; majoritatea medicilor trimit un raport.

— Am avut dimineața liberă, spuse Parminder.

O oferise ca pe o explicație a participării ei la şedință, fiindcă detesta să stea acasă singură, fără să aibă nimic de făcut, dar Kay păru să creadă că avea nevoie să fie lăudată şi mai mult, ceea ce şi făcu.

Când ajunseră la maşina lui Parminder, Kay zise:

— Eşti membră a Consiliului Parohial, nu? Ţi-a transmis Colin datele despre Bellchapel pe care i le-am dat?

— Da, mi le-a transmis. Ar fi bine dacă am putea să vorbim despre ele cândva. Problema e pe ordinea de zi a următoarei şedinţe de consiliu.

Dar după ce Kay îi dădu numărul de telefon şi plecă, mulţumindu-i din nou, gândurile lui Parminder reveniră la Barry, la Fantomă şi la Mollisoni. Trecea cu maşina prin Fields când gândul simplu pe care încercase să-l îngroape, să-l sufoce se furişă în sfârşit pe lângă sistemul ei de apărare slăbit.

Poate că l-am iubit totuşi.

III

Andrew avu nevoie de câteva ore ca să se decidă cu ce haine se va îmbrăca în prima lui zi de muncă la IBRICUL DE ARAMĂ. Alegerea finală atârna pe spatele fotoliului din dormitorul lui. O erupţie deosebit de virulentă de acnee se trezise să se manifeste printr-un punct lucios pe obrazul stâng, iar Andrew merse până într-acolo încât încercă să-l ascundă cu fondul de ten al lui Ruth, pe care-l şterpelise din sertarul măsuţei de toaletă a acesteia.

Tocmai aşeza masa pentru cină, vineri seară, gândindu-se întruna la Gaia şi la cele şapte ore pe care avea să le petreacă în apropierea ei, adică la o distanţă de la care putea s-o atingă cu mâna, când tatăl său se întoarse de la muncă într-o stare în care nu-l mai văzuse până atunci. Simon părea abătut, aproape dezorientat.

— Unde-i maică-ta?

Ruth ieşi grăbită din cămară.

— Bună, Si-Pie! Cum a... ce-ai păţit?

— M-au disponibilizat.

Îngrozită, Ruth îşi duse palmele la gură, apoi se repezi la soţul ei, îşi aruncă braţele pe după gâtul lui şi-l trase aproape.

— De ce? şopti ea.

— Mesajul ăla, spuse Simon. De pe nenorocitul ăla de site. I-au dat afară şi pe Jim şi pe Tommy. Ni s-a spus, acceptăm disponibilizarea sau ne concediază de-a dreptul. Şi a mai fost şi o negociere de căcat. N-am primit nici cât i-au dat lui Brian Grant.

Andrew stătea perfect nemişcat, calcifiindu-se lent într-un monument de vinovăţie.

— Fir-ar al dracu', spuse Simon, cu faţa îngropată în umărul lui Ruth.

— Lasă că găseşti tu altceva, şopti femeia.

— Nu în zona asta, spuse Simon.

Se aşeză pe un scaun de bucătărie, îmbrăcat încă în pardesiu, şi privi înspre cealaltă parte a încăperii, aparent prea înmărmurit ca să vorbească. Ruth se agita în jurul lui, demoralizată, afectuoasă şi plânsă. Andrew detectă cu bucurie în privirea catatonică a lui Simon o tentă din obişnuita lui teatralitate exagerată, ceea ce-l făcea să se simtă mai puţin vinovat. Continuă să aranjeze masa fără să scoată un cuvânt.

Cina se desfăşură într-o atmosferă tristă. Paul, aflând ce se întâmplase, părea îngrozit, de parcă tatăl lui l-ar fi putut acuza că el provocase totul. La primul fel, Simon se comportă ca un martir creştin rănit, dar demn în faţa acestei persecuţii nejustificate, dar pe urmă... „Aş plăti pe cineva să-i spargă faţa nemernicului ăluia", izbucni în timp ce băga în el plăcintă cu mere; iar membrii familiei ştiură că se referă la Howard Mollison.

— Ştii, a mai apărut un mesaj pe site-ul ăla, spuse Ruth cu sufletul la gură. Nu numai ție ți-au făcut-o, Si. Shir... cineva mi-a spus la serviciu. Aceeaşi persoană — Fantoma lui Barry Fairbrother — a postat ceva oribil despre dr. Jawanda. Aşa că Howard şi Shirley au pus pe cineva să verifice site-ul, iar persoana aia şi-a dat seama că cel care a postat aceste mesaje a folosit detaliile de logare ale lui Barry Fairbrother, aşa încât, ca să nu se repete, le-au scos din baza de date sau ceva de genul...

— *Ai impresia că ceva din ce mi-ai spus acum o să-mi dea slujba înapoi?*

Ruth nu mai scoase o vorbă preț de câteva minute.

Andrew era speriat de ceea ce spusese mama lui. Era îngrijorător faptul că Fantoma_lui_Barry_Fairbrother era investigată şi descurajant că şi altcineva folosise aceeaşi cale.

Cine altcineva s-ar fi putut gândi să folosească detaliile de logare ale lui Barry Fairbrother în afară de Fats? Şi totuşi, de ce ar fi atacat-o Fats pe dr. Jawanda? Sau era doar o altă cale de a o ataca pe Sukhvinder? Lui Andrew nu-i plăcea deloc tărăşenia...

— Da' tu ce-ai pățit? lătră Simon din cealaltă parte a mesei.

— Nimic, bâigui Andrew şi apoi revenind: E şocant, nu-i aşa... slujba ta...

— Aha, deci eşti *şocat*, nu? urlă Simon, iar lui Paul îi scăpă lingurița din mână şi se murdări cu înghețată. (Şterge-te imediat, Pauline, fătălău ce eşti!) Ei bine, asta e lumea reală, bubosule! zbieră el la Andrew. Nemernici peste tot, care încearcă să ți-o tragă! Aşa că *tu* — arătă el cu degetul spre băiatul lui cel mare, tu să-mi aduci ceva mizerii despre Mollison, altfel nu te mai deranja să vii acasă mâine!

— Si...

Simon îşi îndepărtă scaunul de masă, îşi aruncă lingura, care căzu zăngănind pe podea, şi ieşi furios din încăpere, trântind uşa în urma lui. Andrew aşteptă inevitabilul şi nu fu dezamăgit.

— E un şoc teribil pentru el, le şopti Ruth fiilor ei, zdruncinată. După atâția ani la compania asta... acum e îngrijorat că n-o să mai poată avea grijă de noi...

A doua zi de dimineață, când ceasul sună la 6:30, Andrew îl opri după câteva secunde şi practic sări din pat. Simțindu-se de parc-ar fi fost ziua de Crăciun, se spălă şi se îmbrăcă la iuțeală, apoi petrecu 40 de minute aranjându-şi părul şi fața, şi tamponându-şi cu fond de ten petele cele mai evidente.

Aproape că se aşteptase ca Simon să-l acosteze în timp ce trecea pe lângă dormitorul părinților săi, dar nu-i ieşi în cale nimeni şi, după un mic-dejun luat în mare grabă, scoase din garaj bicicleta de curse a lui Simon şi coborî în viteză dealul spre Pagford.

Era o dimineață cețoasă ce promitea soare pentru mai târziu. Storurile erau încă trase la magazinul de delicatese, dar uşa se deschise când o împinse, făcând să sune clopoțelul.

— Nu pe-acolo! strigă Howard, apropiindu-se de el cu paşi legănați. Intrarea e prin spate! Poți să laşi bicicleta lângă tomberoane, ia-o din fața magazinului!

Partea din spate a prăvăliei, la care se ajungea printr-un culoar îngust, consta dintr-un petic minuscul şi umed de curte pavată cu piatră, mărginit de ziduri înalte, tomberoane mari şi o trapă prin care aveai acces la o pivniță, după ce coborai nişte trepte abrupte.

— Poţi s-o legi cu lanţul undeva acolo, să nu stea-n drum, zise Howard, care apăruse la uşa din spate, asudat şi respirând cu greutate.

În timp ce Andrew se chinuia cu lacătul de la lanţ, Howard îşi ştergea fruntea cu şorţul.

— Bun, o să-ncepem cu pivniţa, spuse el după ce Andrew îşi încuie bicicleta.

Arătă spre trapă.

— Coboară şi vezi care e amplasamentul.

Se aplecă peste gura trapei în timp ce Andrew cobora treptele. Nu mai fusese în stare să coboare în propria pivniţă de ani buni. De obicei, Maureen cobora şi urca treptele abrupte cam de două ori pe săptămână; dar acum, pivniţa era înţesată cu marfă pentru cafenea, aşa că nişte picioare tinere erau indispensabile.

— Uită-te cu atenţie în jur, strigă el către Andrew, care dispăruse din vedere. Vezi unde avem prăjiturile şi produsele de patiserie? Vezi sacii cu boabe de cafea şi cutiile cu pliculeţe de ceai? Şi, într-un colţ, sulurile de hârtie igienică şi sacii menajeri?

— Da, se auzi din adâncuri vocea lui Andrew, reverberată de pereţi.

— Poţi să-mi zici domnul Mollison, spuse Howard, cu o uşoară nuanţă caustică în glasul hârâit.

Jos, în pivniţă, Andrew se întrebă dacă ar trebui să înceapă chiar din acel moment.

— OK... domnule Mollison.

Sunase sarcastic. Se grăbi să atenueze impresia punând o întrebare pe un ton politicos:

— Ce e în dulapurile astea mari?

— Uită-te! spuse nerăbdător Howard. De-aia te afli acolo. Să ştii unde să pui toate cele şi de unde le iei.

Howard ascultă sunetele înfundate pe care le scotea Andrew când deschidea uşile grele şi speră ca băiatul să nu se dovedească nătâng sau să aibă nevoie de multe indicaţii. Astmul lui Howard se manifesta deosebit de rău azi; conţinutul de polen din aer era nefiresc de ridicat, pe lângă toată munca suplimentară, agitaţia şi problemele mărunte legate de inaugurare. După cum începuse să transpire, nu era exclus să fie nevoit s-o sune pe Shirley şi să-i spună să-i aducă o cămaşă nouă înainte să descuie uşile.

— A venit duba! strigă Howard, auzind un huruit la celălalt capăt al culoarului. Ieşi de-acolo! Trebuie să cari marfa jos în pivniţă şi s-o aşezi unde trebuie, bine? Şi adu-mi două cutii de lapte în cafenea. Ai auzit?

— Da... domnu' Mollison, spuse de jos vocea lui Andrew.

Howard se întoarse încet în magazin ca să-şi ia inhalatorul pe care îl ţinea în haina atârnată în camera personalului din spatele tejghelei pentru delicatese. După câteva inspiraţii profunde, se simţea mult mai bine. Ştergându-şi din nou faţa cu şorţul, se aşeză să se odihnească pe unul dintre scaunele scârţâitoare.

De când fusese s-o vadă în legătură cu iritaţia aceea, Howard se gândise de mai multe ori la ceea ce îi spusese dr. Jawanda despre greutatea lui: că era cauza tuturor problemelor sale de sănătate.

O prostie, fără doar şi poate. Uită-te la băiatul soţilor Hubbard: slab ca un vrej de fasole şi cu un astm îngrozitor. De când se ştia, Howard fusese întotdeauna masiv. În foarte puţinele fotografii pe care le făcuse împreună cu tatăl lui, care-şi părăsise familia când Howard avea patru sau cinci ani, era doar dolofan. După plecarea tatălui, maică-sa l-a pus în capul mesei, între ea şi bunica băiatului, şi suferea când copilul nu cerea a doua porţie. Treptat, a ajuns să umple spațiul dintre cele două femei, având la 12 ani greutatea tatălui care îi părăsise. Howard a început să asocieze pofta de mâncare sănătoasă cu bărbăția. Masivitatea era una dintre caracteristicile sale definitorii. Fusese clădită cu plăcere de către femeile care-l iubiseră și considera că e absolut caracteristic pentru Bends-Your-Ear, acritura aia emasculatoare, să vrea să-l deposedeze de ea.

Dar uneori, în clipele de slăbiciune, când îi era greu să respire sau să se miște, Howard cunoștea teama. Era foarte bine că Shirley se purta ca și cum el nu fusese niciodată în pericol, dar își amintea lungile nopți din spital, de după operația de bypass, când nu putea să doarmă de teamă că inima lui s-ar putea să ezite și să se oprească. Ori de câte ori îl zărea pe Vikram Jawanda, își amintea că degetele alea lungi și măslinii îi atinseseră nemijlocit inima palpitândă, iar bonomia de care deborda la fiecare întâlnire era o cale de a-și alunga acea groază primitivă, instinctivă. Cei de la spital îi spuseseră după operație că trebuia să mai dea jos niște kilograme, dar și-așa pierduse aproape 13 kilograme în mod natural, cât fusese obligat să se hrănească cu mâncarea lor oribilă, iar Shirley a avut grijă să-l îngrașe la loc după ce a ieșit de-acolo...

Howard mai rămase pe scaun un moment, savurând ușurința cu care putea să respire după ce folosea inhalatorul. Ziua de azi însemna mult pentru el. Cu 35 de ani în urmă, el introdusese în Pagford rafinamentul gastronomic cu elanul unui aventurier din secolul al șaisprezecelea, reîntors acasă încărcat cu delicatese aduse de la celălalt capăt al lumii, iar pagfordienii, după precauția inițială, au început curând să cerceteze, timizi și animați de curiozitate, recipientele lui din polistiren. Se gândi cu nostalgie la răposata lui mamă, care fusese atât de mândră de el și de afacerea lui prosperă. Îşi dori ca ea să fi putut vedea cafeneaua. Howard se ridică iar în picioare, îşi luă şapca din cuier şi şi-o aşeză cu grijă pe cap, ca într-un gest de auto-încoronare.

Noile chelnerițe sosiră împreună la 8:30. Avea o surpriză pentru ele.

— Luați astea, le spuse, întinzându-le uniformele: rochii negre cu şorțuri albe cu volănaşe, exact cum îşi imaginase. Trebuie să vă fie bune. Maureen a zis că vă ştie dimensiunile. Şi ea poartă o uniformă la fel.

Gaia se abținu cu greu să nu râdă când Maureen intră țanțoşă în magazinul de delicatese din cafenea, zâmbind către ele. Purta sandale Dr. Scholl's peste ciorapii negri. Rochia ei se termina la cinci centimetri deasupra genunchilor zbârciți.

— Fetelor, vă puteți schimba în camera pentru personal, spuse ea, arătându-le locul de unde tocmai ieşise Howard.

Gaia îşi dădea deja jos blugii lângă toaleta personalului când văzu expresia lui Sukhvinder.

— Ce-ai pățit, Sooks? întrebă ea.

Noul apelativ îi dădu lui Sukhvinder curajul să spună ceea ce altfel n-ar fi fost capabilă să rostească.

— Nu pot să port asta, şopti ea.

— De ce? întrebă Gaia. Ai să arăți OK.

Dar rochia neagră avea mâneci scurte.

— Nu pot.

— Dar de... Dumnezeule, făcu Gaia.

Sukhvinder îşi suflecase mâneca bluzei de trening. Părțile interioare ale brațelor erau acoperite de cicatrici urâte şi tăieturi făcute de curând.

— Sooks, spuse Gaia pe un ton calm. De-a ce te joci tu, fato?

Sukhvinder clătină din cap, cu ochii plini de lacrimi.

Gaia se gândi un moment, apoi spuse:

— Ştiu... vino aici.

Îşi dezbrăcă tricoul cu mâneci lungi.

Uşa fu lovită cu putere şi încuietoarea slăbită o lăsă să se deschidă. Asudat, Andrew îşi făcu apariţia, cărând două pachete grele de hârtie igienică, când ţipătul mânios al Gaiei îl făcu să încremenească. Se împiedică de Maureen când încercă să se dea înapoi.

— Fetele se schimbă acolo, zise ea cu dezaprobare posacă.

— Domnul Mollison mi-a zis să pun astea în camera personalului.

Fir-aş al naibii! Fir-aş al naibii! Gaia se dezbrăcase în sutien şi chiloţi. Iar el văzuse aproape totul.

— Scuze, strigă Andrew spre uşa închisă.

Toată faţa îi zvâcnea de forţa cu care roşise.

— Frecangiu, bombăni Gaia, de cealaltă parte a uşii.

Îi întinse tricoul lui Sukhvinder.

— O să arate ciudat.

— N-are a face. O să-ţi iei una neagră pentru săptămâna viitoare, o să pară că porţi mâneci lungi. Îi turnăm noi ceva... Are o eczemă, anunţă Gaia, când ea şi Sukhvinder ieşiră din camera pentru personal, gata îmbrăcate, cu şorţuleţe cu tot. Până sus pe braţe. A cam făcut crustă.

— Ah, spuse Howard, uitându-se la braţele lui Sukhvinder acoperite de mânecile albe ale tricoului şi apoi iar la Gaia, care arăta splendid în toate privinţele, aşa cum sperase.

— O să-mi iau una neagră săptămâna viitoare, spuse Sukhvinder, neputând să se uite în ochii lui Howard.

— Bine, zise el, bătând-o pe Gaia uşurel pe şale. Pregătiţi-vă, anunţă el întreg personalul. Mai avem puţin... şi deschidem uşile, te rog, Maureen!

Pe trotuar se formase deja un grup de clienți care așteptau. Afară, pe un afiș, scria: *IBRICUL DE ARAMĂ, Inaugurarea astăzi — Prima cafea gratuită!*

Andrew o văzu din nou pe Gaia doar după câteva ore. Howard îl puse să ducă și să aducă lapte și sucuri de fructe pe treptele abrupte ale pivniței, să dea cu mopul pe pardoseala micii bucătării din spate. Primi dreptul la pauza de prânz mai devreme decât oricare dintre chelnerițe. Următoarea dată când o zări fu când Howard îl chemă la tejgheaua cafenelei și trecu la câțiva centimetri de ea, în timp ce fata se ducea în direcția opusă, spre camera din spate.

— Suntem asaltați, domnule Price! spuse Howard, plin de veselie. Ia-ți dumneata un șorț curat și strânge de pe mesele astea cât Gaia se duce să mănânce!

Miles și Samantha Mollison se așezaseră împreună cu fetele și cu Shirley la o masă de lângă fereastră.

— Pare să meargă teribil de bine, nu-i așa? spuse Shirley, uitându-se în jur. Dar ce naiba poartă fata aia sub rochie?

— Bandaje? sugeră Miles, încercând să vadă până în cealaltă parte a sălii.

— Bună, Sukhvinder! strigă Lexie, care o știa pe fată din școala primară.

— Nu striga, draga mea, își dojeni Shirley nepoata, iar Samantha se zbârli.

Maureen ieși din spatele tejghelei în rochia ei neagră și scurtă și cu șorțulețul cu volănașe, iar Shirley își înăbuși râsul, privind în ceașca de cafea.

— Oh, Doamne, spuse ea cu glas scăzut, în timp ce Maureen se apropia radioasă de ei.

Samantha își zise că da, era adevărat, Maureen arăta ridicol, mai ales alături de două fete de 16 ani îmbrăcate în rochii identice, dar nu avea de gând să-i dea lui Shirley satisfacția de a fi de acord cu ea. Se întoarse ostentativ într-o parte, uitându-se la băiatul care ștergea mesele din apropiere. Era slab, dar avea umerii rezonabil de lați. Putea să-i vadă mușchii lucrând sub tricoul larg. Era greu de crezut că dosul mare și gras al lui Miles fusese vreodată la fel de mic și de musculos — apoi băiatul se întoarse în lumină și-i văzu acneea.

— Nu-i rău deloc, ce ziceți? cârâia Maureen către Miles. Am avut plin toată ziua.

— Haide, fetelor, se adresă Miles familiei sale, ce comandăm ca să ținem sus profitul pentru bunicul?

Samantha comandă cu indiferență un castron cu supă în timp ce Howard venea legănându-se dinspre magazinul de delicatese. Toată ziua intrase și ieșise din cafenea din zece în zece minute, salutându-și clienții și verificând numerarul din casa de marcat.

— Un succes fulminant, îi spuse el lui Miles, înghesuindu-se la masa lor. Cum ți se pare localul, Sammy? Nu l-ai mai văzut până acum, nu? Îți place mozaicul de pe pereți? Porțelanurile?

— Mm, făcu Samantha. Drăguțe.

— Mă gândeam să-mi aniversez cei 65 de ani aici, spuse Howard, scărpinându-și absent mâncărimea pe care cremele lui Parminder nu reușiseră să i-o lecuiască, dar nu e destul de mare. Cred că o să rămânem la sala parohială.

— Când e asta, bunicule? ciripi Lexie. Vin și eu?

— Pe 29, dar tu câți ani ai... 16? Sigur că poți să vii, spuse fericit Howard.

— Pe 29? repetă Samantha. Of, dar...

Shirley îi aruncă o privire tăioasă.

— Howard plănuiește evenimentul de luni întregi. Cu toții am discutat despre asta de nu mai știu când.

— ... asta e noaptea concertului lui Libby, zise Samantha.

— E o chestie legată de şcoală, nu? întrebă Howard.

— Nu, spuse Libby. Mami mi-a cumpărat bilete la concertul trupei mele preferate. E la Londra.

— Iar eu mă duc cu ea, spuse Samantha. Nu pot s-o las să se ducă singură.

— Mama lui Harriet zice că ar putea...

— *Eu* am să te duc, Libby, dacă e să te duci la Londra.

— Pe 29? spuse Miles, uitându-se cu duritate la Samantha. A doua zi după alegeri?

Samantha lăsă să-i scape râsul zeflemitor de care o scutise pe Maureen.

— E vorba de Consiliul Parohial, Miles. Doar nu-ți închipui c-o să ții o conferință de presă.

— Ei, asta e, o să ne lipseşti, Sammy, spuse Howard, în timp ce se ridică sprijinindu-se de spătarul scaunului. Trebuie să trec la... bun, Andrew, ai terminat aici... du-te să vezi dacă mai avem nevoie de ceva din pivniță.

Andrew se văzu forțat să aştepte lângă tejghea în vreme ce oamenii se duceau sau se întorceau de la toaletă. Maureen o încărca pe Sukhvinder cu farfurii pline cu sendvişuri.

— Ce face mama ta? o întrebă brusc pe fată, de parcă gândul tocmai îi trecuse prin cap.

— E bine, spuse Sukhvinder, culoarea urcându-i în obraji.

— Nu e prea supărată de chestia aia nasoală apărută pe site-ul consiliului?

— Nu, zise Sukhvinder, cu ochii umezi.

Andrew ieşi în curtea umedă, care la începutul după-amiezii devenise caldă şi însorită. Sperase s-o găsească pe Gaia acolo, poate ieşise la o gură de aer curat, dar probabil că se dusese în camera pentru personal. Dezamăgit, îşi aprinse o țigară. Abia trase un fum când Gaia ieşi din cafenea, terminându-şi prânzul cu o cutie de băutură efervescentă.

— Bună, zise Andrew cu gura uscată.

— Bună, răspunse fata. Apoi, după o clipă sau două: Hei, ia zi, de ce se poartă prietenul ăla al tău aşa de scârbos cu Sukhvinder? E ceva personal sau tipul e rasist?

— Nu e rasist, zise Andrew.

Scoase ţigara din gură, încercând să-şi împiedice tremurul mâinilor, dar nu-i trecu prin minte nimic altceva de spus. Soarele reflectat de tomberoane îi încălzea spatele asudat. Apropierea de ea, îmbrăcată în rochiţa ei neagră şi mulată, era aproape copleşitoare, mai ales acum când întrezărise ce se afla pe dedesubt. Trase din nou din ţigară, fără să ştie de când nu se mai simţise atât de orbit sau atât de viu.

— Şi totuşi, ce i-a făcut Sukhvinder?

Curbura şoldurilor ei spre talia micuţă; perfecţiunea ochilor ei mari cu irizaţii privindu-l pe deasupra cutiei de Sprite. Andrew simţea că-i vine să spună: *Nimic, e un nemernic, îl bat dacă mă laşi să te ating...*

Sukhvinder ieşi în curte, clipind în lumina soarelui: părea că-i este cald şi nu se simţea în largul ei purtând tricoul pe care i-l dăduse Gaia.

— Vrea să te duci înăuntru, îi zise ea Gaiei.

— Lasă că poate să aştepte, spuse Gaia nepăsătoare. Îmi termin asta de băut. N-am avut decât 40 de minute.

Andrew şi Sukhvinder o contemplau în timp ce-şi termina băutura, impresionaţi de aroganţa şi de frumuseţea ei.

— Babeta aia ţi-a zis ceva despre mama ta? o întrebă Gaia pe Sukhvinder.

Aceasta încuviinţă.

— Eu cred că s-ar putea ca amicul *lui* — zise Gaia, privind din nou lung la Andrew, iar lui i se păru că accentul pus de ea pe *lui* era deosebit de erotic, chiar dacă fata intenționase să pară peiorativ — să fie cel care a pus mesajul despre mama ta pe acel site.

— Nu se poate să fi fost, zise Andrew, iar vocea lui șovăi un pic. Cel care a făcut-o l-a atacat și pe taică-miu. Cu două săptămâni în urmă.

— Cum? întrebă Gaia. Aceeași persoană a postat și ceva despre tatăl tău?

El încuviință, savurând interesul ei.

— Ceva despre niște șmecherii, nu-i așa? întrebă Sukhvinder cu o îndrăzneală considerabilă.

— Da, spuse Andrew. Și pentru asta a fost dat afară ieri. Așa că mama ei — zise și îi înfruntă privirea Gaiei aproape fără să clipească — nu e singura care a suferit.

— Fir-ar al dracului să fie! spuse Gaia, golind cutia și aruncând-o într-un coș de gunoi. Oamenii de pe-aici sunt nebuni de-a binelea.

IV

Postarea despre Parminder pe site-ul consiliului îi ridicase temerile lui Colin Wall la un nou nivel de coșmar. Nu putea decât să ghicească cum își obțineau Mollisonii informațiile, dar dacă știau asta despre Parminder...

— Pentru numele lui Dumnezeu, Colin! spuse Tessa. Sunt doar bârfe răutăcioase! Nu e nimic adevărat aici!

Dar Colin nu îndrăznea să-i dea crezare. Era predispus, constituțional vorbind, să creadă că și alții trăiau cu secrete care îi înnebuneau. Nu se putea liniști nici cu gândul că își trăise cea mai mare parte a vieții temându-se de producerea unor calamități care nu se materializaseră, pentru că, potrivit legii probabilităților, una dintre ele era sortită să se adeverească într-o zi.

Se gândea la iminenta sa expunere publică, în timp ce se întorcea de la măcelărie pe la 14:30, şi abia când larma de la noua cafenea îi atrase atenția, îşi dădu seama unde se afla. Ar fi trecut în cealaltă parte a pieței dacă n-ar fi fost deja în dreptul vitrinei de la IBRICUL DE ARAMĂ; simpla proximitate a orice ținea de Mollisoni îl înspăimânta acum. Şi deodată văzu prin sticlă ceva care-l făcu să se mai uite o dată.

Când intră în bucătărie zece minute mai târziu, Tessa vorbea la telefon cu sora ei. Colin puse pulpa de miel în frigider şi urcă scările până sus la mansarda lui Fats. Dădu uşa de perete şi găsi, aşa cum se aşteptase, o cameră goală.

Nu-şi mai amintea când fusese ultima oară aici. Podeaua era plină de haine murdare. În aer plutea un miros ciudat, cu toate că Fats lăsase lucarna deschisă. Colin observă pe birou o cutie mare de chibrituri. O deschise şi văzu multe chiştoace de carton strivite. Un pachet de Rizla stătea sfidător pe birou, lângă computer.

Colin simți cum inima îi sare din piept şi coboară ca să-i bubuie în măruntaie.

— Colin? se auzi vocea Tessei de jos. Unde eşti?

— Aici! strigă el.

Tessa apăru în uşa încăperii, părând înspăimântată şi neliniştită. Fără cuvinte, Colin luă cutia de chibrituri şi îi arătă ce conținea.

— Oh, făcu Tessa cu glas pierit.

— A zis că azi iese în oraş cu Andrew Price, spuse Colin.

Tessa era înfricoşată de tremurul din obrazul lui Colin, o mică umflătură ce zvâcnea.

— Tocmai am trecut pe lângă noua cafenea din piață, iar Andrew Price lucra acolo, ştergea mesele. Atunci, unde e Stuart?

De săptămâni întregi, Tessa se prefăcea că-l crede p Fats ori de câte ori spunea că iese în oraş cu Andrew. D câteva zile, îşi spunea că Sukhvinder trebuie să se fi înşela când credea că Fats ieşea (că va consimți vreodată să iasă) cu Krystal Weedon.

— Nu ştiu, spuse ea. Haide jos să bei o ceaşcă de ceai. O să-l sun.

— Cred c-am să aştept aici, zise Colin şi se aşeză pe patul nefăcut al lui Fats.

— Hai, Colin... vino jos, insistă Tessa.

Se temea să-l lase singur acolo. Nu ştia ce ar putea să găsească prin sertare sau în rucsacul de şcoală al lui Fats. Nu voia să se uite în computer sau sub pat. Refuzul de a scotoci prin ungherele întunecate devenise singurul ei modus operandi.

— Vino jos, Col, îl îndemnă ea.

— Nu, spuse Colin şi-şi încrucişă brațele ca un copil rebel, dar cu muşchiul acela zvâcnindu-i în maxilar. Droguri în coşul lui de gunoi. Fiul directorului adjunct.

Tessa, care se aşezase pe scaunul de birou al lui Fats, simți un fior familiar de mânie. Ştia că preocuparea față de sine era o consecință inevitabilă a bolii lui, dar uneori...

— Mulți adolescenți experimentează.

— Încă-l mai aperi, nu-i aşa? Nu ți-a trecut niciodată prin cap că tocmai faptul că-i găseşti mereu câte-o scuză îl face să creadă că poate să scape făcând scandal?

Încercă să-şi înfrâneze pornirile temperamentale, pentru că trebuia să acționeze ca un tampon între cei doi.

— Îmi pare rău, Colin, dar tu şi slujba ta nu sunteţi începutul şi sfârşitul...

— Înţeleg... deci, dacă voi fi concediat?

— Păi, de ce naiba să fii concediat?

— Pentru numele lui Dumnezeu! strigă Colin revoltat. Totul se reflectă asupra mea — şi-aşa e destul de rău — a ajuns deja unul dintre cei mai răi elevi din...

— Nu-i adevărat! îl contrazise vehement Tessa. Numai tu eşti convins că Stuart e altceva decât un adolescent normal. Nu e ca Dane Tully!

— A pornit pe aceeaşi cale ca Tully... droguri în coşul de gunoi...

— Ţi-am zis că trebuia să-l fi trimis la Paxton High! *Ştiam* că, dacă-l aducem la Winterdown, o să consideri că orice face are legătură cu tine! Nici nu-i de mirare că se revoltă, când fiecare mişcare a lui ar trebui să-ţi afecteze ţie reputaţia! N-am vrut nicio clipă să vină să înveţe la şcoala ta.

— Iar eu, urlă Colin, sărind în picioare, nu l-am vrut deloc niciodată!

— Nu spune asta! zise Tessa. Ştiu că eşti supărat... dar nu spune asta!

Uşa de la intrare se trânti cu două etaje sub ei. Tessa se uită în jur speriată, de parcă Fats s-ar fi putut materializa instantaneu lângă ei. Nu tresărise doar din pricina zgomotului. Stuart nu trântea niciodată uşa de la intrare; de regulă ieşea şi intra pe furiş, ca o făptură care-şi poate modifica forma după bunul plac.

Paşii lui familiari pe scări; ştia oare sau bănuia că ei doi sunt în camera lui? Colin aştepta cu pumnii încleştaţi pe lângă corp. Tessa auzi scârţâitul jumătăţii de treaptă şi deodată Fats apăru în fața lor. Era sigură că-şi aranjase expresia dinainte: un amestec de plictiseală şi dispreț.

— Bună ziua, ce surpriză! spuse el, mutându-şi privirea de la mama lui la tatăl lui cel rigid şi tensionat. Avea toată stăpânirea de sine pe care Colin n-o avusese niciodată.

Disperată, Tessa încercă să-l îndrume.

— Tata a fost îngrijorat că nu ştia unde eşti, spuse ea, cu un ton rugător în glas. Ai zis că o să ieşi cu Arf azi, dar tata a văzut...

— Mda, schimbare de plan, o întrerupse Fats.

Se uită la locul unde fusese cutia de chibrituri.

— Deci, vrei să ne spui unde-ai fost? întrebă Colin.

Avea pete albe în jurul gurii.

— Da, dacă vreți, zise Fats şi aşteptă.

— Stu, îl rugă Tessa pe jumătate în şoaptă, pe jumătate gemând exasperată.

— Am ieşit cu Krystal Weedon, spuse Fats.

O, Doamne, nu, se îngrozi Tessa. *Nu, nu, nu...*

— Ce-ai făcut? spuse Colin, atât de surprins că uită să adopte un ton agresiv.

— Am ieşit cu Krystal Weedon, repetă Fats ceva mai tare.

— Şi de când, spuse Colin, după o pauză aproape imperceptibilă, e ea prietenă cu tine?

— De ceva vreme, răspunse Fats.

Tessa îl vedea pe Colin cum se chinuie să formuleze o întrebare prea grotescă pentru a fi pronunțată.

— Ar fi trebuit să ne spui, Stu, zise ea.

— Ce să vă spun?

Tessa se temea că băiatul va împinge cearta într-o zonă periculoasă.

— Unde te duci, spuse ea, ridicându-se şi încercând să pară nepăsătoare. Data viitoare, dă şi tu un telefon.

Se uită spre Colin în speranța că i-ar putea urma sugestia şi s-ar îndrepta spre uşă. Dar el rămase înțepenit în mijlocul încăperii, uitându-se la Fats cu oroare.

— Eşti... încurcat cu Krystal Weedon? întrebă Colin.

Cei doi stăteau față în față, Colin mai înalt cu câțiva centimetri, dar Fats deținând întreaga putere.

— „Încurcat"? repetă Fats. Ce vrei să spui cu „încurcat"?

— Ştii bine ce vreau să spun! se răsti Colin, înroşindu-se la față.

— Adică, dacă i-o trag? întrebă Fats.

Micul strigăt — „Stu!" al Tessei fu înecat de urletul lui Colin:

— Cum îndrăzneşti, fir-ai tu să fii?

Fats abia dacă îi aruncă o privire lui Colin, zâmbindu-i compătimitor. Toată ființa lui emana zeflemea şi provocare.

— Ce e? spuse Fats.

— Vrei să spui...

Colin se chinuia să-şi găsească vorbele, înroşindu-se tot mai mult.

— Vrei să spui că te culci cu Krystal Weedon?

— Cred că n-ar fi o problemă dacă m-aş culca, nu? întrebă Fats şi se uită la maică-sa în timp ce spunea asta. Toți vă dați silința s-o ajutați pe Krystal, nu-i aşa?

— S-o ajutăm...

— Nu încercați să păstrați deschisă clinica aia, astfel încât să ajutați familia lui Krystal?

— Ce are asta de-a face cu...?

— Nici eu nu pot să văd care-i problema dacă ies cu ea.

— Şi chiar ieşi cu ea? întrebă Tessa cu asprime.

Dacă Fats voia să aducă disputa în acest teritoriu, ea îl va întâmpina acolo.

— Chiar te *duci* pe undeva cu ea, Stuart?

Zâmbetul lui superior o îngrețoșă. Nu era pregătit nici măcar să mimeze o urmă de decență.

— Ei bine, n-o facem nici în casa mea, nici în ei, așa...

Colin ridică unul dintre brațele lui țepene cu pumnii încleștați și lovi. Pumnul intră în contact cu obrazul lui Fats, iar acesta, fiind atent la maică-sa, fu prins pe picior greșit; se clătină într-o parte, se lovi de birou și se prelinse pe podea. O clipă mai târziu, era din nou în picioare, dar Tessa deja se postase între cei doi, cu fața la fiul său.

În spatele ei, Colin repeta:

— Nenorocitule. Nenorocitule.

— Serios? zise Fats și de data asta nu mai zâmbea compătimitor. Prefer să fiu un nenorocit decât să fiu ca tine, găozarule!

— Nu! strigă Tessa. Colin, ieși. *Ieși imediat!*

Oripilat, furios și zguduit, Colin mai zăbovi un moment, apoi ieși hotărât din cameră; îl auziră împleticindu-se pe trepte.

— Cum ai putut? îi șopti Tessa fiului ei.

— Cum am putut să ce? zise Stuart, iar expresia de pe chipul lui o alarmă atât de tare încât se grăbi să închidă și să bareze ușa dormitorului.

— Profiți de fata aia, Stuart, și știi asta, iar felul cum tocmai i-ai vorbit ta...

— Pe dracu', pufni Fats, pășind în sus și-n jos prin cameră; orice urmă de calm se risipise. Pe dracu' profit de ea. Știe exact ce vrea... doar pentru că trăiește în nenorocitul de Fields, nu are... adevărul e că tu și Cubby nu vreți ca eu să i-o trag, deoarece considerați că e mai prejos...

— Nu-i adevărat! îl întrerupse Tessa, deși așa era, și cu toată grija ei pentru Krystal, ar fi fost tare bucuroasă să afle că Fats avusese atâta minte încât să-și pună un prezervativ.

— Sunteți nişte ipocriți nenorociți, tu şi Cubby, spuse el continuând să străbată camera cu paşi mari. Toate aberațiile pe care le împroşcați când ziceți că vreți să-i ajutați pe cei din familia Weedon, dar nu vreți...

— Destul! strigă Tessa. Să nu-ndrăzneşti să-mi vorbeşti în halul ăsta! Nu-ți dai seama... nu înțelegi... eşti chiar atât de egoist...?

Nu mai reuşi să-şi găsească vorbele. Se întoarse, deschise uşa şi dispăru, trântind-o în urma ei.

Ieşirea ei avu un efect straniu asupra lui Fats, care se opri din mers şi se uită la uşa închisă timp de câteva secunde. Apoi se căută prin buzunare, scoase o țigară şi o aprinse, fără să se mai deranjeze să sufle fumul pe lucarnă. Umblă încolo şi-ncoace prin cameră, fără să mai aibă niciun control asupra propriilor gânduri: imagini mişcate, neprelucrate îi umpleau creierul, mânate de un val de furie.

Îşi aminti de seara zilei de vineri, cu aproape un an în urmă, când Tessa venise aici, în dormitorul lui, ca să-i spună că tatăl lui voia să-l ia să joace fotbal cu Barry şi fiul său a doua zi.

(— Ce?

Fats fusese năucit.

Propunerea era fără precedent.

— De distracție, să mai dați şi voi cu piciorul în minge, zisese Tessa; evita privirea urâtă a lui Fats uitându-se încruntată la hainele împrăştiate pe podea.

— De ce?

— Pentru că tata e de părere că ar fi drăguț, spusese Tessa, aplecându-se să ia de jos o cămaşă de şcoală. Declan vrea să se antreneze sau ceva de genul. Are un meci.

Fats era destul de bun la fotbal. Oamenii se minunau de asta; se aşteptau să nu-i placă sportul, să disprețuiască ideea de echipă. Juca aşa cum vorbea, cu măiestrie, cu fente, păcălindu-i pe cei stângaci, îndrăznind să rişte, nepreocupat de faptul că nu reuşea mereu să fructifice ocaziile.

— Nici măcar nu ştiam că poate să joace.

— Tata poate să joace foarte bine, când ne-am cunoscut, juca de două ori pe săptămână, spuse Tessa, enervată. Mâine-dimineață la 10, da? Am să-ți spăl pantalonii de trening.)

Fats trase din țigară, lăsându-se, împotriva voinței sale, invadat de amintiri. De ce acceptase să se ducă? Astăzi ar fi refuzat pur şi simplu să ia parte la mica şaradă a lui Cubby — ar fi rămas în pat până ce urletele s-ar fi potolit. Cu un an în urmă nu înțelesese cum stă treaba cu autenticitatea.

(În schimb, plecase de acasă însoțindu-l pe Cubby şi îndurase o plimbare de cinci minute în tăcere, fiecare dintre ei fiind la fel de conştient de neajunsul enorm care umplea spațiul dintre ei.

Terenul de joc aparținea şcolii St Thomas. Vremea era frumoasă. Se împărțiseră în două echipe de câte trei, căci Declan avea un prieten venit în vizită peste weekend. Prietenul, care îl venera în mod vădit pe Fats, s-a înscris în echipa lui Fats şi a lui Cubby.

Fats şi Cubby îşi pasau mingea în tăcere, în vreme ce Barry, de departe cel mai slab jucător, țipa, linguşea şi ovaționa în accentul lui de Yarvil, în timp ce alerga în susul şi în josul terenului pe care-l marcaseră cu bluze de trening. Când Fergus înscrise, Barry alergă la el pentru o ciocnire din zbor între piepturi, dar calculă greşit momentul săriturii şi-l izbi pe Fergus în maxilar cu creştetul capului. Cei doi au căzut la pământ, Fergus gemând de durere şi râzând, în vreme ce Barry îşi tot cerea scuze printre hohote de râs. Fats se pomeni rânjind, după care auzi râsul stângaci şi bubuitor al lui Cubby şi se întoarse într-o parte, încruntat.

Apoi a venit acel moment, un moment jenant şi jalnic, când scorul era egal şi aproape se făcuse timpul de plecare, când Fats a reuşit să-i ia mingea lui Fergus, iar Cubby a strigat:

— Haide, Stu, flăcăule!

„Flăcău." Cubby nu rostise niciodată în viața lui cuvântul „flăcău". A sunat jalnic, găunos şi nefiresc. Încerca să fie ca Barry; să imite modul lejer, relaxat în care Barry îşi încuraja băieții; încerca să-l impresioneze pe Barry.

Mingea a pornit ca o ghiulea din piciorul lui Fats şi, înainte să-l izbească pe Cubby din plin în fața lui caraghioasă şi nebănuitoare, înainte ca ochelarii să i se spargă şi o singură picătură de sânge să înflorească sub ochiul lui, Cubby a avut timp să-şi dea seama ce intenție avusese Fats; că sperase să-l lovească şi că mingea aceea fusese expediată în semn de răzbunare.)

N-au mai jucat fotbal niciodată. Micul experiment, sortit dinainte eşecului, de apropiere între tată şi fiu, a fost clasat, ca o mulțime de alte experimente înaintea lui.

Iar eu nu l-am vrut deloc niciodată!

Era sigur că auzise replica asta. De bună seamă, Cubby vorbea despre el. Cei doi erau în camera lui. Despre cine altul ar fi putut Cubby să vorbească?

De parcă mi-ar păsa, îşi zise Fats. Era ceea ce bănuise dintotdeauna. Nu ştia de ce această senzație de răceală îi umpluse pieptul.

Fats luă scaunul de birou din locul unde se răsturnase când îl lovise Cubby şi îl puse la loc. O reacție autentică ar fi fost s-o dea pe maică-sa la o parte şi să-i tragă un pumn lui Cubby drept în față. Să-i spargă ochelarii din nou. Să-l facă să sângereze. Fats era scârbit de el însuşi pentru că n-o făcuse.

Dar mai erau şi alte căi. De ani de zile, auzea fără voia lui lucruri. Ştia mult mai multe despre temerile ridicole ale tatălui său decât îşi închipuiau ei.

Degetele lui Fats erau mai stângace ca de obicei. Scrumul de la țigara pe care o ținea în gură se împrăştie pe tastatură când deschise site-ul Consiliului Parohial. Cu câteva săptămâni în urmă, căutase informații despre injecțiile SQL şi găsise linia de cod pe care Andrew refuzase să i-o dea. După ce studie forumul consiliului timp de câteva minute, se logă fără dificultate ca Betty Rossiter, îi schimbă numele de utilizator în Fantoma_lui_Barry_Fairbrother şi începu să tasteze.

V

Shirley Mollison era convinsă că soțul şi fiul ei exagerau pericolul pe care-l reprezenta pentru consiliu faptul că lăsa online postările Fantomei. Nu înțelegea cum ar putea fi mesajele mai rele decât bârfele, iar acestea, după cum bine ştia, nu erau pedepsite de lege. Aşa cum nu credea că legea ar putea fi atât de absurdă şi irațională ca s-o pedepsească pentru ceva scris de altcineva: aşa ceva ar fi o nedreptate monstruoasă. Şi, oricât de mândră ar fi fost de licența în Drept a lui Miles, era sigură că băiatul ei înțelesese greşit acest aspect.

Verifica forumul chiar mai des decât o sfătuiseră Miles şi Howard, dar nu pentru că s-ar fi temut de consecințele legale. Fiind sigură că Fantoma lui Barry Fairbrother nu-şi încheiase sarcina autoatribuită de a-i zdrobi pe pro-Fielderi, era dornică să fie prima care punea ochii pe următoarea postare. De câteva ori pe zi dădea fuga în vechea cameră a Patriciei şi accesa pagina de web. Uneori, câte-un mic frison o străbătea în timp ce curăța cartofii în bucătărie şi iar alerga în birou, doar ca să sufere o nouă dezamăgire.

Shirley simțea o înrudire specială, secretă cu Fantoma. Alesese site-ul ei drept forumul unde să dea în vileag ipocrizia opozanților lui Howard, iar asta îi îndreptățea mândria naturalistului care a construit un habitat unde o specie rară catadicseşte să cuibărească. Dar nu era doar asta. Shirley savura mânia, cruzimea şi îndrăzneala Fantomei. Se întrebă cine ar putea fi, vizualizând un bărbat puternic, tenebros, stând în spatele ei şi al lui Howard, de partea lor, secerând pentru ei o cărare printre oponenții care se prăbuşeau în timp ce el îi măcelărea cu propriile lor adevăruri urâte.

Cumva, niciunul dintre bărbații din Pagford nu părea vrednic de a fi Fantoma; s-ar fi simțit dezamăgită să afle că era unul dintre anti-Fielderii pe care-i ştia.

— Asta *dacă* e un bărbat, remarcă Maureen.

— Bună observație, spuse Howard.

— Eu cred că e un bărbat, spuse Shirley imperturbabilă.

Duminică dimineață, după ce Howard plecă la cafenea, Shirley, încă în capot şi ținându-şi ceaşca de ceai, se duse cu mişcări automate în birou şi accesă site-ul.

Fanteziile unui director adjunct postat de
Fantoma_lui_Barry_Fairbrother.

Puse ceaşca pe masă cu mâini tremurătoare, făcu clic pe postare şi o citi cu gura căscată. Apoi alergă în hol, înşfăcă telefonul şi sună la cafenea, dar linia era ocupată.

După doar cinci minute, Parminder Jawanda, care căpătase şi ea obiceiul de a vizita forumul consiliului mult mai des decât de obicei, deschise site-ul şi văzu postarea. Ca şi în cazul lui Shirley, reacția ei imediată a fost să pună mâna pe telefon.

Soții Wall îşi luau micul-dejun fără fiul lor, care încă dormea în camera lui. Când Tessa ridică receptorul, Parminder îi reteză scurt saluturile prieteneşti.

— A apărut o postare despre Colin pe site-ul consiliului. Nu-l lăsa să-l vadă, indiferent ce faci.

Ochii înspăimântați ai Tessei se întoarseră către soțul ei, dar el se afla la niciun metru de receptor şi auzise fiecare cuvânt rostit atât de tare şi de clar de Parminder.

— Te sun eu mai încolo, spuse Tessa pe un ton grăbit. Colin, îl rugă ea în timp ce se chinuia să aşeze receptorul la loc. Colin, stai...

Dar el ieşise deja din încăpere, mergând legănat, cu brațele țepene pe lângă corp, iar Tessa trebui să alerge ca să-l prindă din urmă.

— Poate-ar fi mai bine să nu te uiți, îl îndemnă ea, în timp ce mâna lui mare, noduroasă, mişca mouse-ul pe birou, sau îl citesc eu şi...

Fanteziile unui director adjunct
Unul dintre oamenii care speră să reprezinte comunitatea la nivel de consiliu parohial este Colin Wall, director adjunct la Şcoala Secundară Winterdown. Alegătorii ar putea fi interesați să ştie că Wall, un partizan sever al disciplinei, are nişte fantezii cu totul neobişnuite. Domnul Wall este atât de înspăimântat că o elevă l-ar putea acuza de comportament sexual neadecvat, încât a avut adesea

nevoie să-şi ia liber de la serviciu ca să se calmeze. Dacă domnul Wall chiar a mângâiat-o pe eleva de anul întâi, Fantoma nu poate decât să bănuiască. Fervoarea fanteziilor lui înfierbântate sugerează că, şi dacă n-a făcut-o, i-ar plăcea s-o facă.

Stuart a scris asta, se gândi imediat Tessa.

Faţa lui Colin era înspăimântătoare în lumina monitorului. Era aşa cum îşi imaginase ea că ar arăta dacă ar suferi un accident vascular cerebral.

— Colin...

— Presupun că Fiona Shawcross a vorbit, şopti el.

Catastrofa de care se temuse mereu se abătuse asupra lui. Era sfârşitul. Întotdeauna îşi imaginase cum o să ia somnifere. Se întrebă dacă aveau destule în casă.

Tessa, momentan tulburată de pomenirea numelui directoarei, spuse:

— Fiona n-ar face... în orice caz, nu ştie...

— Ştie că sufăr de tulburare obsesiv-compulsivă.

— Da, dar nu ştie de ce... nu ştie de ce te temi tu...

— Ba ştie, spuse Colin. I-am spus, ultima oară când am avut nevoie de concediu medical.

— De ce? izbucni Tessa. De ce Dumnezeu a trebuit să-i spui?

— Am vrut să-i explic de ce e atât de important pentru mine să-mi iau liber, spuse Colin, aproape cu umilinţă. M-am gândit că trebuie să ştie cât e de grav.

Tessa îşi înăbuşi o dorinţă puternică să strige la el. Nuanţa de dezgust cu care Fiona îl trata şi vorbea despre el îşi găsea astfel explicaţia. Tessa n-o plăcuse niciodată, considerând-o o femeie dură şi lipsită de compasiune.

— Fie şi aşa, spuse ea, dar nu cred că Fiona are vreo legătură cu...

— Nu direct, spuse Colin, apăsându-şi o mână tremurătoare pe buza de sus asudată. Dar Mollison a auzit bârfa de undeva.

N-a fost Mollison. Stuart a scris asta, ştiu că el a făcut-o. Tessa îl recunoştea pe fiul ei în fiecare frază. Era uimită că soțul ei nu sesiza asta, că nu făcea legătura dintre mesaj şi cearta de ieri, când îl lovise pe băiat. *N-a putut nici măcar să se abțină să facă o mică aliterație. El trebuie să le fi scris pe toate — Simon Price, Parminder.* Tessa era îngrozită.

Dar Colin nu se gândea la Stuart. Prin cap îi treceau gânduri care erau la fel de vii ca nişte amintiri, ca nişte impresii senzoriale, idei violente şi abjecte: o mână apucând şi strângând în timp ce trecea printre trupuri tinere şi înghesuite; un țipăt de durere, un chip de copil schimonosit. Şi pe urmă întrebările pe care şi le punea sieşi, iar şi iar: făcuse asta? Îi plăcuse? Nu-şi mai amintea. Ştia doar că se tot gândea la asta, vedea cum se întâmplă, simțea cum se întâmplă. Moliciunea cărnii printr-o bluză subțire din bumbac; apucă şi strânge, durere şi şoc; o violare. De câte ori? Nu ştia. Petrecuse ore întrebându-se câți copii ştiau c-o făcuse, dacă vorbiseră între ei, cât o să treacă până o să fie arătat cu degetul.

Neştiind de câte ori păcătuise şi incapabil să se încreadă în el însuşi, se împovăra cu atât de multe hârtii şi dosare încât să nu-i rămână vreo mână liberă cu care să atace în timp ce se deplasa pe coridoare. Striga la copiii care mişunau prin preajmă să se dea la o parte din calea lui în timp ce trecea. Nimic din toate astea nu ajuta. Erau întotdeauna rătăciți care treceau în fugă pe lângă el, se loveau de el şi, având mâinile încărcate, îşi imagina alte căi de a avea contacte indecente cu ei: un cot repoziționat rapid ca să se frece de un sân; un pas lateral ca să asigure contactul între corpuri; un picior încurcat accidental, astfel încât vintrele copilului să intre în contact cu carnea lui.

— Colin, spuse Tessa.

Dar el începu să plângă din nou, cu hohote mari care-i zguduiau trupul mare şi diform, iar când ea îl cuprinse cu braţele şi-şi lipi faţa de a lui, lacrimile îi udară pielea.

La câţiva kilometri depărtare, în Hilltop House, Simon Price stătea la computerul nou-nouţ al familiei din camera de zi. Imaginea lui Andrew plecând cu bicicleta la slujba lui de weekend de la Howard Mollison şi gândul că fusese obligat să plătească preţul întreg de magazin pentru acest nou computer îl făcuseră iritabil şi se simţea şi mai nedreptăţit. Simon nu mai vizitase pagina Consiliului Parohial din seara în care aruncase în râu computerul furat, dar, printr-o asociere de idei, i se năzări să verifice dacă mesajul pentru care plătise cu slujba mai era postat pe site şi, prin urmare, putea să fie văzut de potenţiali angajatori.

Nu mai era. Simon nu ştia că îi datora asta soţiei sale, pentru că lui Ruth îi era frică să admită că o sunase pe Shirley tocmai ca să-i ceară ştergerea postării. Uşor înveselit de absenţa mesajului, Simon căută postarea despre Parminder, dar şi aceea dispăruse.

Tocmai se pregătea să închidă site-ul, când văzu postarea cea mai nouă, intitulată *Fanteziile unui director adjunct*.

Citi textul de două ori şi apoi, singur în camera de zi, începu să râdă. Era un râs sălbatic şi triumfător. Niciodată nu-l plăcuse pe individul ăla mare, cu mers legănat şi cu fruntea aia masivă. Îi făcea bine să ştie că el, Simon, scăpase foarte uşor prin comparaţie.

Ruth intră în cameră, zâmbind timid; era bucuroasă că-l aude pe Simon râzând, pentru că, de când îşi pierduse slujba, fusese într-o dispoziţie îngrozitoare.

— Ce te-a amuzat?

— Îl ştii pe tatăl lui Fats? Wall, directorul adjunct? E doar un nenorocit de pedo!

Lui Ruth îi dispăru zâmbetul. Se grăbi să se apropie ca să citească postarea.

— Mă duc să fac un duş, zise Simon, foarte binedispus.

Ruth aşteptă ca el să iasă din încăpere înainte să încerce s-o sune pe prietena ei, Shirley, şi s-o alerteze cu privire la acest nou scandal, dar telefonul familiei Mollison era ocupat.

Shirley reuşise, în sfârşit, să-l prindă pe Howard la magazinul de delicatese. Era încă îmbrăcată în capot, iar el păşea încolo şi-ncoace prin cămăruța din spatele tejghelei.

— ... încerc să te prind de-o veşnicie...

— Mo a vorbit la telefon. Ce ziceai că scrie? Ia-o-ncet.

Shirley citi mesajul despre Colin, cu o intonație de crainic de ştiri. Încă nu ajunsese la sfârşit când el o întrerupse.

— Ai copiat asta undeva sau ceva de genul ăsta?

— Poftim?

— Îl citeşti de pe ecran? E încă acolo? L-ai scos?

— Acum mă ocup de asta, minți Shirley, iritată. Credeam c-o să-ți placă să...

— Dă-l jos de-acolo imediat! Dumnezeule mare, Shirley, chestia asta scapă de sub control... nu putem să ținem aşa ceva pe site!

— Am crezut doar că trebuie să...

— Fă bine şi scapă de el şi vorbim despre asta când ajung acasă! strigă Howard la ea.

Shirley era furioasă: ei doi nu ridicaseră niciodată vocea unul la celălalt.

VI

Următoarea şedinţă de consiliu, prima de la moartea lui Barry, avea să fie crucială pentru bătălia care avea loc cu privire la Fields. Howard refuzase să amâne votarea privind viitorul Clinicii de Dezintoxicare Bellchapel sau privind dorinţa oraşului de a transfera către Yarvil jurisdicţia asupra proprietăţii Fields.

Prin urmare, Parminder a propus ca ea, Colin şi Kay să se întâlnească în seara de dinaintea şedinţei pentru a discuta strategia.

— Pagford nu poate decide unilateral să modifice graniţele parohiei, nu? întrebă Kay.

— Nu, spuse răbdătoare Parminder (Kay nu putea să-şi depăşească condiţia de nou-venită), dar Consiliul Districtual a cerut opinia Pagfordului, iar Howard e hotărât să se asigure că opinia *lui* va fi transmisă mai departe.

Întâlnirea lor avea loc în camera de zi a familiei Wall, întrucât Tessa îl presase subtil pe Colin să le invite pe cele două femei într-un loc unde putea şi ea să asculte. Tessa i-a servit pe toţi cu pahare de vin, a pus pe măsuţa de cafea un castron mare cu chipsuri, după care rămase tăcută pe când ceilalţi trei discutau.

Era epuizată şi supărată. Postarea anonimă despre Colin îi declanşase acestuia unul dintre cele mai severe atacuri de anxietate acută, atât de intens că nu mai fusese în stare să se ducă la şcoală. Parminder ştia cât de bolnav era — doar ea îi semnase concediul medical — şi totuşi îl invitase să participe la această pre-şedinţă, fără să-i pese, după câte se părea, cu ce noi manifestări de paranoia şi nefericire avea să se confrunte Tessa în seara aceea.

— S-a creat fără doar şi poate un sentiment de indignare în rândurile populaţiei legat de modul cum Mollisonii gestionează problemele, spunea Colin cu acel ton arogant şi cunoscător pe care-l adopta uneori când pretindea că frica şi paranoia îi sunt străine. Cred că oamenii încep să se simtă iritaţi de modul în care ei consideră că pot vorbi în numele oraşului. Am căpătat această impresie, ştiţi, pe când încercam să-mi asigur voturile.

Ar fi fost drăguţ, se gândi cu amărăciune Tessa, dacă soţul ei ar fi reuşit să-şi adune aceste puteri de disimulare şi pentru beneficiul ei din când în când. Cândva, demult, îi plăcuse să fie singura confidentă a lui Colin, singurul depozitar al terorilor lui şi izvorul întregii sale linişti, dar acum nu i se mai părea ceva măgulitor. O ţinuse trează în dimineaţa aceea, de la 2 la 3:30, legănându-se în faţă şi-n spate, văicărindu-se şi plângând, spunând că-şi dorea să fi fost mort, că nu mai putea suporta, că îşi dorea să nu fi candidat niciodată pentru postul acela, că era distrus...

Tessa îl auzi pe Fats pe scări şi se încordă, dar fiul ei trecu pe lângă uşa deschisă în drum spre bucătărie, nefăcând altceva decât să-i arunce o privire fugară lui Colin, care stătea în faţa şemineului pe o pernă mare din piele, cu genunchii la nivelul pieptului.

— Poate că dacă Miles va candida pentru locul vacant va reuşi să-şi atragă duşmănia oamenilor — poate chiar a susţinătorilor naturali ai Mollisonilor? spuse plină de nădejde Kay.

— Cred că e posibil, spuse Colin, încuviinţând.

Kay se întoarse spre Parminder.

— Crezi că într-adevăr se va vota în consiliu evacuarea clinicii din actualul sediu? Ştiu că oamenii sunt iritaţi de seringile aruncate peste tot şi de drogaţii care bântuie prin zonă, dar clinica e la o distanță de câțiva kilometri... ce-i pasă Pagfordului?

— Howard şi Aubrey sunt complici în toată povestea asta, îi explică Parminder, care avea fața încordată, cu pete întunecate sub ochi. (Ea era cea care urma să participe la şedința de consiliu de a doua zi şi să se lupte cu Howard Mollison şi acoliții lui, fără să-l mai aibă pe Barry de partea ei.) Trebuie să facă reduceri de cheltuieli la nivel de district. Dacă Howard dă afară clinica din clădirea asta ieftină, funcționarea ei ar deveni mult mai scumpă, iar Fawley va putea să spună că au crescut costurile şi să justifice reducerea finanțării din partea consiliului. Apoi Fawley va face tot ce-i va sta în putință ca Fields să fie reatribuit Yarvilului.

Obosită de atâtea explicații, Parminder se prefăcu că se uită pe teancul de hârtii despre Bellchapel pe care Kay le adusese cu ea, retrăgându-se din conversație.

De ce fac asta? se întrebă ea.

Putea să fi rămas acasă cu Vikram, care se uita la o comedie la televizor, împreună cu Jaswant şi Rajpal, când a plecat ea. Râsetele lor o iritaseră; când s-a întâmplat ultima oară să râdă? De ce se afla aici, bând un vin cald şi prost, luptându-se pentru o clinică de care nu va avea niciodată nevoie şi pentru un cartier rezidențial locuit de oameni care, probabil, i-ar displăcea dacă i-ar cunoaşte? Ea nu era Bhai Kanhaiya, care nu putea să vadă diferența dintre sufletele aliaților şi cele ale inamicilor; ea nu vedea nicio lumină a lui Dumnezeu izvorând din Howard Mollison. Îi oferea mai multă plăcere gândul de a-l vedea pe Howard pierzând decât ideea că acei copii din Fields vor continua să vină la şcoala St Thomas sau că oamenii din Fields vor putea să lupte cu dependența de droguri la Bellchapel, deşi, într-un mod distant şi imparțial, ea considera că acestea erau lucruri bune...

(Dar, de fapt, ştia de ce o face. Dorea să câştige pentru Barry. El îi povestise tot ce însemnase venirea la St Thomas. Colegii lui de clasă îl invitau acasă, la joacă; el, care trăise într-o rulotă cu maică-sa şi doi frați, se bucurase de confortul caselor curate de pe Hope Street şi fusese impresionat de marile case victoriene de pe Church Row. Chiar luase parte la o aniversare în casa cu față de vacă pe care ulterior avea s-o cumpere şi unde îşi crescuse cei patru copii.

Se îndrăgostise de Pagford, cu râul, câmpurile şi casele sale cu ziduri solide. Îşi imaginase cum ar fi să aibă o grădină pentru joacă, un copac de care să atârne un leagăn, cu loc mult şi verdeață pretutindeni. Adunase castane de pe jos şi le dusese înapoi în Fields. După ce-a strălucit la St Thomas, fruntaş în clasa lui, Barry fusese primul din familia lui care urmase cursurile universitare.

Iubire şi ură, gândi Parminder, uşor înspăimântată de propria-i sinceritate. *Iubire şi ură, de-aia mă aflu aici...*)

Întoarse o pagină din documentele lui Kay, prefăcându-se că e concentrată asupra lecturii.

Kay era încântată că doctorița îi studia hârtiile cu atâta atenție, pentru că alocase mult timp pentru ele. Nu putea să creadă că oricine i-ar fi citit materialul n-ar fi fost convins că Bellchapel trebuia să rămână *in situ*.

Dar, cu toate acele statistici, studii de caz anonime şi mărturii nemijlocite, Kay se gândea de fapt la clinică prin prisma unei singure paciente: Terri Weedon. Cu Terri se petrecuse o schimbare, Kay îşi dădea seama, iar asta o făcea să se simtă în acelaşi timp mândră şi înspăimântată. Terri manifesta licăriri firave ale unui simț redeşteptat de control asupra propriei sale vieți. De două ori în ultima vreme, Terri îi spusese lui Kay: „N-au să mi-l ia pe Robbie, n-o să-i las", iar acestea nu fuseseră doar nişte invective neputincioase împotriva sorții, ci declarații de intenție.

„L-am dus la creşă ieri", i-a spus ea lui Kay, care a făcut greşeala să se arate uimită. „Ce-i aşa de şocant, ce dracu'? Ce, io nu-s destul de bună să mă 'uc la blestemata aia de creşă?"

Dacă uşa de la Bellchapel i se închidea lui Terri în nas, Kay era sigură că delicata structură pe care încercau s-o edifice din ruinele unei vieți se va face praf. Terri părea stăpânită de o teamă viscerală față de Pagford, pe care Kay n-o pricepea.

„Urăsc locul ăla nenorocit", îi spusese ea când Kay pomenise în treacăt de el.

Dincolo de faptul că bunica ei trăise acolo, Kay nu ştia nimic despre istoria legată de oraş a lui Terri, dar se temea că, dacă lui Terri i se cerea să se ducă săptămânal acolo pentru doza de metadonă, autocontrolul ei s-ar fi prăbuşit, şi odată cu el, şi noua, dar fragila siguranță a familiei.

Colin preluă subiectul de unde rămăsese Parminder şi-i explică istoria cartierului Fields. Kay încuviința, plictisită şi spunea „mhm", dar gândurile ei erau foarte departe.

Colin era profund măgulit de felul în care această tânără atrăgătoare se agăța de fiecare cuvânt al lui. Se simțea mai calm în seara asta decât în toate celelalte momente de când citise postarea aceea oribilă, care dispăruse de pe site. Niciunul dintre cataclismele pe care Colin şi le imaginase la orele târzii din noapte nu avusese loc. Nu fusese concediat. Nu se strânsese nicio mulțime mânioasă la uşa din față. Nimeni de pe site-ul Consiliului Pagford sau de oriunde altundeva de pe internet nu ceruse să fie arestat.

Fats trecu înapoi prin dreptul uşii deschise, mâncând iaurt cu lingura, din mers. Aruncă o privire în cameră şi, pentru o clipă fugară, întâlni privirea lui Colin. Imediat, tatăl lui pierdu şirul vorbelor pe care le rostea.

— ... şi... da, păi, cam asta e, în concluzie, termină el lamentabil.

Se uită spre Tessa, căutând liniştire, dar soţia lui privea împietrită în gol. Colin se simţea uşor rănit; credea că Tessa se bucura să-l vadă simţindu-se atât de bine, atât de stăpân pe sine, după noaptea lor execrabilă, nedormită. Senzaţii cumplite de teamă îl măcinau, dar îl liniştea foarte mult proximitatea colegei de suferinţă şi a ţapului ispăşitor Parminder, ca şi atenţia plină de compasiune a atrăgătoarei asistente sociale.

Spre deosebire de Kay, Tessa ascultase fiecare cuvinţel rostit de Colin legat de dreptul cartierului Fields de a rămâne în jurisdicţia Pagfordului. După părerea ei, în spatele vorbelor lui nu era pic de convingere. Voia să creadă ceea ce crezuse Barry şi voia să-i înfrângă pe Mollisoni, pentru că asta voia şi Barry. Colin n-o plăcea pe Krystal Weedon, dar Barry o plăcuse, ceea ce-l făcea pe Colin să presupună că fata avea calităţi pe care el nu reuşea să le vadă. Tessa ştia că soţul ei era un amestec straniu de aroganţă şi umilinţă, de convingere de nezdruncinat şi nesiguranţă.

Se înşală amarnic, îşi zise Tessa, uitându-se la ceilalţi trei, care cercetau atent nu ştiu ce grafic extras de Parminder din însemnările lui Kay. *Îşi închipuie că vor putea să anuleze 60 de ani de mânie şi resentimente cu câteva foi pline cu statistici.* Niciunul dintre ei nu era Barry. El fusese un exemplu viu pentru ceea ce ei propuneau în teorie: evoluţia, prin educaţie, de la sărăcie la prosperitate, de la neajutorare şi dependenţă la starea de contribuabil valoros al societăţii. Chiar nu înţelegeau ce avocaţi lipsiţi de nădejde erau prin comparaţie cu omul care murise?

— Fără doar şi poate că oamenii sunt iritaţi că Mollisonii încearcă să conducă totul, spunea Colin.

— Eu sunt convinsă că dacă vor citi materialul ăsta, vor avea mari dificultăţi să susţină că această clinică nu face o treabă de o importanţă crucială.

— Nu toată lumea l-a uitat pe Barry, în consiliu, spuse Parminder, cu o voce uşor nesigură.

Tessa îşi dădu seama că degetele ei unsuroase bâjbâiau degeaba în aer. Cât ceilalţi vorbiseră, ea terminase cu o singură mână tot castronul cu chipsuri.

VII

Era o dimineaţă senină, plăcută, iar laboratorul de informatică de la Winterdown Comprehensive devenea sufocant pe măsură ce se apropia pauza de prânz, geamurile soioase presărând pe monitoarele murdare pete de lumină derutante. Cu toate că nu erau acolo nici Fats, nici Gaia ca să-i distragă atenţia, Andrew Price nu se putea concentra. Nu se putea gândi la nimic altceva decât la lucrul despre care-i auzise discutând pe părinţii lui cu o seară în urmă.

Cei doi discutaseră foarte serios despre mutarea la Reading, unde trăiau sora şi cumnatul lui Ruth. Cu urechea ciulită spre uşa deschisă a bucătăriei, Andrew zăbovise în holul mic şi întunecat şi ascultase. După câte se părea, lui Simon i se oferise o slujbă sau posibilitatea unei slujbe, de către unchiul pe care Andrew şi Paul abia dacă-l cunoşteau, pentru că Simon îl detesta atât de mult.

— Salariul e mai mic, spusese Simon.

— N-ai de unde să ştii. N-a zis...

— E obligatoriu să fie. Şi traiul, în general, o să fie mai scump acolo.

Ruth scosese un zgomot neutru. Abia îndrăznind să respire în hol, Andrew îşi dădea seama, din simplul fapt că maică-sa nu ţinea morţiş să fie de acord cu Simon, că ea voia să plece.

Lui Andrew i se părea imposibil să şi-i imagineze pe părinţii lui în orice altă casă decât Hilltop House sau pe un orice alt fundal în afară de Pagford. Considerase de la sine înţeles că vor rămâne acolo pentru totdeauna. El, Andrew, avea să plece într-o zi la Londra, dar Simon şi Ruth vor rămâne înrădăcinaţi pe coasta dealului ca nişte arbori, până vor muri.

Se strecurase înapoi pe scară în dormitorul lui şi privise afară pe geam la luminile licăritoare ale Pagfordului, adăpostit în găvanul adânc şi negru dintre dealuri. Avea senzaţia că nu mai văzuse niciodată până atunci priveliştea. Undeva acolo jos, Fats fuma în camera lui de la mansardă, uitându-se probabil la site-uri porno pe computer. Gaia era şi ea tot acolo, absorbită de riturile specific feminine. Lui Andrew îi venise în minte că ea trecuse prin asta; fusese smulsă din locul pe care-l ştia şi transplantată. Aveau, în sfârşit, ceva profund în comun; era o plăcere aproape melancolică în ideea că, plecând, vor fi asemănători într-o privinţă.

Diferenţa fiind că nu ea îşi cauzase strămutarea. Cu un fior stânjenitor în măruntaie, îşi luase mobilul şi îi trimisese lui Fats următorul SMS: *Si-Pie primit ofertă job în Reading. S-ar putea s-o accepte.*

Fats încă nu-i răspunsese, iar Andrew nu-l văzuse toată dimineaţa, pentru că nu aveau ore în comun. Nu-l văzuse pe Fats nici în ultimele două weekenduri, pentru că lucrase la IBRICUL DE ARAMĂ. De curând, cea mai lungă conversaţie dintre ei avusese ca subiect postarea lui Fats despre Cubby pe site-ul consiliului.

— Cred că Tessa bănuieşte ceva, îi spuse Fats lui Andrew într-o doară. Se tot uită la mine de parcă ar şti.

— Şi ce-ai să spui? bâiguise Andrew speriat.

Ştia cât de dornic e Fats să capete glorie şi recunoaşterea meritelor, şi mai cunoştea pasiunea lui Fats de a mânui adevărul ca pe o armă, dar nu era sigur că prietenul lui înțelegea că propriul său rol esențial în activitățile Fantomei lui Barry Fairbrother nu trebuia dat niciodată în vileag. Niciodată n-a fost simplu să-i explice lui Fats realitatea de a-l avea pe Simon ca tată şi, din cine ştie ce motiv, era tot mai greu să i se explice lucruri lui Fats.

După ce se asigură că profesorul de informatică nu-l mai vede, Andrew căută Reading pe internet. Era uriaş prin comparație cu Pagford. Acolo se desfăşura un festival de muzică anual. Era la vreo 60 de kilometri de Londra. Cercetă orarul trenurilor. Poate că se va duce până în capitală în weekenduri, aşa cum în prezent lua autobuzul ca să meargă la Yarvil. Dar întreaga poveste părea ireală: Pagford însemna tot ce cunoscuse vreodată; încă nu-şi putea imagina familia lui existând altundeva.

În pauza de prânz, Andrew plecă de la şcoală, căutându-l pe Fats. Îşi aprinse o țigară când nu mai putea fi văzut din curte şi auzi cu încântare, pe când îşi vâra într-o doară bricheta în buzunar, o voce feminină care-l striga: „Hei!“ Gaia şi Sukhvinder îl prinseră din urmă.

— Bună, zise el suflând fumul departe de chipul frumos al Gaiei.

Cei trei aveau acum ceva pe care nimeni altcineva nu-l mai avea. Cele două weekenduri lucrate la cafenea creaseră o legătură fragilă între ei. Cunoşteau acum pe de rost frazele standard ale lui Howard şi suportaseră interesul libidinos al lui Maureen pentru tot ce era legat de viaţa lor de acasă; pufniseră împreună la vederea genunchilor zbârciţi evidenţiaţi de rochia de chelneriţă prea scurtă şi făcuseră schimb de mărunte informaţii personale, asemenea unor negustori în ţinuturi străine. Astfel, fetele aflară că tatăl lui Andrew fusese concediat; Andrew şi Sukhvinder ştiau că Gaia lucra ca să strângă bani pentru un bilet de tren ca să se întoarcă în Hackney; iar el şi Gaia ştiau că mamei lui Sukhvinder nu-i plăcea deloc faptul că ea lucrează pentru Howard Mollison.

— Unde e prietenul tău „gras"? întrebă Gaia şi cei trei începură să meargă în acelaşi ritm.

— Habar n-am, zise Andrew. Nu l-am văzut.

— Nicio pierdere, spuse Gaia. Câte d-alea fumezi pe zi?

— Nu le număr, răspunse Andrew, binedispus de interesul ei. Vrei şi tu una?

— Nu, spuse Gaia. Nu-mi place să fumez.

El se întrebă de îndată dacă repulsia se extindea şi la sărutarea fumătorilor. Niamh Fairbrother nu se plânsese când îi băgase limba în gură la discoteca de la şcoală.

— Marco fumează? întrebă Sukhvinder.

— Nu, pentru că se antrenează mereu, spuse Gaia.

De-acum, Andrew aproape că se obişnuise cu gândul legat de Marco de Luca. Faptul că Gaia era protejată, cum s-ar spune, de o loialitate în afara Pagfordului avea avantaje. Forţa fotografiilor cu ei doi împreună pe Facebook se atenuase prin familiarizarea cu ele. Nu considera că îşi lua dorinţele drept realitate când constata că mesajele pe care ea şi Marco şi le lăsau unul altuia deveneau tot mai rare şi mai puţin prietenoase. Nu ştia ce se întâmpla la telefon sau în e-mailuri, dar era sigur că, atunci când se vorbea de el, Gaia avea un aer descurajat.

— Ah, iată-l, spuse Gaia.

Nu chipeşul Marco apăruse în câmpul lor vizual, ci Fats Wall, care discuta cu Dane Tully lângă chioşcul de presă.

Sukhvinder se opri, dar Gaia o apucă de braţ.

— Poţi să te plimbi pe unde vrei, spuse ea, trăgând-o cu blândeţe înainte, ochii ei verzi cu irizaţii îngustându-se pe când se apropiau de locul unde Fats şi Dane fumau.

— Salut, Arf, strigă Fats, când cei trei se apropiară.

— Fats, spuse Andrew.

Încercând să preîntâmpine o situaţie neplăcută, şi mai ales ca Fats s-o agreseze verbal pe Sukhvinder în faţa Gaiei, Andrew întrebă:

— Ai primit SMS-ul meu?

— Ce SMS? zise Fats. Ah, da — chestia aia despre Si? Să înţeleg, deci, că te cari?

Replica fusese spusă cu o indiferenţă trufaşă pe care Andrew n-o putea atribui decât prezenţei lui Dane Tully.

— Mda, posibil, zise Andrew.

— Unde pleci? întrebă Gaia.

— Bătrânul meu a primit o ofertă de slujbă în Reading, spuse Andrew.

— Ah, păi acolo locuieşte taică-miu! făcu Gaia, surprinsă. Am putea să ne vedem când o să mă duc să stau acolo. Festivalul e tare. Ia zi, Sooks, vrei să luăm câte-un sendviş?

Andrew fu atât de stupefiat de oferta ei voluntară de a-şi petrece timpul cu el că, până să se adune şi să-şi exprime acordul, fata dispăru în chioşc. Pentru o clipă, staţia de autobuz murdară, chioşcul de presă şi chiar şi Dane Tully, tatuat şi ponosit în tricou şi pantaloni de trening, păreau să strălucească cu o lumină aproape celestă.

— Păi, eu plec, am lucruri de făcut, spuse Fats.

Dane râse pe înfundate. Înainte ca Andrew să poată replica sau să se ofere să-l însoțească, el deja plecase.

Fats era sigur că Andrew va fi derutat şi rănit de atitudinea lui detaşată şi se bucura pentru asta. Nu se întrebă de ce era bucuros sau de ce o dorință generală de a provoca suferință devenise starea lui predominantă în ultimele zile. Decisese în ultima vreme că examinarea propriilor motive era neautentică; o rafinare a filosofiei lui personale care o făcea în general mai uşor de respectat.

Pe când se îndrepta spre Fields, Fats se gândi la ceea ce se întâmplase acasă în seara precedentă, când mama lui intrase la el în în dormitor pentru prima oară de când Cubby îl lovise cu pumnul.

(— Mesajul ăla despre tatăl tău, de pe site-ul Consiliului Parohial, spusese ea. Trebuie să te întreb asta, Stuart, şi aş vrea... Stuart, tu l-ai scris?

Avusese nevoie de două zile ca să-şi adune curajul să-l acuze, iar el era pregătit.

— Nu, a răspuns.

Poate că ar fi fost mai autentic să spună da, dar preferase să n-o facă şi nu vedea de ce ar trebui să se justifice.

— N-ai făcut-o? repetă ea, fără vreo schimbare de ton sau de expresie.

— Nu, zise el din nou.

— Pentru că foarte, foarte puțini oameni ştiu ce... ce griji îl frământă pe tatăl tău.

— Ei bine, n-am fost eu.

— Postarea a apărut în aceeaşi seară în care te-ai certat cu taică-tu şi te-a lov...

— Ți-am spus, n-am făcut-o eu.

— Ştii că e bolnav, Stuart.

— Da, îmi tot spui asta.

— Îți tot spun pentru că e adevărat! Nu are ce face — are o boală mintală gravă care-i cauzează suferințe şi nefericire de nedescris.

Mobilul lui Fats emise un semnal, iar el lăsă privirea în jos ca să citească un SMS de la Andrew. Îl citi şi avu senzația că primise un pumn în plex: Arf pleca pentru totdeauna.

— Cu tine vorbesc, Stuart...

— Ştiu... ce e?

— Toate postările astea — Simon Price, Parminder, taică-tu — sunt toți oameni pe care-i cunoşti. Dacă tu eşti în spatele acestei poveşti...

— Ți-am mai spus, nu sunt.

— ... provoci prejudicii nemăsurate. Prejudicii grave, îngrozitoare, Stuart, pentru viețile oamenilor.

Fats încerca să-şi imagineze viața fără Andrew. Se cunoşteau de când aveau patru ani.

— N-am fost eu, a repetat.)

Prejudicii grave, îngrozitoare pentru viețile oamenilor.

Ei îşi făcuseră propriile vieți, gândi disprețuitor Fats în timp ce o lua pe Foley Road. Victimele Fantomei lui Barry Fairbrother erau împotmolite în ipocrizie şi minciuni şi nu le plăcea să fie expuse. Erau ca nişte gângănii stupide care fugeau de lumina strălucitoare. Nu ştiau nimic despre viața reală.

În fața lui vedea o casă pe al cărei pătrat de iarbă de la intrare era un pneu de maşină. Avea o puternică bănuială că aia era casa lui Krystal, iar când văzu numărul, ştiu că avea dreptate. Nu mai fusese niciodată aici. Cu două săptămâni în urmă, n-ar fi acceptat în ruptul capului să o întâlnească la ea acasă, dar lucrurile se schimbaseră. El se schimbase.

Se vorbea că mama ei ar fi o prostituată. Că se droga, asta era sigur. Krystal îi spusese că n-o să fie nimeni acasă pentru că maică-sa avea să fie plecată la Clinica de Dezintoxicare Bellchapel, unde-şi primea doza alocată de metadonă. Fats păşi pe poteca grădinii fără să încetinească, dar simţindu-se brusc agitat.

Krystal îi pândea venirea de la fereastra dormitorului ei. Închisese toate uşile camerelor de la parter, astfel încât Fats să nu vadă decât holul; aruncase tot ce ajunsese pe hol înapoi în camera de zi şi bucătărie. Covorul nu mai fusese curăţat de mult şi era ars pe alocuri, iar tapetul, pătat, dar nu putea să facă nimic în privinţa asta. Nu mai rămăsese niciun strop de dezinfectant cu aromă de pin, dar găsise nişte clor şi stropise prin bucătărie şi baie — acestea fiind sursele mirosurilor celor mai urâte din casă.

Când Fats bătu la uşă, Krystal alergă jos. Nu aveau prea mult timp: Terri probabil că se va întoarce cu Robbie la ora 13. Nu prea mult timp ca să faci un copil.

— Hai, salut, zise ea când deschise uşa.

— Toate bune? spuse Fats, suflând fumul prin nări.

Nu ştia la ce se aşteptase. Prima impresie asupra interiorului casei era aceea de cutie goală şi slinoasă. Nu exista niciun fel de mobilă. Uşile închise la stânga şi în faţa sa erau straniu de ameninţătoare.

— Suntem singuri aici? întrebă el în timp ce trecea pragul.

— Da, spuse Krystal. Putem s' mergem sus. La mine-n cameră.

Fata o luă înainte. Cu cât păşeau mai înăuntru, cu atât duhoarea se înteţea: amestec de clor şi mizerie. Fats încercă s-o ignore. Toate uşile erau închise pe palier, în afară de una. Krystal acolo intră.

Fats nu voia să se arate şocat, dar acolo nu se găsea nimic în afară de o saltea acoperită cu un cearşaf, o pilotă şi un mic teanc de haine aruncate într-un colț. Câteva poze smulse din tabloide erau lipite cu scotch pe perete; un amalgam de vedete pop şi celebrități.

Krystal făcuse colajul cu o zi înainte, ca o imitație a celui văzut pe peretele din baia lui Nikki. Ştiind că urmează să vină Fats, încercase să facă în aşa fel încât camera să fie cât mai ospitalieră. Trăsese perdelele subțiri. Filtrată prin ele, lumina zilei căpăta o nuanță albăstrie.

— Dă-mi o țigară, că-mi crapă buza, zise ea.

El i-o aprinse. Era mai agitată decât o văzuse vreodată; o prefera tupeistă şi versată.

— N-avem aşa mult timp, îl informă Krystal şi, cu țigara în gură, începu să se dezbrace. Se-ntoarce maică-mea.

— Ah, da, de la Bellchapel, nu-i aşa? spuse Fats, cumva încercând s-o aducă din nou în mintea lui pe Krystal cea dură.

— Da, zise Krystal, aşezându-se pe saltea şi dezbrăcându-şi pantalonii de trening.

— Şi dac-or s-o închidă? întrebă Fats, dându-şi jos sacoul sport. Am auzit că se gândesc să facă asta.

— Nu ştiu, spuse Krystal, dar era înspăimântată de idee.

Voința mamei sale, fragilă şi vulnerabilă ca un pui de pasăre care abia a început să zboare, putea să cedeze la cea mai neînsemnată provocare.

Deja se dezbrăcase până la chiloți. Fats tocmai îşi scotea pantofii când observă ceva lângă teancul de haine: o cutiuță de bijuterii din plastic şi, înăuntru, un ceas familiar.

— Ăla e al maică-mii? întrebă el surprins.

— Ce? zise Krystal, cuprinsă de panică. Nu, minți ea. A fost al Nanei Cath. Nu...!

Dar el îl scosese deja din cutie.

— E al ei, spuse.

Îi recunoscuse brățara.

— E pe dracu' al ei!

Era îngrozită. Aproape uitase că-l furase şi de la cine. Fats tăcea, iar ei nu-i plăcea asta.

Ceasul din mâna lui Fats părea să fie pentru el atât o provocare, cât şi un reproş. Într-o succesiune rapidă, se imagină ieşind, băgându-l într-o doară în buzunar sau dându-i-l înapoi lui Krystal cu o ridicare din umeri.

— E al meu, spuse ea.

Nu voia să facă pe polițistul. Fats voia să ignore legile. Dar avu nevoie să-şi amintească faptul că ceasul fusese un cadou de la Cubby ca să i-l dea fetei înapoi şi să continue cu dezbrăcatul. Roşie la față, Krystal îşi dădu jos sutienul şi chiloții şi se strecură, dezbrăcată, sub pilotă.

Fats se apropie de ea în boxeri, cu un prezervativ nedesfăcut în mână.

— N-avem nevoie de ăla, spuse Krystal cu glas răguşit. Am început să iau pilula.

— Serios?

Ea se mută pe saltea ca să-i facă loc. Fats se strecură şi el sub pilotă. Pe când îşi dădea jos boxerii, se întrebă dacă nu cumva mințea în treaba cu pilula, ca şi cu ceasul. Dar oricum voia să încerce fără prezervativ o vreme.

— Haide, şopti ea şi îi trase din mână prezervativul, aruncându-l peste sacoul lui lăsat neglijent pe podea.

Şi-o imagină pe Krystal gravidă cu copilul lui; fața Tessei şi a lui Cubby când ar fi auzit. Copilul lui în Fields, din sângele şi carnea lui. Ar fi mai mult decât ar putea Cubby să îndure vreodată.

Se urcă peste ea; știa că asta era viața reală.

VIII

La şase şi jumătate în seara aceea, Howard şi Shirley Mollison intrau în sala parohială din Pagford. Shirley avea brațele pline de hârtii, iar Howard purta lanțul consiliului, decorat cu blazonul albastru şi alb al Pagfordului.

Scândurile podelei scârțâiră când Howard îşi mişcă trupul masiv spre capătul meselor scrijelite care deja fuseseră aranjate cap la cap. Howard îndrăgea această sală aproape la fel de mult ca magazinul lui de delicatese. Brownies o foloseau în zilele de marți, iar Institutul Femeilor miercurea. Găzduise vânzări de măruntişuri şi jubilee, recepții de nuntă şi priveghiuri, şi se încărcase de toate mirosurile acelea: de haine neaerisite şi cafetiere, fantomele prăjiturilor şi salatelor cu carne preparate acasă, de praf şi corpuri umane; dar mai ales de lemn şi piatră vechi. Candelabre din alamă bătută atârnau de căpriori pe cabluri groase şi negre, iar la bucătărie se ajungea prin nişte uşi ornamentate din mahon.

Shirley se agita dintr-un loc în altul ca să aranjeze documentele. Adora şedințele de consiliu. În afară de mândria şi bucuria pe care le simțea când îl asculta pe Howard prezidându-le, Maureen era în mod necesar absentă; neavând niciun rol oficial, ea trebuia să se mulțumească cu firimiturile pe care Shirley catadicsea să i le lase.

Colegii de consiliu ai lui Howard sosiră câte unul sau perechi. El îi întâmpină cu glas tunător, vocea lui răsunând în toată sala. Rareori se întâmpla să se strângă tot efectivul de 16 consilieri; astăzi, aştepta să vină 12.

Locurile erau pe jumătate ocupate când sosi Aubrey Fawley, păşind, aşa cum făcea întotdeauna, ca şi cum ar fi avut de înfruntat un vânt năprasnic, cu o forţă reţinută, uşor adus de spate, cu capul plecat.

— Aubrey! strigă bucuros Howard şi pentru prima oară ieşi în întâmpinarea nou-venitului. Ce mai faci? Ce face Julia? Ai primit invitaţia mea?

— Scuze, nu...

— La petrecerea de ziua mea? Aici, sâmbătă, a doua zi după alegeri.

— Ah, da, da. Howard, afară e o tânără — zice că e de la *Yarvil and District Gazette*. Alison şi nu mai ştiu cum...

— Oh, zise Howard. Ciudat. Tocmai i-am trimis articolul, ştii, drept răspuns la cel al lui Fairbrother... poate că o fi legat de... Mă duc să văd.

Se îndepărtă cu pasul lui legănat, plin de vagi presimţiri rele. Parminder Jawanda intră pe când el se apropia de uşă; încruntându-se ca de obicei, ea merse drept înainte fără să-l salute, şi măcar de data asta Howard n-o mai întrebă: „Ce mai face Parminder?"

Pe trotuar dădu peste o tânără blondă, îndesată şi solidă, cu un aer de voioşie impenetrabilă pe care Howard o recunoscu imediat ca având acelaşi tip de determinare care-l caracteriza pe el. Tânăra ţinea în mână un blocnotes şi privea în sus la iniţialele Sweetlove sculptate deasupra uşilor duble.

— Salut, salut, spuse Howard, cu respiraţia uşor îngreunată. Alison, nu-i aşa? Howard Mollison. Ai bătut atâta drum ca să-mi spui că scriu execrabil?

Ea zâmbi larg şi strânse mâna pe care i-o întinsese el.

— Ah, nu, articolul ne-a plăcut, îl asigură ea. Dar m-am gândit, văzând că lucrurile devin atât de interesante, să asist la o şedinţă. Vă deranjează? Accesul presei e permis, cred. Am căutat în toate regulamentele.

În timp ce vorbea, se apropia de uşă.

— Da, da, accesul presei e permis, spuse Howard urmând-o şi oprindu-se curtenitor la intrare ca s-o lase să treacă prima. În afară de cazul în care avem de rezolvat ceva *in camera*, mai exact.

Femeia îi aruncă o privire scurtă, iar el putu să-i vadă dinţii, chiar şi în lumina slabă.

— Cum ar fi toate acele acuzaţii anonime de pe forum? De la Fantoma lui Barry Fairbrother?

— Oh, Doamne, şuieră Howard, zâmbindu-i. Doar n-o să-mi spuneţi că alea-s ştiri! Câteva comentarii stupide pe internet?

— Doar câteva au fost? Cineva mi-a spus că o grămadă au fost şterse de pe site.

— Nu, nu, cineva a înţeles lucrul ăsta greşit, spuse Howard. Din câte ştiu eu, au fost doar două sau trei. Nişte prostii răutăcioase. Eu personal, adăugă el, improvizând, cred că e vorba de vreun copil.

— Un copil?

— Ştiţi... un adolescent pus pe şotii.

— Credeţi că adolescenţii şi-ar alege drept ţintă consilieri parohiali? întrebă ea continuând să zâmbească. Am auzit chiar că una dintre victime şi-a pierdut slujba. Posibil ca urmare a acuzaţiilor la adresa lui publicate pe site.

— Asta e ceva nou pentru mine, minţi Howard. Shirley se întâlnise cu Ruth la spital cu o zi în urmă şi-i dăduse raportul lui Howard.

— Am văzut pe ordinea de zi, spuse Alison în timp ce amândoi intrau în sala luminată, că veți discuta despre Bellchapel. Dumneavoastră şi domnul Fairbrother ați adus argumente interesante de ambele laturi ale problemei în articolele trimise... am primit destule scrisori la ziar după ce-am publicat articolul domnului Fairbrother. Redactorului-şef i-a plăcut asta. Orice îi face pe oameni să trimită scrisori...

— Da, le-am citit, spuse Howard. Nimeni nu a părut să aibă lucruri bune de spus despre clinică, nu?

Consilierii aşezați la masă îi priveau pe cei doi. Alison Jenkins le înfruntă privirile, continuând să zâmbească imperturbabil.

— Să-ți aduc un scaun, spuse Howard, gâfâind uşor când ridică unul dintr-o grămadă din apropiere şi o aşeză pe Alison cam la trei metri şi jumătate de masă.

— Mulțumesc, zise aceasta şi-şi trase scaunul cu vreo doi metri mai în față.

— Doamnelor şi domnilor, anunță Howard, în seara asta avem o galerie de presă. Domnişoara Alison Jenkins de la *Yarvil and District Gazette*.

Câțiva dintre cei prezenți părură interesați şi mulțumiți de apariția lui Alison, dar cei mai mulți se uitau la ea cu suspiciune. Howard se înapoie în capul mesei, unde Aubrey şi Shirley îl priviră întrebători.

— Fantoma lui Barry Fairbrother, le spuse el cu glas scăzut, în timp ce se lăsa uşor în scaunul din plastic (unul dintre acestea se prăbuşise sub greutatea lui în urmă cu două şedințe). Şi Bellchapel. Şi iată-l pe Tony! strigă el, făcându-l pe Aubrey să tresară. Intră, Tony... hai să le mai acordăm două minute lui Henry şi Sheilei, bine?

Murmurul discuțiilor din jurul mesei era ceva mai domolit ca de obicei. Alison Jenkins deja scria în blocnotes.

Howard își zise cu mânie: *E numai vina nenorocitului de Fairbrother.* El fusese cel care invitase presa la spectacol. Pentru o fracțiune de secundă, Howard se gândi că Barry și Fantoma erau același lucru, un scandalagiu viu și mort.

La fel ca Shirley, Parminder își adusese un teanc de hârtii, iar acestea erau aranjate sub ordinea de zi pe care se prefăcea că o citește ca să nu fie nevoită să discute cu nimeni. În realitate, se gândea la femeia care stătea în spatele ei. *Yarvil and District Gazette* scrisese despre moartea lui Catherine Weedon și despre reclamațiile făcute de rude la adresa medicului ei. Numele lui Parminder nu fusese menționat, dar fără îndoială că jurnalista știa cine era. Poate că Alison aflase și despre postarea anonimă referitoare la Parminder de pe site-ul Consiliului Parohial.

Potolește-te. Începi să semeni cu Colin.

Howard deja cerceta motivațiile pentru absențe și cerea să verifice ultimul set de procese-verbale, dar Parminder abia dacă auzea ceva dincolo de bubuitul sângelui din urechi.

— Acum, dacă nimeni n-are vreo obiecție, spuse Howard, vom aborda mai întâi punctele opt și nouă, deoarece domnul consilier districtual Fawley are vești legate de ambele, și nu poate să rămână mult...

— Până pe la 20:30, preciză Aubrey, uitându-se la ceas.

— ... da, deci, dacă nu sunt obiecții... nu? ... Ai cuvântul, Aubrey.

Aubrey își expuse poziția simplu și fără emoție. Se apropia o nouă revizuire a granițelor și, pentru prima oară, exista și dincolo de Pagford dorința de a readuce Fields sub jurisdicția Yarvilului. Aubrey spuse că absorbirea cheltuielilor relativ mici ale Pagfordului le părea justificată celor care speră să adauge voturi anti-guvern la scorul Yarvilului, unde ar putea să aibă importanță, prin opoziție cu irosirea lor în Pagford, care fusese un loc sigur al conservatorilor încă din anii 1950. Întreaga poveste se putea realiza sub forma simplificării şi optimizării: Yarvil asigura şi aşa aproape toate serviciile.

Aubrey concluzionă zicând că ar fi util, dacă Pagfordul doreşte să se descotorosească de acea proprietate, să îşi exprime dorințele față de Consiliul Districtual.

— ... un mesaj bun, clar, din partea dumneavoastră, spuse el, şi cred într-adevăr că de data asta...

— N-a mers niciodată până acum, spuse un fermier şi îi răspunse un cor de murmure aprobatoare.

— Păi, John, până acum n-am mai fost invitați să ne exprimăm poziția, replică Howard.

— N-ar trebui ca mai întâi să decidem care ne e poziția, înainte s-o declarăm public? întrebă Parminder cu o voce înghețată.

— În regulă, spuse afabil Howard. Vrei să începi tu?

— Nu ştiu câți dintre voi au citit articolul lui Barry din *Gazette*, zise Parminder.

Toate fețele se întoarseră spre ea — Parminder încercă să nu se gândească la postarea anonimă sau la jurnalista din spatele ei.

— Mi se pare că acolo sunt foarte bine exprimate argumentele pentru păstrarea proprietății Fields ca parte a Pagfordului.

Parminder văzu că Shirley îşi nota de zor, zâmbind imperceptibil către pixul cu care scria.

— Cum, spunându-ne ce avantaje au cei de teapa lui Krystal Weedon? zise o bătrână pe care o chema Betty şi care era aşezată în capul mesei.

Parminder o detestase dintotdeauna.

— Amintindu-ne că oamenii care locuiesc în Fields fac parte şi ei din comunitatea noastră, răspunse ea.

— Ei cred despre ei înşişi că fac parte din Yarvil, interveni fermierul. Aşa a fost întotdeauna.

— Îmi amintesc, zise Betty, când Krystal Weedon a împins în râu un alt copil, în timpul unei excursii în natură.

— Ba nu, n-a făcut aşa ceva, replică Parminder supărată, fiica mea a fost acolo... erau doi băieți care s-au încăierat... în tot cazul...

— Eu am auzit că a fost Krystal Weedon, spuse Betty.

— Ai auzit prost, i-o tăie Parminder, şi-şi dădu seama că strigase.

Toți erau şocați. Ea însăşi se simțea şocată. Ecoul răsună între zidurile vechi. Parminder abia mai putea să înghită. Îşi ținu capul jos, privind fix la ordinea de zi şi auzi de la mare depărtare glasul lui John.

— Barry ar fi făcut mai bine dacă ar fi vorbit despre el însuşi, nu de fata aia. A beneficiat din plin de St Thomas.

— Problema e că, pentru fiecare Barry, spuse altă femeie, ai parte de o mulțime de mitocani.

— Pe scurt, sunt oameni din Yarvil, zise un bărbat, ăla e locul de care țin.

— Nu-i adevărat, îl contrazise Parminder, păstrându-şi în mod deliberat glasul scăzut, dar toți tăcură ca s-o asculte, aşteptând ca ea să țipe iar. Pur şi simplu nu-i adevărat. Uitați-vă la familia Weedon. Aia a fost şi ideea articolului lui Barry. Cu mai mulți ani în urmă, au fost o familie din Pagford, dar...

— S-au mutat în Yarvil! o întrerupse Betty.

— Aici nu erau locuințe, ripostă Parminder, înăbuşindu-şi un acces de furie, niciunul dintre voi n-a dorit să se construiască locuințe la periferia oraşului.

— Dumneata n-ai fost aici, îmi pare rău, spuse Betty, care se aprinsese la față și se uita ostentativ în altă direcție. Nu cunoști istoria.

Discuția deveni generală: ședința se împărțise în mai multe bisericuțe, iar Parminder nu mai înțelegea nimic din ce se spune. Avea gâtul încordat și nu îndrăznea să mai privească pe nimeni în ochi.

— Să supunem la vot! strigă Howard și se făcu liniște din nou. Cei care vor să informăm Consiliul Districtual că Pagford va fi mulțumit cu o retrasare a granițelor, în urma căreia Fields să iasă din jurisdicția noastră?

Parminder avea pumnii încleștați în poală și unghiile de la ambele mâini erau înfipte în palme. Se auzi un foșnet de mâneci în jurul ei.

— Excelent! spuse Howard, și jubilația din glasul lui răsună triumfător. Păi, atunci, o să compun ceva împreună cu Tony și Helen și am să vă trimit tuturor și în felul ăsta terminăm povestea. Excelent!

Vreo doi consilieri aplaudară. Lui Parminder i se încețoșă vederea și începu să clipească repede. Nu mai reușea să-și focalizeze privirea asupra ordinii de zi. Tăcerea se prelungi atât de mult încât până la urmă ridică privirea: Howard, în entuziasmul lui, recursese la inhalator, și cei mai mulți dintre consilieri priveau cu atenție binevoitoare.

— În regulă, atunci, șuieră Howard, punând deoparte inhalatorul, roșu la față, dar radios, dacă nimeni nu mai are ceva de adăugat — o pauză aproape imperceptibilă — trecem la punctul nouă. Bellchapel. Și la acest punct, Aubrey are ceva să ne spună.

Barry n-ar fi lăsat să se întâmple așa ceva. S-ar fi certat cu ei. L-ar fi făcut pe John să râdă și să voteze cu noi. Ar fi trebuit să scrie despre el, nu despre Krystal... l-am dezamăgit.

— Mulțumesc, Howard, spuse Aubrey, în timp ce sângele bubuia în urechile lui Parminder, făcând-o să-şi înfigă şi mai adânc unghiile în palme. După cum ştiți, trebuie să facem nişte reduceri destul de drastice la nivelul districtului...

A fost îndrăgostită de mine, lucru pe care abia-l mai putea ascunde ori de câte ori punea ochii pe mine...

— ... iar unul dintre proiectele pe care trebuie să le analizăm este Bellchapel, continuă Aubrey. M-am gândit să vă spun câteva cuvinte, pentru că, după cum ştiți, clădirea se află în proprietatea parohiei...

— ... iar contractul de închiriere aproape a expirat, adăugă Howard. Aşa este.

— Dar nimeni altcineva nu e interesat de clădirea aia veche, nu? întrebă un contabil pensionat, care stătea în capătul mesei. E într-o stare proastă, din câte am auzit.

— Ei, sunt sigur că am putea găsi un nou chiriaş, spuse Howard calm, dar nu asta e adevărata problemă. Ideea e să stabilim dacă această clinică îşi face treaba...

— Ba nu are nicio legătură, îl întrerupse Parminder. Nu e treaba Consiliului Parohial să decidă dacă cei de acolo îşi fac sau nu treaba. Nu le finanțăm activitatea. Nu sunt responsabilitatea noastră.

— Dar noi deținem clădirea, spuse Howard, continuând să zâmbească politicos, prin urmare, e firesc ca noi să vrem să aflăm...

— Dacă e să cercetăm informațiile despre activitatea clinicii, cred că e foarte important să obținem o imagine veridică, spuse Parminder.

— Îmi pare teribil de rău, vorbi Shirley, fluturându-şi genele, dar n-ați vrea să încercați să nu-l mai întrerupeți pe preşedinte, dr. Jawanda? E groaznic de dificil să iau notițe dacă oamenii vorbesc unii peste ceilalți. Iar acum, v-am întrerupt eu, adăugă ea cu un zâmbet. Scuze!

— Presupun că parohia vrea să obțină în continuare venituri de pe urma clădirii, spuse Parminder, ignorând-o pe Shirley. Şi nu avem alt client potențial în aşteptare, din câte ştiu. Aşa că mă întreb de ce mai luăm în discuție faptul că expiră contractul de închiriere a clinicii.

— Nu-i vindecă, spuse Betty. Nu face decât să le dea alte droguri. Aş fi foarte mulțumită să-i văd plecând.

— Va trebui să luăm nişte decizii foarte grele la nivel de Consiliu Districtual, preciză Aubrey Fawley. Guvernul vrea să economisească peste un miliard de la autoritățile locale. Nu putem continua să oferim servicii ca până acum. Asta-i realitatea.

Parminder detesta felul în care colegii consilieri se comportau în preajma lui Aubrey, sorbindu-i vocea gravă şi modulată, încuviințând uşor în timp ce vorbea. Era la curent cu faptul că unii dintre ei o numeau Bends-Your-Ear.

— Cercetările arată că în perioadele de recesiune creşte consumul ilegal de droguri, spuse Parminder.

— E treaba lor, răspunse Betty. Nimeni nu-i obligă să ia droguri.

Se uită în jurul mesei pentru susținere. Shirley îi zâmbi.

— Vom fi nevoiți să facem unele alegeri dure, spuse Aubrey.

— Deci, v-ați întâlnit cu Howard, îl întrerupse Parminder, şi ați decis că puteți să dați un mic brânci clinicii, forțându-i evacuarea din clădire.

— Aş putea să mă gândesc la modalități mai bune de cheltuire a banilor decât pe o gaşcă de delincvenți, spuse contabilul.

— Eu, personal, le-aş tăia toate ajutoarele, zise Betty.

— Am fost invitat la această şedinţă ca să vă informez în legătură cu ceea ce se întâmplă la nivel districtual, spuse calm Aubrey. Nimic mai mult de-atât, dr. Jawanda.

— Helen, zise Howard cu glas tare, arătând spre alt consilier, care stătea cu mâna ridicată de câteva minute.

Parminder nu auzi nimic din ceea ce spunea femeia. Uitase de-a binelea de teancul de hârtii de sub ordinea de zi, la alcătuirea căreia Kay Bawden lucrase atât de mult: statistici, prezentări ale unor cazuri încununate de succes, explicaţii ale beneficiilor metadonei în antiteză cu heroina; studii privind costurile la nivel economic şi social ale dependenţei de heroină. Totul în jurul ei devenise uşor lichid, ireal; ştia că avea să izbucnească aşa cum nu mai izbucnise niciodată în viaţa ei, că n-avea să regrete, că n-avea să stea cu mâinile în sân, fără să facă nimic; era prea târziu, mult prea târziu...

— ... cultură a ajutoarelor, spuse Aubrey Fawley. Oameni care, literalmente, n-au muncit o zi în viaţa lor.

— Şi, s-o spunem pe şleau, interveni Howard, e o problemă cu o soluţie simplă. *Nu mai consumaţi droguri.*

Se întoarse zâmbind şi conciliant spre Parminder.

— Se numeşte „să fii pe sec", nu-i aşa, dr. Parminder?

— Oh, deci dumneata crezi că oamenii ăia ar trebui să-şi asume responsabilitatea pentru dependenţa lor şi să-şi schimbe comportamentul? întrebă Parminder.

— În esenţă, da.

— Înainte să coste statul alţi bani.

— Exact...

— Dar dumneata, spuse Parminder tare, în timp ce furia tăcută o învăluia, ştii câte zeci de mii de lire ai costat *dumneata*, Howard Mollison, din cauza desăvârşitei tale incapacităţi de a înceta să te mai îndopi?

O pată intensă, de culoarea vinului roşu se răspândea de pe gâtul lui Howard pe obraji.

— Ştii cât a costat operaţia de bypass, şi medicamentele, şi lunga ta internare în spital? Şi consultaţiile la doctori pentru astm, tensiune arterială şi iritaţii ale pielii, care sunt toate cauzate de refuzul tău de a slăbi?

În timp ce vocea lui Parminder se transforma în ţipăt, alţi consilieri începură să protesteze în numele lui Howard; Shirley sărise în picioare; Parminder ţipa în continuare, adunând laolaltă hârtiile care se împrăştiaseră în timp ce ea gesticula.

— Dar nu se mai respectă confidenţialitatea pacientului? strigă Shirley. Revoltător. Absolut revoltător.

Parminder ajunsese la uşa sălii şi tocmai ieşea când o auzi, peste propriile suspine furioase, pe Betty cerând expulzarea ei imediată din consiliu; aproape că o luase la fugă la ieşirea din sală şi ştia că făcuse ceva catastrofal, şi nu mai voia nimic altceva decât să fie înghiţită de întuneric şi să dispară pentru totdeauna.

IX

Yarvil and District Gazette a ales calea precauţiei în relatarea a ceea ce se spusese în timpul celei mai caustice şedinţe a Consiliului Parohiei Pagford din câte-şi aminteau cei în viaţă. Dar n-a prea avut importanţă. Reportajul cenzurat, completat de toate descrierile însufleţite ale martorilor oculari, a dat naştere unor bârfe care s-au răspândit peste tot. Ca un element agravant, un articol de pe pagina întâi detalia atacurile anonime de pe internet care, pentru a o cita pe Alison Jenkins, „au provocat considerabile speculaţii şi nemulțumire. Vezi pagina 4 pentru o relatare completă". Deşi nu erau date numele celor învinuiți şi nici amănunte privind presupusele lor fărădelegi, simpla vedere în ziar a termenilor „acuzații serioase" şi „activitate infracțională" au avut darul să-l tulbure pe Howard chiar mai mult decât postările inițiale.

— Ar fi trebuit să întărim securitatea pe site de la prima postare apărută, spuse el, adresându-se soției şi partenerei de afaceri, în fața şemineului cu gaz.

O ploaie tăcută de primăvară bătea în fereastră, iar pe gazonul din spatele casei scânteiau punctulețe roşii de lumină. Howard era înfrigurat şi acapara toată căldura emanată de cărbunii falşi. Timp de mai multe zile, aproape fiecare vizitator la magazinul de delicatese şi cafenea bârfise despre postările anonime, despre Fantoma lui Barry Fairbrother şi izbucnirea lui Parminder Jawanda de la şedința de consiliu. Howard detesta faptul că lucrurile strigate de aceasta deveniseră subiect de discuție publică. Pentru prima oară în viață, se simțea stingherit în propriul magazin şi îngrijorat pentru poziția lui în Pagford, care până mai ieri era de neclintit. Alegerile pentru înlocuirea lui Barry Fairbrother urmau să aibă loc a doua zi şi, dacă până atunci fusese optimist şi plin de entuziasm, acum era îngrijorat şi nervos.

— Asta ne-a făcut mult rău. *Foarte* mult rău, repetă el.

Mâna îi rătăci spre pântece ca să se scarpine, dar o trase într-o parte, îndurând mâncărimea cu o expresie de martir. N-avea să uite curând ce strigase dr. Jawanda consiliului şi presei. El şi Shirley verificaseră deja datele de contact ale Consiliului General al Medicilor, se duseseră să-l vadă pe dr. Crawford şi înaintaseră o plângere oficială. De atunci, Parminder nu mai fusese văzută la muncă, aşa că fără doar şi poate îşi regreta izbucnirea. Cu toate acestea, Howard nu-şi putea alunga din minte expresia pe care o avusese doctoriţa când ţipase la el. Fusese zguduit să vadă atâta ură pe chipul unui om.

— Las' c-o să se stingă, spuse Shirley pe un ton liniştitor.

— N-aş fi aşa de sigur, replică Howard. N-aş fi aşa de sigur. Nu ne creează o imagine favorabilă. Consiliul. Certuri în faţa presei. Dăm impresia că suntem divizaţi. Aubrey îmi spune că cei de la nivelul districtului nu sunt mulţumiţi. Toată povestea asta ne-a subminat declaraţia cu privire la Fields. Ciorovăiala în public, toate lucrurile alea murdare... nu dau impresia că acest consiliu vorbeşte în numele oraşului.

— Dar aşa este, spuse Shirley. Nimeni din Pagford nu vrea Fieldsul — sau aproape nimeni.

— Articolul dă impresia că tabăra noastră a sărit la gâtul pro-Fielderilor. A încercat să-i intimideze, spuse Howard, cedând tentaţiei de a se scărpina şi făcând-o cu înverşunare. Bine, bine, Aubrey ştie că n-a fost aşa ceva din partea noastră, dar jurnalista a prezentat altfel situaţia. Şi ascultă la mine: dacă Yarvil ne face să părem stupizi sau ticăloşi... aşteaptă de ani întregi ocazia să ne îngenuncheze.

— Asta nu se va întâmpla, replică de îndată Shirley. Asta nu se poate întâmpla.

— Am crezut că s-a terminat, spuse Howard, ignorându-şi soţia şi gândindu-se la Fields. Am crezut că am reuşit. Am crezut că ne-am descotorosit de ei.

Articolul pentru scrierea căruia irosise atâta timp şi în care explica de ce locul numit Fields şi Clinica de Dezintoxicare Bellchapel erau stigmatele Pagfordului şi mari consumatoare de resurse fusese complet aruncat în umbră din pricina scandalurilor iscate de izbucnirea doctoriţei Parminder şi de postările Fantomei lui Barry Fairbrother.

Howard uitase acum cu desăvârşire câtă plăcere îi provocaseră acuzaţiile împotriva lui Simon Price şi că nu-i trecuse prin cap să le elimine decât când soţia lui Price a cerut acest lucru.

— Consiliul Districtual mi-a trimis un e-mail, i-a spus el lui Maureen, cu o groază de întrebări despre site. Vor să afle ce măsuri s-au luat împotriva calomniilor. Ei consideră că securitatea noastră e slabă.

Shirley, care detectase un reproş personal în toate acestea, spuse cu răceală:

— Ţi-am spus că am avut grijă de asta, Howard.

Nepotul prietenilor lui Howard şi Shirley venise pe la ei cu o zi în urmă, în timp ce Howard era la muncă. Băiatul se pregătea să-şi ia licenţa în informatică. El i-a recomandat lui Shirley să închidă site-ul, care era extrem de vulnerabil la atacurile hackerilor, să aducă pe „cineva care ştie ce trebuie făcut" şi să conceapă unul nou.

Shirley n-a înţeles aproape nimic din jargonul tehnic pe care tânărul l-a folosit în discuţia lor. Ea ştia că un „hacker" e o persoană care pătrunde ilegal pe un site şi, când studentul şi-a încetat peroraţia în limba păsărească, Shirley a rămas cu impresia confuză că Fantoma reuşise cumva să afle parolele oamenilor, poate întrebându-i cu şiretenie în discuţii purtate într-o doară.

Prin urmare, a trimis tuturor prin e-mail solicitarea să-şi schimbe parola şi să se asigure că n-o dezvăluie pe cea nouă nimănui. Asta înţelegea ea prin „am avut grijă de asta".

Cât despre sugestia de a închide site-ul, al cărei tutore şi paznic era, nu făcuse nimic şi nici nu-i pomenise lui Howard despre idee. Shirley se temea că un site care ar fi conţinut toate măsurile de securitate pe care tânărul acela îngâmfat le sugerase i-ar fi depăşit cu mult talentele manageriale şi tehnice. Şi-aşa era extrem de solicitată şi era hotărâtă să rămână la postul de administrator.

— Dacă Miles este ales…, începu Shirley, dar Maureen o întrerupse cu vocea ei gravă.

— Să sperăm că nu i-a făcut rău chestia asta urâtă. Să sperăm că nu se va răsfrânge negativ asupra lui.

— Oamenii vor şti că Miles nu are nicio legătură cu asta, spuse Shirley, imperturbabilă.

— Oare vor şti? se întrebă Maureen, iar Shirley o urî pur şi simplu.

Cum îndrăznea să stea în salonul lui Shirley şi s-o contrazică? Iar ceea ce agrava lucrurile era faptul că Howard îşi exprima acordul cu Maureen dând din cap.

— Asta e şi grija mea, spuse el, şi avem nevoie de Miles acum mai mult ca oricând. Să readucă puţină unitate în consiliu. După ce Bends-Your-Ear a spus ce-a spus — după tot scandalul — nici măcar n-am mai votat în problema clinicii. Avem nevoie de Miles.

Shirley ieşise deja din încăpere într-un protest tăcut la faptul că Howard îi ţinuse partea lui Maureen. Îşi făcu de lucru cu ceştile de ceai în bucătărie, spumegând în tăcere şi întrebându-se de ce nu pune pe tavă doar două ceşti ca să-i dea lui Maureen indiciul pe care-l merita cu prisosinţă.

În continuare, Shirley nu simţea altceva decât admiraţie sfidătoare pentru Fantomă. Acuzaţiile ei scoseseră la lumină adevăruri despre oameni pe care îi dispreţuia, persoane distructive şi greşit orientate. Era sigură că electoratul din Pagford va vedea lucrurile la fel cum le vedea ea şi va vota pentru Miles, şi nu pentru acel individ dezgustător, Colin Wall.

— Când mergem să votăm? îl întrebă ea pe Howard, când reintră în încăpere ducând tava cu ceştile de ceai şi ignorând-o ostentativ pe Maureen (pentru că pe fiul lor aveau să-l bifeze pe buletinele de vot).

Dar, spre marea ei enervare, Howard sugeră ca toți trei să meargă la vot după ora închiderii.

Miles Mollison era la fel de îngrijorat ca tatăl său că atmosfera încărcată fără precedent care însoțea votul de a doua zi îi va afecta şansele electorale. Chiar în dimineața aceea intrase în chioşcul de presă din spatele pieței şi prinsese o frântură de conversație între femeia de la casa de marcat şi un client mai vârstnic.

— ... Mollison a crezut întotdeauna că e regele Pagfordului, spunea bătrânul, ignorând expresia împietrită de pe chipul vânzătoarei. Mie mi-a plăcut de Barry Fairbrother. A fost o tragedie. O tragedie. Băiatul Mollisonilor ne-a făcut testamentele şi mi s-a părut că e foarte încântat de el însuşi.

Auzind-o şi pe-asta, Mollison şi-a pierdut cumpătul şi a ieşit imediat din chioşc, roşu la față ca un şcolar. Se întreba dacă nu cumva bătrânul cel guraliv se aflase la originea acelei scrisori anonime. Convingerea confortabilă pe care o avea Miles cu privire la farmecul său personal era zdruncinată şi tot încerca să-şi imagineze cum s-ar simți dacă nimeni n-ar vota pentru el a doua zi.

În timp ce se dezbrăca pentru culcare în seara aceea, privea reflexia tăcută a soției sale în oglinda măsuței de toaletă. De câteva zile, Samantha reacționa exclusiv sarcastic dacă pomenea de alegeri. I-ar fi prins bine puțină susținere, puțină alinare în seara asta. În acelaşi timp, se simțea ațâțat. Trecuse atâta timp. Gândindu-se în urmă, avea impresia că ultima oară se întâmplase în noaptea de dinaintea morții lui Barry Fairbrother. Fusese puțin pilită. Zilele astea adesea era nevoie de puțină băutură.

— Cum a fost la muncă? o întrebă, privind-o cum își desface sutienul în oglindă.

Samantha nu-i răspunse imediat. Își frecă șanțuril roșii, adânci lăsate de sutienul strâmt, apoi spuse, fără s se uite la soțul ei:

— La drept vorbind, am tot vrut să discutăm despre asta

Detesta faptul că trebuia s-o spună. Încercase să evite să ajungă la asta timp de câteva săptămâni.

— Roy e de părere că ar trebui să închid magazinul. Nu merge prea bine.

Exact cât de prost mergea magazinul ar fi fost un șoc pentru Miles. Fusese și pentru ea un șoc când contabilul îi expusese situația în termenii cei mai seci. Știuse și totodată nu știuse. Era ciudat cum creierul nostru poate ști ceea ce inima refuză să accepte.

— Oh, făcu Miles. Dar păstrezi pagina de internet?

— Mda, răspunse ea. Vom păstra site-ul.

— Ei, păi e bine, spuse încurajator Miles.

Așteptă aproape un minut, din respect pentru eșecul magazinului ei. Apoi spuse:

— Presupun că n-ai văzut azi *Gazette*?

Ea se întinse să-și ia cămașa de noapte de pe pernă, oferindu-i priveliștea satisfăcătoare a sânilor ei. Fără doar și poate că sexul îl va ajuta să se relaxeze.

— Mare păcat, Sam, spuse Miles, apropiindu-se de ea și așteptând s-o cuprindă cu brațele, în timp ce Samantha se chinuia să îmbrace cămașa de noapte. Cu magazinul. A fost un locșor minunat. Și l-ai avut... cât... zece ani?

— 14 ani, răspunse Samantha.

Știa ce voia Miles. Se gândi să-i spună să se ducă și să și-o tragă singur în camera pentru oaspeți, dar problema era că ar fi urmat o ceartă și o atmosferă tensionată, iar ce-şi dorea mai mult decât orice pe lume era să se poată duce la Londra cu Libby peste două zile, purtând tricourile pe care le cumpărase pentru amândouă, şi să fie în maxima proximitate a lui Jake şi a colegilor lui de trupă o seară întreagă. Excursia aceasta constituia visul de fericire al Samanthei. Mai mult de atât, sexul ar putea domoli iritarea continuă a lui Miles generată de absenţa ei la aniversarea lui Howard.

Aşa că îl lăsă s-o îmbrăţişeze şi s-o sărute. Închise ochii, se urcă pe el şi se imagină călărindu-l pe Jake pe o plajă albă pustie, la 19 ani ai ei faţă de cei 21 ai lui. Avu orgasm imaginându-şi-l pe Miles urmărindu-i furios prin binoclu, de pe o hidrobicicletă îndepărtată.

X

La ora 9, în dimineaţa alegerilor pentru locul din consiliu pe care-l ocupase Barry, Parminder plecă de la Vechiul Vicariat şi merse pe jos pe Church Row la locuinţa familiei Wall. Bătu la uşă şi aşteptă până când, în sfârşit, Colin îşi făcu apariţia.

Avea pete întunecate în jurul ochilor injectaţi şi sub pomeţi. Pielea părea să i se fi subţiat, iar hainele să-i fi rămas prea mari. Încă nu-şi reîncepuse activitatea. Vestea că Parminder strigase în gura mare informaţii medicale despre Howard îi oprise recuperarea şovăielnică. Ai fi zis că acel Colin ceva mai robust din urmă cu câteva seri, care stătea pe perna de piele şi se prefăcea încrezător în victorie, nici n-a existat.

— E totul în ordine? întrebă el, închizând uşa în urma ei şi arătându-se precaut.

— Da, excelent, spuse Parminder. M-am gândit că poate vrei să mergi cu mine pe jos până la sala parohială, să votăm.

— Păi... nu, îngăimă el. Îmi pare rău.

— Ştiu cum te simți, Colin, spuse Parminder cu o voce scăzută şi încordată. Dar, dacă nu votezi, înseamnă că ei au câştigat. N-am să-i las să învingă. Am să mă duc acolo şi-am să votez pentru tine şi vreau să vii cu mine.

Parminder fusese scoasă efectiv din post. Mollisonii se plânseseră la toate corpurile profesionale unde reuşiseră să găsească o adresă, iar dr. Crawford o sfătuise pe Parminder să-şi ia concediu fără plată. Spre marea ei surpriză, se simțise ciudat de eliberată.

Dar Colin clătină din cap. Ei i se păru că vede lacrimi în ochii lui.

— Nu pot, Minda.

— Ba poți! spuse ea. *Poți*, Colin! Trebuie să le ții piept! Gândeşte-te la Barry!

— Nu pot... îmi pare rău... nu...

Scoase un zgomot de parcă s-ar fi înecat şi izbucni în lacrimi. Colin mai plânsese în cabinetul ei şi altădată; hohote disperate, pricinuite de povara fricii pe care o purta cu el în fiecare zi.

— Haide, spuse ea, fără să se simtă jenată, şi îl luă de braț şi-l duse până în bucătărie, unde îi dădu o bucată dintr-o rolă de hârtie şi-l lăsă să plângă în voie. Unde e Tessa?

— La muncă, zise el printre suspine, ştergându-şi ochii.

Pe masa din bucătărie era o invitație la petrecerea prilejuită de cea de-a 65-a aniversare a lui Howard Mollison; cineva o rupsese frumos în două.

— Şi eu am primit aşa ceva, spuse Parminder. Asta înainte să urlu la el. Ascultă-mă, Colin. Dacă votăm...

— Nu pot, şopti Colin.

— ... le demonstrăm că nu ne-au învins.

— Dar ne-au învins, spuse Colin.

Parminder izbucni în râs. După ce o contemplă un moment cu gura căscată, Colin începu şi el să râdă: un hohot de râs homeric, ca lătratul unui mastif.

— Bun, ne-au suspendat de la locurile de muncă, spuse Parminder, şi niciunul dintre noi n-are chef să iasă din casă, dar, în afară de asta, cred că suntem de fapt într-o formă foarte bună.

Colin îşi scoase ochelarii şi-şi şterse ochii umezi, zâmbind larg.

— Haide, Colin. Vreau să votez pentru tine. Nu s-a terminat încă. După ce mi-a sărit ţandăra şi i-am spus lui Howard Mollison că nu-i cu nimic mai breaz decât un drogat, şi asta în faţa întregului consiliu şi a presei locale...

Colin izbucni din nou în râs, iar ea fu încântată; nu-l mai auzise râzând atât de mult de la Anul Nou, şi atunci pentru că-l făcuse Barry să râdă.

— ... au uitat să voteze pentru scoaterea cu forţa a clinicii din sediul actual. Aşa că, te rog, ia-ţi pardesiul. Vom merge împreună pe jos până acolo.

Râsetele şi chicotelile lui Colin se stinseră. Se uită lung la mâinile lui mari cum se frământau una pe alta, de parcă s-ar fi spălat cu sârg.

— Colin, nu s-a terminat. Ai însemnat ceva. Oamenii nu-i înghit pe Mollisoni. Dacă ajungi în consiliu, ne vom afla într-o poziţie mult mai favorabilă pentru a lupta. Te rog, Colin.

— În regulă, spuse el, după câteva momente, impresionat de propria-i îndrăzneală.

A fost o plimbare scurtă, în aerul proaspăt şi curat, fiecare dintre ei ţinând strâns în mână cartea de alegător. În sala parohială erau singurii votanți. Amândoi puseră câte o cruce groasă cu creionul în dreptul numelui lui Colin și plecară cu sentimentul că realizaseră ceva.

Miles Mollison nu votă până la prânz. La plecare, se opri la ușa biroului partenerului său.

— Mă duc să votez, Gav.

Gavin arătă spre telefonul lipit de ureche; era pus în așteptare ca să vorbească cu compania de asigurări a lui Mary.

— Oh, bine, am plecat să votez, Shona, spuse Miles, întorcându-se spre secretara lor.

Nu strica să le reamintească amândurora că avea nevoie de sprijinul lor. Miles coborî în fugă treptele și se duse la IBRICUL DE ARAMĂ, unde, în timpul unei scurte discuții de după partida de sex, aranjase să se întâlnească cu soția lui, astfel încât să poată merge la sala parohială împreună.

Samantha își petrecuse dimineața acasă, lăsând-o pe asistenta ei să se ocupe de magazin. Știa că nu mai putea să amâne s-o anunțe pe Carly că dăduseră faliment și, prin urmare, ea rămânea fără serviciu, dar nu se putea hotărî să o facă înainte de weekend și de concertul de la Londra. Când apăru Miles și-i văzu micul rânjet excitat, se simți cuprinsă de un val de furie.

— Tata nu vine? fură primele lui cuvinte.

— Vin după ora închiderii la magazin, spuse Samantha.

Erau două bătrânele în cabinele de votare când ea și Miles ajunseră acolo. În timp ce aștepta, Samantha le privea din spate părul cărunt, făcut permanent, hainele groase și gleznele lor și mai groase. Așa va arăta și ea într-o zi. Cea mai cocârjată dintre cele două bătrâne îl observă pe Miles când plecă, zâmbi larg și spuse:

— Tocmai te-am votat!

— Ah, vă mulțumesc foarte mult! zise Miles încântat.

Samantha intră în cabină și se uită la cele două nume, Miles Mollison și Colin Wall, ținând creionul, legat cu un șnur, în mână. Apoi scrise pe diagonală *Urăsc nenorocitul de Pagford*, împături foaia, se duse la urnă și introduse buletinul prin fantă, fără să zâmbească.

— Mulțumesc, iubito, spuse Miles cu glas scăzut, bătând-o ușurel pe spate.

Tessa Wall, care până atunci nu lipsise de la niciun scrutin electoral, trecu pe lângă sala parohială în drumul de întoarcere de la școală spre casă și nu opri mașina. Ruth și Simon Price își petrecură ziua vorbind mai serios ca oricând despre posibilitatea de a se muta la Reading. Ruth aruncă la gunoi cărțile lor de alegători în timp ce făcea curat pe masa din bucătărie pentru cină.

Gavin nu intenționase niciodată să voteze. Dacă Barry ar fi fost în viață și ar fi candidat, poate că s-ar fi dus, dar n-avea niciun chef să-l ajute pe Miles să-și mai realizeze unul dintre țelurile vieții. La 17:30, își strânse servieta, iritat și deprimat, pentru că în sfârșit epuizase pretextele pentru a nu lua cina acasă la Kay. Era enervat mai ales pentru că existau semnale promițătoare că, în fine, compania de asigurări își schimbase poziția în favoarea lui Mary și ar fi vrut tare mult să se ducă la ea acasă și să-i spună. Asta însemna că va trebui să țină vestea secretă până a doua zi; nu voia s-o irosească la telefon.

Când îi deschise ușa, Kay se lansă imediat într-unul din discursurile ei rostite pe nerăsuflate, care, de regulă, semnalau că e într-o dispoziție proastă.

— Scuze, am avut o zi înfiorătoare, spuse ea, cu toate că el nu se plânsese și abia apucaseră să se salute. Am ajuns acasă târziu, cina încă nu e gata, cum aș fi vrut, haide, vino.

De la etaj se auzea bubuitul insistent al tobelor şi un bas foarte gălăgios. Gavin era surprins că vecinii nu se plângeau. Kay îl văzu cum priveşte în sus la tavan şi spuse:

— Ei, Gaia e furioasă fiindcă nu ştiu ce băiat pe care-l îndrăgise, din Hackney, a început să se vadă cu altă fată.

Luă o gură zdravănă din paharul de vin din care băuse deja. Regreta că îl numise pe Marco de Luca „nu ştiu ce băiat". Practic, se mutase în casa lor în ultimele săptămâni de dinaintea plecării din Londra. Kay îl găsea fermecător, grijuliu şi săritor. I-ar fi plăcut să aibă un fiu ca Marco.

— Las' că supravieţuieşte ea, spuse Kay, alungându-şi amintirile, şi se întoarse la cartofii pe care-i fierbea. Are 16 ani. La vârsta asta îţi revii rapid. Pune-ţi nişte vin.

Gavin se aşeză la masă; ar fi vrut s-o audă pe Kay cerându-i fetei să dea volumul mai mic. Era practic nevoită să urle la el peste vibraţiile basului, peste zăngănitul capacelor de cratiţe şi hota zgomotoasă. Simţi iar cum tânjeşte după calmul melancolic din bucătăria mare a lui Mary, după recunoştinţa ei, după nevoia de el.

— Ce? spuse el cu glas tare, fiindcă văzuse că femeia tocmai îl întrebase ceva.

— Te-am întrebat dacă ai votat?

— Votat?

— La alegerile pentru consiliu!

— Nu, replică el. Nici că-mi pasă.

Nu era sigur că îl auzise. Ea vorbea din nou şi numai când se întoarse spre masă cu tacâmurile o putu auzi clar.

— ... absolut dezgustător, de fapt, că parohia complotează cu Aubrey Fawley. Bellchapel o să fie desfiinţată dacă Miles este ales...

Scurse cartofii, iar plescăitul apei şi zgomotele de sus îi acoperiră din nou vocea.

— ... dacă prostănaca aia nu şi-ar fi pierdut cumpătul, poate că acum aveam mai multe şanse. I-am dat tone de material despre clinică şi cred că n-a folosit nimic. N-a făcut decât să ţipe la Howard Mollison că e prea gras. Şi mai vorbim de profesionalism...

Gavin auzise zvonuri despre izbucnirea publică a doctoriţei Jawanda şi i se păruse uşor amuzantă toată tărăşenia.

— ... toată această incertitudine este foarte dăunătoare pentru oamenii care lucrează la clinica aia, ca să nu mai vorbim de pacienţi.

Dar Gavin nu putea să simtă nici compasiune, nici indignare; nu simţea decât uimire faţă de modul ferm în care Kay părea să fi asimilat intrigile şi firea celor implicaţi în ezotericele chestiuni locale. Era încă un indiciu despre felul cum prindea rădăcini adânci, tot mai adânci în Pagford. Acum, s-o îndepărteze ar fi durat foarte mult.

Îşi întoarse capul şi privi pe geam, spre grădina crescută în neorânduială. Se oferise să-l ajute pe Fergus în weekend să tundă grădina lui Mary. Cu puţin noroc, Mary îl va invita iar să rămână la cină, iar dacă are s-o facă, va sări peste petrecerea aniversară a lui Howard Mollison, pe care Miles credea că Gavin o aşteaptă cu entuziasm.

— ... aş fi vrut să-i păstrez pe Weedoni, dar nu, Gillian spune că nu putem alege după bunul nostru plac. Tu ai numi asta o alegere după bunul plac?

— Scuze, ce zici? întrebă Gavin.

— Mattie s-a întors, spuse ea, iar el trebui să se chinuie să-şi aducă aminte că era o colegă, ale cărei cazuri fuseseră preluate temporar de Kay. Aş fi vrut să continui să lucrez cu cei din familia Weedon, pentru că uneori ajungi să ai sentimente deosebite pentru o anumită familie, dar Gillian nu e de acord. E o nebunie.

— Tu cred că eşti singura persoană din lume care a vrut vreodată să-i păstreze pe Weedoni, spuse Gavin. Oricum, din câte am auzit.

Kay făcu un efort suprem de voinţă să nu se răstească la el. Scoase din cuptor fileurile de somon pe care le gătise. Muzica din camera fetei era dată atât de tare, că o simţea cum vibrează în tava pe care o trânti pe plită.

— Gaia! ţipă ea, făcându-l pe Gavin să tresară când trecu pe lângă el, îndreptându-se spre baza scărilor. GAIA! Dă-l mai încet! Vorbesc serios! DĂ-L MAI ÎNCET!

Volumul scăzu poate cu un decibel. Kay se întoarse în bucătărie cu paşi apăsaţi, spumegând de furie. Cearta cu Gaia, înainte de venirea lui Gavin, fusese una dintre cele mai urâte. Gaia îi spusese că vrea să-l sune pe tatăl ei ca să-l roage să accepte să se mute cu el.

— Ei, atunci îţi urez noroc! strigase Kay.

Dar probabil că Brendan avea să accepte. O părăsise când Gaia avea doar o lună. Brendan era căsătorit acum şi avea încă trei copii. Avea o casă imensă şi o slujbă bănoasă. Dac-o să spună da?

Gavin era bucuros că nu trebuia să vorbească în timp ce mâncau; bubuitul muzicii umplea tăcerea, iar el se putea gândi la Mary în linişte. O să-i spună mâine că sunt semne de conciliere de la compania de asigurări, iar el va avea parte de recunoştinţă şi admiraţie...

Aproape că-şi golise farfuria când îşi dădu seama că, în faţa lui, Kay nu se atinsese de mâncare. Se uita fix la el, iar expresia ei îl alarmă. Poate că îşi dezvăluise, nu se ştie cum, gândurile tainice...

Deasupra, muzica din camera fetei se oprise brusc. Tăcerea apăsătoare era îngrozitoare pentru Gavin; îşi dori ca Gaia să pună repede altă piesă.

— Nici măcar nu încerci, spuse Kay cu amărăciune. Nici măcar nu te prefaci că-ți pasă, Gavin.

El încercă varianta uşoară de eschivare.

— Kay, am avut o zi lungă. Îmi pare rău că nu sunt apt pentru toate detaliile mărunte ale politicii locale din clipa în care am intrat...

— Eu nu vorbesc aici despre politica locală, îl întrerupse ea. Stai acolo şi pe fața ta se citeşte că ai prefera să fii altundeva... e... e jignitor. Ce vrei tu, Gavin?

El vedea bucătăria lui Mary, chipul ei dulce.

— Trebuie să te implor ca să accepți să vii, zise Kay, iar când vii aici, n-ai putea să dai de înțeles mai limpede că, de fapt, n-ai vrut să vii.

Ar fi vrut ca el s-o contrazică, zicând „nu-i adevărat". Ultima ocazie la care o negare ar fi putut să conteze trecu pe lângă ei. Se îndreptau cu viteză crescândă spre acea criză pe care Gavin o dorea, dar totodată de care se și temea.

— Spune-mi ce vrei, zise ea obosită. Doar spune-mi.

Amândoi simțeau cum relația lor se destramă sub greutatea a tot ceea ce Gavin refuza să spună. Cu dorința de a pune capăt suferinței, Gavin căută cuvintele pe care nu intenționase să le rostească cu glas tare poate niciodată, dar care, într-un anumit fel, păreau să le ofere amândurora o scuză.

— N-am vrut să se întâmple asta, spuse cu sinceritate Gavin. N-am vrut aşa ceva. Kay, chiar îmi pare rău, dar cred că sunt îndrăgostit de Mary Fairbrother.

Gavin văzu din expresia ei că nu fusese pregătită pentru asta.

— Mary Fairbrother? repetă Kay.

— Cred, spuse el (şi simțea o plăcere dulce-amară vorbind despre asta, cu toate că ştia că o rănea; nu fusese capabil să spună lucrul ăsta nimănui), că e acolo de mult timp. N-am recunoscut niciodată... adică, atâta timp cât Barry era în viață, eu n-aş fi re...

— Credeam că a fost cel mai bun prieten al tău, şopti Kay.

— A fost.

— Şi a murit abia de câteva săptămâni!

Lui Gavin nu-i plăcea să audă asta.

— Uite, spuse el, încerc să fiu sincer cu tine. Încerc să fiu cinstit.

— Tu încerci să fii *cinstit*?

Întotdeauna îşi imaginase că relația lor se va sfârşi într-o răbufnire de furie, dar ea stătea doar şi îl privea cum îşi îmbracă pardesiul, cu lacrimi în ochi.

— Îmi pare rău, spuse el şi ieşi din casă pentru ultima oară.

Pe trotuar, simți un val de exaltare şi se grăbi să ajungă la maşină. Până la urmă, va putea să-i spună lui Mary despre compania de asigurări în seara asta.

Partea a cincea

Imunitate

7.32 O persoană care a făcut o afirmaţie calomnioasă poate cere dreptul la imunitate pentru acea afirmaţie dacă poate demonstra că a făcut-o fără malițiozitate şi cu scopul îndeplinirii unei datorii publice.

Charles Arnold-Baker
Administraţia consiliilor locale
Ediţia a şaptea

I

Terri Weedon era obişnuită să fie părăsită de oameni. Prima şi cea mai importantă plecare fusese a mamei sale, care nici măcar nu-şi luase rămas-bun, ci plecase pur şi simplu într-o zi, cu o valiză în mână, în timp ce Terri era la şcoală.

După ce ea însăşi fugise de-acasă la 13 ani, avusese parte de o mulţime de asistenţi sociali şi îngrijitori, iar unii dintre ei fuseseră chiar drăguţi, dar cu toţii plecau la sfârşitul zilei de muncă. Fiecare nouă plecare adăuga câte un strat la crusta care se forma peste esenţa fiinţei ei.

Avusese prieteni la asistenţă socială, dar la 16 ani toţi au pornit pe drumul lor şi viaţa i-a împrăştiat. L-a cunoscut pe Ritchie Adams şi i-a născut doi copii. Nişte chestii mici şi roz, pure şi frumoase ca nimic altceva în întreaga lume: au ieşit din ea, iar orele minunate din spital, de două ori, au fost ca şi cum ar fi avut loc propria-i renaştere.

Dar ei i-au luat copiii şi nu i-a mai văzut niciodată.

Banger a părăsit-o. Nana Cath a părăsit-o. Aproape toată lumea pleca, mai nimeni nu rămânea. Trebuia să se fi obişnuit până acum.

Când Mattie, asistenta ei socială obişnuită a reapărut, Terri a întrebat-o:

— Unde-i ailaltă?

— Kay? Mi-a ținut locul cât am fost bolnavă. Ia zi, unde-i Liam? Nu... parcă Robbie îl chema, nu?

Terri n-o plăcea pe Mattie. Mai întâi, n-avea copii, şi cum ar putea cineva care n-are copii să te învețe cum să-i creşti, darămite să înțeleagă? La drept vorbind, nici pe Kay n-o plăcuse... atât doar că ea îți dădea un sentiment ciudat, acelaşi sentiment pe care i-l dăduse cândva Nana Cath, înainte să-i zică târfă şi să-i spună că nu vrea s-o mai vadă niciodată... simțeai, cu Kay — cu toate că şi ea avea dosare şi chiar dacă ceruse revizuirea cazului — simțeai că vrea ca lucrurile să meargă bine pentru tine şi nu doar să-şi completeze formularele. Simțeai asta cu adevărat. Dar ea plecase, *şi probabil că nici nu se mai gândeşte la noi acum*, îşi zise Terri cu furie.

Vineri după-amiază, Mattie îi spuse lui Terri că Bellchapel se va închide aproape sigur.

— E o decizie politică, spuse ea pe neaşteptate. Vor să economisească bani, iar tratamentul cu metadonă este nepopular în cadrul Consiliului Districtual. În plus, cei din Pagford vor să-i scoată din clădire. S-a scris despre asta în ziarul local, n-ai citit?

Uneori vorbea cu Terri în felul ăsta, alunecând într-un soi de flecăreală de genul „în definitiv, suntem în treaba asta împreună“, discuție care distona cu întrebări precum „îți mai aminteşti dacă i-ai dat să mănânce băiatului?“ Dar, de data asta, Terri a fost supărată de ceea ce a spus şi nu de felul cum a spus-o.

— Zici că o închid?

— Aşa se pare, spuse Mattie plină de vervă, dar pentru tine n-o să aibă prea mare importanță. Ei bine, e evident...

Terri se înscrisese de trei ori într-un program de dezintoxicare la Bellchapel. Interiorul prăfuit al bisericii transformate cu pereții ei despărțitori şi prospectele publicitare, băile cu lumină de neon albastră (ca să nu-ți poți găsi venele şi să te injectezi acolo) îi deveniseră familiare, aproape prietenoase. În ultima vreme, începuse să simtă la lucrătorii de-acolo o schimbare în felul cum îi vorbeau. Toți se aşteptaseră ca ea să cedeze din nou, la început, dar pe urmă au început să-i vorbească precum Kay: de parcă în trupul ei plin de cicatrici şi arsuri ar fi trăit o persoană adevărată.

— ... e evident că situația se va schimba, dar vei putea să-ți iei metadona de la medicul generalist, spuse Mattie.

Răsfoia paginile din dosarul gros care conținea rapoartele cu privire la viața lui Terri. Eşti înregistrată la dr. Jawanda din Pagford, aşa e? Pagford... de ce te duci tocmai până acolo?

— Am pocnit o infirmieră la Cantermill, spuse Terri, aproape neatentă.

După plecarea lui Mattie, Terri rămase vreme îndelungată în fotoliul jegos din camera de zi, rozându-şi unghiile până dădu sângele.

În clipa când Krystal se întoarse acasă, aducându-l pe Robbie de la creşă, o anunță că Bellchapel urma să fie închisă.

— Încă nu s-a luat decizia, afirmă Krystal cu autoritate.

— De unde mama dracului ştii tu? se răsti Terri. Or s-o închidă şi acum mi-au zis că tre' să mă duc taman pân' la Pagford, la nemernica aia care i-a făcut felul Nanei Cath. Ei bine, să-mi bag picioarele dacă mă duc!

— Trebuie! spuse Krystal.

Krystal se purta aşa de câteva zile; făcea pe şefa cu mama ei, de parcă ea, Krystal, era persoana adultă.

— Ba să-mi bag picioarele dacă treb'e să fac ceva! replică furioasă Terri. Obrăznicătură ce eşti! plusă ea.

— Dac-o să-ncepi iar să te droghezi, urlă Krystal, roşie la faţă, o să ni-l ia pe Robbie!

Băieţelul încă o ţinea pe Krystal de mână şi izbucni în plâns.

— Vezi? strigară amândouă deodată.

— Îi faci rău, fir-ar al dracu'! urlă Krystal. Şi-or'cum, doctoru' ăla nu i-a făcut nimic Nanei Cath, e doar căcatul mâncat de Cheryl şi ăilalţi!

— A dracu', ce le ştii tu pe toate! ţipă Terri. Ştii pe dracu' să te ia…

Krystal o scuipă.

— Ieşi dracu' afară de-aici! zbieră Terri şi, deoarece Krystal era mai mare şi mai solidă decât ea, apucă un pantof de pe jos şi-l aruncă în direcţia fetei. Ieş-afar'!

— Uite c-o să ies! ţipă Krystal. Şi-am să-l iau şi pe Robbie, iar tu poţi să rămâi aici şi să ţi-o tragi cu Obbo ca să faci altu'!

Îl scoase pe Robbie, care plângea zgomotos, afară după ea, înainte ca Terri să poată s-o oprească.

Îl duse în pas forţat până la refugiul ei obişnuit, uitând că la ora asta a după-amiezii Nikki zăbovea pe undeva pe-afară şi nu era acasă. Mama lui Nikki îi deschise uşa, îmbrăcată în uniforma ei de la lanţul de supermarketuri Asda.

— Ăsta mic n-are ce căuta aici, îi spuse ea cu fermitate lui Krystal, în vreme ce Robbie se văicărea şi încerca să-şi tragă mâna din strânsoarea lui Krystal. Unde-i maică-ta?

— Acasă, zise Krystal şi tot ce ar mai fi vrut să spună se evaporă sub privirea severă a femeii mai în vârstă.

Aşa că se întoarse în Foley Road cu Robbie, unde Terri, cu un sentiment de triumf amestecat cu amărăciune, îl înşfăcă pe băiatul ei de un braţ, îl trase în casă şi o împiedică pe Krystal să mai intre.

— Te-ai şi săturat de el, ai? zise dispreţuitor Terri, peste vaietele lui Robbie. Cară-te dracu' d-aci!

Şi trânti uşa.

În noaptea aceea, Terri îl culcă pe Robbie lângă ea, pe saltea. Rămase trează, gândindu-se la cât de puţină nevoie avea de Krystal, şi tânji după ea la fel de mult cum tânjise mereu după heroină.

Krystal era supărată de câteva zile. Lucrul pe care îl zisese despre Obbo...

(*Ce zici c-a spus?* râsese el, incredul, când s-au întâlnit pe stradă, iar Terri a bâiguit ceva cum că fata ei era supărată.)

... el n-ar fi făcut una ca asta. Era imposibil.

Obbo era unul dintre puţinii oameni care rămăseseră în preajma ei. Terri îl cunoştea de când avea 15 ani. Fuseseră colegi de şcoală, se văzuseră când ea era în îngrijirea celor de la asistenţă socială, băuseră cidru cot la cot pe sub copacii de lângă cărarea care străbătea micul teren agricol rămas lângă Fields. Primul joint l-au fumat împreună.

Krystal nu-l plăcuse niciodată. *De geloasă,* îşi zise Terri, privindu-l pe Robbie cum doarme în lumina din stradă filtrată prin perdelele subţiri. *Numai de geloasă. Omul ăsta a făcut pentru mine mai mult decât oricine,* gândea Terri sfidător, pentru că atunci când aprecia gradele de bunătate, scădea abandonul. Astfel, toată grija purtată de Nana Cath fusese anihilată de faptul că o respinsese.

Dar Obbo o ascunsese o dată de Ritchie, tatăl primilor ei doi copii, când fugise de acasă desculţă şi plină de sânge. Uneori îi mai dădea gratis câte-un pliculeț cu heroină. Ea le echivala cu dovezi de bunătate. Refugiile oferite de el erau mult mai sigure decât căsuța din Hope Street pe care cândva, timp de trei zile minunate, o crezuse casa ei.

Krystal nu s-a mai întors sâmbătă dimineața, dar asta nu era ceva nou. Terri ştia că trebuie să fie acasă la Nikki. Într-un acces de furie, pentru că nu mai aveau de mâncare, i se terminaseră țigările, iar Robbie scâncea după sora lui, dădu buzna în camera fiicei sale şi împrăştie hainele în jur dând cu piciorul în ele, căutând bani sau câte-o țigară rătăcită. Ceva zăngăni când aruncă într-o parte vechiul echipament de canotaj mototolit al lui Krystal şi văzu cutiuța de bijuterii din plastic, răsturnată, cu medalia câştigată de Krystal la concursul de vâslit şi ceasul Tessei Wall dedesubt.

Terri luă ceasul şi se holbă la el. Nu-l mai văzuse până atunci. Se întrebă de unde-l avea Krystal. Mai întâi, presupuse că îl furase de undeva, dar apoi se întrebă dacă nu cumva îl primise de la Nana Cath sau chiar îi fusese lăsat prin testament de aceeaşi Nana Cath. Ideea asta era mult mai tulburătoare decât gândul că acel ceas fusese furat. Ideea târfuliței netrebnice care îl ascunsese, prețuindu-l şi fără să pomenească vreodată de el...

Terri puse ceasul în buzunarul pantalonilor de trening şi strigă după Robbie să vină cu ea la cumpărături. Îi luă o veşnicie ca să-l încalțe şi până la urmă îşi pierdu răbdarea şi-l pocni. Ar fi preferat să se ducă la magazin singură, dar asistentelor sociale nu le plăcea să-ți laşi copiii singuri în casă, chiar dacă ai rezolva problemele mult mai rapid fără ei.

— Unde-i Krystal? se smiorcăi Robbie, în timp ce-l scotea pe uşă afară. O vreau pe Krystal!

— Nu ştiu pe unde umblă curviştina aia, se răsti Terri, târându-l după ea pe drum.

Obbo era la colţ, lângă supermarket, vorbind cu doi indivizi. Când o văzu, ridică o mână în semn de salut, iar cei doi tovarăşi ai săi îşi luară tălpăşiţa.

— Ce faci, Ter?

— Binişor, minţi ea. Robbie, uşurel.

Băiatul îşi înfipsese atât de tare degetele în piciorul ei slăbănog, încât o durea.

— Ascultă, spuse Obbo, ai putea să-mi mai păstrezi ceva marfă la tine?

— Ce fel de marfă? întrebă Terri, desprinzându-l pe Robbie de picior şi ţinându-l de mână.

— Vo do'ă pungi de marfă, zise Obbo. Chiar m-ai ajuta, Ter.

— Pen' cât?

— Câteva zile. Le-aduc d'seară. Vrei?

Terri se gândi la Krystal şi la ce-ar fi spus ea dacă ar fi ştiut.

— Mda, adu-le, spuse Terri.

Îşi aminti de altceva şi scoase ceasul Tessei din buzunar.

— Vreau să vând ăsta, ce zici?

— Nu-i rău, spuse Obbo, cântărindu-l în mână. Hai că-ţi dau douăj' de lire pe el. Ţi-aduc banii d'seară?

Terri se gândise că ceasul valora mai mult, dar nu-i plăcea să-l contrazică.

— Mda, e bine atunci.

Făcu câţiva paşi spre intrarea în supermarket, ţinându-l de mână pe Robbie, dar deodată se întoarse.

— Să ştii că nu mă mai droghez. Aşa că să n-aduci...

— Eşti tot pe amestec? zise Obbo, rânjind la ea prin ochelarii lui cu lentile groase. Cu Bellchapel s-a terminat, să ştii. E totul în ziar.

— Mda, spuse ea mohorâtă şi-l trase pe Robbie spre intrarea în supermarket. Ştiu.

N-am să mă duc în Pagford, îşi zicea, în timp ce lua biscuiți de pe raft. *N-am să mă duc acolo.*

Aproape că se obişnuise cu criticile şi judecățile permanente, cu privirile piezişe ale trecătorilor, cu abuzurile din partea vecinilor, dar nu avea de gând să bată atâta drum până-n oraşul ăla de înfumurați ca să-şi ia porții duble. Să călătorească înapoi în timp, o dată pe săptămână, până la locul în care Nana Cath îi spusese că o va ține, dar a lăsat-o să plece. Va trebui să treacă pe lângă acea şcoală mică şi drăguță care trimitea acasă scrisori oribile despre Krystal, spunând că are hainele prea mici şi prea murdare, că era de neacceptat comportamentul ei. Îi era teamă de rudele de mult uitate care apăreau de pe Hope Street, ciorovăindu-se pe casa Nanei Cath, şi de ceea ce ar fi în stare Cheryl să spună, dacă ar afla că Terri intrase în mod voluntar în legătură cu japița de pakistaneză care o omorâse pe Nana Cath. Încă o bilă neagră pentru ea în familia care o disprețuia.

— N-o să mă facă să mă duc în nenorocitu' de Pagford, bombăni Terri cu glas tare, trăgându-l pe Robbie spre casa de marcat.

II

— Pregătiți-vă, îi tachina Howard Mollison sâmbătă la prânz. Mami se pregăteşte să posteze rezultatele pe site. Vreți să le vedeți după ce devin publice sau vă spun acum?

Miles se întoarse instinctiv spre Samantha, care şedea în fața lui la insula din mijlocul bucătăriei. Tocmai beau o ultimă cafea înainte ca ea şi Libby să plece la gară şi la concertul de la Londra. Cu receptorul lipit de ureche, el spuse:

— Haide, spune.

— Ai câştigat. Confortabil. Aproape în raport de doi la unu faţă de Wall.

Miles rânji spre uşa bucătăriei.

— OK, zise, păstrându-şi vocea cât mai neutră cu putinţă. E bine de ştiut.

— Rămâi la telefon, spuse Howard. Mami vrea să-ţi zică o vorbă.

— Bravo, dragule, spuse Shirley cu voioşie. O veste absolut minunată. Ştiam c-ai să câştigi.

— Mulţumesc, mami, spuse Miles.

Cele două cuvinte îi spuseră Samanthei totul, dar hotărî să nu fie nici dispreţuitoare, nici sarcastică. Tricoul cu formaţia era împachetat; îşi coafase părul şi-şi cumpărase pantofi noi. Era extrem de nerăbdătoare să plece.

— Va să zică, îl avem în faţa noastră pe domnul consilier parohial? spuse ea când Miles închise telefonul.

— Întocmai, răspunse el cu oarecare precauţie.

— Felicitări. Înseamnă că astă-seară va fi o sărbătorire pe cinste. Chiar îmi pare rău c-o ratez, minţi ea, din entuziasmul provocat de iminenta escapadă.

Mişcat, Miles se aplecă în faţă şi o strânse de mână.

Libby apăru în bucătărie plânsă. Strângea telefonul mobil în mână.

— Ce e? spuse Samantha, surprinsă.

— Te rog, vrei să o suni pe mama lui Harriet?

— De ce?

— Te rog, vrei?

— Dar, de ce, Libby?

— Pentru că vrea să vorbească cu tine, de-aia, spuse Libby, ştergându-şi ochii şi nasul cu dosul palmei. M-am certat îngrozitor cu Harriet. Te rog, o suni?

Samantha luă telefonul şi-l duse în camera de zi. Avea o idee foarte vagă despre cine era femeia aceea. De când fetele se duseseră la şcoala cu internat, practic n-a mai avut niciun contact cu părinţii prietenelor lor.

— Îmi pare *nespus* de rău că fac asta, zise mama lui Harriet. I-am promis lui Harriet c-am să vorbesc cu dumneavoastră pentru că îi tot *spun* că nu e vorba de faptul că *Libby* nu vrea ca ea să meargă... ştiţi cât de apropiate sunt şi nu-mi place deloc să le văd aşa...

Samantha se uită la ceasul de la mână. Trebuia să plece în maximum zece minute.

— Lui Harriet i-a intrat în cap că Libby are un bilet în plus, dar nu vrea s-o ia şi pe ea. I-am spus că nu-i adevărat — aţi luat biletul pentru că nu vreţi s-o lăsaţi pe Libby să se ducă singură, nu-i aşa?

— Păi, fireşte, spuse Samantha, doar n-am s-o las să se ducă singură.

— Ştiam eu! zise cealaltă femeie.

Părea ciudat de triumfătoare.

— Şi vă înţeleg *perfect* atitudinea protectoare, şi niciodată n-aş îndrăzni să vă sugerez asta dacă n-aş fi convinsă că vă scuteşte de o mulţime de probleme. E vorba doar de faptul că fetele sunt atât de apropiate — iar Harriet e absolut înnebunită după grupul acesta caraghios — şi cred, din ceea ce Libby tocmai i-a spus fetei mele la telefon, că Libby chiar ţine *morţiş* să meargă şi Harriet. Înţeleg *întru totul* de ce vreţi să fiţi cu ochii pe Libby, dar chestia e că sora mea le duce pe cele două fete *ale ei*, aşa că va fi un adult acolo cu ele. Aş putea să le duc eu cu maşina pe Libby şi Harriet în după-amiaza asta, ne-am întâlni cu celelalte în afara stadionului şi am putea rămâne peste noapte acasă la sora mea. Garantez la modul absolut că eu şi sora mea vom fi tot timpul cu Libby.

— Oh, sunteți foarte amabilă. Dar prietena mea, spuse Samantha cu un zgomot ciudat în urechi, ne aşteaptă, înțelegeți...

— Dar dacă totuşi vreți să mergeți să vă vizitați prietena... tot ce vreau să spun e că nu e nevoie să mergeți la concert, nu-i aşa, dacă altcineva e cu fetele?... Iar Harriet e absolut disperată — cu adevărat disperată — n-aveam de gând să mă implic, dar acum treaba asta pune presiune pe prietenia lor... , zise ea, iar apoi, pe un ton mai puțin debordant:

— Bineînțeles, vă vom plăti biletul.

Nu mai avea scăpare, nu mai avea unde să se ascundă.

— Oh, spuse Samantha. Da. M-am gândit că ar fi drăguț să merg cu ea...

— Ele ar prefera mult mai mult să fie împreună, spuse cu fermitate mama lui Harriet. Şi nici nu veți mai fi nevoită să vă ghemuiți şi să vă ascundeți printre toate adolescentele alea mici, ha, ha — sora mea n-are probleme din astea, că are doar 1,55 m înălțime.

III

Spre dezamăgirea lui Gavin, se părea că, până la urmă, va fi nevoit să participe la petrecerea aniversară a lui Howard Mollison. Dacă Mary, client al firmei şi văduva celui mai bun prieten, l-ar fi rugat să rămână la cină, s-ar fi considerat mai mult decât îndreptățit să nu se ducă... numai că Mary nu-l rugase să rămână. Avea rude venite în vizită şi fusese ciudat de fâstâcită când el îşi făcuse apariţia.

Nu vrea ca ei să ştie, se gândi Gavin, încercând să-şi explice stinghereala cu care îl conducea spre uşă.

În timp ce se deplasa cu maşina spre Smithy, derula în minte discuţia cu Kay.

Credeam că a fost cel mai bun prieten al tău, şopti Kay. Şi a murit abia de câteva săptămâni!

Mda, iar eu am avut grijă de ea pentru Barry, ripostă el în gând, lucru pe care şi el l-ar fi dorit. Niciunul dintre noi nu se aştepta să se întâmple aşa ceva. Barry e mort. Nu-l mai poate răni acum.

Singur în vila Smithy, căută un costum curat pentru petrecere, pentru că în invitaţie scria „ţinută oficială", şi încercă să-şi imagineze micul şi bârfitorul Pagford savurând povestea lui Gavin şi Mary.

Şi ce dacă? se gândi el, uluit de propria-i vitejie. *Ea ar trebui să rămână singură pentru totdeauna? Se mai întâmplă. Am avut grijă de ea.*

Şi, în ciuda lipsei de chef de a merge la o petrecere care sigur avea să fie plictisitoare şi epuizantă, se simţea înviorat pe dinăuntru de un mic balon de entuziasm şi fericire.

Sus, la Hilltop House, Andrew Price îşi aranja părul cu föhnul mamei sale. Niciodată nu aşteptase cu mai multă nerăbdare să meargă la discotecă sau la o petrecere aşa cum aştepta seara asta. El, Gaia şi Sukhvinder erau plătiţi de Howard să servească mâncare şi băuturi la petrecere. Pentru această ocazie, Howard îi închiriase o uniformă: cămaşă albă, pantaloni negri şi papion. Urma să lucreze alături de Gaia, nu ca picolo, ci chelner.

Dar nerăbdarea lui avea şi altă cauză. Gaia se despărţise de legendarul Marco de Luca. O găsise plângând din pricina asta în după-amiaza aceea, în curtea din spate de la IBRICUL DE ARAMĂ, când ieşise la o ţigară. „E pierderea lui", a spus Andrew, încercând să nu-şi trădeze încântarea.

Iar ea s-a smiorcăit şi i-a zis: „Bună, Andy".

— Poponautule mic, spuse Simon când în sfârşit Andrew opri uscătorul de păr.

Aşteptase să i-o spună de câteva minute, stând pe palierul întunecat şi privind prin spaţiul lăsat de uşa întredeschisă, uitându-se la Andrew care se gătea în oglindă. Andrew tresări, apoi râse. Buna lui dispoziţie îl descumpăni pe Simon.

— Uită-te la tine, îl batjocori el, pe când Andrew trecea pe lângă el în cămaşă şi cu papion. Cu papionul ăla de puţoi. Arăţi ca un cur.

Iar tu eşti şomer, şi eu ţi-am tras-o, labă tristă.

Sentimentele lui Andrew cu privire la ceea ce-i făcuse tatălui său se schimbau aproape de la oră la oră. Uneori, vinovăţia îl împovăra, întinând totul, pentru ca imediat să se risipească, lăsându-l să-şi savureze triumful tainic. În seara asta, gândul la fapta lui aducea un plus de adrenalină entuziasmului care ardea sub cămaşa albă şi subţire, un fior adăugat senzaţiei de piele ca de găină provocată de aerul răcoros în timp ce gonea pe bicicleta de curse a lui Simon, coborând dealul spre oraş. Era exaltat, plin de speranţă. Gaia era disponibilă şi vulnerabilă. Tatăl ei locuia în Reading.

Îmbrăcată în rochie de seară, Shirley Mollison stătea în faţa sălii parohiale când el ajunse acolo, şi lega baloane aurii, gigantice, umplute cu heliu de balustrade.

— Bună, Andrew. Să nu laşi bicicleta la intrare, te rog.

El duse bicicleta după colţ, trecând pe lângă un BMW verde decapotabil de curse, nou-nouţ, parcat chiar acolo.

Dădu ocol maşinii pe când se ducea spre intrare, admirându-i interiorul luxos.

— Şi iată-l pe Andy!

Andrew văzu dintr-odată că buna dispoziţie şi entuziasmul patronului său le egalau pe ale sale. Howard se apropia pe hol, purtând un imens smoching din catifea; semăna cu un prestidigitator. Prin preajmă se vedeau doar cinci sau şase oameni: petrecerea urma să înceapă abia peste 20 de minute. Baloane albastre, albe şi aurii fuseseră legate peste tot. Se vedea o masă uriaşă, plină cu farfurii acoperite cu şervete, iar la capătul sălii un DJ de vârstă mijlocie îşi aranja echipamentul.

— Andrew, du-te, te rog şi ajut-o pe Maureen.

Aceasta aranja paharele la un capăt al mesei lungi, scăldată într-o lumină stridentă de lampadarul de deasupra.

Purta o rochiţă scurtă, din material lucios supraelastic, care-i dezvăluia fiecare contur al corpului osos, de care, surprinzător, încă mai stăteau agăţate perniţe de carne, expuse de ţesătura neiertătoare. De undeva, dintr-un loc ascuns vederii, se auzi un „bună" firav; Gaia stătea aplecată deasupra unei cutii cu farfurii de pe podea.

— Te rog, Andy, scoate paharele din cutii, spuse Maureen, şi aranjează-le aici, unde avem barul.

Făcu aşa cum i se ceruse. În timp ce deschidea cutia, se apropie o femeie pe care n-o mai văzuse până atunci, aducând câteva sticle de şampanie.

— Astea trebuie puse în frigider, dacă există aşa ceva.

Avea nasul drept al lui Howard, ochii mari şi albaştri ai lui Howard şi părul blond buclat al lui Howard, dar acolo unde trăsăturile lui erau efeminate, îmblânzite de grăsime, fiica lui — trebuia să fie fiica lui — era lipsită de frumuseţe şi totuşi frapantă, cu sprâncene joase deasupra unor ochi mari şi o bărbie despicată. Era îmbrăcată în pantaloni şi o cămaşă de mătase descheiată la gât. După ce se descotorosi de sticle aşezându-le pe masă, se întoarse. Conduita ei şi ceva legat de calitatea îmbrăcămintei îi indicară lui Andrew că al ei era BMW-ul de afară.

— Ea e Patricia, îi şopti Gaia la ureche, şi el simţi iar cum îl furnică pielea, de parcă ar fi fost purtătoare de sarcină electrică. Fata lui Howard.

— Da, mi-am închipuit, spuse el, dar era mult mai interesat să vadă cum Gaia desfăcea capacul unei sticle de votcă şi-şi turna o porţie.

Sub privirile lui, fata dădu de duşcă paharul, cu un mic tremur. Abia apucă să pună capacul la loc că Maureen reapăru lângă ei, aducând o frapieră.

— Scorpie bătrână, spuse Gaia, după ce Maureen plecă, şi Andrew îi simţi mirosul de alcool în respiraţie. *Uită-te* şi tu în ce hal arată.

El râse, se întoarse şi se opri brusc, pentru că Shirley apăruse chiar lângă ei, afişând zâmbetul ei pisicesc.

— Domnişoara Jawanda n-a apărut încă?

— E pe drum, tocmai mi-a trimis un SMS, spuse Gaia.

Dar lui Shirley nu-i păsa cu adevărat unde era Sukhvinder. Auzise micul schimb de replici dintre Andrew şi Gaia legat de Maureen, iar asta îi restabilise complet buna dispoziţie ştirbită de evidenta încântare a lui Maureen vizavi de propria *toaletă*. Era dificil să pătrunzi dincolo de o stimă de sine atât de obtuză şi de închipuită, dar când pleca de lângă cei doi adolescenţi ca să ajungă la DJ, Shirley plănuia deja ce avea să-i spună lui Howard cu prima ocazie când o să-l vadă singur.

Mă tem că ăştia micii cam râdeau de Maureen... mare păcat că a îmbrăcat rochia aia... Nu-mi place deloc că se face de râs în halul ăsta.

Erau o mulțime de lucruri de care să fie încântată, îşi reaminti Shirley, căci în seara asta avea nevoie să se întărească puțin. Ea, Howard şi Miles urmau să facă parte cu toții din consiliu; va fi minunat, absolut minunat.

Se asigură că DJ-ul ştia că melodia preferată a lui Howard era *Green Grass of Home*, în versiunea lui Tom Jones, şi căută în jur mici treburi de făcut: dar în loc de asta, privirea îi căzu asupra motivului pentru care fericirea ei, în seara asta, nu va avea parte de perfecțiunea pe care o anticipase.

Patricia stătea singură, privind sus la blazonul Pagfordului de pe perete, fără să facă vreun efort să stea de vorbă cu cineva. Shirley şi-ar fi dorit ca Patricia să poarte uneori şi fustă; dar cel puțin venise singură. Shirley se temuse că BMW-ul ar putea să aducă şi altă persoană, iar absența respectivei persoane era un lucru câştigat.

Nu era normal să-ți displacă propriul copil; normal este să-ți placă de copiii tăi orice-ar fi, chiar dacă nu sunt ceea ce îți doreşti tu, chiar dacă se dovedesc a fi acel gen de persoană pe care, ca s-o eviți, ai fi trecut pe cealaltă parte a străzii, dacă n-ați fi fost rude. Howard prefera o privire de ansamblu asupra întregii chestiuni; ba chiar glumea în privința asta, într-o manieră moderată, asigurându-se că Patricia nu-l aude. Shirley nu putea dovedi o asemenea detaşare. Se simțea îmboldită să se ducă lângă Patricia, în speranța vagă, inconştientă că ar putea să alunge stranietatea pe care se temea că toți ceilalți ar putea s-o sesizeze prin rochia şi comportamentul ei exemplare.

— Vrei să bei ceva, draga mea?

— Nu încă, spuse Patricia, nedezlipindu-şi privirea de blazon. Am avut o noapte foarte grea. Probabil că am întrecut măsura. Am ieşit în oraş şi-am băut cu colegii de birou ai lui Melly.

Shirley zâmbi vag spre blazonul de deasupra.

— Melly e bine, mulţumesc de întrebare, spuse Patricia.

— Ah, bine, zise Shirley.

— Mi-a plăcut invitaţia, spuse Patricia. Pat şi *musafirul*.

— Îmi pare rău, draga mea, dar aşa se cuvine să scrii, ştii, când oamenii nu sunt căsătoriţi...

— Aha, deci aşa scrie în *Debrett's*, nu? Ei bine, Melly n-a vrut să vină când a văzut că nici măcar nu era trecută cu numele în invitaţie, aşa că ne-am certat groaznic, şi iată-mă aici, singură. Rezultatul?

Patricia plecă înţepată spre bar, lăsând-o în urmă pe Shirley uşor zdruncinată. Accesele de furie ale Patriciei erau înspăimântătoare încă din copilărie.

— Ai întârziat, domnişoară Jawanda, strigă ea, recăpătându-şi calmul, în timp ce Sukhvinder se grăbea fâstâcită să ajungă la ea.

În opinia lui Shirley, fata dădea dovadă de o oarecare insolenţă pentru că venise totuşi, după ceea ce maică-sa îi spusese lui Howard, chiar aici, în aceeaşi sală. O privi cum se grăbeşte să li se alăture lui Andrew şi Gaiei şi se gândi să-i spună lui Howard că ar trebui s-o pună pe liber pe Sukhvinder. Era cam moale şi probabil că existau şi ceva probleme de igienă cu eczema pe care o ascundea sub tricoul ăla negru cu mâneci lungi; Shirley îşi propuse să ţină minte să verifice, pe site-ul ei medical preferat, dacă era ceva contagios.

Musafirii începură să sosească la ora 20. Howard îi spuse Gaiei să-i stea alături să preia pardesie, pentru că voia ca toată lumea să-l vadă cum îi dă ordine zicându-i pe nume, îmbrăcată cum era cu rochița aceea neagră și șorțul cu volănașe. Dar curând se strânseră prea multe haine pentru ea, așa că-l chemă pe Andrew în ajutor.

— Manglește și tu o sticlă, îi ordonă Gaia lui Andrew, în timp ce atârnau hainele în cuierele din mica garderobă, și ascunde-o în bucătărie. După aia ne ducem pe rând și tragem la măsea.

— OK, spuse Andrew, entuziasmat.

— Gavin! strigă Howard, când partenerul fiului său intră pe ușă singur la 20:30.

— Kay nu e cu tine, Gavin? întrebă repede Shirley.

Maureen își încălța pantofii cu sclipici și toc înalt în spatele mesei, așa că avea foarte puțin timp la dispoziție pentru a i-o lua înainte.

— Nu, din păcate, n-a putut să vină, spuse Gavin.

Apoi, spre oroarea lui, ajunse față în față cu Gaia, care aștepta să-i preia pardesiul.

— Mama ar fi ajuns, zise Gaia cu o voce clară și puternică, în timp ce se uita urât la el. Dar Gavin tocmai i-a dat papucii, nu-i așa, Gav?

Howard îl bătu pe Gavin pe umăr, prefăcându-se că n-a auzit, și îi spuse cu glas tunător:

— Mă bucur să te văd, du-te și ia-ți ceva de băut.

Expresia lui Shirley rămase impasibilă, dar fiorul momentului nu se stinse rapid și, când îi întâmpină pe următorii câțiva musafiri, o făcu ușor confuză și visătoare. Când Maureen se apropie legănându-se ca să se alăture grupului de primire a musafirilor, Shirley avu imensa plăcere să îi spună cu glas scăzut:

— Am avut o mică scenă *foarte* jenantă. Chiar *foarte* jenantă. Gavin și mama Gaiei... oh, Doamne... dac-am fi știut...

— Ce e? Ce s-a întâmplat?

Dar Shirley clătină din cap, savurând plăcerea desăvârşită pe care i-o dădea curiozitatea frustrată a lui Maureen, şi deschise larg braţele când Miles, Samantha şi Lexie intrară în sală.

— Iată-l! Consilierul parohial Miles Mollison!

Samantha o vedea pe Shirley îmbrăţişându-l pe Miles ca de la o mare depărtare. Trecuse atât de abrupt de la fericire şi nerăbdare la şoc şi dezamăgire, încât gândurile ei deveniseră un zgomot de fond, cu care trebuia să se lupte ca să poată percepe lumea exterioară.

(Miles spusese:

— Excelent! Înseamnă că poţi să vii la petrecerea tatei, doar ziceai că...

— Da, replicase ea, ştiu. E nemaipomenit, nu-i aşa?

Dar când a văzut-o în blugi şi în tricoul cu imaginea formaţiei în care ea se vizualizase îmbrăcată de o săptămână, a rămas perplex.

— E o ocazie formală.

— Miles, e sala parohială din Pagford.

— Ştiu, dar invitaţia...

— O să mă îmbrac aşa.)

— Bună, Sammy, spuse Howard. Ia te uită! Dar nu trebuia să te îmbraci special pentru asta.

Însă o îmbrăţişă la fel de lasciv ca întotdeauna şi o bătu uşurel pe dosul îmbrăcat în blugii mulaţi.

Samantha îi oferi lui Shirley un zâmbet rece şi tensionat când trecu pe lângă ea în drum spre masa cu băuturi. O voce răutăcioasă din capul ei o întreba: *Dar ce credeai, până la urmă, c-o să se întâmple la concertul ăla? Care era ideea? Ce urmăreai?*

Nimic. Puţină distracţie.

Visul cu brațele tinere şi puternice şi cu râsul de care urma să aibă parte suferea un soi de catharsis în seara asta; propriul ei mijloc zvelt cuprins din nou cu brațele şi gustul picant al noului, al zonelor neexplorate; fantezia ei îşi pierduse aripile şi se prăbuşea înapoi, pe pământ...

Voiam doar să văd.

— Arăți bine, Sammy.

— Bună, Pat.

Nu se mai întâlnise cu cumnata ei de peste un an.

Din toată familia, de tine-mi place cel mai mult, Pat.

Miles o prinse din urmă şi îşi sărută sora.

— Ce mai faci? Ce face Mel? N-a venit şi ea?

— Nu, n-a vrut să vină, spuse Patricia.

Bea şampanie, dar, din expresia ei, putea foarte bine să fie oțet.

— Pe invitație scria *Pat şi musafirul sunt invitați...* o ceartă înfiorătoare. Îi rămân datoare mamei pentru asta.

— Ei, lasă, Pat, spuse Miles zâmbind.

— Ce naiba să las, Miles?

O încântare furioasă puse stăpânire pe Samantha: un pretext să atace.

— Ştii foarte bine, Miles, că e o modalitate cât se poate de grosolană să o inviți pe partenera surorii tale. Dacă mă-ntrebi pe mine, maică-tii nu i-ar strica nişte lecții de bune maniere.

Era mai gras, fără îndoială, decât fusese cu un an în urmă. Putea să-i vadă gâtul revărsându-se peste gulerul cămăşii. Respirația i se acrea rapid. Avea ticul ăla de a se ridica pe vârfurile degetelor pe care-l preluase de la taică-su. Samantha simți un val de greață şi se duse spre capătul mesei mari, unde Andrew şi Sukhvinder se agitau umplând pahare pentru invitați.

— Aveți gin? întrebă ea. Pune-mi o porție mare.

Abia îl recunoscu pe Andrew. El îi turnă o măsură, încercând să nu se uite la sânii ei, etalați fără oprelişte în tricoul cu care se îmbrăcase, dar era ca şi cum ai încerca s nu mijeşti ochii când te uiți direct la soare.

— Îi ştii? întrebă Samantha, după ce goli jumătate d pahar de gin cu tonic.

Andrew se înroşi la față înainte să-şi poată stăpâni gândurile. Spre oroarea lui, ea râse necruțător şi spuse:

— Formația. Despre formație vorbeam.

— Ah, da, am... da, am auzit de ei. Nu prea... nu e genul meu de muzică.

— Serios? zise ea, dând peste cap tot paharul. Te rog, mai vreau unul.

Îşi dădu seama cine era: băiatul cu mutră de şoarece de la prăvălia de delicatese. Uniforma îl făcea să pară mai mare. Poate că vreo două săptămâni de cărat paleții pe treptele pivniței îl vor ajuta să facă ceva muşchi.

— Ah, ia te uită, spuse Samantha văzând o siluetă care se îndepărta de ea ducându-se spre mulțimea ce creştea. E Gavin. Al doilea bărbat din Pagford, în ordinea plictiselii. După soțul meu, evident.

Plecă cu pas țanțoş, încântată de sine, ținând în mână paharul nou umplut. Ginul o lovise unde avea mai multă nevoie, anesteziind şi stimulând în acelaşi timp, iar în timp ce mergea, se gândea: *I-au plăcut țâțele mele; să vedem ce părere are de curul meu.*

Gavin o văzu pe Samantha apropiindu-se şi încercă s-o evite alăturându-se unei alte conversații, a oricui; cea mai apropiată persoană era Howard, şi el se strecură grăbit în grupul din jurul gazdei.

— Am riscat, le spunea Howard celor trei bărbați.

Vântura un trabuc şi puţin scrum se împrăştiase pe reverele smochingului.

— Am riscat şi am muncit pe brânci. Simplu ca bună ziua! N-am avut nicio formulă magică. Nimeni nu mi-a dat... a, iat-o pe Sammy. Cine sunt tinerii aceia, Samantha?

În vreme ce patru bărbaţi vârstnici se holbau la grupul de muzică pop etalat pe sânii ei, Samantha se întoarse spre Gavin:

— Bună, spuse ea, aplecându-se şi obligându-l s-o sărute. Kay nu-i aici?

— Nu, replică scurt Gavin.

— Vorbeam despre afaceri, Sammy, spuse cu voioşie Howard, iar Samantha se gândi la magazinul ei, eşuat şi terminat. Am fost un întreprinzător, informă el grupul, reluând ceea ce era în mod clar o temă de discuţie stabilită. În asta constă secretul. Doar de asta e nevoie. Să fii întreprinzător.

Masiv şi rotund, era ca un soare din catifea miniatural, radiind satisfacţie şi mulţumire. Glasul lui era deja îmblânzit de coniacul din mână.

— Eram pregătit să-mi asum riscul... puteam să pierd totul.

— Păi, parcă mama ta putea să piardă totul, îl corectă Samantha. Nu Hilda şi-a ipotecat casa pentru a face rost de jumătate din garanţia pentru magazin?

Samantha sesiză un mic fulger în ochii lui Howard, dar zâmbetul îi rămase nealterat.

— Atunci, toată stima pentru mama mea, spuse el, pentru că a muncit, a strâns din dinţi şi-a economisit, ca să-i dea fiului ei un început de drum. Am înmulţit ce mi s-a dat şi am dat înapoi familiei — am plătit pentru fetele tale să meargă la St Anne — ce semeni, aia culegi, nu-i aşa, Sammy?

Se aştepta la una ca asta de la Shirley, dar nu de la Howard. Amândoi îşi goliră paharele şi Samantha îl văzu pe Gavin plecând pe furiş, dar nu încercă să-l oprească.

Gavin se întreba dacă ar fi posibil să se strecoare afară neobservat. Era agitat, iar zgomotul îi înrăutăţea starea. O idee îngrozitoare pusese stăpânire pe el de când o întâlnise pe Gaia la uşă. Nu cumva Kay îi spusese fiicei sale totul? Nu cumva fata ştia că el era îndrăgostit de Mary Fairbrother şi le-a spus şi altora acest lucru? Era genul de lucru pe care o fată de 16 ani, animată de dorinţa de răzbunare, l-ar fi făcut.

Ultimul lucru pe care şi-l dorea era ca oamenii din Pagford să ştie că era îndrăgostit de Mary înainte să aibă şansa de a le spune personal acest lucru. Îşi imagina că o va face peste luni şi luni de-acum încolo, poate peste un an, lăsând să treacă prima comemorare a morţii lui Barry... iar între timp să îngrijească mlădiţele firave de încredere şi sprijin care apăruseră deja, astfel încât realitatea sentimentelor ei să pună stăpânire pe ea treptat, aşa cum pusese pe el.

— Nu ţi-ai luat nimic de băut, Gav! spuse Miles. Situaţia trebuie remediată!

Îşi conduse cu fermitate partenerul la masa cu băuturi şi-i turnă o bere, vorbind neîncetat şi, asemenea lui Howard, etalând o aură aproape vizibilă de fericire şi mândrie.

— Ai auzit că am câştigat?

Gavin nu auzise, dar nu se simţi în stare să mimeze surprinderea.

— Da, felicitări!

— Ce face Mary? întrebă Miles, care în seara aceea era prieten cu tot oraşul, tocmai pentru că-l alesese. E bine?

— Da, cred...

— Am auzit că s-ar putea să plece la Liverpool. S-ar putea să fie spre binele ei.

— Poftim? întrebă tăios Gavin.

— Maureen zicea asta de dimineață. Se pare că sora lui Mary încearcă s-o convingă să se întoarcă acasă cu copiii. Are încă o grămadă de rude în Liver...

— Aici e casa ei.

— Eu cred că lui Barry îi plăcea Pagfordul. Nu sunt sigur că Mary va dori să mai rămână aici fără el.

Gaia îl urmărea pe Gavin printr-o crăpătură din ușa bucătăriei. Strângea în mână un pahar din carton cu vodcă pe care Andrew le șterpelise pentru ea.

— Ce nemernic. Am fi locuit și-acum în Hackney dacă n-ar fi păcălit-o pe mama. E un ticălos. Aș fi putut să-i spun mamei că individul nu era așa de interesat de ea. N-a scos-o niciodată în oraș. Abia aștepta să plece după ce și-o trăgeau.

Andrew, care punea sendvișuri pe o farfurie aproape goală, în spatele ei, nu putea să creadă că o auzise folosind cuvinte precum „și-o trăgeau". Himerica Gaia care-i stăpânea fanteziile era o virgină aventuroasă și inventivă sexual. Nu știa ce făcuse sau nu făcuse adevărata Gaia cu Marco de Luca. Judecata ei asupra propriei sale mame dădea de înțeles că știe cum se comportă bărbații după sex, dacă *erau* interesați...

— Bea și tu un pic, îi zise ea lui Andrew când el se apropie de ușă cu farfuria și ținu ridicat propriul ei pahar din carton, iar el bău puțin din vodca ei. Chicotind puțin, ea se trase în spate ca să-l lase să iasă și strigă după el: Zi-i lui Sooks să vină aici să bea și ea ceva!

Sala era aglomerată și gălăgioasă. Andrew puse farfuria cu sendvișuri pe masă, dar interesul pentru mâncare părea să se fi stins; Sukhvinder se chinuia să facă față cererilor de la masa cu băuturi şi mulți invitați începuseră să-şi toarne singuri.

— Gaia zice să te duci la bucătărie, îi spuse Andrew lui Sukhvinder şi-i preluă sarcina.

N-avea niciun rost să se poarte ca un barman. În schimb, umplu cât mai multe pahare goale şi le lăsă pe masă astfel ca oamenii să se servească singuri.

— Bună, Peanut! spuse Lexie Mollison. Îmi dai şi mie nişte şampanie?

Fuseseră colegi la St Thomas, dar n-o mai văzuse de multă vreme. De când învăța la St Anne, îşi schimbase şi accentul. Andrew ura să i se spună Peanut.

— E acolo, în fața ta, spuse el arătându-i cu degetul.

— Lexie, nu ai voie să bei, se răsti la ea Samantha, apărând brusc din mulțime. Nici să nu te gândeşti.

— Bunicul mi-a zis...

— Nu-mi pasă.

— Toți ceilalți...

— Am spus nu!

Lexie plecă îmbufnată. Andrew, bucuros s-o vadă plecând, îi zâmbi Samanthei şi fu surprins să vadă că şi ea îi zâmbi.

— Tu le răspunzi părinților tăi?

— Da, spuse el, iar ea râse.

Sânii ei erau cu adevărat enormi.

— Doamnelor şi domnilor! bubui o voce în microfon şi toată lumea se opri din vorbit ca să-l asculte pe Howard. Voiam să vă spun câteva cuvinte... probabil că cei mai mulți dintre voi au aflat deja că fiul meu, Miles, tocmai a fost ales în Consiliul Parohial!

Se auziră câteva aplauze răzlețe şi Miles ridică paharul deasupra capului, în semn de mulțumire. Andrew fu surprins s-o audă pe Samantha rostind foarte clar, cu glas scăzut:

— Uraaaa, să-mi bag...

Nimeni nu mai venea după băutură acum. Andrew se întoarse în bucătărie. Gaia şi Sukhvinder erau singure acolo, bând şi râzând, iar când îl văzură pe Andrew, strigară amândouă:

— *Andy!*

Râse şi el.

— V-ați pilit amândouă?

— Da, spuse Gaia.

— Nu, spuse Sukhvinder. *Ea* s-a pilit, totuşi.

— Nu-mi pasă, zise Gaia. Mollison n-are decât să mă dea afară, dacă vrea. Nu mai are niciun rost să strâng bani pentru un bilet până la Hackney.

— N-o să te concedieze, spuse Andrew servindu-se cu încă puțină votcă. Eşti preferata lui.

— Da, ce să spun, zice Gaia. Un nemernic bătrân şi scârbos.

Şi cei trei râseră iar în hohote.

Prin uşile de sticlă, amplificată de microfon, se auzi vocea orăcăită a lui Maureen.

— Haide, atunci, Howard! Haide... un duet pentru ziua ta de naştere! Haide — doamnelor şi domnilor — cântecul preferat al lui Howard!

Adolescenții se uitară unul la celălalt cuprinşi de oroare. Gaia se împiedică şi chicoti, apoi deschise uşa.

Primele măsuri din *Green Grass of Home* se auziră în boxe şi apoi, vocea de bas a lui Howard şi cea de alto răguşit a lui Maureen:

The old home town looks the same,
As I step down from the train...

Gavin fu singurul care auzi chicotelile, dar, când se întoarse, nu văzu decât uşile duble spre bucătărie, mişcându-se puţin în balamale.

Miles plecase să discute cu Aubrey şi Julia Fawley, care veniseră mai târziu, înconjuraţi de zâmbete politicoase. Gavin era pradă unui amestec familiar de groază şi anxietate. Abia apucase să se bucure de ceaţa luminată de soare, alcătuită din libertate şi fericire, că-i şi fusese umbrită de o dublă ameninţare: Gaia trăncănind despre ce-i spusese el mamei sale şi Mary părăsind Pagfordul pentru totdeauna. Iar el ce-avea să facă?

Down the lane I walk, with my sweet Mary,
Hair of gold and lips like cherries...

— Kay n-a venit?

Samantha se apropiase şi stătea rezemată de masa de lângă el, zâmbind sarcastic.

— M-ai întrebat deja asta. Nu.

— E totul OK între voi doi?

— Chiar crezi că te priveşte treaba asta?

Îi scăpase înainte de a se putea abţine. Se săturase până peste cap de înţepăturile şi zeflemeaua ei permanente. Iar de data asta, erau doar ei doi. Miles era încă ocupat cu soţii Fawley.

Ea îşi manifestă în mod exagerat surprinderea. Avea ochii injectaţi şi vorbea cumpănindu-şi cuvintele; pentru prima dată Gavin simți mai multă aversiune decât intimidare.

— Scuze, am pus şi eu o...

— Întrebare, da, spuse el în timp ce Howard şi Maureen se legănau, braț la braț.

— Mi-ar plăcea să vă văd aşezați. Vă stă bine împreună.

— Eh, uite că mie-mi place libertatea. Nu cunosc prea multe cupluri fericite.

Samantha băuse prea mult ca să simtă întreaga forță a ironiei, dar avu impresia că tocmai fusese rostită una.

— Căsătoriile sunt întotdeauna un mister pentru cei din afară, spuse ea cu atenție. Nimeni nu poate şti cu adevărat decât cei doi oameni implicați. Aşa că n-ar trebui să judeci, Gavin.

— Mulțumesc că m-ai luminat, zise acesta şi, iritat până dincolo de limita suportabilității, puse pe masă cutia goală de bere şi se duse spre garderobă.

Samantha îl urmări cu privirea, sigură că ea ieşise în avantaj în urma confruntării, şi-şi îndreptă atenția spre soacra ei, pe care o putea vedea printr-un spațiu liber în mulțime şi care îi privea pe Howard şi Maureen cântând. Samantha era încântată de mânia lui Shirley, exprimată printr-un surâs crispat şi rece pe care-l avusese pe față toată seara. Howard şi Maureen cântaseră de multe ori împreună de-a lungul anilor; lui Howard îi plăcea să cânte, iar Maureen făcuse cândva acompaniament vocal pentru o formație locală de skiffle. Când cântecul se termină, Shirley bătu din palme o singură dată; ai fi zis că a chemat un lacheu, iar gestul ei o făcu să râdă în hohote pe Samantha, care se duse la capătul dinspre bar al mesei, unde constată dezamăgită că băiatul cu papion lipsea de la datorie.

Andrew, Gaia şi Sukhvinder încă se prăpădeau de râs în bucătărie. Râdeau din cauza duetului alcătuit de Howard şi Maureen, şi pentru că terminaseră două treimi din sticla de votcă, dar, mai ales, râdeau pentru că râdeau, luându-se unul după altul.

Ferestruica de deasupra chiuvetei, lăsată întredeschisă ca să nu se facă prea mulţi aburi în bucătărie, zăngăni lăsând să apară capul lui Fats prin ea.

— Bună seara, spuse el.

Era evident că se căţărase pe ceva afară pentru că, pe fondul sonor al unui hârşâit şi al unui obiect greu răsturnat, tot mai mult din el se ivi prin fereastră până când ateriză greoi pe blatul chiuvetei, răsturnând câteva pahare pe podea, unde se sparseră.

Sukhvinder ieşi din bucătărie cât ai clipi. Andrew ştiu imediat că nu-l dorea pe Fats acolo. Gaia nu părea perturbată. Continuând să chicotească, zise:

— Ştii, există şi uşă.

— I-auzi! zise Fats. Unde-i băutura?

— Asta e a noastră, spuse Gaia, strângând în braţe sticla de vodcă. Andy a şutit-o. Trebuie să te duci să-ţi iei singur.

— Nicio problemă, spuse Fats calm şi ieşi pe uşa dublă în sală.

— Ma duc la budă, bâigui Gaia şi ascunse sticla sub chiuvetă, după care plecă şi ea din bucătărie.

Andrew o urmă. Sukhvinder se întorsese în zona barului, Gaia dispărea în baie, iar Fats stătea rezemat de masa cu bunătăţi, cu o bere într-o mână şi un sendviş în cealaltă.

— Nu m-am gândit c-ai să vrei să vii aici, spuse Andrew.

— Am fost invitat, amice, spuse Fats. Aşa scria pe invitaţie. Toată familia Wall.

— Cubby ştie că eşti aici?

— Habar n-am, spuse Fats. Stă pitit. Până la urmă, n-a câştigat locul bătrânului Barry. Să vezi cum se destramă întreaga structură a societății, când Cubby n-o mai susține. La dracu', e groaznic ăsta, adăugă el, scuipând o gură de sendviş. Vrei o mahoarcă?

Sala era atât de zgomotoasă, iar invitații atât de beți şi de gălăgioşi, că nimănui nu-i mai păsa unde se ducea Andrew. Când ajunseră afară, o găsiră pe Patricia Mollison singură lângă maşina ei sport, uitându-se la cerul senin înstelat şi fumând.

— Puteți să luați de-aici, dacă vreți, zise ea, oferindu-le pachetul ei.

După ce le aprinse țigările, Patricia îşi reluă poziția relaxată, cu o mână făcută pumn vârâtă adânc în buzunar. Avea ceva care lui Andrew i se părea intimidant; nici măcar nu putu să-şi îndrepte privirea spre Fats, ca să-i evalueze reacția.

— Eu sunt Pat, le spuse ea, după o vreme. Fata lui Howard şi a lui Shirley.

— Bună, zise Andrew. Eu-s Andrew.

— Stuart, zise Fats.

Ea nu păru să-şi dorească o continuare a conversației. Andrew o percepu ca pe un fel de compliment şi încercă să-i imite indiferența. Zgomot de paşi şi nişte voci înfundate de fete întrerupseră liniştea.

Gaia o târa pe Sukhvinder afară de mână. Râdea, şi Andrew îşi dădu seama că efectul votcii încă se intensifica în organismul ei.

— Tu, zise ea către Fats, te porți de-a dreptul oribil cu Sukhvinder.

— Încetează! spuse Sukhvinder, încercând să-şi tragă mâna din strânsoarea Gaiei. Pe bune... lasă-mă...

— Aşa este! spuse Gaia cu respirația întretăiată. Ai pus chestii urâte pe pagina ei de Facebook?

— *Încetează!* țipă Sukhvinder.

Reuşi să-şi desprindă mâna şi fugi repede înăuntru.

— Te porți oribil cu ea, spuse Gaia, prinzându-se de balustradă pentru sprijin. Să-i zici că-i lesbiană şi alte chestii...

— Nu-i nimic greşit în a fi lesbiană, spuse Patricia, cu ochii îngustați prin fumul pe care-l inhala. Dar, mă rog, e normal ca eu să spun asta.

Andrew îl văzu pe Fats că se uită pieziş la Pat.

— N-am zis niciodată că ar fi ceva greşit în asta. Erau doar glume, spuse el.

Gaia se lăsă să alunece în josul balustradei ca să se aşeze pe trotuarul rece, ținându-şi capul între brațe.

— Eşti bine? o întrebă Andrew. Dacă Fats n-ar fi fost acolo, s-ar fi aşezat şi el.

— M-am îmbătat, bâigui ea.

— S-ar putea să-ți facă bine dacă-ți bagi degetele pe gât, sugeră Patricia, uitându-se în jos la ea cu detaşare.

— Frumoasă maşină, zise Fats, privind spre BMW.

— Mda, spuse Patricia. E nouă. Eu câştig de două ori mai mult ca fratele meu, dar Miles este Copilul Iisus. Miles Mesia... Consilierul parohial Mollison al Doilea... de Pagford. Ție-ți place Pagfordul? îl întrebă ea, în timp ce Andrew o privea pe Gaia care respira profund, cu capul între genunchi.

— Nu, răspunse Fats. E o hazna.

— Mda, păi... eu personal abia am aşteptat să plec. L-ai cunoscut pe Barry Fairbrother?

— Puțin, spuse Fats.

Ceva în vocea lui îl îngrijoră pe Andrew.

— Mi-a fost profesor de lectură la St Thomas, spuse Patricia, cu ochii tot spre capătul străzii. Simpatic tipul. Aş fi venit la înmormântare, dar eu şi Melly eram în Zermatt. Ce-i cu toată povestea asta de care trăncăneşte maică-mea... chestia cu Fantoma lui Barry?

— Cineva postează chestii pe site-ul Consiliului Parohial, se grăbi să-i explice Andrew, temându-se de ce ar fi putut să spună Fats, dacă l-ar fi lăsat. Zvonuri şi prostii.

— Da, exact ce-i place maică-mii, spuse Patricia.

— Mă întreb ce-o să mai spună Fantoma? zise Fats, aruncând o privire piezişă către Andrew.

— Probabil că acum, dacă s-au terminat alegerile, o să înceteze, murmură Andrew.

— Ei, nu ştiu, spuse Fats. Dacă mai există lucruri de care Fantoma lui Barry să fie sictirită...

Ştia că-l face pe Andrew să fie neliniştit şi asta-l bucura. În zilele astea, Andrew îşi petrecea tot timpul la acest job penibil şi în curând se va căra. Fats nu-i datora lui Andrew nimic. Adevărata autenticitate nu poate să existe alături de vinovăție şi obligație.

— Tu eşti bine acolo? o întrebă Patricia pe Gaia, care dădu afirmativ din cap, dar cu fața tot ascunsă. Ce ți-a provocat greață, băutura sau duetul?

Andrew râse un pic, şi din politețe, dar şi pentru că voia să țină discuția cât mai departe de Fantoma lui Barry Fairbrother.

— Şi mie mi-a întors stomacul pe dos, zise Patricia. Babeta de Maureen şi tatăl meu cântând împreună. Braț la braț.

Patricia trase aprig un ultim fum din țigară şi aruncă jos chiştocul, strivindu-l cu călcâiul.

— Am intrat peste ei în timp ce i-o sugea, când aveam 12 ani, spuse ea. Iar el mi-a dat cinci lire să nu-l spun la mama.

Andrew şi Fats rămaseră încremeniţi, speriaţi până să se şi uite unul la celălalt. Patricia îşi şterse faţa cu dosul palmei: plângea.

— Nu trebuia să vin, spuse ea. Am ştiut că nu e bine.

Se urcă în BMW, iar cei doi băieţi priviră uluiţi cum porni motorul, ieşi cu spatele din parcare şi plecă în noapte.

— Fir-aş al dracu', spuse Fats.

— Cred c-o să-mi vină rău, şopti Gaia.

— Domnul Mollison vrea să veniţi înăuntru... pentru băuturi.

După ce livră mesajul, Sukhvinder o zbughi înăuntru.

— Nu pot, şopti Gaia.

Andrew o lăsă acolo. Larma din sală îl izbi când deschise uşile interioare. Discoteca era în toi. Trebui să se dea la o parte ca să le permită lui Aubrey şi Juliei Fawley să iasă. Amândoi păreau încântaţi să plece.

Samantha Mollison nu dansa, ci stătea rezemată de masa pe care fuseseră şiruri peste şiruri de pahare cu băutură. Pe când Sukhvinder dădea zor să adune paharele, Andrew desfăcea ultima cutie cu pahare curate, le aşeza şi le umplea.

— Papionul îţi stă strâmb, îi spuse Samantha aplecându-se peste masă ca să i-l îndrepte.

Jenat, băiatul se duse în bucătărie de îndată ce ea termină cu aranjatul papionului. După fiecare transport de pahare pe care le punea în maşina de spălat vase, Andrew mai lua o duşcă din vodca pe care o furase. Voia să fie la fel de beat ca Gaia; voia să revină la momentul când râseseră incontrolabil împreună, înainte să apară Fats.

După zece minute, verifică iar masa cu băuturi; Samantha stătea tot proptită de ea, cu ochi sticloşi, şi avea la îndemână o mulţime de pahare proaspăt umplute de care să se bucure. Howard țopăia în mijlocul ringului de dans, năduşeala şiroindu-i pe față, râzând în hohote de ceva ce-i spusese Maureen. Andrew îşi croi drum prin mulțime şi ieşi afară.

La început, nu văzu unde era; apoi, îi zări. Gaia şi Fats erau îmbrățişați la zece paşi de uşă, rezemându-se de balustradă, cu corpurile strâns lipite unul de altul şi cu limbile vârâte fiecare în gura celuilalt.

— Uite ce e, îmi pare rău, dar nu pot să le fac pe toate, spuse cu disperare în glas Sukhvinder, din spatele lui.

Apoi îi zări pe Fats şi Gaia şi scoase ceva între scâncet şi suspin. Andrew se întoarse în sală cu ea, complet amorțit. În bucătărie, turnă restul de vodcă într-un pahar şi-l dădu peste cap. Cu gesturi mecanice, umplu chiuveta cu apă şi se apucă să spele paharele care nu încăpuseră în maşină.

Alcoolul nu era ca drogul. Îl făcea să se simtă golit, dar totodată şi dornic să lovească pe cineva. Pe Fats, de exemplu.

După o vreme, îşi dădu seama că ceasul de plastic de pe peretele bucătăriei sărise de la miezul nopții la ora 1 şi că oamenii începeau să plece.

Trebuia să găsească hainele din garderobă. Încercă o vreme, dar pe urmă plecă iar la bucătărie, lăsând-o pe Sukhvinder să se descurce.

Samantha stătea rezemată de frigider, de una singură, cu un pahar în mână. Vederea lui Andrew era straniu de sacadată, ca o serie de diapozitive. Gaia nu se mai întorsese. Fără îndoială că plecase de mult cu Fats. Samantha îi vorbea. Şi ea era beată. Nu se mai simțea jenat de ea. Bănuia că are să i se facă rău foarte repede.

— ... urăsc nenorocitul de Pagford..., spuse Samantha. Dar tu eşti destul de tânăr ca să pleci de-aici.

— Da, zise el; nu-şi mai simţea buzele. Şi-am s-o fac. Am s-o fac.

Ea îi dădu părul la o parte de pe frunte şi-i spuse că e dulce. Imaginea Gaiei cu limba în gura lui Fats amenința să anuleze totul. Îi simţea parfumul Samanthei, care venea în efluvii dinspre pielea ei încinsă.

— Trupa aia e de căcat, spuse el, arătând spre pieptul ei, dar nu credea că ea îl auzise.

Avea gura aspră şi caldă, iar sânii ei erau imenşi, lipiţi de pieptul lui, şi spatele la fel de lat ca al său...

— Ce mama dracului!

Andrew se prăbuşi peste blatul chiuvetei, iar Samantha era scoasă din bucătărie de un bărbat solid cu părul scurt şi cărunt. Andrew avea o idee vagă că ceva se întâmplase, dar strania sacadare a imaginilor realităţii devenea tot mai pronunţată, până când nu mai avu încotro şi se împletici până în partea opusă a încăperii unde vomită în coşul de gunoi iar şi iar...

— Îmi pare rău, nu puteţi intra! o auzi pe Sukhvinder spunându-i cuiva. Avem lucruri aşezate lângă uşă!

Legă la gură sacul menajer ce conţinea voma sa. Sukhvinder îl ajută să facă curat în bucătărie. Avu nevoie să mai vomite de două ori, dar de fiecare dată reuşi să ajungă la baie.

Se făcuse aproape ora 2 când Howard, asudat, dar zâmbitor, le mulţumi şi le spuse noapte bună.

— Foarte bine v-aţi descurcat, spuse el. Ne vedem mâine, atunci. Foarte bine... apropo, unde-i domnişoara Bawden?

Andrew o lăsă pe Sukhvinder să născocească o minciună. În stradă, desfăcu lanţul cu care legase bicicleta lui Simon şi porni pe lângă ea prin întuneric.

Lungul drum pe jos prin răcoare până la Hilltop House îi limpezi mintea, dar nu-i domoli nici amărăciunea, nici suferința. Îi spusese vreodată lui Fats că îi plăcea de Gaia? Poate că nu, dar Fats ştia. Iar el *ştia* că Fats ştia... şi poate că, exact în acele momente, cei doi şi-o trăgeau?

Oricum o să plec, îşi zise Andrew, aplecat în față şi tremurând în timp ce împingea bicicleta la deal. *Aşa că, să-i ia dracu'.*

Apoi îşi zise: *Ar fi foarte bine să plec...* Oare chiar se mozolise cu mama lui Lexie Mollison? Îi surprinsese soțul ei? Chiar se întâmplase asta?

Îi era frică de Miles Mollison, dar totodată voia să-i povestească faza lui Fats, să-l vadă ce față face...

Când intră în casă, epuizat, vocea lui Simon se auzi în întuneric, din bucătărie.

— Mi-ai băgat bicicleta în garaj?

Stătea la masa din bucătărie, mâncând un castron cu cereale. Era aproape 2:30 noaptea.

— N-am putut să dorm, zise Simon.

De data asta, nu era supărat. Ruth nu se afla acolo, aşa că nu trebuia să se dovedească mai puternic sau mai deştept decât băieții lui. Părea obosit şi mic.

— Cre' c-o să trebuiască să ne mutăm în Reading, bubosule, spuse Simon.

Aproape că era un alint.

Tremurând uşor, simțindu-se îmbătrânit şi profund şocat şi apăsat de o imensă vinovăție, Andrew voia să-i ofere tatălui său ceva în compensație pentru ceea ce-i făcuse. Era timpul să echilibreze balanța şi să şi-l facă pe Simon aliat. Trebuia să se mişte împreună. Poate că în altă parte o să fie mai bine.

— Am ceva pentru tine, spuse el. Vino cu mine. Am aflat cum se face la şcoală…

Şi o luă înainte spre calculator.

IV

Un cer albastru ceţos se întindea ca o cupolă peste Pagford şi Fields. Zorii îşi aruncau lumina peste vechiul monument din piaţă, pe faţadele crăpate ale caselor de pe Foley Road, şi preschimbaseră albul zidurilor clădirii Hilltop House într-un auriu pal. Când Ruth Price se urcă în maşină gata să plece pentru o tură lungă la spital, se uită în jos la râul Orr, care strălucea ca o panglică de argint în depărtare, şi simţi cât de nedrept era că în curând altcineva se va bucura de casa ei şi de această privelişte.

La mai puţin de doi kilometri mai jos, pe Church Row, Samantha Mollison dormea încă profund în dormitorul pentru oaspeţi. Uşa nu avea zăvor, dar se baricadase cu un fotoliu înainte să se prăbuşească în pat, pe jumătate dezbrăcată. Începutul unei dureri de cap cumplite îi deranja somnul, iar felia de lumină care pătrundea prin golul dintre perdele cădea ca un fascicul laser pe colţul unui ochi. Tresări un pic, în adâncurile somnului ei tulburat, cu gura uscată, iar visele sale erau vinovate şi stranii.

La parter, înconjurat de suprafeţele curate şi strălucitoare ale bucătăriei, Miles stătea singur, având în faţă o cană de ceai neatinsă, privind fix la frigider şi vizualizând din nou, cu ochii minţii, imaginea soţiei lui bete îmbrăţişându-se cu un elev de 16 ani.

La trei case depărtare, Fats Wall stătea întins şi fuma în dormitorul lui, având încă pe el hainele pe care le purtase la petrecerea lui Howard Mollison. Dorise să stea treaz toată noaptea şi reuşise. Avea gura amorţită de la toate ţigările pe care le fumase, dar starea lui de oboseală avusese efectul invers celui pe care-l sperase: era incapabil să gândească foarte limpede, dar nefericirea şi starea de disconfort fizic erau mai acute ca oricând.

Colin Wall se trezi, scăldat în sudoare, din încă unul dintre coşmarurile care-l chinuiau de ani. Întotdeauna făcuse lucruri îngrozitoare în vise, genul de lucruri de care se temea în starea de trezie, iar de data asta îl ucisese pe Barry Fairbrother, iar autorităţile tocmai aflaseră, şi veniseră să-i spună că ştiau, că îl deshumaseră pe Barry şi găsiseră otrava administrată de Colin.

Privind în sus la umbra familiară a abajurului de pe tavan, Colin se întrebă de ce nu luase niciodată în considerare posibilitatea ca el să-l fi omorât pe Barry; şi imediat întrebarea îi răsări în minte: *De unde ştii că n-ai făcut-o?*

La parter, Tessa îşi injecta insulină. Ştia că Fats venise acasă seara trecută, pentru că simţea mirosul de ţigări la baza scării care ducea la dormitorul lui de la mansardă. Unde fusese şi la ce oră se întorsese, nu ştia, iar lucrul acesta o înspăimânta. Cum de se ajunsese într-o asemenea situaţie?

Howard Mollison dormea profund şi fericit în patul lui dublu. Perdelele cu model îl acopereau cu petale roz şi-l protejau de o trezire brutală, dar rafalele şuierate ale sforăitului său o treziră pe soţia sa. Shirley mânca pâine prăjită şi îşi bea cafeaua în bucătărie, cu ochelarii la ochi şi îmbrăcată în capot. Şi-o imagina pe Maureen legănându-se braţ la braţ cu soţul ei în sala de festivităţi a satului şi simţi o silă intensă, care făcea să dispară gustul oricărei înghiţituri.

În Smithy, la câţiva kilometri de Pagford, Gavin Hughes se săpunea sub jetul unui duş fierbinte şi se întreba de ce nu avusese el niciodată curajul altor bărbaţi, care reuşeau să facă alegeri corecte dintre variante aproape nenumărate. În sinea lui tânjea după o viaţă pe care o întrezărise, dar n-o gustase niciodată, şi totuşi se temea. Alegerea era periculoasă: când alegeai, trebuia să renunţi la toate celelalte posibilităţi.

Kay Bawden stătea trează şi epuizată în patul ei din casa de pe Hope Street, savurând liniştea matinală a Pagfordului şi uitându-se la Gaia, care dormea alături, palidă şi ostenită în lumina dimineţii. Lângă Gaia, pe podea, era o găleată adusă acolo de Kay, care o cărase pe fiica ei din baie în dormitor în toiul nopţii, după ce-i ţinuse părul să nu-i cadă în toaletă vreme de o oră.

— De ce ne-ai adus aici? se văitase Gaia în timp ce icnea peste vasul de toaletă. Lasă-mă-n pace. Lasă-mă. Te *urăsc*, du-te dracului!

Kay se uita la faţa adormită şi-şi amintea de bebeluşul frumos care dormea alături de ea cu 16 ani în urmă. Îşi aminti de lacrimile pe care Gaia le vărsase când Kay se despărţise de Steve, partenerul cu care trăise în aceeaşi casă vreme de opt ani. Steve se ducea la şedinţele cu părinţii ale Gaiei şi a învăţat-o să meargă cu bicicleta. Kay îşi aminti fantezia pe care o nutrise (văzută retrospectiv, la fel de caraghioasă ca şi dorinţa Gaiei, de la patru ani, de a avea un inorog) că se va aşeza la casa ei cu Gavin şi că-i va oferi Gaiei, în sfârşit, un tată vitreg permanent şi o casă frumoasă la ţară. Cât de disperată fusese pentru un sfârşit ca-n poveşti şi o viaţă la care Gaia să vrea mereu să se întoarcă; pentru că plecarea fiicei ei se apropia de Kay cu viteza unui meteor şi o simţea ca pe o calamitate care-i va distruge lumea.

Kay întinse o mână sub pilotă şi o ţinu pe a Gaiei. Senzaţia dată de carnea caldă pe care întâmplător o adusese pe lume o făcu pe Kay să înceapă să plângă pe tăcute, dar cu atâta violenţă încât salteaua se zguduia.

Iar pe Church Row, Parminder Jawanda îşi puse un pardesiu peste cămaşa de noapte şi-şi luă cafeaua în grădina din spatele casei. Şezând pe o bancă de lemn în lumina rece a soarelui, văzu că promitea să fie o zi frumoasă, numai că între ochi şi inimă părea să fi apărut un blocaj. Povara grea din pieptul ei umbrea totul.

Vestea că Miles Mollison câştigase locul lui Barry din Consiliul Parohial nu fusese o surpriză, dar când văzuse anunţul scurt şi îngrijit postat de Shirley pe site, cunoscuse un nou licăr din nebunia care pusese stăpânire pe ea la ultima şedinţă: o dorinţă de a ataca, înlocuită aproape imediat de o deznădejde sufocantă.

— Am să-mi dau demisia din consiliu, îi spusese ea lui Vikram. Ce rost mai are?

— Dar ţie-ţi place să fii acolo, îi răspunsese el.

Îi plăcuse când fusese şi Barry acolo. Era uşor să-l evoce în dimineaţa asta, când totul era tăcut şi nemişcat. Un bărbat mărunt, cu barba roşcată; fusese mai înaltă decât el cu o jumătate de cap. Nu simţise niciodată nici cea mai mică atracţie fizică faţă de el. *Ce era dragostea, la urma urmei?* se gândea Parminder, când un vânticel blând făcu să se unduiască gardul viu înalt din chiparos care împrejmuia gazonul familiei Jawanda. E dragoste atunci când cineva umple un spaţiu din viaţa ta care se cască precum un hău înăuntrul tău, după ce acel cineva dispare?

Chiar îmi plăcea să râd, se gândi Parminder. *Mi-e dor să râd.*

Şi tocmai amintirea râsului a fost cea care, în final, îi stoarse un șuvoi de lacrimi. Acestea se prelingeau în josul nasului şi în cafea, unde făceau mici găuri ca de glonț ce dispăreau rapid. Plângea pentru că se părea că n-are să mai râdă niciodată şi deoarece în seara precedentă, în timp ce ascultau bubuitul îndepărtat din sala parohială, Vikram spusese:

— Ce-ar fi să mergem în vara asta să vizităm Amritsar?

Templul de Aur, lăcaşul cel mai sfânt al religiei față de care el era indiferent. Îşi dăduse seama imediat ce făcea Vikram. Ca niciodată până atunci urma să aibă timp liber cât cuprinde. Niciunul nu ştia ce-o să hotărască Consiliul General al Medicilor în privința ei, după ce va analiza încălcarea deontologiei pe care o săvârşise vizavi de Howard Mollison.

— Mandeep zice că e o mare capcană pentru turişti, replicase ea, respingând din capul locului ideea de Amritsar.

De ce-am spus asta? se întrebă Parminder, plângând mai amarnic ca oricând în grădină, în timp ce cafeaua i se răcea în mână. *Era bine să le fi arătat copiilor Amritsar. Încerca să fie drăguț. De ce n-am spus da?*

Simțea vag că trădase ceva, refuzând Templul de Aur. O viziune a acestuia pluti printre lacrimi, cu cupola în formă de lotus reflectată într-o pânză de apă de culoarea mierii pe un fundal de marmură albă.

— Mamă.

Sukhvinder traversase gazonul fără ca Parminder să bage de seamă. Era îmbrăcată în blugi şi o bluză largă. Parminder îşi şterse în grabă fața şi miji ochii spre Sukhvinder, care stătea cu spatele la soare.

— Nu vreau să mă duc la lucru astăzi.

Parminder îi răspunse imediat, animată de acelaşi reflex de opoziție care o făcuse să respingă oferta cu Amritsar.

— Ți-ai luat un angajament, Sukhvinder.

— Nu mă simt bine.

— Vrei să spui că eşti obosită. Tu eşti cea care şi-a dorit această slujbă. Acum trebuie să-ți îndeplineşti obligațiile.

— Dar...

— Te duci la lucru, o repezi Parminder, ca şi cum ar fi pronunțat o sentință. N-ai să le oferi Mollisonilor încă un motiv să se plângă.

După ce Sukhvinder se întoarse în casă, Parminder se simți vinovată. Aproape că-şi chemă fata înapoi, dar în loc de asta îşi propuse să încerce să găsească timp şi să stea de vorbă cu ea fără să se mai certe.

V

Krystal se plimba pe Foley Road în soarele dimineții timpurii, mâncând o banană. Gustul şi textura îi erau nefamiliare şi nu se putea hotărî dacă îi plăcea sau nu. Terri şi Krystal nu cumpărau niciodată fructe.

Mama lui Nikki tocmai o expediase fără prea multe politețuri din casă.

— Avem treburi de făcut, Krystal. Ne ducem la bunica lui Nikki să luăm cina.

Ca un ultim gând, ea îi dăduse lui Krystal o banană s-o mănânce la micul-dejun. Krystal plecase fără să protesteze. Familia lui Nikki abia dacă avea loc în jurul mesei de bucătărie.

Soarele nu avantaja Fields, dimpotrivă, scotea la iveală mizeria şi stricăciunea, crăpăturile din zidurile de beton, ferestrele bătute în scânduri şi gunoaiele.

Piaţa din Pagford părea proaspăt vopsită ori de câte ori soarele strălucea. De două ori pe an, elevii de şcoală primară mergeau prin mijlocul oraşului, ţinându-se de mână, doi câte doi, în drumul lor spre biserică pentru slujbele de Crăciun şi Paşte. (Nimeni n-a vrut vreodată să o ţină de mână pe Krystal. Fats le spusese tuturor că avea păduchi. Se întrebă dacă el îşi mai amintea.) În piaţă erau atârnate coşuri pline cu flori; pete de culoare purpurie, roz şi verde, şi de fiecare dată când trecea pe lângă unul din straturile plantate în faţă la Black Canon, Krystal smulgea câte o petală. Le simţea alunecoase şi răcoroase între degete şi se făceau rapid lipicioase şi maro când le strângea, iar de obicei le ştergea de partea de dedesubt a stranelor calde de la St Michael. Intră în casă şi văzu dintr-odată, prin uşa deschisă în stânga ei, că Terri nu se culcase. Stătea în fotoliul ei cu ochii închişi şi gura deschisă. Krystal închise uşa cu un pocnet, dar Terri nu se mişcă.

Krystal ajunse lângă Terri din patru paşi, scuturându-i braţul subţire. Capul lui Terri căzuse pe pieptul scofâlcit. Sforăia.

Krystal îi dădu drumul. Imaginea unui mort în baie se întoarse să-i bântuie mintea.

— Japiţă proastă, spuse ea.

Apoi îşi dădu seama că Robbie nu era acolo. Tropăi pe scări, strigându-l.

— S' aici, îl auzi ea din spatele uşii închise a dormitorului ei.

Când o deschise cu umărul, îl văzu pe Robbie stând acolo, dezbrăcat. În spatele lui, scărpinându-şi pieptul gol, întins pe salteaua ei, era Obbo.

— Toate bune, Krys? zise el rânjind.

Ea îl apucă pe Robbie şi-l trase în camera lui. Mâinile îi tremurau atât de rău, că avu nevoie de o veşnicie ca să-l îmbrace.

— Ți-a făcut ceva? îl întrebă ea în şoaptă pe Robbie.

— M' foame, spuse Robbie.

După ce-l îmbrăcă, îl luă în brațe şi coborî treptele în goană. Îl auzea pe Obbo mişcându-se prin dormitorul ei.

— De ce e ăla aici? urlă ea la Terri, care stătea amorțită de somn în fotoliu. Şi de ce era Robbie cu el?

Robbie se zbătu să scape din brațele ei; nu suporta țipetele.

— Şi ce mama dracului e aia? zbieră Krystal zărind, pentru prima oară, două genți de voiaj negre lângă fotoliul lui Terri.

— Ni'ca, zise vag Terri.

Dar Krystal deja deschisese cu forța unul dintre fermoare.

— *Nu-i ni'ca!* urlă Terri.

Cărămizi mari de haşiş ambalate frumos în folii de polietilenă. Krystal, care abia ştia să citească, care nu putea să identifice nici jumătate din legumele dintr-un supermarket, care nu ştia cum îl cheamă pe prim-ministru, ştia în schimb că, dacă ceea ce se găsea în genți era descoperit la ei acasă, maică-sa înfunda puşcăria. Apoi văzu cutia de tablă, cu vizitiul şi caii de pe capac, ieşind la iveală pe jumătate din fotoliul pe care şedea Terri.

— Te-ai drogat! zise Krystal cu sufletul la gură, căci simțea că totul se prăbuşea în jurul ei. Fir-ai tu să...

Îl auzi pe Obbo pe scări şi-l luă din nou pe Robbie în braţe. Băiatul se văită şi se zvârcoli în braţele fetei, înspăimântat de mânia ei, dar strânsoarea lui Krystal era implacabilă.

— Dă-i drumu' băiatului, strigă fără folos Terri.

Krystal deschise uşa de la intrare şi o rupse la fugă cât de repede putu, cu Robbie care se împotrivea şi scâncea.

VI

Shirley făcu un duş şi-şi scoase hainele din şifonier în timp ce Howard continua să sforăie. Clopotul bisericii St Michael and All Saints, bătând pentru utreniile de la ora zece, ajunse la ea în timp ce-şi încheia cardiganul. Întotdeauna s-a gândit cât de tare trebuie să sune pentru familia Jawanda, care locuia chiar vizavi, şi spera ca asta să-i lovească precum o proclamaţie a aderenţei Pagfordului la vechile obiceiuri şi tradiţii din care ei, în mod vădit, nu făceau parte.

În mod reflex, pentru că ea făcea des acest lucru, Shirley merse de-a lungul holului, intră în fostul dormitor al Patriciei şi se aşeză în faţa computerului.

Patricia ar fi trebuit să fie aici, dormind pe sofaua pe care Shirley i-o pregătise. Era o uşurare să nu fie nevoită să aibă de a face cu ea în dimineaţa asta. Howard, care încă mai fredona *Green Grass of Home* când ajunseseră la Ambleside mai devreme, îşi dăduse seama de absenţa Patriciei doar când Shirley băgase cheia în uşa de la intrare.

— Unde-i Pat? spusese el răguşit, rezemându-se de verandă.

— Oh, era supărată că Melly n-a vrut să vină, oftă Shirley. S-au certat sau cam aşa ceva... Cred c-o fi plecat acasă să încerce să repare situaţia.

— Niciun moment de plictiseală, spuse Howard, rezemându-se de pereţii holului îngust în timp ce se îndrepta cu atenţie spre dormitor.

Shirley deschise site-ul ei medical preferat. Când tastă prima literă a afecţiunii pe care dorea s-o cerceteze, site-ul îi oferi din nou explicaţia despre EpiPen, aşa că Shirley le revizui rapid utilizarea şi conţinutul, pentru că ar fi putut să aibă prilejul să-i salveze viaţa băiatului angajat la ei. Apoi, tastă cu atenţie cuvântul „eczemă" şi află, oarecum spre dezamăgirea ei, că afecţiunea cu pricina nu e contagioasă şi, prin urmare, nu poate fi folosită ca pretext pentru concedierea lui Sukhvinder Jawanda.

Din obişnuinţă, scrise adresa site-ului Consiliului Parohial Pagford şi dădu clic pe forum.

Ajunsese să recunoască dintr-o singură privire forma şi lungimea numelui de utilizator Fantoma_lui_Barry_Fairbrother, exact aşa cum un îndrăgostit recunoaşte dintr-odată ceafa persoanei iubite sau poziţia umerilor ori mersul.

O singură privire la mesajul aflat cel mai sus pe pagină era de ajuns: un val de entuziasm o inundă; n-o uitase. Ştiuse că izbucnirea doctoriţei Jawanda nu va rămâne nepedepsită.

Aventura primului cetăţean al Pagfordului

Îl citi, dar, la început, nu-l înţelese: se aşteptase să dea peste numele lui Parminder. Îl citi din nou şi scoase icnetul sufocat al unei femei stropite cu apă rece ca gheaţa.

Howard Mollison, Primul Cetăţean al Pagfordului, şi Maureen Lowe, veche locuitoare a oraşului, sunt de mulţi ani mai mult decât parteneri de afaceri. Aproape toată lumea ştie că Maureen efectuează degustări regulate din salamul cel mai fin al lui Howard. Singura persoană care se pare că nu ştie secretul este Shirley, soţia lui Howard.

Încremenită în fotoliul ei, Shirley gândi: *Nu-i adevărat.*

Nu putea să fie adevărat.

Da, o dată sau de două ori bănuise... îi făcuse, uneori, şi câte-o aluzie lui Howard...

Nu, n-avea să creadă. Nu putea să creadă.

Dar alţi oameni vor crede. Ei îi vor da crezare Fantomei. Toată lumea o credea.

Mâinile ei erau ca nişte mănuşi goale, stângace şi firave, când încercă, cu nenumărate greşeli, să scoată mesajul de pe site. Cu fiecare secundă în care mai rămânea acolo, altcineva ar fi putut să-l citească, să-l creadă, să râdă de conţinutul lui, să-l transmită celor de la ziarul local... Howard şi Maureen, Howard şi Maureen...

Mesajul nu mai era. Shirley stătea şi se uita lung la monitorul calculatorului, gândurile ei agitându-se ca nişte şoareci într-un bol de sticlă, încercând să evadeze, dar nu exista nicio cale de ieşire, nicio treaptă fermă, nicio cale de căţărare înapoi în locul fericit pe care-l ocupase înainte să vadă chestia aia înfiorătoare, postată acolo pentru ca toată lumea să o vadă...

El râsese de Maureen.

Nu, *ea* râsese de Maureen. Howard râsese de Kenneth.

Tot timpul împreună: vacanţele, în zilele de muncă şi în excursiile din weekend...

... singura persoană care se pare că nu ştie secretul...

... ea şi Howard nu aveau nevoie de sex: aveau paturi separate de mulţi ani, aveau o înţelegere tacită...

... efectuează degustări regulate din salamul cel mai fin al lui Howard...

(Mama lui Shirley prinsese viaţă lângă ea în încăpere: chicotind şi făcând glume răutăcioase, un pahar din care se varsă vinul... Shirley nu putea să suporte râsul obscen. Nu suportase niciodată destrăbălarea sau ridicolul.)

Sări în picioare, împiedicându-se de scaun, şi se grăbi să se întoarcă în dormitor. Howard încă dormea, culcat pe spate, scoţând zgomote ce păreau nişte grohăieli.

— Howard, spuse ea. *Howard.*

Avu nevoie de un minut întreg ca să-l trezească. Era confuz şi dezorientat, dar în timp ce stătea aplecată deasupra lui, ea tot îl vedea ca pe un cavaler protector care ar putea s-o salveze.

— Howard, Fantoma lui Barry Fairbrother a mai postat un mesaj.

Iritat de această trezire brutală, Howard scoase un mârâit cu nasul în pernă.

— Despre tine, preciză Shirley.

Ea şi Howard discutau de foarte puţine ori lucrurile pe şleau. Întotdeauna îi plăcuse asta. Dar astăzi era forţată s-o facă.

— Despre tine, repetă ea, şi Maureen. Zice că voi doi... aveţi o relaţie.

Mâna lui mare se ridică peste faţă şi Howard se frecă la ochi. Îi frecă mai mult decât ar fi avut nevoie, era convinsă de asta.

— Ce?! spuse el, ascunzându-şi faţa cu mâna.

— Tu şi Maureen... aveţi o relaţie.

— De unde-a mai scos-o şi p-asta?

Nicio negare, niciun acces de furie, niciun râs sarcastic. Doar o întrebare prudentă privind sursa.

Chiar şi după aceea, Shirley îşi va aminti de acest moment ca de o moarte; o viață se încheiase cu adevărat.

VII

— Taci naibii din gură, Robbie! Taci!

Krystal îl târâse pe Robbie până la o stație de autobuz situată la câteva străzi mai încolo, astfel încât nici Obbo, nici Terri să nu-i poată găsi. Nu era sigură că avea bani destui de bilet, dar era hotărâtă să ajungă în Pagford. Nana Cath dispăruse, domnul Fairbrother nu mai era nici el, dar Fats Wall era acolo, iar ea avea nevoie să facă un copil.

— De ce era ăla în cameră cu tine? strigă Krystal la Robbie, care se zbârli şi nu-i răspunse.

Bateria de la telefonul lui Terri era aproape consumată. Krystal formă numărul lui Fats, dar se auzi mesageria vocală.

În Church Row, Fats mânca pâine prăjită şi îi asculta pe părinții lui având una dintre conversațiile lor familiare şi bizare în biroul din cealaltă parte a holului. Era o distragere binevenită de la propriile gânduri. Mobilul din buzunar vibră, dar nu răspunse. Nu era nimeni cu care să vrea să vorbească. Nu putea să fie Andrew. După noaptea trecută, mai ales.

— Colin, ştii ce trebuie să faci, spunea mama lui. Părea epuizată. Te rog, Colin...

— Am luat cina cu ei sâmbătă seara. În noaptea de dinaintea morții lui. Eu am gătit. Dacă...

— Colin, *n-ai pus nimic în mâncare* — pentru numele lui Dumnezeu, acum eu o fac — şi nu trebuie să fac asta, Colin, ştii că nu am voie să intru în povestea asta. Vorbeşte tulburarea ta obsesiv-compulsivă.

— Dar aş fi putut s-o fac, Tess, m-am gândit deodată, dacă pun ceva...

— Atunci, de ce noi am rămas în viaţă, tu, eu şi Mary? S-a făcut autopsie, Colin!

— Nimeni nu ne-a dat detaliile. Mary nu ne-a spus. Cred că ăsta e motivul pentru care nu vrea să-mi mai vorbească. Bănuieşte.

— Colin, pentru numele lui Dumnezeu...

Vocea Tessei se preschimbă într-o şoaptă insistentă, prea joasă ca să mai poată fi auzită. Mobilul lui Fats vibră din nou. Îl scoase din buzunar. Numărul lui Krystal. Răspunse.

— Hai, salut, zise Krystal, şi în fundal se auzea vocea unui copil care zbiera. Vrei să ne-ntâlnim?

— Nu ştiu, căscă Fats.

Intenţionase să se ducă la culcare.

— Vin în Pagford cu autobuzul. Am putea să ne vedem.

Noaptea trecută o împinsese pe Gaia Bawden în balustradele de lângă sala oraşului, până când fata se depărtase de el şi vomitase. După care a început să-l ocărască, aşa că a lăsat-o acolo şi a plecat acasă.

— Nu ştiu, zise el.

Se simţea atât de obosit, atât de nefericit.

— Haide, spuse ea.

Din birou, îl auzi pe Colin.

— Spui tu asta, dar va apărea? Dacă eu...

— Colin, n-ar trebui să intrăm în povestea asta... tu nu trebuie să iei în serios ideile astea.

— Cum poți să-mi spui una ca asta? Cum pot eu să nu le iau în serios? Dacă sunt responsabil...

— Da, în regulă, îi spuse Fats lui Krystal. Ne vedem în douăzeci de minute, în fața pubului din piață.

VIII

Pe Samantha o scoase în sfârşit din camera de oaspeți nevoia urgentă de a se uşura. Bău apă rece de la robinetul din baie până i se făcu greață, înghiți două pastile de paracetamol din dulăpiorul de deasupra chiuvetei, apoi făcu un duş.

Se îmbrăcă fără să se uite în oglindă, atentă să prindă nişte zgomote care să-i dea un indiciu despre unde se află Miles, dar casa părea să fie tăcută. Poate că, îşi zise ea, o scosese pe Lexie în oraş undeva, departe de mama ei bețivă, libidinoasă şi corupătoare de minori...

(„Era coleg de clasă cu Lexie, la şcoală!" strigase Miles către ea de cum ajunseră în dormitor. Aşteptase ca el să se îndepărteze de uşă şi apoi o deschisese din nou şi fugise în camera de oaspeți.)

Greața şi ruşinea năvăleau asupra ei în valuri. Îşi dori să poată uita, să pretindă că i s-a rupt filmul, dar încă mai putea să vadă fața băiatului când s-a repezit la el... îşi amintea senzația corpului lui lipit de al ei, atât de slăbuț, atât de tânăr...

Dacă ar fi fost Vikram Jawanda, poate că gestul ar fi avut o oarecare demnitate... Trebuia să bea nişte cafea. Nu putea să rămână în baie o veşnicie. Dar când se întoarse să deschidă uşa, se văzu în oglindă, iar curajul aproape c-o părăsi. Avea fața umflată, ochii cufundați în orbite, iar ridurile de pe fața ei erau gravate mai adânc din pricina presiunii şi a deshidratării.

O, Doamne, ce şi-o fi închipuit despre mine...

Miles era la masa din bucătărie când ea intră. Nu se uită la el, ci se duse direct la bufet, unde era cafeaua. Până să atingă mânerul, el îi zise:

— Am aici nişte cafea.

— Mulțumesc, murmură ea şi-şi turnă o cană, evitând contactul vizual.

— Am trimis-o pe Lexie la mami şi la tati, spuse Miles. Trebuie să vorbim.

Samantha se aşeză la masa de bucătărie.

— Vorbeşte, atunci.

— „Vorbeşte" — e tot ce poți să spui?

— Tu eşti cel care vrea să vorbească.

— Astă-noapte, spuse Miles, la petrecerea tatălui meu, am venit să te caut şi te-am găsit îmbrățişând un băiat de 16 ani...

— 16 ani, da, spuse Samantha. E legal. Un lucru bun.

Miles se uită la ea lung, oripilat.

— Ți se pare amuzant? Dacă tu m-ai găsi pe mine atât de beat încât să nici nu-mi dau seama...

— Ba mi-am dat seama, spuse Samantha.

Refuza să fie Shirley, să acopere totul cu o mică față de masă cu volănaşe, de ficțiune politică. Voia să fie sinceră şi voia să pătrundă dincolo de acel strat de mulțumire de sine din cauza căruia nu-l mai recunoştea pe tânărul pe care-l iubise.

— Ți-ai dat seama de... ce?

Era atât de clar că el se aşteptase la stânjeneală şi căință, încât Samantha aproape că râse.

— Mi-am dat seama că-l sărutam.

Miles se uită lung la soția lui şi curajul o părăsi pe Samantha, pentru că ştia ce urma să spună:

— Şi dacă în locul meu ar fi intrat Lexie?

Samantha nu avea niciun răspuns la asta. Ideea că Lex ar putea afla ce se întâmplase o făcea să vrea să fugă şi să n se mai întoarcă — şi dacă băiatul îi spunea? Fuseseră coleg de şcoală. Uitase cum e Pagfordul...

— Ce dracu' se întâmplă cu tine? întrebă Miles.

— Sunt... nefericită.

— De ce? E din cauza magazinului? Asta e?

— Un pic, spuse Samantha. Dar urăsc să trăiesc în Pagford. Urăsc să trăiesc sub controlul părinților tăi. Şi uneori, rosti ea cuvintele încet, urăsc să mă trezesc lângă tine în pat.

Se gândi că el s-ar putea să se supere, dar în loc de asta întrebă, destul de calm:

— Vrei să spui că nu mă mai iubeşti?

— Nu ştiu, spuse Samantha.

Miles părea mai slab cu cămaşa descheiată la gât. Pentru prima oară de multă vreme, ei i se păru că întrezăreşte ceva familiar şi vulnerabil în trupul îmbătrânit. *Şi încă mă mai doreşte,* îşi zise, minunându-se, amintindu-şi fața boțită din oglinda de la etaj.

— Dar am fost bucuroasă, adăugă ea, în noaptea în care Barry Fairbrother a murit, că tu erai încă în viață. Cred că visasem că nu mai eşti şi, m-am trezit, şi ştiu că am fost fericită să te aud respirând.

— Şi asta... asta e tot ce ai să-mi spui, nu-i aşa? Te bucuri că nu sunt mort?

Se înşelase când crezuse că nu se supărase. Pur şi simplu fusese şocat.

— *Asta e tot ce ai să-mi spui?* Te comporți absolut mizerabil la aniversarea tatălui...

— Ar fi fost mai bine dacă n-ar fi fost nenorocita de aniversare a lui taică-tu? strigă ea, cuprinsă la rândul ei de mânie. Care e de fapt problema, că te-am făcut de râs în fața lu' mămica şi tăticu'?

— Te-ai sărutat cu un *băiat de 16 ani...*

— Poate că el e primul dintr-un şir de mai mulți! zbieră Samantha, ridicându-se de la masă şi trântind cana în chiuvetă; rămase cu mânerul acesteia în mână. Chiar nu pricepi, Miles? M-am săturat! Urăsc viața noastră de rahat şi îi urăsc pe părinții tăi de rahat...

— ... dar nu te deranjează că plătesc educația fetelor...

— ... urăsc să văd cum te transformi în tatăl tău în fața mea...

— ... numai prostii spui, pur şi simplu nu-ți place ca eu să fiu fericit când tu nu eşti...

— ... în vreme ce pe soțul meu iubit îl doare-n cur de cum mă simt...

— ... ai avea o mulțime de lucruri de făcut în oraş, dar preferi să stai acasă, îmbufnată...

— ... n-am nicio intenție să mai stau acasă, Miles...

— ... n-am să-mi cer scuze acum pentru că m-am implicat în viața comunității...

— Ei bine, am vorbit serios când am spus — *nu eşti potrivit să-i ocupi locul!*

— Ce? spuse el şi scaunul i se răsturnă în momentul când sări în picioare, în vreme ce Samantha se îndrepta spre uşa bucătăriei.

— Aşa cum ai auzit! Cum am scris şi în scrisoare, Miles, nu eşti potrivit să-i ocupi locul lui Barry Fairbrother. El era sincer.

— *Tu* ai scris-o?

— Da, spuse ea cu sufletul la gură şi cu mâna pe clanță. *Eu* am trimis scrisoarea aia. Am băut prea mult într-o seară, în timp ce tu vorbeai la telefon cu maică-ta. Şi — mai zise, deschizând uşa — nici nu te-am votat.

Expresia de pe faţa lui o enervă. În hol, luă nişte saboţi, singura pereche de încălţări pe care o găsi, şi ieşi pe uşa din faţă înainte ca el s-o poată prinde din urmă.

IX

Călătoria o purtă pe Krystal înapoi în copilărie. Făcea acest drum zilnic la St Thomas, singură, cu autobuzul. Ştia când avea să se vadă mănăstirea şi i-o arătă lui Robbie.

— Vezi castelul ăla mare şi dărâmat?

Lui Robbie îi era foame, dar era uşor zăpăcit de drumul cu autobuzul. Krystal îl ţinea strâns de mână. Îi promisese c-o să-i dea de mâncare când vor ajunge la capătul liniei, dar nu ştia de unde să-i facă rost. Poate c-o să împrumute nişte bani de la Fats pentru o pungă de chipsuri, ca să nu mai pomenim de costul biletului de întoarcere.

— M-am dus la şcoal'-acolo, îi spuse ea lui Robbie, în timp ce el îşi ştergea degetele de geamul murdar, desenând modele abstracte. Şi tu o să te duci acolo la şcoală.

Când va fi însărcinată şi îi vor da o casă nouă, aproape sigur o să-i dea altă casă din Fields; nimeni nu voia să le cumpere pentru că erau într-o stare jalnică. Dar Krystal vedea asta ca un lucru bun, pentru că Robbie şi bebeluşul ar fi aparţinut de şcoala St Thomas. În tot cazul, părinţii lui Fats aproape sigur îi vor da bani pentru o maşină de spălat după ce le va naşte nepotul. S-ar putea chiar să-i cumpere şi-un televizor.

Autobuzul cobora o pantă spre Pagford, iar Krystal întrezări râul sclipitor, vizibil pentru un scurt moment înainte ca râul să coboare prea jos. Când se alăturase echipei de canotaj, fusese dezamăgită că nu se antrenau pe râul Orr, ci pe vechiul canal murdar din Yarvil.

— Hai c-am ajuns, îi spuse Krystal lui Robbie, când autobuzul întoarse încet în piața împodobită cu flori.

Fats uitase că dacă stăteai în față la Black Canon însemna să stai vizavi de Mollison and Lowe şi de IBRICUL DE ARAMĂ. Mai era peste o oră până la prânz, ora de deschidere a cafenelei duminica, dar Fats nu ştia cât de devreme trebuia Andrew să ajungă la muncă. N-avea niciun chef să-l vadă în dimineața asta pe cel mai vechi prieten al său, aşa că rămase ascuns într-o parte a pubului şi ieşi doar când sosi autobuzul.

Acesta plecă din stație — în urma lui rămaseră Krystal şi un băiețel cam murdar.

Consternat, Fats se apropie de ei.

— E frati-miu, spuse cu agresivitate Krystal, ca reacție la ceea ce văzuse pe fața lui Fats.

Fats făcu încă o ajustare mentală la ceea ce însemna viața aspră şi autentică. La început, fusese cucerit de ideea de a i-o trage lui Krystal (şi să-i arate lui Cubby de ce sunt în stare să realizeze adevărații bărbați aşa, într-o doară şi fără efort), dar băiețelul ăsta agățat de mâna şi piciorul surorii sale avu darul să-l deconcerteze.

Fats îşi dori să nu fi acceptat să se întâlnească cu ea. Îl făcea să se simtă ridicol. Ar fi preferat să se ducă înapoi în casa aia împuțită şi jalnică, acum când o vedea în piață.

— Ai vreun ban? întrebă Krystal.

— Ce? zise Fats.

De oboseală, mintea-i funcționa cu încetinitorul. Nu-şi mai amintea de ce voise să stea treaz toată noaptea. Limba îl înțepa de la țigările pe care le fumase.

— Bani, repetă Krystal. I-e foame, iar eu am pierdut cinci lire. Ți-i dau înapoi.

Fats îşi vârî mâna în buzunarul blugilor şi atinse o bancnotă mototolită. Cumva nu voia să pară mână spartă în fața lui Krystal, aşa că se apucă să caute mai adânc în buzunar şi în cele din urmă scoase câteva monede de argint şi cupru.

Se duseră la micul chioşc de presă situat la două străzi de piață, iar Fats zăbovi prin preajmă cât timp Krystal îi cumpără lui Robbie chipsuri şi un pachet de Rolo. Niciunul dintre ei nu scoase o vorbă, nici măcar Robbie, care părea să se teamă de Fats. În sfârşit, când Krystal îi dădu fratelui ei chipsurile, îi spuse lui Fats:

— Unde mergem?

Fără doar şi poate, se gândi el, lui Krystal nu-i trecuse prin cap să meargă să şi-o tragă. Nu cu băiatul lângă ei. Îi trecuse prin minte s-o ducă la Gaura lui Cubby: era intim şi ar fi însemnat o pângărire finală a prieteniei lui cu Andrew. Nu mai datora nimic nimănui. Dar refuza din capul locului ideea de a face sex în fața unui copil de trei ani.

— O s' fie cuminte, zise Krystal. Are bomboane acu'. Nu, mai târziu, îi zise ea lui Robbie, care plângea după bomboanele Rolo din mâna ei. După ce papi chipsurile.

Mergeau pe drum în direcția vechiului pod de piatră.

— O s' fie cuminte, repetă Krystal. Face cum i se spune. Nu-i aşa? îi spuse ea tare lui Robbie.

— Vreau bomboane, spuse copilul.

— Mai aşteaptă.

Îşi dădea seama că Fats avea nevoie să fie linguşit azi. Ştiuse, încă din autobuz, că prezenţa lui Robbie va îngreuna lucrurile.

— Tu ce-ai mai făcut? îl întrebă.

— Am fost la o petrecere azi-noapte, spuse Fats.

— Da? Cine-a mai fost acolo?

Fats căscă cu poftă, iar ea trebui să aştepte ca să audă răspunsul.

— Arf Price. Sukhvinder Jawanda. Gaia Bawden.

— Aia locuieşte în Pagford? întrebă Krystal cu glas tăios.

— Mda, pe Hope Street, spuse Fats.

Ştia, pentru că Andrew lăsase să-i scape unde locuia Gaia. Andrew nu-i spusese niciodată că-i place de ea, dar Fats îl văzuse cum o urmărea pe Gaia aproape permanent în cele câteva ore pe care le aveau în comun. Remarcase extrema stânjeneală manifestată de Andrew în preajma fetei şi ori de câte ori se vorbea de ea.

Krystal, în schimb, se gândea la mama Gaiei: singura asistentă socială pe care o plăcuse vreodată, singura care reuşise să comunice cu mama sa. Locuia pe Hope Street, la fel ca Nana Cath. Probabil că se afla acolo chiar acum. Ce-ar fi dacă...

Dar Kay îi părăsise. Mattie redevenise asistenta lor socială. În tot cazul, nu se făcea s-o deranjezi acasă. Shane Tully o urmărise odată pe asistenta lui socială până la locuinţa ei şi se alesese cu un ordin de restricţie drept răsplată pentru eforturile lui. Dar, pe de altă parte, Shane încercase cu ceva timp în urmă să arunce cu cărămida în geamul maşinii acelei femei...

Şi, judecă fata, mijind ochii când drumul coti, iar râul o orbi cu miile de pete albe de lumină, Kay încă păstra dosarele, fiind şi cea care ţinea scorul, şi arbitrul. Părea să fie o tipă OK, dar niciuna dintre soluțiile ei nu-i ținea pe Krystal și pe Robbie împreună...

— Am putea să mergem acolo, îi sugeră ea lui Fats, arătând spre porțiunea de mal cu vegetație crescută în neorânduială, ceva mai încolo față de pod. Iar Robbie poa' s-aștepte aci sus, pe bancă.

Se gândise că va putea să-l țină sub supraveghere de la depărtare și va avea grijă ca el să nu vadă nimic. Nu că ar fi fost ceva pe care copilul să nu-l fi văzut înainte, în zilele când Terri aducea străini acasă...

Dar, chiar așa epuizat cum era, Fats se simțea revoltat. Nu putea s-o facă în iarbă, sub ochii unui băiețel.

— Nuu, spuse el încercând să pară degajat.

— Hai că n-o s' ne deranjeze, insistă Krystal. Are și bomboane acu'. Nici măcar n-o s' știe, zise ea, cu toate că își dădea seama că e o minciună. Robbie știa prea multe.

Avuseseră necazuri la creșă când copilul se apucase să mimeze călăritul pe la spate pe un alt copil.

Mama lui Krystal, din câte-și amintea Fats, era o prostituată. Detesta ideea sugerată de ea, dar nu era asta o lipsă de autenticitate?

— Ce s-a-ntâmplat? îl întrebă Krystal cu agresivitate.

— Nimic, spuse el.

Dane Tully ar fi făcut-o. Pikey Pritchard ar fi făcut-o. Cubby, nici într-un milion de ani.

Krystal îl duse pe Robbie la bancă. Fats se aplecă și se uită peste speteaza acesteia, în jos, până la peticul de buruieni și tufișuri, și se gândi că poate băiețelul n-o să vadă nimic, dar în tot cazul o va face cât mai rapid cu putință.

— Uite-aici s' stai, îi zise Krystal lui Robbie, scoțând la iveală un tub lung de Rolo în vreme ce copilul întindea mâna după ele bucuros. Poţi s' le ai pe toate dacă şezi aci un minut, înţeles? Da, Robbie, şezi aci, iar io o să fiu în tufişurile alea. Ai înţeles, Robbie?

— Da, spuse el fericit, cu obrajii deja plini de ciocolată şi caramele.

Krystal se lăsă să alunece pe mal în jos spre peticul acoperit de vegetaţie, sperând că Fats va accepta s-o facă fără prezervativ.

X

Gavin îşi pusese ochelarii de soare ca să se protejeze de soarele de dimineaţă, dar asta nu era o deghizare: Samantha Mollison avea să-i recunoască maşina, fără doar şi poate. Când o zări plimbându-se pe trotuar singură, cu mâinile în buzunare şi capul lăsat în jos, Gavin făcu brusc la stânga şi, în loc să continue pe drumul către locuinţa lui Mary, traversă vechiul pod de piatră şi parcă pe o alee lăturalnică, pe malul celălalt al râului.

Nu voia ca Samantha să-l vadă parcând lângă locuinţa lui Mary. Nu avea importanţă în zilele lucrătoare, când era îmbrăcat în costum şi avea servieta la el; nu avusese importanţă înainte, când recunoscuse faţă de el însuşi ce simţea pentru Mary, dar acum avea importanţă. În orice caz, dimineaţa era splendidă şi plimbarea pe jos îi oferi un răgaz mai mare.

Încă-mi mai păstrez deschise opţiunile, îşi zise el, în timp ce traversa podul. Un băieţel şedea singur pe o bancă şi mânca dulciuri. *Nu trebuie să spun nimic... Am să joc la inspiraţie...*

Dar palmele i se umeziseră. Gândul că Gaia ar putea să le spună gemenelor Fairbrother că el era îndrăgostit de mama lor îl bântuise toată noaptea.

Mary păru încântată să-l vadă.

— Unde ți-e mașina? îl întrebă ea, uitându-se peste umărul lui.

— Am parcat-o mai jos, lângă râu, răspunse Gavin. E o dimineață minunată. Am avut chef de-o plimbare pe jos și pe urmă m-am gândit că aș putea să-ți tund gazonul...

— Oh, Graham a făcut-o deja, spuse ea, dar e foarte drăguț că te-ai gândit. Hai, intră să bei o cafea.

Mary începu să pălăvrăgească în timp ce se mișca prin bucătărie. Purta niște blugi mai vechi tăiați deasupra genunchiului și un tricou; acestea arătau cât de slabă era, dar părul îi strălucea din nou, așa cum și-l imagina el de obicei. Putea să le vadă pe gemene, întinse pe o pătură pe gazonul proaspăt tuns, amândouă cu căștile la urechi, ascultând muzică la iPod-uri.

— Ce mai faci? îl întrebă Mary, așezându-se lângă el.

Gavin nu-și dădea seama de ce era atât de preocupată; apoi își aminti că îi spusese ieri, în timpul unei vizite scurte, că se despărțise de Kay.

— Sunt bine. Probabil că e mai bine așa.

Mary zâmbi și-l bătu ușurel pe braț.

— Am auzit aseară, spuse el, cu gura ușor uscată, că s-ar putea să te muți.

— Veștile circulă rapid în Pagford. E doar o idee. Theresa vrea să mă mut înapoi în Liverpool.

— Și copiii ce zic de ideea asta?

— Păi, aș aștepta ca fetele și Fergus să-și dea examenele în iunie. Cu Declan nu e o problemă așa de mare. Vreau să spun că niciunul dintre noi nu vrea să părăsească...

Ochii i se umplură de lacrimi, dar Gavin era atât de fericit, că întinse mâna să-i atingă încheietura delicată a mâinii.

— Bineînțeles că nu vreți...

— ... mormântul lui Barry.

— Ah, spuse Gavin, iar fericirea lui se stinse ca o lumânare.

Mary își șterse ochii cu dosul palmei. Gavin o găsi ușor morbidă. Familia lui își ducea morții la crematoriu. Înmormântarea lui Barry fusese abia a doua la care participase vreodată și urâse tot ce se întâmplase acolo. Nu vedea într-un mormânt decât pur și simplu un element de marcaj al locului în care un cadavru se descompunea; un gând neplăcut, dar oamenii veneau în vizită și aduceau flori, de parcă așa l-ar putea învia.

Mary se ridică să aducă niște șervețele. Afară, pe gazon, gemenele împărțeau acum o singură pereche de căști, capetele lor mișcându-se în ritmul aceluiași cântec.

— Deci Miles a câștigat locul lui Barry, spuse ea. Noaptea trecută s-au auzit până aici zgomotele petrecerii.

— Păi, a fost ziua de... mda, așa este, încuviință.

— Iar Pagford mai are puțin și scapă de Fields, zise ea.

— Da, așa se pare.

— Iar acum că Miles face parte din consiliu, le va fi mai ușor să închidă Bellchapel.

Gavin trebuia mereu să-și amintească ce era Bellchapel; nu-l interesaseră deloc chestiunile astea.

— Mda, presupun că da.

— Așadar, tot ce-a dorit Barry s-a terminat.

Lacrimile i se uscaseră și obrajii i se aprinseră de furie.

— Știu, zise Gavin. E trist cu adevărat.

— Nu știu, continuă ea, încă roșie la față de supărare. De ce ar trebui Pagford să plătească facturile pentru Fields? Barry n-a văzut decât o latură a problemei. El credea că toată lumea din Fields era ca el. Credea că şi Krystal Weedon era ca el, dar nu era. Niciodată nu i-a trecut prin minte că oamenii din Fields ar putea fi fericiți aşa cum sunt ei.

— Mda, zise Gavin, bucuros că ea nu era de acord cu Barry şi simțind cum umbra mormântului lui se ridicase dintre ei. Ştiu la ce te referi. Din tot ce-am auzit despre Krystal Weedon...

— Se bucura de mai mult timp şi atenție din partea lui decât propriile sale fiice, spuse Mary. Şi n-a dat niciun ban pentru coroana lui. Fetele mi-au spus. Toată echipa de canotaj a contribuit, în afară de Krystal. Şi n-a venit nici la înmormântarea lui, după toate câte le-a făcut pentru ea.

— Mda, păi asta demonstrează...

— Iartă-mă, dar nu mă pot opri să nu mă gândesc la toate astea, spuse ea cu înfrigurare. Nu pot să nu mă gândesc că el şi-acum ar vrea ca eu să-mi fac griji pentru nenorocita de Krystal Weedon. Nu pot să trec peste asta. În ultima zi din viața lui, când îl durea capul îngrozitor şi n-a făcut nimic în privința asta, a scris nenorocitul ăla de articol!

— Ştiu, spuse Gavin. Ştiu. Cred, continuă el, cu senzația că păşeşte pe o punte veche din sfori, că e o chestie tipic masculină. Miles e la fel. Samantha n-a vrut ca el să candideze pentru consiliu, dar el n-a ținut cont. Ştii, unii bărbați chiar îşi doresc să aibă puțină putere...

— Barry nu s-a dus acolo pentru putere, replică Mary, iar Gavin se grăbi să-i facă pe plac.

— Nu, nu, Barry n-a fost. El era acolo pentru...

— Nu se putea abține, îl întrerupse ea. Credea că toată lumea e ca el, că dacă le întinzi o mână, o să înceapă să devină mai buni.

— Da, spuse Gavin, dar ideea e că mai există şi alţi oameni care ar avea nevoie să li se întindă o mână... oamenii de acasă...

— Păi, exact! spuse Mary, căzând iar pradă lacrimilor.

— Mary, zise Gavin, ridicându-se de pe scaun şi mutându-se lângă ea (pe puntea de sfori, cu un sentiment amestecat de panică şi nerăbdare), uite... e chiar devreme... adică, e mult prea devreme... dar vei cunoaşte pe altcineva.

— La 40 de ani, zise Mary printre suspine, cu patru copii...

— Bărbaţi, o droaie, începu el, dar nu era bine; ar fi preferat ca ea să nu creadă că are prea multe opţiuni. Bărbatului potrivit, se corectă el, n-o să-i pese că ai copii. Şi oricum, sunt nişte copii tare drăguţi... oricine ar fi bucuros să-i aibă în grijă.

— Oh, Gavin, tare mai eşti dulce, spuse ea, ştergându-şi iar ochii.

El o cuprinse cu un braţ, iar ea nu se feri. Rămaseră aşa fără să spună nimic cât timp Mary îşi suflă nasul, apoi Gavin simţi cum ea se pregăteşte să se desprindă din îmbrăţişare şi spuse:

— Mary...

— Ce e?

— Trebuie să... Mary, cred că m-am îndrăgostit de tine.

Cunoscu pentru câteva secunde sentimentul de triumf al paraşutistului care se desprinde de podeaua fermă şi se aruncă în spaţiul nemărginit.

Deodată, ea se trase înapoi.

— Gavin. Eu...

— Iartă-mă, spuse el, observându-i alarmat expresia de repulsie. Voiam s-o auzi de la mine. I-am spus lui Kay că ăsta e motivul pentru care vreau să ne despărţim şi mi-a fost teamă să nu auzi de la altcineva. Altfel, nu ţi-aş fi zis nimic luni în şir. Ani, plusă el, încercând să-i readucă zâmbetul şi dispoziţia în care ea îl găsise dulce.

Dar Mary clătina din cap, cu braţele încrucişate la piept.

— Gavin, eu niciodată...

— Uită tot ce-am spus, zise el prosteşte. Hai să uităm.

— Credeam c-ai înţeles.

Gavin înţelese că ar fi trebuit să-şi dea seama că Mary este înconjurată de o armură invizibilă de durere şi că acea armură ar fi trebuit s-o protejeze.

— Să ştii că înţeleg, minţi el. Nu ţi-aş fi spus, doar că...

— Barry spunea mereu că-ţi place de mine, zise Mary.

— Ba nu, replică el agitat.

— Gavin, eu te consider un om foarte cumsecade, spuse ea cu respiraţia întretăiată. Dar nu... adică, chiar dacă...

— Nu, rosti el tare, încercând s-o acopere. Am înţeles. Uite, am să plec acum.

— Nu-i nevoie...

Dar Gavin aproape c-o ura acum. Auzise ce încercase ea să spună: *Chiar şi dacă n-aş fi suferit după soţul meu, nu te-aş fi dorit.*

Vizita lui fusese atât de scurtă, că atunci când Mary, cu mâinile uşor tremurânde, îi goli ceaşca în chiuvetă, cafeaua era încă fierbinte.

XI

Howard îi spusese lui Shirley că nu se simţea grozav, că se gândise că-i mai bine să stea în pat şi să se odihnească şi că IBRICUL DE ARAMĂ ar putea să funcţioneze şi fără el o după-amiază.

— Am s-o sun pe Mo, zise el.

— Nu, lasă c-o sun eu, îi replică tăios Shirley.

În timp ce-i închidea uşa dormitorului, Shirley îşi zise: *Îşi oboseşte inima.*

El îi spusese: „Nu fi prostuță, Shirl", şi apoi, „Sunt prostii, nişte nenorocite de prostii", iar ea nu-l presase. Anii de evitare politicoasă a subiectelor spinoase (Shirley fusese literalmente năucită când, la 23 de ani, Patricia o anunțase: „Mamă, sunt gay") păreau să fi înăbuşit pentru totdeauna ceva înăuntrul ei.

Se auzi soneria de la uşă. Lexie spuse:

— Tata mi-a spus să vin la voi. El şi mami au ceva de făcut. Unde-i bunicul?

— În pat, răspunse Shirley. A cam întrecut măsura astă-noapte.

— A fost o petrecere reuşită, nu-i aşa? zise Lexie.

— Da, draga mea, spuse Shirley, care simțea cum înăuntrul ei se acumulează o furtună.

După o vreme, sătulă de pălăvrăgeala nepoatei, îi propuse:

— Hai să luăm masa la cafenea. Howard, strigă ea prin uşa închisă a dormitorului, plec cu Lexie să mâncăm la IBRICUL DE ARAMĂ.

Howard păru îngrijorat, iar ea se bucură. Nu-i era frică de Maureen. O va privi pe Maureen drept în față...

Dar, pe drum, Shirley se gândi că era posibil ca Howard să-i fi telefonat lui Maureen în momentul când plecase de acasă. Da' proastă mai putea să fie... cumva, îşi închipuise că, sunând-o ea însăşi pe Maureen ca s-o anunțe că Howard nu se simte bine, îi împiedicase să comunice... uitase...

Străzile familiare, mult îndrăgite, păreau diferite, stranii. Făcuse un inventar al vitrinei pe care o prezenta acestei frumoase mici lumi: soție și mamă, voluntară la spital, secretară a Consiliului Parohial, titlul de Primă Cetățeană; iar Pagfordul fusese oglinda ei, reflectându-i, prin respectul politicos, valoarea și meritele. Dar Fantoma luase o ștampilă și mânjise suprafața imaculată a vieții ei cu o dezvăluire care avea să anuleze totul: „soțul ei se culca de multă vreme cu partenera lui de afaceri, iar ea nu știuse niciodată..."

Asta va fi tot ce se va spune, când va fi pomenită; tot ce-și vor aminti vreodată în privința sa.

Deschise ușa cafenelei; clopoțelul sună, iar Lexie zise:

— Uite-l pe Peanut Price.

— Cum se simte Howard? croncăni Maureen.

— E doar obosit, spuse Shirley, apropiindu-se cu eleganță de o masă și așezându-se.

Inima îi bătea cu atâta repeziciune, că se întrebă dacă nu cumva riscă să facă și ea un atac de cord.

— Să-i spui că niciuna dintre fete n-a apărut, spuse Maureen iritată, zăbovind lângă masa lor. Mai mult, niciuna n-a binevoit să dea un telefon. Avem noroc că nu e aglomerat.

Lexie se duse să vorbească cu Andrew, căruia i se încredințase misiunea de chelner. Conștientă de neobișnuita ei singurătate, în timp ce stătea la masă, Shirley își aminti de Mary Fairbrother, dreaptă și trasă la față la înmormântarea lui Barry, văduvia învăluind-o ca o trenă de regină; compasiune, admirație. Prin pierderea soțului ei, Mary devenise receptorul pasiv și tăcut al admirației, în vreme ce ea, atașată de bărbatul care o trădase, era înveșmântată în josnicie, o țintă a batjocurii...

(Cu mult timp în urmă, în Yarvil, bărbații făceau glume obscene pe seama lui Shirley, din pricina proastei reputații a mamei sale, cu toate că ea, Shirley, fusese atât de pură pe cât era posibil să fie.)

— Bunicul se simte rău, îi spunea Lexie lui Andrew. Ce e în prăjiturile alea?

Băiatul se aplecă în spatele tejghelei, ascunzându-şi fața roşie.

M-am mozolit cu maică-ta.

Nu lipsise mult ca Andrew să tragă chiulul de la muncă. Îi fusese teamă că Howard l-ar putea concedia pe loc pentru că-i sărutase nora şi era de-a dreptul îngrozit de gândul că Miles Mollison ar putea să dea buzna în cafenea, căutându-l. În acelaşi timp, nu era atât de naiv încât să nu-şi dea seama că Samantha, care, de bună seamă, se gândi el fără scrupule, trebuie să fie trecută bine de patruzeci de ani, va fi personajul negativ al poveştii. Apărarea lui era simplă. „Era beată şi s-a dat la mine."

Stânjeneala lui conținea o fărâmă de mândrie. Aşteptase cu nelinişte să o vadă pe Gaia; voia să-i spună că o femeie matură se dăduse la el. Sperase că ar putea să râdă de asta, aşa cum râseseră de Maureen, dar şi că, în secret, fata ar putea să fie impresionată. Şi totodată că în timp ce râdeau, ar fi putut să afle exact ce făcuse cu Fats; cât de departe îl lăsase să meargă. Era pregătit să o ierte. Şi ea fusese beată. Numai că Gaia nu venise la muncă.

Se duse să ia un şervețel pentru Lexie şi aproape se ciocni cu soția şefului, care stătea în spatele tejghelei, ținând în mână EpiPen-ul lui.

— Howard m-a rugat să verific ceva, îi spuse Shirley. Şi seringa asta nu trebuie păstrată aici. Am s-o pun la locul ei.

XII

Când ajunse la jumătatea pachetului de bomboane lui Robbie i se făcu sete. Krystal nu-i luase nimic de băut Se dădu jos de pe bancă şi se ghemui în iarba caldă, unde îi putea vedea silueta în tufişuri cu străinul acela. După o vreme, coborî malul spre ei.

— Mi-e sete, se plânse el.

— Robbie, pleacă de-aci! țipă Krystal. Du-te şi stai pe bancă!

— Vreau să beau!

— Futu-i... du-te şi-aşteaptă lângă bancă, şi-am să-ți aduc ceva de băut într-un minut! Du-te d-aci, Robbie!

Plângând, băiatul se cățără înapoi pe malul alunecos, spre bancă. Era obişnuit să nu i se dea ceea ce voia şi se învățase să fie neascultător, pentru că adulții erau schimbători în furia şi regulile lor, aşa că învățase să-şi obțină micile lui plăceri oriunde şi oricând putea.

Supărat pe Krystal, rătăci ceva mai încolo de bancă, de-a lungul drumului. Un bărbat cu ochelari se apropia pe trotuar de el.

(Gavin uitase unde parcase maşina. Plecase grăbit de la Mary de-acasă şi pornise direct pe Church Row, dându-şi seama că o luase greşit abia când ajunse în dreptul casei lui Miles şi a Samanthei. Fiindcă nu voia să treacă iar pe lângă locuința familiei Fairbrother, se înapoiase pe o rută ocolită la pod.

Îl văzu pe băiat, murdar de ciocolată şi neîngrijit, şi trecu mai departe, simțind că visul său de fericire se năruise şi aproape că îşi dorea să se poată întoarce acasă la Kay şi să se lase îmbrățişat în tăcere... mereu se purtase foarte tandru cu el când fusese nefericit, tocmai asta îl atrăsese la ea de la bun început.)

Auzind susurul apei, lui Robbie i se făcu şi mai sete. Mai plânse un pic în timp ce-şi schimbă direcţia şi se îndepărtă de pod, înapoi, pe lângă locul unde Krystal stătea ascunsă. Tufişurile începură să se zgâlţâie. Merse mai departe, mânat de sete, apoi observă o gaură într-un gard viu lung, pe partea stângă a drumului. Când ajunse acolo, se uită prin ea şi zări un teren de fotbal.

Robbie se strecură prin spaţiul acela şi contemplă terenul larg cu castanul lui mare şi porţile de joc. Robbie ştia ce erau pentru că vărul lui, Dane, îi arătase cum să dea cu piciorul în minge în parcul de joacă. Nu văzuse niciodată atât de multă verdeaţă.

O femeie traversa terenul, cu mâinile la piept şi capul plecat.

(Samantha rătăcise îndelung, oriunde, numai să nu fie în apropiere de Church Row. Îşi pusese o mulţime de întrebări şi găsise puţine răspunsuri. Iar una dintre întrebări era dacă nu cumva mersese prea departe mărturisindu-i lui Miles despre scrisoarea aia stupidă, scrisă la beţie, pe care o trimisese din ură şi care acum părea un gest mai puţin inteligent...

Ridică privirea şi ochii ei îi întâlniră pe-ai lui Robbie. Copiii pătrundeau adeseori prin gaura din gardul viu ca să se joace pe teren în weekenduri. Şi fetele ei făceau asta când erau mai mici.

Se căţără peste poartă şi se îndreptă spre piaţă lăsând râul în spate. Nu putea să scape de senzaţia de dezgust faţă de propria persoană.)

Robbie se întoarse prin spaţiul din gardul viu şi mai merse puţin de-a lungul drumului după femeia care se plimba, dar curând aceasta dispăru din câmpul lui vizual. Jumătatea de pachet de Rolo se topea în mâna lui şi nu voia să le lase jos, dar îi era tare sete. Poate că sora lui terminase. Se întoarse în direcţia opusă.

Când ajunse la primul pâlc de tufişuri de pe mal, văzu că acestea nu se mişcau, aşa că i se păru în regulă să se apropie.

— Krystal, spuse el.

Dar tufişurile erau goale. Krystal dispăruse.

Robbie începu să plângă şi să strige după Krystal. Se căţără înapoi pe mal şi se uită disperat în susul şi în josul drumului, dar nu se vedea nici urmă de ea.

— Krystal! zbieră el.

O femeie cu părul cărunt şi tuns scurt îi aruncă o privire şi se încruntă, în timp ce se deplasa cu paşi vioi pe trotuarul celălalt.

Shirley o lăsase pe Lexie la IBRICUL DE ARAMĂ, unde părea fericită, dar ceva mai încolo, în piaţă, o zări pe Samantha — era ultima persoană pe care şi-ar fi dorit s-o întâlnească, aşa că o luase în direcţia opusă.

Scâncetele şi văicărelile băieţelului răsunară în urma ei în timp ce mergea cu pas grăbit. Shirley strângea aprig seringa în mâna vârâtă în buzunar. Nu va ajunge o glumă obscenă. Voia să fie pură şi să aibă parte de compătimire, asemenea lui Mary Fairbrother. Era stăpânită de o furie nestăvilită, atât de periculoasă, încât nu mai putea gândi coerent: voia să acţioneze, să pedepsească, să termine.

Chiar înainte de vechiul pod de piatră, un pâlc de tufişuri se cutremură la stânga lui Shirley. Aruncă o privire în jos şi întrezări o imagine dezgustătoare a ceva sordid şi josnic, care avu darul s-o stârnească şi mai mult.

XIII

Sukhvinder se plimbase prin Pagford mai mult decât Samantha. Plecase de la Vechiul Vicariat la scurt timp după ce maică-sa îi spusese că trebuie să se ducă la muncă şi de atunci rătăcise pe străzi, fiind atentă la zonele de excluziune invizibile de lângă Church Row, Hope Street şi piaţă.

Avea aproape 50 de lire în buzunar, reprezentând câştigul de la cafenea şi de la petrecerea aniversară, şi lama de ras. Ar fi vrut să-şi ia la ea şi libretul de economii de la societatea de construcţii, care se afla într-un mic fişet din biroul tatălui ei, dar Vikram stătea la masa de lucru. Aşteptase o vreme în staţia de autobuz de unde se putea lua cursa de Yarvil, dar apoi le zărise apropiindu-se pe drum pe Shirley şi Lexie, aşa că se făcuse nevăzută.

Trădarea Gaiei fusese brutală şi neaşteptată. Să se dea la Fats Wall... care o s-o lase baltă pe Krystal, acum că o avea pe Gaia. Orice băiat i-ar da papucii oricărei fete pentru Gaia, ştia asta. Dar nu suporta să se ducă la muncă şi s-o audă pe singura ei aliată zicând că, de fapt, Fats era un tip OK pe bune.

Mobilul îi bâzâi. Gaia îi trimisese deja două SMS-uri.

Cât de beată am fost astă-noapte?
Mergi la muncă?

Nimic despre Fats Wall. Nimic despre mozoleala cu torţionarul lui Sukhvinder. Noul mesaj spunea: *Eşti OK?*

Sukhvinder puse mobilul la loc în buzunar. Putea să meargă pe jos spre Yarvil şi să ia autobuzul de undeva din afara orăşelului, unde nimeni n-o putea vedea. Părinţii ei nu-i vor simţi lipsa până la cinci şi jumătate, când o aşteptau să se întoarcă de la cafenea.

Un plan disperat prinse contur în mintea sa în timp ce mergea, înfierbântată şi ostenită: dacă ar putea să găsească un loc unde să se cazeze şi care să coste mai puţin de cincizeci de lire... tot ce voia era să rămână singură şi să-şi facă de lucru cu lama de ras.

Se afla de-a lungul râului. Dacă trecea podul, putea să o ia pe o stradă lăturalnică până unde începea şoseaua de centură.

— Robbie! *Robbie!* Unde eşti?

Era Krystal Weedon, care alerga în susul şi în josul malului. Fats Wall fuma, cu o mână în buzunar, privind-o pe Krystal cum se agită.

Sukhvinder coti brusc la dreapta pe pod, îngrozită să nu cumva s-o vadă vreunul dintre ei. Ţipetele lui Krystal se amestecau cu zgomotul apei.

Sukhvinder remarcă ceva în apa râului.

N-apucă să se gândească la ceea ce face — avea deja mâinile pe lespedea de piatră fierbinte — că se şi săltă pe marginea podului. Ţipă: *E în râu, Krys!* şi sări, cu picioarele înainte, în apă. Piciorul îi fu spintecat de un monitor de computer spart, în timp ce curentul o trăgea la fund.

XIV

Când Shirley deschise uşa dormitorului, nu văzu decât două paturi goale. Justiţia avea nevoie de un Howard adormit. Va trebui să-l sfătuiască să se întoarcă în pat.

Dar nu se auzea niciun sunet nici din bucătărie, nici din baie. Shirley era îngrijorată ca nu cumva, pentru că se întorsese acasă pe lângă râu, să-l fi ratat. De bună seamă că se îmbrăcase şi plecase la muncă. Poate că deja era cu Maureen în camera din spate şi discutau despre ea. Plănuind poate să divorţeze şi să se căsătorească cu Maureen în schimb, acum că jocul ieşise la iveală şi prefăcătoria se terminase.

Aproape că alergă până în camera de zi, intenţionând să telefoneze la IBRICUL DE ARAMĂ. Howard stătea lungit pe covor, în pijama.

Avea faţa purpurie şi ochii bulbucaţi. Un şuier pierit venea dinspre buzele lui. O mână stătea strânsă slab pe pieptul său. Bluza de pijama i se ridicase. Shirley putea să vadă chiar porţiunea de piele acoperită de crustă în care plănuise să înfigă acul.

Ochii lui Howard îi întâlniră pe ai ei într-o chemare mută.

Shirley se holbă la el, îngrozită, după care fugi din încăpere. Primul lucru pe care îl făcu fu să ascundă EpiPen-ul în recipientul pentru biscuiţi. Apoi îl scoase de-acolo şi îl aruncă în spatele cărţilor de bucate.

Alergă din nou în camera de zi şi sună la 999.

— Pagford? Sunaţi pentru Orrbank Cottage, nu-i aşa? Avem una deja pe drum!

— Oh, mulţumesc, slavă Domnului, spuse Shirley, şi aproape că închise telefonul când îşi dădu seama ce spusese şi ţipă: Nu, nu, nu Orrbank Cottage...

Dar centralista dispăruse deja de pe fir şi trebui să formeze din nou. Se panică atât de mult, încât scăpă receptorul din mână. Pe covorul de lângă ea, şuieratul lui Howard devenea tot mai slab.

— Nu Orrbank Cottage! strigă ea. Evertree Crescent 36, Pagford... soțul meu a suferit un atac de cord...

XV

Pe Church Row, Miles Mollison ieşi vijelios din casă în papuci şi alergă pe trotuarul în pantă până la Vechiul Vicariat. Bătu la uşa groasă din lemn de stejar cu mâna stângă, în timp ce cu dreapta încerca să formeze numărul soției sale.

— Da? întrebă Parminder, deschizând uşa.

— Taică-meu, suspină Miles... un nou atac de inimă... Mama a chemat ambulanța... vrei să vii? Te rog, vrei să vii?

Parminder se înapoie rapid în casă, dădu să apuce mecanic geanta de doctor, dar se controlă.

— Nu pot, sunt suspendată de la muncă, Miles. Nu pot.

— Glumeşti... te rog... ambulanța ajunge aici abia peste...

— Nu pot, Miles.

Bărbatul se întoarse şi fugi prin poarta deschisă. În fața lui, o văzu pe Samantha, venind pe aleea grădinii. O chemă, cu vocea frântă, iar ea se întoarse surprinsă. La început, crezu că ea era cauza panicii.

— Tata... s-a prăbuşit... vine o ambulanță... s-o ia dracu' pe Parminder Jawanda, nu vrea să vină.

— Dumnezeule, spuse Samantha. Oh, Dumnezeule!

Se grăbiră să ajungă la maşină şi porniră la drum, Miles în papuci, Samantha în saboții care-i răniseră picioarele.

— Miles, ascultă, se aude o sirenă... deja a ajuns...

Dar când întoarseră pe Evertree Crescent, nu se afla nimic acolo, iar sirena nu se mai auzea.

Pe un gazon situat la un kilometru şi jumătate depărtare, Sukhvinder Jawanda vomita apă de râu sub o salcie, în vreme ce o bătrânică o înfăşurase cu nişte pături care erau la fel de îmbibate de apă ca şi hainele fetei. Nu departe de acolo, omul cu câinele care o scosese pe Sukhvinder din râu trăgând-o de păr şi de bluză era aplecat deasupra unui trup mic şi lipsit de vlagă.

Sukhvinder crezuse că-l simte pe Robbie zbătându-se în braţele ei, dar aceea fusese smucitura nemiloasă a râului care încerca să i-l smulgă din mâini. Era o înotătoare puternică, dar râul o târâse dedesubt, trăgându-i corpul neajutorat în toate direcţiile. Fusese târâtă pe după cotul râului şi aruncată către mal; reuşise să ţipe, apoi văzuse un bărbat cu un câine, alergând către ea de-a lungul malului.

— Nu mai are niciun rost, zise bărbatul care încercase să readucă la viaţă trupul plăpând al lui Robbie vreme de douăzeci de minute. S-a dus.

Sukhvinder începu să hohotească şi se prăbuşi pe pământul rece şi ud, cuprinsă de un tremur violent, în vreme ce sunetul sirenei ajungea la ei prea târziu.

În Evertree Crescent, paramedicii se chinuiau să-l urce pe Howard pe targă. Miles şi Samantha trebuiră să dea o mână de ajutor.

— Noi venim cu maşina, du-te cu tata, îi strigă Miles lui Shirley, care stătea năucită, părând că nu vrea să urce în ambulanţă.

Maureen, care tocmai condusese ultimul client afară din IBRICUL DE ARAMĂ, stătea în prag şi asculta.

— O mulțime de sirene, spuse ea peste umăr către Andrew care ștergea mesele epuizat. Ceva trebuie să se fi întâmplat.

Şi trase aer adânc în piept, de parcă ar fi sperat să simtă izul dezastrului în aerul călduț al după-amiezii.

Partea a şasea

Punctele slabe ale grupurilor de voluntari

22.23 ... Principalele puncte slabe ale unor astfel de organisme sunt faptul că sunt dificil de mobilizat şi pasibile de dezmembrare...

Charles Arnold-Baker

Administraţia consiliilor locale

Ediţia a şaptea

I

Colin Wall îşi imaginase de nenumărate ori poliţia bătând la uşa sa. Au ajuns, în sfârşit, în seara zilei de duminică, o femeie şi un bărbat, nu ca să-l aresteze pe Colin, ci ca să-l caute pe fiul acestuia.

Un accident fatal şi „Stuart, nu-i aşa?" fusese martor.

— E acasă?

— Nu, spuse Tessa. O, Dumnezeule... Robbie Weedon... dar copilul stătea în Fields... de ce era aici?

Poliţista îi explică blând ce credeau ei că se întâmplase. „Adolescenţii l-au scăpat din ochi" a fost fraza pe care ea a folosit-o.

Tessa crezu că o să leşine.

— Nu ştiţi unde e Stuart? întrebă poliţistul.

— Nu, zise Colin, cu faţa suptă şi ochii înnegurați. Unde a fost văzut ultima oară?

— Când colegul nostru a ajuns la locul faptei, Stuart se pare că... ăă... fugise.

— Oh, Dumnezeule, gemu din nou Tessa.

— Nu răspunde la telefon, zise Colin calm; deja formase numărul lui Fats pe mobilul lui. Va trebui să mergem să-l căutăm.

Colin făcuse repetiții în caz de dezastru toată viața lui. Era pregătit. Își luă pardesiul din cuier.

— O să-ncerc să dau de Arf, zise Tessa, alergând la telefon.

La Hilltop House, așa izolată cum era, nu ajunsese nicio veste despre nenorocirile care avuseseră loc. Telefonul lui Andrew sună în bucătărie.

— 'Lo, spuse el, cu gura plină de pâine prăjită.

— Andy, Tessa Wall la telefon. Stu e cu tine?

— Nu, zise el. Îmi pare rău.

Dar nu-i părea rău deloc că Fats nu era cu el.

— S-a-ntâmplat ceva, Andy. Stu era jos, la râu, cu Krystal Weedon, iar fata îl avea și pe frățiorul ei cu ea, și băiatul s-a înecat. Stu a fugit... a fugit undeva. Poți să te gândești unde-ar putea fi?

— Nu, spuse Andrew automat, pentru că așa cerea codul lui și-al lui Fats: să nu spui niciodată părinților.

Dar oroarea a ceea ce tocmai auzise se furișă prin telefon ca o ceață rece și umedă. Totul deveni dintr-odată mai puțin clar, mai puțin sigur. Tessa se pregătea să închidă.

— Stați, doamnă Wall, spuse el. S-ar putea să știu... e un loc, la râu...

— Nu cred că s-ar apropia de râu acum, zise Tessa.

Secundele treceau și Andrew era tot mai convins că Fats se afla la Ungherul Tihnit.

— E singurul loc la care mă pot gândi, zise el.

— Spune-mi unde...

— Va trebui să vă arăt.

— Ajung acolo în zece minute! strigă ea.

Colin străbătea deja străzile Pagfordului pe jos. Tessa urcă la volanul mașinii, pe drumul în pantă, și-l găsi pe

Andrew aşteptând-o la colţ, de unde lua de obicei autobuzul. Îi spuse pe unde să meargă prin oraş. Luminile stradale erau palide pe fundalul amurgului.

Parcară lângă copacii în preajma cărora Andrew obişnuia să lase bicicleta de curse a lui Simon. Tessa se dădu jos din maşină şi îl urmă pe Andrew până la marginea apei, nedumerită şi înspăimântată.

— Nu-i aici, spuse ea.

— E mai încolo, zise Andrew, arătând spre Pargetter Hill, întunecat şi abrupt, coborând direct în râu — se vedea doar o fâşie îngustă de mal până la apa vijelioasă.

— Cum adică? întrebă Tessa, îngrozită.

Andrew ştiuse de la bun început că femeia nu va putea să vină cu el, scundă şi îndesată cum era.

— Mă duc eu să văd, spuse el. Dacă vreţi, mă aşteptaţi aici.

— Dar e prea periculos! strigă ea, încercând să acopere mugetul râului.

Ignorând-o, Andrew căută locurile familiare de sprijin pentru mâini şi picioare. Pe când băiatul se deplasa încet de-a lungul fâşiei înguste de pământ, acelaşi gând le trecu prin minte amândurora: că era posibil ca Fats să fi căzut sau chiar să fi sărit în râul care vuia atât de aproape de picioarele lui Andrew.

Tessa rămase la marginea apei până când nu-l mai putu vedea pe Andrew; apoi îşi întoarse privirea în altă parte, încercând să nu plângă în cazul în care Stuart ar fi fost acolo, pentru că trebuia să discute calm cu el. Pentru prima oară, se întrebă unde o fi Krystal. Poliţiştii nu-i spuseseră, iar groaza ei legată de Fats anulase orice altă preocupare...

Te rog, Doamne, lasă-mă să-l găsesc pe Stuart, se rugă ea. *Lasă-mă să-l găsesc pe Stuart, te rog, Doamne.*

Apoi, scoase mobilul din buzunarul hainei şi o sună pe Kay Bawden.

— Nu ştiu dacă ai auzit, strigă ea peste zgomotul apei vijelioase, şi îi spuse lui Kay povestea.

— Dar nu mai sunt asistenta ei socială, răspunse Kay.

La şase metri mai încolo, Andrew ajunse la Gaura lui Cubby. Era beznă; nu fusese niciodată acolo aşa de târziu. Se săltă înăuntru.

— Fats?

Auzi ceva mişcându-se în spatele grotei.

— Fats? Eşti acolo?

— Ai un foc, Arf? spuse o voce de nerecunoscut. Mi-am scăpat pe jos chibriturile.

Andrew se gândi să strige la Tessa, dar ea nu ştia de cât timp era nevoie să ajungi la Gaura lui Cubby. Putea să mai aştepte puţin.

Îi dădu bricheta lui Fats. La flacăra ei pâlpâitoare, Andrew văzu că înfăţişarea prietenului său era aproape la fel de schimbată ca şi vocea. Fats avea pungi la ochi şi toată faţa lui era umflată.

Flacăra se stinse. Jarul ţigării lui Fats lumină în întuneric.

— E mort? Frati-su?

Andrew nu-şi dăduse seama că Fats nu ştia.

— Da, aşa cred. Aşa am... am auzit.

Urmă o tăcere şi un scâncet slab, ca un schelălăit, ajunse la el prin întuneric.

— Doamnă Wall! ţipă Andrew scoţând capul din grotă cât de mult putu, astfel încât zgomotul apei estompa suspinele lui Fats. Doamnă Wall, e aici!

II

Poliţista fusese blândă şi amabilă, în căsuţa înghesuită de lângă râu, unde apa picura acum peste pături, scaune ieftine şi preşuri uzate. Bătrâna care era stăpâna casei adusese o sticlă cu apă fierbinte şi o cană cu ceai, pe care Sukhvinder nici nu putu s-o ridice, atât de tare îi tremurau mâinile. Dăduse afară frânturi de informaţie: numele ei, al lui Krystal şi numele băieţelului mort pe care-l urcau în ambulanţă. Bărbatul cu câinele care o scosese din apă era surd de-a binelea. Dădea o declaraţie pentru poliţie în camera alăturată, iar lui Sukhvinder nu-i plăcea deloc sunetul relatării sale urlate. Îşi legase câinele de un copac de afară şi animalul scheuna insistent.

Apoi, poliţiştii sunară la părinţii ei şi aceştia veniră, Parminder răsturnând o masă şi spărgând unul dintre ornamentele bătrânei în timp ce traversa încăperea aducând cu ea haine curate. În baia micuţă, tăietura adâncă şi murdară de pe piciorul lui Sukhvinder ieşi la iveală, stropind covoraşul scămoşat cu picături negre, iar când Parminder văzu rana, ţipă la Vikram, care le mulţumea cu glas tare tuturor în hol, că trebuie s-o ducă de îndată pe Sukhvinder la spital.

Fata vomită din nou în maşină, iar mama sa, care se afla alături pe bancheta din spate, o şterse şi, tot drumul până la spital, Parminder şi Vikram vorbiră întruna; tatăl ei tot repeta „O să aibă nevoie de un sedativ" şi „Tăietura aia o să aibă nevoie neapărat de copci", iar Parminder îi spunea mereu lui Sukhvinder, care tremura şi icnea, „Puteai să mori. Puteai să mori".

Se simțea ca și cum ar fi fost încă sub apă. Sukhvinder se afla undeva unde nu putea să respire. Încercă să răzbată prin tot, să se facă auzită.

— Krystal știe că e mort? întrebă ea printre dinții care-i clănțăneau, iar Parminder trebui s-o roage să repete întrebarea de mai multe ori.

— Nu știu, răspunse ea în cele din urmă. Puteai să mori, Jolly.

La spital, o puseră să se dezbrace din nou, dar de data asta maică-sa era cu ea în compartimentul delimitat de perdele și Sukhvinder își dădu seama de greșeală prea târziu, când văzu expresia de oroare de pe fața lui Parminder.

— Dumnezeule! spuse ea, apucând-o pe Sukhvinder de antebraț. Dumnezeule, ce ți-ai putut face pe mâini?!

Sukhvinder nu putea vorbi, așa că se lăsă în voia lacrimilor și a tremuratului incontrolabil, iar Vikram strigă la toată lumea, inclusiv la Parminder, s-o lase în pace, dar în același timp să se grăbească naibii odată, căci tăietura aia trebuia curățată, iar fata avea nevoie de copci, de sedative și de radiografii...

Mai târziu, au așezat-o în pat, cu câte un părinte de fiecare parte, și amândoi îi mângâiau câte o mână. Îi era cald și se simțea amorțită, iar la picior nu mai avea dureri. Cerul de dincolo de ferestre era întunecat.

— Howard Mollison a avut un nou atac de cord, o auzi ea pe maică-sa zicându-i tatălui ei. Miles a vrut să mă duc să-l văd.

— Ce mai tupeu! spuse Vikram.

Sukhvinder constată cu o surprindere diminuată de amețeală că cei doi nu mai vorbiră despre Howard Mollison. Se mulțumiră să-i mângâie mâinile până când, în scurt timp, fata ațipi.

În cealaltă parte a clădirii, într-o încăpere albastră neîngrijită, cu scaune din plastic şi un acvariu cu peşti într-un colţ, Miles şi Samantha stăteau de o parte şi de alta a lui Shirley, aşteptând veşti din sala de operaţii. Miles avea to papucii în picioare.

— Nu pot să cred că Parminder Jawanda n-a vrut să vină spuse el pentru a nu ştiu câta oară, cu voce spartă.

Samantha se ridică, trecu pe lângă Shirley şi-l cuprinse cu braţele pe Miles, sărutându-i părul des, cărunt, inhalându-i mirosul familiar.

Shirley spuse cu o voce ascuţită şi sugrumată:

— Nu sunt surprinsă că n-a venit. Nu sunt surprinsă. E absolut revoltător.

Tot ce-i mai rămăsese din vechea ei viaţă şi vechile certitudini era atacarea ţintelor familiare. Şocul îi luase aproape totul: nu mai ştia în ce să creadă şi nici măcar ce să spere. Omul de pe masa de operaţii nu era bărbatul cu care crezuse că se măritase. Dacă s-ar fi putut întoarce în acel loc fericit al certitudinii, de dinainte să fi citit postarea aia îngrozitoare...

Poate că ar trebui să închidă site-ul. Să elimine în întregime forumul. Se temea că Fantoma ar putea să revină, că ar putea să spună din nou acel lucru îngrozitor...

Voia să se ducă acasă, chiar în acel moment, şi să închidă site-ul. Şi, dacă tot se ducea acolo, să distrugă şi Pen-ul o dată pentru totdeauna...

L-a văzut... ştiu că l-a văzut...

Dar nu l-aş fi folosit niciodată, serios. N-aş fi făcut-o. Eram supărată. Dar n-aş fi făcut-o...

Şi dacă Howard supravieţuia şi primele lui cuvinte ar fi fost: *A fugit din dormitor când m-a văzut. N-a chemat imediat ambulanţa. Ţinea în mână o seringă mare...*

Atunci am să spun că i-a fost afectat creierul, se gândi sfidător Shirley.

Iar dacă murea...

Lângă ea, Samantha îl îmbrățișa pe Miles. Lui Shirley nu-i plăcea asta; *ea* trebuia să fie centrul atenției; soțul *ei* era cel care zăcea pe masa de operație, luptându-se pentru propria viață. Ea dorise să fie asemenea lui Mary Fairbrother, mângâiată și admirată, o eroină tragică. Nu așa își imaginase lucrurile...

— Shirley?

Ruth Price, în uniforma de asistentă, intrase grăbită în încăpere, cu fața ei slabă și tristă exprimând compasiune.

— Tocmai am auzit... nu puteam să nu vin... Shirley, ce groaznic, îmi pare tare rău.

— Ruth, draga mea, spuse Shirley, ridicându-se și îngăduindu-i celeilalte s-o îmbrățișeze. Foarte drăguț din partea ta. Foarte drăguț.

Lui Shirley îi făcu plăcere să le-o prezinte pe prietena ei asistentă lui Miles și Samanthei și să se lase compătimită în fața lor. Era o foarte mică mostră a felului cum își imaginase văduvia...

Dar pe urmă Ruth trebui să se întoarcă la muncă, iar Shirley reveni la scaunul ei de plastic și la gândurile ei chinuitoare.

— O să se facă bine, îi murmura Samantha lui Miles, care-și odihnea capul pe umărul ei. Știu c-o să reușească. A făcut-o ultima oară.

Shirley privea peștișorii scăldați în lumina neonului cum se mișcau fulgerător încolo și-ncoace în acvariu. Trecutul era cel pe care voia ea să-l schimbe; viitorul era gol de conținut.

— A anunțat-o cineva pe Mo? întrebă Miles după o vreme, ștergându-se la ochi cu dosul palmei, în vreme ce cu cealaltă mână strângea piciorul Samanthei. Mamă, vrei s-o sun...?

— Nu, replică tăios Shirley. O să așteptăm... până vom ști.

Sus, în blocul operator, corpul lui Howard Mollison se revărsa peste marginile mesei de operații. Avea pieptul larg deschis, dezvăluind ruinele muncii meșteșugite a lui Vikram Jawanda. 19 oameni lucrau să repare stricăciunile, în vreme ce mașinile la care era conectat Howard scoteau sunete line și implacabile, confirmând faptul că era viu. Iar undeva, mult mai jos, în măruntaiele spitalului, cadavrul lui Robbie Weedon zăcea palid și înghețat la morgă. Nimeni nu-l însoțise la spital și nimeni nu venise să-l vadă în sertarul lui metalic.

III

Andrew refuză să-i însoțească, așa că în mașină rămaseră doar Tessa și Fats, iar acesta spuse:

— Nu vreau să merg acasă.

— În regulă, replică Tessa și continuă să conducă, în vreme ce vorbea cu Colin la telefon. E cu mine... Andy l-a găsit. Ne întoarcem în curând... Da... Da, așa am să fac...

Lacrimile șiroiau pe fața lui Fats; corpul îl trăda; era exact ca atunci când urina fierbinte îi cursese pe picior și în șosetă, când făcuse pipi pe el din cauza lui Simon Price. Lichidul sărat și fierbinte se prelingea peste bărbie și pe piept, asemenea picăturilor de ploaie.

Își tot imagina înmormântarea. Un sicriu minuscul.

El nu voise s-o facă cu copilul atât de aproape.

Oare se va izbăvi vreodată de povara copilului mort?

— Aşa că ai fugit, spuse Tessa cu răceală, ignorându-i lacrimile.

Se rugase să-l găsească viu, dar senzaţia ei cea mai puternică era scârba. Lacrimile lui nu putură s-o înmoaie. Era obişnuită cu lacrimile bărbaţilor. O parte din ea se ruşina că, până la urmă, el nu se aruncase în râu.

— Krystal le-a spus poliţiştilor că voi doi eraţi împreună în tufişuri. Pur şi simplu l-aţi lăsat de capul lui, nu-i aşa?

Fats rămăsese fără grai. Nu-i venea să creadă de câtă cruzime era în stare maică-sa. Chiar nu înţelegea cât de devastat era, oroarea care îl stăpânea, senzaţia că se contaminase cu ceva cumplit?

— Ei bine, sper că *ai lăsat-o* gravidă, spuse Tessa. O să-i dea ceva pentru care să trăiască.

De fiecare dată când luau câte un viraj, Fats credea că-l va duce acasă. De Cubby se temuse cel mai mult, dar acum nu mai putea alege între părinţii lui. Ar fi vrut să se dea jos din maşină, dar ea încuiase toate uşile.

Fără avertisment, Tessa trase pe marginea drumului şi frână. Fats, ţinându-se de marginile scaunului, observă că se aflau pe un spaţiu de parcare al şoselei de centură a Yarvilului. Temându-se că-i va cere să se dea jos din maşină, îşi întoarse spre ea faţa tumefiată.

— Mama ta naturală, spuse Tessa, uitându-se la el cum nu se mai uitase niciodată, fără milă şi bunătate, avea 14 ani. Am avut impresia, din cele ce ni s-au spus, că făcea parte din clasa mijlocie, o fată cu mintea ageră. A refuzat cu înverşunare să spună cine era tatăl tău. Nimeni nu ştia dacă încearcă să-şi protejeze vreun prieten minor sau ceva mai rău. Ni s-au spus toate astea pentru cazul în care ai fi avut probleme fizice sau mentale. În caz că — spuse ea răspicat, ca un profesor care încearcă să sublinieze o cerință dintr-un test —, ai fi fost rodul unei legături incestuoase.

Fats se retrase de lângă ea. Ar fi preferat să fie împuşcat.

— Eram disperată să te adopt, spuse ea. Disperată. Dar tata era foarte bolnav. Mi-a spus: „Nu pot s-o fac. Mi-e teribil de frică să nu-i fac rău bebeluşului. Trebuie să-mi mai revin înainte să luăm o asemenea decizie şi nu pot să fac asta şi să mai am grijă și de un bebeluş". Dar eu eram atât de hotărâtă să te am, spuse Tessa, încât l-am presat să mintă şi să le spună asistenților sociali că era bine şi să se prefacă fericit şi normal. Te-am adus acasă şi erai micuț şi prematur, iar în a cincea noapte de când erai cu noi, tata s-a dat jos din pat pe furiş şi s-a dus în garaj, a legat un furtun la țeava de eşapament a maşinii şi a încercat să se sinucidă, pentru că era convins că te sufocase. Şi n-a lipsit mult să moară. Aşa că poți să dai vina pe mine pentru că tu şi tata ați început cu stângul. Şi poate că ai dreptate să mă învinuieşti pentru tot ce s-a întâmplat de atunci. Dar trebuie să-ți spun un lucru, Stuart. Tatăl tău şi-a petrecut viața confruntându-se cu lucruri pe care nu le-a săvârşit. Nu mă aştept ca tu să înțelegi genul lui de curaj. Dar — şi vocea îi şovăi în sfârşit, iar el o auzi în sfârşit pe mama pe care o cunoştea — să ştii că te iubeşte, Stuart.

Adăugase minciuna pentru că nu se putuse abține. În seara asta, pentru prima oară, Tessa era convinsă că *era* o minciună şi că tot ceea ce făcuse în viață, spunându-şi că o face ca să fie bine, nu fusese altceva decât egoism orb, care generase confuzie şi nenorocire pretutindeni în jur. *Dar cine ar suporta să ştie care stele sunt deja moarte?* îşi zise ea, privind cerul nopții. *Ar putea suporta cineva să ştie că toate sunt moarte?*

Răsuci cheia în contact, schimbă vitezele şi porniră din nou pe şoseaua de centură.

— Nu vreau să merg în Fields, spuse Fats, cuprins de groază.

— Nu mergem în Fields. Te duc acasă.

IV

Poliţia a prins-o în sfârşit pe Krystal Weedon în timp ce alerga deznădăjduită pe malul râului, chiar la marginea Pagfordului, continuând să-şi strige frăţiorul cu o voce spartă. Poliţista care s-a apropiat de ea a strigat-o pe nume şi a încercat să-i dea vestea cu cât mai multă blândeţe, dar Krystal s-a repezit s-o bată, pentru ca în final poliţista să fie nevoită s-o bage cu forţa în maşină. Krystal nu observase că Fats dispăruse furişându-se printre copaci; pentru ea, Fats nu mai exista.

Poliţiştii au dus-o pe Krystal acasă, dar când au bătut la uşa din faţă, Terri a refuzat să răspundă. Îi zărise prin geamul de la etaj şi crezuse că fiica ei făcuse acel lucru de neconceput şi de neiertat, spunându-le porcilor despre genţile pline cu haşişul lui Obbo. Târî mai întâi sacoşele grele, în timp ce poliţia bătea de zor la uşă, şi nu deschise uşa decât în momentul când consideră că devenise inevitabil.

— Ce vreţi? strigă ea prin crăpătura îngustă.

Poliţista îi ceru de trei ori permisiunea să intre, dar Terri refuză, cerând să-i spună ce vor de la ea. Câţiva vecini începură să caşte ochii pe la geamuri. Nici când poliţista spuse: „E vorba despre băiatul tău, Robbie…“, Terri nu se prinse.

— Las' că-i bine. N-a pățit ni'ca. E cu Krystal.

Dar deodată o zări pe Krystal, care refuzase să rămână în mașină și parcursese jumătate din cărarea prin grădină. Privirea lui Terri se prelinse în jos pe corpul fiicei sale, acolo unde ar fi trebuit să se afle Robbie, agățat de ea, înspăimântat de oamenii ăia străini.

Terri năvăli afară din casă cu mâinile întinse ca niște gheare, iar polițista trebui s-o prindă de mijloc și s-o îndepărteze de Krystal, a cărei față încerca s-o mutileze.

— Nenorocito, ce i-ai făcut lu' Robbie?

Krystal se feri de cele două femei care se luptau, dădu fuga în casă și trânti ușa în urma ei.

— Futu-i mama mă-sii! înjură în barbă polițistul.

La câțiva kilometri depărtare, în casa de pe Hope Street, Kay și Gaia Bawden stăteau față în față în holul învăluit în întuneric. Niciuna nu era îndeajuns de înaltă ca să înlocuiască becul ars de câteva zile și n-aveau nici scară. Cât a fost ziua de lungă, s-au certat și aproape că s-au împăcat, după care iar s-au certat. În sfârșit, când reconcilierea părea aproape, când Kay admisese că și ea ura Pagfordul, că totul fusese o greșeală și că va încerca să facă astfel încât să plece amândouă la Londra, îi sună mobilul.

— Fratele lui Krystal Weedon s-a înecat, șopti Kay când încheie convorbirea cu Tessa.

— Oh, spuse Gaia.

Știind că trebuie să-și exprime compasiunea, dar temându-se să abandoneze discuția despre Londra înainte să o convingă pe maică-sa să-și ia un angajament ferm, adăugă, cu o voce firavă și tensionată:

— Tristă întâmplare.

— S-a petrecut aici, în Pagford, spuse Kay. De-a lungul șoselei. Krystal era cu băiatul Tessei Wall.

Gaia se simți și mai rușinată că-l lăsase pe Fats Wall s-o sărute. Avusese un gust oribil, de bere și țigări, și, pe deasupra, încercase s-o pipăie. Ea merita mult mai mult decât Fats Wall, știa asta. Dacă măcar ar fi fost Andrew Price, s-ar fi simțit mai bine. Sukhvinder nu-i răspunsese la niciunul dintre apeluri toată ziua.

— Va fi absolut distrusă, spuse Kay, cu privirea în gol.

— Dar *tu* nu poți să faci nimic, zise Gaia. Poți?

— Păi..., murmură Kay.

— *N-o lua de la capăt!* țipă Gaia. Mereu, dar mereu se-ntâmplă la fel! Nu mai ești asistenta ei socială! *Cum* rămâne, strigă ea, bătând din picior așa cum făcea când era mică, cum rămâne cu *mine*?!

Ofițerul de poliție din Foley Road chemase deja asistenta socială de serviciu. Terri se smucea și țipa, încercând să bată la ușa de la intrare, în timp ce din spatele acesteia se auzeau sunete de mobilă trasă pentru a forma o baricadă. Vecinii ieșeau în pragurile ușilor, ca un auditoriu fascinat al prăbușirii psihice a lui Terri. Cumva, cauza acesteia se transmise printre privitori, pornind de la urletele incoerente ale lui Terri și atitudinea intimidantă a polițiștilor.

— Băiețelul a murit, își spuneau unul altuia.

Nimeni nu se apropie să ofere consolare și alinare. Terri Weedon nu avea prieteni.

— Vino cu mine, o imploră Kay pe fiica ei rebelă. Vreau să mă duc până la ea și să văd dacă pot să fac ceva. M-am înțeles bine cu Krystal. Ea n-are pe nimeni.

— Pariez că și-o trăgea cu Fats Wall când s-a întâmplat! urlă Gaia.

Dar ăsta fu protestul ei final și, câteva minute mai târziu, își prindea centura de siguranță în vechiul Vauxhall al lui Kay, bucuroasă, până la urmă, că mama ei o rugase s-o însoțească.

Dar, înainte ca ele să ajungă la șoseaua de centură, Krystal găsise ceea ce căutase: o pungă de heroină ascunsă în masca pentru calorifer. A doua din cele pe care Obbo i le dăduse lui Terri drept plată pentru ceasul Tessei Wall. O duse, împreună cu instrumentele lui Terri, în baie, singura încăpere care avea încuietoare.

Mătușa Cheryl trebuie să fi aflat ce se întâmplase, căci Krystal îi putea auzi zbieretele răgușite, suprapuse peste țipetele lui Terri, chiar și prin cele două uși.

— Nemernico, deschide ușa! Las-o pe mă-ta să te vadă!

Și strigătele polițiștilor, încercând să le facă pe cele două femei să tacă.

Krystal nu se mai injectase până atunci, dar văzuse de multe ori cum se face. Știa despre „laptele praf", cum să-ți faci un cocteil, cum să încălzească lingura; de asemenea știa despre biluța minusculă din vată pe care o foloseai ca să absorbi heroina dizolvată și care acționa ca un filtru când umpleai seringa. Știa că îndoitura brațului era locul cel mai bun unde să găsești o venă și știa să poziționeze acul cât mai lipit de piele. De asemenea, știa, pentru că auzise vorbindu-se despre asta, că cei care se injectau prima oară nu suportau ceea ce reușeau să suporte dependenții, iar asta era bine, pentru că nu voia să suporte.

Robbie murise și ea era vinovată. Încercând să-l salveze, îl ucisese. Imagini tremurate îi umpleau mintea în timp ce degetele ei lucrau ca să facă ceea ce trebuia făcut. Domnul Fairbrother, alergând de-a lungul malului, în costum de trening, în timp ce echipajul vâslea. Chipul Nanei Cath, marcat de suferință și iubire. Robbie așteptând-o la geamul centrului de plasament, nefiresc de curat, țopăind în sus și-n jos de bucurie în timp ce ea se apropia de ușa din față...

Îl auzea pe polițist strigând la ea prin cutia de scrisori să nu fie prostuță și pe polițistă încercând să le liniștească pe Terri și Cheryl.

Acul îi alunecă cu ușurință în venă. Krystal apăsă tare pistonul, cu speranță și fără regret.

Până să ajungă acolo Kay și Gaia, iar polițiștii să decidă să intre cu forța în casă, Krystal Weedon își împlinise singura ambiție: se alăturase frățiorului ei, acolo unde nimeni nu-i putea despărți.

Partea a şaptea

Reducerea sărăciei...

13.5 Darurile oferite ca ajutoare săracilor... sunt caritabile, iar un cadou făcut unui sărac este caritabil chiar dacă se întâmplă ca de pe urma lui să beneficieze şi bogaţii...

Charles Arnold-Baker

Administraţia consiliilor locale

Ediţia a şaptea

La aproape trei săptămâni după ce vaietul sirenelor se făcuse auzit în orăşelul adormit, într-o dimineaţă însorită de aprilie, Shirley Mollison stătea singură în dormitorul ei şi îşi privea cu capul înclinat reflexia din oglinda şifonierului. Făcea ultimele ajustări la rochie înainte de plimbarea la South West General, care devenise de-acum zilnică. Catarama curelei alunecă o gaură mai sus faţă de cum era cu două săptămâni în urmă, părul ei argintiu avea nevoie de o tunsoare, iar grimasa ei în lumina strălucitoare a soarelui ar fi putut fi o simplă expresie a stării sufleteşti.

Shirley umbla încolo şi-ncoace prin saloane cam de un an, împingând căruciorul bibliotecii, cărând clipboard-uri şi flori, şi niciodată nu-i trecuse prin cap că ar putea să ajungă la fel ca una dintre acele femei trase la faţă şi amărâte, care moţăiau pe lângă paturi, cu vieţile date peste cap, cu soţii lor înfrânţi şi slăbiţi. Howard nu-şi revenise la fel de rapid ca în urmă cu şapte ani. Încă mai era conectat la aparatele care scoteau sunete, posac şi slăbit, cu o culoare nesănătoasă a pielii, şi îşi plângea întruna de milă. Uneori, ea se prefăcea că are nevoie să meargă la toaletă ca să scape de privirea lui ameninţătoare.

Când Miles o însoţea la spital, îl lăsa numai pe el să discute cu Howard, ceea ce şi făcea, rostind un monolog neîntrerupt legat de veştile din Pagford. Se simţea mult mai bine — mai vizibilă şi, în acelaşi timp, mai protejată — cu Miles cel înalt mergând alături de-a lungul coridoarelor răcoroase. Pălăvrăgea afabil cu surorile medicale şi îi întindea mâna la coborârea şi urcarea în maşină, redându-i sentimentul de a fi o creatură specială, demnă de grijă şi protecție. Numai că Miles nu putea să vină în fiecare zi şi, spre profunda iritare a lui Shirley, o tot însărcina pe Samantha s-o însoțească. Ceea ce nu însemna deloc acelaşi lucru, cu toate că Samantha era unul dintre puținii vizitatori care reuşeau să aducă zâmbetul pe fața purpurie şi absentă a lui Howard.

Nimeni nu părea să realizeze cât de îngrozitoare era liniştea de acasă. Când doctorii au anunțat familia că recuperarea va dura luni bune, Shirley şi-a făcut speranțe că Miles o va ruga să se mute în camera pentru oaspeți din casa mare din Church Row sau că ar putea să rămână uneori cu ea. Dar nu: o lăsaseră singură, cât se poate de singură, exceptând o dureroasă perioadă de trei zile când făcuse pe gazda pentru Pat şi Melly.

N-aş fi făcut-o niciodată, se liniştea ea, noaptea, când nu putea să doarmă. *N-am vrut niciodată cu adevărat. Eram doar supărată. N-aş fi făcut-o niciodată.*

Îngropase EpiPen-ul lui Andrew în pământul moale de sub măsuța pentru păsări din grădină, ca pe un cadavru minuscul. Nu-i plăcea să ştie că e acolo. Într-o seară mai întunecoasă, înaintea colectării gunoiului din ziua următoare, îl va dezgropa şi-l va strecura în tomberonul vecinilor.

Howard nu pomenise nimic despre seringă nici ei şi nici altcuiva. N-o întrebase nici de ce fugise din cameră când îl văzuse.

Shirley găsea uşurare în lungile rafale de invective îndreptate spre oamenii care, în opinia ei declarată, provocaseră catastrofa abătută asupra familiei sale. Parminder Jawanda era prima pe listă, fireşte, pentru refuzul ei crud de a-l îngriji pe Howard. Apoi erau cei doi adolescenți care, ca urmare a iresponsabilității lor abjecte, deviaseră ambulanța care ar fi putut să ajungă mai repede la Howard.

Argumentul din urmă era probabil mai slab, dar era o manieră plăcută de a-i denigra pe Stuart Wall şi Krystal Weedon, iar Shirley găsea o mulțime de ascultători binevoitori în cercul ei de apropiați. Mai mult, transpăruse faptul că băiatul familiei Wall fusese tot timpul Fantoma lui Barry Fairbrother. El le mărturisise părinților, care le telefonaseră personal celor ce fuseseră victime ale urii băiatului ca să-şi ceară scuze. Identitatea Fantomei se răspândise rapid în rândurile comunității, şi asta, împreună cu faptul că fusese responsabil şi de moartea prin înec a unui copil de trei ani, făceau din maltratarea lui Stuart atât o datorie, cât şi o plăcere.

Shirley era mai vehementă în comentarii decât oricine altcineva. Denunțările ei erau caracterizate de o anume sălbăticie, fiecare fiind câte o mică exorcizare a admirației pe care o simțise față de Fantomă, şi o repudiere a acelei ultime şi înfiorătoare postări pe care, deocamdată, nimeni altcineva nu recunoscuse că o citise. Soții Wall nu-i telefonaseră să-şi ceară scuze, dar ea era permanent pregătită, în cazul în care băiatul le-ar fi vorbit despre asta părinților lui sau dacă ar fi adus-o cineva în discuție, să aplice o ultimă şi zdrobitoare lovitură reputației lui Stuart.

— Ei, da, eu şi Howard am ştiut tot timpul acest lucru, plănuise ea să spună, cu o demnitate glacială, şi convingerea mea este că şocul i-a provocat atacul de cord.

De fapt, făcuse repetiții rostind această replică cu glas tare în bucătărie.

Întrebarea dacă Stuart Wall ştiuse într-adevăr despre soțul ei şi Maureen era mai puțin presantă acum, dat fiind că Howard era fără doar şi poate incapabil s-o mai facă iar de ruşine în acel fel, şi probabil că niciodată nu va mai fi, şi nimeni nu părea să bârfească. Iar dacă liniştea pe care i-o oferea lui Howard, când nu mai putea să evite să rămână singură cu el, avea o tentă revendicativă de ambele părți, ea era în stare să se confrunte cu perspectiva prelungitei lui invalidități şi a absenței sale din casă cu mai multă nepăsare decât ar fi crezut că e posibil în urmă cu trei săptămâni.

Soneria de la uşă sună, şi Shirley se grăbi să deschidă. Maureen era acolo, clătinându-se pe nişte tocuri total nepotrivite, cu ținuta ei stridentă, albastru-verzuie.

— Bună, dragă, intră, spuse Shirley. Mă duc să-mi iau geanta.

Decât să se ducă singură, era mai bine s-o ia chiar şi pe Maureen la spital. Maureen nu era afectată de muțenia lui Howard; glasul ei răguşit continua să turuie, iar Shirley putea să stea liniştită, să-şi afişeze zâmbetul de pisică şi să se relaxeze. În orice caz, întrucât Shirley preluase temporar controlul asupra părții lui din afacere, găsea o multitudine de moduri să-şi disipeze bănuielile chinuitoare prin administrarea unor mici lovituri tăioase, exprimându-şi dezacordul față de orice decizie a lui Maureen.

— Ştii ce se întâmplă mai jos? întrebă Maureen. La St Michael? *Înmormântarea copiilor familiei Weedon.*

— *Aici?* spuse Shirley oripilată.

— Se spune că oamenii au făcut chetă, spuse Maureen, la zi cu bârfele pe care Shirley, nu se ştie cum, le ratase, în neîncetatele ei drumuri spre şi de la spital. Nu mă întreba cine. În tot cazul, nu credeam că familia ar vrea să-i înmormânteze chiar lângă râu, nu?

(Băieţelul ăla soios şi murdar la gură, de a cărui existenţă puţini aveau habar şi care nimănui nu-i era prea drag, exceptându-le pe maică-sa şi pe soră-sa, suferise o asemenea transformare în mentalul colectiv pagfordian, încât pretutindeni se vorbea despre el ca despre un copil al apei, un heruvim, un înger pur şi blând pe care toţi l-ar fi îmbrăţişat cu iubire şi compasiune, dacă ar fi putut să-l salveze.

Dar seringa şi flacăra nu avuseseră niciun efect benefic asupra reputaţiei lui Krystal; dimpotrivă, acestea o fixaseră permanent în mintea Vechiului Pagford ca pe o creatură fără suflet care, urmărind să-şi facă ceea ce, celor mai vârstnici le plăcea să numească mendrele, provocase moartea unui copilaş inocent.)

Shirley îşi îmbrăca pardesiul.

— Îţi dai seama că eu, de fapt, i-am văzut în ziua aceea? spuse ea, şi obrajii i se colorară în roz. Băieţelul zbiera de mama focului lângă un pâlc de tufişuri, iar Krystal Weedon şi Stuart Wall într-un alt...

— *I-ai văzut?* Şi chiar şi-o... ? întrebă cu aviditate Maureen.

— Oh, da, spuse Shirley. Ziua-n amiaza mare. În aer liber. Iar băiatul era chiar lângă râu când l-am văzut. Doar câţiva paşi, şi-ar fi căzut.

Ceva din expresia lui Maureen o irită.

— Mă grăbeam, spuse Shirley cu asprime, pentru că Howard îmi spusese că se simţea rău şi eram foarte îngrijorată. N-aş fi vrut să ies afară deloc, dar Miles şi Samantha o trimiseseră la mine pe Lexie — cred, dacă vrei părerea mea sinceră, că se certau — şi pe urmă Lexie a vrut să meargă la cafenea — eu eram absolut zăpăcită, nu puteam să mă gândesc decât că trebuie să mă întorc la Howard... De fapt, nici nu mi-am dat seama ce-am văzut decât mult mai târziu... şi ce e îngrozitor, spuse Shirley, mai colorată în obraji ca oricând şi revenind la refrenul ei preferat, e că dacă fata aia nu l-ar fi lăsat pe copil de izbelişte în timp ce ea îşi făcea de cap prin tufişuri, ambulanţa ar fi ajuns la Howard mult mai repede. Pentru că, ştii, cu două ambulanţe pe drum... lucrurile s-au încurcat...

— Aşa este, spuse Maureen, întrerupând-o în timp ce ieşeau spre maşină, pentru că mai auzise toate astea înainte. Ştii, nu pot să-mi dau seama de ce ţin slujba de înmormântare aici, în Pagford...

Tare mult ar fi vrut să sugereze să treacă cu maşina pe lângă biserică în drum spre spital — o ardea să vadă cum arăta pe de-a-ntregul familia Weedon şi să o zărească, poate, pe mama drogată şi degenerată — dar nu se putea gândi la nicio modalitate de a formula cererea.

— Ştii, Shirley, că există o consolare, spuse ea în timp ce porneau spre şoseaua de centură. De Fields e ca şi cum am fi scăpat. Asta trebuie să fie o alinare pentru Howard. Chiar dacă n-o să mai poată participa la consiliu o vreme, a reuşit să facă asta.

Andrew Price cobora în mare viteză panta abruptă dinspre Hilltop House; soarele puternic îi încălzea spatele şi vântul îi răsfira părul. Ochiul lui învineţit se făcuse galben şi verde şi arăta, dacă era posibil aşa ceva, chiar mai rău decât atunci când apăruse la şcoală cu ochiul aproape închis. Andrew le-a spus profesorilor care îi puseseră întrebări că avusese un accident: căzuse de pe bicicletă.

Acum era vacanța de Paşte şi, cu o seară înainte, Gaia îi trimisese un SMS, ca să-l întrebe dacă vine la înmormântarea lui Krystal de a doua zi. I-a trimis imediat un „da", şi acum era îmbrăcat, după multă chibzuință, în blugii cei mai curați şi într-o cămaşă gri-închis, pentru că nu avea costum.

Nu-i era foarte clar de ce mergea Gaia la înmormântare, doar dacă voia să fie cu Sukhvinder Jawanda, de care părea să se fi apropiat mai mult ca oricând, acum că urma să se întoarcă la Londra împreună cu maică-sa.

— Mama zice că n-ar fi trebuit să vină niciodată în Pagford, le-a spus ea fericită lui Andrew şi Sukhvinder, când stăteau toți trei pe zidul jos de lângă chioşcul de presă, în pauza de prânz. Ştie că Gavin e un fătălău penal.

Îi dăduse lui Andrew numărul de mobil şi-i spusese că, atunci când va veni în Reading să-şi viziteze tatăl, vor ieşi în oraş împreună, ba chiar a menționat, în treacăt, că-l va duce să-i arate câteva din locurile ei preferate din Londra. Împărțea în jur privilegii în maniera unui soldat fericit că va fi demobilizat, iar aceste promisiuni, făcute cu atâta uşurință, au aurit perspectiva propriei mutări a lui Andrew. Întâmpinase vestea că părinții lui aveau deja o ofertă pentru Hilltop House cu cel puțin la fel de mult entuziasm câtă durere.

Cotitura bruscă înspre Church Row, făcută de obicei cu o înviorare a stării de spirit, acum avu efect invers. Îi vedea pe oameni mişcându-se prin cimitir şi se întrebă cum va fi această înmormântare şi, pentru prima oară în dimineața aceea, se gândi la Krystal Weedon mai mult decât la ceva abstract.

Îi reveni o amintire, de mult îngropată în cotloanele cele mai adânci ale minții, despre momentul acela de pe terenul de joacă de la St Thomas, când Fats, în spiritul unei investigații dezinteresate, îi dăduse o alună ascunsă într-o bezea... parcă și acum simțea cum i se închide gâtul arzând. Își amintea cum încercase să țipe, iar genunchii îi cedau, și pe toți copiii în jurul lui, privind cu un interes straniu, dar apatic, când, deodată, s-a auzit țipătul aspru al lui Krystal Weedon.

— Andiprice a făc't o reacț'ealergică!

A rupt-o la fugă, cu picioruşele ei îndesate, până la cancelarie, iar directoarea l-a luat pe Andrew în brațe și a fugit cu el până la cel mai apropiat cabinet medical, unde dr. Crawford i-a administrat adrenalină. Ea a fost singura care și-a amintit ce le spusese profesorul când le explicase afecțiunea periculoasă de care suferea Andrew; singura care i-a recunoscut simptomele.

Krystal ar fi trebuit să primească o stea de aur pentru merite deosebite și poate și o diplomă de Elevul Săptămânii, în fața adunării școlii, dar chiar a doua zi (Andrew își amintea la fel de clar ca și de propria-i prăbușire) o lovise pe Lexie Mollison atât de tare în gură, că îi scosese doi dinți.

Duse cu băgare de seamă bicicleta lui Simon în garajul familiei Wall, apoi apăsă butonul soneriei de la intrare cu o repulsie pe care n-o simțise niciodată. Îi deschise Tessa Wall, îmbrăcată în cel mai bun pardesiu gri al ei. Andrew era supărat pe ea; ei i se datora ochiul lui negru.

— Intră, Andy, spuse Tessa, care avea o expresie tensionată. Imediat suntem gata și noi.

Așteptă în hol, unde vitraliul de deasupra ușii arunca pe podea o lumină pastelată. Tessa se duse în bucătărie, iar Andrew îl zări pe Fats în costumul lui negru, prăbușit pe un scaun de bucătărie ca un păianjen strivit, cu un braț deasupra capului de parcă s-ar fi apărat de niște lovituri.

Andrew se întoarse cu spatele. Cei doi băieți nu mai comunicaseră de când Andrew o dusese pe Tessa la Gaura lui Cubby. Fats nu mai fusese la şcoală de o jumătate de lună. Andrew îi trimisese două SMS-uri, dar Fats nu-i răspunsese. Pagina lui de Facebook rămăsese înghețată, aşa cum fusese în ziua petrecerii aniversare a lui Howard Mollison.

Cu o săptămână în urmă, fără niciun avertisment, Tessa le telefonase soților Price, ca să le spună că Fats recunoscuse că postase mesajele sub numele Fantoma_lui_Barry_Fairbrother şi îi ruga să accepte scuzele lor cele mai sincere pentru consecințele pe care le suferiseră.

— Aşadar, de unde-a ştiut el că aveam computerul? urlase Simon, apropiindu-se de Andrew. De unde să ştie nenorocitul de Fats că mai făceam câte-un ciubuc după program, la tipografie?

Singura consolare a lui Andrew a fost că, dacă tatăl lui ar fi ştiut adevărul, ar fi putut să ignore protestele lui Ruth şi ar fi continuat să-l lovească până la pierderea cunoştinței.

De ce Fats hotărâse să pretindă că el fusese autorul tuturor postărilor, Andrew nu ştia. Poate că era consecința egoului lui Fats, a determinării lui de a fi creierul, cel mai distructiv şi cel mai rău dintre toți. Poate că se gândise că face un gest nobil dacă asupra sa toată vina. Oricum ar fi stat lucrurile, Fats provocase mult mai mult rău decât ştia; singur în camera lui de la mansardă, alături de părinții lui raționali şi civilizați nu şi-a dat seama niciodată ce înseamnă să trăieşti cu un tată ca Simon Price.

Andrew îi auzea pe soții Wall discutând cu glas scăzut; nu închiseseră uşa bucătăriei.

— Trebuie să plecăm *acum*, spunea Tessa. Are o obligație morală şi trebuie să meargă.

— A fost pedepsit destul, se auzi vocea lui Cubby.

— Nu-i cer să meargă ca...

— Nu? replică Cubby tăios. Pentru numele lui Dumnezeu, Tessa. Crezi că ăia îl vor acolo? Du-te tu. Stu poate să rămână acasă cu mine.

Un minut mai târziu, Tessa ieşi din bucătărie, închizând uşa cu un gest ferm.

— Stu nu mai vine, Andy, spuse ea, şi el îşi dădu seama că era furioasă. Îmi pare rău.

— Nicio problemă, bâigui el.

Era chiar bucuros. Nu-şi putea imagina ce le mai rămăsese de vorbit. În felul ăsta, putea să stea cu Gaia.

Ceva mai jos pe Church Row, Samantha Mollison stătea la fereastra camerei de zi cu cafeaua în mână şi privea persoanele îndoliate cum trec pe lângă casa ei în drum spre St Michael and All Saints. Când o văzu pe Tessa, însoțită de un băiat pe care-l crezu a fi Fats, lăsă să-i scape un mic suspin de surprindere:

— Oh, Doamne, chiar se duce, spuse ea cu glas tare, fără să i se adreseze cuiva.

Apoi îl recunoscu pe Andrew, roşi şi se retrase grăbită de la geam.

Samantha ar fi trebuit să lucreze de-acasă. Laptopul stătea deschis în spatele ei, pe canapea, dar în dimineața aceea îmbrăcase o rochie neagră mai veche, întrebându-se dacă se va duce la înmormântarea lui Krystal şi Robbie Weedon. Presupunea că mai avea doar câteva minute în care să se hotărască.

Nu rostise niciodată vreun cuvânt bun despre Krystal Weedon, aşa încât ar fi fost o ipocrizie din partea ei să se ducă la funeralii, doar pentru că plânsese când citise în *Yarvil and District Gazette* relatarea morții ei și pentru că fața durdulie a lui Krystal zâmbea larg din toate fotografiile cu clasa pe care Lexie le adusese acasă de la St Thomas.

Samantha își puse pe masă cafeaua și se duse grăbită la telefon, ca să-l sune pe Miles la serviciu.

— Bună, iubito, spuse el.

(Îl ținuse în brațe când Miles suspinase cu ușurare lângă patul de spital în care Howard stătea conectat la instalații, dar viu.)

— Salut. Ce faci?

— Binișor. O dimineață aglomerată. Mă bucur să te aud. Ești bine?

(Făcuseră dragoste în noaptea precedentă, iar ea nu și-l mai închipuise drept altul.)

— Înmormântarea stă să înceapă. Oamenii se duc acolo...

De aproape trei săptămâni se abținuse să spună ce-avea de spus, din cauza lui Howard și a faptului că nu dorea să-i amintească lui Miles de cearta lor îngrozitoare, dar nu mai putea să rabde.

— ... Miles, *l-am văzut pe băiatul ăla.* Robbie Weedon. *L-am văzut, Miles.*

Avea un ton panicat, implorator.

— Era pe terenul de fotbal de la St Thomas în dimineața aia, când eu mă plimbam pe-acolo.

— Pe terenul de fotbal?

— Cred că micuțul rătăcea pe-acolo, în timp ce ei se... era singur, spuse ea, amintindu-și imaginea lui, murdar și neîngrijit.

Se tot întreba dacă, în cazul în care ar fi arătat mai curat, ar fi fost mai preocupată de situația lui; dacă nu cumva, la un nivel subliminal, confundase semnele lui vădite de neglijare cu siguranța, duritatea și rezistența.

— Am crezut că intrase acolo să se joace, dar nu era nimeni cu el. *Avea doar trei ani și jumătate, Miles.* De ce nu l-am întrebat cu cine era?

— Hei, hei, zise Miles, cu o voce ce voia parcă să spună „Oprește-te!", și Samantha cunoscu o ușurare instantanee: el preluase frâiele, iar ei i se umplură ochii de lacrimi. Nu trebuie să te învinuiești. N-aveai de unde să știi. Probabil că te-ai gândit că maică-sa o fi pe undeva prin preajmă.

(Așadar, n-o ura; n-o credea un om rău. Samantha se simțise umilită în ultima vreme de capacitatea de a ierta a soțului ei.)

— Nu sunt sigură că așa am făcut, spuse ea cu voce slabă. Miles, dac-aș fi vorbit cu el...

— Când l-ai văzut, nu se afla aproape de râu.

Dar era aproape de drum, își zise Samantha.

În ultimele trei săptămâni, o dorință de a fi absorbită în ceva mai mare decât ea însăși crescuse în Samantha. Zi după zi, așteptase ca această nouă și stranie necesitate să se domolească („așa devin oamenii religioși", își zisese, încercând să facă haz de necaz), dar în loc de asta se intensificase.

— Miles, spuse ea, știi că, în actuala situație... cu tatăl tău — și cu Parminder Jawanda, care-și dă demisia — va trebui să cooptați doi oameni pentru consiliu, nu-i așa?

Știa toată terminologia, doar o auzea de atâția ani.

— Adică, n-o să vreți alte alegeri, după toate astea?

— Ei, pe dracu', normal că nu!

— Așa încât Colin Wall ar putea să ocupe un loc, continuă ea grăbită, iar eu mă gândeam, pentru că am timp — acum că toată afacerea e online — aş putea să-l ocup pe celălalt.

— Tu? zise Miles, uluit.

— Aş vrea să mă implic, spuse Samantha.

Krystal Weedon, moartă la 16 ani, baricadată în căsuța mizeră de pe Foley Road... Samantha nu mai băuse nici măcar un pahar de vin de două săptămâni. Se gândea că s-ar putea să-i placă să asculte argumentele în favoarea Clinicii de Dezintoxicare Bellchapel.

Telefonul sună la numărul 10, pe Hope Street. Kay şi Gaia, care se pregăteau să plece la înmormântarea lui Krystal, erau deja în întârziere. Când Gaia întrebă cine e la telefon, fața ei frumoasă se înăspri: deodată păru mult mai bătrână.

— E Gavin, îi spuse ea mamei sale.

— Nu eu l-am sunat! şopti Kay, ca o şcolăriță emoționată când luă telefonul.

— Bună, spuse Gavin. Ce faci?

— Tocmai plecam la înmormântare, spuse Kay, privind în ochii fiicei sale. La copiii familiei Weedon. Aşa că, nu prea grozav.

— Oh, făcu Gavin. Doamne, da. Scuze. Nu mi-am dat seama.

Zărise numele de familie cunoscut într-un titlu din *Yarvil and District Gazette* şi, vag interesat în sfârşit, cumpără un exemplar. Îi venise în minte că s-ar putea să fi trecut prin apropierea locului în care se aflaseră adolescenții şi băiețelul, dar nu-şi amintea efectiv să-l fi văzut pe Robbie Weedon.

Gavin avusese parte de două săptămâni ciudate. Îi era tare dor de Barry. Nu înțelegea ce e cu el: când ar fi trebuit să fie împotmolit în nefericire pentru că Mary îl refuzase, tot ce dorea era să bea o bere cu bărbatul pe a cărui soție sperase să și-o facă...

(Bombănind cu glas tare în timp ce plecase pe jos de acasă, își spusese: *Asta pățești când încerci să-i furi viața celui mai bun prieten,* și nu remarcă *lapsus linguae* pe care-l comisese.)

— Uite, spuse el, mă întrebam dacă n-ai vrea să bem un pahar mai târziu?

Kay aproape că izbucni în râs.

— Te-a refuzat, așa e?

Kay îi dădu receptorul Gaiei, să-l pună în furcă. Apoi ieși grăbită din casă și aproape că alergă până la capătul străzii și în sus, prin piață. Zece pași, cât trecură pe lângă Black Canon, Gaia o ținu pe mama ei de mână.

Ajunseră când dricurile apărură în capul drumului și se grăbiră să intre în cimitir, în vreme ce purtătorii de sicriu se agitau pe trotuar.

(— Pleacă de la geam, îi poruncise Colin Wall băiatului său.

Dar Fats, nevoit să trăiască de acum încolo cu conștiința propriei lașități, se duse spre fereastră, încercând să-și demonstreze că putea, cel puțin, să suporte asta...

Sicriele treceau prin fața casei, în mașinile mari cu geamuri fumurii: primul era roz-aprins, și vederea lui îi tăie respirația, iar al doilea era micuț și de un alb lucios...

Colin se așeză în fața lui Fats prea târziu ca să-l protejeze, dar trase perdelele oricum. În camera de zi întunecoasă, dar familiară, în care Fats se confesase părinților săi că adusese la cunoștința întregii lumi boala de care suferea tatăl său; unde mărturisise toate lucrurile la care se putuse gândi, în speranța că ei vor ajunge la concluzia că e nebun şi bolnav; unde încercase să adune asupra lui însuşi atât de multă vinovăție încât ei să-l bată, să-l înjunghie sau să-i facă toate acele lucruri pe care ştia că le merită, Colin puse cu blândețe mâna pe spatele băiatului său şi-l duse de-acolo, spre bucătăria luminoasă.)

În fața bisericii St Michael and All Saints, purtătorii de sicrie se pregăteau să le ducă pe aleea bisericii. Dane Tully se afla printre ei, cu cercelul în ureche şi tatuajul unei pânze de păianjen pe care și-l făcuse singur pe gât, îmbrăcat într-un palton negru.

Familia Jawanda aştepta împreună cu Kay şi Gaia Bawden la umbra arborilor de tisă. Andrew Price stătea în preajma lor, iar Tessa Wall se ținea la o oarecare distanță, palidă şi împietrită. Ceilalți participanți la funeralii formau un grup separat în jurul uşilor bisericii. Unii aveau un aer înțepat şi sfidător; alții păreau resemnați şi înfrânți; câțiva aveau pe ei haine negre ieftine, dar cei mai mulți erau îmbrăcați în blugi sau trening, iar o fată îşi pusese un tricou scurt şi un inel în buric în care se reflecta soarele când se mişca. Sicriele erau duse pe cărare, strălucind în lumina puternică.

Sukhvinder Jawanda alesese rozul-aprins pentru sicriul lui Krystal, căci era sigură că aceasta aşa ar fi vrut. Sukhvinder făcuse aproape totul: organizase, alesese şi convinsese. Parminder se tot uita pe furiş la fiica ei, găsind mereu câte-un pretext s-o atingă: să-i dea părul la o parte din ochi, să-i îndrepte gulerul.

Exact la fel cum Robbie ieşise din apa râului purificat şi regretat de Pagford, şi Sukhvinder Jawanda, care-şi riscase viața încercând să-l salveze, devenise eroină. De la articolul despre ea din *Yarvil and District Gazette*, la declarațiile pătimașe făcute de Maureen Lowe cum că o recomanda pe fată pentru un premiu special din partea poliției și până la discursul rostit de directoare în fața întregii școli, Sukhvinder a cunoscut, pentru prima oară, ce înseamnă să-și eclipseze fratele și sora.

Și urâse fiecare minut din întreaga poveste. Noaptea, simțea iar greutatea băiatului în brațe, trăgând-o înspre adânc; își amintea că se simțise ispitită să îi dea drumul și să se salveze pe sine, și se întreba cât de mult ar fi rezistat. Avea mâncărimi și dureri de la cicatricea adâncă de pe picior, fie că se mișca, fie că stătea pe loc. Vestea morții lui Krystal avusese un efect atât de puternic asupra ei încât părinții o trimiseseră la un psiholog, dar de când fusese scoasă din râu nu se mai tăiase nici măcar o singură dată. Faptul că se aflase la un pas de moarte părea să o fi eliberat de acea nevoie.

Apoi, în prima zi când reveni la școală, cu Fats Wall încă absent și priviri admirative urmărind-o pe coridoare, a auzit zvonul că Terri Weedon nu avea bani să-și îngroape copiii; că nu va fi nicio piatră funerară și că sicriele vor fi dintre cele mai ieftine.

— E foarte trist, Jolly, îi spusese mama ei în seara aceea, când familia se adunase la cină sub peretele cu poze de familie.

Tonul ei fusese la fel de blând ca al polițistei; nu mai exista niciun dram de iritare în vocea lui Parminder când vorbea cu fiica sa.

— Vreau să încerc să-i conving pe oameni să dea bani, răspunse Sukhvinder.

Parminder și Vikram se uitară unul la celălalt peste masa de bucătărie. Amândoi se opuneau instinctiv ideii de a cere oamenilor din Pagford să doneze pentru o astfel de cauză, dar niciunul nu se exprimă în acest sens. Le era puțin teamă acum, după ce-i văzuseră antebrațele, să o supere pe Sukhvinder, iar umbra psihologului încă necunoscut părea să planeze deasupra tuturor interacțiunilor.

— Şi, continuă Sukhvinder, cu o energie febrilă asemănătoare cu a lui Parminder, cred că slujba de înmormântare ar trebui să se țină aici, la St Michael. Precum domnul Fairbrother, Krys se ducea la toate slujbele de aici când învățam la St Thomas. Pariez că n-a mai fost în altă biserică în viața ei.

Lumina lui Dumnezeu străluceşte din toate sufletele, gândi Parminder şi, spre surprinderea lui Vikram, spuse brusc:

— Da, în regulă. O să vedem ce putem să facem.

Cea mai mare parte a cheltuielilor a fost acoperită de familiile Jawanda şi Wall, dar Kay Bawden, Samantha Mollison şi vreo alte două mame ale fetelor din echipajul de canotaj donaseră şi ele bani. Sukhvinder a insistat apoi să se ducă în persoană în Fields, să-i explice lui Terri ce făcuse şi de ce; toată povestea cu echipajul de canotaj şi de ce Krystal şi Robbie trebuiau să aibă parte de o slujbă la St Michael.

Parminder fusese teribil de îngrijorată în legătură cu vizita lui Sukhvinder în Fields, cu atât mai mult cu cât se ducea singură în casa aceea jegoasă, dar Sukhvinder ştiuse că totul va fi în regulă. Familiile Weedon şi Tully ştiau că ea încercase să-i salveze viața lui Robbie. Dane Tully încetase să mai mârâie către ea la orele de engleză şi le impusese şi amicilor săi să înceteze.

Terri fusese de acord cu tot ce sugerase Sukhvinder. Era vlăguită, murdară, monosilabică şi totalmente pasivă. Lui Sukhvinder i se făcuse frică de ea, cu brațele pline de înțepături și dinții lipsă; era ca și cum ar fi vorbit cu un cadavru.

În biserică, persoanele îndoliate erau divizate foarte clar, oamenii din Fields ocupând stranele din stânga, iar cei din Pagford, în dreapta. Shane și Cheryl Tully o conduceau pe Terri spre rândul din față; Terri, cu o haină cu două numere mai mare, abia dacă părea conștientă de locul în care se află.

Sicriele stăteau unul lângă celălalt pe catafalcuri, în fața bisericii. O vâslă din crizanteme ruginii stătea pe sicriul lui Krystal, și un ursuleț alb din crizanteme, pe cel al lui Robbie.

Kay Bawden își aminti de dormitorul lui Robbie, cu cele câteva jucării murdare din plastic, și degetele îi tremurară pe invitația la ceremonie. Firește că la serviciu va avea loc o anchetă, pentru că ziarul local cerea cu vehemență așa ceva, și publicase un articol pe prima pagină în care se sugera că băiețelul fusese lăsat în grija a două narcomane și moartea lui ar fi putut fi evitată dacă ar fi fost dus într-un loc sigur de asistentele sociale neglijente. Mattie își luase din nou concediu medical pe motiv de stres, iar felul cum se ocupase Kay de caz era evaluat. Kay se întrebă ce efect ar putea să aibă asupra șanselor ei de a obține altă slujbă la Londra, acum când toate autoritățile locale reduceau efectivele de asistenți sociali, și cum va reacționa Gaia dacă vor fi nevoite să rămână în Pagford... nu îndrăznise să discute deocamdată cu ea.

Andrew privi pieziș la Gaia, și cei doi își zâmbiră. Sus, la Hilltop House, Ruth deja sorta lucrurile pentru mutare. Andrew își dădea seama că maică-sa spera, în maniera ei etern optimistă, că prin sacrificarea casei și a frumuseții dealurilor, vor fi recompensați cu o renaștere.

Ataşată pentru totdeauna unei idei despre Simon care nu ţinea cont de izbucnirile sau de neajunsurile lui, ea spera că acestea vor fi lăsate în urmă, asemenea unor cutii uitate la mutare... Dar, cel puţin, îşi zicea Andrew, el va fi cu un pas mai aproape de Londra când se vor fi mutat, şi primise asigurări de la Gaia că fusese prea beată ca să ştie ce face cu Fats, şi poate că o să-i invite pe el şi pe Sukhvinder acasă la ea la o cafea, după ce se va fi terminat înmormântarea...

Gaia, care nu mai fusese până atunci înăuntrul bisericii St Michael, asculta cu atenţia împărţită tonul cântat al vicarului, lăsându-şi ochii să rătăcească pe tavanul înalt şi plin de stele şi pe ferestrele strălucitor colorate. Pagfordul avea o frumuseţe de care, acum când ştia c-o să plece, se gândea c-o să i se facă dor...

Tessa Wall alesese să stea în spatele tuturor, singură. Aceasta o aduse direct sub privirea calmă a Sfântului Mihail, al cărui picior stătea pentru veşnicie pe diavolul cu coarne şi coadă care se zvârcolea. Pe Tessa o podidise plânsul de când zărise prima oară cele două sicrie lucioase şi, oricât încercase să şi le stăpânească, suspinele ei reţinute puteau fi totuşi auzite de cei din preajmă. Aproape că se aşteptase ca vreunul dintre cei aflaţi în partea de biserică unde era familia Weedon să o recunoască drept mama lui Fats şi s-o atace, dar nu se întâmplă nimic.

(Viaţa ei de familie se întorsese cu susul în jos. Colin se înfuriase pe ea.

— *Ce zici că i-ai spus?!*

— Voia să simtă gustul vieţii adevărate, îi spusese ea printre suspine, voia să vadă partea neplăcută şi nevăzută a lucrurilor — nu pricepi că asta urmărea el prin incursiunile în mediile sordide?

— Deci i-ai spus că ar putea fi rodul unui incest şi că eu am încercat să mă sinucid pentru că el a venit în familie?

De ani de zile încerca să-i reconcilieze şi uite că fusese nevoie de moartea unui copil şi de felul profund în care Colin înțelegea vinovăția, ca să se ajungă la asta. Îi auzise pe cei doi vorbind în camera de la mansardă a lui Fats cu o seară înainte şi se oprise să tragă cu urechea la baza scării.

— ... poți să-ți scoți din cap cu totul ceea ce ți-a sugerat maică-ta, spunea Colin îmbufnat. Nu ai niciun fel de anomalie fizică sau mintală, nu-i aşa? Păi, atunci... nu-ți mai face griji în privința asta. Dar psihologul tău te va ajuta cu toate astea...)

Tessa bolborosea şi suspina în batista ei udă şi se gândea cât de puține lucruri făcuse pentru Krystal, fata moartă pe pardoseala băii... ar fi fost o uşurare dacă Sfântul Mihail ar fi coborât din fereastra lui luminoasă şi i-ar fi judecat pe toți, decretând câtă vină îi revenea ei pentru copiii morți, pentru viețile distruse, pentru nenorocire... Un băiețel neastâmpărat din familia Tully, din cealaltă parte a culoarului, sări de pe strana lui şi o femeie tatuată întinse un braț puternic, îl înşfăcă şi-l trase înapoi. Printre suspinele Tessei se făcu auzit un icnet de surprindere. Era sigură că-şi recunoscuse ceasul dispărut pe încheietura groasă.

Sukhvinder, care asculta suspinele Tessei, simți că-i pare rău pentru ea, dar nu îndrăzni să se întoarcă. Parminder era furioasă pe Tessa. Lui Sukhvinder îi fusese imposibil să-i explice cicatricile de pe brațe fără să pomenească de Fats Wall. O implorase pe mama ei să nu-i sune pe soții Wall, dar pe urmă Tessa i-a telefonat lui Parminder să îi spună că Fats îşi asumase întreaga responsabilitate pentru postările Fantomei_lui_Barry_Fairbrother de pe site-ul consiliului, iar

Parminder fusese atât de sarcastică la telefon, încât de atunci nici că-şi mai vorbiseră.

Din partea lui Fats fusese un lucru cât se poate de ciudat să-şi asume vina şi pentru postarea ei; Sukhvinder s-a gândit la asta ca la o încercare de a-şi cere scuze. Întotdeauna păruse să-i citească gândurile: oare ştiuse că îşi atacase propria mamă? Sukhvinder se întrebă dacă va fi în stare să-i mărturisească adevărul noului psiholog în care părinţii ei păreau să aibă multă încredere, şi dacă va fi vreodată capabilă să-i spună acest lucru noii Parminder, blândă şi chinuită de remuşcări...

Încerca să urmărească slujba, dar asta n-o ajuta în felul în care sperase. Era bucuroasă în privinţa vâslei şi a ursuleţului din crizanteme, pe care le făcuse mama lui Lauren; era bucuroasă că Gaia şi Andy veniseră, ca şi fetele din echipa de canotaj, dar îşi dorea ca gemenele Fairbrother să nu fi refuzat.

(— Ar supăra-o pe mami, îi spusese Siobhan lui Sukhvinder. Ştii, ea crede că tati a petrecut prea mult timp cu Krystal.

— Oh, spusese Sukhvinder, luată prin surprindere.

— Şi, spuse Niamh, mamei nu-i place ideea că va trebui să vadă mormântul lui Krystal ori de câte ori se va duce să-l viziteze pe-al tatei. Probabil că vor fi foarte apropiate.

Sukhvinder considera aceste obiecţii mărunte şi pline de răutate, dar să vorbeşti astfel despre doamna Fairbrother părea un adevărat sacrilegiu. Gemenele plecaseră, lipite una de alta, aşa cum fuseseră mereu în acele zile şi tratând-o pe Sukhvinder cu răceală fiindcă le trădase pentru o intrusă, Gaia Bawden.)

Sukhvinder tot aştepta să se ridice cineva şi să vorbească despre cine fusese cu adevărat Krystal şi ce făcuse în viața ei, așa cum unchiul lui Niamh și Siobhan făcuse pentru domnul Fairbrother, dar în afară de scurta referire a vicarului la „viețile tragic de scurte“ și „familia din partea locului cu adânci rădăcini în Pagford“, acesta părea hotărât să scurteze ceremonia.

Așa că Sukhvinder își concentră gândurile pe ziua în care echipajul lor concurase în finalele regionale. Domnul Fairbrother le dusese cu mașina ca să concureze cu fetele de la St Anne. Canalul străbătea terenul școlii private și se luase decizia ca fetele să se schimbe în sala de sport a școlii, iar cursa să înceapă de acolo.

— Lipsit de sportivitate, desigur, le spusese domnul Fairbrother pe drum. Avantajul terenului propriu. Am încercat să schimb asta, dar n-au vrut. Doar să nu vă simțiți intimidate, bine?

— Să-mi bag...

— Krys...

— Eu nu-s speriată.

Dar când au intrat pe terenul școlii, Sukhvinder s-a speriat. Un gazon întins, verde și moale, și o clădire mare, simetrică, din piatră aurită, cu turle și sute de ferestre: nu mai văzuse niciodată așa ceva, în afară de cărțile poștale ilustrate.

— E ca la Palatul Buckingham! strigase Lauren din spate, iar Krystal rămase cu gura căscată; fusese și ea la fel de sinceră ca un copil uneori.

Toți părinții lor și străbunica lui Krystal așteptau la linia de sosire, oriunde ar fi fost. Sukhvinder avea certitudinea că nu era singura care se simțea atât de mică, speriată și neajutorată pe când se apropiau de intrarea în frumoasa clădire.

O femeie în ținută oficială ieși în grabă să-l întâmpine pe domnul Fairbrother, în costumul lui de trening.

— Sunteți Winterdown.

— Bine'nțeles că nu-i, ce dracu', arată ca o clădire? spuse cu glas tare Krystal.

Erau sigure că profesoara de la St Anne o auzise, iar domnul Fairbrother se întorsese şi încercase să se încrunte la Krystal, dar şi-au dat seama că, de fapt, lui i se păruse amuzant. Întreaga echipă începu să chicotească, şi încă nu se opriseră din hohote şi chicoteli când domnul Fairbrother le conduse la intrarea în vestiare.

— Mişcați-vă! strigă după ele.

Echipa de la St Anne era înăuntru împreună cu antrenorul. Cele două grupuri de fete se cercetau din priviri. Sukhvinder era impresionată de părul fetelor din echipa adversă. Toate îl purtau lung, natural şi lucios. Ar fi putut să apară în reclame la şampon. În echipa lor, Siobhan şi Niamh aveau părul tuns băiețeşte, Lauren nu se putea mândri nici ea cu lungimea părului, Krystal şi-l purta într-o coadă strânsă şi legată sus, iar al lui Sukhvinder era aspru, des şi răvăşit ca o coamă de cal.

I se păru că le vede pe două din fetele de la St Anne schimbând şoapte şi priviri sarcastice, şi deveni sigură de asta când Krystal se ridică dintr-odată, uitându-se urât la ele şi spuse:

— Auzi, căcatu' vost' miroase-a trandafiri, nu-i aşa?

— *Poftim?* zise antrenorul lor.

— Eh, întrebam şi io, spuse Krystal cu glas mieros, întorcându-se cu spatele şi trăgându-şi pantalonii de trening.

Imboldul de a râde fu prea puternic ca să i se poată rezista; echipa din Winterdown râdea în hohote în timp ce-şi schimbau hainele. Krystal a continuat să facă pe clovnul, iar când echipajul de la St Anne s-a încolonat pentru ieşire, le-a arătat fundul.

— Fermecător, spuse ultima fată din şir.

— Mulţumesc mult, strigă Krystal după ea. Te las să-l mai vezi o dată, dacă vrei. Ştiu că toate sunteţi lesbi, ţipă ea, cum staţi aici împreună fără băieţi!

Holly râse atât de tare că se îndoi de mijloc şi se izbi cu capul de uşa încuiată.

— Ai grijă, ce naiba faci, Hol, strigă Krystal, încântată de efectul pe care-l avea asupra tuturor. O să mai ai nevoie de ţeastă.

În timp ce coborau spre canal, Sukhvinder putu să vadă de ce domnul Fairbrother dorise să se schimbe locul de desfăşurare al întrecerii. În afară de el, nu era nimeni care să le încurajeze la linia de start, în vreme ce echipajul de la St Anne avea o mulţime de prietene care ţipau, aplaudau şi ţopăiau acolo, toate cu acelaşi fel de păr lung şi lucios.

— Ia uitaţi! strigă Krystal arătând spre un grup pe lângă care treceau. E Lexie Mollison! Mai ştii, Lexie, când te-am lăsat fără dinţi?

Pe Sukhvinder o durea burta de râs. Era bucuroasă şi mândră să meargă în spatele lui Krystal şi vedea că şi celelalte simţeau la fel. Ceva din modul în care Krystal înfrunta lumea le proteja de efectul privirilor lungi îndreptate spre ele, al steagului care flutura şi al clădirii ca un palat din fundal.

Dar îşi dădea seama că până şi Krystal simţea presiunea pe când se urcau în barcă. Krystal se întoarse spre Sukhvinder, care întotdeauna se afla în spatele ei. Ţinea ceva în mână.

— Îmi poartă noroc, îi spuse ea, arătându-i.

Era o inimioară de plastic pe un inel de chei, cu poza frăţiorului ei.

— I-am zis c-o să-i aduc o medalie când mă-ntorc acas', spuse Krystal.

— Da, încuviinţă Sukhvinder, cuprinsă de un val de încredere şi de teamă. O să câştigăm.

— Da, spuse Krystal, întorcându-se din nou în faţă şi vârându-şi inimioara de plastic la loc în sutien. N-avem cu cine concura, spuse ea atât de tare ca să poată auzi întregul echipaj. O gaşcă de pupeze. Să le-o tragem!

Sukhvinder îşi aminti de sunetul de start şi de uralele mulţimii şi de muşchii ei încordaţi la maximum. Îşi aminti de exaltarea pe care i-o provoca ritmul lor perfect şi plăcerea de a fi serioase după ce râseseră în hohote. Krystal câştigase întrecerea pentru ele. Krystal anulase avantajul terenului propriu. Sukhvinder îşi dorise să fie precum Krystal: amuzantă şi dură; imposibil de intimidat; sărind întotdeauna la bătaie.

O rugase pe Terri Weedon două lucruri, şi rugăminţile îi fuseseră acceptate, pentru că Terri era de acord mereu cu oricine. Medalia pe care Krystal o câştigase în ziua aceea era la gâtul ei, pentru înmormântare. Următoarea rugăminte veni la finalul slujbei, iar de data asta, în timp ce o anunţa, vicarul părea resemnat.

Good girl gone bad –
Take three –
Action.
No clouds in my storms…
Let it rain, I hydroplane into fame
Comin' down with the Dow Jones…

Rudele aproape c-au purtat-o pe brațe pe Terri Weedon înapoi pe covorul albastru-regal, în timp ce membrii congregației își fereau privirile.